DANE RAHLMEYER

KAMPF UM
KENLYN

© 2006/2013 Dane Rahlmeyer, www.dane-rahlmeyer.de

ISBN-13: 978-1542634335
ISBN-10: 1542634334

Lektorat und Layout: Terry Winkler
Cover-Gestaltung und Karte: Colin Winkler, MOMMONO

KAMPF UM KENLYN

DANE RAHLMEYER

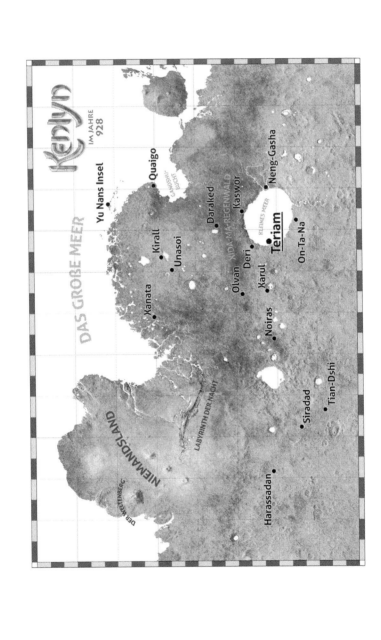

Für Philipp und Sylvia,
Jan und Nastja:
zum Dank für Freundschaft und Hilfe!

.

Erster Teil:
FLÜCHTLINGE

I

STERNENREITER

»Wähl dein Schiff mit Bedacht.«
– Seefahrer-Sprichwort

Nur ein einziges Schattenschiff hatte sie nach ihrer Flucht aus der Bucht der Tränen verfolgt – allerdings hatte Keru es bald abhängen können, bis es zu ein paar blauen Lichtpunkten am Horizont geschrumpft und schließlich ganz verschwunden war. Da er nicht vorhatte, dem Kult ihr Ziel zu verraten, war er einen scheinbar chaotischen Zickzack-Kurs geflogen; ein Manöver, das ihre Reisezeit jedoch um einige Stunden verlängerte.

Endriel war unendlich dankbar, als Miko anbot, ihre Schicht zu übernehmen, und sie und Kai fielen halbtot ins Bett. Dennoch verfolgten die Schatten sie bis in ihre Träume.

Sie erwachte kurz vor Morgengrauen. Noch immer war kein Land in Sicht.

Der Ozean, den sie überflogen, hatte einst das Friedliche Meer geheißen, wie Ahi Laan erklärte. Endriel fand den Namen angesichts der brüllenden Fluten und des harten Windes völlig unverdient.

Sie ließ Kai weiterschlafen, schlang ihr Frühstück hinunter und wechselte Miko am Steuer ab, bevor er vor Müdigkeit umfiel.

Die schwächliche Sonne kämpfte sich zum Zenith, ohne dass etwas anderes zu sehen war als endlose Wellen. Dann und wann sorgten winzige Inseln für kurze Abwechslung.

Manche davon zeigten Anzeichen vergangener Zivilisation – jedoch keine Spuren von Leben.

Am Nachmittag fanden sie sich alle auf der Brücke ein. Obwohl ihre Vorräte mittlerweile auf ein überschaubares Maß zusammengeschrumpft waren, hatte Xeah ein Festmahl gezaubert. Endriel freute sich zu sehen, dass es ihr besser ging, auch wenn sich immer wieder ein Schatten von Traurigkeit über ihr uraltes Gesicht legte.

»Ich habe so vieles verloren«, sagte Xeah mit leiser Stimme, als die beiden bald darauf für einen Moment allein waren, »und beinahe auch euch. Ich war so dumm ...« Sie neigte beschämt das Haupt.

»Das warst du nicht«, sagte Endriel.

»Doch, das war ich.«

»Na ja«, Endriel grinste, »vielleicht ein ganz kleines Bisschen.«

Xeahs Augen verzogen sich zu dünnen, schwarzen Strichen, als sie lächelte.

Endriel hatte bald bemerkt, dass niemand an Bord es wagte, ihr Ziel anzusprechen, wahrscheinlich aus Angst, eine neue Enttäuschung heraufzubeschwören. Auch die Schatten oder Liyen wurden mit keinem Wort erwähnt, obwohl jeder auf der Hut blieb und immer wieder aus den Bullaugen spähte, um sicherzugehen, dass nicht irgendwo Saphirfeuer am Horizont leuchtete.

Und noch etwas fiel ihr auf: Es waren die düsteren Blicke, die Keru ihr immer wieder zuwarf. Etwas schien in ihm zu brodeln, aber wann immer sie seinen Blick erwiderte, sah er weg. Manchmal, wenn sie sich im Korridor begegneten, schien er kurz davor zu sein, ihr etwas zu sagen, überlegte es sich im letzten Moment jedoch anders. Wie üblich war Endriel nicht fähig, sich vorzustellen, was in ihm vorging. Und sie traute sich nicht, es zur Sprache zu bringen.

Am Abend brachten Miko und Nelen Ahi Laan Kartenspielen bei – wobei Nelen die Regeln sehr zu ihren eigenen Gunsten bog. Nur leider war Ahi Laan cleverer als sie glaubte; in Windeseile hatte sie sowohl die Yadi als auch Miko um zweiunddreißig Gonn erleichtert.

Endriel und Kai leisteten ihnen eine Weile Gesellschaft, bevor sie sich in Endriels Quartier zurückzogen.

Bald darauf lagen sie einander in den Armen, verschwitzt und erschöpft, aber glücklich.

»Weißt du, was ich wirklich vermisst habe, in all den Monaten?«, fragte er.

Endriel lächelte ironisch. Ihr Finger fuhr die fahle Narbe an seinem rechten Oberarm entlang. »Außer mir, meinst du?«

Er lächelte. »Außer dir, natürlich. Pfannkuchen«, gestand er dann. »Pfannkuchen mit Honig. Birnensaft. Vogelgesang. Musik. Das Lachen von Kindern.«

Endriel zögerte, bevor sie vorsichtig die nächste Frage stellte. »Möchtest du welche?«

»Pfannkuchen?«

»Kinder.«

Kai sah an die Decke. »Ich ... ich weiß nicht. Ehrlich gesagt habe ich nie darüber nachgedacht. Aber ja, ich schätze schon. Irgendwann einmal.« Er wandte sich ihr zu. »Was ist mit dir?«

»Ja«, sagte sie. »Ich meine – irgendwann.« Doch bevor ihre Gedanken in die unsichere Zukunft abdriften konnten, tat er sein Bestes, ihr die Gegenwart zu versüßen.

Die *Korona* verbrachte eine weitere Nacht über dem gleichgültigen Ozean; der übergroße Mond Te'Ras war ihr einziger Beobachter.

Endriel übernahm das Steuer, als die zweite Morgendämmerung ihrer Reise das Meer mit roten Flammen übergoss.

Sie war zu unausgeschlafen, um das Schauspiel wirklich zu würdigen.

Nachdem Miko sie abgelöst hatte, fand sie Ahi Laan im Korridor vor. Die Sha Yang stand am Bullauge, und ihr Blick verlor sich am brennenden Himmel.

»Kann ich dir irgendwie helfen?«

Ahi Laan drehte sich zu ihr um und sah auf sie herab. *»Die Frage ist rein rhetorisch, vermute ich.«*

»Vergiss, dass ich sie gestellt habe.« Mit einem Fluch auf den Lippen wandte Endriel sich ab.

»Er ist tot.«

Endriel hielt inne. Es dauerte einen Moment, ehe sie begriff, wer gemeint war: Syl Ra Van I. »Bist du sicher? Vielleicht haben sie ihn einfach übersehen oder –«

»Ich weiß es«, unterbrach sie die Singsangstimme der Sha Yang. *»Ich ... fühle es.«*

»Warum hast du ihm nicht einfach befohlen, den Schatten was vorzulügen, anstatt sich gleich in die Luft zu jagen?«

Ahi Laan schüttelte den Kopf. *»Er kann ... konnte nicht lügen. Ich hätte ihn umprogrammieren können. Aber dafür fehlte die Zeit.«*

Dumme Sache, wollte Endriel antworten. Doch sie brachte es nicht über die Lippen. Sie ahnte, was Ahi Laan dachte: Nun waren nur noch zwei Überlebende des Strahlenden Zeitalters übrig. Sie – und die größenwahnsinnige Maschine im Jadeturm.

»Du hast mir das Leben gerettet«, sagte Ahi Laan dann; Endriel hätte es fast nicht gehört.

»Habe ich?«, fragte sie mit hochgezogenen Augenbrauen. »Wann?«

»Im Turm. Die Wächterdrohne hätte mich getötet, wenn du mich nicht heruntergerissen hättest. Ich habe es bislang versäumt ... ich meine, ich wollte mich dafür ... bedanken.«

»Oh.« Endriel hatte den Vorfall schon fast wieder verdrängt. »Na ja, keine Ursache. Ich bin sicher, du hättest das Gleiche für mich getan«, sagte sie, obwohl sie ungern darauf gewettet hätte. Wieder wandte sie sich ab, wieder hielt Ahi Laan sie zurück.

»Das andere System. Wenn wir auf eurem Planeten sind, müsst ihr mich zu ihm bringen.«

»Du meinst Syl Ra Van Nummer zwei?«

Ahi Laan nickte. *»Ich kann versuchen, sein Programm zu ändern. Vielleicht kann ich ihn heilen. Diesen Wahnsinn beenden.«*

»Wäre nicht schlecht«, sagte Endriel und verschwieg ihre Zweifel, ob jemals einer von ihnen nahe genug an den Gouverneur herankommen würde, ohne vorher von seiner Leibgarde in winzig kleine Würfel geschnitten zu werden.

Stunden vergingen. Dann, vor Sonnenuntergang des zweiten Tages nach ihrer Flucht, erreichten sie Ilairis.

Anfangs schien es nur eine weitere Insel zu sein, doch der Kontinent vor ihnen wuchs und wuchs mit jeder Minute. Ruinen von Türmen und Pyramiden aus Kristall begrüßten sie bei ihrem Flug über die nordöstliche Küste. Dahinter folgten halb verschüttete Straßen und Drachenschiff-Wracks. Und natürlich Staub, Staub und nochmals Staub.

Es gab also auch auf dem kleinsten aller Kontinente nichts, was sie nicht schon anderswo gesehen hatten. Allerdings hatte es hier schon im Strahlenden Zeitalter ausgedehnte Wüsten gegeben; die Überreste Rokors hatten sich mit ihrem roten Sand gemischt und eine Landschaft geformt, die Endriel an das Niemandsland denken ließ und eine seltsame Sehnsucht in ihr heraufbeschwor.

»Ich werde diesen Planeten vermissen«, sagte sie, als sie Miko wieder das Steuer übergab.

»Wirklich, Kapitän?«

»Ja«, sagte sie mit freudlosem Grinsen. »So wie man einen eingewachsenen Zehennagel vermisst.«

Nelen schien von ihnen allen am aufgeregtesten: während sie auf das Zentrum des Kontinents zuhielten, hing sie fast die ganze Zeit am Rand der Brücke und starrte hinaus in das rotgraue Nichts. Endriel vermutete, dass mehr dahinter steckte, als das nahende Ende ihrer Reise.

Wie Ahi Laan prophezeit hatte, tauchte bald ein einzelner Berg am Horizont auf. Er erinnerte Endriel an den Buckel eines urzeitlichen Ungetüms, das sich halb im Sand vergraben hatte, um sich als Gebirge zu tarnen. Seine braunen Hänge waren unbewachsen und fielen steil ab. Für einen Moment fantasierte sie, dass es sich hierbei um einen Samen des Weltenbergs handelte: Wenn sie nur ein paar Jahrmillionen warteten, würde dieser Fels vielleicht auf dieselbe Größe anwachsen.

»*Der Blutstein*«, erklärte Ahi Laan. »*Wir sind nahe dran.*«

Miko kratzte sich den Hinterkopf. »Ich sehe kein Blut!«

»*Dann warte den Sonnenuntergang ab*«, sagte die Sha Yang, ungewohnt freundlich. »*Der Anblick ist überwältigend. Nicht ohne Grund haben ihn Dutzende von Kulturen als heilig verehrt.*«

»Auch meine Vorfahren, oder?«, fragte Nelen. »Sie kamen doch von hier, nicht wahr?«

Ahi Laan sah sie mit verwirrtem Bronzeblick an. »*Habt ihr etwa auch das vergessen?*«

»Was vergessen?«

»*Den Ursprung deines Volkes.*«

Nelen rieb sich verlegen den rechten Oberarm. »Weißt du denn mehr darüber?«

»*Natürlich. Nur bleibt die Frage, ob du es auch hören willst.*«

»Was? Na klar! Immer raus damit!«

»*Ihr wart Spielzeug*«, sagte Ahi Laan. »*Haustiere.*«

»Das ist nicht witzig«, erklärte Endriel grimmig.

Ahi Laan zuckte mit den Achseln – eine Geste, die keiner von ihnen jemals zuvor bei ihr beobachtet hatte. »*Es ist wahr.*«

»Was willst du damit sagen?« Nelen stemmte die Hände in die Hüften. »Dass man uns versklavt hat oder sowas?«

Die Sha Yang begegnete ungerührt ihrem Blick. »*Nein. Ihr seid von uns geschaffen worden, gezüchtet. Als Spielkameraden für Kinder. Und um Ungeziefer zu vertilgen. Ihr wart sehr beliebt. Um die Nachfrage stillen zu können, gaben wir euch die Fähigkeit, euch zu reproduzieren.*«

»Aber ...!« Nelen war für einen Moment sprachlos. »Ich bin kein Spielzeug!«, sagte sie dann trotzig. »Ich bin ein lebendes Wesen, genau wie ihr auch!«

»*Ich habe nie etwas anderes behauptet.*«

»Aber ...!«

»*Ihr habt euch weiter evolviert als geplant. Ihr wurdet selbständig, habt einen freien Willen entwickelt, sogar eine Religion gegründet. Fast tausend Jahre später gab es so viele von euch, dass Stimmen laut wurden, euch als Hohes Volk anzuerkennen. Wir fanden das sehr amüsant.*«

Nelen antwortete nicht; sie betrachtete ihre Hände, als sähe sie sie zum ersten Mal.

Ahi Laan legte den Kopf schräg. »*Wie, glaubst du, stehen die Chancen, dass die Evolution Geschöpfe wie euch hervorbringt?*«

»Die Evolution kann mich mal!« Nelen verschränkte die Arme. »Davon abgesehen: Hast du in letzter Zeit mal in den Spiegel geguckt?«

»*Mein Volk hat nicht immer so ausgesehen. Wir haben unsere Gene über die Jahrtausende hinweg nach unserem eigenen Willen verändert.*«

»Ihr habt euch *Flügel* wachsen lassen?«, fragte Miko.

»*Unter anderem.*«

Nelen hatte die violetten Augen zu feindseligen Schlitzen

verzogen. »Ihr habt also an allem rumgepfuscht, das ihr in eure blauen Finger gekriegt habt?«

»*Du bist wütend*«, sagte Ahi Laan. »*Das solltest du nicht sein. Ohne uns würde es dich nicht geben.*«

Nelen verkniff sich eine Antwort. Endriel konnte die Wut ihrer Freundin fast körperlich spüren.

»Wonach genau suchen wir überhaupt?«, fragte sie, um die angespannte Stille zu brechen.

Ahi Laan stellte sich neben sie. »*Nach einer Kraftfeldkuppel. Oder ihren Überresten.*«

»Ich dachte, dieser Hangar liegt unterirdisch?«, sagte Miko.

»*Das tut er. Trotzdem —*«

»Da vorne ist was!« Kerus Krallenfinger deutete voraus. »Sieht allerdings nicht nach einem Kraftfeld aus.«

Endriel kniff die Augen zusammen, während sie versuchte, im Staubschleier etwas zu erkennen.

Er hatte Recht: Ein Metallrechteck lag dort unten, wie der umgestürzte Spielstein eines Gottes; ein Fremdkörper in der formlosen Wüste. Seine bleierne Oberfläche wurde von Sand und Staub halb verdeckt; rotgraue Dünen hatten sich vor dem umgebenden Mauerwerk gebildet. Bruchstücke von etwas, das früher vielleicht Beobachtungstürme gewesen waren, ragten aus ihnen hervor.

Daneben, an der nordwestlichen Spitze, war ein wesentlich kleinerer Kreis zu sehen, ebenfalls aus Metall und halb verbuddelt, wodurch das rote Symbol auf seiner Oberfläche nicht zu entziffern war.

»Ist das …?«, setzte Endriel an.

Ahi Laan nickte. »*Der Zugang zum Hangar. Anscheinend ist das Kraftfeld ausgefallen.*«

Diese Bemerkung erfüllte weder Endriel noch die anderen mit Zuversicht. »Hoffen wir, dass der Rest noch funktioniert.« Sie hatte die Geschwindigkeit auf Null gedrosselt und ließ das Schiff mit erloschenen Schubdüsen einhundert Meter über dem Metallrechteck schweben. »Also gut, was muss ich –?«

Aber da hatte die Sha Yang bereits den Geisterkubus zu sich gedreht. Ihre Spinnenfinger bewegten sich über die Kontrollen der Steuerkonsole. Doch wenn sie irgendeine Reaktion erwartet hatte, blieb diese aus.

»Die Hangarkontrollen ignorieren mich!«

Nelen sah sie an. »Und wie kommen wir dann bitte schön da rein?«

Statt zu antworten, versuchte Ahi Laan es weiter, nach wie vor ohne Erfolg. Sie übermittelte einen Schwall von Schimpfworten, die Endriel ungewollt beeindruckten.

Kai legte seine Hand auf die blaue Schulter. »Lass mich es versuchen.« Er hob die Armschiene. Ahi Laan nickte, und Endriel und die anderen beobachteten, wie er die Augen schloss. Obwohl sie es weder sah noch hörte, bildete Endriel sich ein, zu *spüren* wie Yu Nans Eidolon zu ihnen schwebte. Sie bekam eine Gänsehaut.

»Wir müssen näher ran«, murmelte Kai, ohne die Lider zu heben.

Endriel ließ das Schiff tiefer sinken, bis sie spürte, wie die Landekufen das Metall berührten. Sand und Steine knirschten leise unter der Masse der *Korona*.

»Einen Moment«, sagte Kai konzentriert. »Komm schon«, flüsterte er. »Na los – *jetzt!*« Als er die Augen wieder aufschlug, zeigten sie ein triumphierendes, smaragdgrünes Funkeln. Seine Freude verging jedoch recht schnell, als er sah, was geschehen war, nämlich ...

»Nichts!«, meldete Nelen enttäuscht. »Es ist immer noch zu!«

»Das große Teil, ja«, meldete Keru. Er stand an der linken Hälfte der Brückenkuppel und sah nach draußen. »Aber *das da* steht offen!«

Endriel sah sich um: Tatsächlich, der Metallkreis war verschwunden. An seiner Stelle hatte sich ein Loch geöffnet, vierzig Meter breit oder breiter, dunkel und dennoch von einem kaum wahrnehmbaren grünen Schein erfüllt. Eine Schwebeplattform schob sich ins Sichtfeld. Sie wirkte wie ein überdimensioniertes Tablett; der Sand, der von der Oberwelt auf sie herabgerieselt war, verdeckte fast die roten und blauen Muster von Positionslichtern auf dem Artefakt. Sie blinkten in einem einladenden Rhythmus.

»Der Prophetin sei Dank«, murmelte Xeah und unterstrich das allgemeine Ausatmen mit einem erleichterten Horntuten.

»Ich würde sagen«, Kai lächelte, »es geht bergab mit uns!«

Endriel lachte. »Ich hab's immer gewusst!«

Lange Zeit gab es jenseits der Brückenkuppel nichts zu sehen außer dem grün beleuchteten Schacht, den die *Korona* auf der Transportplattform hinabglitt. Endriels Hände verkrampften sich um das Steuerrad, während sie tiefer und tiefer unter die Erde sanken. Neben ihr bewegte Keru seine Pranken, als bereite er sich auf einen Angriff vor.

Schließlich kam die Plattform zum Stehen. Vor ihnen öffnete sich ein dreiteiliges Portal in der gekrümmten Wand des Schachts. Es war groß genug, um die *Korona* mit ausgefahrenen Flügeln durchfliegen zu lassen.

Dahinter öffnete sich der Schacht zu einer stählernen Halle, fünfhundert Meter lang und zweihundert Meter breit, wie Endriel vorsichtig schätzte. Die Wände ringsum waren nur zu erahnen, mindestens sechs Stockwerke hoch und dunkel. Scheinwerferlanzen hatten sich aktiviert und strahlten auf etwas Mächtiges im Zentrum.

Endriel verschlug es für einen Moment den Atem.

Das Schiff, das sie nach Hause bringen sollte, war wunderschön. Es war mehr als eine bloße Maschine. Es war ein Kunstwerk.

Das Zwielicht und etwas Fantasie ließen sie bei seinem Anblick an eine sprungbereite, mechanische Heuschrecke denken. Die nahtlos glatte Außenhülle schimmerte im Licht von Scheinwerfern wie Perlmutt. Die Brückenkanzel lag am »Kopf« des insektoiden Schiffs – von außen schien sie aus einem riesigen, azurfarbenen Edelstein zu bestehen.

Aber die Heuschrecken-Analogie war vielleicht doch nicht ganz zutreffend, denn Endriel erkannte keinerlei Flügel, weder ein- noch ausgeklappt – nur jeweils einen Ring von Schubdüsen um den Rumpf und das bauchige Heck. Sie wiesen Öffnungen in alle Richtungen auf; brauchte man so etwas, um durch das Vakuum zu steuern? Sie hatte keine Ahnung.

Den Lastkränen und energielosen Schwebeplattformen nach zu urteilen, die sie umgaben, war die *Sternenreiter* größer als die *Dragulia*. Und die *Dragulia* war riesig!

Während sie und die anderen mit offenem Mund über die Größe und Schönheit des Schiffs staunten, hatte allein Keru keine Schwierigkeiten, seine Begeisterung im Zaum zu halten. »Hrrrrhmm. Eine langweiligere Farbe haben sie nicht gefunden?«

Endriel wandte sich an Ahi Laan. »Wird das Teil auch fliegen?«

»*Wenn wir noch länger hier warten*«, sagte die Sha Yang, »*werden wir es nie erfahren.*«

Endriel verzichtete auf einen Kommentar und zündete die Antriebe. Die *Korona* flog durch den Hangar wie ein Spielzeugschiff durch einen verlassenen Keller, bis sie kurz darauf vor der *Sternenreiter* wieder aufsetzte. Die Gangway wurde ausgefahren und sie gingen hinaus.

Endriel verrenkte sich fast den Hals, als sie zu dem Perlmutt-Raumschiff aufsah. Aus der Nähe war der irisierende Schimmer, der seine Oberfläche überzog, viel deutlicher zu erkennen; genau wie die Spinnweben, die in Zwischenräumen hingen wie geronnener Nebel. Wenn die Maschine über Bullaugen oder sonstige Fenster verfügte, war von außen nichts davon zu sehen. Zumindest konnte sie die Umrisse einer Tür ausmachen, etwa zwanzig Meter über ihnen.

»Sei so nett und klopf für uns an«, bat sie Kai, die Hände nervös gefaltet. Die Proportionen des Hangars warfen das Echo ihrer Stimme hin und her. Endriel unterdrückte einen Schauer: Es war kalt hier drinnen.

Unter den Blicken der anderen hob Kai die Armschiene und schloss erneut die Augen.

Als er sie wieder öffnete, ertönte ein leises Summen von der *Sternenreiter*. Eine Gangway glitt zu ihnen herab. Die Tür an ihrem Ende öffnete sich – und im nächsten Moment fiel etwas aus dem Inneren des Schiffs die Stufen hinab.

Endriel spürte, wie sie erbleichte, während Nelen hinter ihrem Haar Schutz suchte. Keru gab ein Knurren von sich.

Es waren Knochen. Braune Knochen, mit den Überresten von Fell daran. Skria – ein Mann, den schmalen Hüften nach. Sein Schädel kullerte bis zum Ende der Gangway, direkt vor ihre Füße und grinste sie mit ruiniertem Raubtiergebiss an. Die Härchen auf Endriels Armen richteten sich kerzengerade auf.

Keru fand als erster die Sprache wieder. »Wollt ihr da noch lange rumstehen?« Er bestieg die ersten Treppenstufen und trat die Knochen zur Seite; sie landeten klappernd auf dem Boden. »Der tut euch schon nichts.«

Ahi Laan schloss sich dem Skria ungerührt an.

Endriel war froh, nur bedingt abergläubisch zu sein, denn sonst hätte sie diese Begrüßung mit Sicherheit als schlechtes Omen interpretiert.

Als sie das Schiff betraten, raubte ihr der Geruch von Grab und Moder den Atem. Sie zweifelte ernsthaft an ihren Sinnen, als sie das chaotische Grün des Dschungels sah, der sie hier erwartete. Aber dann erkannte sie rechte Winkel und eine Schneise auf dem Boden und als sie zögernd den Arm ausstreckte, stießen ihre Finger nur auf eine glatte, nachgiebige Wand. »Projektionen ...« *Wie eine lebendige Tapete,* dachte sie.

Keru schob sich an ihr vorbei. »Ist wahrscheinlich aufregender als endlose, weiße Korridore.«

Endriel sah, wie Miko angewidert sein Hemd über die Nase zog, und war versucht, es ihm gleichzutun. *»Das Schiff muss sich von selbst abgeschaltet haben, nachdem niemand an Bord mehr am Leben war«,* sagte Ahi Laan. *»Dabei wurden anscheinend auch die Luftreiniger deaktiviert.«*

»Aber jetzt sind sie doch wieder an, oder?« Nelen versuchte angestrengt, nur durch den Mund zu atmen.

Ahi Laan nickte. *»Die Energieversorgung funktioniert.«*

»Fragt sich nur, ob das auch für die Antriebe gilt«, brummte Keru.

Endriels Blick folgte der schmalen, schurgeraden Schneise, die von der Tür aus zu beiden Seiten durch das undurchdringliche Dickicht führte; sie bestand aus einem weißen Material, das metallisch schimmerte. Linkerhand endete sie irgendwann vor einer ebenfalls weißen Tür mitten im Grün.

Auch in der entgegengesetzten Richtung gab es eine ähnliche Tür, vielleicht zehn Meter von ihnen entfernt. Der einzige Unterschied war, dass dunkle, fast verblichene Flecken den Weg zu ihr besudelten.

Keru sah es auch. Er tat ein paar Schritte, bevor er sich hinkniete; sein Finger strich über den beschmutzten Boden. »Blut, vermute ich mal«, brummte er und sah zu den anderen auf. »Wahrscheinlich genauso alt wie unser Freund da draußen.«

»Die Flecken führen bis zur Tür«, sagte Kai. Die Entdeckung schien ihn nicht so nervös zu machen wie Miko, Xeah und Nelen. Er zeigte zur rechten Tür. »Anscheinend ist er von dort gekommen und dann hier zusammengebrochen. Er wollte nach draußen, wie es aussieht.«

Nelen schluckte. »Warum hat er es nicht geschafft?«

Kai rieb sich das Kinn. »Als das Eidolon die Außentür geöffnet hat, erwähnte es, dass sie von innen verriegelt worden wäre …«

»Also hat ihn jemand hier drinnen *eingesperrt*«, murmelte Xeah.

»Aber wer?« Miko sah sich um, als erwartete er, dass jeden Moment eine Horde Tiger aus der Dschungelprojektion springen würde. »Und warum?«

»Gute Frage.« Endriel sah Ahi Laan an. »Gibt es hier auch irgendwelche fliegenden Drohnen oder andere Todesfallen, mit denen wir rechnen müssen?«

»*Nicht auf einem Forschungsschiff. Jedenfalls glaube ich das nicht.*«

»Wie beruhigend.«

»*Möglicherweise hat jemand ein Logbuch oder andere Aufzeichnungen hinterlassen*«, sagte Ahi Laan. Endriel wäre erheblich wohler gewesen, hätte ihre singende Stimme dabei etwas selbstsicherer geklungen. Die Sha Yang drehte sich zur bewaldeten Wand. »*Schiff – zeig uns den Plan!*«

Wie von Zauberhand wurde ein Rechteck des Dschungels ausgelöscht und eine Risszeichnung der *Sternenreiter* erschien darauf. Bunte Symbole blinkten hier und da, Pfeile bewegten sich durch Gänge, Hallen und Korridore. Endriel fand die Darstellung noch verwirrender als den Plan von Andars Schiff.

Ahi Laan zeigte den blutigen Gang hinab. »*Dort entlang geht es zur Brücke!*«

Schon bald stießen sie auf die nächsten Knochen: ein hauchzartes Gerippe, größer als ein Mensch, mit dünnen Flügelstreben auf dem Rücken. Er – oder *sie*; Endriel hatte keine Ahnung, wie man dies bei Sha-Yang-Skeletten erkennen konnte – lag in einem kreisrunden Raum hinter der weißen Tür. Auch hier befleckte jahrhundertealtes Blut den Boden.

»Scheint eine interessante Gesellschaft gewesen zu sein«, brummte Keru.

Endriel spähte in Ahi Laans Richtung, aber der Anblick ihres toten Artgenossen schien sie nicht zu beeindrucken.

»Was ist hier nur passiert?«, murmelte Xeah. Sie griff nach Mikos Hand.

Die Wände hier drinnen zeigten keine Projektionen, sondern leuchteten aus sich selbst heraus in einem weißen Licht, was weitere Beleuchtungen überflüssig machte. Endriel sah sich um: Links gab es eine gewöhnliche Tür, die wahrscheinlich in einen weiteren Korridor führte. Auf der rechten Seite hingegen war eine Reihe deaktivierter Nexus-Portale in die Wand eingelassen. Sie waren durch leuchtende Komdra-Schrift gekennzeichnet: *Brücke, Quartiere, Frachtraum, Maschinenraum* und so weiter.

Eine braune Knochenhand lag vor einem dieser Portale. Sie war kurz unter dem Handgelenk abgetrennt und teilweise verkohlt. *Sonnenauge*, dachte Endriel mit einem Schaudern. Sie war froh, dass Keru sich mit einer ebensolchen Waffe ausgerüstet hatte, bevor sie die *Korona* verlassen hatten.

»Eine Meuterei?«, fragte Kai.

»Möglich«, sagte Endriel. »Zumindest sind sie nicht freiwillig gestorben.«

»Vielleicht haben sie sich hier drinnen verbarrikadiert und sind dann irgendwann durchgedreht?«, fragte Nelen. »Ich meine, wenn draußen Rokor gewütet hat ...?«

Ahi Laan legte ihre Hand auf das glänzendschwarze Metall eines Portals. Ein Durchgang öffnete sich. »*Die Brücke*«, sagte sie.

Endriel fühlte sich wie in einer riesigen, ausgehöhlten Perle: Die weiß strahlende Brückenkanzel der *Sternenreiter* spannte sich vier Meter über ihren Köpfen. Hinter ihnen gab es den Nexus, durch den sie gekommen waren, ein weiteres Portal zum Maschinenraum und dazwischen eine halb offene Tür, die in einen angrenzenden Gang führte. Fenster oder andere Öffnungen nach draußen waren nicht zu erkennen – dafür gab es auch hier Spuren von Blut. Einmal mehr mussten sie nicht lange suchen, um zu erkennen, woher es kam: Eine halbkreisförmige Konsole, nicht unähnlich der auf der *Korona*, doch sehr viel größer, stand auf der anderen Seite des Raumes, übersät mit leuchtenden Anzeigen, Schaltern und Projektionen in allen Farben des Spektrums. Davor befanden sich vier Sitzliegen aus etwas, das aussah wie schwarzes Leder; auf einer davon lag das uralte Gerippe eines Menschen, eingehüllt in Lumpen, mit bemerkenswert gut erhaltenen Stiefeln an den fleischlosen Füßen. Ein münzgroßes Loch prangte in seinem Schädel.

»Irgendwas sagt mir, wir haben unseren Mörder gefunden.« Keru bückte sich nach einem langen Metallstab, der am Fuß der Konsole lag, und präsentierte ihn den anderen: ein Sonnenauge. Seine Energieanzeigen waren erloschen. »Und die Mordwaffe gleich dazu.«

»*Mag sein.*« Ahi Laan schob sich an Endriel vorbei. »*Aber das ist irrelevant. Wichtig ist nur, ob dieses Schiff noch funktioniert.*« Auf der Konsole gab es ein Feld in Form einer stilisierten Hand. Die Sha Yang berührte es – und Endriel kreuzte die Finger.

Auf einmal wurde die Kuppel durchsichtig: Ringsum erkannte Endriel den unterirdischen Hangar, Lastkräne und

Schwebeplattformen – und die *Korona*, die mit ausgefahrener Gangway vor dem Raumschiff stand, wie ein Hund, der auf sein Herrchen wartete. Aber die Antriebe blieben still.

Kai suchte ihre Nähe; sie erkannte in seinem Blick die gleiche Anspannung, die auch sie fast zerriss. Links neben sich sah sie, wie sich Mikos Lippen lautlos bewegten: »Bitte«, flehte er stumm, »Bittebittebitte!« Auf seiner Schulter hatte Nelen die Hände gefaltet und gegen das Kinn gepresst.

Die Sha Yang nickte zufrieden. »*Das Betriebssystem funktioniert.*« Dann wendete sie ihren Kopf wieder der Konsole zu. »*Schiff*«, sendete sie. »*Antriebe starten!*«

Die Konsole gab ein bestätigendes Piepsen von sich. Endriel kniff halb die Augen zusammen. Im nächsten Moment ging ein unregelmäßiges Brummen durch das Schiff und brachte den Boden zum Vibrieren. Es war, als würde die *Sternenreiter* nach einem ewigen Winterschlaf nur widerwillig erwachen.

»*Antriebe werden hochgefahren*«, bestätigte eine künstliche Stimme aus dem Nirgendwo.

Endriel schrie vor Freude; sie drückte Kai an sich und küsste ihn, während Nelen zwei Loopings über Mikos Kopf drehte. »Wir können wieder nach Hause!«, jubelte sie. »Wir können endlich wieder nach Hause!« Sie küsste ihn auf die Wange. Miko wurde rot und strahlte über das ganze Gesicht.

»Es wurde auch verdammt noch mal Zeit«, brummte Keru, aber das feuchte Glitzern in seinem Auge sagte Endriel alles; genau wie das lange und seufzende Tuten aus Xeahs Horn.

Ahi Laan tätschelte die Konsole. »*So etwas nenne ich Qualitätsarbeit.*«

Dann hörten sie irgendwo einen gedämpften Knall.

Und das Schiff schlief wieder ein.

II

RENEGATEN

*»Die Liebe zum eigenen Volk und die Loyalität zu dessen Herrscher
lassen sich leider nicht immer vereinbaren.«*
– aus »Das Dilemma des Soldaten« von Rendro Barl

Sie stellten keine Fragen: Kaum war die *Dragulia* aus
dem Orbit gestürzt, nahmen die beiden Drachenschiffe
sie unter Beschuss. Salve um Salve hämmerte auf das geschwächte Kraftfeld ein. Telios blieb nicht einmal Zeit zu
fluchen.

»Admiral!«, rief Quai-Lor. »Zwei Ordensschiffe der Feuerdrachenklasse sind –!«

»Ich *sehe* sie!«, bellte Telios und fuhr sich über das müde
Gesicht. »Leutnant Tsuna! Ausweichmanöver!«

»Aye, Admiral!« Tsuna tat, was er konnte, die *Dragulia*
durch das Blitzgewitter zu manövrieren, doch das Schiff
war zu groß, um nicht getroffen zu werden.

»Meinen Sie, die haben uns hier erwartet?« Quai-Lors Lider flackerten nervös.

»Vielleicht waren sie auch nur zur richtigen Zeit am richtigen Ort.« Telios ballte und lockerte seine Faust.

»Sie haben bereits Verstärkung angefordert«, meldete
Leutnant Barin hinter der Kommunikationskonsole.

Der Boden unter ihren Füßen erbebte; durch den violetten Schleier des Kraftfelds sah der Admiral die halb ver-
schneiten Wälder der Provinz Ang-Gara, nahe Tian-Dshi.

Die Schildenergie war mittlerweile auf fast ein Drittel
gesunken; wenn sie die Fünfundzwanziger-Markierung

unterschritten hatte, würde das Kraftfeld die Salven nicht länger absorbieren können.

Quai-Lor sah seinen vorgesetzten Offizier an. »Ihre Befehle, Admiral?«

Telios schloss die Augen, er spürte den Schweiß auf seiner Stirn und seinem Rücken.

Während der letzten anderthalb Tage waren sie immer in Bewegung geblieben, abseits der Hauptverkehrsrouten, ständig darum bemüht, ihren Verfolgern den entscheidenden Schritt voraus zu bleiben.

Dabei war keine Stunde vergangen, in der sie nicht neue Schreckensmeldungen empfangen hatten: Die Kämpfe in Neng-Gasha hielten noch immer an; Bombenanschläge hatten die Hälfte von Olvan in Schutt und Asche gelegt, während zur gleichen Zeit der Gouverneur an dem Dorf Gaidaan ein Exempel hatte statuieren lassen. Nun gab es das Dorf Gaidaan nicht mehr.

Schon aus dem Orbit hatten sie die Feuer der brennenden Städte sehen können; unfähig, etwas zu unternehmen, dazu gezwungen, weiter auf der Flucht zu bleiben. Nun hatte man sie erwischt, und der letzte Sprung durch den Weltraum hatte den Schild zu sehr beansprucht, als dass sie einer Schlacht gegen gleich zwei Ordensschiffe lange standhalten konnten.

»Admiral!«, drängte Quai-Lor. »Wie lauten Ihre Befehle?«

Telios' Gedanken rasten, während die Ordensschiffe sie wie zwei Raubvögel umkreisten und aus allen Rohren feuerten. »Leiten Sie alle entbehrliche Energie aus den Waffensystemen in den Schild!«

»Aber ohne die Waffen –!«

»Wir feuern nicht auf unsere eigenen Leute, Kommandant!«

Quai-Lor gehorchte; der violette Schleier vor dem Schiff schien sich zu verdichten. Weitere Treffer hagelten auf sie ein, schwächer als zuvor. »Schilde bei sechsundvierzig Prozent und steigend!«, meldete der Erste Offizier; trotzdem schien es ihn nicht glücklich zu machen.

»Leutnant Barin«, sagte Telios, »Verbindung zu den Schiffen herstellen!«

»Zu Befehl!«

Quai-Lor sah ihn mit weit aufgerissenen Augen an. »Bei allem Respekt, Admiral, ich glaube nicht, dass man Ihnen zuhören wird! Wir sollten fliehen, solange wir es noch können!«

»Verbindung steht, Admiral«, meldete Barin; er schlug unruhig mit den Flügeln.

Telios holte kurz Luft. *Was versuchst du hier eigentlich?*, fragte er sich.

Im Geisterkubus formte sich das Bild eines mürrischen Menschen mit rotbrauner Haut. Entgegen der Ordensgepflogenheiten trug er das grauschwarze Haar zu einem kurzen Pferdeschwanz gebunden; wenn er blinzelte, schien sein linkes Auge langsamer zu sein als das rechte. Telios hatte den Mann noch nie zuvor gesehen, aber die Verachtung in dessen Blick war eindeutig.

»Admiral Andar Telios an Ordensschiffe: Stellen Sie Ihr Feuer ein und hören Sie mich an!«

»Kapitän Aban Gedori von der *Habesskon* an die *Dragulia*. Wir werden nichts dergleichen tun, Telios. Im Namen Seiner Exzellenz Gouverneur Syl Ra Van: Ergeben Sie sich, und bereiten Sie sich darauf vor, geentert zu werden.«

Der Admiral verschränkte die Arme, darum bemüht, trotz des bebenden Schiffs einen festen Stand zu wahren. »Ich weiß, was Sie glauben, gesehen zu haben, Kapitän, aber weder ich noch meine Mannschaft haben den Orden jemals verraten.«

Ein Feuerdrache rauschte an der Brücke vorbei; ein Stakkato roter Blitze ging auf den Schild ein.

Du kannst es nicht schaffen!, dachte Telios. *Rette deine Haut, solange du noch kannst!*

»Sparen Sie sich die Tiraden, Telios. Unschuldige haben keinen Grund, zu fliehen.«

»Vorausgesetzt, sie können einen fairen Prozess erwarten. Stellen Sie das Feuer ein, Kapitän, und hören Sie mich –«

Weitere Schüsse.

»Zum letzten Mal, Telios: Fahren Sie die Schilde runter und deaktivieren Sie Ihre Waffensysteme!«

»Ich habe Sie gar nicht hochgefahren. Ich schieße nicht auf Angehörige meines Ordens!«

Aber Gedori tat es: Wie rote Kometen schlugen drei Salven dicht hintereinander auf die *Dragulia* ein.

»Ich begreife es nicht.« Gedoris Abbild schüttelte mit einer Mischung aus Enttäuschung und Verachtung den Kopf. »Warum ausgerechnet Sie, Telios? Was haben die Ihnen versprochen, dass Sie die Seiten wechseln?«

»Niemand hat mir irgendwas versprochen«, knirschte Telios. »Ich bin das Opfer einer Intrige.«

Gedoris Parodie eines Grinsens entblößte verblüffend weiße Zähne. »Das erklärt natürlich alles.«

Ein besonders schwerer Treffer ließ das Schiff erzittern.

»Admiral!«, begann Quai-Lor. Telios ignorierte ihn und sprach weiter zum Kubus: »Jeder an Bord meines Schiffs steht auf der Seite der Hohen Völker, wie es jeder von uns geschworen hat – Syl Ra Van eingeschlossen. Aber er hat seinen Eid gebrochen. Sie haben gesehen, was in den Städten los ist. Der Gouverneur lässt grundlos auf unbewaffnete Zivilisten feuern!« Und noch während er es aussprach, wurde ihm klar, dass sein Doppelgänger aus der Übertragung der Schatten ganz ähnliche Worte gebraucht hatte.

»Ein zweiter Ruf kommt rein, Admiral!«, meldete Barin. Telios befahl ihm mit einem Wink, durchzustellen.

Das Gesicht einer bestechend schönen Yadi mit schwarzblauem Haar und alabasterfarbener Haut formte sich in dem Kubus neben Gedoris Projektion. Sie trug Ringe aus Gold um den Ansatz ihrer Hörner; ihre Miene war sehr ernst. Telios hatte sie seit mindestens vier Jahren nicht mehr gesehen – das letzte Mal hatten sie bei der Einweihung der neuen Akademie in Endalom miteinander gesprochen.

»Ráli.«

»Andar«, sagte Kapitän Ráli von den Silbernen Fjorden, Kommandantin der *Oketa*. »Ich weiß nicht, was für ein Spiel Sie treiben, aber es ist zwecklos!«

»Hören Sie mich an! Ich war in Xanata! Ich habe mit eigenen Augen die verseuchten Städte gesehen – die Leute sterben dort wie die Fliegen und der Gouverneur verweigert ihnen jede Hilfe! Das Leiden seiner Untertanen kümmert Syl Ra Van einen Scheißdreck!«

Seine Worte zeigten keine Wirkung: Die *Habesskon* und die *Oketa* spien weiterhin Tod und Verderben.

»Admiral! Die Schildenergie liegt nur noch bei –!«

Telios gebot Quai-Lor zu schweigen, ohne seinen Blick vom Kubus zu nehmen. »Wenn Sie nicht auf mich hören, dann hören Sie auf Ihr Gewissen«, beschwor er die beiden Kapitäne. »Ráli! Sie können Syl Ra Vans Handeln unmöglich akzeptieren!«

Die Yadi behielt ihre kühle Miene bei. Aber ihre Stimme klang längst nicht so selbstsicher wie zuvor. »Selbst wenn es stimmt, was Sie sagen, Andar, und Sie sind unschuldig – ist Ihnen nicht klar, was Sie tun? Sie entzweien den Orden, gerade jetzt, wo wir zusammenstehen müssen. Sie sollten sich ergeben, bevor Sie noch mehr Schaden anrichten!«

»Sie verschwenden Ihre Zeit, Kapitän«, meldete Gedori. Telios sah, wie sein Blick von seinem Aufzeichner zu einem anderen wechselte.

»Ráli! So lange Syl Ra Van Gouverneur bleibt, werden seine Untertanen leiden! Der Ausnahmezustand hat ihm völlig freie Hand gegeben. Er braucht nicht länger so zu tun, als würde er den Pakt von Teriam achten!«

Ráli von den Silbernen Fjorden antwortete nicht.

»Admiral!«, rief Quai-Lor. Eine Sirene heulte los. »Wenn wir noch länger warten –!«

»Ich weiß!«, knirschte Telios, während die *Dragulia* immer noch unter den Einschlägen erbebte – heftiger als je zuvor. Es war nur eine Frage der Zeit, bis die Verstärkung der Ordensschiffe sich auf der Navigationskarte zeigte.

»Seien Sie vernünftig, Telios«, schnarrte Gedori. »Ergeben Sie sich und kommen Sie mit nach Teriam. Man wird Sie fair behandeln.«

»Admiral!«, warnte Quai-Lor leise, aber eindringlich.

Telios sah ihn an, sah die Angst in seinen Augen – und in den Blicken der restlichen Brückenbesatzung um ihn herum. Dies war ein Kampf, den er nicht gewinnen konnte. »Konzentrieren Sie ...«, begann er und wurde von einem weiteren Volltreffer unterbrochen. »Konzentrieren Sie die Schildenergie auf das Heck, leiten Sie den Rest in die Antriebe – und dann volle Kraft voraus!«

»Aye, Admiral!« Quai-Lor gehorchte, sichtbar erleichtert, und gab den Befehl an den Maschinenraum weiter. Telios hörte ein ansteigendes Summen, als sich die Antriebe mit Energie vollsogen; und während das Schiff losraste, verblasste der Schild vor ihnen und offenbarte einen eisblauen Himmel. Der Admiral hörte und spürte weitere Treffer im Schiff einschlagen, doch wie die Navigationskarte zeigte, blieben die *Oketa* und die *Habesskon* bereits hinter ihnen zurück.

»Sie hatten Ihre Chance, Telios«, sagte Gedori.

Der Abstand zwischen den Schiffen vergrößerte sich, trotzdem wurden weitere Strahlensalven gegen die *Dragulia* geschleudert. Der Schild an ihrem Heck war nurmehr hauchdünn.

Telios schloss die Augen. Er wusste, was geschah, wenn sie die Antriebe trafen.

»Admiral!«, rief Quai-Lor plötzlich. »Die *Oketa*!«

Telios riss den Blick zur Konsole.

»Ráli!«, tobte Gedori. Er starrte auf etwas außerhalb des Aufnahmebereichs seines Kubus. »Was zum Henker tun Sie da?«

»Wir scheinen einen Ausfall unserer Waffensysteme zu haben«, antwortete die Yadi. Ihr schauspielerisches Talent war nur gering. »Meine Ingenieure arbeiten daran, so schnell es geht!«

»Danke, Ráli«, sagte Telios mit einem schwachen Lächeln.

»*Telios*!«, brüllte Gedori – doch die *Dragulia* war längst außerhalb seiner Schussreichweite. Nur Minuten später verblasste das wutentbrannte Gesicht des Kapitäns, als sie den Senderadius seines Kubus verließen.

Der Admiral atmete tief durch; es kostete ihn unglaubliche Anstrengung, seine Fäuste wieder zu lockern.

Quai-Lor erlaubte sich ein erleichtertes Horntuten. »Das war knapp.«

Etwas zu knapp, für meinen Geschmack, dachte Telios. »Wir sind immer noch Friedenswächter, Kommandant«, sagte er, obwohl ihm bewusst war, dass er sich vor seinem Ersten Offizier nicht rechtfertigen musste. »Es ist wichtig, dass unsere Jäger das begreifen.«

»Natürlich.« Der Draxyll nickte und versteifte seine Haltung. »Es stand mir nicht zu, Ihre Befehle zu hinterfragen.«

»Ich werde in diesem Fall darüber hinwegsehen, Kommandant.« Telios zeigte den Hauch eines Lächelns. Sie wussten beide, dass Quai-Lors Zweifel berechtigt waren.

Er sah, wie sich sein Erster Offizier zumindest ein wenig entspannte. »Ihre Befehle, Admiral?«

»Wir warten, bis sich die Schildenergie vollständig regeneriert hat, dann springen wir in den Orbit.«

Wieder ließ die Erinnerung an sein Gespräch mit der Kaiserin den Hass in Telios' Adern kochen. Sie hatte ihn beraubt; hatte seine Stimme und sein Gesicht gestohlen und beides für ihren Feldzug missbraucht.

Waren seine Chancen vorher schon schlecht gewesen, weitere Ordensmitglieder als Verbündete in seinem Kampf gegen Syl Ra Van zu finden, waren sie nun astronomisch gering. Er wagte nicht, sich auszumalen, wie viele auf die Propaganda der Schatten hereingefallen waren. »Sie entzweien den Orden«, hatte Ráli gesagt. Möglich, dass die Worte, die der Kult ihm in den Mund gelegt hatte, zu viele seiner ehemaligen Ordensbrüder dazu bewogen hatte, die Seiten zu wechseln, dem Beispiel ihres Helden Andar Telios folgend.

Er bedeckte die Augen mit der Hand und versuchte, die Geräusche der Brücke auszublenden. Liyen Tela hatte Recht gehabt: Er konnte nicht an zwei Fronten gleichzeitig kämpfen. Diese Schlacht würde er verlieren – zusammen mit seinem Leben und dem seiner Mannschaft.

»Admiral!«

Telios hielt die Augen geschlossen; sein Pulsschlag dröhnte ihm in den Ohren. »Sagen Sie nichts, Kommandant – die Verstärkung ist da.«

»Sechs Schiffe nähern sich aus Norden und Nordosten!«

Sechs Schiffe, dachte Telios. *Wir sind erledigt.* Er wagte kaum zu fragen. »Die Schilde?«

»Erst bei einundvierzig Prozent, Admiral!«

»Sie rufen uns!«, meldete Leutnant Barin.

»Durchstellen«, sagte Telios matt. Ein Blick auf die Navigationskarte zeigte ihm die anrasende Flottille – Ordensschiffe, ausnahmslos Feuerdrachenklasse. Sie waren schon zu nahe, als dass sie schadlos vor ihnen fliehen konnten.

Vielleicht kann ich sie hinhalten, bevor sie das Feuer eröffnen. Wenn die Schildgeneratoren wieder halbwegs aufgeladen sind –!

»Ich grüße Sie, Admiral«, sagte eine Stimme über den Kubus – träge, nichtmenschlich, aber sehr vertraut. »Sie glauben gar nicht, wie lange wir nach Ihnen gesucht haben.«

Genau wie er schien Kapitän Xaba Kwu-Dal seit ihrer letzten Begegnung vor einem Monat um Jahre, wenn nicht Jahrzehnte, gealtert. Die Haut der Draxyll kam ihm vor wie trockener Lehm und dünn wie Papier. Doch in ihren schwarzen Augen funkelte immer noch der alte Kampfgeist.

Verdammt. Warum ausgerechnet sie?

»Kwu-Dal«, sagte er trocken. »Tut mir leid, dass wir uns unter diesen Umständen wiedersehen.«

Sie zeigte ein sprödes Lächeln. »Wie heißt das Sprichwort? ›Harte Zeiten bringen alte Freunde zusammen‹.«

Er dachte daran, wie sie ihm beim Kampf gegen die Schatten im Sommer beigestanden hatte – ohne ihre Hilfe wäre er vielleicht nicht mehr am Leben. Sie war immer eine Friedenswächterin der alten Garde gewesen; dem Gouverneur treu ergeben, so wie er einst. »Sie wissen, dass wir uns nicht kampflos ergeben werden, alte Freundin.« Er wusste, dass sie den Bluff nicht schlucken würde.

»Wir sind nicht hier, um mit Ihnen zu kämpfen, Andar.« Sie klang, als wäre dies der absurdeste Gedanke aller Zeiten und Welten.

»Sie haben ihre Waffensysteme nicht aktiviert«, berichtete Quai-Lor mit gesenkter Stimme. »Keine Schilde, nichts!«

Trotzdem entspannte sich Telios nicht. »Sie wissen, was man mir anhängt, Kwu-Dal?«

Die Draxyll nickte. »Ich habe die Verlautbarungen des Gouverneurs gehört. Und die Aufzeichnung des Kults gesehen. Beide waren wenig überzeugend.« Ihr Blick im Kubus war durchdringend. »Die Dinge laufen im Augenblick schrecklich schief, Andar. Aber das muss ich Ihnen nicht sagen. Wir dachten uns, Sie könnten etwas Hilfe gebrauchen.«

Seine Hände schwitzten. »Und ›wir‹ sind ...?«

»Ich fürchte, uns bleibt wenig Zeit für lange Erklärungen: Wir haben eine Übertragung der *Habesskon* abgefangen, mit der Bitte um Verstärkung.«

Telios antwortete nicht. War dies die Unterstützung, an die er selbst schon nicht mehr geglaubt hatte? Wenn die Dinge zu gut klangen, um wahr zu sein, waren sie dies auch. Meistens. Er dachte daran, wie Quai-Lor ihm im Kerker des Stillen Hauses die Hand gereicht hatte, und bemerkte den fragenden Blick seines Ersten Offiziers neben sich. »Ihre Befehle, Admiral?«

»Also gut. Wir werden Folgendes tun …«

Seinen Anweisungen gemäß begleiteten die sechs Schiffe die *Dragulia* in Gefechtsformation, während sie ihren letzten Treffpunkt so weit wie möglich hinter sich ließen. Das Kraftfeld des Flaggschiffs war noch zu schwach, um dem Druck eines Verstecks unter Wasser für längere Zeit standzuhalten, daher hielt Telios es für das Beste, mobil zu bleiben und die Waffensysteme aktiv zu lassen. Zusätzlich befahl er seinen Leuten, jede ein- und ausgehende Nachricht zu melden und aufzuzeichnen, während die Drachenschiffe in Bodennähe flogen, damit eine Landbarke der *Dragulia* ihre Kapitäne einsammeln konnte.

An Bord des Flaggschiffs wurde jeder einzelne nach Waffen untersucht. Zu Telios' Verblüffung protestierte keiner von ihnen. Anschließend führte eine bewaffnete Eskorte sie in den Konferenzraum der *Dragulia*, mit seinen weißen Wänden und dem Tisch aus poliertem Granit. Dort nahmen sie auf den bereitstehenden Sitzkissen Platz, ständig im Blickfeld von Telios' Leuten, die mit schussbereiten Sonnenaugen Stellung bezogen. Der Admiral stellte fest, dass es ihn beruhigte, Quai-Lor neben sich zu haben.

Xaba Kwu-Dal saß ihm direkt gegenüber. Sie wiederzusehen rief alte Erinnerungen zurück, unter anderem an Yanek

Naguun, der – wann war es gewesen? Vor zehn Jahren? Elf? – Kwu-Dals Kapitän gewesen war, bevor er dafür gesorgt hatte, dass sie das Kommando über ihr eigenes Schiff, die *Kallavar*, erhielt.

Abgesehen von der Draxyll kannte er nur einen einzigen der anderen Kapitäne persönlich: Askur von den Keem-Cha'an, Kommandant der *Kelkomo* und Cousin seines alten Freundes Sronn. Askur hatte die gleichen goldenen Katzenaugen wie sein Vetter, der im Kampf gegen den Kult gefallen war, doch sein Fell war gesprenkelt wie das eines Geparden, nicht pechschwarz. Telios hoffte, dass Sronns Integrität in der Familie lag (wenn auch nicht unbedingt dessen Temperament).

»Andar, da Sie und Kapitän Askur sich bereits kennen, lassen Sie mich Ihnen den Rest unserer Mitstreiter vorstellen. Telko Barant von der *Uluna* ...«

Barant nickte Telios zu. Die wettergegerbte Haut des Menschen hatte fast die gleiche Lehmfarbe wie die Kwu-Dals, während sein Haar, sein Bart und sein Blick grau wie Sakedostahl waren. Telios versuchte herauszulesen, welche Gedanken sich hinter seiner würdevollen Miene verbargen.

»Kapitän Yilan aus den Nebelwäldern von der *Eadera*.«

»Es ist mir eine Ehre, Admiral«, sagte der Yadi. Telios sah Brandnarben auf der Lederhaut seiner Flügel und das halbierte rechte Horn; Yilans bernsteingelber Blick verriet Kampfeswillen.

»Zu Ihrer Linken: Kapitän Kalish Li-Kura von der *Vikor* ...«

»Admiral.« Auch Li-Kura hatte den Blick eines Kriegers, darüber hinaus war er zweifelsohne der hässlichste Draxyll, den der Admiral jemals gesehen hatte: der Schnabel viel zu breit und zu kurz, die Haut schmutzig grau und mit knotigen Warzen übersät, das Horn krumm und schief. Außerdem fehlten ihm zwei seiner Stummelfinger an der rechten

Hand – Telios versuchte, nicht hinzusehen, aber Li-Kura bemerkte dies und grinste. »Kleiner Zwischenfall mit Banditen an den Selrak-Klippen«, schnarrte er. »Keine Sorge, Admiral – der Rest von mir ist voll funktionsfähig.«

Telios lächelte schwach.

»Und zuguterletzt Kapitän Valendi Ossa von der *Gal-Ba-Dar*.«

»Ich freue mich, Sie kennenzulernen, Admiral.« Es schien keine Lüge zu sein. Kapitän Ossa war etwa in seinem Alter, wie Telios schätzte, und attraktiv auf herbe Art. Ihr Haar war kastanienbraun und zu einem Knoten gebunden, in dem zwei rot lackierte Holzstäbe überkreuz steckten. Ihre Augen waren groß und braun und erinnerten ihn sehr an Endriels Mutter, auch wenn sie eine Spur kühler schienen.

»Kapitän.« Telios nickte auch ihr zu und ließ seinen Blick noch einmal von einem Offizier zum nächsten gleiten. In den Augen eines jeden von ihnen las er dieselben Fragen: *Was sollen wir tun? Wie wird es weitergehen?*

»Ich danke Ihnen allen für Ihr Erscheinen und Ihr Verständnis für unsere ... Sicherheitsvorkehrungen«, begann Telios.

Die Kapitäne nickten oder gaben anderweitig ihr Verstehen kund.

»In Tagen wie diesen kann es sich keiner von uns leisten, nicht auf der Hut zu sein«, sagte Kapitän Ossa mit rauchiger Stimme.

»Sie wissen, was mir angehängt wird: Der Gouverneur hat mich zum Verräter erklärt, während mich der Kult als seinen Verbündeten darstellt.«

»Und wir wissen, dass beides Schwachsinn ist«, sagte Kapitän Li-Kura.

»Wenn es einen Verräter gibt«, sagte Kapitän Yilan, »dann sitzt er im obersten Stock des Jadeturms.« Er senkte den Bernstein-Blick. »Auch wenn diese Einsicht für einige von uns sehr spät kam.«

Askur von den Keem-Cha'an grunzte verächtlich. »Spätestens, als wir den Befehl erhielten, das Feuer auf Demonstranten zu eröffnen!«

»Ich weiß bis heute nicht, was erschreckender ist«, gestand Kwu-Dal. »Syl Ra Vans Befehle – oder wie bereitwillig ihnen die meisten aus dem Orden gefolgt sind.«

Telios legte die gefalteten Hände auf die Tischplatte. »Seit unserer Flucht aus Teriam vorgestern Nacht haben wir immer nur vereinzelte Meldungen aufgefangen. Zu wenig, um uns ein Bild von der planetaren Situation zu machen. Ich wäre Ihnen dankbar, wenn Sie mir mehr berichten könnten.«

Kwu-Dal wiegte den Kopf hin und her, als wüsste sie nicht, wo sie anfangen sollte. »Nach Ausrufung des Ausnahmezustands hat sich die Lage dank Waffengewalt einigermaßen beruhigt, auch wenn keinem von uns besonders wohl dabei war. Aber dann kam die Übertragung des Kults auf allen Kanälen, überall.«

Kapitän Barant beugte sich vor. »Die Ansprache der Schattenkaiserin gestern und Ihr angeblicher Seitenwechsel haben eine Schockwelle über den ganzen Planeten gesandt. Seit drei Jahrhunderten war der Kult nur ein Schreckgespenst und nun ...« Die sakedograuen Augen des Menschen sahen zu Kapitän Yilan, als wollte er diesen bitten, für ihn zu übernehmen.

Der Yadi tat ihm den Gefallen. »Die meisten Bürger waren entsetzt über die Eröffnung. Viele beschuldigen Syl Ra Van, die ganze Zeit von der Rückkehr des Kults gewusst und dies verheimlicht zu haben. Aber ich fürchte, noch viel mehr fanden die Versprechungen des Kults sehr verlockend. Seit dem Unglück von Xanata ist der Gouverneur in der Gunst der Leute stark gesunken. Die Ereignisse der letzten Zeit haben die Anschuldigungen, die der Kult verlauten ließ, sehr plausibel aussehen lassen.«

»Kurzum«, sagte Li-Kura und grinste ein hässliches und humorloses Grinsen, »Syl Ra Van hat sich ins eigene Bein geschossen.«

Kapitän Askur gab ein weiteres Mal seine Verachtung kund. »Nun vergeht kaum ein Tag, an dem nicht ein neuer Volksaufstand gemeldet wird! Rund um die Uhr gibt es Truppen- und Flotteneinsätze gegen Bauern mit Heugabeln! Syl Ra Van hatte mir befohlen, vom Himmel aus das Feuer auf Demonstranten auf dem Platz des Inneren Friedens in On-Ta-Na zu eröffnen – Hunderte unbewaffnete Männer, Frauen und Kinder einfach zu töten!«

»Sie haben gehört, was mit Gaidaan geschehen ist?«, fragte Kwu-Dal.

Telios nickte nur.

»Der Kult hat den Krieg erklärt und schickt die Bürger als Kanonenfutter vor«, begann Kapitän Ossa bitter.

»... während er selbst weiterhin wie die Spinne im Netz sitzt«, vollendete der Admiral.

Sie nickte. »Zumindest ist er seit der Ansprache der Kaiserin nicht mehr in Erscheinung getreten.«

»Warum auch?«, schnarrte Li-Kura. »Sie haben erstmal, was sie wollen: Chaos. Nun brauchen sie nur noch abzuwarten, bis der Orden durch die Revolten genug geschwächt ist, um ohne große Schwierigkeiten vernichtet zu werden.«

Telios schwieg einen Moment, bevor er die nächste Frage stellte: »Wie haben die Friedenswächter auf die Ansprache reagiert?«

»Und auf Ihren ›Doppelgänger‹?« Kwu-Dal blinzelte spöttisch.

»Ja.«

»Die eine Hälfte des Ordens hält loyal zum Gouverneur.

Sie klammert sich an die Hoffnung, dass er uns aus der Krise führen wird. Auch wenn die Zeichen anders stehen.« Telios führte die Hände ans Kinn, während er zuhörte. Er bemerkte den besorgten Blick Quai-Lors, der schweigend neben ihm stand.

»Zu viele sind auf die Lügen des Kults hereingefallen«, sagte Kapitän Barant. Seine würdevolle Miene wurde allmählich von Wut verzerrt. »Sie glauben, Sie hätten uns alle verraten. Es gibt eine Menge Leute, die Sie allzu gern hängen sehen würden.«

»Und wer kann es ihnen verdenken?«, fragte Li-Kura. »Jedermann kennt die Geschichte des letzten Schattenkaisers: Auch Rul'Kshura war einer von uns gewesen.«

»Und die andere Hälfte?«

Kwu-Dal übernahm wieder das Wort: »Zweifelt an der Rechtschaffenheit des Gouverneurs, hat aber zu viel Angst, in den Folterkammern der Kommission zu landen, sobald sie den Mund aufmacht. Nur einige wenige dieser Zweifler haben beschlossen, dem Aufruf Ihrer Kopie zu folgen und sich vom Gouverneur loszusagen. Kapitän Skeston von der *Elfirian*. Richter Kesta-Yindor ...«

»Administratorin Pellin aus Harassadan«, fügte Li-Kura hinzu; seine gesunde Hand rieb die Stummel der anderen.

Telios erinnerte sich an die schwergewichtige Verwalterin; er hatte geglaubt, sie hätte sich längst für die andere Seite entschieden.

»Sie konnten einen kleinen Kreis von Gleichgesinnten um sich scharen und haben die Loyalisten angegriffen«, fuhr der hässliche Draxyll fort.

»Genau wie vom Kult geplant«, sagte der Admiral. »Ich nehme an, sie haben nichts erreicht?«

»Nein.« Kapitän Barant sah ihn mit harter Miene an. »Sie wurden nur Stunden später unter Arrest gestellt und exekutiert.«

»Exekutiert?« Telios starrte seinen Artgenossen an.

»Gleich nach Kriegsausbruch hat der Gouverneur die Todesstrafe wieder eingeführt«, erklärte Barant. »Vorrangig für Verräter, Meuterer und Deserteure.«

Telios senkte den Blick. *Hast du etwas anderes erwartet?*, fragte er sich und hörte Kwu-Dals nasale Stimme sagen: »Allein wir sechs waren weit genug vom Rest der Flotte entfernt, um entkommen zu können. Wir nahmen Kontakt zueinander auf, verabredeten unsere Flucht ...«

»Aber wir haben dafür einen hohen Preis gezahlt«, fuhr Kapitän Ossa fort. »Die *Baidulon* unter dem Kommando von Kapitän Nelkata wollte sich uns ebenfalls anschließen, aber sie wurde während ihrer Flucht abgeschossen. Soweit wir wissen, hat niemand an Bord überlebt.«

Wieder ergriff Kwu-Dal das Wort. »Wir haben uns im Südpolgebiet gesammelt und gemeinsam auf die Suche nach Ihnen gemacht. Dann fingen wir Übertragungen der *Habesskon* ab, als sie die *Dragulia* im Orbit ausgemacht hatte und Unterstützung anforderte. Den Rest kennen Sie.«

Telios sagte nichts.

»Uns war klar, dass Sie sich niemals dem Kult anschließen würden, Andar.«

Der Admiral sah zu Kapitän Ossa, als diese sagte: »Und wir wussten, dass der Gouverneur Sie festnehmen ließ, weil Sie es gewagt hatten, sich ihm entgegenzustellen.«

»Syl Ra Van muss abgesetzt werden!«, knurrte Askur von den Keem-Cha'an und klang für einen Moment wie sein gefallener Cousin. »Wir müssen dieses Massaker beenden und das Volk zurück auf unsere Seite ziehen, bevor wir es an den Kult verlieren.«

»Der Große Frieden muss wiederhergestellt werden«, sagte Kapitän Barant.

»Und der Kult vernichtet«, fügte Kapitän Yilan hinzu.

Telios begegnete den Blicken der Wesen ringsum. »Ich

stimme Ihnen in allen Punkten zu. Aber unsere Chancen stehen denkbar ungünstig, um es vorsichtig auszudrücken. Wir haben nur sieben Schiffe – der Orden gut einhundert. Und während wir hier sprechen, sind seine Bluthunde bereits auf der Jagd nach uns.«

Barant zog irritiert die buschigen, grauen Augenbrauen hoch. »Das heißt, Sie wollen kapitulieren?«

Telios lächelte düster. »Nein, Kapitän. Ich wollte Ihnen nur klarmachen, worauf Sie sich eingelassen haben.«

Zu seiner Überraschung zeigte Barant ein wölfisches Grinsen. »Glauben Sie, wir hätten das nicht schon vorher gewusst?«

»Was ist mit Ihren Mannschaften? Können Sie ihnen vertrauen?«

Kwu-Dal nickte; erst zögernd, dann selbstsicherer. »Das hoffen wir. Unsere Entscheidung zur Meuterei hat die Gouverneursloyalen unter ihnen sehr schnell zum Vorschein gebracht ...«

»Bevor wir sie von Bord geworfen haben.« Li-Kuras Horn tutete belustigt.

»Was mögliche Agenten des Kults unter unseren Leuten angeht, sind wir uns bedauerlicherweise nicht ganz so sicher«, gestand Barant. »Bis jetzt hat sich jedoch keiner von ihnen verdächtig verhalten.«

Der Admiral verzog keine Miene. »Das werden sie auch nicht. Bis es zu spät ist.«

Kapitän Valendi Ossa sah ihn an; Hoffnung leuchtete in ihren großen, braunen Augen. »Also – wie lautet Ihr Plan, Andar?«

Telios brauchte nicht lange zu überlegen: Es war der gleiche Plan, den er seit seiner Flucht aus Teriam gehabt hatte. »Wir werden ständig in Bewegung bleiben. Offene Kämpfe vermeiden. Geisterkubus-Übertragungen abhören. Über verschlüsselte Kanäle weitere Offiziere kontaktieren und sie überzeugen, sich uns anzuschließen. Und dann, wenn wir stark genug sind, werden wir nach Teriam fliegen und den Gouverneur zum Rücktritt zwingen. Der Orden der Friedenswächter muss wieder vereint gegen den Feind stehen, bevor dieser aus dem Schatten auftaucht.«

Die Runde nickte und Kapitän Yilan piepste stellvertretend für alle: »Zu Befehl, Admiral!«

Telios erhob sich und dem Protokoll gemäß taten es die anderen Offiziere ihm gleich. »Kehren Sie nun zurück auf Ihre Schiffe. Folgen Sie der *Dragulia* und bleiben Sie in Gefechtsformation. Alle Kommunikation findet über den Achat-Kanal statt. Weggetreten!«

Die Kapitäne salutierten und gehorchten. Keiner von ihnen fragte nach ihrem nächsten Ziel – so plump war kein Spion. Während die Eskorte sie zurück zur Landbarke führte, blieben Telios und sein Erster Offizier alleine im Konferenzraum zurück.

»Ihre Meinung, Kommandant?«

Der junge Draxyll schien verwirrt. »Meine Meinung? Ich ... wenn einer von ihnen uns verraten würde, dann hätte er es längst getan. Schätze ich. Aber Kapitän Ossa hat Recht: Wir können es uns nicht leisten, unvorsichtig zu sein.«

Telios blickte gedankenverloren zum Bullauge hinaus. »Wir werden weiterhin ihre Kommunikation überwachen.«

»Zu Befehl.« Quai-Lor zögerte. »Admiral, wenn mir die Frage gestattet ist: Gesetzt den Fall, die Kapitäne stehen zu ihrem Wort – wie glauben Sie, stehen unsere Chancen?«

Telios sah ihn an. »Zumindest besser als zuvor, Kommandant. Aber bevor wir nicht weitere Verbündete finden, werden wir nichts erreichen können.«

Quai-Lor nickte. Es war nicht ganz das, was er hatte hören wollen.

Telios wandte sich zur Tür. »Wir bleiben in Gebieten mit geringer Ordenspräsenz. Vielleicht stoßen wir auf weitere

Renegaten, ohne dabei gleich der halben Flotte über den Weg zu laufen.«

»Verstanden, Admiral.«

Und während sie dem Gang zur Brücke folgten, konnte Telios nicht verhindern, dass in seiner leeren Brust etwas auflebte, das er viel zu lange nicht gespürt hatte: Hoffnung.

Ja, dachte er, *vielleicht können wir es wirklich schaffen.*

III

STARTVORBEREITUNGEN

*»Verwechsle nie die Ruhe vor dem Sturm
mit dem Auge des Hurrikans.«*
– Sprichwort

Also gut.« Endriel konsultierte ein letztes Mal die Liste, die Ahi Laan ihr gegeben hatte. »Alles, was uns jetzt noch fehlt, ist ein Feldstabilisator – was auch immer das ist.«

Kai zuckte mit den Achseln. »Irgendwas, das Felder stabilisiert, vermute ich.«

»Sehr hilfreich, danke.« Endriel sah zu der Schwebeplattform, die Kai an einem Stahlbügel hinter sich herzog; die Levitationsmaschinen arbeiteten beinahe lautlos, aber manchmal geriet das Ding ins Stottern, sodass sie jedes Mal befürchten mussten, dass die darauf gestapelten Kisten herunterpurzelten und ihr Inhalt entzwei ging. Es hatte schließlich lange genug gedauert, die bisherigen vier Ersatzteile zusammenzusammeln.

»*Es gibt eine gute Nachricht und eine schlechte*«, hatte Ahi Laan gesagt, nachdem sie den Maschinenraum der *Sternenreiter* verlassen hatte und per Nexus zu den anderen auf die Brücke getreten war, kurz nach ihrem missglückten Startversuch. »*Es sind mehrere Aggregate durchgeschmort. Ich kann sie nicht reparieren – und ohne sie können wir nicht starten. Aber im Hangar oder im Schiff müssten wir die passenden Ersatzteile finden.*«

»Also«, hatte Endriel gesagt, »worauf warten wir dann noch?«

Nun irrten sie seit zwei Stunden durch die Lagerhalle unterhalb der Hangaranlage, die groß genug war, um sich *tagelang* darin zu verlaufen. Jeder Gang sah gleich aus, überall standen die gleichen haushohen Regale mit den gleichen stahlgrauen Kisten darin. Die Beleuchtung war bestenfalls spärlich, und die Schilder, die ihnen vielleicht früher einmal einen besseren Überblick verschafft hätten, waren nach neunhundert Jahren fast bis zur Unkenntlichkeit verblichen. Abgesehen von ihren hallenden Schritten war es totenstill hier unten; dennoch hatte Endriel das Gefühl, von geheimen Augen beobachtet zu werden.

Nun, zumindest hatten sie keine weiteren Leichen gefunden.

Bis jetzt.

»Verdammt, wo liegen die Mistdinger?« Endriel schwenkte ihre Lichtkugel von links nach rechts. Die Regale ringsum trugen alle Beschriftungen wie *Strahlungsbrecher, Ätherakkumulator, Energiekonverter* und anderes *Irgendwas-Dingsbums.* Nur einen *Feldstabilisator* gab es nirgends zu sehen. Das System, nach dem die Ersatzteile gelagert wurden, war ihr immer noch schleierhaft.

»Mann«, seufzte sie. »Ich kann es kaum erwarten, von hier weg zu kommen. Und wenn wir wieder zuhause sind, sollten wir vorschlagen, den Planeten umzutaufen. Ich meine, von Nahem sieht er nicht besonders saphirig aus.«

»Gute Idee. Wie wär's mit Grau-in-grau-Stern?«

»Depressionsplanet.«

»Mach-woanders-Urlaub-Welt.«

Endriel strahlte. »Gekauft!«

Sie wichen einer liegengebliebenen Schwebeplattform mit erloschenen Energieanzeigen aus. Am Ende des Ganges bogen sie rechts ab – und sahen wieder nichts außer Regalen und Kisten. Irgendwo flackerte die Deckenbeleuchtung wie eine Kerze im Wind.

»Letzte Nacht habe ich zum ersten Mal seit Ewigkeiten vom Haus meiner Eltern geträumt«, sagte Kai. »Ich hoffe, das ist ein gutes Zeichen.«

»Ich hätte nichts dagegen«, sagte Endriel.

»Ich weiß schon gar nicht mehr, wie es zuhause aussieht. Ich erinnere mich vage an so was wie grüne Wiesen. Und der Himmel war blau, soweit ich weiß.«

»Kai?«

»Hm?«

»Das nächste Mal hör auf mich und bleib zuhause, ja?«

Er hob lachend die Hände. »Versprochen!«

»Erzähl – wovon hast du noch geträumt?«

Er zögerte, und das gefiel ihr gar nicht. »Von Liyen.«

Endriel tat alles, um sich nichts von dem Stich anmerken zu lassen, den diese Antwort ihr verpasste.

Kais Blick wurde nachdenklich. »Ich weiß, sie will nur das Beste für die Hohen Völker – das hat sie immer gewollt. Was du mir erzählt hast ... von dem, was sie *dir* erzählt hat ... Sie hat dich nicht belogen, Endriel. Nicht, was ihren Wunsch nach Freiheit für Kenlyn angeht.«

»Die Diskussion hatten wir doch schon mal, erinnerst du dich? Du selbst hast gesagt, dass ihr euch verändert habt.«

»Niemand kann sich so sehr verändern.« Aber er schien sich nicht ganz sicher zu sein.

»Selbst wenn du Recht hättest, ist dir doch trotzdem klar, dass –?«

Er nickte ernst. »Ich weiß: Sie wird nicht zulassen, dass wir die Friedenswächter warnen. Oder ihnen von dem Portal am Nordpol erzählen.«

Endriel schwieg, aber Kai musste ihre Gedanken erraten haben, denn er sagte: »Es geht dem Admiral bestimmt gut. Ich meine, den Umständen entsprechend. Ich glaube nicht, dass er sich so einfach übertölpeln lässt.«

Endriels Schultern sanken herab. »Du hast ihn nicht gesehen. Er sah so erschöpft aus. Er hat nicht nur den Kult im Nacken, sondern auch seinen eigenen Stellvertreter. Und dann kommt noch die Sache in Xanata dazu.«

»Meinst du ... der Krieg hat schon begonnen?«

»Ich – keine Ahnung. Andar meinte, es wäre nur eine Frage der Zeit.« Endriel hielt an. Kai tat es ihr gleich, und die Schwebeplattform sank langsam zu Boden. »Der Kult, die Weißmäntel, Politik«, sie schüttelte den Kopf, »das alles hat mich nie wirklich interessiert. Die ganze Zeit war nur wichtig, dich wiederzufinden.«

Kai küsste sie und sie erwiderte den Kuss. Nach einem Moment der Stille sagte er: »Aber falls ... *wenn* wir nach Hause zurückkehren – wie geht es dann weiter?«

»Wenn ich das nur wüsste.« Endriel lehnte sich gegen das nächstbeste Regal. Abwesend ließ sie die Lichtkugel von einer Hand in die andere fallen wie einen strahlenden Pfirsich. »In all den Monaten bin ich gar nicht dazu gekommen, ernsthaft darüber nachzudenken. Ich hatte gehofft ... na ja, dass du bei mir bleibst. Dass wir zusammen ... mit den anderen ... das Geschäft weiterführen. Aber es kann sein ...«

»... dass wir Kenlyn vielleicht gar nicht mehr wiedererkennen, wenn wir dort ankommen.«

Endriel nickte wortlos. Entsetzliches Heimweh schnürte ihr die Luft ab.

Kai sah sie an. »Selbst wenn: Wir können uns nicht einfach zurücklehnen und darauf warten, dass sich alles zum Guten wendet.«

»Ich weiß. Aber ich habe keine Lust, in einem Krieg zu kämpfen, der mich nichts angeht.«

»Dieser Krieg geht uns alle an, Endriel.«

Sie stieß sich vom Regal ab. »Verdammt nochmal, ich hasse das!«

»Hasst was?«

»Dass du immer so verflucht ...«, sie suchte nach dem richtigen Wort, »*yanek* sein musst!«

Er lächelte verwirrt. »Was muss ich sein?«

»Wie mein Vater! So verdammt verantwortungsbewusst! Kannst du nicht einfach mal nur an dich denken – und an mich?«

Er schien ehrlich enttäuscht. »Genau das tue ich. Ich denke an unsere Zukunft – an die Welt, in der wir leben wollen.« Seine Stimme geisterte durch die Halle; das Echo schien mit jedem Wort lauter zu werden.

»Wir können die Welt nicht ändern, Kai!«

»Das ist nicht wahr, und das weißt du!«

Sie drückte die Lichtkugel so fest, dass sie fast fürchtete, das Artefakt könnte unter dem Druck zerspringen. »Und was sollen wir deiner Meinung nach machen? Die Schatten zu Tode kitzeln? Wir haben nur ein winziges Schiff, nicht größer als eine Hutschachtel, und die einzigen Waffen an Bord sind ein paar Essstäbchen und meine alten Socken!« Da sein Lachen ausblieb, fügte sie ernster hinzu: »Wir werden versuchen, Andar und seine Leute zu warnen. Mehr können wir nicht tun.«

Er nahm ihre Hand, hielt sie. »Nein«, sagte er mit Bestimmtheit. »Es muss etwas geben!«

So sehr sie es versuchte, es gelang ihr nicht, seinem Smaragdblick standzuhalten, also wandte sie den Kopf ab. Sie musste sich zwingen, die verdammte Kugel nicht auf den Boden zu schmettern.

»Endriel ...«, hörte sie ihn sagen.

Erst jetzt sah sie ihn wieder an. »Können wir ein anderes Mal darüber reden?«

Kai öffnete den Mund, doch anstatt etwas zu sagen, nickte er nur.

Beide setzten sie ihren Weg fort und folgten wortlos einem Gang und dann dem nächsten, ohne einander anzusehen.

»Mal ehrlich«, sagte Kai irgendwann, »du benutzt den Namen deines Vaters als *Adjektiv*?«

»Manchmal. Meistens wenn ich sauer bin.«

Er grinste. »Gut zu wissen. Und soll ich dir noch was sagen?«

»Was?«

Kai lächelte. »Feldstabilisatoren.«

Endriel folgte seinem Fingerzeig über ihre Schulter und drehte sich zur Regalwand um. Direkt vor ihren Augen sah sie das eine Wort, das sie so lange gesucht hatten. Sie wollte gerade losjubeln, als ein Kribbeln in ihrem Nacken sie innehalten ließ.

»Was ...?«, begann Kai, aber sie hielt ihm den Mund zu und lauschte in die Stille.

Sie waren nicht mehr allein.

»Hallo?«, rief sie und erschrak vor ihrem eigenen Echo. »Ist da jemand? Ahi Laan? Miko?«

Nichts. Niemand. Seltsam, sie hätte schwören können, dass ...

»*Verdammt, was braucht ihr so lange?*«, donnerte plötzlich eine Stimme hinter ihnen. Kai und Endriel erschraken, als Keru sich ihnen auf Samtpfoten näherte, den Mund missmutig verzogen.

»Scheiße, Keru – musst du uns so erschrecken?«

Er sah auf sie herab. »Müsst ihr mich so lange warten lassen?«

»Du hättest wenigstens antworten können, statt dich anzuschleichen!«

»Ich hatte keine Lust, hier unten rumzubrüllen. Habt ihr, was wir brauchen?«

»Direkt hier.« Kai zog eine Kiste aus dem Feldstabilisator-Regal; sie schien eine halbe Tonne zu wiegen. Mit Mühen hievte er sie auf die Schwebeplattform, löste klackend zwei Riegel und lüftete dann den Deckel.

Zu dritt betrachteten sie die seltsame Apparatur, die darunter zum Vorschein kam. Sie erinnerte an die Drahtskulptur eines Skarabäus und war in Flocken aus weichem Material eingebettet.

Endriel verzog die Nase. »Und woher wissen wir, ob das Ding noch funktioniert?«

Keru betastete das Ersatzteil vorsichtig. »Das wird uns die Blaue sagen müssen. Besser, wir nehmen gleich ein paar mehr mit. Nur für den Fall.« Er zog drei weitere Kisten aus dem Regal und stellte sie zu der anderen. Dann sah er Kai an. »Bring die Teile in den Maschinenraum. Und mach sie nicht kaputt!«

»Aye, Käpt'n«, sagte Kai spöttisch und setzte die Plattform wieder in Bewegung. Endriel wollte ihm gerade folgen, als Keru ihren Arm packte. »Wir müssen reden«, brummte er.

Sie spürte ihren Magen in die Tiefe stürzen.

Der Aufzug setzte sich lautlos in Bewegung und beförderte Kai zusammen mit der Plattform zurück in den Hangar. Er starrte auf die leuchtenden Anzeigen neben der Tür, ohne sie jedoch wirklich zu sehen.

Er wünschte sich, Endriel gesagt zu haben, wie sehr er ihre Wut verstand; nach sechs Monaten auf diesem Planeten und mit der Aussicht auf eine Rückkehr nach Hause konnte er sich Angenehmeres vorstellen, als sich sofort in die Schlacht zu stürzen. Die Wahrheit war: Er hatte unglaubliche Angst davor. Er wollte genauso wenig kämpfen wie sie. Er wollte leben. Mit ihr.

Aber er glaubte an das, was er ihr gesagt hatte: dass es etwas geben musste, das sie tun konnten, diesen Krieg zu beenden.

Denn wenn nicht, was blieb ihnen anderes übrig, als die ganze Zeit auf der Flucht zu bleiben? Er war es leid, sich vor den Schatten zu verstecken – und ihrer Kaiserin.

Liyen ...

Dass sie die graue Eminenz sein sollte, vor der er sich so lange gefürchtet hatte, erschien ihm immer noch völlig absurd. Aber er glaubte Endriel und den anderen, was sie ihm erzählt hatten, unter anderem, weil es ein Rätsel löste, das ihm bislang Kopfschmerzen bereitet hatte: nämlich warum der Kult ihn damals gejagt hatte. Wieso er von der Armschiene gewusst hatte – und von Yu Nan.

Dennoch fehlte ihm die Antwort auf eine genauso wichtige Frage: Warum hatte *der Gouverneur* nach ihm suchen lassen?

Hatte er von der Fahndung des Kults erfahren und seine eigenen Leute ausgesandt, Kai vor den Schergen des Kaisers zu schnappen – ohne dabei zu wissen, was letztere von ihm wollten? Hatte die Geistermaske vielleicht einen Kultagenten in ihre Finger bekommen und die Informationen aus ihm herausgefoltert? Möglich – aber irgendwas sagte Kai, dass er auf dem Holzweg war. Kultagenten waren nicht für ihre Redseligkeit bekannt, auch nicht im Angesicht des Todes.

Was hatte Syl Ra Van von ihm gewollt? War es ihm allein um die Armschiene gegangen – oder war Yu Nan das Ziel seiner Jagd gewesen? Hatte Syl Ra Van nur an ihn herankommen wollen – wie auch immer er von dem vermeintlich Letzten der Sha Yang erfahren haben sollte? Hatte er ihn ausschalten wollen, bevor der alte Mann ihm gefährlich werden konnte?

Zumindest war dies leichter für ihn zu akzeptieren, als die Vorstellung, dass es dem Gouverneur allein um *ihn* gegangen war: Kai Novus aus Siradad, Sohn von Yeno und Toryn.

Dann gab es noch die nicht weniger beunruhigende Möglichkeit, dass es gar nicht um die Dinge ging, die er bereits getan hatte – sondern um jene, die er noch tun würde.

Jeder seiner Untertanen wusste um Syl Ra Vans prophetische Gaben, die nicht auf Mystik, sondern reiner Mathematik basierten; der Extrapolation gesammelter Daten. Nur beschränkten sich diese Vorhersehungen nur auf größere Ereignisse, wie sich anbahnende Naturkatastrophen, die er aus den Beobachtungen der Wettersatelliten ableiten konnte, oder Veränderungen in der planetaren Wirtschaft und Ähnliches.

Aber auch diese Weissagungen waren nicht immer fehlerfrei und betrafen nie das Schicksal einzelner Wesen. Darüber hinaus hatte das allsehende Auge des Gouverneurs nicht einmal etwas so Gewaltiges wie die Katastrophe von Xanata am Horizont auftauchen sehen. Wie sollte er da die Taten eines einzelnen Menschen vorhersehen können?

Es sei denn, irgendetwas Großes würde geschehen – und Kai war irgendwie, irgendwann, irgendwo daran beteiligt.

Er bekam eine Gänsehaut; von einem leisen Gongschlag begleitet, hielt der Aufzug an und zerrte Kai aus seinen Gedanken. Die Tür öffnete sich zischend; ein Korridor, genauso grau und langweilig wie alle im Hangarkomplex, erschien dahinter. Nelen kam ihm entgegen geflattert, gerade als er die Plattform aus der Kabine zog.

»Hallo, Kai. Ist Endriel nicht bei dir?«

»Nein, sie ist noch unten, mit Keru. Ich glaube, er wollte irgendetwas mit ihr besprechen.«

»Habt ihr wenigstens alles gekriegt?«

»Ich denke schon«, murmelte er.

»Was ist los?« Nelen schwirrte um ihn herum. »Warum ziehst du so ein langes Gesicht? Stimmt irgendwas nicht mit den Ersatzteilen?«

»Nein – doch! Ich meine ... das ist es nicht.«

»Was ist es dann?«

Kai zögerte. Bislang hatte er niemanden – nicht einmal Endriel – an seinen Überlegungen teilhaben lassen.

53

»Schon gut, es ist nichts.«

Nelen musterte ihn argwöhnisch. »Zwischen dir und Endriel ist doch alles in Ordnung, oder?«

»Was? Ja! Ja, natürlich. Wir hatten zwar vorhin eine kleine ... Meinungsverschiedenheit, aber –«

»Kai?« Nelen flatterte ganz nahe an ihn heran.

»Ja?«

»Das ist jetzt nicht persönlich gemeint«, Nelen stemmte die Hände in die Hüften, »aber wenn du irgendwie auf die Idee kommen solltest, ihr das Herz zu brechen, werde ich dir sehr, sehr weh tun. Haben wir uns verstanden?«

Gegen seinen Willen musste er lachen. »Ich bin vorsichtig, versprochen!«

»Ich hab dich im Auge!« Nelen zeigte mit dem Finger auf ihn. Dann wurde sie ernster. »Du liebst sie doch, oder?«

Er brauchte nicht darüber nachzudenken. »Ja. Ja, ich liebe sie.« Wie konnte er das nicht?

Nelen schien erfreut, das zu hören und Kai zweifelte nicht daran, dass sie ihre Hörner zum Einsatz gebracht hätte, wäre ihm etwas anderes über die Lippen gekommen. »Ich fliege schon mal voraus und melde Ahi Laan, dass ihre Ersatzteile bald kommen. Kommst du soweit zurecht?«

Kai nickte. »Du kannst ihr ausrichten, wenn die Plattform mitspielt, bin ich in fünf Minuten da. Und – Nelen?«

»Hm?«

»Endriel kann wirklich froh sein, dass sie dich hat.«

Die Yadi grinste. »Kai, mein Freund – das könnt ihr alle!«

Endriel spürte, wie ihr unter Kerus Blick die Knie weich wurden. »Also schön, was hab ich jetzt wieder falsch gemacht?«, fragte sie, und versuchte, sich gegen das Schlimmste zu wappnen.

Er sah sie an, als hätte er den Faden verloren. »Was?« Seine Ohren zuckten. »Nichts. Ausnahmsweise hast du nichts falsch gemacht. Ich meine, nicht mehr als sonst.«

Endriel konnte ein verwirrtes Blinzeln nicht verhindern. »Das höre ich auch nicht alle Tage von –«

»Halt den Mund«, grollte er. Endriel zuckte zusammen; das Echo der drei Worte hallte noch lange nach. »Lass mich ausreden!«

»Aber du hast doch noch gar nichts –«, begann sie und erkannte schnell, dass es besser war, ihm zu gehorchen.

Bevor Keru zu sprechen begann, ließ er ein schweres Seufzen vernehmen. Sein Blick folgte den Regalreihen über ihren Köpfen, sodass Endriel ihm nicht ins Auge sehen konnte. Im dämmrigen Licht der Lagerhalle schien sein Fell stumpf und grau, wie Schnee, mit Asche gemischt.

»Als wir hier angekommen sind«, begann er, »da dachte ich, es wäre endgültig aus. Kein Weg zurück. Verstehst du?«

Viel mehr als du glaubst, Großer, dachte sie und nickte wortlos.

»Einige von uns haben vielleicht in ihrer Wut Dinge gesagt, die sie nicht so gemeint haben.« Wieder atmete er tief durch. »Verdammt, ich bin nicht gut in solchen Sachen ... Was ich sagen will ... was ich damit meine, ist – ich bin mir nicht sicher, ob ich an deiner Stelle anders gehandelt hätte. Und wir leben noch. Das ist das einzige, was zählt.«

»Keru ...«

»Ich bin noch nicht fertig!«, knurrte der Skria. Er öffnete die Tasche an seinem Kilt, aus der er ein glitzerndes Etwas zog, das er ihr hinhielt. Endriel erkannte den Schlüsselkristall der *Korona*; er baumelte vor ihren Augen wie ein extravagantes Schmuckstück. »Es ist dein Schiff.«

Endriel war sprachlos. Sie sah zu ihm auf, und als er ihre Hand nahm und den Kristall hinein drückte, hätte sie heulen können. »Danke, Keru«, brachte sie noch hervor, dann machte sie einen Schritt auf ihn zu – und er wich sofort zurück. »Lass dir ja nicht einfallen, mich zu umarmen oder so was!«

»Ich doch nicht«, sagte sie lachend, auch wenn der Wunsch bestehen blieb.

»Gut«, brummte er. Dann schmolz seine grimmige Miene, und er zeigte ein paar Millimeter Zähne. »Yanek wäre stolz auf dich.«

Ein Kloß begann, Endriels Kehle zu verstopfen. Kerus Gesicht schien auf einmal unscharf zu werden und zu verschwimmen, und sie schloss die Augen.

Wäre er das wirklich?

Nein. Yanek Naguun hatte keinen Grund, stolz auf seine Tochter zu sein. Sie wusste genau, was er tun würde, wäre er noch am Leben: Er hätte sich dafür entschieden, zu kämpfen, Seite an Seite mit Andar Telios gegen den Kult; für die Hohen Völker. Es wäre ihm nicht in einer Million Jahre in den Sinn gekommen, sich irgendwo zu verkriechen und darauf zu warten, dass der Sturm sich legte.

»Habe ich irgendwas Falsches gesagt?«, fragte er.

Endriel schüttelte den Kopf.

Er schien ihr nicht zu glauben. Trotzdem brummte er, nicht ohne Freundlichkeit: »Dann komm endlich. Sonst fliegen sie noch ohne uns ab.«

Miko kämpfte immer noch mit dem unguten Gefühl, verbotenerweise durch das Haus eines Fremden zu gehen, als er allein und mit den Händen in den Hosentaschen das Innere der *Sternenreiter* erkundete. Er hätte sich gerne weiter nützlich gemacht, und Kisten mit Ersatzteilen geschleppt, so wie vorhin. Aber nachdem er mit angepackt hatte, als ob er zehn Arme hätte, hatte Ahi Laan ihm irgendwann unmissverständlich klar gemacht, dass sie seine

Hilfe vorerst nicht mehr benötigte – »*Es sei denn, du kannst einen Phasenmodulator kalibrieren.*«

Eine Weile hatte Nelen ihn bei seiner Expedition durch das Schiff begleitet, bis sie schließlich losgeflogen war, um zu sehen, wo Keru steckte, der wiederum nach dem Ex-Kapitän und Kai hatte sehen wollen und verdächtig lange auf sich warten ließ.

Miko hatte erst überlegt, der Yadi zu folgen, sich dann aber entschieden, an Bord zu bleiben, falls er doch noch gebraucht wurde. Zum Glück waren sämtliche Portale, Korridore und Türen ausgeschildert; es war also selbst für ihn unmöglich, sich in dem antiken Raumschiff zu verlaufen. Und die Möglichkeit, per Nexus von einem Deck zum nächsten zu springen, verleitete ihn immer noch zu einem ungläubigen Lächeln.

Nach wie vor staunte er über die schiere Größe der *Sternenreiter* und wie ... modern sie war. Bislang hatte er die *Dragulia* für den Höhepunkt der sha yang'schen Ingenieurskunst gehalten. Aber sogar sie wirkte klein und veraltet gegen die Sternenreiter. Auf der *Dragulia* hatte er viele Räume gesehen, die mit Holz oder ganz gewöhnlichem Stahl verkleidet gewesen waren – so wie den meisten Drachenschiffen hatte man auch ihr die Jahrhunderte der Benutzung und ständiger Reparaturen angesehen.

Dieses Schiff dagegen ... hier beherbergte selbst der kleinste Raum Artefakte, für die man zuhause ein Vermögen gezahlt hätte: Wandprojektoren oder Geisterkubusaufzeichner, Musikkristalle, sprechende Bücher und andere, phantastische Geräte. Die Mannschaft musste sich an Bord gefühlt haben wie in einem Luxushotel.

Oder auch nicht: Wahrscheinlich waren alle diese Spielereien im Strahlenden Zeitalter ganz alltäglich gewesen, und die Leute von damals hätten mitleidig auf die Bewohner Kenlyns herabgesehen, die die wenigen Maschinen, die ihnen von ihren Vorfahren geblieben waren, nicht einmal wirklich verstanden, geschweige denn, nachbauen konnten.

Mittlerweile hatte er herausgefunden, dass die *Sternenreiter* über fünf Decks verfügte. Im untersten – Deck 1 – gab es nicht viel zu sehen, außer den Tanks der Wasser- und Müllaufbereitung, zwischen denen nur schmale Gänge frei waren.

Deck 2 war auch nicht viel aufregender und hatte kaum mehr zu bieten als hell erleuchtete Laboratorien mit jeder Menge wissenschaftlicher Ausrüstung. Das einzig Interessante waren die Forschungssonden dort, doch Miko entschied sich, sie besser nicht anzufassen, aus Angst, etwas kaputt zu machen, oder die massigen Maschinen irgendwie zum Leben zu erwecken. Sonst war alles sehr kühl, technisch und langweilig.

Das dritte Deck war da schon anders: Es beherbergte die Mannschaftsquartiere, von denen jedes größer war als die ganze Wohnung seiner Eltern Zuhause in Teriam. Die meisten Wände hier waren mit Projektionen geschmückt, die Eislandschaften zeigten, von Palmen gesäumte Sandstrände oder bunte Fantasiewelten mit grünem Himmel und goldenen Wiesen, auf denen purpurne Pferde grasten. Manchmal sahen ihn auch überlebensgroße Gesichter von den Wänden an, und Miko vermutete, dass es sich dabei um Aufnahmen der Angehörigen der Mannschaftsmitglieder gehandelt hatte. Abgesehen von den Quartieren gab es mehrere Badezimmer, ein ganzes Arsenal Toiletten und eine riesige Kombüse. Viele Lebensmittel hatten unbeschadet in Zeitlosen Sarkophagen oder Ähnlichem überdauert – Hunger würde auf ihrer Reise also kein Problem werden, was ihn sehr beruhigte.

Das Deck darüber, Deck 4, schien zur Entspannung der Sternfahrer gedient zu haben – mit einer großen Bibliothek, voll von verstaubten Geisterkuben, einer Schwimmhalle ohne Wasser und den verdorrten Überresten von einer Art Wintergarten, der vom Gesang unsichtbarer Vögel erfüllt war.

Deck 5, ganz oben auf dem Schiff, begann mit der Brückenkanzel am Bug, dann folgten mehrere Konferenzräume mit großen Tischen und Sitzgelegenheiten und schließlich die Frachtsektion.

An diese fünf Decks war die Antriebssektion angeschlossen; das dicke, rundliche Ende des Schiffs, welches den Maschinenraum beherbergte und natürlich den gewaltigen Äthermotor, der die Maschine mit Energie versorgte.

Doch so faszinierend das Schiff auch sein mochte, überall fand man Spuren von Kämpfen: Brandspuren von fehlgeleiteten Schüssen, zerbrochenes Geschirr oder zertrampelte Geräte und Überbleibsel von uraltem Blut. Noch immer hatte er die Worte des letzten Kommandanten der *Sternenreiter* im Ohr; jenem Menschen, dessen Überreste sie vorhin auf der Brücke gefunden hatten, mit dem Loch im Schädel und dem Sonnenauge zu seinen Füßen ...

Nach dem Ausfall der Antriebe hatte Ahi Laan sämtliche Systeme des Raumschiffs überprüft; dabei hatte sie ungewollt eine Logbuchaufzeichnung aktiviert und eine körperlose Stimme heraufbeschworen, die von überallher zu kommen schien, und so tonlos war, so gefühlskalt, dass die Dinge, die sie verkündete, umso grausamer klangen. Und obwohl nicht alle Details geklärt waren, hatten Miko und die anderen sich zusammenreimen können, was vor über neunhundert Jahren auf dem Schiff passiert war:

Die *Sternenreiter* war aus dem Weltraum zurückgekehrt, kurz bevor der Krieg mit dem Schattenkult eskaliert war, und Rokor begonnen hatte, Te'Ra zu verschlingen. Der Kommandant des Raumschiffs, Kapitän Harak, und seine zwanzigköpfige Mannschaft, bestehend aus Wissenschaftlern aller Hohen Völker, waren dazu angehalten worden, auf Drachenschiffe mit Flüchtlingen zu warten, um mit ihnen den Planeten wieder auf dem schnellsten Wege zu verlassen. (Die Nexus-Zugänge zum Hangar waren aus Sicherheitsgründen längst versiegelt worden.)

Doch die Schiffe waren nie gekommen, und während Rokor immer näher rückte, hatte sich Unruhe unter Kapitän Haraks Leuten breitgemacht. War dies das Ende der Welt?

Ein Teil der Mannschaft hatte gefordert, nicht auf die Flüchtlinge zu warten und einfach loszufliegen, bevor es zu spät war. Der Rest war dagegen gewesen; darunter auch Harak, der sich an die Hoffnung geklammert hatte, seine Familie könne sich unter den Flüchtlingen befinden. So war es zum Kampf um die *Sternenreiter* gekommen, und letztlich hatten Harak und drei seiner Leute gewonnen. Doch noch während der Kämpfe hatte der Hangar sich aus Schutz vor der Plage automatisch versiegelt und sie hier drinnen gefangen. So lange Rokor wütete, konnte niemand die Anlage betreten oder verlassen.

Als ihm dies klar geworden war, hatte Harak die Nerven verloren; in seinem Glauben, ihnen damit größere Qualen zu ersparen, tötete er alle Mitglieder der Besatzung, die noch am Leben waren – und anschließend sich selbst, nachdem er sein Geständnis ins Logbuch diktiert hatte, ohne daran zu glauben, dass es jemals ein lebendes Wesen hören würde.

Die Aufzeichnung hatte mit dem Zischen eines Sonnenauges geendet. Dann war Stille. Und Miko hatte mit einem flauen Gefühl im Magen überlegt: Wenn es tatsächlich etwas wie eine Seele gab, die nach dem Tod den Körper verließ, und dieses Schiff hermetisch versiegelt gewesen war, als die Besatzung ums Leben kam – konnte es da nicht sein, dass ihre Geister immer noch an Bord gefangen waren?

Denn seit er die *Sternenreiter* betreten hatte, konnte er das Gefühl nicht abschütteln, beobachtet zu werden.

Vielleicht lag das nur an seiner Aufregung.

Vielleicht war es aber auch besser, sich wieder zu den anderen zu begeben.

Also drehte er um und folgte den Schildern und Nexus-Portalen zurück zur Brücke. Eventuell konnte er Xeah etwas Gesellschaft leisten, wenn es schon nichts anderes für ihn zu tun gab.

Laut Ahi Laans Berechnungen sollte der Flug nach Kenlyn gute zwei Wochen dauern. Miko war nicht wohl bei dem Gedanken, so lange auf diesem Schiff zu verbringen, aber wichtiger als das war ihm, dass sie alle wieder nach Hause kamen.

Außerdem funktionierten die Luftreiniger wieder einwandfrei, und die *Sternenreiter* roch nicht länger nach Grab sondern nach ... nichts, eigentlich. Auch die Überreste der Besatzung waren längst von Bord – er hatte dem Ex-Kapitän, Keru und Kai vorhin geholfen, das Schiff nach weiteren Skeletten abzusuchen und diese nach draußen, in den Hangar zu befördern, wo sie – da es keine Erde dafür gab – in Frachtkisten bestattet wurden. Xeah hatte einen Segen gesprochen, woraufhin sie alle einen langen Augenblick geschwiegen hatten. Dann hatten sie sich an die Arbeit gemacht.

Die Knochen anzufassen hatte Miko gar nicht soviel Überwindung gekostet, wie er befürchtet hatte. Es half, wenn man sich vorstellte, es wären nur Gebilde aus Holz. Und ein bisschen hatten sie sich auch so angefühlt: wie glattes, altes Holz.

Trotzdem, zwei Wochen auf dem Schiff würden eine harte Probe für ihn und seine viel zu lebhafte Fantasie werden. Und ihm war wesentlich wohler, als er endlich den Nexus zur Brücke durchschritten hatte und all die leeren Korridore hinter sich ließ.

Xeah hatte es sich auf der vordersten Pilotenliege bequem gemacht, die sich ihren Körperformen angepasst hatte; Miko dachte mit Schaudern daran, dass es die gleiche Sitzgelegenheit war, auf der sie Haraks Überreste gefunden hatten.

»Hallo, Miko.« Die Draxyll schwenkte ihr Haupt zu ihm, als er eintrat. Ihr Gesicht schien sich augenblicklich aufzuhellen.

»Hallo. Darf ich mich zu dir setzen?«

»Aber natürlich. Ich würde mich freuen.«

Er nahm auf der Liege neben ihr Platz und wartete, bis diese ihre Form geändert hatte, und er so bequem saß wie auf einer Wolke. Er beobachtete das viereckige Projektionsfenster über der Steuerkonsole, welches das Schiff auf einen Teil der halbkugelförmigen Brücke gezaubert hatte. Es zeigte alle paar Sekunden wechselnde Ansichten der nächtlichen Wüste um sie herum; Ahi Laan hatte sicherheitshalber eine Sensorenleitung von der *Sternenreiter* zum oberirdischen Teil des Hangars hergestellt, und soweit Miko das mitbekommen hatte, würde sich ihnen in einem Umkreis von fünfzig Kilometern nichts nähern, ohne dass das Schiff lautstark Alarm schlug.

Aber selbst, wenn die Schatten sie hier draußen, mitten im Nirgendwo, finden sollten: Die Hangartore waren von innen versiegelt und ihre Stahlplatten so stark, dass es selbst mit Sonnenaugen Stunden dauern würde, sich durchzuschweißen. Was ihnen in diesem Fall hoffentlich genug Zeit zum Improvisieren gab.

Davon abgesehen gab es sowieso keinen Grund, noch lange in diesem Bunker zu hocken: der Ex-Kapitän hatte die *Korona* vorhin im Frachtraum der *Sternenreiter* untergebracht; ihr ganzes Hab und Gut war also an Bord. Sobald die fehlenden Ersatzteile eingebaut waren, konnten sie endlich, endlich, *endlich* losfliegen, gen Heimat!

Miko holte tief Luft, um seine Aufregung zu bezwingen. Es half nur wenig.

»Ist Ahi Laan schon mit den Reparaturen fertig?«, fragte Xeah und reichte ihm einen Teller mit belegten Broten, von denen er sich eines nahm, das mit Tomaten und Käse belegt war. Mit halbvollem Mund antwortete er: »Sie meint, sie kommt erstmal allein zurecht, deswegen hat sie mich rausgeschmissen.« Er schlang den Rest des Brotes herunter, wobei er ständig die Projektion im Auge behielt. Doch dort gab es nichts zu sehen außer Wüste, noch mehr Wüste und dann noch etwas Wüste. »Zuhause werden sie ganz schön Augen machen, wenn wir mit diesem Schiff aufkreuzen, was?«

Xeah blieb ernst. »Das nehme ich zumindest an. Allerdings wäre mir lieber, wenn uns niemand dabei sähe, denn ich fürchte, die Begrüßung würde nicht sehr herzlich ausfallen. Und selbst wenn es nicht der Kult ist, der uns abfängt, werden uns die Friedenswächter wahrscheinlich einige sehr unangenehme Fragen stellen.«

»Aber vielleicht kann uns der Admiral helfen!«

»Ich vermute, Admiral Telios hat zur Zeit genug eigene Probleme, Miko.«

»Stimmt wahrscheinlich ...« Er wischte sich Tomatensaft aus dem Mundwinkel. »Aber vielleicht haben wir Glück!«

Xeah öffnete gerade den Schnabel, um zu antworten, als sie innehielt. Mit zu Schlitzen verzogenen Augen betrachtete sie die Projektion. »Schiff, bitte das Bild vergrößern!«

Die *Sternenreiter* gehorchte und ließ den Wüstenausschnitt blitzschnell wachsen, so dass er die halbe Brückenkanzel ausfüllte. Draußen sah Miko den halbverschleierten Mond über den Staubdünen. Sterne waren durch die vernebelte Atmosphäre kaum zu erkennen; nur eine Staubwolke am Horizont, die der Wind schon wieder auseinander riss.

»Was ist? Hast du etwas gesehen?«

»Für einen Moment habe ich geglaubt ...« Xeah verstummte und bewegte den Kopf von links nach rechts. »Ich fange wohl allmählich an, Gespenster zu sehen.«

Miko wünschte sich, sie hätte das nicht gesagt, denn es beschwor ein unangenehmes Kribbeln in seiner Magengegend herauf. Besser, er war doppelt vorsichtig. Also konzentrierte er sich ganz auf die Projektion, die mittlerweile wieder auf ihre normale Größe geschrumpft war und in gewohntem Rhythmus die Ansicht wechselte, von Wüste zu Wüste zu Wüste. Dabei nahm er aus dem Augenwinkel wahr, wie Xeah sich in ihre Robe kuschelte.

Schon auf dem Flug hierher war ihm aufgefallen, dass sie viel weniger unglücklich wirkte als zuvor. Die Zwischenlandung im Schoß der Prophetin schien ihr eine Last von den Schultern genommen zu haben, die Miko sich nicht einmal ansatzweise vorstellen konnte. Daher fand er auch den Mut, ihr eine Frage zu stellen, die ihn seit Tagen beschäftigte.

»Xeah?«

»Ja?«

»Wenn wir wieder Zuhause sind – ich meine, wenn es kein Begrüßungskomitee gibt und wir einfach gehen können, wohin wir wollen ... dann wirst du doch bei uns bleiben, oder?«

Ihre schwarzen Augen wurden ganz klein und dünn, als sie gerührt lächelte. »Ja, Miko«, sagte sie. »Das werde ich.«

Und Miko war froh darüber.

Es war, als habe jemand eine blaue Sonne eingefangen und in einen Zylinder aus Metall gesperrt; ein melodisches Singen und Sirren erfüllte die Luft, während der Herzkristall der *Sternenreiter* sich unaufhörlich um sich selbst drehte und dabei Energie aus dem Äther sog. Der Edelstein war von einer kristallenen Sphäre umhüllt, die so groß war wie ein Fesselballon, und wurde wiederum von zwei Greifarmen links und rechts im Zentrum des Maschinenraumes gehalten. Dieser hatte die Form einer breiten Tonne, war vier Decks hoch und fast genauso breit.

Nelen hatte Mühe, sich dem hypnotischen Strahlen des Kristalls zu entziehen. Ihr Blick folgte der Treppe, die spiralförmig der Innenseite des Raums folgte, wobei sie sich in regelmäßigen Abständen zu ausladenden Balkonen verbreiterte. Auf einem dieser Balkone, vielleicht zehn Meter über ihr, erkannte sie einen vertrauten, geflügelten Schemen.

Da steckst du also.

Nelen schwang sich in die Höhe, wobei sie versuchte, so viel Abstand wie möglich zur Kristallsphäre zu wahren, bevor sie von ihr angezogen wurde wie eine Motte vom Licht. Ihr blaues Glühen warf lange, weiche Schatten.

Ahi Laan stand vor einem drei Meter großen Aggregat, das sie aus der Wand gezogen hatte wie eine überdimensionale, vertikale Schublade. Die Sha Yang führte einen Metallstift prüfend über die phantastischen Apparaturen und schien zufrieden, als an dessen Ende ein grünes Lämpchen blinkte.

Nelen räusperte sich. »Ich soll dir von Kai ausrichten, dass er gleich mit den restlichen Ersatzteilen kommt.«

Ahi Laan drehte sich zu ihr; das Licht des Herzkristalls spiegelte sich in den Linsen der Schutzbrille, die sie über die Augen gezogen hatte und nun entfernte. »*Gut.*« Die Stimme der Sha Yang schien sich nahtlos in das Singen des Schiffsantriebs zu fügen. »*Alle anderen Systeme sind bereit. Ich schätze, dass wir in weniger als einer Stunde starten können, wenn es keine weiteren Komplikationen gibt.*«

»Freut mich, das zu hören«, sagte Nelen. Tatsächlich hätte sie vor Glück schreien können: *Endlich weg von hier, endlich zurück in die richtige Welt!*

Ahi Laan sah von einer Antwort ab. Stattdessen schob sie das Aggregat-Schubladen-Ding zurück in die Wand.

»Danke nochmal für deine Hilfe.« Nelen ließ sich auf dem Balkongeländer nieder. »Ohne dich hätten wir ziemlich alt ausgesehen.«

Ahi Laan sah sie an; es lag kein Zeichen von Humor in ihrem Gesicht, als sie sagte: »*Ohne mich wärt ihr verloren gewesen.*«

Nelen lächelte freudlos. »Hach, warum kann nicht jeder so bescheiden sein wie du?«

Ahi Laan verstaute den Metallstift in einer Tasche an ihrem Kilt. »*Es ist die Wahrheit.*«

»Genauso wie die Tatsache, dass du es ohne uns gar nicht bis hierher geschafft hättest.«

Die Flügel der Sha Yang bewegten sich in einer Geste, die Nelen als Achselzucken interpretierte. »*Ich hätte nur länger gebraucht.*«

Bevor Nelen sich versah, hatte sich Ahi Laan auf das Geländer geschwungen; sie breitete ihre Schwingen aus und sprang. Nelen beobachtete, wie die Sha Yang in die Tiefe segelte, wobei sie einen großzügigen Halbkreis um den Äthermotor beschrieb und anschließend mit tänzerischer Eleganz auf dem Boden aufsetzte.

Nelen verdrehte die Augen. *Liebenswert wie immer*, dachte sie und folgte ihr.

»Du machst es einem wirklich schwer, dich zu mögen« sagte sie, als sie Ahi Laan eingeholt hatte.

»*Ich bin nicht hier, um gemocht zu werden. Ich will nur diesen Planeten verlassen.*«

Nelen verschränkte die Arme. »Ja, aber wenn du nicht etwas gegen deinen Überlegenheitskomplex tust, wirst du auch auf Kenlyn keine Freunde machen.«

Die Bronzeaugen fixierten sie. »*War das alles?*«, fragte Ahi Laan, eine Spur strenger als sonst.

Nelen seufzte. »Nein. Ich wollte dir nur sagen, dass es mir leid tut, dass ich vorhin so garstig zu dir war – ich meine, als du erzählt hast, wo mein Volk herkommt. Es ist nur ... ich dachte immer, es wäre mehr an uns dran, und dann sagst du, dass wir nichts als Spielzeuge gewesen sind.«

»›Gewesen‹«, betonte Ahi Laan. »*Abstammung und Identität sind zwei grundverschiedene Dinge.*«

»Aber wo wir herkommen, sagt uns, wer wir sind.«

Wieder das gleichgültige Flügelzucken. »*Ich ziehe es vor, mir selbst zu sagen, wer ich bin.*« Die Sha Yang wandte sich in Richtung Ausgang.

»Aber selbst du brauchst eine Familie! Freunde!«

Ahi Laan drehte sich zu ihr um. »*Ich habe lange genug ohne sie überlebt*«, antwortete sie. »*Und außerdem wird es sie nicht wieder lebendig machen ...*«

Nelen spürte, dass sie eine Wunde aufgerissen hatte – und ihr wurde klar, dass sie genau das beabsichtigt hatte; sie hatte der Blauen weh tun, sie dazu zwingen wollen, die kühle Fassade fallen zu lassen. Aber sie hatte kein Recht dazu, und sie schämte sich dafür.

»Ich weiß, wie du dich fühlst«, sagte sie sanfter. »Als ich klein war, habe ich auch meine Eltern verloren ... meine ganze Familie. Aber du musst nicht immer einsam sein, wenn du es nicht willst. Du musst uns nur eine Chance geben.«

Der winzige Mund der Sha Yang bog sich zu einem traurigen Lächeln. »*Ich werde ewig fremd sein in eurer Welt.*«

»Das heißt, du willst nicht mit nach Kenlyn?«

Ahi Laan sah zu dem blauen Globus auf, der über ihren Köpfen hing wie ein fremder Planet. »*Doch. Ich komme mit euch, um Syl Ra Van umzuprogrammieren. Aber ich werde nicht dort bleiben.*«

Nelen schüttelte verständnislos den Kopf. »Aber wo willst du dann hin?«

»*Der Rubinstern ist nur eine von Millionen bewohnter Welten. Irgendwo dort draußen leben noch andere meines Volkes. Mit diesem Schiff kann ich sie vielleicht erreichen.*«

»Und wenn nicht?«

Der bronzene Blick funkelte kämpferisch. »*Dann habe ich es zumindest versucht.*«

Nelen wollte der Sha Yang gerade zu ihrer Einstellung gratulieren, als deren Gesichtsausdruck sich verhärtete und sie hinzufügte: »*Aber selbst wenn wir es bis zum Rubinstern schaffen – aller Wahrscheinlichkeit nach herrscht dort bereits Krieg. Und es besteht die Möglichkeit, dass nicht alle von uns ihn überleben werden.*«

Nelen erwiderte ihren Blick. »Nein«, wollte sie sagen, »du irrst dich!« Aber es war sinnlos, es zu leugnen, und sie musste mit aller Macht gegen das schwarze Loch ankämpfen, das sich in ihrem Herzen ausbreitete.

»Hey!«, rief eine vertraute Stimme in ihr Schweigen hinein. Kai kam zu ihnen, die vollgestapelte Schwebeplattform im Schlepptau. Er schien erleichtert, die Ersatzteile endlich an Ahi Laan übergeben zu können. »Wir haben alles gefunden, was auf der Liste stand«, sagte er. »Wann können wir starten?«

Keine Stunde später hatten sie sich ein weiteres Mal auf der Brücke versammelt. Keiner der anderen protestierte, als Keru verkündete, dass er sein Amt als Kapitän niedergelegt hatte. Der Skria trug es mit Fassung.

Nun waren alle Ersatzteile eingebaut und die Systeme doppelt und dreifach geprüft worden. »*Es sollte funktionieren*«, hatte Ahi Laan gesagt.

Sie hörten angespannt zu, wie die Sha Yang sich an die *Sternenreiter* wandte. »*Schiff*«, sagte sie zum zweiten Mal an diesem Tage; Endriel fragte sich, ob sie wirklich so ruhig war, wie sie klang. »*Antriebe starten!*«

Ein Piepen ertönte; einmal mehr erwachte die Maschine zum Leben, während Anzeigen auf der Konsole von rot auf grün sprangen.

»*Antriebe werden hochgefahren*«, erklärte die *Sternenreiter* dienstbereit.

»*Öffne die Hangartore*«, befahl Ahi Laan.

Alle hoben den Blick. Die Rundum-Projektion auf der Brückenkanzel zeigte die Stahlplatten über ihnen, die sich zur Seite schoben – ein sich verbreiterndes Rechteck, hinter dem nichts zu sehen war als Dunkelheit. Sandfluten stürzten in das zwielichtige Innere des Hangars, direkt auf die *Sternenreiter*; einen Moment lang vernebelten sie den oberen Teil der Projektion, bevor sie an der Perlmutthaut des Schiffs hinabglitten.

Endriel kreuzte die Finger so fest, dass sie befürchtete, sie nie wieder auseinanderzubekommen.

»*Schiff, starte auf programmiertem Kurs*«, wies Ahi Laan die Maschine an.

Wieder bestätigte die *Sternenreiter* den Befehl. Blaues Licht erfüllte den Hangar. Die Wände ringsum schienen zu schrumpfen, während das dunkle Rechteck über ihnen wuchs und wuchs.

Endriel glaubte zu spüren, wie sich das uralte Raumschiff gegen die Schwerkraft stemmte. Etwas krallte sich in ihre Schulter; es waren Nelens Fingernägel.

Noch immer wagte niemand zu jubilieren; auch nicht, als das Schiff die Hangargruft hinter sich gelassen hatte und die Projektion dunkle Wolken unter einem schwarzen Himmel zeigte. Am Horizont erkannte Endriel das Glühen der Mondsichel hinter Schleiern aus Staub, und noch immer stieg das Schiff, ohne sich über durchgeschmorte Antriebe oder defekte Feldstabilisatoren zu beschweren. Endriels Blick glitt immer wieder zum Höhenmesser; die Zahlen darauf rotierten sogar noch schneller, als ihr Pulsschlag ging: hundert Meter, zweihundert, dreihundert …

»So weit, so gut«, wollte sie gerade sagen, da gingen zu allen Seiten blaue Sterne auf.

IV

DER PREIS

»›Freu dich nicht zu früh, Weltenretter: Die meisten Helden sterben jung.‹«
– aus »Kasaru der Krieger« von Charr, Kapitel zwölf

E ndriel glaubte, ihr Herz würde stehen bleiben, als die Sirene mit aller Macht loskreischte.

»Das kann nicht sein!«, rief Kai über den Lärm hinweg. »Sie können uns unmöglich gefolgt sein!«

»Syl Ra Van Nummer eins«, sagte Endriel, tonlos im Blitzschlag der Erkenntnis.

Wie lange waren sie schon hier? Hatten sie die ganze Zeit jenseits der Sensorenreichweite gewartet; darauf gelauert, dass sie endlich aus ihrem Versteck kamen? Oder waren sie eben erst eingetroffen, genau zum denkbar schlechtesten Zeitpunkt?

Es spielte keine Rolle, das Resultat war dasselbe:

Der Kult hatte sie gefunden.

Endriel zählte sechs Schiffe, pechschwarz und mit aktivierten Sonnenaugen. Sie näherten sich schnell, während die *Sternenreiter* gerade erst auf tausend Meter gestiegen war.

Einige Sekunden lang stand Ahi Laan da wie eine zerbrechliche Statue. Dann erwachte sie aus ihrer Starre. *»Schiff! Den Schild aktivieren, maximale Leistung!«*

»Externes Kraftfeld wird aufgebaut«, sagte die Sternenreiter, aber es war eine Lüge.

»Was ist los?« Endriels Stimme überschlug sich. »Warum passiert nichts?«

»*Ich weiß es nicht!*« Die Sha Yang klang fast so schrill wie die Sirene, während ihre Finger über die Kontrollen tanzten. Endriel war dankbar, dass sie dabei auch den Alarm ausschaltete.

»Mach was!«, drängte Nelen. Sie war bleicher als der Mond dort draußen. »Die kommen immer näher!«

Ahi Laan blickte streng in die Linse des Kubus-Aufzeichners vor ihr. »*Sternenreiter an fremde Schiffe! Dies ist unsere erste und einzige Warnung – kehrt sofort um oder ihr tragt die Konsequenzen!*«

Es war der lahmste Bluff, den Endriel je gehört hatte. Ihre Häscher schienen das ähnlich zu sehen.

»H-Haben wir keine Waffen?« Mikos Schultern sanken herab, als das allgemeine Schweigen seine Frage beantwortete.

»*Schiff!*«, wiederholte Ahi Laan. Panik leuchtete in ihren Bronzeaugen. »*Den Schild aktivieren!*«

»*Externes Kraftfeld wird aufgebaut*«, vermeldete das Schiff erneut.

»Du verfluchte Scheiß-Mistdrecks-Antiquität, mach schneller!« fluchte Endriel. Es hatte keinen erkennbaren Effekt.

»*Schiff – beschleunigen!*«, befahl Ahi Laan. »*Höchstgeschwindigkeit!*«

Diesmal spurte die Maschine. Die *Sternenreiter* schob sich im steilen Winkel voran, wurde schneller und schneller: fünfzig Stundenkilometer, hundert, zweihundert. Sie raste einem Teil der Kultschiffe entgegen, während der andere Teil die Verfolgung des Raumschiffs aufnahm.

»Das ist Wahnsinn«, grollte Keru die Sha Yang an. »Wir fliegen direkt auf sie zu!«

Schwarze Schiffe näherten sich von allen Seiten. Nur noch Sekunden, und sie gerieten in Schussreichweite!

»*Externes Kraftfeld aktiv*«, meldete die *Sternenreiter* unvermittelt.

Ein violetter Schleier legte sich auf die Rundum-Projektion; Strahlensalven schlugen von achtern darauf ein, während die Schiffe bugwärts mit der Energiebarriere kollidierten und von dieser abprallten wie von einem Berg aus Gummi.

Auf einer Anzeige erkannte Endriel eine schematische Darstellung der *Sternenreiter*, die nun von einer dünnen Blase eingehüllt war. Ihr Durchmesser maß gut vier Schiffslängen.

Sie erlaubte sich, auszuatmen. Dann erkannte sie den kleinen, leuchtenden Punkt, der innerhalb dieser Blase an die *Sternenreiter* heranflog. »Eins ist durchgekommen!«, rief sie. Das Schiff musste die Schildgrenze unterschritten haben, kurz bevor sich die Felder aufgebaut hatten!

Da hörten sie auch schon irgendwo dumpf Metall auf Metall schlagen.

»Magnetanker«, knurrte Keru. »Sie kleben sich an den Rumpf!«

Endriel war klar, was das bedeutete: Sie würden die Hülle aufschneiden und das Schiff entern. »Können wir sie irgendwie abschütteln?«, drängte sie Ahi Laan.

»*Nein*«, antwortete die Sha Yang mit einem Blick auf die Kontrollen. »*Sie schweißen sich am Rumpf fest!*«

»*Warnung*«, meldete die Sternenreiter. »*Beschädigung der Außenhülle an den Segmenten dreiundachtzig und vierundachtzig. Leite Selbstreparatur ein.*«

Gleichzeitig formte sich über der Konsole ein Abbild des Schiffs aus weißem Licht. Ein leuchtender Kreis markierte einen Bereich, irgendwo auf Deck 2. Das Kultschiff hing daran fest wie eine fette, schwarze Zecke.

Endriel spürte, wie Nelen auf ihrer Schulter zitterte. »Kannst du nicht die Luftschleusen oder sowas in dem

Bereich öffnen? So, dass sie einfach nach draußen gesaugt werden?«

»*Nicht während des Fluges. Die Sicherheitseinrichtungen lassen es nicht zu.*«

»Verdammt. Kannst du wenigstens die Türen da unten von hier aus schließen?«

»*Ja.*«

»Dann tu es!«

»*Schiff! Versiegele alle Durchgänge und Portale auf Deck 2!*«

»*Befehl wird ausgeführt*«, erwiderte die Maschine brav.

»Das wird sie nicht aufhalten«, wütete Keru, während draußen das Kraftfeld aufflackerte, als es weitere Salven schluckte. Doch das war ihre geringste Sorge, zumal die restlichen fünf Schiffe langsam aber sicher hinter der flüchtenden *Sternenreiter* zurückblieben. »Sie werden sich durch die Decken schweißen, auf dem Weg zur Brücke!«

»Es gibt uns zumindest etwas Zeit«, gab Endriel zurück.

»Wie sollen wir sie aufhalten?« Kai hatte seine Stimme besser unter Kontrolle als seine zitternden Hände.

»Hiermit.« Keru griff nach dem Sonnenauge, das er von der *Korona* mitgebracht hatte. Die Energiezellen strahlten in giftigem Grün.

Kai starrte ihn an. »Ich fürchte, dass wird nicht ganz reichen.«

»*Warnung. Außenhülle wurde durchbrochen. Reparaturmaßnahmen fehlgeschlagen.*«

Ahi Laan zeigte ihnen eine zweidimensionale Überwachungsprojektion aus dem betreffenden Teil des Schiffs: Aus der Vogelperspektive verfolgten sie, wie Kultisten in Kampfpanzern durch ein Loch in der Wand strömten; einer von ihnen hob ein Sonnenauge und vernichtete den Aufzeichner. Weißes Rauschen folgte.

»Ich bin gleich wieder da!«, rief Kai und verschwand im Nexus zum Maschinenraum. Kurz darauf kehrte er zurück;

er reichte Endriel ein schweres Brecheisen. Sich selbst hatte er mit einem faustgroßen Schweißgerät bewaffnet. Unter anderen Umständen hätte sie dies für einen schlechten Witz gehalten; sie hatte nicht die geringste Ahnung, wie sie die Schatten damit aufhalten sollten. Aber was hatten sie für Alternativen?

Keru sah sie grimmig an, er wollte den Mund zum Sprechen öffnen, aber Endriel kam ihm zuvor. »Glaub ja nicht, dass ich dich allein gehen lasse!«

»Genauso wenig wie ich«, sagte Kai. »Fünf Augen sehen mehr als eins!«

»Hrrrrhm. Gut. Aber bleibt hinter mir!« Er stapfte ihnen voraus und machte Anstalten, die Brücke zu verlassen.

»Wartet auf mich!«, rief Nelen ihnen hinterher.

»Nelen!«, rief Endriel, ohne sich umzudrehen. »Bleib bei den anderen!«

»Aber –!«

»Bleib bei den anderen!«

Und Nelen gehorchte. Endriel atmete tief durch: Ihr war klar, dass dieser Kampf anders werden würde als die Schlacht auf der *Dragulia* vor einem halben Jahr. Damals hatte wenigstens ein Teil von Andars Mannschaft auf ihrer Seite gegen die Schatten gekämpft. Nun standen sie zu dritt mit einem einzigen Sonnenauge gegen ein bis an die Zähne bewaffnetes und von Kopf bis Fuß gepanzertes Enterkommando.

Endriel hörte ihr Herz hämmern – *Yanek, steh mir bei!*, flehte sie stumm und rang nach Atem.

»Beeilt euch!«, rief Ahi Laans Stimme aus dem Nichts. Sie drehten sich um: Auf der blanken Wand zu ihrer Rechten sahen sie eine Projektion der Sha Yang, wie durch ein Fenster; Nelen, Miko und Xeah blickten besorgt über ihre blauen Schultern. *»Ich bleibe über die internen Aufzeichner bei euch und werde euch führen – folgt einfach den Pfeilen!«*

»Welchen Pfeilen?«, fragte Kai. Als Antwort erschien ein leuchtendes Dreieck unter der Projektion. Seine Spitze deutete in Richtung des nächsten Nexus-Portals.

»Jetzt vertrödelt nicht noch mehr Zeit«, drängte Ahi Laan. *»Sonst haben sie bald das nächste Deck erreicht!«*

»Wir sind unterwegs«, versprach Endriel, und noch während sie sprach, liefen sie los.

Blieb nur zu hoffen, dass Liyens Schergen sich an die Anordnung ihrer Kaiserin hielten und wirklich nur lähmende Energie verschossen.

Währenddessen hatte die *Sternenreiter* bereits die Mesosphäre erreicht; fünfundsiebzig Kilometer unter ihr erschien das nächtliche Land als grauschwarzer Teppich, mit schmutzigen Wolkenfetzen und den dunklen Narben von Gebirgen.

Die Maschinen des Kults konnten nicht mehr mit dem immer schneller werdenden Raumschiff mithalten; sie waren längst außer Sichtweite geraten. Und die *Sternenreiter* stieg weiter, unaufhaltsam dem Rand der Atmosphäre entgegen.

Der Nexus entließ Endriel, Keru und Kai auf Deck 3, in einem Gang vor den Mannschaftsquartieren. Bunte Drachen schlängelten sich in hypnotischen Mustern auf den Wänden. Sofort ließ Ahi Laan einen weiteren Richtungspfeil zwischen den Untieren erscheinen: Er führte zu einem zweiten Portal, nur einige Schritte weiter. Bislang war es noch versiegelt.

»Ich werde den Nexus öffnen, sobald ihr bereit seid«, meldete die Stimme der Sha Yang über unsichtbare Lautsprecher. *»Folgt dem Gang dahinter bis zur nächsten Tür. Die Schatten sind irgendwo dahinter. Das heißt, sie waren es, bevor sie sämtliche Aufzeichner in dem Bereich abgeschossen haben.«*

Endriel sah zu Keru. Er nickte nur stumm und hob das Sonnenauge.

»Tu es!«, sagte Kai.

Das Portal öffnete sich wie von Zauberhand. Keru marschierte den beiden Menschen voraus, die Waffe im Anschlag. Kalter Schweiß durchnässte Endriels Hemd; sie fühlte sich fiebrig und ging wie mit Knien aus Gummi. Sie wusste, das Brecheisen in ihren Händen würde die Schatten mehr zum Lachen als zur Flucht animieren. Aber sie bemühte sich um eine entschlossene Miene – für ihre beiden Begleiter und die anderen, die ihnen über die winzigen Linsen der Aufzeichner zusahen.

Viel zu schnell hatten sie die angekündigte Tür erreicht.

»Auf mein Zeichen«, kündigte Keru an. Endriel nickte, als er sie fragend ansah. Kai tat es ihr gleich. Beide blieben dicht hinter ihm.

»Jetzt!«, fauchte der Skria.

Die Tür öffnete sich mit kaum hörbarem Zischen.

Der Raum dahinter war drei Meter lang und zehn breit. Links und rechts stand jeweils ein Trio massiger, mannshoher Dinger, die aussahen wie Kreuzungen aus Krabbe und Maschine. Endriel hatte sie schon zuvor gesehen, als sie das Schiff nach weiteren Skeletten durchsucht hatten: Es waren Raumsonden, mit eigenen Antrieben und Greifarmen für die Arbeit im Vakuum ausgestattet.

Vier Schatten bewachten diesen Teil des Schiffs; noch bevor sie herumwirbeln konnten, hatte Keru drei von ihnen umgeschossen, einschließlich des Wächters an der Tür – sie gingen mit scheppernden Panzern zu Boden oder krachten gegen die nächste Wand. Der vierte feuerte zurück; Keru warf sich zur Seite und entging um Haaresbreite einem Energiestrahl. Gleichzeitig feuerte er eine weitere Salve ab – sie erwischte den Schatten an der

Schulter, was diesen zwar aus der Balance, aber nicht zu Fall brachte. Schon wirbelte er herum, legte an –

»Hey!«, rief Endriel und holte aus. »Hier drüben, Blechkopf!«

Der Kultist sah auf; das Brecheisen traf ihn genau am Visier – nur einen Sekundenbruchteil später fuhr ihm ein roter Strahl in die Brust und hinterließ ein schwelendes Loch in seinem Panzer. Gestank von verbranntem Metall und brutzelndem Fleisch breitete sich aus.

»Danke«, brummte Keru trocken und bückte sich.

»Keine Ursache«, murmelte Endriel. Sie fühlte sich, als sei ihr sämtliches Blut aus dem Gesicht gewichen, und ließ fast das Sonnenauge fallen, das Keru ihr zuwarf. Auch Kai griff gerade nach einer fallengelassenen Waffe, als hinter der offenen Tür auf der anderen Seite des Raumes der Ruf ertönte: *Sie sind hier! Haltet sie auf!*

Endriel schraubte die Schussleistung auf tödliches Niveau. Zusammen mit Kai und Keru feuerte sie in den Gang und erwischte ein, zwei der anrückenden Schatten, deren Vorhut direkt ins Feuer lief, während ihre Kumpane zurückblieben und den Angriff aus der Deckung erwiderten.

Endriel versuchte, zu Atem zu kommen. Sie hatte noch nie zuvor mit einem voll aufgedrehten Sonnenauge auf Lebewesen gefeuert. Es war erschreckend leicht gewesen – die Masken der Schatten halfen ihr dabei, sich vorzustellen, ihre Feinde wären nichts anderes als große, sich bewegende Puppen; ohne Blut, ohne Seele, ohne Leben. *Wir haben euch gewarnt*, dachte sie und presste die Kiefer so fest aufeinander, dass ihre Wangenmuskeln schmerzten. *Ihr hättet umdrehen können, aber ihr wolltet ja nicht hören!*

Wie viele von ihnen waren an Bord gekommen? Ihr Schiff hatte Platz für mindestens vierzig von den Kerlen – bei ihrem Glück waren es mit Sicherheit mehr.

»Gebt mir Feuerschutz!«, brüllte Keru. Er ging zu Boden

und sprang unter den Strahlenlanzen hindurch, in die rechte Hälfte des Raums. Endriel kam gar nicht dazu, sich zu fragen, was er vorhatte; sie war nur darauf konzentriert, zu feuern und nicht getroffen zu werden, während ihr der Puls in den Ohren dröhnte. Sie hörte kaum die wie Giftschlangen zischenden Sonnenaugen.

Die Luft stank bald nach Ozon; Schüsse schlugen in den Rahmen der Tür ein, hinter der sie und Kai Deckung suchten, und Qualm vernebelte ihnen die Sicht, so dass sie kaum Keru sahen, der mittlerweile wieder auf die Beine kam, direkt vor einer der Raumsonden. Das Sonnenauge unter eine pelzige Achsel geklemmt, zerrte er mit beiden Pranken an der Maschine und schob sie – begleitet von einem ekelerregenden Quietschen von Metall auf Metall – dem gegnerischen Feuer entgegen. Zwar schluckte das Artefakt die Lähmschüsse der Kultisten weitgehend, aber Endriel war klar, dass sie sich von dieser Barriere nicht aufhalten lassen würden. Allerdings hatte sie keine Chance, Keru darauf hinzuweisen, denn er hechtete Kai und ihr bereits wieder entgegen.

»Zurück!«, brüllte er. Zu dritt liefen sie den Gang, aus dem sie gekommen waren, hinab; vereinzelte Schüsse folgten ihnen. Als sie über die Schulter blickte, sah Endriel bereits die schwarzen Schemen der Kultisten, die ihre Deckung verließen und sich an der krabbenartigen Sonde vorbeischoben. Sie ächzte, als Keru sie und Kai plötzlich mit einer Hand gegen die Wand drängte, während er mit der anderen das Sonnenauge hob – und auf die Maschine feuerte.

Der Skria beugte sich schützend über die Menschen – im selben Moment glaubte Endriel, ihr Trommelfell würde zerfetzt, als in dem Raum hinter ihnen eine Explosion dröhnte.

Die Wände erbebten; ein Feuerstoß stob zu ihnen in den

Gang, doch er erlosch, bevor er sie bei lebendigem Leib rösten konnte. Danach war Stille. Keine Schüsse, keine Schritte, keine Stimmen. Nichts.

Keru hob den Kopf, seine Ohren zuckten. »Hrrrhm«, brummte er, als er sich wieder aufrichtete. »Hätte nicht gedacht, dass es wirklich funktioniert.«

Kai half Endriel auf die Beine. Fassungslos blickten sie in den Lagerraum der Sonden: Durch den dichten Rauchvorhang sahen sie Flammen an den geschwärzten Trümmern der Maschine und den reglosen Körpern der Kultisten. Da wallte auch schon weißes Pulver von der Decke herab und erstickte das Feuer, während in diesem und anderen Gängen die Stimme der *Sternenreiter* vor den Flammen warnte.

Endriel sah zu Keru auf. »Hättest du uns nicht wenigstens Bescheid geben können, bevor du unser Leben riskierst?«, krächzte sie, mit Qualm in den Lungen. Das Klingeln in ihren Ohren wollte nicht verstummen.

»Gern geschehen«, knurrte er mit einem Achselzucken.

»Sie haben es geschafft!«, hörte Miko Nelen jubeln.

Erst jetzt traute er sich, wieder die Augen zu öffnen: Die Innenseite der Brückenkanzel war mit einem Mosaik aus Überwachungsprojektionen belegt. Etwa ein Viertel von ihnen zeigte nichts als weißes Rauschen – zu viele Aufzeichner, wie etwa der im Maschinenraum, waren schon kaputt gewesen, bevor die Schatten das Schiff geentert hatten. Die, die noch funktionierten, übertrugen nichts anderes als leere Korridore und Quartiere.

Nur eines der Fenster, direkt über der Konsole, zeigte eine Bewegung, und Miko erkannte den Kapitän, Keru und Kai, halb verhüllt von einer Rauchwolke, aber augenscheinlich unverletzt.

Er spürte, wie ihn die Anspannung verließ, und er gestattete sich, auszuatmen – zu früh, wie sich im gleichen Moment herausstellte:

Eine neue Projektion materialisierte sich über dem Bild der drei. Sie zeigte eines der Mannschaftsquartiere, in dessen Boden, direkt neben einem umgestürzten Diwan, ein rauchendes Loch klaffte.

Miko erschrak, als ein Schatten daraus hervorkletterte wie ein dunkler Geist; als der Kultist den verhüllten Blick zum Aufzeichner hob und ihn direkt ansah, bekam er eine Gänsehaut. Dann blitzte auch schon etwas rot auf, und das Bild bestand nur noch aus sich bekriegenden weißen und schwarzen Punkten.

»*Sie sind durchgebrochen!*«, rief Ahi Laan den anderen zu. »*Ihr müsst zurück auf Deck 3, schnell!*«

Endriel fluchte, als sie die Warnung der Sha Yang hörte; verdammt, sie hatte gewusst, dass es nicht so einfach werden würde! Rasch überprüfte sie die Energiezellen ihrer Waffe, die sich mittlerweile wieder zu siebzig Prozent aufgeladen hatte, dann schloss sie sich Keru und Kai an, die wiederum Ahi Laans Richtungspfeilen folgten: den Gang hinab, bis zum nächsten Nexus. »Ahi Laan – hast du das Deck abgeriegelt?«, rief sie im Laufen.

»*Ich habe* sämtliche *Decks vollständig abgeriegelt*«, antwortete die Sha Yang scharf. »*Aber sie vernichten die Aufzeichner, wo immer sie auch hinkommen; ich kann sie erst sehen, wenn es zu spät ist und sie das nächste Deck erreicht haben!*«

»Kannst du ungefähr sagen, wie viele es sind?«, fragte Kai. Sie hatten den Nexus fast erreicht; die rauchige Luft hatten sie allmählich hinter sich gelassen, und auch der chemische Geruch des Löschpulvers war kaum mehr wahrzunehmen.

»*Nein*«, sagte die Stimme der Sha Yang. »*Genauso wenig wie ich sagen kann, ob sie noch an anderen Stellen durchgekommen sind. Es … es tut mir leid.*«

Und mir erst, wollte Endriel antworten, verkniff es sich aber. Besser, sie sparte ihre Energie.

Dann standen sie vor dem nächsten Portal. Nachdem sie sich vergewissert hatte, dass ihre Begleiter vorbereitet waren, rief Endriel: »Wir sind da – öffne es!«

Die Sha Yang tat wie ihr geheißen; ein Durchgang formte sich in dem Rechteck aus schwarzem Metall. Keru sprang den Menschen mutig voran und riss den Fokuskristall seiner Waffe von links nach rechts.

»Sicher«, meldete er.

Kai folgte ihm, dann schloss Endriel auf. Für einen winzigen Moment staunte sie über die Schneelandschaft, welche die Wände hier schmückte: Tannen mit weißen Kronen erhoben sich vor einem blassblauen Himmel, an dem die viel zu große Sonne des Saphirsterns stand. Ein schnurgerader Gang zog sich durch die winterliche Idylle und führte links und rechts an skriagroßen Türen vorbei, hinter denen sich die Mannschaftsquartiere verbargen.

Sie hörten Geräusche vom anderen Ende dieses Gangs, zwanzig Meter voraus: Stimmen, Schritte, das konstante Zischen eines Sonnenauges. Die Kultschergen waren anscheinend schon dabei, sich in das nächste Deck durchzuschneiden. Wenn es ihnen nicht gelang, sie aufzuhalten, hatten sie bald Deck 4 erreicht – und danach die Ebene, auf der die Brücke lag. Und ihre Freunde.

So leise sie konnten, schlichen sie sich voran, dicht an die Wände gedrückt; sie fühlten sich irritierend warm unter Endriels Rücken an. Sie nahm ihren rasenden Herzschlag gar nicht mehr war; sie war wie in einer Art Trance, und im Geiste exerzierte sie jede Kampfübung, die ihr Vater ihr je beigebracht hatte: *Denke nicht – handle! Erst schießen – dann fragen!*

Leider fehlte ihnen diesmal das Überraschungsmoment: Endriel schrie kurz auf, als die ersten Schüsse durch den

Korridor peitschten. Schatten stürmten ihnen entgegen; vier oder fünf – sie hatte nicht die Zeit, zu zählen. Sie konnte einen niederschießen, mehr aus Reflex als aus freiem Willen. Ein roter Strahl zischte heiß an ihr vorbei, aber die Trance hielt noch an.

Dann hörte sie Kai neben sich ächzen und beging den Fehler, zu ihm zu sehen – ein glühender Nagel schlug in ihre rechte Schulter ein. Die Wucht des Aufpralls warf sie zurück, heißer Schmerz lähmte ihre Muskeln, eroberte Stück für Stück weitere Teile ihres Körpers. Aber noch war sie bei Bewusstsein, biss die Zähne zusammen, kämpfte dagegen an.

»Endriel!«, hörte sie Kai rufen; er beugte sich zu ihr: Sie sah die Angst in seinen smaragdgrünen Augen, sah seine Hand, die ihren rechten Arm berührte, ohne dass sie es spürte. Keru stellte sich schützend vor sie beide und riss zwei weitere Kultisten von den Beinen. Dann wurde auch er getroffen. *Nein!* Endriel sah das Licht in seine pelzige Brust fahren; er verlor die Kontrolle über seinen Körper, stürzte mit zuckenden Gliedern rückwärts wie ein gefällter Baum –

»*Keru!*«, rief der Kapitän; Miko und die anderen konnten sie nicht sehen, nur hören – und das auch nur wie aus weiter Ferne, da alle Aufzeichner in ihrer Nähe ausgefallen waren, und das Artefakt, das ihre Stimme übermittelte, einige Meter vom Kampfgeschehen entfernt lag. Weitere Feuerstrahlen peitschten.

Miko war zu Eis erstarrt. Nelen klammerte sich an seinen Kragen; ihr winziger Körper zitterte wie Espenlaub. Beide zuckten zusammen, als ein Schmerzensschrei ertönte – doch er kam von einem Fremden. Metall schepperte, zwei, drei, vier Schüsse kreischten auf und schlugen irgendwo ein. »*Steh auf!*«, hörten sie den Kapitän verzweifelt rufen.

»*Bitte steh auf!*«

Schritte. Schüsse. Schreie. Chaos.

Sie werden sterben!, durchzuckte es Miko. Aus den Augenwinkeln sah er zu Xeah. Sie hatte die gefalteten Hände an die Schnabelspitze gelegt und betete in einem fort. Ihre Augen waren weit aufgerissen; von Falten gesäumte, schwarze Kugeln voller Angst. *Sie werden sterben, und wir sitzen hier drinnen fest!*

Da fiel ihm ein, dass die Schatten sie lebend wollten. Aber das war nur ein geringer Trost. Er musste doch irgendetwas unternehmen können, ihnen irgendwie helfen!

»*Hinter dir!*«, hörten sie Kai schreien. Ein Schuss zuckte. Wieder ein Schrei. Wieder von einem Fremden.

Miko sah, wie Ahi Laan die zitternden Hände auf die Konsole stützte. Er wollte etwas sagen, da schrillte die Sirene los, durchdringender als zuvor.

»*Warnung*«, dröhnte die Stimme der Sternenreiter. »*Fehlfunktion des Äthermotors entdeckt. Aussetzen des Antriebs in fünfundvierzig Sekunden. Warnung —*«

Wie vom Blitz getroffen erwachte Ahi Laan aus ihrer Starre. Sie wirbelte herum und rannte los, wobei sie Miko so hart zur Seite stieß, dass er dabei Xeah fast umriss. Dann entsiegelte sie den Nexus zum Maschinenraum und verschwand durch das Portal.

»*... Aussetzen des Antriebs in vierzig Sekunden. Warnung —*«

Es war nicht die einzige schlechte Nachricht. Miko sah auf, als er eine Bewegung am Rande seines Gesichtsfelds wahrnahm: Schatten hatten ein weiteres Deck durchbrochen und stürmten die Schiffsbibliothek, nur eine Ebene unter ihnen! Er zählte vier von ihnen, bevor der Aufzeichner vernichtet wurde.

»Was sollen wir nur tun?«, wisperte Nelen.

Miko wünschte sich nichts mehr, als es ihr sagen zu können.

Das Aufkreischen der Sirenen rettete sie: Kai nutzte die kurze Ablenkung des letzten Schattens aus und traf ihn zwischen den Segmenten seiner Brustpanzerung. Ihr Gegner ging mit scheppernder Rüstung zu Boden.

»... *Aussetzen des Antriebs in zweiunddreißig Sekunden. Warnung.*«

»Scheiße«, flüsterte Endriel; sie versuchte, sich aufzurappeln und stolperte – ihr rechtes Bein sowie ein Großteil ihrer rechten Körperhälfte fühlten sich taub an, als wären sie nur Attrappen. Dennoch hatte sie die Wirkung des Lähmstrahls zu einem Großteil abschütteln können, was sie allein der Tatsache verdankte, dass sie nur ihre Schulter getroffen hatten.

»Warte«, sagte Kai und eilte zu ihr, um sie zu stützen. Sein Haar fiel ihm wirr in die Stirn; sein Blick wirkte gehetzt und erschöpft gleichzeitig, während er sich nach weiteren Angreifern umsah. Wenn Verstärkung auf dem Weg war, hatte sie sich bis jetzt noch nicht bemerkbar gemacht. Endriel war sich bewusst, dass sie diese Schlacht nur um Haaresbreite gewonnen hatten. Und während sie hier ihre Wunden leckten, in dem Gang voller toter Kultisten, waren deren Kumpane anderswo auf dem Vormarsch zur Brücke!

»*Warnung. Fehlfunktion des Äthermotors –*«

»Keru!«, rief sie, aber der Skria reagierte nicht. Natürlich wusste sie, dass er nicht tot war – seine Atmung war deutlich zu erkennen –, aber sie hatte gehofft, sein massiger Körper hätte die Lähmung schneller abschütteln können. Was sollten sie tun? Sie mussten die Schatten aufhalten – aber sie konnten Keru weder mitschleppen noch hier liegen lassen!

»*Kapitän!*«, hörten sie plötzlich eine verängstigte Stimme, weit, weit entfernt. »*Kapitän, hören Sie mich? Geht es Ihnen gut?*«

»Miko!«, rief Endriel; sie stützte sich auf das Sonnenauge wie auf eine Krücke. »Ja, wir können dich hören, Miko! Wo ist Ahi Laan? Was ist mit dem Antrieb?«

»Sie kümmert sich gerade darum! Aber Kapitän – die Schatten sind schon auf Deck 4! B-Bitte beeilen sie sich!«

»... Aussetzen des Antriebs in neunzehn Sekunden –«

»Wir sind unterwegs, Miko!« *Oder auch nicht*, fügte Endriel im Gedanken hinzu, als sich eilige Schritte näherten und eine fremde Stimme rief: »Sie sind hier drüben!«

»Warnung«, wiederholte das Schiff zum hundertsten Mal, und die Sirene dröhnte in Ahi Laans Ohren.

Schon als sie in das blaue Glühen des Maschinenraums eingetreten war, hatte sie erkannt, was nicht stimmte: Der Feldstabilisator war durchgeschmort. Das Schiff hatte ihn abgestoßen und mitsamt der Lade, die ihn enthielt, aus der Wand springen lassen.

Stinkender Qualm reizte die Nase der Sha Yang, während sie die Treppe hinaufeilte; sie verfluchte ihre Vorfahren dafür, ihrer Spezies zwar Flügel gegeben zu haben, jedoch nicht die Fähigkeit, damit nur gleiten zu können, statt tatsächlich zu fliegen.

Der Stabilisator war verkohlt und halb geschmolzen; Ahi Laan war klar, dass sie das Ding entfernen und so bald wie möglich ersetzen musste, bevor der Antrieb endgültig aussetzte. Doch als sie versuchte, es zu berühren, verbrannte sie sich die Hände wie an einer heißen Herdplatte – Schmerz pulsierte in ihren Fingern, und sie schrie.

»... Aussetzen des Antriebs in zehn Sekunden.«

Sie zögerte einen Moment, dann hob sie den nackten Fuß und trat das Aggregat aus seiner Halterung. Noch bevor es qualmend auf dem Boden zerbarst, begann der Herzkristall der *Sternenreiter* zu verblassen wie eine untergehende, blaue Sonne –

Das azurfarbene Antriebsfeuer des Schiffs erlosch. Einen Moment lang flog es völlig still dahin. Dann, unfähig sich länger der Schwerkraft entgegenzustemmen, stürzte es im freien Fall zurück zur Oberfläche des Saphirsterns.

Die Schatten waren zu zweit: ein Skria und ein Draxyll. Endriel und Kai eröffneten augenblicklich das Feuer, doch ihre Waffen waren so gut wie leergeschossen. Die Kultisten wichen den Feuerlanzen geschickt aus und richteten die Fokuskristalle ihrer eigenen Sonnenaugen auf die Menschen – und verfehlten ihr Ziel, als sie plötzlich den Boden unter den Füßen verloren.

Übelkeit und Schwindel überkamen Endriel, als sie und Kai ebenfalls schwerelos wurden. Es war, als habe sie sich stundenlang im Kreis gedreht und würde nun ewig fallen. Sie erbrach sich, wobei ihr Mageninhalt in wabernden Kugeln durch die Luft schwebte, gegen die Wand klatschte und sich in weitere, kleinere Kugeln aufteilte.

Wir stürzen ab! Ihr Haar umschwebte sie als wäre sie unter Wasser, als sie sich zu Kai drehte.

Auch ihn hatte der Verlust der Schwerkraft völlig unerwartet getroffen; er strampelte mit Armen und Beinen, auf der Suche nach Halt, wobei er aus Versehen gegen Kerus reglosen Körper trat, der ebenfalls vom Boden abhob. »Halt dich fest!«, rief er und griff nach Endriels Hand. Die Energiezellen seines Sonnenauges hatten sich genug für einen einzigen Schuss regeneriert; Kai feuerte aus der Hüfte – und der Rückstoß der Waffe ließ sie beide fast waagerecht zurückfliegen, mit dem Rücken dem Ende des Korridors entgegen, einen Meter über dem Fußboden hinweg.

Das Feuer der Schatten flog ihnen entgegen, doch ihre Gegner hatten Mühe zu zielen, und keiner der Schüsse traf; auch sie wurden zurückkatapultiert, aber leider hatten sie ebenfalls die Spielregeln viel zu schnell begriffen und rissen mitten im Flug ihre Waffen herum; zwei Schüsse zuckten und sie rasten Kai und Endriel wieder entgegen, vorbei an dem seelenruhig dahingleitenden Keru.

Ahi Laan brauchte einen Moment, um gegen den Brechreiz anzukämpfen. Die Schwerelosigkeit brachte ihren Gleichgewichtssinn völlig durcheinander: Oben und Unten gab es nicht mehr, allerdings auch kein Gewicht – und so war es ein leichtes, einen der Ersatz-Stabilisatoren aus seiner Kiste zu ziehen. Während sie sich mit den Füßen an der Schublade festklammerte, setzte sie das skarabäusartige Artefakt an seinen Platz. Kabel und Röhren verbanden sich von selbst mit ihm und weißes Licht erfüllte das Gerät.

»*Äthermotor reaktiviert*«, verkündete die *Sternenreiter*. Der Herzkristall begann wieder zu leuchten.

»Was jetzt?«, fragte Endriel, während die rückwärtige Wand immer näher kam. Es gab keine Möglichkeit, sich irgendwo festzuhalten, geschweige denn, sich zu verstecken!

»Das!«, antwortete Kai mit triumphierendem Grinsen und nickte in Richtung der heranschwebenden Schatten.

Diese passierten gerade Keru, als zwei pelzige Arme sie packten und gegen die Wand rammten.

Plötzlich hörte Endriel wieder die Schiffsantriebe brummen; im gleichen Moment kehrte die Schwerkraft zurück. Sie und Kai hielten sich aneinander fest, während sie zu Boden fielen. Keru war bereits wieder auf den Beinen, als sie sich noch aufrappelten. Mit grimmigem Blick stand er über den bewusstlosen Kultisten. Er nahm eines ihrer Sonnenaugen, drehte die Energiestufe hoch – und stellte mit zwei schnellen Schüssen sicher, dass die Schatten liegen blieben.

»Keru!«, rief Endriel aus. »Bist du in Ordnung?«

Er schulterte die gestohlene Waffe und nickte wortlos,

wobei er sichtlich alle Kraft aufwenden musste, um nicht wieder den Halt zu verlieren. Die Wirkung des Lähmstrahls war noch nicht völlig verflogen.

»Was ist mit den anderen?«, krächzte der Skria.

Ahi Laan spannte die Flügel und segelte in die Tiefe. Sie musste zurück zur Brücke!

Ihr Gleitflug dauerte nur ein paar Sekunden; der Fuß, mit dem sie gegen den glühendheißen Feldstabilisator getreten hatte, schmerzte, als sie auf dem Boden aufsetzte, doch sie ignorierte dies so gut sie konnte und rannte zu dem versiegelten Nexus, durch den sie gekommen war.

Sie hatte das schwarze Rechteck fast erreicht, als die Tür neben diesem explodierte. Ein ovales Stück Metall flog ihr entgegen, seine Ränder glühten wie brennende Kohlen. Drei schwarz vermummte Wesen standen im rauchenden Türrahmen, angeführt von einem fast menschengroßen Draxyll. Sie schienen einen Moment erschrocken, das geflügelte Wesen vor sich stehen zu sehen. Doch nur für einen Moment.

Ahi Laan blieb keine Zeit, ihren eigenen Schrecken abzuschütteln. Rot blitzte auf und traf die Sha Yang in den nackten Bauch.

Ihr Körper zuckte und bebte; sie stürzte, doch sie fühlte nichts. Irgendjemand sagte etwas – dann überkam sie Schwärze.

Miko suchte weiterhin nach Halt, während sich die Brückenkanzel um ihn drehte: Die Decke lag plötzlich unter ihm, während der weiße Fußboden einen halben Meter über seinem Kopf dahinwirbelte. Dann, ganz unvermittelt, gab es wieder Schwerkraft – oben war wieder oben und unten wieder unten, und er fiel! Miko streckte die Arme aus, um den Sturz abzufedern. Vergeblich. Er ächzte, als er hart aufschlug. »Auuu ...« Er erhob sich und hielt eine schmerzende Stelle an seinem Hinterkopf, die bereits zu einer Beule anschwoll. Er konnte nur hoffen, dass die Rückkehr der Schwerkraft bedeutete, dass der Antrieb wieder funktionierte. Zumindest heulten die Sirenen nicht mehr.

»Miko!« Nelen kam zu ihm geflattert. Sie hatte die Schwerelosigkeit wesentlich besser überstanden, auch wenn sie sich mehrfach übergeben hatte. »Bist du verletzt?«

Er schüttelte den Kopf, was neuen Schmerz hervorrief. Alles um ihn herum schien sich noch zu drehen. »Du?«

»Nein«, piepste Nelen. »Xeah?«

Die Draxyll war klüger als Miko gewesen und hatte sich an der Pilotenliege festgekrallt, als ihr Gewicht sie plötzlich verlassen hatte. »Ich bin in Ordnung«, sagte sie mit belegter Stimme. »Was ... ist mit den anderen?«

»*Miko!*«, rief der Kapitän. »*Kannst du mich hören? Xeah? Nelen?*«

Miko stolperte an die Konsole und blickte in den Kubus-Aufzeichner. »Wir sind hier, Kapitän! Geht es Ihnen gut?«

»*Ja! Und euch?*«

Er warf einen kurzen Blick auf die zittrige Xeah und die kreidebleiche Nelen. »Uns auch!«, log er. »Aber Ahi Laan ist noch nicht wieder zurück! Und die Schatten –!«

»Da vorne!«, rief Nelen. Miko und Xeah folgten der Richtung ihres Fingers.

»Oh nein«, flüsterte Miko. Seine Beine begannen zu zittern.

Eine Überwachungsprojektion zeigte einen Gang auf Deck 5, *ihrem Deck*, irgendwo zwischen den Konferenzräumen und dem Frachtraum: Kultisten krochen dort aus einem Loch im Boden – drei, nein, vier! Sie hatten es nicht mehr nötig, die Aufzeichner auszuschalten: Ihr Anführer zeigte in eine Richtung und rannte los, dicht gefolgt von den anderen. Sie schienen genau zu wissen, wo sie hinwollten. Hatte das Schiff ihnen die Karte gezeigt? Es spielte keine Rolle mehr.

»Kapitän! Sie sind hier! Die Schatten sind hier!«

Der Schreck traf Endriel wie eine kalte Klinge. »Miko, kannst du uns einen Nexus zu euch öffnen?«

»I-Ich weiß nicht, wie das geht, Kapitän!«

»Verdammt!«

»Wir vergeuden nur Zeit!«, drängte Keru.

»Haltet aus!«, rief Endriel. »Und macht nichts Dummes! Wir sind auf dem Weg!«

Mit Keru als Vorhut liefen sie los, bereit für den nächsten Angriff.

Dieses Deck schien von Kultisten gesäubert, aber das konnte täuschen, immerhin war die *Sternenreiter* so groß, dass sie ihnen vielleicht einfach nur nicht über den Weg liefen. Endriel weigerte sich zu glauben, dass es nur ein einziges Enterkommando an Bord gab. Möglich, dass das ganze Schiff bereits nur so von Schatten wimmelte, die sich – geschützt von den erblindeten Aufzeichnern – getrennt voneinander bis zur Brücke vorarbeiteten. Wenn das der Fall war, wie sollten sie alle aufhalten?

Bald fanden sie ein Quartier, dessen Schiebetür offenstand. Endriel ignorierte die Möbel und Wandprojektionen ringsum und sah zur Decke, wo sie das Loch fand, durch das die Schatten gekrochen waren.

»Keru!«, rief sie. Er wusste sofort, was sie meinte, verschränkte die Hände und ließ sie ihren Fuß darauf stellen, bevor er sie nach oben wuchtete. Dort angekommen, drehte sich Endriel blitzschnell auf dem Absatz einmal im Kreis, das Sonnenauge feuerbereit. Niemand zu sehen.

Sie wartete nicht, bis Kai und Keru ihr nachgeklettert waren. Stattdessen rannte sie los, um den nächsten Gang zu sichern. Ihre eigene Sicherheit war längst zweitrangig geworden.

Eine Überwachungsprojektion zeigte die anrückenden Schatten; Miko konnte ihre Schritte selbst durch die geschlossene Brückentür hören. Es war nur noch eine Frage von Sekunden, bis sie die Brücke erreicht hatten und beginnen würden, die Tür aufzuschweißen.

»Was sollen wir machen?« Nelen schwirrte hin und her. »Wir können doch nicht hier bleiben – in der Falle!«

»Endriel hat gesagt, sie sind auf dem Weg«, sagte Xeah mit bebender Stimme.

»Aber was, wenn sie es nicht rechtzeitig schaffen?«

Die gleiche Frage quälte auch Miko. Furcht schien ihm Herz und Kehle zu zerquetschen. Was sollten sie tun? Was konnten sie den Schatten entgegensetzen? Sein Blick flog von der verriegelten Brückentür zu dem Nexus daneben, der sich nach Ahi Laans Durchgehen wieder geschlossen hatte.

Das war es! Der Maschinenraum! Wenn es hart auf hart kam, konnten sie dorthin flüchten – dann überließen sie dem Kult zwar die Brücke, aber zumindest hatten sie eine Chance, zu entkommen!

»Sch-Schiff!«, brachte er hervor. Ihm war unerträglich heiß. Was musste er sagen? Was war das Zauberwort? »Äh, öffne Nexus von der Brücke zum Maschinenraum, schnell!«

»*Zugriff verweigert*«, antwortete ihm die *Sternenreiter*.

Natürlich – allein Ahi Laan hatte von der Brücke aus die Kontrollen über die Portale!

Miko setzte gerade zu einem Fluch an, als ein gedämpftes Zischen jeden von ihnen den Atem anhalten ließ.

Er wirbelte herum: Ein rotglühender Strich war auf dem stahlgrauen Material der Brückentür erschienen, wurde länger und länger und krümmte sich.

»Sie kommen durch!«, wisperte Nelen.

Zusammen mit Xeah wich sie von der Tür zurück.

Wie in einem Wachtraum sah Miko, was geschehen würde: Die Schatten würden durchkommen. Sie würden die Brücke stürmen, sie alle niederschießen und die Kontrolle über das Schiff übernehmen. Und wenn sie wieder zu sich kamen – *falls* sie wieder zu sich kamen – würden er, der Kapitän und die anderen sich in den Klauen des Kults befinden. Für immer.

Das durfte nicht sein! Jemand musste sie aufhalten!

Miko musste daran denken, wie er in Tian-Dshi der Piratin gegenübergestanden hatte. Wie die Schatten im Wald jenseits des Niemandslandes über sie hergefallen waren. Wie er die bewusstlose Xeah im Regen gefunden und befürchtet hatte, sie könnte tot sein. Wie er die leere *Korona* betreten hatte, ohne zu wissen, was er tun sollte, um den Kapitän und die anderen zu retten. Zusammen mit dieser Erinnerung fand er ihn plötzlich wieder: den kleinen Funken Mut, der sich in seinem Herzen versteckte.

Es blieb keine Zeit mehr, um Angst zu haben. Und er wusste genau, was er zu tun hatte.

Nelen schien zu ahnen, was in ihm vorging. »Miko«, begann sie leise.

Er sah sich um – es musste doch etwas geben, das er benutzen konnte!

»Miko«, wiederholte die Yadi ängstlich.

Er fand Kapitän Haraks Sonnenauge. Es hatte an der Konsole gelehnt; beim Ausfall des Antriebs war es dann herumgeschwebt und anschließend vor die rechte, äußere Liege gerollt. Er hob die Waffe auf. Mit den ausgebrannten Energiezellen war sie nicht mehr als ein Stab aus zerkratztem Metall, doch sie lag gut in der Hand, und der Fokuskristall war noch ganz. Wenn er ihn ein bisschen drehte und das Licht der Brückenkanzel einfing, könnte man glauben, das Auge sei noch funktionstüchtig. Und wenn das nicht klappte – nun, es würde immer noch großen Schaden anrichten, wenn es auf einen Schädel krachte!

Meine Hände, dachte er verblüfft. *Sie zittern gar nicht!*

»Miko – was hast du vor?« Nelen klang, als fürchte sie sich vor der Antwort. Auch Xeah sah ihn an, den Blick voller Sorge.

Ein großes Oval zeichnete sich mittlerweile auf der Tür ab; es glühte nicht länger rot, sondern nun orange, fast gelb. Der Gestank von verbranntem Metall breitete sich aus, wurde unerträglich.

»Versteckt euch hinter der Konsole!«, sagte Miko zu Nelen und Xeah. Er spürte seinen Magen rebellieren, aber er holte tief Luft, kämpfte das Gefühl zurück. Er wünschte nur, ihm wäre nicht so heiß – aber mit Sicherheit war es nur die Hitze, die von der malträtierten Tür ausging, und hatte nichts mit ihm zu tun.

Zeit. Alles, was sie brauchten, war Zeit!

Wind aus Nelens Flügeln schlug ihm ins Gesicht. »Was glaubst du, was du da tust?«

»Ich werde versuchen, sie hinzuhalten, bis der Kapitän und die anderen hier sind!«

»*Was?*« Die Augen der Yadi waren weit aufgerissen. »Du hast doch gehört, was Endriel gesagt hat! Wir sollen nichts Dummes tun!«

»Miko.« Xeah berührte seine Schulter. »Bitte hör auf sie. Bitte!«

»Vielleicht kann ich sie ablenken – dem Kapitän die Möglichkeit geben, sich anzuschleichen!«

»Das wirst du nicht!«, stellte Nelen klar. »Sie werden dich zu Hackfleisch verarbeiten!«

Das Oval auf der Tür glühte nun weiß wie das Strahlen einer frischen Lichtkugel.

»Mir kann nichts passieren«, sagte Miko mit einem kühnen Lächeln. »Sie wollen uns lebend, weißt du nicht mehr?«

Es gab einen lauten Knall, als das ausgeschnittene Oval zu Boden krachte. Rauch, Glut und Hitze gingen von seinen Rändern aus.

Alles ging so schnell, fast gleichzeitig:

Ein Schatten – eine breit gebaute Menschenfrau – stand hinter dem Loch in der Tür. Sie hatte das Sonnenauge gehoben; die kristallene Spitze der Waffe glühte wie ein brennender Rubin.

Miko stellte sich vor Xeah, die versuchte, ihn zurückzuhalten. Auf einer Überwachungsprojektion sah er Kapitän Naguun, Keru und Kai – sie waren auf dem Weg, gleich würden sie hier sein!

Er hob seine eigene Waffe; der Fokuskristall funkelte.

»Keine Bewegung!«, wollte er rufen; unerbittlich und stark.

Es war, als durchbohrte ein brennender Dorn seine Brust und durchschlug dabei Kleidung, Haut, Muskeln, Knochen und Mark. Die Wucht warf ihn zurück, der nutzlose Metallstab fiel ihm aus der Hand. Er spürte Feuer in sich, fühlte, wie sein Blut kochte. Irgendwo gab es ein schrilles Geräusch. *Wieder eine Sirene*, dachte er, aber es war Nelen, die seinen Namen schrie, und Xeahs Horn, das elend sang.

Die Schattenfrau blieb an der Tür stehen; Miko konnte ihre Augen nicht sehen, aber ihre Körperhaltung verriet, dass sie einen Fehler begangen hatte, den sie nicht wieder gutmachen konnte. Ihre drei Kumpane drängten sich hinter ihr, zu viele, um sich durch die Öffnung in der Tür zu zwängen. Sie riefen etwas, das Miko nicht verstand.

Er sah Xeah an, die neben ihm kniete. Dicke Tränen rannen aus ihren schwarzen Augen über die uralten Muster in ihrer Haut. Nelen lag auf seinem Bauch; auch sie weinte, und er wünschte, er könnte sie trösten, aber anstelle von Worten brachte er nur roten Schaum hervor. Da war ein

Loch in seiner Hemdbrust; ein schwarzes, qualmendes Loch und darunter verschmorte Haut, wie Grillfleisch.

»Der Junge stirbt!«, schrie Xeah die Schattenfrau an. Miko hatte sie nie zuvor so laut erlebt, so verzweifelt. »Er braucht Hilfe, oder er stirbt!«

Die Frau reagierte nicht; sie blieb wie angewurzelt stehen und sah hinab auf ihr Werk.

Nelen sagte nichts; sie weinte nur.

Miko streckte den Finger nach ihrer winzigen Wange aus, und neue Flammen loderten in ihm auf. *Es wird alles gut, Nelen*, wollte er ihr sagen. Der Blick aus ihren Veilchenaugen brach ihm das Herz. Trotzdem schaffte er es, zu lächeln. *Alles wird wieder gut. Kapitän Naguun wird jeden Moment hier sein. Alles wird gut.*

Licht blitzte hinter der Schattenfrau auf. Auf dem Korridor zur Brücke war ein Kampf entbrannt.

Endriel warf sich den vier Schatten entgegen. Sie ließ ihr Sonnenauge rotes Feuer speien, sodass die Energiezellen in Sekunden auf die halbe Ladung geschrumpft waren. Etwas schien die Kultisten abgelenkt zu haben, und so bemerkten sie ihre Verfolger erst spät; Endriel konnte zwei von ihnen von den Beinen schießen, bevor brennendes Licht an ihr vorbeizuckte. Aber das konnte ihr nicht gleichgültiger sein.

Kai erledigte den dritten Schatten mit zwei Schüssen; er fiel über die Körper seiner Kameraden.

Nur eines der schwarz gekleideten Wesen war noch übrig – anscheinend eine menschliche Frau. »Es tut mir leid«, hörte Endriel sie sagen.

Keru schoss die Frau nieder. Sie starb mit einem Gurgeln und gab den Weg zur aufgeschweißten Brückentür frei.

»Nein!«, keuchte Endriel, als sie Miko dort liegen sah.

Xeah hockte neben ihm und stützte ihn. Nelen war bei ihnen. Sie weinte.

»Nein!« Die Zeit schien langsamer zu werden, als Endriel losrannte. Es schien eine Ewigkeit zu dauern, bis sie durch das Loch in der Tür geschlüpft war.

»Miko!« Xeah wich zurück und Endriel nahm ihn in die Arme. Sein Körper war völlig kraftlos, doch er lächelte.

»Kapitän«, sagte er selig, und Endriel erschrak, als sie seine blutigen Lippen sah und die glasigen Augen. Er war blass wie der Tod. Die Erinnerung suchte sie heim: Ein halbes Jahr zuvor, im Frachtraum der *Dragulia*. Dort hatte er auch in ihren Armen gelegen, so wie jetzt. Dann erkannte sie das hässliche Loch in seiner Brust und wusste, dass es diesmal anders enden würde.

»Oh, Miko«, flüsterte sie. »Was hast du getan?« Ihre Tränen fielen auf seine Stirn.

»Ablenkung«, krächzte er. Sie konnte ihn kaum hören. »Hat sogar ... funktioniert ...«

»Du verdammter Idiot! Ich hatte dir doch gesagt –!« Sie konnte nicht weitersprechen.

»... dumm, ich weiß«, brachte er hervor. »Aber wir ... haben doch gewonnen ... oder?«

»Ja«, sagte Kai hinter Endriel, als er die Brücke betrat. Seine Stimme klang wie erstickt. »Das Schiff gehört wieder uns.« Keru stand neben ihm. Der Skria hatte das Haupt gesenkt und schwieg; doch sein Brustkorb bebte, als kämpfe er gegen irgendeine Gewalt in seinem Inneren an, die versuchte, aus ihm herauszubrechen.

»Gut«, hauchte Miko schwach, aber froh. »Gut. Ich bin auch gleich wieder ... auf den Beinen. Ich muss mich nur ausruhen ... das war alles ein bisschen viel auf ...«

Sein Kopf fiel zur Seite, sein Lächeln verschwand, und seine Augen wurden leer. »Miko!«, rief Endriel. »Miko, sprich mit mir! Miko!« Sie drückte ihn an sich, schüttelte ihn, wartete darauf, dass er wieder zu sich kam und sie beide darüber lachen könnten, wie damals auf Andars Schiff. Aber Miko rührte sich nicht.

Nun wusste sie, wie hoch der Preis war, von dem Xeah einst gesprochen hatte.

Aber noch war es nicht vorbei: Drei Kultisten stürmten den Korridor vor der Brücke, ein riesenhafter Draxyll führte sie an.

Endriel hatte keine Ahnung, wo sie auf einmal herkamen; Kai und Keru neben ihr reagierten sofort, suchten Deckung links und rechts von der Tür und feuerten. Die Schüsse der Angreifer zuckten durch die Brücke, schlugen in der Wand über der Konsole ein. Endriel sprang zur Seite und riss Xeah mit sich, bevor eine der Lichtlanzen die Draxyll treffen konnte. Dann stand sie auf, das Sonnenauge in der Hand. Sie hörte ein langes Zischen, als die Waffe durchgeladen wurde.

Alles, was danach geschah, nahm sie nur wie einen fernen Traum wahr; sie hörte nichts, außer dem eigenen Herzschlag, als sie zwischen Keru und Kai sprang und die Waffe unablässig rotes Verderben spucken ließ; drei Schüsse in der Sekunde – sie feuerte und feuerte und feuerte auf die Schatten, während glühende Kometen in ihren eigenen Körper einschlugen und Stück für Stück ihren Körper lähmten. Sie verlor das Gefühl in ihren Beinen, fiel auf die Knie, aber sie feuerte noch. Ihre Hände wurden taub und zitterten, aber sie feuerte weiter; Krämpfe schüttelten sie, ließen sie taumeln, und noch immer entfesselte sie die tödliche Energie aus dem Sonnenauge, durchschnitt Metall und Fleisch und Knochen. Kai, Nelen, Xeah und Keru – sie alle riefen ihren Namen, doch sie hörte nicht hin.

Erst als der letzte Schatten fiel, ging auch Endriel zu Boden. Sie hatte das Bewusstsein verloren, noch bevor Keru sie auffangen konnte.

Die *Sternenreiter* hatte die Atmosphäre des Saphirsterns längst verlassen. Der Planet lag hinter ihr wie eine blaugraue Kugel, umgeben von einem bläulich-weißen Halo. Vor ihr gähnte der Abgrund des Weltalls, wo es nichts gab, außer Dunkelheit und Sternen. Angetrieben von azurfarbenem Feuer passierte das uralte Raumschiff den toten Mond Te'Ras, auf dem langen Weg nach Kenlyn.

V

DIE DUNKLE SAAT

»Es gibt keinen Frieden, solange Schwerter geschmiedet werden.«
– Sprichwort

Die Berge lagen unter ihm wie die Wellen eines stürmischen Meeres, das plötzlich versteinert war. Der nackte Fels der östlichen Flanken wurde vom Licht der aufgehenden Sonne in rotes Gold verwandelt; wo noch Schnee lag, erschien dieser blassrosa. Der Rest lag in grauen und blauen Schatten, als würden sich noch Teile der Nacht an die Gipfel klammern.

Es gab kein Leben hier oben, das Galet als solches hätte erkennen können. Rokor war über Portale in den umgebenden Bergstädten sogar bis hierher ins Hochland gedrungen. Er versuchte, es sich vorzustellen: die Gipfel bedeckt von etwas, das wie schwarze Gallerte waberte. Doch nach dem Tod der Plage hatte der harte Wind die Berge von ihren Überresten gereinigt und eine Landschaft freigelegt, der eine stille, zeitlose Schönheit anhaftete – dem bisher einzigen Anflug von Schönheit, dem er auf diesem Planeten begegnet war. Der Flug hierher, an die westlichen Ausläufer des größten Gebirges des Saphirsterns, im Südosten von Nuroba, hatte ihn wieder Demut vor der Schöpfung gelehrt. »Die Krone des Universums« hatten die menschlichen Ureinwohner dieser Region es einst getauft. Er konnte gut nachvollziehen warum, auch wenn selbst der höchste Gipfel dieser Gegend mit fast neuntausend Kilometern sich gegen den Weltenberg von Kenlyn wie ein Zwerg ausnahm.

»Wir sind da, Adlatus«, meldete der Pilot und ließ die *Toron* zur Landung ansetzen.

Erst jetzt konnte Galet die Festung ausmachen. Sie hatte die gleiche Farbe wie der Fels ringsum und ihre Formen waren derart korrodiert, dass man sie im Vorbeiflug fast für die natürliche Spitze des Gipfels halten konnte, auf dem sie errichtet worden war. Ihre Mauern waren teilweise eingefallen, die Gebäude dahinter schienen sich nur mit Mühe gegen die Elemente halten zu können. Der Pfad, der sich in Serpentinen durch Hügel und Täler zur Festung hinauf wand, war nur noch zu erahnen. Galet hatte Verständnis dafür, dass seine Leute sie trotz der Hinweise aus den Archiven des Kults nicht sofort entdeckt hatten.

Früher einmal hatte dieses Bauwerk den Bewohnern der umgebenden Dörfer mit seiner Zugbrücke, den Schießscharten und massiven Schutzwällen als Zuflucht gegen Invasoren gedient. Aber das war vor einer Ewigkeit gewesen, als der Webstuhl noch die komplizierteste Maschine der Welt gewesen war. Im Strahlenden Zeitalter schließlich hatte man es längst vergessen und dem Verfall preisgegeben; es hatte seinen Zweck erfüllt und war zu einem unbequemen Andenken an eine primitivere Zeit verkommen.

Die *Toron* ließ sich wie ein schwarzer Raubvogel auf dem Pflasterhof nieder. Wie ein sehr schwerer Raubvogel allerdings: Das Bersten von Steinplatten war sogar auf der Brücke zu hören.

Das Hauptgebäude der Festung erhob sich direkt vor dem Drachenschiff. Als Galet die Maschine verließ, standen zwei seiner Leute bereit und salutierten. Die Kälte schien ihnen wenig auszumachen, er hingegen war dankbar für die fellverbrämte Kapuze, die er trug; die Luft war dünn hier oben und schnitt bei jedem Atemzug in seine Lungen.

Das mit Eisen beschlagene Tor der Festung öffnete sich mit einem Quietschen, das Galet bis in seine Zähne fühlte.

Einer der Wächter schritt ihm voran in eine kühle Halle aus Stein. Während er ihm folgte, durch schmucklose, graue Gänge, hoffte Galet, dass der Fund, den seine Leute hier gemacht hatten, den langen Flug über den halben Kontinent rechtfertigte. Sollte er heute eine weitere Enttäuschung erleben, das schwor er sich, würden Köpfe rollen.

Endriel Naguun ... Gestern Nacht hatte er erfahren, wie sehr sie ihrem Ruf Ehre machte. Und es hatte ihm gar nicht gefallen, was ihm da zu Ohren gekommen war.

Sie war ihnen ein weiteres Mal entkommen. Sie und ihre Mannschaft hatten ein Raumschiff aus der Wüste von Ilairis geborgen und wieder flugtauglich gemacht, wie auch immer sie das geschafft hatten. Einem Enterkommando war es gelungen, an Bord der Maschine zu gelangen, als sie gerade starteten – doch von den Leuten hatte man nie wieder etwas gehört, und das Schiff hatte kurz darauf den Planeten auf Nimmerwiedersehen verlassen.

Galet hatte getobt, als er davon erfuhr; mehrere Degradierungen folgten wie Blitzschläge. Allmählich wurde ihm klar, warum die Kaiserin solche Bewunderung für diese Frau hegte. Dennoch hatte er sich keineswegs darauf gefreut, ihr Bericht über die Affäre erstatten zu müssen; all sein diplomatisches Geschick hätte nicht ausgereicht, diese Schlappe zu beschönigen. Als er den Kubus per Nexus in den Palast überbringen ließ, hatte er bereits das Ende seiner Karriere am staubverhangenen Horizont heraufziehen sehen. Als kurz darauf die Antwort der Kaiserin eingetroffen war, hatte er geglaubt, auf alles vorbereitet zu sein.

Er hatte sich geirrt. Die Gebieterin war nicht wütend gewesen – im Gegenteil.

»Sie hat es also wieder mal geschafft.« Sie hatte gelächelt, und es war ihm vorgekommen, als sähe er zum ersten Mal seit Jahren die Sonne. Ob sie wusste, wie schön sie war? »Ich würde ja sagen, ich bin überrascht, aber das wäre gelogen. Keine Sorge, Galet: Ein Raumschiff dieser Größe verschwindet nicht einfach. Unsere Leute werden den Nachthimmel im Auge behalten. Früher oder später werden sie es wiederfinden und zu seinem Empfang bereitstehen. Setz deine Arbeit fort wie geplant.«

Galet war verwirrt gewesen, *Erleichterung* in der Stimme der Kaiserin zu hören. Unmöglich – sie wusste so gut wie er, dass all ihre Pläne scheitern würden, sollte es Naguun gelingen, die Friedenswächter zu warnen. Zu diesem Zeitpunkt war der Kult einem direkten Angriff der Weißmäntel keinesfalls gewachsen.

Allerdings würde es Tage, wenn nicht Wochen dauern, bis das Schiff auf Kenlyn eintraf – wenn überhaupt. Angesichts des Alters des Raumschiffs war es denkbar, dass es irgendwo im Weltraum den Geist aufgab und für immer zwischen den Sternen verloren ging.

Und bis dahin hatte sich das Blatt möglicherweise schon gewendet, denn ungeachtet der erfolglosen Jagd nach Naguun und ihren Leuten liefen die Ausgrabungen weiterhin nach Plan. Allein in den letzten zwei Tagen hatten sie neun weitere gefechtsbereite Schiffe nach Hause gesandt, jedes davon war voll beladen mit Sonnenaugen, Geisterkuben, Kraftfeldgeneratoren, Nexus-Portalen und Ersatzteilen. Darüber hinaus hatten sie Kunstwerke geborgen, die ein Vermögen auf dem Schwarzmarkt bringen würden.

Dennoch hatte sich Galet mit der Frage gequält, ob die Gebieterin nicht vielleicht doch enttäuscht von ihm war. Immerhin hatte *er persönlich* die Mannschaften und Schiffe ausgewählt, welche die *Korona* aufbringen sollten. Ihr Versagen war sein Versagen.

Andererseits: Selbst wenn sie sich entscheiden sollte, ihn im Nachhinein zu bestrafen, konnte dies kaum schmerzhafter sein als sein Exil auf dieser Welt.

Er brauchte also gute Neuigkeiten, die er ihr überbringen konnte. Und das möglichst bald.

Dann hatte ein Kurierschiff die *Toron* angeflogen und eine Nachricht vom Kommandanten des Erkundungsschiffs *Helidan* überbracht. Sie hatten etwas gefunden.

Aufregung hatte Galet ergriffen; augenblicklich hatte er Yor und einige andere Kryptomaschinisten ausgesandt, um den Fund auszuwerten. Er delegierte seine anderen Pflichten weiter und hatte anschließend den Piloten der *Toron* angewiesen, Kurs auf die Krone des Universums zu setzen. Er musste den Fund mit eigenen Augen sehen, bevor er der Gebieterin Meldung machte.

Zur Zeit des Ersten Freiheitskrieges hatte der Kult Hunderte versteckter Basen und Nachschublager besessen, die selbst vor den allsehenden Augen der Sha Yang verborgen gewesen waren: unterirdische Tunnelsysteme, nur durch komplizierte Nexus-Abfolgen zu erreichende Kellergewölbe, fliegende Kommandostände in als Frachtern getarnten Drachenschiffen. Die meisten davon waren im Laufe des Krieges enttarnt und zerstört worden. Andere hatte der Kult selbst vernichtet, um wichtige Daten vor dem Zugriff seiner Feinde zu schützen.

Daher hatte nur weniger als eine Handvoll dieser Basen in den Archiven des Palastes Erwähnung gefunden – eine Information, die bislang als weitgehend nutzlos behandelt worden war. Galet selbst hatte sie eingehend studiert und direkt nach seinem Eintreffen auf Te'Ra seine Leute losgeschickt, diese Basen zu finden.

Die Ernüchterung war schnell gekommen: Die meisten von ihnen konnte man nicht einmal mehr als Ruinen bezeichnen. Er hatte die Hoffnung fast aufgegeben.

Bis heute.

Der Raum, den sie nun durchquerten, war einst ein Speisesaal gewesen; Staub schwebte in breiten Lichtstrahlen, die aus schlitzartigen Fenstern direkt unter der Decke fielen. Der Wind heulte draußen mit den Stimmen von Geistern.

Galets Begleiter hielt vor einem Wandfries, der ein Gewimmel mythologischer Ungeheuer zeigte: Elefanten mit drei Köpfen, Drachen mit den Flügeln von Schwänen und anderes Getier. Der Druck auf das steinerne Auge eines monströsen Wals ließ eine Geheimtür aufschwingen.

»Lassen Sie mich vorgehen, Adlatus«, sagte sein Begleiter. »Die Sicherheitseinrichtungen sind immer noch aktiv.«

»Nach Ihnen«, sagte Galet und schlug die Kapuze zurück.

Sie folgten einer Treppe fünfzehn oder zwanzig Stufen hinab, bis sich plötzlich unvermittelt vor ihnen und hinter ihnen Kraftfelder einschalteten. Galet hörte Sonnenaugen hochfahren und sah erst jetzt die glühenden, roten Kristalle, die in den Wänden eingelassen waren. Ihn überkam ein entschieden ungutes Gefühl.

»*Passwort*«, schnarrte eine künstliche Stimme.

»»Der Wissende geht ohne Hast««, zitierte er laut.

Sonnenaugen und Kraftfelder erloschen. Die Treppe führte sie in ein Kellergewölbe, nicht größer als die Brücke der *Toron*. Regale vor allen Wänden enthielten Weinflaschen, bedeckt von Staub und Spinnweben. Irgendwo lag eine Lichtkugel.

Galet verfolgte, wie sein Führer eines der Regale zur Seite schob. Kurz darauf sah er ihrer beider Reflektion im glänzenden Schwarz eines Nexus-Portals. Es öffnete sich.

Ein langer Gang aus Metall oder einem ähnlichen Material erschien dahinter. An seinem Ende war künstliches Licht zu sehen, und man konnte Schritte und Stimmen hören. Als Galet das Portal durchschritt wusste er, *spürte* er, dass er damit einen langen, langen Weg hinter sich brachte: aus den Archiven wusste er, dass sie sich nun auf dem Grund des Meeres der Stürme befanden, in einer Tiefe, in die kein Sonnenlicht mehr drang. Er glaubte, die Millionen Tonnen Salzwasser fühlen zu können, die gegen das kuppelförmige Bauwerk drückten und seine Wände unter ihrem Druck verformten. Was natürlich Unsinn war: Es hatte über tausend Jahre gestanden und wenn es auch nur die kleinste Schwäche in der Konstruktion gegeben hätte, wäre es längst zermalmt worden.

Das Innere der Basis erinnerte an die Gänge eines Drachenschiffs. Wissenschaftler und Kultsoldaten sahen von ihrer Arbeit auf und verneigten sich vor ihm. Künstliches Licht beleuchtete Schotts und Türen und graue Wände auf engem Raum; er hätte die Arme nicht ausstrecken können, ohne irgendwo anzustoßen. Es gab keine Fenster, aber das hatte er auch nicht erwartet; es hätte ohnehin nichts anderes zu sehen gegeben als tintenschwarze Finsternis.

Wofür diese Basis einst gedient hatte, war im Laufe der Zeit verloren gegangen. Nur eines war klar: Sie war damals von enormer Wichtigkeit gewesen – und konnte heute vielleicht den Ausgang des Krieges entscheiden.

Yor stand bereit, ihn zu empfangen. Der Oberste Kryptomaschinist wirkte nicht glücklich; seltsam, wenn man bedachte, wie leicht ihn die Entdeckung neuer Artefakte in Verzückung versetzte. Der greise Skria verneigte sich mit steifem Rücken. »Adlatus Rengar.«

»Nun, Yor – was haben wir hier?«

Galet sah sein Gesicht in Yors Brillengläsern widerspiegeln. »Ein Laboratorium, Adlatus. Hier wurden Waffen entwickelt und getestet.«

Galet hatte Mühe, ein triumphierendes Grinsen zu unterdrücken. »Welche Art von Waffen?«

Yor zögerte. Sein graues Fell wirkte dünn in den harten Strahlen der Lichtkugeln. Dann brummte er: »Ich zeige es Ihnen.«

Galet ließ seinen Führer stehen und folgte dem Gelehrten tiefer in das Herz der Anlage.

»Wir vermuten, dass das ursprüngliche Personal geflohen war«, erklärte der Skria trocken. »Bevor unsere Leute diese Einrichtung betraten, war sie durch ein Zeitloses Feld geschützt. Alles ist perfekt erhalten.«

»Ich verstehe«, sagte Galet. Was er jedoch nicht verstand, war der Unwille in Yors Stimme.

Der Kryptomaschinist führte ihn durch eine Panzertür, die sich nur durch die Eingabe weiterer Passwörter öffnen ließ. Galet hatte die Warnzeichen in grellem Rot bemerkt und seine Aufregung wuchs. Was immer sich hinter dieser Tür befand, jemand hatte große Anstrengungen unternommen, es zu verstecken.

Er wusste nicht, was er erwarten sollte. Er hatte von Strahlenwaffen gelesen, die auf eine Entfernung von mehreren Kilometern hatten töten können, und winzigen Bomben, so klein, dass das bloße Auge sie kaum wahrnehmen konnten, bevor sie hochgingen. Doch was Yor ihm zeigte, verwirrte ihn eher:

Grünes Licht glühte in dem kleinen Raum aus Stahl. Es stammte von acht Glaszylindern, die aus einer hufeisenförmigen Konsole ragten – beziehungsweise von der Flüssigkeit, die in ihrem Inneren waberte. Luftblasen stiegen dann und wann in den Behältern auf, als unterhielten sie sich untereinander in einem geheimen Kode.

Drei Zylinder waren – bis auf die Flüssigkeit – leer. Die anderen fünf enthielten etwas, das Galet an missgestaltete Organe erinnerte. Sie waren nicht viel größer als seine Faust und schwarz wie Blutergüsse. Eine Art Sehne oder Nabelschnur verband sie mit der Basis ihrer Behälter, und erst, als er sie pulsieren sah wie nackte Herzen, begriff er, was er vor sich hatte, und Furcht streifte seinen Verstand mit kalten Fingern.

Flucht war sein erster Impuls; seine zitternden Beine trugen ihn einen Schritt zurück, dann einen zweiten, bis er stolperte und von einem Sitzkissen aufgefangen wurde. Er wusste nicht, wie lange er dort saß und auf die Scheußlichkeiten vor ihm starrte, unfähig, Worte zu artikulieren.

»Wir sollten nicht hier sein, Adlatus«, flüsterte Yor. Seine trüben Augen verrieten Abscheu und Furcht. »Wir sollten diesen Ort verlassen, das Zeitlose Feld wieder aktivieren und hoffen, dass es bis in alle Ewigkeit hält. Wir sollten nicht hier sein«, wiederholte er, als fürchtete er, beim ersten Mal nicht gehört worden zu sein.

Galet spürte, wie langsam, ganz langsam das Blut in sein Gesicht zurückkehrte. Als er schließlich wieder Herr seines Körpers und seiner Instinkte war, stand er auf und näherte sich den Glaszylindern, während ihr schrecklicher Inhalt vor sich hinpulsierte. Er hätte nur die Hand ausstrecken müssen, um sie zu berühren.

Konnte sie es wirklich sein? Die Antwort auf seine Gebete? »Ist ... ist es das, was ich glaube ...?«

»Alle Aufzeichnungen, die wir gefunden haben, deuten darauf hin«, antwortete Yors Stimme hinter ihm. Galet sah das verzerrte Abbild des Kryptomaschinisten auf dem Glas: Er hatte die Pranken zusammengelegt, als müsste er sie ruhig stellen. »Und genau deswegen rate ich Ihnen, diese Anlage sofort wieder zu verlassen!«

Eine seltsame Euphorie erfüllte Galet, als er sich von den aufsteigenden Luftblasen hypnotisieren ließ. Das hier übertraf alles, was er sich hatte träumen lassen! »Sie sagten etwas von Aufzeichnungen ...«

Er sah Yors Reflektion widerwillig nicken. »Alle Daten, welche die Schöpfer dieser ... Dinger gesammelt haben. Natürlich konnten wir sie noch nicht auswerten, da –«

Galet wirbelte herum. »Tun Sie es!«

Yor riss die Augen auf. »Adlatus, bitte! Es gibt Grenzen, die wir nicht überschreiten dürfen!«

»Aber nicht für unsere Feinde. Begreifen Sie denn nicht?

Sie werden nicht eher halt machen, bis sie uns ausgelöscht haben! Was wir hier gefunden haben, ist das Instrument, das alle Kriege beenden kann!«

Der greise Skria entgegnete seinem Blick, als habe er den Verstand verloren. »Haben Sie vergessen, was dieses *Instrument* beim letzten Mal angerichtet hat?«

»Das war ein Unfall, das wissen Sie so gut wie ich. Es gab einen Fehler – und Sie werden diesen Fehler beseitigen!« Wie konnte jemand, der als Genie galt, nur so kleingeistig sein?

»Nein!« Yor schüttelte seine schüttere Mähne. »Meine Arbeit bei den Ausgrabungen ...!«

Galet machte eine wegwerfende Geste mit der Hand. »Ihre Stellvertreter können die Reparaturen leiten. Die Kaiserin hat uns hierher gesandt, um Waffen für den Krieg zu finden. Und wir haben mehr gefunden, als sie hoffen konnte. Dieses Projekt hat absolute Priorität! Sie bekommen alle Zeit und Ausrüstung, die Sie brauchen, und so viele Leute, wie ich entbehren kann. Alles, was hier geschieht, steht unter der höchsten Geheimhaltungsstufe. Sie werden ausschließlich mir über Ihre Fortschritte Bericht erstatten.«

Yor schwieg.

»Ich habe Ihnen einen Befehl erteilt, Yor. Wenn Sie sich weigern, ihn auszuführen, werde ich jemand anderen finden, der es tut. Haben Sie mich verstanden?«

Der Kryptomaschinist sah ihn lange an. »Sie machen einen Fehler, Galet.«

Der Adlatus drehte sich wieder den schwarzen Klumpen zu. »Beginnen Sie mit Ihrer Arbeit«, sagte er. »Die Zukunft wartet nicht auf uns!«

Zweiter Teil:

GEZEITEN DES KRIEGES

VI

FETTE BEUTE

»Wenig hat in dieser Welt Bestand. Nur auf die Motive von Dieben
kannst du dich immer verlassen.«
– Kesbra der Ältere

E s war noch früher Morgen. Dichter Nebel hing wie
eine Geisterdecke über den Skeletten der laublosen
Bäume, als das Schiff über den Wald dahinjagte. Vielleicht, dachte Sefiron, als er aus dem Bullauge blickte,
war es auch der Rauch, der von den brennenden Städten
hierher zog. Er lächelte halb, als er sah, wie ein Habicht
beharrlich neben der *Weißen Krähe* flog, während alle
anderen Vögel vor ihren brüllenden Antrieben Reißaus
nahmen. Die blasse Sonne hing nur knapp über dem
Horizont und der Himmel war depressiv grau.

Sefiron drehte sich wieder um, zog die Decke über den
Kopf und hoffte, seinen Traum dort fortzusetzen, wo er
ihn abgebrochen hatte – irgendwo bei Wein, Weib und
Gesang.

Natürlich war die Welt wieder gegen ihn.

»Herr Maat«, schnurrte Käpt'n Zailars Stimme aus
dem Sprechrohr neben seiner Hängematte. »Ich wäre
entzückt, wenn Sie mich auf der Brücke beehren würden.«

Er schlug die Decke zurück und versuchte, nicht zu
seufzen. »Aye, Käpt'n …«

»Und mit etwas mehr Einsatz, wenn ich bitten darf.
Zailar, Ende.«

»Aye, Käpt'n«, murmelte er ein zweites Mal, dann kämpfte er sich auf die Beine und machte ein paar Boxhiebe in die Luft, um seinen Kreislauf in Schwung zu bringen.

Die Nacht war viel zu kurz gewesen, doch dafür hatte sie ihnen einen dicken Fang beschert. Der Untergang der Welt schien gut fürs Geschäft zu sein: Nun, da die Weißmäntel ihre Untertanen und sich gegenseitig abknallten, waren die Beutezüge so einfach wie nie. Es war schon fast peinlich.

Die schlaftrunkenen Dorfbewohner hatten nur wenig Gegenwehr geleistet – was gut für sie war, denn er trat ungern gegen einen unterlegenen Feind an. So hatten er und die anderen ohne Schwierigkeiten den geheimen Frachtraum der *Krähe* füllen können und waren verschwunden, bevor auch nur einer der Dörfler »Pirat!« hatte rufen können. Flink rein, flink raus, wie aus dem Lehrbuch.

Sie waren den Rest der Nacht hindurch geflogen. Bald würden sie das nächste Portal zurück nach Hause erreichen – immer vorausgesetzt, sie liefen ihren »Freunden« in Weiß dabei nicht über den Weg. Aber die Beute war gut versteckt, die Sonnenaugen wieder eingefahren, und selbst wenn die Handlanger der Geistermaske trotz der makellos gefälschten Papiere ihre Tarnung als Speditionsunternehmen durchschauen sollten, gab es immer noch den Antrieb der *Krähe*, den sie aus einem alten Weißmantelschiff transplantiert hatten, und der sie sehr viel schneller machte, als neun Zehntel aller Maschinen am Himmel. Bis jetzt waren sie noch jedem Verfolger entkommen.

Vor sich hinsummend, schlüpfte Sefiron in sein Hemd und die Leinenhose von gestern und stülpte sich die Stiefel über, die er damals in Tian-Dshi von einem bewusstlosen Weißmantel geborgt hatte, und die ihm wie angegossen passten. Dann trat er in den Hauptkorridor, dessen Zedernholzplanken unter seinen Schritten ächzten. Amüsiert vernahm er das Schnarchen der restlichen Mannschaft aus den anderen Quartieren.

Vor der Wendeltreppe zur Brücke begegnete er Amalinn, die gerade aus dem Waschraum trat. Sie hatte ihr blondes Haar zu einem kurzen Pferdeschwanz gebunden und ihr Lächeln war wie immer süß wie Zucker, trotz des fehlenden, oberen Schneidezahns.

»Kronns Eier, Tanna, du siehst aus wie von 'nem Wal gepimpert!« Sie lachte ihr unwiderstehliches, dreckiges Lachen und ihre braunen Augen wurden ganz klein dabei. »Oder haste dich wieder von 'nem Mädchen verprügeln lassen?«

Er bemühte sich, sachlich zu bleiben. Amalinn war ein Jahr jünger als er und reichte ihm kaum bis zu den Schultern, trotzdem hatte er sie gegen einen ausgewachsenen Skria antreten sehen, nur mit zwei Dolchen bewaffnet. »Sie hat mich nich' verprügelt«, berichtigte er lahm.

»Ja, richtig.« Wieder das wunderbar-schmutzige Lachen. »Sie hat dich nur hingehalten, damit ihr Kumpel dich auf die Bretter schickt.«

»Vorsicht, Linn, ich bin immer noch dein Vorgesetzter.«

Sie imitierte einen Salut. »Bitte vielmals um Verzeihung, Admiral!«

Er kam einen Schritt näher. »Wie wär's«, begann er mit gesenkter Stimme, »wir könnten nach dem Frühstück da weiter machen, wo wir gestern aufgehört haben – und ich erzähl dir die ganze Geschichte nochmal von vorn.«

Sie lächelte und fuhr mit dem Zeigefinger seine Brust entlang. »Von mir aus musst du dabei nicht reden«, hauchte sie.

Er spitzte die Lippen, beugte sich zu ihr herab. Aber sie lachte nur, gab ihm einen Klaps vor die Brust und ließ ihn stehen. »Also bis später, Tanna – und halt dich von Walen fern!«

Sefiron sah ihr nach, ein angenehmes Kribbeln im Bauch, das er lange nicht mehr gespürt hatte. Nicht seit Endriel.

»Herr Maat«, miaute Kapitän Zailar, als er die Brücke betrat, und klappte ihr Buch zu. Sie war das einzige Wesen, das er kannte, das bevorzugt im Stehen las, und Werke über Astronomie und anderen derartigen Krempel obendrein. »Schön, dass Sie sich auch endlich zu uns gesellen.« Ihr Leopardenfell, gestern Abend noch blutbesudelt, glänzte wie frisch gewaschen. Die Farbe ihrer Augen erinnerte ihn an geschliffenen Edelstahl.

»Morgen, Käpt'n.« Sefiron hatte Mühe, nicht zu gähnen. *Herr Maat.* Seine Beförderung war jetzt eine Woche her, und er hatte sich immer noch nicht an den Titel gewöhnt.

Kobek stand hinter dem Steuerrad und grinste ihm zu, wobei sich die drei fahlen Narben auf dem braunen Gesicht des Riesen verzogen. Sein pechschwarzes Haar war zu Dutzenden von Tentakeln verfilzt und fiel ihm über den Rücken. »Scheiße geschlafen?«

»Vor allem viel zu kurz.«

Zailar sah ihn an. Ihre Raubkatzenmiene war ernst wie immer, doch ihr rechtes Ohr zuckte in ihrer Version eines Augenzwinkerns. »Einige von uns haben überhaupt nicht geschlafen, Herr Maat, und haben dringenden Nachholbedarf. Die Brücke gehört Ihnen.«

»Ergebensten Dank.« Sefiron deutete eine Verbeugung an. Er und der Käpt'n tauschten den Platz neben Kobek an der Konsole. Zailar hatte die Tür fast erreicht, als sie sich noch einmal zu ihm umdrehte. »Und bevor ich es vergesse, Herr Maat ...«

»Käpt'n?«

»Gute Arbeit gestern Nacht.«

»Äh, danke, Käpt'n!« Vielleicht war es nur Einbildung, aber Sefiron glaubte, unverhohlenen Stolz aus ihrer Stimme herausgehört zu haben – zum ersten Mal in dem einen Jahr, seit sie ihn im Kreis ihrer Leute aufgenommen hatte. Er hätte sich fast vor Freude in den Hintern gebissen. Immerhin war sie eine Nachfahrin von Käpt'n Kronn, dem Entdecker ihres Nests und Anführerin von »Kronns Horde«, der größten Vereinigung »freier Unternehmer« in ihrem Gewerbe.

»Was macht der Krieg?«, fragte er, als sich die Brückentür hinter Zailar geschlossen hatte.

Kobek zuckte mit den Achseln. »Immer noch Kämpfe hier und da. Weißmäntel gegen Weißmäntel. Weißmäntel gegen Bürger.«

Sefiron kratzte sich an der Nase. »Hat der Kult wieder von sich hören lassen?«

Wieder ein Achselzucken. Übersetzung: *Nicht, dass ich wüsste.*

»Gut zu wissen«, murmelte Sefiron.

Jeder von ihnen hatte die Bekanntmachung der Schatten gesehen und gehört. Trotz des Chaos, das sie unter den Schergen der Geistermaske gesät hatte, hatte sie bei keinem von ihnen großen Jubel ausgelöst, sondern eher Nervosität. Die Kerle hatten immerhin einen ganzen Planeten auf dem Gewissen.

»Ham vorhin 'ne Meldung abgefangen.« Kobek steuerte die *Krähe* wie im Schlaf. »Telios is' immer noch auf der Flucht.«

Sefiron rieb sich die stoppelige Wange. »Tja ... entweder der Kerl is' wirklich so gut, wie alle sagen, oder die Weißmäntel stellen sich noch dümmer an als gewöhnlich.«

Nein. Er wusste, was für ein gerissener Bastard Telios sein konnte, nicht zuletzt durch die Geschichten, mit denen Endriel ihm damals in den Ohren gelegen hatte. Er hatte die Kleine tausend Mal daran erinnern müssen, dass einer wie Telios für jemanden ihrer Profession ein ziemlich gefährlicher Freund war. Ob sie nun seine Nichte war oder was auch immer, es würde ihn kaum jucken. Weißmantel blieb Weißmantel. Der Kerl hätte sie wahrscheinlich ohne mit der Wimper zu zucken verknackt, wenn er herausbekommen hätte, womit sie ihren Lebensunterhalt verdiente. Verdammt, ihr *eigener Vater* hätte ihm dabei sogar noch geholfen, der Mistkerl!

Nach den paar Fetzen, die man so über die Weißmantel-Frequenz aufschnappte, hatte Telios mittlerweile ein ganzes Rudel Verbündete auf seiner Seite. Amalinn war fest überzeugt, dass er und seine Gefolgsleute zum Kult übergelaufen waren, so wie es in der Kult-Verlautbarung geheißen hatte. Sefiron war sich da nicht so sicher; er war kein Kryptomaschinist, aber sicher gab es Mittel und Wege, solche Aufzeichnungen zu fälschen. Und auch, wenn er dem Admiral nie persönlich begegnet war: jeder wusste, der Kerl war ein Parade-Friedenswächter. Wahrscheinlich war sogar seine Scheiße so weiß wie seine Uniform, wenn nicht noch weißer.

Es waren interessante Zeiten, kein Zweifel. Und Sefiron wusste, das Klügste, das Leute wie er tun konnten, war die Glückssträhne zu nutzen und mit beiden Händen zuzulangen, so lange sich noch die Gelegenheit bot.

»*Dies ist ein Notruf!*«, rauschte unerwartet eine fremde Stimme über die Brücke.

Sefiron sah auf. Im Geisterkubus hatte sich ein Yadi mit weit aufgerissenen Augen materialisiert. Blut lief vom Ansatz seines rechten Horns über die Stirn. Das Rauschen war so stark, dass man die Worte eher erahnte als hörte: »*Hier spricht Kapitän* [unverständlich] *Frachtschiff* Sommerwolke! *An jeden, der uns empfängt:* [unverständlich] *Notruf! Bitte – helfen Sie uns!*«

Das Signal war sehr schwach, was hieß, dass der Geisterkubus, der es sendete, entweder stark beschädigt war oder weit, weit entfernt. Ein Frachtschiff in Not – sollte ihnen das Universum mal wieder mit beiden Händen zuwinken?

»Käpt'n Zailar, sofort auf die Brücke!«, rief Sefiron in eines der Sprechrohre neben der Konsole. »Ich wiederhole –«

Er fuhr zusammen, als hinter ihm die tiefe Stimme seiner Kommandantin ertönte: »Ich bin hier!«

Er hatte keine Ahnung, woher sie so schnell gekommen war. Jedenfalls streckte sie augenblicklich einen Krallenfinger aus und aktivierte den Aufzeichner. Ohne Bildübertragung, wohlgemerkt. »Hier spricht die *Weiße Krähe*. Wir hören Sie, *Sommerwolke*. Was ist passiert?«

»*Den Geistern sei Dank!*«, hauchte der Yadi im Kristall. »*Unser Äthermotor ist* [unverständlich] *Bruchlandung hingelegt! Mehrere Mitglieder meiner* [noch unverständlicher] *verletzt!*«

»Wie viele sind Sie?«

»*Nur vier Leute, mit mir! Bitte, wir haben zwanzig Tonnen* [irgendwas] *an Bord! Bitte, helfen Sie uns! In dieser* [völlig verrauscht] *nur so von Piraten!*«

Wie Recht du hast, dachte Sefiron und sah Kobek mit großen, gelben Zähnen grinsen.

Zailar unterbrach die Stimmübertragung des Kubus für einen Moment. »Irgendwelche Schiffe in der Nähe, Herr Maat?«

Sefiron studierte die Navigationskarte. »Der Himmel gehört uns, Käpt'n!«

Zailar entblößte ihr Gebiss. »*Sommerwolke*«, schnurrte sie, »halten Sie aus, wir sind unterwegs!«

»[unverständlich] *sei Dank!*«, antwortete der Yadi. Als der Käpt'n die Verbindung abbrach, löste sich sein

Gesicht in dem Kubus auf wie einer der namensgebenden Geister.

»Ich nehm' mal an, wir schlagen zu?«, fragte Sefiron, ohne einen Hehl aus seiner Freude zu machen.

Zailar sah ihn an, und wieder zuckte ihr Ohr spöttisch. »Warum stellen Sie Fragen, deren Antwort Sie bereits kennen, Herr Maat? Pilot Kobek!«

»Aye!«

»Folgen Sie dem Ursprung des Signals. Wir werden der Mannschaft der *Sommerwolke* ein wenig Erleichterung verschaffen.«

Sie hatten keine Schwierigkeiten, das Schiff zu finden: Der Nebel hatte sich verzogen und gab den Blick frei auf eine weite Graslandschaft. Dies war die Ebene von Larú, auf dem halben Weg zum Niemandsland, und abgesehen von ein paar Schafzüchtern unbewohnt. Ein halbes Dutzend über die Ufer getretene Kraterseen funkelte im Licht der frühen Sonne – und zwischen den Gewässern lag, einsam und allein, das Wrack eines Drachenschiffs wie ein unglücklich gestürzter Vogel, die Flügel ausgebreitet und gebrochen. Tatsächlich, ein Frachter, wenn auch sehr viel kleiner als die *Krähe*, das konnte man auf diese Entfernung deutlich erkennen. Genau wie den Rauch, der von seinen Schubdüsen aufstieg.

»Herr Maat.« Zailar wandte sich an Sefiron. »Stellen Sie eine Bergungsmannschaft zusammen und statten Sie den Leuten dort unten einen kleinen Besuch ab.«

»Mit Vergnügen, Käpt'n!«

»Pilot Kobek – bringen Sie die *Krähe* so nahe wie möglich an das Wrack. Aktivierte Sonnenaugen, wenn ich bitten darf. Und halten Sie alles für eine schnelle Flucht bereit.«

Kobek tat wie ihm geheißen. Die Waffen fuhren summend aus ihren Verschlägen über den Flügeln.

Ein fragender Blick aus Edelstahlaugen traf Sefiron. »Worauf warten Sie noch, Herr Maat?«

»Schon unterwegs, Käpt'n!«

Nichts vertrieb Müdigkeit so gründlich wie Aussicht auf fette Beute. In Windeseile hatte Sefiron seinen Bergungstrupp zusammengestellt: Amalinn hatte sich gerade erst wieder hingelegt, war aber sofort hellwach, als sie von dem Frachter hörte. Olim, der alte Yadi, schloss sich ihnen ebenfalls an und steckte seine nadelgroßen Messer an den Gürtel. Des weiteren waren da noch Lun, dünn wie ein Aal, wendig wie ein Affe und doppelt so hässlich mit seinem kahlrasierten Schädel und den Brandnarben im Gesicht; Brolgo, der Löwenskria mit der verstümmelten Pranke und dem ruinierten Gebiss, sowie Urr-Drak mit ihrem feuerroten Horn und den darauf tätowierten Obszönitäten. Sie alle waren maskiert und bewaffnet; Sefiron selbst hätte sich fast vor ihnen gefürchtet.

»Keine Zeit zum Trödeln. Flink rein, flink raus. Verstanden?«

Sie alle brummten, nickten oder tuteten zustimmend. Er sah von einem zum anderen: Wer hätte gedacht, dass er mit seinen zarten achtundzwanzig Jahren mal eine Bande von Piraten herumkommandieren durfte? Und dabei hatte sein Vater immer behauptet, es würde nichts aus ihm werden! »Also los!«

Kobek hielt die *Krähe* fast zehn Meter über dem Gras, keinen Steinwurf von dem qualmenden Wrack entfernt. Sefiron ging seinem Trupp voraus und kletterte die Strickleiter hinab. Wie vor jedem Beutezug schien sich sein Blut vollständig in Adrenalin verwandelt zu haben – und er liebte es, jede einzelne Sekunde davon. Das waren die Momente, für die es sich zu leben lohnte.

Es war nur ein kurzer Sprint zur Außentür der *Sommerwolke*. Niemand stand zu ihrem Empfang bereit. Die Tür ließ sich leicht öffnen, ihr Schloss hatte anscheinend unter dem Absturz gelitten. Sefiron ließ Brolgo und Amalinn vorgehen, da sie als einzige Sonnenaugen trugen. Seinen Säbel in der Hand sprang er ihnen hinterher.

»Keine Bewegung!«, rief er.

Der Korridor stand leer; die Türen ringsum waren geschlossen. Stille erfüllte das kleine Schiff.

»Niemand zu Hause?« Amalinn verzog skeptisch die Augenbrauen.

Eine Falle!, wollte Sefiron brüllen, doch so weit kam er gar nicht. Die Piraten fuhren herum, als sich die Außentür krachend schloss. »Raus hier!«, rief er und machte auf dem Absatz kehrt.

Ein elektrischer Schlag schleuderte ihn zurück; er wäre gestürzt, hätte Brolgo ihn nicht gehalten. Ein Kraftfeld umhüllte sie wie eine Röhre aus violettem Panzerglas. Türen wurden aufgerissen. Stiefel, Pfoten und Krallenfüße donnerten über die Bodendielen.

Weißmäntel!

Zehn Stück davon; vorne, zu ihrer Rechten und hinter ihnen, mit Sonnenaugen, Sakedos und grimmigen Blicken. Einer von ihnen war der Yadi, der sie vorhin noch um Hilfe angefleht hatte. Offenbar hatte er sich gut von seiner »Verletzung« erholt.

»Verfluchte Scheiße«, zischte Urr-Drak und beschrieb damit die Situation ziemlich treffend.

Soviel zum Thema ›flink rein, flink raus‹ ...

Jenseits des Kraftfelds, durch das Bullauge neben der Tür, sah Sefiron, wie sich violette Kristallberge aus den Kraterseen erhoben; sechs, sieben, acht und mehr. Weißmantelschiffe mit aktivierten Schilden. Zwei davon jagten auf die *Krähe* zu, doch die hatte längst die Flucht ergriffen. Er hoffte, dass sie schnell genug war, den Jagdhunden des Gouverneurs zu entkommen, auch wenn das bedeutete, dass Zailar und die anderen gezwungen waren, sie im Stich zu lassen.

»Die Waffen runter!«, befahl ein Weißmantel; ein junger Draxyll mit den Abzeichen eines Kommandanten.

»Komm doch her und hol sie dir!«, rief Lun.

»Irgendwelche Ideen, großer Anführer?«, murmelte Amalinn.

Sefiron antwortete nicht. Das Brummen, Knacken und Knistern des Felds zerrte an seinen Nerven. Verdammt, sollte es ihn nach all den Jahren doch erwischt haben?

»Ich sagte: Die Waffen runter!« Der Draxyll-Kommandant klang ziemlich energisch für jemanden seines Volkes.

Sefiron erwog ihre Chancen, wobei er das Kraftfeld einbezog, die Zahl der Weißmäntel, plus deren Waffen. Doch gleichgültig, wie er die Variablen drehte und wendete, er kam immer wieder auf Null.

Zeit, zu improvisieren.

»Tut was er sagt«, befahl er.

»Was?« Olim starrte ihn an. »Bist du irre?«

»Ihr habt mich gehört!« Sefiron sah die anderen über die Schulter an. Er hoffte, sie würden seinen Blick richtig interpretieren.

»Zum letzten Mal –!«, setzte der Kommandant an. Sein Horn war bis zur Stirn schwarz gesprenkelt, fast wie ein Wachtelei.

»Ist ja gut!« Sefiron ging in die Hocke, um seinen Säbel abzulegen. Während die anderen es ihm gleich taten, traten sechs Weißmäntel mit Handschellen und einem Yadi-Käfig vor.

»Jetzt die Masken runter!«, befahl der Kommandant. »Und dann die Hände hinter den Kopf!«

»Ganz ruhig«, sagte Sefiron und ging mit gutem Beispiel voran. Er zog sich den Stoff vom verschwitzten Gesicht und ließ seinen Blick durch die Reihen der Weißmäntel schweifen. Er hoffte nur, der Mechanismus, der um seinen Unterarm geschnallt war, würde ihn nicht im Stich lassen; seit er das Ding zum letzten Mal benutzt hatte, waren einige Wochen vergangen.

»Wir deaktivieren jetzt das Kraftfeld«, kündigte der Kommandant an. »Keine Dummheiten!«

Höchstens eine, dachte Sefiron, hielt aber wohlweislich den Mund.

Das Feld erlosch auf einen Wink des Ober-Weißmantels. Seine Handlanger traten vor; Sefiron hörte das Klicken der Handschellen, als erst Amalinn, dann Lun gefesselt wurden. Eine junge, gar nicht mal unattraktive Friedenswächterin baute sich vor ihm auf. »Die Hände vor!«

Er zwinkerte ihr zu, während er der Aufforderung nachkam. »Aber bitte nich' zu fest. Hab 'ne empfindliche Haut.«

Sie antwortete nicht, legte den Bügelarm um sein Handgelenk – im nächsten Moment hatte er mit der Rechten ihre Hand gepackt, wirbelte sie wie in einem wilden Tanz und verdrehte ihr den Arm auf dem Rücken, sodass sie ihr Gesicht dem Kommandanten zuwandte. Sefiron hoffte, dass sie alle das Stilett sahen, das per Knopfdruck aus seinem Ärmel gesprungen war und nun in seiner linken Hand lag.

»Keine hastigen Bewegungen!«, rief er den Weißmänteln zu. Die junge Frau in seinem Griff zitterte und ächzte, mehr aus Schande denn aus Schmerz. Keiner ihrer Kumpane wagte es, zu feuern. »Oder eure Freundin hier lässt sich 'ne Handbreit Stahl durchs Hirn gehen!«

Auf einmal spürte er einen Luftzug hinter sich. »Sef!«, schrie Amalinn – und etwas sehr Scharfes berührte seinen Nacken. Er fühlte einen Tropfen Blut fließen und wusste, wenn er nur falsch atmete, bekam er eine Rasur, von der er sich nicht wieder erholen würde.

»Seltsam«, sagte die samtige Stimme eines Menschen. »Ich wollte gerade etwas sehr Ähnliches sagen.«

Sefiron schloss die Augen und ließ die Friedenswächterin

und seine Waffe los. Das Stilett blieb im Boden stecken wie ein Wurfpfeil. Die Hände an den Hinterkopf gelegt, drehte er sich um. Langsam.

Die Außentür stand wieder offen; ein neuer Stoß Weißmäntel war dahinter aufgetaucht. Er hätte den Mann, der ihnen vorstand, auch ohne den purpurnen Umhang erkannt.

»Sieh mal einer an: Onkel Andar!« Er konnte sich ein Grinsen nicht verkneifen. »Ich hab vorhin noch an Sie gedacht!«

Telios verzog misstrauisch die Augen, ohne die Spitze des Sakedo vom Hals seines Gegenübers zu nehmen. »Kennen wir uns, Bürger?«

Sefiron schaffte es, mit den Achseln zu zucken. »Ich Sie, aber Sie mich nicht.«

Ein kalter Blick von Kopf bis Fuß. »Sind Sie der Anführer dieses Haufens?«

Sefiron sah kurz zu seinen gefesselten Kameraden, die Telios finster anstarrten. »Könnte man so sagen.«

Telios zeigte ein Lächeln. Jedoch nur mit einem Mundwinkel und nicht länger als eine Sekunde. »Ihnen wird aufgefallen sein, wie schlecht Ihre Situation aussieht.«

»Hm«, machte Sefiron. »Hab Schlimmere erlebt.«

»Sprich nich' mit dem Arschloch!«, sagte Lun.

»Genau, Tanna!«, bekräftigte Amalinn. »Wir ham diesen Wichsern nix zu sagen!«

Telios sah von den beiden zu ihrem Anführer. »Tanna«, wiederholte er. Dann schien es ihm zu dämmern. »Doch nicht Sefiron Tanna?«

Sefiron deutete eine Verbeugung an, soweit es das Schwert an seinem Hals zuließ. »Höchstpersönlich.«

Telios musterte ihn, wie man ein Insekt mustert, das einem die Beine hochkrabbelt. »Endriel hat mir von Ihnen erzählt.«

»Nur Gutes, will ich hoffen.«

»›Wandelndes Stück Wieselscheiße‹ waren ihre Worte, wenn ich mich recht erinnere.«

»Tja, Sie hatte schon immer 'ne poetische Ader.«

Telios lächelte. Länger diesmal. Böser. »Und ein scharfes Auge«, sagte er.

Eines der aufgetauchten Schiffe war die *Dragulia*. Das Schiff war tatsächlich so eindrucksvoll wie alle sagten; das tollste Spielzeug, das sich ein Junge vorstellen konnte.

Nachdem die Weißmäntel sie doppelt und dreifach nach Waffen durchsucht hatten, trennten sie Sefiron entgegen all seiner Proteste von den anderen. Während Amalinn und der Rest in den bordeigenen Knast des Flaggschiffs verfrachtet wurden, führte eine Eskorte aus zwei Skria ihn in Telios' Büro. Dort drückten sie ihn unsanft auf einen Stuhl und machten die Handschellen an dessen Stahlrahmen fest.

»Schätze, die Ausrede, dass wir nur helfen wollten, zieht nich', was?«, fragte Sefiron, während sich Telios hinter seinem Schreibtisch niederließ. Seiner Miene nach fehlte ihm der Nerv für Ironie. Sefiron fiel auf, dass er nicht so gut rasiert war, wie es von einem Offizier verlangt wurde; und den Ringen unter seinen Augen nach hatte er tagelang nicht mehr geschlafen. Scheinbar musste er sich an sein Leben als Staatsfeind noch gewöhnen.

»Verraten Sie mir wenigstens, womit ich diese Sonderbehandlung verdient hab, Telios?«

»*Admiral* Telios«, knirschte der dunkle Mann vor ihm.

»Da hab ich anderes gehört.« Sefiron spürte, wie seine Wächter sich versteiften.

Telios dagegen schien das nicht weiter zu interessieren. »Sie hören den falschen Leuten zu«, entgegnete er.

»Ah ja. Also is' die Sache, dass Sie Ihren ehrenwerten Orden verraten ham, nur ein dummes Gerücht?«

Telios strafte ihn mit einem finsteren Blick.

»Na schön. Und wie geht's jetzt weiter, *Admiral?* Liefern Sie uns dem Gouverneur aus, als Friedensangebot? Oder verfüttern Sie uns an Ihre Freunde vom Kult?«

»Ich arbeite nicht für den Kult!«, donnerte Telios.

Nein, tust du nicht, dachte Sefiron. *Aber das hab ich auch nie ernsthaft geglaubt.* »Für wen dann?«

»Für die Hohen Völker.«

»Scheiße, Sie könn' das sagen, ohne zu lachen? Respekt. Ham Sie sich den Trick mit dem Wrack ganz allein ausgedacht?«

»Mit Speck fängt man Mäuse. Wir haben die Maschine vor drei Tagen geborgen. Es ist bekannt, dass die Piratenaktivität in dieser Region in den letzten Wochen stark zugenommen hat. Ich dachte, wir könnten sie gebrauchen. Und ich hatte Recht.«

»Glückwunsch. Trotzdem is' Ihnen unser Schiff entkommen.«

Telios reckte das Kinn. »Meine Leute haben seine Verfolgung noch nicht aufgegeben.«

Sefiron lächelte. Der Tonfall des Admirals verriet ihm alles, was er wissen musste: Sie hatten die frisierten Antriebe der *Krähe* unterschätzt. »Und nun ham Sie 'nen Haufen Piraten an der Backe. Was mich wieder zu der Frage bringt: Wie geht's jetzt weiter?«

Der Admiral stand auf und begab sich zum Bullauge. Die *Dragulia* und ihre Begleiter waren längst wieder gestartet. Wohin die Reise ging, hatten die Weißmäntel ihrem Gast nicht verraten. »Sie wissen, welche Strafe auf Piraterie steht«, sagte Telios, mit dem Rücken zu ihm.

»Hab davon gehört.«

»Dann dürfte Ihnen klar sein, dass weder Sie noch einer Ihrer ... Kameraden jemals wieder auf freien Fuß kommen werden. Es sei denn ...«

»Nur weiter, Admiral«, sagte Sefiron. Er bewegte die Handgelenke in den unnachgiebigen Fesseln; sie begannen allmählich, unbequem zu werden. »Ich bin ganz Ohr!«

»Es sei denn, Sie geben mir die Koordinaten Ihres Stützpunkts.«

Sefiron runzelte dramatisch die Stirn. »Unseres *Stützpunkts*, Admiral? Ich hab keine Ahnung, wovon Sie reden. Wir sind unabhängige Unternehmer und –«

Die Stimme des Admirals wurde schärfer. »Wir wissen, dass ihr Piraten in Kampfverbänden operiert. Irgendwo sind eure Schiffe gelagert. Und ich will wissen, wo!«

Wieder runzelte sein Gast die Stirn, diesmal allerdings in ehrlicher Verwunderung. »Es geht Ihnen nur um unsere Schiffe?«

»Im Augenblick: Ja.«

»Ah, verstehe! Sie brauchen mehr Feuerkraft für Ihre kleine Vendetta gegen den Gouverneur, seh' ich das richtig?«

Telios brauchte ihm nicht zu antworten, es war alles klar: Er hatte gehofft, über die *Krähe* an die Karten ihres Nests zu gelangen, um dort einzufallen und sich alles unter den Nagel zu reißen, was er für seinen Feldzug brauchte. Aber das Schiff war ihm entkommen. Nun musste er improvisieren.

»Sie müssen's wirklich hassen, Telios – mit einem von uns zu paktieren. Ich glaub', ich kann Ihr Blut von hier aus kochen hören.«

»Es gehört normalerweise nicht zu meinen Gewohnheiten, mit Mördern und Dieben zu verhandeln, Bürger Tanna«, sagte Telios. Auf dem Schreibtisch lag ein Briefbeschwerer aus Onyx. Der Admiral nahm ihn und ließ ihn von einer Hand in die andere gleiten. »Es wäre daher klug, diese einmalige Gelegenheit zu nutzen.«

»Hm. Nur, dass ich das richtig verstehe: Sie wollen also, dass ich mit unser'm natürlichen Feind gemeinsame Sache mache und meine eigenen Leute verrate?«

»Darauf läuft es hinaus.«

»Und was krieg' ich als Gegenleistung?«

Der Onyxball schien in Telios' Griff fast zu bersten. Die Worte kamen nur widerwillig über seine Lippen: »Vollständige Amnestie. Sie werden ein freier Mann bleiben. Nach allem, was Endriel mir über Sie erzählt hat, ist das doch Ihr wichtigstes Gut – Ihre Freiheit. Oder täusche ich mich?«

Jetzt weiß ich, dass du wirklich verzweifelt bist. Sefiron konnte sich das Lachen nicht verkneifen. »Was, das is' alles? Kommen Sie, Admiral, da müssen Sie sich schon etwas mehr anstrengen! Wie wär's mit 'n bisschen Bargeld dazu? Oder wenigstens 'nem Strauß Blumen?«

Telios ließ den Briefbeschwerer zurück auf seinen Holzsockel krachen. Sefiron schaffte es, dabei nicht zu blinzeln. »Da draußen herrscht Krieg, Tanna!«

»Ach, daher das ganze Feuerwerk. Hatte mich schon gefragt –«

»Der Kult wartet nur darauf, dass unsere Streitkräfte durch die Aufstände ausreichend minimiert wurden, um danach den Rest problemlos zu vernichten! Und bis dahin wird das Volk leiden. Der Gouverneur muss abgesetzt werden. Die Kämpfe gegen das Volk müssen eingestellt werden und die Friedenswächter wieder vereint gegen den Kult stehen. Das sollte auch in Ihrem Interesse sein.«

»Tatsächlich?« Sefiron heuchelte Verblüffung. »Und verraten Sie mir auch, wieso? Denn soweit ich das seh', is' dieser Krieg nur 'ne Sache zwischen euch und dem Kult. Nich', dass wir uns falsch verstehen, Admiral: Keinem von uns sind die Kerle besonders sympathisch. Nur seh'n wir keinen allzu großen Unterschied zwischen denen und euch Weißmänteln, wenn man mal von der Farbe der Uniformen absieht.«

»Ich will Ihnen sagen, was der Unterschied ist: Wir achten den Pakt von Teriam. Der Kult tut das nicht.«

Sefiron zuckte mit den Achseln. »Der Kult wird uns genauso wenig finden wie Ihre Leute.«

Der Admiral richtete seinen Finger auf ihn. »Es ist nur eine Frage der Zeit, bis man Ihre Nester ausräuchert. Und der Kult wird kurzen Prozess mit Ihnen machen, wenn er erst mal an der Macht ist!«

»Hmmm.« Sefiron tat, als würde er darüber nachdenken. »Gesetzt den Fall, Sie kriegen unsere Schiffe – wie woll'n Sie die alte Geistermaske stürzen? Fliegen Sie einen Angriff auf Teriam?«

Telios antwortete nicht. Das brauchte er auch nicht.

»Scheiße.« Sefiron grinste. »Sie sind verrückt, Telios, ich hoffe, Sie wissen das.«

»Sie sind nicht der Erste, der mir das nachsagt. Es ist Ihre Entscheidung, Bürger Tanna. Ich an Ihrer Stelle würde die Alternativen gut abwägen. Sie können gerne mit dem Rest Ihrer Kameraden an Bord bleiben. Auch ohne Ihre Schiffe fliegen wir früher oder später nach Teriam – und Sie werden hier drinnen eingesperrt sein. Und vielleicht mit uns untergehen.«

»Verstehe.« Sein Gast kaute auf seiner Unterlippe. »Vollständige Amnestie, ha?«

»Vollständige Amnestie«, bestätigte Telios. »Für alle Ihre vergangenen Untaten. Was Sie danach tun, steht auf einem anderen Blatt.«

»Und niemand wird erfahren, dass ich's war, der meine Leute aufs Kreuz gelegt hat?«

»Niemand.«

»Ihr Wort drauf?«

Telios nickte. »Mein Wort drauf.«

»Ihr absolutes Ober-Weißmantel-Ehrenwort? Hand aufs Herz und alles?«

Das Lächeln des Admirals war grimmig. »Hand aufs Herz.«

»Und was is' mit dem Strauß Blumen?«

Telios hielt es nicht für nötig, darauf zu antworten. »Ihre Entscheidung?«

Sefiron schwieg eine lange, lange Zeit, wobei er den Blick des Admirals und seiner Leute auf sich spürte. Dann, irgendwann, hob er die Mundwinkel zu einem Grinsen. »Tja, wissen Sie, Admiral, das is' wirklich ein verlockendes Angebot, das Sie mir da unterbreiten.« Er sah, wie Telios aufhorchte. »Aber um ganz ehrlich zu sein – ich wollt' um diese Jahreszeit schon immer mal nach Teriam.«

Die beiden Skria hinter ihm reagierten augenblicklich; sie legten ihm die Pranken auf die Schultern, und er spürte ihre Krallen durch den Stoff seiner Jacke wie Nadeln in seiner Haut.

Telios presste die Kiefer zusammen. »Sie begehen einen Fehler, Tanna.«

»Ach, kommen Sie, Telios – Ihr Wort? Das is' im Moment weniger wert als 'n Haufen Affenkacke. Wir alle wissen, wie weit man euch Weißmänteln trau'n kann.«

Die Hand des Admirals legte sich wieder um die Onyxkugel. »Hören Sie zu, Klugscheißer: Ich gebe Ihnen noch eine letzte Chance.«

»Sie könn' mir so viele Chancen geben, wie Sie wollen. Weder ich, noch ein Mitglied meiner Mannschaft, wird auch nur im Traum daran denken, unsere Leute zu verpfeifen; unsere Freunde, unsere Familien.« *Und daran kannst du meinetwegen ersticken, Weißmantel!*

Telios seufzte. »Ich hatte gehofft, dass wir das auf vernünftige Art und Weise regeln könnten.«

Sefiron zeigte ein triumphierendes Lächeln. »So gut wie

Sie mich kennen, hätten Sie's besser wissen müssen.«

Telios trat auf ihn zu und nahm im Vorbeigehen eines weiteres Mal den Briefbeschwerer mit. Der Stein war so groß wie seine Faust und offensichtlich sehr massiv. »Ihnen sollte klar sein, dass wir andere Mittel und Wege haben, Sie zur Mitarbeit zu motivieren.«

Die Handlanger des Admirals rissen Sefiron mitsamt des Stuhls auf die Beine; das Möbel zog schwer an seinen Füßen und Armen, doch trotz seiner Last tat er alles, um aufrecht stehen zu bleiben. Sein Grinsen wurde breiter. »Na schön, Admiral. Dann zeigen Sie mir mal, wie sehr Sie sich vom Kult unterscheiden. Ich bin schon sehr gespannt!«

Telios hob wortlos die Onyxkugel. Sein Blick schien zu glühen wie der Fokuskristall eines Sonnenauges, dennoch hielt Sefiron ihm stand. »Ich bin vielleicht 'n Dreckskerl«, sagte er. »Aber auch ich hab meine Prinzipien.«

Telios hatte den Stein auf Brusthöhe gehoben; Sefiron sah deutlich den Kampf, der hinter den Augen des Admirals tobte. »Na los!«, forderte er und wappnete sich für den Schlag. *Na los! Tritt deinen heißgeliebten Pakt mit Füßen! Ich warte!*

Doch er wartete vergebens. Telios ließ den Briefbeschwerer sinken; seine Verzweiflung hatte die Schlacht gegen seinen Ehrenkodex verloren. Er wandte sich an seine Leute. »Führt ihn ab«, sagte er angewidert. Ob von sich selbst oder seinem Piraten-Gast war nicht zu erkennen. Ein bisschen von beidem, schätzte Sefiron.

»War nett, mit Ihnen zu plaudern, Onkel Andar!«, rief er, als ihn die Wächter aus dem Büro schleiften. »Und grüßen Sie Endriel von mir, wenn Sie sie sehen!«

Sie warfen ihn in eine leere Zelle und aktivierten das Kraftfeld, bevor er wieder auf den Beinen war.

»Sef!«, rief Amalinn aus der Zelle ihm gegenüber. »Was is' los?«

»Was hast du denen erzählt?«, knurrte Brolgo, zwei Zellen weiter.

»Gar nix«, sagte Sefiron und wischte sich Staub von der Schulter. »Ich hab ihnen gar nix erzählt.«

»Die *Krähe* –«, begann Olim, der in seinem eigenen Gefängnis auf und ab flatterte.

»Is' ihnen entkommen«, entgegnete der Erste Maat. Aufatmen folgte von allen Seiten.

»Und wie geht's jetzt weiter?«, fragte Urr-Drak; ihre Zelle befand sich direkt nebenan, sodass er sie zwar hören, aber nicht sehen konnte. »Was ham die mit uns vor?«

»Sie lassen uns hier drin schmoren, bis wir ihnen verraten haben, wo sich die anderen verstecken. Telios braucht unsere Schiffe.«

»Wofür?« Lun, am anderen Ende des Korridors, kratzte seine Brandnarben.

»Den Angriff auf Teriam.«

»*Was?*« Amalinn strich das Haar aus dem hübschen Gesicht. »Is' der Kerl irre?«

»Nein«, murmelte Sefiron. »Nur ziemlich am Ende.« Er musste sich eingestehen, dass der Mann ihm fast leid tat. Ehrlich, er würde um nichts in der Welt in seiner Haut stecken wollen.

»Vergesst es.« Er legte die Hand auf die Innenverkleidung seiner Zelle. Solides Metall. Er begann, es nach Schwachstellen abzuklopfen. »Ich hab nicht vor, so lange hier zu bleiben!«

Andar Telios beobachtete mit unbewegter Miene die Projektion des Piratenanführers in seinem Geisterkubus; wie er jeden Quadratzentimeter seiner Zelle untersuchte und dabei mit seinen Komplizen sprach.

Er hätte es fast getan. Es hätte nicht viel gefehlt und er hätte dem Jungen das selbstgefällige Grinsen aus der Visage geprügelt. Jetzt war er sich nicht mehr so sicher, ob seine Zurückhaltung wirklich edelmütig gewesen war oder reine Schwäche. Er wusste nur, dass seine Feinde mit Sicherheit nicht davor zurückgeschreckt hätten. Aber er hatte schon zu viele Foltern erlebt und er hatte genug davon.

Eine Geste von ihm deaktivierte den Kubus. »Lassen Sie den Haufen Tag und Nacht überwachen.« Telios wandte sich an Quai-Lor, der in Habachtstellung vor seinem Schreibtisch stand. »Zeichnen Sie jedes Wort auf, für den Fall, dass sie uns ungewollt irgendwelche Hinweise auf ihren Stützpunkt geben.«

»Zu Befehl, Admiral.«

Telios massierte seine geschlossenen Augen. Die Begegnung mit dem Piraten hatte ihn wieder an Endriel erinnert. Seit seinem Gespräch mit der Schattenkaiserin vor über zwei Wochen hatte er nichts mehr von ihr gehört. Dafür hatte er mehrmals von ihr geträumt; und immer war es der gleiche Traum gewesen, in dem sie in einer schwarzen Flut ertrank – und mit ihr der ganze Planet. Was hätte sie dazu gesagt, dass ihm ausgerechnet ihr ungeliebter Ex-Geliebter ins Netz gegangen war? In besseren Tagen hätte er vielleicht darüber gelacht. Ob sie wusste, dass er vom einfachen Dieb mittlerweile zum Piraten auf-, beziehungsweise abgestiegen war?

»Wenn mir die Bemerkung gestattet ist«, begann Quai-Lor vorsichtig, »Sie sollten sich ausruhen, Admiral.«

Telios lächelte freudlos. »Gern, wenn Sie mir sagen, wie.« Er musterte den jungen Draxyll: Seit ihrer gemeinsamen Flucht aus dem Stillen Haus hatte Quai-Lor kein einziges Zeichen von Erschöpfung gezeigt, ganz entgegen dem Klischee seines Volkes. Telios fragte sich, ob Silberfeuer im Spiel war, konnte jedoch keines der üblichen Anzeichen wie flackernde Lider oder eine beschleunigte Atmung erkennen. Wie dem auch sein mochte, er beneidete den Jungen um seine Ausdauer. »Danke sehr, Kommandant«, murmelte er. »Das wäre dann alles.«

»Admiral.« Quai-Lor salutierte und verließ den Raum. Noch bevor die Tür sich hinter ihm geschlossen hatte, wandte sich Telios zum Bullauge. Draußen flogen die *Kallavar*, die *Vikor* und die *Gal-Ba-Dar* neben dem Flaggschiff her.

Seit achtzehn Tagen waren sie nun auf der Flucht. Nur ein einziges Renegatenschiff hatte sich ihnen seitdem angeschlossen: die *Yin Tai*, ein altersschwacher Feuerdrache, der in der Südpolregion Patrouille geflogen war.

In dieser Zeit waren sie ein Dutzend Mal auf Ordenspatrouillen gestoßen. In den meisten Fällen hatten deren Kommandanten angesichts Telios' Streitmacht wohlweislich die Flucht ergriffen. Drei hatten sich sogar überzeugen lassen, ihm ihre Schiffe »auszuleihen«, ohne dass es nötig war, mit den Waffen zu drohen.

»Wir sind nicht der Feind«, hatte Telios den Besatzungen gesagt, als er sie irgendwo im Nirgendwo ausgesetzt hatte. Ob sie ihm glaubten oder nicht, hatte er nie erfahren. Er hatte Mannschaftsmitglieder der *Dragulia* auf die neuen Schiffe versetzt und dabei kurz mit dem Gedanken gespielt, Quai-Lor zum Kapitän zu ernennen. Doch sein Erster Offizier hatte darum gebeten, seinen gegenwärtigen Posten behalten zu dürfen. Telios hatte ihm den Wunsch gewährt; er fühlte sich wohler mit dem Draxyll an seiner Seite.

Damit zählte die Streitmacht der Renegaten elf Schiffe, wobei eines davon stark genug war, es mit drei Ordensschiffen aufzunehmen. Elf Schiffe. Und sie waren immer noch zu wenige.

Telios widerstand dem Drang, auf die Tischplatte zu schlagen. Stattdessen stand er auf und ging im Raum auf und ab, wobei er das Leder seiner Stiefel knarzen hörte.

Er hatte einige seiner Leute in Zivil ausgesetzt, um in den

großen Metropolen die Informationen zu sammeln, die ihnen aus den lückenhaften Kubus-Übertragungen, die sie aufgefangen hatten, fehlten: Informationen über Truppen- und Flottenbewegungen und das wahre Ausmaß des Krieges.

Bisher war es den meisten seiner Kundschafter gelungen, den Häschern des Ordens zu entgehen, und so hatten sie ihm nach ihrer Rückkehr an Bord berichtet, dass Teriam mittlerweile zu einer Festung ausgebaut worden war. Niemand kam ungesehen hinein oder hinaus. Monaro – *Admiral* Monaro – hatte achtzehn Schlachtschiffe von der Grenzpatrouille zur Verteidigung der Schwebenden Stadt abbeordert, die pausenlos die Küste des Kleinen Meeres abflogen. Achtzehn Feuerdrachen, jeder davon vor Waffen starrend; die besten Schiffe, die der Orden zu bieten hatte.

Die Gegend um das Kleine Meer war offenes Terrain; es gab keine Chance, sich ungesehen anzuschleichen. Und nur die *Dragulia* konnte Orbitalsprünge vollziehen – ein Manöver, das ihre Schilde zu sehr schwächen würde, als dass sie im darauf folgenden Kampf noch von großem Nutzen sein würden. Davon abgesehen wurde der Himmel über Teriam penibel überwacht; man würde das Flaggschiff ausgemacht haben, lange bevor es in die Atmosphäre zurück stürzte.

Elf gegen achtzehn – selbst diese Rechnung war falsch, da sie auf dem Weg in die Hauptstadt weitere Schiffe einbüßen würden. Er hatte zwar einen Plan ... doch im Augenblick kam dieser ihm wie Selbstmord vor.

Alle Überlegungen, alle taktischen Simulationen liefen auf das Gleiche hinaus: Sie brauchten mehr Schiffe! Natürlich hatte er schon daran gedacht, aktiv Jagd auf Ordensschiffe zu machen. Aber abgesehen davon, dass er damit die falschen Signale senden würde, befanden sich die meisten Schiffe nahe der zivilisierten Welt, und die halbe Armada würde hinter ihnen her sein, wenn sie sich dort blicken ließen.

Natürlich konnte er darauf hoffen, in den nächsten Tagen weitere Anhänger zu gewinnen. Aber einerseits war der Zulauf bislang minimal gewesen, und andererseits hatte er das entsetzliche Gefühl, dass ihm die Zeit davonlief. Der Kult konnte jederzeit zuschlagen; nach wie vor waren die Schatten die Große Unbekannte in allen Gleichungen. Der Orden *musste* ihnen vereint gegenüber treten; nach allem, was er wusste, war dies die einzige Chance, die sie hatten.

Und die letzte Chance, die Telios hatte, waren ausgerechnet Piraten. Sie hatten die Waffen, die er brauchte. Ihre zusammengestohlenen Schiffe, Sonnenaugen und Kraftfelder konnten ihm den taktischen Vorteil geben, den er brauchte.

Er wusste, dass Tanna ihm nichts verraten würde – er konnte ihm und seinen Kumpanen versprechen, was er wollte, sie würden ihm nicht glauben. Sie hatten sich nicht all die Jahre vor Leuten wie ihm versteckt, um ihm jetzt aus freien Stücken beizustehen. Es blieb nur eine Möglichkeit der Überzeugung. Und die erschreckte ihn.

Wenn du zu feige bist, zu tun, was getan werden muss, dann lass es jemand anderen tun! Du hast genug Leute an Bord, die darauf brennen, mit einem dieser Verbrecher allein in einem Raum zu sein! Sie sind Abschaum, Andar – nichts weiter! Plünderer, Diebe und Mörder!

Er schüttelte seine Hände, um die verkrampften Muskeln zu lockern.

Seine Feinde, der Gouverneur – keiner von ihnen scherte sich einen Dreck um Anstand und Ehre. Warum sollte er es tun? Wenn er die Schiffe bekam, konnte er den Verlauf des Krieges ändern; dafür sorgen, dass die Leiden der Bevölkerung bald endeten, der Orden vereint und der Kult aufgehalten wurde!

Was soll ich tun, Yanek? Was hättest du getan? Wie weit wärst du gegangen?

Aber Yanek Naguun war nicht hier, um ihm zu antworten. Und wieder kam ihm der Gedanke, der ihn bereits seit Wochen heimsuchte: Konnte es nicht sein, dass die Zeit des Ordens ganz einfach vorbei war? Wenn sich seine Methoden nicht mehr von denen des Kults unterschieden, und all die Schwüre von Ehre und Achtung vor dem Leben keinen Wert mehr hatten – warum sollten sie ihren Feinden dann nicht gleich die Bühne überlassen?

Doch selbst wenn der Orden zum Untergang verurteilt war, würde seine letzte Amtshandlung darin bestehen, diesen Krieg zu beenden, so bald wie möglich.

Ein leises Klingeln unterbrach seinen Gedankengang. Telios drehte sich um, gerade als eine Nachrichtenhülse in der Rohrpostanlage landete. Die Mitschriften der Übertragungen, die auf der Ordensfrequenz abgefangen worden waren – weitere Schreckensmeldungen aus dem Krieg. Er musste sich zwingen, sie auch nur zu überfliegen, obwohl es nicht viele waren. Fernab der Zivilisation bekamen sie nur Bruchstücke des Geisterkubusverkehrs mit.

Telios öffnete die Hülse. Begann zu lesen. Es war, wie er erwartet hatte:

Weitere tausend Tote in Sibelm; erneute Kämpfe in Olvan; neue Truppeneinsätze in Harassadan.

Dann erreichte er den letzten Eintrag und stutzte. Es war eine Nachricht vom Observatorium in Siridad an den Gouverneur, versehen mit der höchsten Dringlichkeitsstufe. Telios musste die Zeilen dreimal lesen, um sich durch den Fachjargon zu kämpfen. Und selbst dann war er sich immer noch nicht sicher, ob er sie auch wirklich *verstanden* hatte.

Etwas Großes war auf dem Weg zu ihnen. Auf dem Weg nach Kenlyn.

VII

LORSHA

»Wohin wir auch gehen, tragen wir unsere Herkunft mit uns. Manchmal als Schmuck, manchmal als Ketten.«
— Venshiko

Die Möwen waren die ersten, die sie empfingen, als sie die Höhle am Strand und den Nexus, der darin versteckt lag, hinter sich ließ und unter den freien Himmel trat. *Freier Himmel ...* Es schien ewig her zu sein.

Liyen sog tief die Salzluft und den Geruch von Seetang ein, während das Tosen der Wellen und das Kreischen der Vögel ihre Ohren erfüllten. Rauer Wind wehte ihr ins Gesicht und zog an ihren Haaren. Nach all den Wochen, eingesperrt im Palast, war es die reinste Wohltat.

Der graue Nachmittag malte die Welt in ausgewaschenen Farben; nur selten lugte die Sonne kraftlos durch schmutzige Wolken. Kiesel und Sand knirschten unter Liyens Stiefeln, als sie den Strand entlang ging. Bald konnte sie die windschiefen Häuser sehen: Sie drängten sich dicht und grau-in-grau an der Bucht über den Fluten, keine fünfhundert Meter von hier entfernt, vor einer Landschaft kargen Weidelands und drahtiger Gräser. Der Anblick rief tausend Erinnerungen in ihr wach: ihre ersten Fahrten mit dem Boot, inmitten der anderen Fischer; ihr erster, stolzer Fang, der ihr kurz danach wieder ins Wasser fiel; einsame Tage und Nächte am Strand, nur vom Meer umgeben. Träume von der Welt jenseits des Dorfes. Wie unruhig sie damals gewesen war; voller Ungeduld und Hunger auf die Welt.

Sie hätte nie gedacht, dass sie mit Blut an den Händen nach Lorsha zurückkehren würde.

»Gebieterin!« Minister Weron hatte sie entsetzt angestarrt, als sie ihm von ihrem Vorhaben berichtet hatte. »Das gestatte ich nicht! Sie können nicht ohne Ihre Leibwache gehen! Ihr Gesicht ist in der Außenwelt bekannt! Unsere Feinde –!«

Er war verstummt, als sie die Hand gehoben hatte. »Vertrauen Sie mir, Weron. Wo ich hingehe, bin ich bestens vor unseren Feinden versteckt.« Sie hatte ihren Weg zum Nexus mit entschlossener Miene fortgesetzt. Der Minister war neben ihr hergeflogen.

»Aber wir benötigen Sie hier, Gebieterin! Der Krieg –!«

»… wird auch ohne mich auskommen. Zumindest für ein paar Stunden.«

Der alte Yadi hatte die tätowierten Flügel hängen lassen und sich widerwillig gefügt, so wie sich jeder im Palast früher oder später ihren Wünsche fügte. Seine Besorgnis hatte das nicht gemindert.

Ihre Leute hatten das Portal nach Lorsha schon vor Monaten installiert; unbemerkt natürlich, versteckt von einem Tarnfeld. Bislang hatte sie nie die Zeit gefunden, den Nexus zu gebrauchen. Die Zeit – oder den Mut.

Aber es stimmte, was sie Weron gesagt hatte: Der Krieg würde auch ohne sie auskommen. Mittlerweile war er eine Bestie mit eigenem Willen geworden; eine Naturgewalt, von der sie fürchtete, dass keiner von ihnen die Macht hatte, sie jemals wieder zu stoppen.

In den letzten Wochen war keine Stunde vergangen, ohne dass neue Meldungen von Tod und Zerstörung im Palast eintrafen. Der Plan, die Bürger als Vorhut gegen die Friedenswächter zu schicken, hatte funktioniert. Erschreckend gut sogar. Die Hohen Völker waren ihrem Ruf zu den

Waffen gefolgt – und der Gouverneur ließ seine Truppen auf die einzige Art antworten, die er kannte. Doch wenn ein Aufstand niedergeschlagen war, entbrannte woanders schon der nächste. Jahrhunderte der Unterdrückung entluden sich in einem Sturm ungekannten Ausmaßes; und der Kult gab den Leuten die Waffen, mit denen sie ihrer Wut Ausdruck verleihen konnten.

Die aktuellen Schätzungen beliefen sich auf zwei Millionen Tote, plus/minus ein paar hunderttausend – mit nur minimalen Verlusten von Kultagenten. Zwei Millionen Männer, Frauen und Kinder; Menschen, Skria, Draxyll und Yadi ausgelöscht. *Zwei Millionen.* Das war eine Zahl, die sie sich nicht einmal annähernd vorstellen konnte – und dabei legten ihre Geheimdienstleute ständig neue Berichte vor, die den Schrecken in Zahlen und Statistiken verwandelten; wieder und wieder und wieder, bis sie es nicht mehr ertragen konnte. Bilder brennender Städte und verkohlter Leichen verfolgten sie bis in den Schlaf.

Es war ihre Schuld. Die Welt brannte und es war ihre Schuld.

Es muss sein, Liyen, hörte sie Yelos sagen. *Es ist ein Fieber, ohne das es keine Heilung geben kann. Halt aus, nur noch eine kleine Weile!*

Sie hatte geglaubt, darauf vorbereitet zu sein; auf den Preis, den sie akzeptiert hatte, in dem Moment, als sie die Maske des Schattenkaisers angelegt hatte. Ihre Aufgabe hatte schon vorher grausame Entscheidungen von ihr verlangt – doch *nichts* hatte sie auf das hier vorbereiten können: den Krieg, das Ausmaß der Zerstörung, die Verschwendung von Leben.

Vor einer Woche hatte sie eine Nachricht an den Jadeturm gesandt. »Es liegt in Ihrer Hand, dieses Gemetzel zu beenden, Exzellenz. Befehlen Sie Ihren Streitkräften, die Waffen niederzulegen und treten Sie zurück. Die Hohen

Völker haben entschieden: Ihre Zeit und die der Friedenswächter ist vorbei. Machen Sie freiwillig Platz – oder gehen Sie unter.« Ihr Ton war eindringlich gewesen, fast flehend.

Eine Antwort der Geistermaske war bislang ausgeblieben. Dafür hatten Syl Ra Vans Propagandaleute mehrfach versucht, die Stimmung mit gefälschten Aufzeichnungen der Schattenkaiserin wieder zu ihren Gunsten zu wenden. Aber in dieser Zeit glaubten die Wenigsten den Friedenswächtern noch irgendetwas.

Und während der Orden sich an hundert Fronten gleichzeitig verausgabte, sandten Galets Leute weiterhin Schiffe und Artefakte von Te'Ra; ihre Streitmacht wuchs und wuchs. Nicht mehr lange, und sie war jener der Friedenswächter ebenbürtig (Galet machte immer wieder Andeutungen auf eine ganz besondere Lieferung, die er ihr bald schicken würde. Ein Geschenk, um sie davon zu überzeugen, ihm die Rückkehr nach Hause zu gewähren? Wenn, dann musste sie ihn enttäuschen, denn im Moment war ihr Adlatus zu nützlich dort, wo er jetzt war).

Doch noch war es nicht soweit. Noch waren die Friedenswächter zu stark.

Minister Weron – von Natur aus ein vorsichtiger Yadi – hatte ihr die Hochrechnungen seiner Experten präsentiert: »Noch drei Wochen, Gebieterin, ausgehend von den bisherigen Entwicklungen. Zum jetzigen Zeitpunkt ist es zu früh für einen offenen Angriff. Natürlich ist es denkbar, dass sich die Situation vorher zu unseren Gunsten entwickelt, je nachdem wie schnell Adlatus Rengar weiteres Kriegsgerät liefern kann. Aber genauso ist es möglich ...«

»... dass es sich noch weiter verzögert«, hatte Liyen mit trockener Kehle vollendet und dabei auf die Kubusprojektionen gestarrt, die das Kriegszimmer mit unstetem Licht färbten. Um sie herum hatten Flammen gezüngelt und weiße Drachenschiffe waren vom Himmel gefallen wie abgeschossene Spatzen, während rubinrote Blitze zuckten. Eine Aufnahme hatte die geschwärzten Überreste einer Straße gezeigt, und darauf etwas, das ausgesehen hatte wie verkrümmte Puppen aus Kohle. Rauch hatte die Linse des Aufzeichners vernebelt.

»Krieg ist keine exakte Wissenschaft, Gebieterin.« Liyen hatte sich eingebildet, eine Spur von Mitgefühl aus Werons Stimme herauszuhören. »Drei Wochen. Vorher kann ich einen Sieg unserer Streitkräfte nicht garantieren.«

Sie hatte eine Maske von Stärke aufgesetzt und dem Minister gedankt, während alles in ihr aufgeschrien hatte. Drei Wochen! Drei Wochen, von denen jeder Tag Tausende von Toten mit sich brachte. Drei Wochen Krieg. Drei Wochen Blutvergießen.

Tue ich das Richtige? Diese eine Frage suchte sie Tag für Tag heim, Stunde für Stunde, Minute für Minute. Wer hatte ihr das Recht gegeben, diesen Krieg zu beginnen? Würden die Hohen Völker ihr dafür vergeben? Oder würde sie nur als eine weitere Volksverhetzerin in die Geschichte eingehen?

Wie hatte sie so wahnsinnig sein können? Wie hatte sie diese Verantwortung auf sich nehmen können? Sie hatte diese Aufgabe niemals gewollt; sie war für andere Wesen bestimmt als sie. Menschen wie Yelos.

Das ist zu groß für mich! Ich bin keine Herrscherin – ich bin nur Liyen!

Nein, hatte sie Yelos' Stimme gehört. *Das stimmt nicht. Du bist mehr, Liyen!*

Wie hatte er sich so sicher sein können? Soweit sie wusste, hatte er neben ihr keinen anderen Nachfolger ausgebildet. Was war es, das er in ihr gesehen hatte? Hatte er am Ende gar nicht sie geliebt, sondern nur das verzerrte Bild, das er von ihr gehabt hatte?

Irgendwann hatten die kalten, dunklen Wände gedroht

sie zu ersticken. Sie musste raus, musste wieder durchatmen; ihre Kräfte sammeln für den Rest des Weges.

Es gab nur einen Ort, der ihr wieder Kraft und Ruhe geben konnte. Ihre Heimat, die sie einst so weit wie möglich hinter sich lassen wollte, wurde nun zu ihrer einzigen Zuflucht.

Nichts hatte sich verändert seit der Nacht, als sie gegangen war: die niedrigen Häuser, keines höher als ein Stockwerk, mit verblasstem Holz verkleidet oder grau verputzt; die von Möwendreck weiß gesprenkelten Reetdächer. Fünf Jahre – und Liyen erkannte jeden Busch, jeden Stein. Alles war wie damals. Außer ihr.

Die Pflasterwege waren verlassen; es war Feiertag, und das raue Wetter trieb die Menschen in die Häuser und vor den Kamin. Der Rauch aus den Schornsteinen mischte sich mit dem Atem des Meeres und dem Geruch getrockneten Fischs.

Der Krieg war hier draußen nur ein Gerücht. Die Welt interessierte sich nicht für Lorsha – und umgekehrt. Wahrscheinlich waren ihre Leute hier sicherer als irgendwo sonst auf Kenlyn. Aber sie musste es wissen; musste wissen, dass es ihnen gut ging. Und dass sie sie nicht vergessen hatten.

Ihre Knie zitterten, als sie vor dem Haus ihrer Eltern stand. Doch bevor der Fluchtreflex sie überwältigte, hatte sie es geschafft, die Faust zu heben und an die Tür zu klopfen.

Als kurz darauf Schritte auf ächzenden Dielen hörbar wurden, schien sich ihr Magen hin- und herzuwälzen.

Die Tür öffnete sich knarrend; eine zerbrechliche Frau öffnete. Sie trug ein Kleid aus grober Wolle und eine schmutziger Schürze. Das rote Haar hatte sie zurückgebunden, ihre Haut war weiß wie Porzellan. Die Fältchen um ihren Mund und ihre riesigen Augen waren tiefer geworden und verstärkten den Eindruck eines Mädchens, das zu schnell alt geworden war.

»Hallo, Mutter«, brachte Liyen hervor und schaffte es, dabei zu lächeln. »Ich bin wieder da.« Obwohl sie Jahre damit verbracht hatte, ihn loszuwerden, verfiel sie automatisch wieder in den typischen Lorsha-Akzent, mit seinen harten Konsonanten und dem gerollten R.

Die Frau starrte sie an wie einen Geist. Dann flüsterte sie: »Liyen!«

Und noch bevor Liyen sich versah, nahm ihre Mutter sie in die Arme. »Oh, Liyen!«, sagte sie und lachte und weinte dabei. »Liyen! Wo bist du gewesen, mein Schatz? Wo bist du gewesen?«

Liyen konnte nicht antworten. Ihre Kehle war wie zugeschnürt. Da hörte sie weitere Schritte.

Ihr Vater trat auf den Flur – der gleiche große, blonde Mann, den sie damals so gehasst hatte. Er trug inzwischen einen Vollbart, statt nur den walrossartigen Schnauzer. Sein Gesicht war breit, mit einer Haut wie gegerbtes Leder. Der Anblick seiner Tochter schien ihn völlig zu überfordern: Sie sah, wie Verwirrung, Wut und Glück auf ihn einstürmten, ohne dass er fähig war, all diese Gefühle gleichzeitig zu verarbeiten. Und ihr wurde klar, dass sie ihn liebte, trotz allem, was geschehen war. Und wie sehr sie sich noch immer vor ihm fürchtete.

»Vater«, sagte sie und wischte sich die Wangen ab.

Er trat auf sie zu, mit schweren Schritten, ohne ein Wort zu sagen. Ihre Mutter wich vor ihm zurück. »Wo bist du gewesen?«, bellte er. »Hast du eine Ahnung, was für Sorgen wir uns um dich gemacht haben? Hast du eine Ahnung, was wir durchstehen mussten?«

»Ja«, sagte sie. »Und es tut mir leid.«

»Es tut dir –?« Er stoppte, hob eine riesige, schwielige Hand. Aber die erwartete Ohrfeige blieb aus. Er wollte

143

noch etwas sagen, aber seine Stimme versagte und er zitterte, und das verriet ihr alles, was sie wissen musste.

Ihre Eltern führten sie in die Stube, wo es nach brennendem Tannenholz und Pfeifenrauch roch. Ein pickliger Junge um die sechzehn sprang von einem Sessel vor dem Kamin auf und eine junge Frau mit dem gleichen roten Haar wie Liyen wandte sich ihr zu, ein quengelndes Baby auf dem Arm. Liyen starrte ihre Geschwister an: Als sie sie zum letzten Mal gesehen hatte, waren beide noch Kinder gewesen.

Dao reagierte als erster. »Liyen!«, rief er und kam auf sie zu.

Liyen konnte nicht aufhören, ihn anzusehen. Er war auf dem halben Wege, ein Mann zu werden. Er trug sein Haar – blond, wie das seines Vaters – zu einem Pferdeschwanz gebunden, und die ersten Anzeichen eines Barts sprossen auf seinem Kinn. Einzig seine Schüchternheit schien er nicht abgelegt zu haben. Er sah sie fast furchtsam an, unsicher, wie er reagieren sollte. Liyen machte es ihm leicht und schloss ihn in die Arme. »Ich hab dich vermisst, kleiner Bruder.« Es war die Wahrheit: Sie und Dao waren immer Freunde gewesen.

»Ich hab dich auch vermisst«, sagte er. Seine Stimme! Sie musste sich das Lachen verkneifen; er klang wie ein verstimmtes Rymadareon!

»Du siehst gut aus, Dao«, flüsterte sie. »Die Frauen reißen sich doch bestimmt um dich.«

»Klar.« Er grinste schief. »Was denkst du denn?«

Sie ließ ihn los und schenkte ihm ein Lächeln, bevor sie sich ihrer Schwester zuwandte.

»Nach all den Jahren kommst du jetzt einfach zurück?«, fragte Elai mit halb erstickter Stimme. Das Baby in ihren Armen versuchte, nach ihrem Haar zu greifen.

Liyen berührte die Wange ihrer Schwester. Wie erwachsen sie geworden war. Und wie schön. Elai war immer die Hübschere von ihnen beiden gewesen, was vielleicht der Grund dafür gewesen war, dass sie sich dauernd gestritten hatten. Trotzdem waren sie immer für einander dagewesen; vereint gegen den Zorn ihres Vaters. »Es tut mir leid, Elai«, sagte sie aufrichtig. »Aber ich musste gehen.«

»Warum?«, brummte ihr Vater. Er stand immer noch an der Tür.

Liyen sah ihn an. »Das fragst ausgerechnet du?« Es klang schärfer, als sie beabsichtigt hatte. Sie hatte gedacht, nach all der Zeit würde es ihr leichter fallen, mit ihm zu sprechen.

»Wo hast du die ganze Zeit gesteckt?«, fragte er, die Hände zu Fäusten geballt, unfähig, seinen inneren Aufruhr zu bändigen. »Wo bist du gewesen?«

»Überall«, sagte Liyen.

»Was soll das heißen, *überall*?«

»Es ist eine lange, lange Geschichte«, sagte sie und biss sich auf die Unterlippe. *Warum kannst du nicht einfach sagen, dass ich dir gefehlt habe? Wie sehr du mich vermisst hast?*

»Und warum kommst du jetzt zurück?«

»Wäre es dir lieber, wenn ich wieder ginge?«

»Ich will, dass du mir antwortest! Du –!«

»Galdur«, sagte ihre Mutter sanft und legte eine winzige Hand auf seine breite Schulter. »Lass gut sein.«

Das tat er. Fürs Erste. Liyen sandte ein stummes »Danke« an ihre Mutter. Das Baby machte sich wieder bemerkbar. Liyen streckte den Finger aus und stupste ihm sanft auf die Nase. Es sah sie mit riesigen blauen Augen an, als sei sie das größte Wunder des Universums. »Und wer bist du?«

»Anid«, sagte Elai, berstend vor Stolz und Liebe. Das Baby gab gurrende Laute von sich.

»Ist er dein ...?«

»Ja.« Elai nickte.

»Und wer ist ...?«

»Helin Baska. Wir haben vor einem Jahr geheiratet.«

»Du hast Helin den Stotterer geheiratet?« Liyen blinzelte fassungslos. »Helin Baska, der dir die Zöpfe abgeschnitten hat, als du zwölf warst?«

»Genau der.« Elai lächelte.

»Ist er auch hier?«, fragte Liyen, unfähig, ihren Blick von dem winzigen Menschen in den Armen ihrer Schwester zu lösen.

Elai schüttelte den Kopf. »Er besucht einen kranken Freund in Onoda. Er müsste vor Sonnenuntergang wieder zurück sein.«

Liyen sah sie an. »Darf ich ...?«

»Natürlich.« Elai überreichte ihr den kleinen Anid so behutsam wie den größten Schatz Kenlyns. Liyen hielt das Kind in ihren Armen – wie leicht es war! – und bewunderte mit gerührtem Lächeln den winzigen Kopf mit dem leichten Flaum darauf und die winzigkleinen Fingerchen. »Du bist also mein Neffe«, flüsterte sie. »Freut mich, dich kennenzulernen.«

Anid strahlte sie mit zahnlosem Mund an und seine Hände fassten nach ihrem Kinn. *Wie wird die Welt aussehen, in der du aufwachsen wirst?*, dachte sie.

»Wie alt ist er?«

»Vier Monate«, sagte Elai.

»Bist du auch ...?« begann Dao.

Liyen drehte sich zu ihm um. »Mutter? Oder verheiratet? Nein. Weder das eine, noch das andere.«

»Heißt das, du bist allein?«, fragte ihre Mutter.

Liyen nickte, ohne sie anzusehen. »Aber das war nicht immer so ...«

Dao setzte sich in einen Sessel. Liyen bemerkte erst jetzt die Wiege, die hinter dem Möbel stand. »Was ist passiert?«, fragte ihr Bruder vorsichtig. Er schien zu ahnen, dass ihr die Antwort nicht leicht fallen würde.

»Er ist gestorben, Dao.«

»Liyen!« Ihre Mutter hielt entsetzt die Hand vor den Mund. »Schatz, das tut mir so leid!«

»Ja«, sagte Liyen. »Mir auch.« Wie alle Erinnerungen, die man vergessen will, hatte sich diese so klar und unnachgiebig in ihr Gedächtnis eingegraben wie ein Diamantsplitter ...

Sie hatte seit Ewigkeiten nicht mehr auf der Tailarro gespielt, aber ihre Finger strichen mühelos und scheinbar von ganz allein über die Saiten. Das Lied, das sie spielte, war schon zu Zeiten des Saphirsterns uralt gewesen, und seine sanften Klänge mischten sich unter den Gesang der Vögel im Geheimen Garten des Palastes. Yelos lag neben ihr und lauschte einfach nur. Seine Gedanken, das wusste sie, waren woanders.

Heute hatte er den Weißen Tod ausgesandt, die Familie eines Weißmantel-Kapitäns auszulöschen, dessen Verhalten in den letzten Wochen Anlass zu der Vermutung gegeben hatte, dass er etwas von der Rückkehr des Kultes ahnte. Doch sein eigener Tod würde nur unnötige Fragen aufwerfen. Er hatte alle Drohungen in den Wind geschlagen – nun war es Zeit gewesen, ihm zu zeigen, wie gefährlich seine Neugier war.

Den ganzen Tag lang war Yelos in seiner eigenen Welt versunken gewesen und der Ausdruck auf seinem Gesicht düster. Liyen wusste, womit er kämpfte: Das Blut von Unschuldigen war vergossen worden. Nicht zum ersten und nicht zum letzten Mal.

Da es jedoch nichts gab, was dieses Problem lösen konnte, hatte sie alles in ihrer Macht Stehende getan, ihn zumindest von seinem Kummer abzulenken. Ohne Erfolg, wie sich zeigte.

»Ich musste es tun«, sagte er irgendwann; seine ersten Worte nach langer Zeit. »Verstehst du?«

Liyen hörte auf zu spielen. Der letzte Akkord wurde von der Klangkulisse des Gartens verschluckt.

Er stemmte seinen Oberkörper hoch und sah sie an. »Das verstehst du doch, Liyen?« Sein Blick flehte um ihre Absolution; als könnte nur ein Wort von ihr alles wieder gut machen.

»Ja«, sagte sie sanft. Es war nur zur Hälfte wahr. Sie konnte sich nicht vorstellen, die Entscheidungen zu treffen, die von ihm verlangt wurden. Aber ihr Wunsch, ihn zu trösten, war aufrichtig. »Ja, das tue ich.«

Sie sah, wie ein wenig Frieden in seine Züge zurückkehrte. Er lehnte sich wieder zurück auf die Decke und beobachtete zwei vorbeiflatternde Schmetterlinge. »Irgendwann wird es enden«, sagte er. »Es muss enden. Der nächste Krieg muss der letzte Krieg sein.«

»Das wird er«, sagte sie, legte das Instrument zur Seite und küsste ihn.

Kurz darauf zogen sie sich in die Kaiserlichen Gemächer zurück und Liyen schlief in seinem Arm ein.

Am nächsten Morgen war sie als erste wach. Eine winzige Lichtkugel aktivierte sich zu orangefarbenem Dämmerlicht, und sie sah Yelos, wie er mit dem Rücken zu ihr lag. Da sie es hasste, alleine wach zu sein, überlegte sie sich die sanfteste Methode, ihn zu wecken, und streckte mit verkniffenem Lachen die Finger aus, um sie wie Soldaten seine Hüfte hinabmarschieren zu lassen – etwas, das ihn immer ärgerte, da er glaubte, sie würde sich über sein eher zu- als abnehmendes Gewicht lustig machen.

Seine Haut war kühl.

Liyen zog die Finger zurück. Etwas hämmerte von innen gegen ihre Brust. »Yelos?«, flüsterte sie und zog an seiner Schulter.

Er fiel zu ihr hin, sein Körper schlaff wie der einer Marionette ohne Fäden. Seine Augen sahen sie an, glasig und leer, die Pupillen weit. Sie schüttelte ihn, horchte an seiner Brust. Kein Atem, kein Puls, kein Herzschlag. Nichts.

Sie erinnerte sich, wie sie seinen Namen geschrien hatte, wieder und wieder, ohne eine Antwort zu erhalten. Und wie sie gedacht hatte: *Wie kannst du mir das antun? Wie kannst du mich allein lassen?*

Sie hatte seinen Arm um ihre Schulter geschlungen; es hatte sie all ihre Kraft gekostet, seinen schweren Körper aus dem Bett zu hieven und sie beide, nackt wie sie waren, in den angrenzenden Raum zu bewegen, wo der persönliche Regenerator des Kaisers lagerte. »Halt durch«, hatte sie ihm zugeflüstert, wie ein Mantra, das sich gegen den Lauf der Zeit stemmte.

Gift. Es musste Gift gewesen sein. Einer seiner Untergebenen hatte ihn vergiftet – doch wie? Sie hatte das Essen, das ihm aus der Palastküche gesandt wurde, ebenfalls gegessen. Und sie lebte noch.

»Halt durch«, flüsterte sie, als sie seinen Körper auf die Liege des Regenerators bettete und die Maschine ihn automatisch in ihren metallenen Schlund zog. »Alles wird wieder gut ...«

Das Licht, das Yelos einhüllte, war so grell, dass sie die Augen abwenden musste, während ein ätherisches Singen von dem Artefakt ausging. Sie hatte Maschinen wie diese Wunder vollbringen sehen: gebrochene Knochen, die in Minuten heilten; blutiges Fleisch, dass zusammengefügt wurde; Halbtote, die stark und gesund wieder erwachten. Es war das erste Mal in ihrem Leben, dass sie gebetet hatte. Und das letzte Mal.

»*Der Patient ist tot*«, meldete die künstliche Stimme der Maschine.

Liyen erinnerte sich, wie sie das Ding anschrie, es noch einmal zu versuchen. Und danach noch einmal und noch einmal.

Doch trotz allem konnte die Maschine keine Leichen wieder zu lebenden, atmenden Wesen machen. Das einzige, was das Artefakt für sie tun konnte, war ihr zu sagen, woran er gestorben war. Etwas, das man ein »rupturiertes Aneurysma« nannte, hatte ihn ihm Schlaf getötet; eine winzige Fehlbildung aus der Zeit vor seiner Geburt, die sich nun für all die Jahre, in denen sie nicht zur Kenntnis genommen worden war, gerächt hatte. Eine geplatzte Arterie im Gehirn hatte ihn umgebracht, ohne Vorwarnung und ohne Sinn, einfach so, keine Stunde bevor sie erwacht war.

»Der Patient ist tot.«

Sie hörte sich noch selbst, wie sie weinte und schrie und die nutzlose Maschine anbrüllte, während sich ihr Herz weigerte, zu akzeptieren, was ihr Verstand längst erfasst hatte: dass Yelos fort war. Und ein wichtiger Teil von ihr war mit ihm gegangen.

Yelos Dorelion, der Schattenkaiser, war gestorben und niemand wusste davon, außer ihr. Erst, wenn der Krieg vorbei war und die letzte Schlacht geschlagen, würde sie dafür sorgen können, dass die Welt seinen Namen kannte und von den Opfern erfuhr, die er gebracht hatte.

Aber bis dahin war sie allein. Wieder allein.

Als sie wieder aus ihren Erinnerungen auftauchte, wurde ihr klar, dass mehrere Minuten in Schweigen vergangen waren. Dao, Elai, ihre Mutter und sogar ihr Vater sahen sie mit offenkundigem Mitleid an. Sie gab das Baby zurück an ihre Schwester.

»Wie sehr du dich verändert hast, Liyen«, sagte ihre Mutter, halb stolz und halb traurig. Sie legte ihrer Tochter die Hand auf die Wange. Liyen schloss die Augen und versuchte, ihr Herz zu bändigen. »Natürlich kannst du bei uns bleiben, Schatz. So lange du willst.«

»Ja!«, bekräftigte Dao. Selbst ihr Vater stimmte mit wortlosem Nicken zu.

Liyen sah das tröstende Lächeln ihrer Mutter. »*Bleib bei uns.*« Das waren die drei Worte, nach denen sie sich gesehnt, die sie gebraucht hatte. In diesem Moment konnte sie sich nichts Schöneres vorstellen: *Bei euch bleiben, alles vergessen – den Krieg, den Kult – und eure einfachen Sorgen teilen, wie früher. Alles aufgeben und einfach nur Liyen sein.*

Sie sah ihre Mutter an, nahm ihre Hand und hielt sie fest. Nur mit äußerster Mühe konnte sie verhindern, dass ihre Stimme brach. »Ich kann nicht.«

Ihre Mutter sah sie an; wortlos, verletzt. Genau wie Elai. Ihr Vater nickte nur grimmig, als habe er nichts anderes erwartet. Wieder war es Dao, der zuerst die Sprache wiederfand. »Was? Aber ... warum nicht?«

»Ich muss zurück zu meinen Leuten«, antwortete Liyen.

»Deinen Leuten?«, brummte ihr Vater.

Sie nickte. »Es ist ... einigermaßen kompliziert. Ich bin nur gekommen, um zu sehen, dass es euch gut geht.« Sie schämte sich dafür, sie zu belügen.

»Warum sollte es uns nicht gut gehen?«, fragte Dao.

»Wahrscheinlich habt ihr es nicht mitbekommen. Aber dort draußen herrscht Krieg.«

»Haben wir gehört.« Ihr Vater machte eine wegwerfende Geste. »Aber das ist weit weg – und es hat nichts mit uns zu tun!«

»Es hat mit *jedem* auf diesem Planeten zu tun«, sagte Liyen. »Die Welt ist dabei, sich zu verändern. Und ich tue, was ich kann, damit es zum Besseren sein wird.«

Ihr Vater sah sie mit zusammengekniffenen Augen an. »Bist du ... eine Friedenswächterin, oder so etwas?«

Das brachte sie zum Lächeln. Sie schüttelte den Kopf. »Nein.«

»Was dann? Was hast du all die Jahre getrieben? Was ist aus dir geworden?«

»Das erzähle ich euch ein andermal.«

»Du erzählst es mir *jetzt*!«, bellte er. Seine Wut erfüllte den Raum so deutlich wie die Spannung in der Luft vor einem Gewitter.

Ein Klopfen an der Tür ließ ihn verstummen. Irritiert sah er seine Frau an, dann seine Tochter. »Wer ist das?«

»Woher soll ich das wissen?«, fragte sie.

»Vielleicht Helin?« Dao warf seiner zweitälteren Schwester einen Blick zu. Elai schüttelte nur den Kopf. Anid war auf ihrer Schulter eingeschlafen; Babysabber war auf ihrem Kragen zu sehen.

»Ich gehe schon«, sagte ihre Mutter und wischte sich die Hände an der Schürze ab. Ihre Schritte knarrten durch den Flur. Liyen hörte, wie sich die Tür öffnete. Stimmen. Dann wieder Schritte, mehrere diesmal, die sich ihnen näherten.

»Liyen!«, begann ihre Mutter eingeschüchtert. »Diese Leute haben nach dir verlangt!«

Zwei Männer und zwei Frauen – alles Menschen, alle in dunkle Mäntel gehüllt – standen hinter ihr. Liyen hätte sie ohne ihre Helme und Rüstungen fast nicht erkannt; sie gehörten ausnahmslos zu ihrer Leibwache.

»Es ist schon in Ordnung, Mutter«, sagte sie und funkelte den Hauptmann an, einen vierschrötigen Mann mit einem ewigen Bartschatten. »Ich hatte doch befohlen –!«

Eine knappe Verbeugung. »Gebieterin, verzeihen Sie die Störung. Aber Ihre Anwesenheit wird dringend erbeten.«

»›Gebieterin‹?«, wiederholte ihr Vater, genauso verwirrt wie die anderen. »Was geht hier vor, Liyen? Wer sind diese –?«

Ohne dass es ihr bewusst war, hob Liyen befehlend die Hand – und zu ihrer Verblüffung verstummte er. »Was ist passiert, Hauptmann?«

»Das Schiff, Gebieterin. Wir haben es geortet.«

»*Endriel!* Wann werden sie eintreffen?«

»Bald. Sie haben ihre Geschwindigkeit für den Landevor-gang gedrosselt und bereiten sich darauf vor, in die Um-laufbahn einzuschwenken. Es ist nur noch eine Frage von Stunden, bis sie Kenlyn erreichen.«

Anid war aufgewacht und hatte zu weinen begonnen. Der Hauptmann sah irritiert auf, und Elai tat alles, um das Kind zu beruhigen.

»Liyen!« Das Gesicht ihres Vaters war rot vor Zorn. »Was hat das alles zu bedeuten?«

»Dass ich gehen muss. « Liyen küsste ihre Mutter auf die Wange, umarmte Dao und Elai und streichelte Anid über den Kopf, woraufhin er sie aus verweinten Augen ansah. »Lebt wohl. Und danke.«

»Wofür?«, fragte ihr Vater.

»Dass ihr mich wieder daran erinnert habt, wer ich bin. Und wofür ich kämpfe.« Liyen ließ ihre Leibwache voraus marschieren. An der Tür drehte sie sich ein letztes Mal um. »Ich verspreche, wir sehen uns wieder«, sagte sie zum Ab-schied, während ihre Familie ihr rat- und hilflos nachblick-te.

Es war ein Versprechen, von dem sie nicht wusste, ob sie es halten konnte.

VIII

DER WEG ZURÜCK

»Ehre die Toten. Es kann sein, dass du ihnen bald Gesellschaft leistest.«
– aus »Tage des Windes, Nächte des Sturms« von Laraikan Dellkos

Der Planet war mittlerweile zu einer grün-blau-braunen Kugel gewachsen, die sich einsam und verletzlich im Meer aus Sternen und Dunkelheit drehte. Seine Monde umkreisten ihn wie zwei leuchtende Kiesel; der Äußere Mond langsamer als der Innere.

Endriel saß in dem Quartier, das sie und Kai sich auf dem antiken Raumschiff teilten. Früher hatte es dem Ersten Maat gehört und es erinnerte sie mit dem riesigen Bett und den großzügigen Proportionen an die Luxuszimmer, die sie und Nelen zu ihren Diebeszeiten bezogen hatten, wann immer die Dinge besonders gut gelaufen waren. Sie saß auf der Kante des Betts und hatte die Beleuchtung ausgeschaltet; die Wandprojektion vor ihr sah aus wie ein Fenster in den Weltraum.

Kenlyn. Der Anblick erzeugte Sehnsucht in ihr und wieder spürte sie die Erschöpfung in ihren Muskeln und Knochen. Der lange Flug schien ihr alle Kraft ausgesaugt zu haben.

»Kapitän?«

»Hm?« Sie sah auf. Miko stand neben ihr, eine dampfende Tasse in der Hand, wie damals, bei seiner ersten Nacht auf der *Korona*, als sie ihm beigebracht hatte, wie man das Schiff flog. Wie immer wirkte er verlegen.

»Ich hatte gedacht, Sie möchten vielleicht etwas zu trin-

ken, daher habe ich Ihnen heiße Schokolade mitgebracht.«

»Danke, Miko.« Sie nahm ihm lächelnd die Tasse ab.

Sie waren allein. Der Junge setzte sich neben sie und
betrachtete mit unverhohlenem Staunen das Bild ihrer
Heimatwelt. Mittlerweile konnte man sogar Wolkenbän-
ke erkennen. Das Weiß der Polarkappen.

»Ich hasse dieses Schiff«, sagte Endriel und nippte an
der Schokolade. »Es ist so verdammt leer. Ich kann es
kaum erwarten, wieder von Bord zu kommen. «

»Dafür ist wenigstens nichts mehr kaputt gegangen«,
sagte Miko. »Und es hat uns zurück nach Hause gebracht, das ist doch die Hauptsache.« Er schien erst jetzt
zu merken, dass sie ihn die ganze Zeit ansah und runzelte
die Stirn. »Stimmt was nicht, Kapitän?«

Sie strahlte ihn an. »Ich bin nur so froh, dass es dir
wieder gut geht.«

Das schien ihn nur noch verlegener zu machen. »Sie
haben immer auf mich aufgepasst, Kapitän. Sie haben
mir alles gegeben, was ich nie hatte. Freunde, eine Familie. Und Mut.«

Da war ein Fleck auf seinem Hemd, genau über seiner
Brust. Er breitete sich schnell aus.

»Warum?« Miko sah sie traurig an. »Warum haben Sie
das getan, Kapitän?«

Der Fleck, scharlachrot und feucht, eroberte mehr und
mehr von dem Stoff.

Sie wollte etwas sagen, doch sie konnte es nicht.

Keuchend erwachte sie im Dunkeln. Sanftes Licht ging
an. Noch immer nach Luft ringend, sah sich Endriel um.
Wie zuvor war sie in ihrem Quartier auf der *Sternenreiter*.
Die Wandprojektion vor ihr war aus. Und Miko fort.

Nur ein Gefühl von Leere war geblieben.

Sie hatte keine Ahnung, wie spät es war. Auf dem Schiff herrschte immer Tag, beziehungsweise Nacht. Den einzigen Unterschied machte die Beleuchtung: das kalte, künstliche Licht an Decken und Wänden, das sie nicht mehr ertragen konnte. Ihres Zeitgefühls beraubt, musste sie das Schiff fragen, wie lange sie schon unterwegs waren. »*Sechzehn Tage und dreizehn Stunden*«, lautete die Antwort. Damit lagen sie zweieinhalb Tage über Ahi Laans ursprünglicher Schätzung der Reisedauer.

Als sie dem Korridor folgte, stürmten die Erinnerungen auf sie ein.

»Wir müssen etwas mit der Leiche machen!«, hatte Keru geknurrt.

Endriel und er hatten in einem Korridor gestanden, an dessen Wänden sich Kirschblüten im Wind wiegten.

»Keru«, hatte sie mit winziger Stimme hervorgebracht. Es war keine zwölf Stunden her, dass Miko in ihren Armen gelegen hatte, und sie fühlte sich noch immer wie betäubt, obwohl die Nachwirkungen ihrer Zwangsnarkose durch die Sonnenaugen des Enterkommandos längst abgeklungen waren. »Keru«, hatte sie noch einmal gesagt, unfähig, ihn anzusehen. »Ich ... ich kann das jetzt nicht ...«

»Wenn wir zu lange warten, wird er anfangen zu verwesen und –«

Er war auf ihren Blick hin verstummt. Sie hatte sich nicht erinnern können, ihn jemals zuvor so gehasst zu haben wie in diesem Moment, auch wenn ihr klar gewesen war, dass er Recht hatte. Trotzdem: Was hatte er von ihr erwartet? Dass sie erlauben würde, Mikos Körper einfach durch die Luftschleuse ins Weltall zu blasen, so wie sie es mit den Kultisten getan hatten?

Schließlich waren sie übereingekommen, den Körper des Jungen in eine blaue Kiste aus dem Maschinenraum zu betten. Sie war groß genug für ihn und besaß ein eigenes Zeitloses Feld. Der Deckel des Behälters war halb durchsichtig und so hatte Endriel Mikos blasses Gesicht wie durch Milchglas sehen können. *Er schläft nur*, hatte sie sich immer wieder gesagt. *Er ist nicht tot, er kann nicht tot sein! Er liegt nur in einem Koma. Wenn wir nur lange genug warten, wird er wieder aufwachen!*

Oder *sie* würde aufwachen, die Augen aufschlagen und feststellen, dass die letzten Stunden nur ein böser Traum gewesen waren. Dass Miko bei ihnen war und sie für ihre abstrusen Phantasien belächelte. »Aber Kapitän«, würde er sagen. »Ich bin doch hier!«

Später – sie wusste nicht mehr wann – hatten sie sich um den behelfsmäßigen Sarg versammelt, um sich von Miko zu verabschieden. Keru hatte den Behälter im Unteren Deck der *Korona* verstaut; wenn sie die *Sternenreiter* wieder verließen, würden sie ihn auf diese Weise keinesfalls vergessen, gleichgültig was der Flug noch bringen würde.

»Er war tapfer.« Feuchte Spuren liefen von Xeahs uralten Augen über ihre Wangenmuskeln. Sie stützte sich auf ein ausgebranntes Sonnenauge. Ihre Stimme war leise wie das Flüstern von Herbstblättern. »Tapferer, als ich es je sein könnte. Sein Fehler bestand darin, nicht zu erkennen, wie groß sein eigener Mut war. Er ...« Sie schwieg, ihre dünnen Lider senkten sich, und sie atmete tief durch. »Er war tapfer«, schloss sie. »Und ich werde ihn vermissen.«

Ahi Laan stand neben der alten Heilerin. Ihre Miene war wie eingefroren. Sie schwieg. Ob sie nichts sagen konnte oder wollte, wusste Endriel nicht. Sie erinnerte sich daran, wie sie beinahe auf die Sha Yang losgegangen war, als sie selbst aus der Ohnmacht erwacht war und Ahi Laan neben sich hatte stehen sehen. Unverletzt, ohne einen Kratzer. »Wo warst du?«, hatte Endriel sie angeschrien. Sie war bereit gewesen, Ahi Laan den dünnen Hals umzudrehen. »Du solltest auf ihn aufpassen! Wo warst du, verdammt?« Kai hatte eine Stunde lang gebraucht, sie wieder zu beruhigen.

Endriel bemerkte, wie die bronzenen Augen der Sha Yang kurz ihren Blick suchten. Sie sah weg.

»Er war mehr als nur ein Freund«, flüsterte Nelen. Sie stand auf der blauen Kiste und blickte zu dem leblosen Gesicht unter ihr. Sie wirkte winziger als je zuvor. »Ich weiß, wie lächerlich das klingt, aber ... er war wie ein kleiner Bruder für mich, er ...« Sie brach ab. Ihre violetten Augen waren gerötet und glänzten feucht. Sie zog die laufende Nase hoch. »Er konnte ums Verrecken keinen Witz erzählen. Und er war ein lausiger Kartenspieler. Aber er war immer für mich da ... für uns. Ohne ihn ... wird nichts je wieder so sein wie vorher.«

Kai stand neben Endriel. Er hielt ihre Hand und sie hielt die seine. Es dauerte einige Zeit, bis er die Worte über die Lippen bekam. »Ich wünschte ... ich wünschte, ich hätte ihn besser gekannt. Ich wünschte ... ich wäre dagewesen, um ihm zu helfen ...« Er drückte Endriels Hand fester, unfähig, weiterzusprechen.

Sie spürte, dass alle nur auf sie warteten. Bilder stürmten auf sie ein: Miko, wie er vor ihr gestanden hatte, an jenem ersten Tag, seinen Seesack bei sich, die Knie weich vor Aufregung. »*Sie sind Kapitän Naguun, oder?*« Miko, wie er ihr die Narben auf seinem Rücken präsentierte und sie ihm versprach, dass er bei ihnen bleiben konnte. Für immer. Miko, wie er vor sich hinpfiff, wenn er ihr beim Kochen half und sie stets darauf aufpassen musste, dass er sich beim Rübenschneiden nicht die Finger abhackte. Miko, der zum tausendsten Mal von Nelen im Kartenspielen besiegt wurde, sich darüber ärgerte – und es wieder versuchte.

Sie öffnete den Mund, um etwas zu sagen, doch es kam kein Laut heraus. Sie versuchte es erneut, während die Welt sich hinter einem Schleier versteckte. Sie wollte nichts sagen – sie konnte es nicht. Wenn sie sich jetzt von ihm verabschiedete, würde er fort sein, für alle Zeiten.

Kai nahm sie in den Arm, und Nelen kam zu ihr geflogen, um sie zu trösten.

»Er war nicht tapfer«, hörte Endriel Keru verächtlich knurren.

Jeder starrte ihn an.

»Er war ein dummer Junge mit zwei linken Händen, der das Richtige wollte und die meiste Zeit das Falsche getan hat.«

Endriel starrte den Skria an, erfüllt von dem Bedürfnis, ihm ins Gesicht zu schlagen.

»Ihm wurde gesagt, keine Dummheiten zu machen, und er wollte nicht hören. Wenn er nur einmal in seinem Leben nachgedacht hätte; wenn er getan hätte, was man ihm gesagt hat – dann würde er jetzt nicht in dieser Kiste liegen! Er –«

Keru brach ab. Sie alle sahen zu, wie er auf dem Absatz kehrt machte und die Wendeltreppe nach oben hochstapfte.

Drei Tage sollten vergehen, bis Keru sein Quartier wieder verließ.

Endriel schüttelte die Erinnerung ab. Als sie die Brückenkanzel betrat, hatte sie das Gefühl, direkt in den Weltraum zu marschieren: Hinter und über ihr, links und rechts gab es nur Schwärze, gespickt mit weißen Stecknadelköpfen. Vor ihr hingegen leuchtete das altvertraute Antlitz ihrer Heimatwelt, größer als in ihrem Traum. Der Planet hatte ihnen die Tagseite zugekehrt und leuchtete in atemberaubenden Farben, während sich vor ihm die Schattenrisse ihrer Mannschaft abzeichneten. Sie erkannte Ahi Laans Silhouette neben dem ebenso großen Keru und Xeahs gebeugte Gestalt mit Nelen auf ihrer Schulter.

Kai stand ihnen zur Seite. Er und die anderen wandten sich Endriel zu, buntes Licht färbte ihre Profile. *Wie müde ihr ausseht*, dachte Endriel nicht zum ersten Mal.

Kai küsste sie. »Ich dachte, du würdest noch schlafen.«

»Das habe ich. Aber ...« Sie ließ den Satz unvollendet.

»Hast du schon gegessen?«

Sie schüttelte den Kopf und nahm seine Hand. Gemeinsam betrachteten sie die Projektion des Planeten. Man konnte aus dieser Entfernung bereits Kraterseen ausmachen und den Verlauf der größeren Flüsse.

Ihr Plan sah vor, direkt in Teriam zu landen, um Andars Leute zu warnen. Sie mussten vom Portal im Norden erfahren und von der Streitmacht, die Liyens Leute aufbauten. Wenn es dafür nicht schon zu spät war; wenn der Krieg nicht bereits im Gange war – oder die Schatten ihre Herrschaft längst angetreten hatten. Von außen wirkte die Welt so friedlich und schön wie ein übergroßes Juwel und dennoch so ... verletzlich. Winzig im Nichts des Alls. Die letzten paar Tage hatte sie kaum etwas anderes getan, als auf dieses Bild zu starren und zuzusehen, wie es Stunde um Stunde unmerklich wuchs wie ein Ballon, der in Zeitlupe aufgeblasen wurde, während sich die *Sternenreiter* weiter durch das Vakuum kämpfte. Das Kultschiff klebte dabei immer noch an ihrem Rumpf, als wäre es ein schwarzer Pilotfisch, der sich an einem perlmuttfarbenen Hai festgebissen hatte.

Die Sirene schrillte ohne Warnung los. Endriel zuckte zusammen.

»Was ist passiert?«, fragten Nelen und Xeah gleichzeitig. Beide hatten sich die Hände über die Ohren gelegt.

Ahi Laan beugte sich über die Konsole. Ihre metallischen Augen weiteten sich in Entsetzen. »*Wir wurden erfasst!*«

»Erfasst?« Endriel trat vor. »Erfasst von was? Von wem?«

Hinter ihr gab Keru ein kampfbereites Knurren von sich.

Die Sha Yang berührte eine Schaltfläche: Um die Planetenprojektion herum leuchtete ein Dutzend gelber Punkte auf. Was immer sie auch markierten, es war noch zu winzig, um aus dieser Entfernung mit bloßem Auge gesehen zu werden.

»Abwehrdrohnen im translunaren Raum«, sagte Ahi Laan, ohne dass Endriel auch nur ein Wort verstand. *»Sie bereiten sich darauf vor, zu feuern!«* Ihre Finger flogen über die Kontrollen.

»Was?« Nelens Stimme entgleiste ihr. »W-Wieso?«

»Woher soll ich das wissen?«, schnappte die Sha Yang. *»Sie dienen normalerweise zur Abwehr von Asteroiden!«*

Kai schluckte. »Kannst du ihnen nicht irgendwie klarmachen, dass wir kein Asteroid sind?«

»Das versuche ich die ganze Zeit! Aber sie reagieren nicht! Jemand muss sie umprogrammiert haben!«

»Und ich weiß auch genau, wer«, knirschte Endriel und stieß einen Fluch gegen die Geistermaske aus.

»Der Schild!«, befahl Keru. Aber da hatte sich bereits ein violetter Schleier über die Ringsum-Projektion gelegt – gerade noch im letzten Moment, denn die gelben Kreise blinkten plötzlich tiefrot.

Ahi Laans Stimme kreischte in Endriels Kopf. *»Sie feuern!«*

Grelle Lichter rasten auf die *Sternenreiter* zu als hätte sich ein Schwarm Kometen gegen das Schiff verschworen.

Endriel sah zu Keru: Er hatte die Zähne gebleckt wie ein Tier im Käfig.

Kenlyns Projektion vor ihnen schwankte zur Seite, während das Schiff ein Ausweichmanöver versuchte. Doch es waren zu viele Geschosse, von zu vielen Seiten. Endriel wappnete sich gegen den Einschlag, wartete darauf, dass der Boden unter ihren Füßen zu beben begann. Weißes Licht hüllte die Rundum-Projektion ein, doch sie hörte und spürte nichts. Nur die Sirene plärrte unbeirrt weiter.

»*Der Schild hält*«, meldete Ahi Laan, halb überrascht, halb misstrauisch. Kenlyn und die Sterne waren wieder zu sehen, verfärbt von der Kraftfeldblase. Aber es wurde schon der nächste Angriff gestartet.

»Was sollen wir tun?«, fragte Nelen. »Wenn das so weitergeht, ist der Schild doch bald durchlöchert, oder?«

Ahi Laan nickte nur. Sie hatte die perfekten Zähne in ihrem winzigen Mund gefletscht. Endriel glaubte zu sehen, wie die Gedanken in ihrem blauen Kopf rotierten. Sie wusste genauso gut wie die Sha Yang, dass das Schiff über keinerlei Waffen verfügte. Sie konnte ein ironisches Lächeln nicht verhindern. So kurz vor dem Ziel atomisiert zu werden – irgendwie passte es.

Die zweite Salve war mittlerweile zu übergroßen Sternschnuppen gewachsen, dann zu Monden, Sonnen! Endriel wandte ächzend den Blick ab, bis das tödliche Licht auf dem Schild verglüht war.

»*Wir können nur warten*«, erklärte die Sha Yang.

»Warten?«, fragte Xeah mit trockener Kehle. »Worauf?«

»*Ob wir lange genug durchhalten, bis wir die Drohnen passiert haben.*«

Endriel sah, dass die Schildenergie bereits um ein Sechstel geschrumpft war. Kai fasste nach ihrer Hand. *Wir stehen das durch*, sagte sein Blick. *Bestimmt.*

Die dritte Salve war bereits auf dem Weg.

»*Warnung*«, verkündete die *Sternenreiter*. »*Schildenergie hat kritisches Niveau erreicht. Warnung –*«

Ahi Laan brachte das Schiff zum Schweigen. »*Haltet euch fest*«, sagte sie, während wieder tödliches Licht auf sie zuraste. Endriel und die anderen taten wie ihnen geheißen und klammerten sich zusammen mit der Sha Yang an den Sitzliegen vor der Konsole fest. Die Welt vor ihnen wurde fast ganz von Weiß verschluckt; Endriel biss die Zähne zusammen. Sie stöhnte, als im nächsten Moment das Schiff erzitterte. Neue Sirenen kreischten auf; scheinbar überall. Schwere Türen fielen zu. Dann war Stille. Fürs Erste.

»Wir haben einige Schäden an der Hülle«, sagte Ahi Laan. *»Aber das Schiff ist schon dabei, sie zu reparieren!«*

Sie hatten die Abwehrdrohnen fast erreicht: Sie hingen im All wie Schneeflocken aus Stahl und spien gleichgültig weißglühende Energie, während hinter ihnen riesig und verlockend Kenlyns bunte Scheibe hing. Endriel bildete sich ein, die Muster von Städten und Feldern zu erkennen.

»Wir müssen nur an den Drohnen vorbei, dann haben wir es geschafft«, verkündete Ahi Laan. *»Sie können nicht in Richtung des Planeten feuern!«*

»Es sei denn, das wurde *auch* umprogrammiert«, knurrte Keru.

Endriel hätte fast über Ahi Laans dummen Gesichtsausdruck gelacht.

Wieder Weiß, wieder ein Beben. Endriel und Kai schlugen mit den Köpfen zusammen.

Der Schild war längst erloschen; ihm wurde keine Chance gegeben, sich zu regenerieren, als Treffer um Treffer um Treffer auf die *Sternenreiter* einschlug, diesmal im Sekundentakt, jedes Mal begleitet von einem Dröhnen, das Endriel fast die Trommelfelle zerfetzte und ihre Ohren klingeln ließ, während Metall kreischte und ächzte. Die Selbstreparaturversuche des Schiffs waren vergebens, denn nach jedem Treffer konnte sie perlmuttfarbene Trümmer sehen, die lautlos in die Schwärze trudelten. Sie klammerte sich so fest an ihre Liege, dass es wehtat, und biss die Zähne zusammen, so wie alle anderen auch.

Die Abwehrdrohnen waren jetzt ganz nah: zwei zu ihrer Linken, eine zur Rechten. Und sie feuerten ununterbrochen – die Macht ihrer Schüsse warf das Schiff hin und her, doch dessen Schubdüsen trieben es weiterhin auf den Planeten zu. In Endriels Phantasie sah das uralte Raumschiff von außen mittlerweile völlig durchlöchert und verkohlt aus. Ein Treffer folgte dem anderen; neue Sirenen, kreischendes Metall, dessen Schrillen sie bis in ihre Zähne fühlte, Kais Blick, der sagte: *Ich liebe dich.* Wieder ein Treffer, wieder und wieder und wieder und wieder – *Das wars! Wir sind tot!* –, davonsegelnde Fetzen des Schiffs, entweichende Atmosphäre, die zu geisterhaften grauen Wolken gerann, Schlag auf Schlag auf Schlag, das Ende der Welt – *Jetzt! Jetzt wirst du sterben!* –, Licht um sie herum, gnadenlos, grelles Licht, das sie verschlang – *Tot! Tot! Tot!* –, und dann …

… war es vorbei.

Atemlos horchte Endriel auf. Nur noch Sirenen. Weitere Schläge blieben aus. Das Schiff um sie herum ächzte und knarrte, doch es hatte aufgehört, zu schlingern. Vor ihnen hing, riesig und wunderschön, ihre Heimatwelt. Und plötzlich ging ein Schrei über die Brücke – *ihr* Schrei. »Wir haben's geschafft!«

Alle anderen sahen Ahi Laan an, als brauchten sie die Erlaubnis, um zu jubeln. Die Sha Yang selbst schien noch misstrauisch zu sein, als sie wankend auf die Beine kam und die Kontrollen überprüfte. Sie nickte unmerklich. »*Wir sind durch.*«

Kai fiel Endriel um den Hals, sie beide lachten. Nelen flatterte über ihnen. »Ja, ja, ja!«, rief sie immer wieder. Keru glättete seine Mähne und stieß ein erleichtertes Brummen aus.

»Danke«, hörte Endriel Xeah flüstern, an niemand bestimmten gerichtet. »Danke …«

Dennoch war ihnen allen klar, dass das Schiff untergehen würde. Es war nur eine Frage der Zeit.

Nachdem er keinen weiteren Belastungen mehr ausgesetzt worden war, hatte der Schild zwar bereits begonnen, sich wieder aufzuladen, aber es waren zu viele Systeme der

Sternenreiter zu stark beschädigt, und noch immer hörten sie Metall sich biegen und dehnen und reißen. Laut Ahi Laan wurden manche Teile der Maschine nur durch die internen Felder zusammengehalten – und das Schiff hatte Kenlyns Exosphäre bereits berührt. Der Planet schien immer näher heranzurasen, mittlerweile füllte er den größten Teil der Projektion hinter der Konsole aus.

Flammen begannen, das Schiff einzuhüllen, während sich die Luftpartikel der Atmosphäre am Schild rieben. Durch die Feuersbrunst hindurch konnte Endriel das grüne Land der Südlichen Hemisphäre zwischen dem Niemandsland und dem Kleinen Meer sehen. Das Spektakel nahm sie gefangen und verdrängte alle anderen Gedanken.

»*Geht auf euer Schiff!*«, befahl Ahi Laan, während sie Skalen las und Kontrollen bediente.

»Der Frachtraum –!«, begann Keru.

»*Hat es weitgehend überstanden, es besteht keine Lebensgefahr! Los!*«

»Und was machst du?«, rief Kai über die Todeswehen des Schiffs. Ein Beben durchlief den Boden; Endriel kämpfte mit ausgebreiteten Armen um ihre Balance. Das Inferno draußen wurde immer stärker, das Fauchen und Brüllen von Feuer immer deutlicher, je mehr die Atmosphäre an Dichte gewann.

»*Ich programmiere das Schiff für eine Notlandung*«, sagte Ahi Laan. »*Jetzt geht!*«

Keru nahm Xeah huckepack und rannte los, durch den nächsten Nexus. Nelen flitzte ihnen hinterher.

»Endriel!«, rief Kai und winkte sie zum Portal. Sie lief los, ein, zwei, drei Schritte. Dann wandte sie sich wieder um. »Was ist mit dir?«

Ahi Laan sah sich nicht um. »*Ich komme nach! Geh!*«

Endriel zögerte.

»*Geh!*«, befahl die Sha Yang. Ihre bronzenen Augen duldeten keinen Widerspruch.

Und Endriel gehorchte. Sie folgte den anderen.

Die *Sternenreiter* plärrte ihnen unentwegt Warnungen entgegen, keine davon konnte man über den Lärm hinweg verstehen. Eine Wand des Frachtraums war aufgebrochen. Zerrissene Kabelstränge versprühten Funken; stinkende Flüssigkeit, wie schwarzes Quecksilber, war aus einer zerstörten Leitung gesickert und bedeckte einen Teil des Bodens. Doch die *Korona* hing ohne einen Kratzer im Griff der Dock-Klammern.

»Seid ihr alle in Ordnung?«, fragte Endriel, als sie sich auf der Brücke eingefunden hatten.

Nelen nickte eilig und stumm. »Ja«, sagte Xeah mit einem erleichterten Horntuten, als sie auf einem der Diwane Platz nahm. Keru gab nur ein bestätigendes »Hrrhmm« von sich und drehte den Schlüsselkristall; inmitten des Chaos freute sich Endriel über das vertraute, gleichmäßige Brummen, mit dem ihr Schiff erwachte.

»Warte!«, rief Kai. »Ahi Laan!«

Endriel erschrak, als etwas Großes, Blaues plötzlich neben ihr stand. »*Ich bin hier*«, verkündete die Sha Yang. »*Wir können starten!*«

Mit einer Hand ließ Keru die Gangway einfahren, mit der anderen bediente er den Geisterkubus und gab der *Sternenreiter* den Befehl, die Halteklammern zu lösen und das Drachenschiff freizulassen. Eine Öffnung erschien in der Decke des Frachtraums und wurde breiter und breiter. Dahinter war ein violettes Schimmern zu erkennen; dann Flammen, die darüber leckten. Und ein Stück Himmel: hellblauer Himmel mit weißen Wolken.

Keru ließ die *Korona* aus dem Frachtraum springen – es gab ein metallenes Knirschen, als er das Schubpedal durchtrat. Das winzige Drachenschiff beschleunigte augenblicklich und jagte von der sterbenden *Sternenreiter* davon.

Endriel trat an den Rand der Brückenkuppel, das Gesicht gegen das kalte Glas gedrückt. Kraterseen und Wiesen jagten unter ihnen dahin. Die Navigationskarte verriet ihr, dass sie sich südlich des Golfs von Erranor befanden, östlich des Niemandslands, gar nicht weit entfernt von den Nadelwäldern, über denen sie sich damals das Wettrennen mit den Schatten geliefert hatten. In dieser Zeitzone war es Mittag. Die Sonne stand direkt über ihnen: die richtige, echte Sonne mit ihrer alten, vertrauten Größe. Auch der Horizont war wieder so nah, wie er sein sollte.

Achtern konnte sie die *Sternenreiter* erkennen. Das Schiff fiel wie eine Skulptur aus geschwärztem Perlmutt dem Erdboden entgegen, eingehüllt in Feuer und einen Rest Kraftfeldenergie.

Ich hatte noch Sachen auf dem Schiff, erinnerte sich Endriel und wunderte sich über diesen unwichtigen Gedanken. Es waren nur Kleidungsstücke, nicht mehr.

»Haben wir es wirklich geschafft?«, fragte Nelen vorsichtig.

Endriel öffnete die Lippen, doch sie sollte ihrer Freundin die Antwort schuldig bleiben, denn die Worte wurden von einem Knall verschluckt, als würde die Welt bersten. Eine Druckwelle traf auf die *Korona*, Holzsplitter flogen, alles Glas zersprang auf einmal in Myriaden Krümel und wurde nach draußen gesogen. Kalter Wind jagte über die nackte Brücke.

Keru rief etwas, aber Endriel konnte ihn nicht hören; ihre Ohren waren wie mit Watte gefüllt, dabei schmerzten sie, als hätte ihr jemand lange Nadeln in die Seiten ihres Kopfes gerammt. Jemand griff nach ihr – Kai, glaubte sie – und aus den Augenwinkeln konnte sie Nelen sehen, die sich an Xeahs Horn festhielt und Xeah, die sich wiederum an ihrem Diwan festklammerte.

Etwas traf ihren Rücken und schleuderte sie nach vorne. Kai bewahrte sie vor einem Sturz. Wind zerzauste sein Haar, während er sie mit der einen Hand hielt und sich mit der anderen an die glaslose Metallfassung der Brückenkuppel klammerte. Seine Augen waren weit aufgerissen; Blut sickerte aus einer Schnittwunde an seiner Stirn.

Endriel blickte an sich herab.

Ein metallener Splitter ragte aus ihrem Bauch; verkohlt und voller Blut.

Sie blickte ungläubig über die Schulter, sah das Loch in der Wand hinter sich, dann drehte sie sich wieder zu Kai. Er hatte Tränen in den Augen, sagte etwas, aber ihre Ohren waren noch taub oder der Schmerz zu laut.

Ist nur fair, war ihr letzter Gedanke, bevor sie starb.

IX

ENTSCHEIDUNGEN

*»Was wir zurücklassen, wenn wir von dieser Welt gehen, ist nicht, was
wir gewollt haben. Es sind unsere Taten, die bleiben.«*
– aus »Die Antagonie von Politik und Moral« von Rendro Barl

Sie wusste, dass sie tot war, denn sie hatte keine Schmerzen mehr, und da war ein weißes Licht, das sie badete
– warm und tröstend. Ein leises Singen lullte sie sanft ein
wie das süßeste aller Schlaflieder, und sie fühlte sich geborgen wie nie zuvor in ihrem Leben. Alles in allem schien
der Tod gar nicht so schlimm zu sein. Was war geschehen?
Wie war sie gestorben? Sie wusste es nicht mehr. Aber im
Augenblick schien es nicht wichtig. Dennoch erfasste sie
Traurigkeit, als sie an ihre Freunde dachte: an Nelen, Xeah,
Keru, sogar an Ahi Laan ... und an Kai. Kai, den sie gefunden hatte, nur um ihn wieder zu verlieren. Kai, den sie
liebte, und der sie liebte, trotz ihres Dickschädels, trotz der
Fehler, die sie machte. Kai mit den grünen Augen. Wie bedauerlich, dass sie alle zurücklassen musste, ohne sich von
ihnen zu verabschieden.

Plötzlich horchte sie auf. Eine Stimme hatte ihren Namen
gerufen – oder hatte sie sich verhört? Nein, über das Singen
hinweg hörte sie ihren Namen. Aber wer rief sie, und von
wo? Zu beiden Seiten und voraus gab es nur weißes Licht,
also legte sie den Kopf zurück ...

Ihr Vater war bei ihr. Sie konnte ihn durch das Leuchten
nicht genau sehen, aber sie erkannte seinen kahlen Schädel und seine Stimme. Yanek Naguun lächelte gütig und

freundlich, wie sie es zuvor nur selten gesehen hatte, vielleicht sogar nie, und trotzdem war es ... richtig. Er blickte auf sie herab, scheinbar auf dem Kopf stehend, in Weiß gekleidet, umrahmt von einem Kreis aus Weiß, dessen Ton nicht so rein und hell war wie jener, der sie einhüllte. Er sagte etwas, aber sie konnte es über den Gesang des Lichts nicht verstehen. Doch sie lächelte zurück.

»Yanek«, sagte sie. »Ich ... ich kann dich nicht hören! Aber weißt du was? Ich bin froh, dich wiederzusehen. Und ich wollte dir sagen ... ich wollte dir sagen, wie leid es mir tut. Dass wir uns nicht mehr sehen konnten, bevor du ...«

Wieder konnte sie seine Worte nicht verstehen, aber sie klangen beruhigend.

»Ist Tesmin auch hier? Geht es ihr gut? Und Miko?« Sie schüttelte den Kopf. »Ach, du kanntest ihn ja gar nicht. Aber er war ein guter Junge, Yanek. Die Schatten haben ihn getötet, sie haben ihn ...!«

Sie las die Lippen ihres Vater. »Ruhig«, sagte er, obwohl sie die Worte nicht hören konnte. »Ganz ruhig.«

Ihr Hals wurde langsam steif, also sah sie wieder nach vorn, ins Licht. »Ich kann nicht tot sein, Yanek«, sagte sie. »Noch nicht. Ich hab mich entschieden: Ich will kämpfen! Aber mehr als das will ich die anderen wiedersehen.« Sie schluckte. »Da gibt es diesen Jungen, den ich liebe. Und Onkel Andar. Ich muss wissen, dass es ihm gut geht! Ich muss ihn warnen! Ich kann nicht hier bleiben, Yanek. Ich ...!«

Das Licht verblasste um sie herum. Eine metallene Röhre erschien an seiner Stelle und unter ihr eine weiche Liege. Jetzt sah sie, dass sie nur ihre Unterwäsche trug; Teile davon waren rostbraun. Ein weißer Verband lag um ihren Bauch. Das Singen verklang in ihren Ohren, stattdessen hörte sie eine fremde Stimme, die sagte: »Das war es schon, Bürgerin Naguun. Wir holen Sie jetzt aus der Maschine.«

Sie wurde mitsamt der Liege aus der Röhre gezogen. Ein Mann stand über ihr; die Strahlen einer Lichtkugel ließen seine Glatze wie poliert glänzen. Sein Lächeln war freundlich, aber er war nicht ihr Vater, er war ein Fremder im Weiß der Friedenswächter, mit dem Blauen Drachen eines Mediziners über der rechten Brust.

»Wie fühlen Sie sich?«, fragte er.

Endriel sah ihn nur an, unfähig, in ihrer Verwirrung etwas zu antworten.

Er betastete ihren Bauch, sanft, aber leidenschaftslos. »Haben Sie noch Schmerzen?«

»N-Nein«, murmelte sie. Wo war Yanek? Wo war *sie*? Sie blickte sich um und erkannte weitere Liegen, Schränke und Vitrinen. Der Geruch von Chemikalien und des Lederpolsters unter ihr kamen ihr in die Nase. Zusammen mit dem Verblassen des Lichts schienen auch ihre Sinne wacher geworden zu sein. Irgendwo hörte sie ein Brummen im Hintergrund. Schiffsantriebe.

Der Mann wickelte den Verband ab und betrachtete die Haut darunter. Er nickte zufrieden. »Es sieht sehr gut aus. Aber ich fürchte, die Narbe werden Sie behalten.«

»Narbe?« Sie blickte an sich herab. Direkt unter ihrem Nabel sah sie einen dicken, fahlen Strich auf ihrer Haut. Er war vorher nicht da gewesen.

»Ein Trümmer hat Sie getroffen«, sagte der Fremde. Wie hatte sie ihn je mit Yanek verwechseln können? Er war viel zu weich, viel zu nett, viel zu jung. »Er hat die Hülle Ihres Schiffs durchschlagen und Ihren Unterleib durchbohrt. Wir dachten schon fast, wir könnten Sie nicht retten.« Wieder ein freundliches Lächeln. »Aber es ist alles glatt gelaufen. Ihr geplatztes Trommelfell ist übrigens ebenfalls vollständig geheilt. Aber ich nehme an, das haben Sie bereits bemerkt.«

Sie hatte Schwierigkeiten mitzukommen. *Trümmer?* Die Erinnerung kehrte nur fragmentarisch zurück: ein lauter

Knall und plötzliche Taubheit. Zerspringendes Glas, Wind und Schmerzen; Kais entsetzter Blick. Danach ... Dunkelheit. Und wieder Licht. »Ich dachte, ich wär' gestorben«, sagte sie.

»Nun, ohne Sie beunruhigen zu wollen, aber das sind Sie.«

Sie sagte nichts; konnte nichts sagen.

»Sie hatten das Bewusstsein verloren, nachdem Sie verletzt wurden. Auf dem Weg hat Ihr Körper kapituliert. Sie waren klinisch tot, für etwas über eine Minute. Bis der Regenerator Sie zurückgeholt hat.«

Endriel betrachtete ungläubig ihre Hände, bewegte ihre Finger. *Tot?* Also hatte sie sich doch nicht geirrt. Ein Frösteln durchlief sie.

»Es ist übrigens kein Hirnschaden geblieben«, erklärte der Mann weiter.

»Nur der, den ich vorher auch schon hatte«, murmelte sie. Es war ein schlechter Witz und keiner von beiden lachte. Der Mann half ihr, sich aufrecht hinzusetzen, während sie versuchte, ihre Verwirrung abzuschütteln. »Wo bin ich?«

Er leuchtete ihr mit einer stiftgroßen Lampe ins Auge, wobei er mit dem Daumen der freien Hand ihr Lid hob. »Erinnern Sie sich nicht?«

Sie schüttelte den Kopf.

»Keine Sorge«, sagte er und beleuchtete das andere Auge. Sie wünschte sich, er würde das lassen. Sie war nicht krank. Sie fühlte sich gesund. Und beschämt. Hatte sie die ganze Zeit mit ihm gesprochen? Hatte er sie hören können, während sie in der Maschine gewesen war?

»Sie lagen drei Stunden im Regenerator; dabei kann es manchmal zu Desorientierung und kurzzeitigem Gedächtnisverlust kommen. Aber keine Sorge, es wird alles wieder zurück —«

»Endriel!«

Ein Großteil ihrer Sorgen verflüchtigte sich sofort, als sie Kai sah, der zur Tür hereinstürmte, dicht gefolgt von Nelen, Keru und Xeah. Es war lange, lange her, dass sie sie alle so glücklich gesehen hatte.

Kai blieb vor ihr stehen, als wüsste er nicht, ob es erlaubt war, sie zu berühren. »Bist du –? Geht es dir –?«

Sie griff nach seiner Hand, zog ihn zu sich und küsste ihn lange. »Ja«, flüsterte sie schließlich. »Ich bin in Ordnung.« Es war nicht gelogen.

»Wirklich? Ich meine, bist du sicher?«

»Kai.« Sie lächelte. »Vertrau mir.« Sie konnte nicht aufhören, ihn anzusehen. Sein Gesicht, sein wunderbares Gesicht, war völlig unverletzt, obwohl sie es blutig in Erinnerung hatte. Tränen stachen ihr in die Augen; sie wünschte sich, es gäbe Worte, die ausreichend wiedergeben konnten, wie sehr sie ihn liebte – wie sehr sie jeden einzelnen von ihnen liebte.

Nelen schoss auf sie zu und umarmte sie von einem Ohr zum anderen. »Den Geistern sei Dank! Wir dachten schon, wir hätten dich auch ...! Den Geistern sei Dank!«

»Mmhmmpf!«, brachte Endriel hervor, worauf Nelen verlegen ihr Gesicht wieder freigab.

»Schön, dass du noch bei uns bist«, sagte Xeah. Mehr als ihre schleppende Stimme verriet ihr Blick, wie froh sie war, wie erleichtert, wie dankbar.

Keru stand mit verschränkten Armen hinter der Heilerin. Er zeigte Endriel die Zähne. Es wirkte stolz. »Du bist zäh, das muss man dir lassen.«

Sie erwiderte das Lächeln. »Danke, Großer.«

Er öffnete eine Umhängetasche, die von seiner haarigen Schulter baumelte, und kramte darin. »Wir haben dir neue Sachen mitgebracht. Nachdem deine alten diesen unschönen, roten Anstrich bekommen haben, dachten wir uns, dass du sie gebrauchen kannst.«

Er machte Witze. Das ließ hoffen.

Der Weißmantel-Doktor räusperte sich. »Verzeihen Sie, aber Bürgerin Naguun braucht jetzt ...«

»... ihre Freunde«, vollendete sie. »Es geht mir gut, Doktor. Danke.«

Er zögerte einen Moment, dann nickte er widerwillig. »Natürlich«, sagte er und ließ sie allein.

»Was ist passiert?«, fragte Endriel.

»Hrrrhm. Das Raumschiff hat wohl doch keine so saubere Landung hingelegt, wie die Blaue ihm befohlen hat.«

»Wenigstens ist es in einer unbewohnten Gegend abgestürzt«, sagte Xeah.

»Aber außer Trümmern ist nichts von ihm übrig geblieben«, fügte Kai hinzu.

»Und natürlich einem neuen Krater!«, sagte Nelen.

»Und die *Korona?*«

»Hat ganz schön was abgekriegt«, brummte Keru. »Aber sie hat es durchgestanden.«

»Und danach? Wie sind wir hierher gekommen? Und wo ist Ahi Laan?«

»*Hier*«, hörte sie eine bekannte Stimme sagen. Die Sha Yang trat eben ein. »*Willkommen zurück.*«

Es war noch jemand bei ihr.

»Onkel –!«, begann sie. Weiter kam sie nicht, denn er rannte auf sie zu und umarmte sie so heftig, dass ihr fast die Luft weg blieb. Er sagte kein Wort, hielt sie nur fest. Und sie hielt ihn, ihren Kopf an seiner Schulter, eine lange, lange Zeit.

»Wir hatten eine Nachricht vom Observatorium in Siradad aufgefangen«, begann der Admiral.

Sie hatten sich im Konferenzraum der *Dragulia* zusammengefunden. Endriel hätte nie geglaubt, sich an Bord dieses Schiffs jemals so geborgen zu fühlen.

»Darin wurde dem Gouverneur angekündigt, dass sich etwas Großes im Anflug auf Kenlyn befand. Seinem Kurs nach schien es direkt vom Saphirstern zu kommen.« Telios lächelte halb. Endriel bemerkte, wie er und sein Erster Offizier, der junge Draxyll, der Xeahs Großenkel hätte sein können, immer wieder flüchtige Blicke zu Ahi Laan warfen, die am anderen Ende des Granittischs saß. Sie konnte es den beiden nicht verübeln; auch für sie war es erst die zweite Sha Yang, der sie jemals begegnet waren.

Aber öfter noch sah er zu ihr, als wollte er sich vergewissern, dass sie nicht plötzlich wieder verschwand. »Nenn es Intuition, aber mir war sofort klar, dass ihr irgendetwas damit zu tun hattet. Immerhin wussten wir von Liyen Tela, dass ihr euch zu dem Zeitpunkt auf dem Planeten befandet.«

Endriel nickte. Der Admiral hatte ihnen und den anderen bereits erzählt, was in den letzten Wochen geschehen war: von den Protesten gegen den Gouverneur nach der Katastrophe in Xanata, seinem anschließenden Ausrufen des Ausnahmezustands – und den Aufständen, die dem gefolgt waren, angeheizt von den Agitatoren des Kults. Dann hatte er von Liyens öffentlicher Verlautbarung berichtet. Und seinem vermeintlichen Seitenwechsel.

So viel war in so kurzer Zeit geschehen – *zu viel*. Und die Welt, in die sie zurückgekehrt waren, war eine andere, als die, die sie verlassen hatten. Nun herrschte der Krieg, vor dem sie alle sich seit über sechs Monaten gefürchtet hatten.

»Leider waren wir nicht die Einzigen, die von eurer Rückkehr wussten«, fuhr Telios fort. »Der Kult hatte gleich drei Schiffe als Empfangskomitee geschickt, getarnt als zivile Maschinen. Natürlich kam es zum Kampf. Wir waren zwar in der Überzahl«, seine Miene verdüsterte sich, »aber sie haben uns trotzdem einen harten Kampf geliefert.«

»Wir haben davon nichts mehr mitbekommen.« Kai sah

Endriel an. »Kurz danach kam uns die *Dragulia* entgegen und wir haben angedockt. Sanitäter haben dich sofort auf die Krankenstation gebracht. Während du in dem einen Regenerator warst, haben sie jeden von uns in einem anderen behandelt.«

Endriel war verwirrt. »Ihr wart auch verletzt?«

»Nichts Ernstes«, sagte Xeah. »Nur ein paar Schnitte und lädierte Trommelfelle.«

»Tu mir einen Gefallen.« Telios sah Endriel an. »Jag mir nie wieder so einen Schrecken ein, hörst du?«

»Ich gelobe Besserung«, schwor sie.

Ich meins ernst, Mädchen!, sagte sein Blick eindringlich. Endriel war sich bewusst, welches Risiko er eingegangen war: Die Renegaten waren immer noch auf der Flucht. Für seine Rettungsaktion hatte er sein Versteckspiel beenden müssen und sich damit in Lebensgefahr begeben. Für sie. Nun flogen sie nach Nordosten, über das Große Meer hinweg, mit sicherem Abstand zur Küste.

Während Endriel im Regenerator gelegen hatte und die Ärzte alles getan hatten, ihre Mannschaft auszusperren, damit sie ungestört blieb, hatte Ahi Laan dem Admiral den Großteil ihrer Reise beschrieben. Doch da sie nicht alles gewusst hatte, gab es Lücken in ihrem Bericht, die Endriel und die anderen füllen mussten.

Sie begannen mit ihrem Zusammentreffen mit Liyen in Tian-Dshi und schilderten Telios die Gefangennahme durch den Kult. Endriel hielt es für besser, die Folter im Palast des Kaisers nur kurz zu umreißen, während sich der Admiral vorlehnte und mit düsterer Miene zuhörte.

Nelen erzählte von Liyens Verrat und dem Geisterkubus, den sie in Endriels Quartier hinterlassen hatte. Und Keru berichtete brummend, wie sie auf dem Saphirstern gestrandet waren – und damit den Schatten das Tor zum Planeten geöffnet hatten.

»Sie bauen eine Streitmacht auf, Andar.« Endriel bemerkte, dass sie ihre Hände auf der Tischplatte zu Fäusten geballt hatte. »Schiffe, Waffen, Artefakte – sie schicken alles durch den Nexus am Nordpol!«

»Wir haben keine Ahnung, was sie alles schon gefunden haben«, gab Keru zu bedenken. »Wahrscheinlich mehr als uns lieb ist.«

Telios strich sich über die stoppeligen Wangen. »Ich weiß«, sagte er mit einem Seitenblick zu Ahi Laan. »Natürlich habe ich dem Gouverneur sofort eine Warnung via Jadekanal geschickt. Nur leider hat mein Wort in den letzten Wochen stark an Gewicht verloren. Er wird es für einen Ablenkungsversuch halten.«

»Diese hirntote Maschine!« Endriel rieb sich die Stirn.

»Und natürlich gibt es noch ein anderes Problem: Die Schatten haben gewusst, dass ihr hierher unterwegs wart, und haben euch erwartet. Aber sie haben euch nicht gekriegt, weswegen sie davon ausgehen werden, dass ihr es geschafft habt, den Orden zu warnen.«

Endriel starrte ihn an; sie spürte einen kalten Sog in ihrem Magen, als ihr die Konsequenzen klar wurden. Sie war nicht allein damit: Kai bewegte sich unruhig auf seinem Sitzkissen und suchte Kerus Blick. Der Skria gab nur ein Knurren von sich.

Nur Nelen verstand nicht. »Und was heißt das jetzt für uns?«

Kommandant Quai-Lor öffnete gerade den Schnabel, um der Yadi zu antworten, doch Ahi Laan kam ihm zuvor: »Es heißt, dass der Kult unter Zugzwang steht«, sagte sie. »Möglicherweise wird ihn das dazu verleiten, früher als geplant anzugreifen – bevor sich die Friedenswächter darauf vorbereiten können.«

Telios nickte. »Wir haben uns schon die ganzen letzten Tage gefragt, wann sie zuschlagen werden. Die Dinge laufen nicht besonders gut für Seine Exzellenz. Wenn er die Kampfhandlungen nicht einstellt, wird er an zwei Fronten kämpfen: gegen den Kult – und die eigenen Bürger.«

»Aber das wird er nicht so bald tun«, sagte Endriel. »Die Kämpfe abblasen, meine ich.«

»Endriel, er ist völlig außer Kontrolle!« Telios wurde lauter als er wahrscheinlich beabsichtigt hatte. »Er hört nur noch auf seine eigene, verdrehte Logik!«

»Aber wir können ihn doch umpolen!« Nelen reckte den Hals in Ahi Laans Richtung. »Das kannst du doch, oder?«

Die Sha Yang nickte. »*Mit Hilfe der Armschiene.*«

»Warum tust du es dann nicht?«

»*Weil ich dazu vor ihm stehen muss.*«

»Wurmscheiße!«, fluchte Nelen.

Endriel war geneigt, ihr Recht zu geben. »Aber man muss doch irgendwie an ihn rankommen! Was ist mit den Portalen? Mit der Armschiene können wir jeden Nexus knacken! Wir könnten von einer der äußeren Städte bis nach Teriam springen und –!«

»Nein, können wir nicht«, sagte Telios. »Alle Portale werden bewacht. Und die in Teriam wurden deaktiviert. Die ganze Stadt ist mittlerweile eine einzige Festung. Man kommt nur noch per Schiff hinein. Und kein Schiff kann sich nähern, ohne vorher ein Dutzend Mal durchleuchtet worden zu sein. Es gibt nur eine Möglichkeit: Wir müssen uns bis nach Teriam durchkämpfen und den Gouverneur entweder überzeugen – oder ihn mit Gewalt absetzen.«

Sein Erster Offizier nickte bestätigend.

Keru sah den Admiral an. »Wie viele Schiffe haben Sie unter Ihrem Kommando?«

»Mit der *Dragulia*? Elf Stück.«

Endriel starrte ihn an. »*Elf Schiffe* gegen den Rest der Armada? Das ist glatter Selbstmord, Andar!«

»Vielleicht nicht. Ich habe einen Plan.«

»Welchen?«, fragte sie, unsicher, ob sie es überhaupt hören wollte.

Und er sagte es ihr.

»Das ist ... mutig«, sagte Xeah.

»Das ist dumm«, knurrte Keru.

Telios funkelte den Skria an. »Und was soll ich stattdessen tun? Däumchen drehen und warten, bis die Schatten einfallen oder Syl Ra Van zur Vernunft kommt?«

»Andar, können deine Admiralskumpels nicht –?«

»Sie haben bis jetzt keinen Finger krumm gemacht und es sieht nicht so aus, als ob sie das in Zukunft tun werden. Dazu haben sie immer noch zu viel Angst vor der Kommission!«

»Aber –!«

»Mir fehlen leider die Alternativen, Endriel!«, bellte er. »Wenn ich mehr Zeit hätte, mehr Schiffe ... Aber ich habe weder das eine, noch das andere – und dort draußen sterben Tag für Tag Tausende Lebewesen! Du kannst nicht von mir erwarten, dass ich dabei tatenlos zusehe!«

»Tu' ich auch nicht«, sagte sie leise.

Er sah sie betreten an, beschämt von seinem Ausbruch. Schweigen senkte sich über die Versammlung, bis Endriel sich an ihre Freunde wandte. »Könnt ihr uns kurz allein lassen?«

»Warum?«, fragte Keru. »Natürlich«, sagte Xeah. Kai zögerte, dann nickte er und küsste sie im Gehen auf die Wange. Nelen warf einen letzten, besorgten Blick zu ihrer Freundin und ließ sich dann auf seiner Schulter nieder. Ahi Laan folgte ihnen, sichtbar skeptisch.

»Kommandant.« Telios drehte sich zu seinem Ersten Offizier.

»Natürlich, Admiral.« Quai-Lor salutierte kurz und verließ mit den anderen den Raum.

Endriel und Telios waren allein. Für einen Moment wusste keiner von beiden, wie er anfangen sollte.

»Endriel ... es tut mir leid.«

»Nein. Du brauchst dich nicht zu entschuldigen –«

»Es ist nur – die letzten Wochen bin ich alle unsere Möglichkeiten durchgegangen, habe nach irgendeiner Lösung gesucht, die nicht nach einem Selbstmordkommando aussieht ...« Er stand auf und fuhr sich über das kurzgeschorene Haar. Mit einem Blick zum Bullauge sagte er: »Es besteht die Möglichkeit, dass unser Auftauchen andere Kapitäne wachrütteln wird. Dass sie sich uns anschließen.« Er setzte sich neben sie. Sein Blick war sanft und mitfühlend. »Doch selbst wenn nicht: Ich habe eine Verpflichtung den Hohen Völkern gegenüber.«

Sein Gesicht schien vor ihren Augen zu verschwimmen. »Du wirst sterben! Wenn nicht bei dem Angriff, dann wenn die Kommission dich schnappt!«

»Ich weiß.« Er nahm ihre Hände. »Deswegen dürft ihr nicht an Bord bleiben. Es gibt nichts, was ihr tun könntet.«

»Wofür hat Yanek mich all die Jahre schikaniert? Ich kann kämpfen, Andar!«

»Mann gegen Mann, ja. Aber nicht in einer Luftschlacht.«

»Die *Korona* –!«

»Die *Korona* hat weder Waffen noch Schilde. Sie wird als erstes abgeschossen, egal, wie schnell sie ist.«

»Ich bin es leid, davonzulaufen! Die Schatten haben Miko getötet, Andar!«

Er schloss die Augen.

»Sie haben ihn umgebracht und die ganze Zeit frage ich mich: Wer ist der Nächste? Nelen? Kai? Ich will sie aufhalten, Andar, bevor sie mir auch den Rest meiner Leute nehmen. Auch wenn das bedeutet, dass ich ...« Sie brachte es nicht über die Lippen. »Bitte! Es muss doch etwas geben, das ich tun kann!«

»Möglicherweise tut es das«, sagte er, offenbar von einer plötzlichen Eingebung fasziniert.

»Was?«, fragte sie.

Er zeigte ein unfreiwilliges Lächeln. »In all der Aufregung habe ich ganz vergessen, es dir zu erzählen: Ihr seid nicht die einzigen Gäste, die wir an Bord haben.«

Sie sah ihn verständnislos an.

Warum antworten sie nicht?

Das Klacken ihrer Absätze auf schwarzen Marmor hallte durch das Kriegszimmer, während Liyen vor dem großen Konferenztisch auf und ab ging. Ihre Leibwächter standen wie Skulpturen aus schwarzem Chrom da, ihre Blicke von Visieren verborgen. Der Schein der umgebenden Geisterkuben und Lichtkugeln spiegelte sich auf ihren Rüstungen.

Warum antworteten die Schiffe nicht? Was war schief gegangen?

Die letzte Nachricht war vor über zwei Stunden eingegangen. Ihre Leute hatten gemeldet, dass das Raumschiff kurz vor dem Eintritt in Kenlyns Atmosphäre angegriffen worden war. Man ging davon aus, dass der Gouverneur die Asteroiden-Abwehr des Planeten eingesetzt hatte, um die Maschine abzuschießen, und diese gezwungen hatte, irgendwo in der Provinz Gollwar notzulanden.

Es ergab Sinn: Ein von außen kommendes Raumschiff stellte eine potentielle Bedrohung für Syl Ra Van dar. Wer konnte sagen, dass darin nicht ein paar seiner Schöpfer saßen, die gekommen waren, um ihn von seinen Irrwegen abzubringen?

Dennoch hatte es einen Moment gedauert, bis Liyen den Schock überwunden hatte: *Endriel und die anderen saßen in dem Schiff – und Kai vielleicht ebenfalls!*

Augenblicklich hatte sie drei Schiffe losgesandt, um nach möglichen Überlebenden zu suchen. Doch seitdem hatte sie nichts mehr von den Piloten gehört, obwohl das Raumschiff längst den Erdboden erreicht haben musste.

Waren die Weißmäntel ihnen zuvor gekommen? Hatten sie Endriel und ihre Leute, vorausgesetzt, sie hatte den Absturz überstanden, einfach ausgeschaltet, zusammen mit den Kultschiffen, die gekommen waren, um sie zu retten?

Liyen lehnte sich nach vorn, die Hände auf die Tischplatte gestützt, darum bemüht, sich zu beruhigen.

»Gebieterin.« Minister Werons Stimme ließ sie aufblicken. Der Yadi kam zu ihr geflattert. Seine hagere Miene kündigte keine guten Nachrichten an.

»Minister«, grüßte sie knapp.

»Wir erhielten soeben die Nachricht eines unserer Agenten in Noiras. Gebieterin, unsere Schiffe wurden vernichtet, allem Anschein nach von der *Dragulia*.«

Liyen unterdrückte einen Fluch. »Das Raumschiff?«

»Wurde beim Absturz zerstört.«

»Und – die *Korona?*«

»Das wissen wir nicht, Gebieterin. Es ist denkbar, dass sie das Raumschiff vorher verlassen konnte und anschließend der *Dragulia* begegnet ist.«

Liyen verbarg ihr Aufatmen vor ihm. Aber sie wusste, was diese Neuigkeiten implizierten. Endriel und die anderen wussten von ihrer Operation auf Te'Ra. Wenn sie noch am Leben waren, dann musste sie damit rechnen, dass sie die Friedenswächter warnen würden!

Das Portal am Nordpol wurde strengstens bewacht. Doch sollte Syl Ra Van seine Kräfte sammeln und dort zuschlagen ... Es befanden sich noch zu viele ihrer Schiffe auf dem Saphirstern, quer über den Planeten verteilt. Sie alle zu benachrichtigen konnte Tage dauern, da die Schiffe nicht die Ausrüstung besaßen, mit deren Hilfe sie eine Simultanübertragung herstellen konnte, so wie sie es bei der *Dragulia* getan hatte.

»Gebieterin«, sagte Weron wieder. Sein winziges Gesicht war ernst, sein Blick durchdringend. »Wie lauten Ihre Befehle?«

Liyen faltete ihre Hände und führte sie an ihre Lippen. Die Gedanken zuckten wie Sonnenaugenschüsse durch ihren Schädel: Wenn sie den neusten Berichten ihrer Geheimdienstleute glauben durfte, verfügte der Orden gegenwärtig über siebenundneunzig Kriegsschiffe – hundertundacht, wenn man die *Dragulia* und die kleine Schar von Telios' Mitstreitern dazu rechnete. Damit konnte der Kult nicht konkurrieren.

»Wie viele einsatzbereite Schiffe haben wir, Minister? Hier, auf Kenlyn?«

»Feuerdrachen-Klasse? Zweiundvierzig, Gebieterin, einschließlich unserer Schiffe am Portal im Norden. Adlatus Rengar hat bis Mitternacht eine Lieferung von drei weiteren, funktionstüchtigen Schiffen versprochen.«

»Und wie viele Kriegsschiffe befinden sich derzeit auf Te'Ra?«

»Vierzehn, Gebieterin.«

Neunundfünfzig Feuerdrachen. Viel zu wenige.

Ihr blieben nur zwei Optionen: zum letzten Schlag auszuholen, noch bevor sie es zahlenmäßig mit ihrem Gegner aufnehmen konnten – oder noch länger zu warten und dabei zu riskieren, dass die Friedenswächter sich für einen kommenden Angriff wappnen konnten. Sie wollte, dass dieser Krieg endete, ja – doch wenn sie jetzt vorschnell handelte, war vielleicht alles, wofür sie und Yelos gekämpft hatten, vergebens.

»Gebieterin? Wie lautet Ihre Entscheidung?«

Liyen wandte sich Weron zu und setzte eine undurchdringliche Miene auf. »Rufen Sie die anderen Funktionäre zusammen, Minister. Ich werde Ihnen allen meine Entscheidung in einer Viertelstunde verkünden.«

Das schien ihm nicht zu schmecken. Dennoch verneigte er sich knapp in der Luft. »Wie Sie wünschen, Gebieterin.«

Liyen sah den alten Yadi aus dem Raum schwirren. Das *Flapflapflap* seiner Flügel verklang und sie war wieder allein, abgesehen von den stummen Wächtern um sie herum.

Die Zeit, in der sie sich Zweifel leisten konnte, war unwiderruflich vorbei.

X

KRIEGSRAT

»Verzweifelte Entscheidungen sind selten die besten Entscheidungen.«
– Sprichwort

He, Leute! Besuch!«

Endriel sah, wie sich die Piraten in ihren Zellen regten, als sie in Begleitung von Telios den Gefängnistrakt der *Dragulia* betrat. Erinnerungen blitzten auf; Erinnerungen an ihre eigene, kurze Gefangenschaft hier, und ihre erste, direkte Begegnung mit den Schatten vor einem halben Jahr.

»Ich hoffe, Sie bringen die Süße zu mir, Telios!«, höhnte ein klappriger Mensch, und ein breites Grinsen erschien auf seinem von Brandnarben entstellten Gesicht, während eine feuerrote Draxyll sie im Vorbeigehen anknurrte. Endriel begegnete ihren Blicken ungerührt.

Telios führte sie bis zu einer Zelle fast am Ende des Gangs. Hinter der Lichtbarriere lag ein junger Mann in dunkler Kleidung auf einer Pritsche, die Beine angewinkelt und die Arme verschränkt. Er schien zu dösen.

Verdammt, dachte sie. *Er ist es wirklich …*

»Besuch für Sie, Bürger Tanna. Aufstehen.«

Er winkte müde mit der Hand. »Vielleicht nach meinem Nickerchen, Telios.«

»Ich sagte –!«

Endriel hielt ihn zurück. »Lass ihn, Andar. Du siehst doch, wie nötig er seinen Schönheitsschlaf hat.«

Der Gefangene begann zu grinsen und öffnete seine braunen Mandelaugen. In ihnen lag die gleiche maßlose

185

Selbstüberschätzung wie früher. Wenn er überrascht war, sie zu sehen, überspielte er dies gekonnt. »Hallo, Wolkennäschen. Hab mich schon gefragt, wann du mich mal besuchen kommst.«

»Das ist sie!«, hörte Endriel die junge, menschliche Piratin flüstern.

»Naguun?«

»Von *der* hat er sich aufs Kreuz legen lassen?«

»Pass auf, dass sie dir nicht wieder die Eier püriert, Tanna!«

Telios brachte sie zum Schweigen: Auf einen Knopfdruck wurden die Felder ihrer Zellen für Licht und Schall unpassierbar. Endriel war dankbar dafür.

»Hallo, Sef.« Sie verzog den Mundwinkel zu etwas, das niemand mit einem Lächeln verwechseln konnte. »Ich hoffe, du hast es schön ungemütlich da drinnen?«

»Warum kommst du nich' rein und probierst es aus?«

»Danke. Ich verzichte.« Sie hasste ihn für sein Talent, sie reizen zu können.

»Ich lasse euch allein«, sagte Telios.

Endriel nickte ihm zu, während Sefiron sie von Kopf bis Fuß musterte. »Mann, Zuckermond, wer hätt' gedacht, dass wir uns so bald wiedersehen?«

»Ich für meinen Teil hätte gut drauf verzichten können.«

»Darf man erfahren, wie du so plötzlich an Bord gekommen bist?«

»Andar war so freundlich, mich und meine Leute abzuholen.«

»Heißt das, der ganze Trubel vorhin war nur deinetwegen?«

»Du hast es erraten, *Zuckermond*.«

»Seltsam. Hab gar nich' mitgekriegt, dass wir gelandet sind.«

»Mein Schiff hat während des Fluges angedockt.«

Er zog die Augenbrauen hoch. »*Dein* Schiff?«

»Ein ehemaliger Weißmantel-Kurier. Die schnellste Maschine in beiden Hemisphären.« *Was soll das? Habe ich es wirklich nötig, vor ihm anzugeben?*

Sefiron gab sich beeindruckt. »Also hat sich dein alter Traum doch noch erfüllt, was? Glückwunsch.« Er spähte an ihr vorbei. »Übrigens, das wollt' ich letztes Mal schon fragen: Wo steckt eigentlich Nelen, die alte Fledermaus?«

»Sie hat gehört, dass du hier bist, und ist noch dabei, sich zu übergeben.«

»Pech für sie.« Er lehnte sich gegen die Wand, die Hände hinter dem Kopf gefaltet. Seine Schuhsohlen berührten fast das Kraftfeld. »Warum so'n ernstes Gesicht, Sonnenherz? Dachte, es würd' dir gefallen, mich hier drin zu sehen.«

Verdammt, sie hatte keinen Nerv für diesen Blödsinn! »Der Admiral hat mir erzählt, was passiert ist. Von der Falle, die er euch gestellt hat.«

»Und hoffentlich auch, wie unsere Leute ihm trotzdem entkommen sind.« Sein Finger fuhr das Gestell der Pritsche entlang. »Is' meine liebste Lieblingsgeschichte. Hat er immer noch die Schnapsidee von 'nem Angriff auf die Scheibe?«

»Er ist gerade auf dem Weg, um mit seinen Leuten das Wann und Wie zu besprechen.«

»Gut für ihn«, sagte er und kratzte sich an der Nase. Dann bemerkte er ihren Blick. »Du meinst es ernst!«

Endriel nickte. »Er wird in den nächsten Stunden losfliegen.«

Er war ein guter Schauspieler, aber nicht gut genug, um das Entsetzen in seinen Augen zu übertünchen – was sie außerordentlich befriedigend fand. Sie wusste, dass er und seine Kumpane einen kleinen Vorgeschmack darauf bekommen hatten, wie es war, während einer Schlacht hier eingepfercht zu sein, als die *Dragulia* vorhin den Schiffen des Kults begegnet war. Der Admiral hatte ihr eine Aufnahme der Zellen vorgespielt – wie die Piraten in ihren Käfigen geschrien hatten, während draußen die Welt unterzugehen schien. Ihr Verflossener hatte die Arme ausgestreckt und die Hände gegen die Wände gestemmt gehabt und mit zusammengebissenen Zähnen und zusammengepressten Lidern darauf gewartet, dass es vorbei ging.

»Hör mal, Honigmund«, Sefiron zupfte sich am Ohrläppchen, »kannst du ihm diesen Schwachsinn nich' irgendwie ausreden?«

Sie beschloss, ihn sich noch ein wenig winden zu lassen. »Tja, weißt du, wenn er sich einmal was in den Kopf gesetzt hat, kann er ein echter Dickschädel sein. Genau wie ich.« Sie sah, wie er sich das schwarz bewucherte Kinn kraulte.

»Was?«, fragte sie amüsiert. »Geht dir der Arsch etwa auf Grundeis, Zuckerlippchen?«

»Komm schon, so irre kann er nich' sein!«

Endriel zuckte mit den Achseln. »Doch, ich schätze schon.«

»Scheiße«, flüsterte Sefiron und massierte sich den Hinterkopf. »Die schießen ihn doch ab, noch bevor er zehn Meter geflogen is'!«

»Wahrscheinlich früher«, sagte sie. Seine Furcht machte sie glücklich. Sie näherte sich dem Kraftfeld. »Du weißt, es gibt eine ganz einfache Möglichkeit für dich, hier rauszukommen, bevor es so weit ist.«

Sein Lächeln war grimmig. »Vergisses, Sternäuglein. Ich bin kein Verräter.«

»Die Schatten sind auf dem Vormarsch, Sef. Sie sind dabei, unsere ganze Welt umzukrempeln!«

Er verschränkte die Arme. »Und was, glaubst du, kann ich dagegen tun?«

»Das weißt du ganz genau.«

»War dir ›vergisses‹ zu missverständlich?«

Ihre Blicke trafen sich, und für einen unangenehmen Moment wurde sie an den anderen Sefiron Tanna erinnert, in den sie sich vor Ewigkeiten verliebt hatte. »Schön«, sagte sie gleichmütig. »Dann wirst du wohl hier drinnen bleiben müssen, *Sternäuglein*, so lange, bis es vorbei ist. Auf die eine oder andere Art.«

Wieder musterte er sie; weniger anzüglich diesmal; skeptischer. »Und was is' mit *dir*? Wo bist du während Onkelchens tollkühnem Feldzug?«

Sie entgegnete ernst seinem Blick. »Ich werde kämpfen.«

»Was?« Sein Amüsement war unverkennbar. »Für die Weißmäntel?«

»Für Kenlyn«, sagte sie.

Sein Lächeln war böse. »Sieh an. Dann hat die Gehirnwäsche deines alten Herrn doch noch angeschlagen, was? Er muss echt furchtbar stolz auf sein Töchterchen sein.«

Sie war überrascht, wie hart sie das traf. »Yanek ist tot.«

Es brachte ihn nur für eine Sekunde aus der Fassung. Er lehnte sich wieder zurück. »Tja, mein herzliches Beileid. Aber ich fürchte, du hast deine kleine Rede ganz umsonst geschwungen.« Er schloss wieder die Augen, als wollte er weiterdösen. »Komm später nochmal wieder.«

Sie nickte für sich. »Ich hätte wissen müssen, dass man nicht mit dir reden kann. Also dann – mach's gut, Sef. War schön, dich gekannt zu haben. Na ja, manchmal.« Sie drehte sich Richtung Ausgang und tat den ersten Schritt.

»Endriel!«

Sie lächelte insgeheim: Sie wusste, sie hatte ihn am Haken, wenn er die albernen Kosenamen endlich wegließ. Sie machte wieder kehrt und hob erwartend die Augenbrauen.

Er stand am Kraftfeld und sah sie lange an. »Du hast dich verändert«, sagte er ernst, fast anerkennend. Und sie wusste: Nach all seinem lockeren Gehabe und seinen Versuchen, sie zur Weißglut zu treiben, redeten sie nun wirklich miteinander.

»Manche von uns werden erwachsen, Sef«, antwortete sie.

»Davor hast du dich mal echt gefürchtet, weißt du noch? Eine von *denen* zu werden.«

»Ja, ich weiß«, sagte sie. »Ich schätze, ich hab dazu gelernt.«

Er nickte; da war etwas in seinem Blick, in seiner Stimme ... als wäre ihm nun erst klar geworden, dass er sie wirklich verloren hatte. »Verstehe. Is' ja schön und gut, dass du deine Prinzipien verkauft hast. Aber du kannst nich' ernsthaft von mir erwarten, dass ich meine Leute an die Weißmäntel verpfeife!«

Sie seufzte. »Niemand erwartet von dir, irgendwen zu verpfeifen. Du sollst nur versuchen, sie zu überzeugen, ein paar Schiffe zu stellen.«

»Und als Gegenleistung?«

»Kriegt ihr Amnestie. Freiheit. Das war dir mal viel wert, erinnerst du dich? Als wir noch zusammen« – *auf Raubzug gegangen sind*, hätte sie fast gesagt, biss sich aber im letzten Moment auf die Zunge; das Gespräch wurde schließlich mitgehört – »gearbeitet haben, ging es doch nie um den Nervenkitzel. Es ging darum, frei zu sein. Uns mit der ganzen Kohle das Recht zu erkaufen, zu machen, was wir wollten und zu gehen, wohin wir wollten. Und jetzt? Sieh an, was aus dir geworden ist: ein gemeiner Pirat. Ein Killer.«

Er verzog die Augen zu feindseligen Schlitzen. »Nur zu deiner Information – ich hab noch nie wen abgemurkst!«

Sie lächelte freudlos. »Ja richtig, ihr seid ja auch ein gemeinnütziger Verein.«

»Was die anderen machen, is' deren Sache! Ich für meinen Teil bin ...!«

»Was? Ein *netter* Pirat? Das soll ich dir abkaufen?«

»Lass es von mir aus bleiben.« Er machte eine wegwerfende Geste. Die Pritsche quietschte unter ihm, als er sich wieder setzte. »War das jetz' alles?«

»Denk drüber nach«, riet sie ihm. Bevor sie den Zellentrakt verließ, erlöste sie die anderen Piraten aus ihrer Isolation. Sie konnte hören, wie sie ihren Anführer mit Fragen bedrängten: »Was wollte sie?« – »Was hast du ihr gesagt?« – »Wie geht's jetzt weiter?«

Falls Sefiron ihnen antwortete, bekam sie es nicht mehr mit.

Es war seltsam: Wenn er durch das Bullauge sah, hinaus auf das Große Meer, dann fiel es ihm schwer zu glauben, dass dort draußen ein Krieg toben sollte. Von hier oben betrachtet, dachte Kai, schien alles so friedlich – wie die Welt, die er vor sechs Monaten verlassen hatte.

Aber er hatte die Kubus-Aufzeichnungen, die ihnen der Admiral gezeigt hatte, noch allzu gut im Gedächtnis: Feuer in den Straßen, Nächte rot vom Strahlengewitter aus Sonnenaugen. Bürger, die sich den Friedenswächtern entgegenwarfen, nur mit Mistgabeln in den Händen.

Liyen. In ihrer schwarzen Uniform hatte sie wie eine Feldherrin aus einem anderen Zeitalter gewirkt. »Steht auf und kämpft mit uns!«, hatte sie gefordert, mit einer Inbrunst, die nicht gespielt war, das wusste er. »Für die Freiheit von Kenlyn – für die Freiheit von uns allen und der kommenden Generationen!« Und trotzdem gehörten ihre Stimme, ihre Augen und ihr Gesicht immer noch dem Mädchen, in das er sich damals verliebt hatte.

»Wie hat sie das geschafft?«, hatte der Admiral gefragt, während der Kubus weiterlief. »Wie konnte sie so weit an die Spitze gelangen?«

Kai hatte nur den Kopf geschüttelt. Es war eine Frage, die ihn selbst beschäftigte. Hatte die Begegnung mit Yu Nan und ihre anschließende Trennung einen solchen Hass auf die Sha Yang und ihre Diener heraufbeschworen, dass Liyen sich dem Kult angeschlossen hatte? Selbst wenn, das alles war keine zwei Jahre her – wie hatte sie in solch einer kurzen Zeit zur Kaiserin werden können?

Wahrscheinlich würde er es niemals erfahren. Und trotz des Massakers, zu dem sie die Bürger angestiftet hatte, trotz der Hetzjagd, die sie auf Endriel und ihn gestartet hatte, trotz Mikos Tod durch die Hand ihrer Leute, war Kai nicht fähig, sie zu hassen, so sehr er es auch versuchte. Sie war immer noch Liyen – und er machte sich Sorgen um sie.

Mach dir lieber Sorgen um uns, du Idiot, sagte ein anderer Teil von ihm; wahrscheinlich der vernünftigere.

Ein ständiges Hämmern und Sägen erfüllte diesen Teil der Frachtsektion, zusammen mit dem Kautschukgeruch der Glasdichtungen und dem Gestank von verbranntem Metall. Der Admiral hatte ein halbes Dutzend seiner Bordingenieure und Handwerker herangezogen, um die *Korona* wieder herzurichten. Während sich die eine Hälfte von ihnen darum kümmerte, die Brückenkuppel wieder zu verglasen, war die andere damit beschäftigt, Löcher im Heck und im Inneren zu flicken. Dann und wann ließen Schweißgeräte Funken fliegen.

Einmal mehr wurde Kai klar, welches Glück sie gehabt hatten: Die Trümmer der *Sternenreiter* hätten ebenso gut die Motoren zerreißen können, anstatt nur drei Wände zu durchschlagen. Dabei war es auch so schon schlimm genug gewesen.

Die Erinnerung traf ihn wie ein elektrischer Schlag: Endriel, einen ungläubigen Ausdruck in ihren Augen und der meterlange Metalldorn in ihrem Bauch. Wie die Sanitäter sie aus der *Korona* holten; wie sie reglos auf der Liege lag, die Augen geschlossen, und er ihre Hand hielt, aus der die Wärme und das Leben wichen.

Wie leicht hätte alles anders kommen können. Wäre die *Dragulia* nur Minuten später gekommen ... wären sie noch näher an der explodierenden *Sternenreiter* gewesen ...

Kai schnappte nach Luft.

»Alles in Ordnung?« Nelen hatte sich auf seiner Schulter niedergelassen und sah ihn besorgt an.

Kai nickte. Es schien sie nicht zu überzeugen.

»Je eher wir von hier weg kommen, desto besser«, brummte Keru.

Xeah, die sich auf einer gepolsterten Bank niedergelassen hatte, reckte den Hals in Richtung des Skria. Sie sprach mit gesenkter Stimme, als fürchte sie, von den Handwerkern gehört zu werden. »Meinst du, es sind noch Kultisten an Bord?«

»Wenn, dann wäre Telios wohl kaum so weit gekommen.« Kerus Blick wich nicht von der *Korona*. Kai hatte sich gewundert, dass der Skria überhaupt Fremde Hand an das Schiff legen ließ. »Nein, es geht ums Prinzip: Ich hasse Weißmäntel.«

»Obwohl sie uns das Leben gerettet haben?«, fragte Kai mit sprödem Lächeln.

»Gerade deswegen«, knurrte Keru. Wie üblich war Kai sich nicht sicher, ob er einen Witz machte.

»Aber wohin sollen wir gehen?« Nelen streichelte ihren Ohrflaum. »Nach Hause können wir nicht mehr zurück, so lange die Kommissions-Leute auf uns warten! Ich meine, falls das Haus überhaupt noch steht ...«

»Andar wird uns so weit es geht in Richtung Himmelssanktum fliegen«, hörten sie Endriel sagen.

Alle drehten sich zu ihr um. Kai strahlte sie an. Sie kam auf ihn zu und schlang den Arm um seine Hüfte. *Irgendetwas stimmt nicht*, registrierte er, als er ihren Blick sah. Das Gespräch mit dem Admiral schien ihr neuen Kummer gebracht zu haben.

»Meinst du, deine Leute können uns aufnehmen, Xeah?«

»Ich weiß es nicht, Endriel.« Xeah senkte unsicher den Schnabel. »Mit Xanata und all den Kämpfen werden sie nur wenig Platz für Neuankömmlinge haben. Aber bestimmt werden sie uns irgendwo unterbringen können.«

»Du willst ins Kloster?«, fragte Nelen verwirrt.

»Es ist sicher dort«, sagte Endriel. *Was ist mit dir?*, dachte Kai. Sein Herz begann zu rasen, als plötzlich ein lautes Zischen durch die Halle ging und Endriel an seiner Seite zusammenzuckte. Aber es war nur ein Schweißgerät, kein Sonnenauge.

»Die Weißmäntel achten die Neutralität des Klosters«, fuhr Endriel schließlich fort, »genau wie die Aufständischen.«

Nelen schwang sich in die Luft. Sie hatte die Hände in die Hüften gestützt. »Das ist alles? Das ist dein Plan? Einfach den Schwanz einziehen und uns verstecken?«

»Für den Augenblick«, begann Endriel, »ja.« Kai spürte, wie schwer es ihr fiel, das einzugestehen. Aber da war noch etwas ... etwas, das sie ihnen nicht sagen konnte. Oder wollte. Er suchte ihren Blick, doch sie schien es zu vermeiden, ihn anzusehen.

Nelen zerrte verzweifelt an ihren Hörnern. »Wir können die Schatten doch nicht einfach damit durchkommen lassen! Habt ihr vergessen, was sie mit –?«

»Nelen!«, rief Endriel streng. »Keiner von uns hat das vergessen! Aber es gibt nichts, was wir tun können!«

Die Yadi schüttelte den Kopf, sodass ihr schwarzes Haar hin und herflog. »Nein! Es *muss* etwas geben! Irgendwas! Wir können doch versuchen, die anderen Weißmäntel zu warnen! Selbst wenn der Gouverneur nicht auf Telios hört, können wir doch –!«

»Die Kommission sucht überall nach uns, Nelen. Für den Moment ist das Sanktum unsere beste Wahl, so leid es mir tut.«

Nelen verschränkte die Arme. »Ach – und das hast du alles einfach so für uns beschlossen?«

»Ja.«

»Ich dachte, wir treffen alle großen Entscheidungen gemeinsam! Hand hoch, wer dagegen ist!« Nelen riss die eigene Hand in die Höhe und blickte in die Runde. »Xeah?«

Kai sah, wie die alte Heilerin schwer schluckte. »Nelen, wir sind dem Tod gerade so entgangen. Wir sollten nichts überstürz –«

»Kai!« Nelen flatterte ihm vors Gesicht. Ihre Stiefmütterchenaugen flehten ihn an. »Sag du was!«

Er blickte kurz zu Endriel, dann zu dem winzigen Geschöpf vor ihm. »Glaubst du, mir ist wohl dabei, Nelen? Ich will etwas tun, genau wie du. Aber niemandem ist geholfen, wenn wir vorschnell irgendwas unternehmen und dabei den Kopf verlieren.«

»Warum frag ich dich überhaupt?« Nelen wandte ihm demonstrativ die Flügel zu. »War ja klar, auf wessen Seite du stehst!« Sie drehte sich zu Keru. Der erwiderte ihren Blick, schwieg jedoch.

»Es ist im Moment das Klügste, Nelen«, erklärte Endriel der Yadi, darum bemüht, die Diskussion zu beenden.

»Das Klügste?« Ihre Freundin funkelte sie an. »Ausgerechnet *du* kommst mir mit ›das *Klügste*‹?« Ihr Blick wanderte von einem zum anderen. Kai spürte die Wut, die ihren Körper zittern ließ. »Wisst ihr was? Miko würde sich für euch schämen!« Damit schwirrte sie an ihnen vorbei, durch die offene Tür aus dem Frachtraum.

Betretenes Schweigen breitete sich aus. Kai dachte an ihren toten Freund, der noch immer in der blauen Kiste lag, bedeckt von einem weißen Tuch wie ein Möbelstück, das nicht anstauben sollte. Wenn sie es wenigstens schaffen würden, ihn anständig zu beerdigen ...

Endriel seufzte schwer und löste sich von ihm. »Ich rede

mit ihr«, sagte sie und ging, ohne sich noch einmal nach ihm oder den anderen umzudrehen. Welches Geheimnis sie auch immer hütete, sie nahm es mit sich.

Sie ist wieder hier! Noch immer war dieser Gedanke unfassbar: Endriel war zurück, und sie war wohlauf! Es gab Zeiten, da hatte er das nicht einmal zu hoffen gewagt. Nun musste er einsehen, dass er sie einmal mehr unterschätzt hatte: Das Universum hatte sie in die Ecke gedrängt und mit Felsbrocken nach ihr geworfen, aber sie hatte es überstanden. Kein Zweifel, sie war Yanek Naguuns Tochter, und sie wiederzusehen, ihre Stimme zu hören, zu wissen, dass es ihr gut ging, hatte ihm die Hälfte seiner Last von den Schultern genommen. *Wenn sie hier ist*, dachte er, *sind Wunder vielleicht tatsächlich möglich. Vielleicht können wir es schaffen!*

Andar Telios öffnete die Augen, als er das Rascheln großer Flügel hörte.

Die Sha Yang stand neben ihm, scheinbar in ihre eigenen Gedanken versunken. Er glaubte nicht, dass er sich jemals an ihren Anblick gewöhnen würde. Der einzige und letzte Sha Yang, den er vor ihr gesehen hatte, war ein uraltes Geschöpf an der Schwelle des Todes gewesen, eine mitleiderregende, blaue Mumie aus einem längst vergangenen Zeitalter.

Seine Artgenossin hingegen sah aus wie die Wesen aus den Geschichtsbüchern und Kubus-Aufzeichnungen: auf bizarre Weise schön, elegant, überlegen – und so völlig *anders* als jedes andere Volk auf Kenlyn. Manchmal überlegte er, den Finger auszustrecken und sie zu berühren, einfach um sicher zu gehen, dass sie keine Projektion oder etwas Ähnliches war.

Während Endriel im Regenerator gelegen hatte und er nicht sicher gewesen war, ob sie jemals wieder aufwachen würde, hatte Telios der Sha Yang minutiös alle Vergehen Syl Ra Vans aufgezählt. Sie hatte reagiert wie eine Mutter, deren Kind zum Mörder geworden war. Beschämt, verzweifelt – und bemüht, andere verstehen zu lassen, dass sie es selbst nicht verstand. »*Wir haben alles getan, ihn perfekt zu machen!*«, hatte ihre Stimme in seinem Kopf geklungen wie ein trauriges Lied.

»Wie konnte es dann geschehen?«, hatte er sie gefragt und keinen Hehl aus seiner Wut gemacht. »Was ist schief gelaufen?«

Die bronzenen Augen hatten seinen Blick gemieden. »*Ich weiß es nicht. Es muss irgendeinen Fehler in seiner Programmierung gegeben haben. Ich ... weiß es nicht.*«

»Ihr Volk wurde wegen dieses Fehlers ausgelöscht – und unsere Völker haben wegen ihm zu leiden!«

Sie hatte ihm darauf nichts antworten können. Dennoch glaubte er, dass ihr Bedauern echt war. Und dass sie tun wollte, was sie konnte, die geisteskranke Maschine wieder in ihre Schranken zu verweisen.

Ein mehrfaches Piepen kündigte den Beginn der Konferenz an, pünktlich auf die Sekunde. Telios sah, wie sich die Geisterkuben auf dem Tisch einer nach dem anderen mit den Projektionen seiner Kapitäne füllten. Mit einem kurzen Blick versicherte er sich, dass Quai-Lor bereit stand und sich die Sha Yang wie abgesprochen jenseits der Aufzeichnerreichweite aufhielt.

Telios legte die Hände auf den Granittisch, sammelte sich einen Moment, dann richtete er das Wort an die Zehn:

»Verehrte Kapitäne. Die Zeit drängt, ich werde mich daher so knapp wie möglich fassen: Wir haben Grund zu der Annahme, dass der Schattenkult in naher Zukunft zum Angriff schreiten wird.«

Er sah Kwu-Dals Projektion die schwarzen Äuglein aufreißen. Valendi Ossa, Yilai von den Nebelwäldern und an-

dere murmelten aufgeregt durcheinander: »... Sie sicher?«
– »Woher –?« – »Weiß der Orden davon?«

Telios ließ sie mit einem Wink verstummen. »Ich erkläre
es Ihnen später. Im Augenblick ist nur eines wichtig: jede
Stunde zählt – vielleicht jede Sekunde. Ich habe daher beschlossen, die Operation Teriam durchzuführen.«

»Es wurde auch Zeit«, sagte Kapitän Li-Kura.

Kapitän Askur von den Keem-Cha'an gab ein kampfbereites Knurren von sich.

Andere waren nicht ganz so glücklich über die Nachricht:
Jeder von ihnen wusste, dass sie noch nicht bereit waren,
dass ihnen Zeit und Schiffe fehlten. Gleichsam waren sie
alle schon vor einiger Zeit übereingekommen, dass es keine
andere Option gab.

Und jetzt gib ihnen was zum Staunen! »Bevor wir fort-
fahren, gibt es noch eine weitere, unvorhergesehene Entwicklung, von der Sie wissen sollten. Kapitäne, ich möchte Ihnen eine neue Verbündete vorstellen: Ahi Laan Kaia
Sendrano aus dem Klan der Meyani.«

Die Sha Yang trat vor. Vorsichtig. Fast schüchtern.

Mit einem Lächeln nahm Telios wahr, dass seine Mitstreiter genauso reagierten, wie erwartet: mit ungläubigen, fast
erschreckten Blicken, ehrfurchtsvollem Flüstern und angehaltenem Atem. Man begegnete nicht jeden Tag einem
Halbgott.

»Ahi Laan war an Bord des abgestürzten Raumschiffs. Sie
wird uns helfen, den Gouverneur zur Umkehr zu bewegen.«

»Wie das?«, fragte Kapitän Ossa.

»*Indem ich ihn umprogrammiere*«, sagte die Sha Yang. Der
Moment im Rampenlicht schien ihr unangenehm zu sein.
Telios hatte sich von ihr versichern lassen, dass ihre tele-
pathische Stimme tatsächlich übertragen wurde. »*Sollte er
nicht von allein aufgeben, kann ich ihn ... überzeugen, abzu-
danken.*«

»Die Sache hat nur einen Haken«, sagte der Admiral. »Wir müssen dazu auf Tuchfühlung mit dem Gouverneur gehen. Aber selbst wenn nur ein paar von uns mit Ahi Laan während der Schlacht bis zum Jadeturm durchdringen können, wird Syl Ra Van anschließend alle Kämpfe einstellen. Auf die eine oder andere Art.«

Er sah Quai-Lors Reflexion in einem der Kuben nicken. Viele Kapitäne lächelten grimmig. Ja. Sie waren bereit, an Wunder zu glauben.

»Ich will Ihnen nichts vormachen. Sie alle wissen, was man uns auf der Akademie gelehrt hat – vor einem Szenario wie diesem sind wir immer gewarnt worden. Aber es wurden schon unmöglichere Schlachten geschlagen und gewonnen. Wenn wir schnell handeln, wenn wir uns keine Fehler erlauben – und mit etwas Glück – können wir es schaffen. Fest steht: Wir sind im Augenblick die Einzigen, die tun werden, was getan werden muss.«

Sie warteten angespannt darauf, dass er fortfuhr. Telios zögerte. Nun kam der schwierige Part ...

»Unsere Strategie bleibt unverändert. Nur eine Frage steht noch offen. Jemand muss den ersten Schritt machen. Dazu brauchen wir zwei Schiffe.«

Er sah sich um. Doch das Schweigen hielt nur für eine Sekunde.

»Nein«, meldete Askur von den Keem-Cha'an. Der Skria entblößte die Zähne. »Sie brauchen nur noch eins!«

Telios nickte. »Ich danke Ihnen, Kapitän.«

»Mit Ihrer Erlaubnis, Andar«, setzte Kapitän Kwu-Dal an, »ist die *Kallavar* das zweite Schiff.«

Telios schloss kurz die Augen. Er hatte gehofft, jemand anders als seine alte Freundin würde sich melden. Er nickte ihr dankend zu und wandte sich wieder an die gesamte Runde: »Gibt es noch Fragen?« Alle verneinten. Er nickte zufrieden. »Ich danke Ihnen. Telios, Ende.«

Die Kapitäne salutierten zum Abschied. Die zehn Geisterkuben verblassten fast gleichzeitig.

Telios starrte auf die durchsichtigen Prismen. Nun gab es kein Zurück mehr, keinen anderen Weg als den geradeaus, direkt in die Schlacht. Der Gedanke, soeben einen Teil seiner Leute – wenn nicht alle –, zum Tode verurteilt zu haben, lastete schwer auf ihm.

Aber er hatte seine Entscheidung getroffen. Nun musste er nur noch Endriel in Sicherheit bringen.

Quai-Lor straffte seine Haltung, als der Admiral sich zu ihm umdrehte. Das Zucken der Muskeln an den Winkeln seines Schnabels verriet Nervosität, dennoch stand deutlich in seinem Blick geschrieben, dass er bereit war, seinem Kommandierenden überall hin zu folgen.

»Informieren Sie die Mannschaft, Kommandant«, sagte Telios. »Geben Sie ihr die Gelegenheit, zu tun, was getan werden muss, bevor wir losfliegen.«

»Zu Befehl!« Quai-Lor watschelte bereits zur Tür, als der Admiral seinen Namen rief.

»Das gilt auch für Sie, Kommandant«, sagte Telios ernst. »Wenn es noch irgendetwas gibt ...« Er wusste, dass der Draxyll während ihrer Flucht Briefe an seine Familie geschrieben hatte, ohne diese absenden zu können. Telios hatte sich vorgenommen, sie an die Mannschaft der *Korona* zu übergeben, in der Hoffnung, dass sie irgendwann ihre Empfänger erreichten.

»Danke, Admiral«, sagte Quai-Lor. »Aber ich bin bereit.«

Ja, das bist du, erkannte Telios. *Mehr als ich, wie es scheint.* »Wegtreten, Kommandant.«

Quai-Lor salutierte. Als er gegangen war, stand Telios auf und ging ans nächste Bullauge. Draußen setzte der Sonnenuntergang den Himmel in Flammen. Er spürte die nichtmenschliche Präsenz der Sha Yang hinter sich.

»Sie glauben nicht an einen Sieg?«, fragte sie.

Telios beobachtete die Handvoll Schiffe, die neben der *Dragulia* herflogen; ihre Antriebe waren gedrosselt, damit von ihren Lichtspuren kaum mehr zu sehen war als ein geisterhaftes Glühen. »Ich glaube, dass wir eine Chance haben. Nur ist sie leider nicht besonders groß. Aber ich glaube auch, dass jetzt der beste Zeitpunkt ist, sie zu nutzen.«

»Dann sind wir schon zwei«, sagte die Sha Yang.

Er blickte über seine Schulter, sah ihr ernstes, fremdartig-schönes Gesicht mit den silbernen Tätowierungen und der Aura schneeweißen Haares, und bildete sich ein, in ihren metallischen Augen die gleiche Furcht zu sehen, die ihn selbst erfüllte.

Er musste sich von Endriel verabschieden. Ihr alles sagen, was es zu sagen gab. Bevor es zu spät war.

»Verzeihen Sie, Admiral«, verkündete plötzlich eine Stimme über die Sprechanlage. Veldris, die Kommunikationsoffizierin.

»Was gibt es, Leutnant?«

»Einer der Piraten will Sie sprechen.«

Er wechselte einen Blick mit der Sha Yang. »Stellen Sie ihn durch.«

»Telios«, vernahm er kurz darauf Sefiron Tannas Stimme. »Schwingen Sie Ihren Arsch hier runter! Wir müssen reden!«

Die Weißmäntel riefen ihr etwas zu, aber Nelen hörte nicht hin. Sie flitzte durch die Gänge des Schiffs, auf der Suche nach irgendeinem Ort, wo sie mit ihrer Wut und ihrem Kummer allein sein konnte. Doch egal, wohin sie flog, überall kamen ihr weitere Friedenswächter entgegen oder zwangen sie zur Umkehr, bis ihr irgendwann bewusst wurde, dass sie auf dem Weg zurück zur Frachtsektion war. Sie stieß einen frustrierten Schrei aus.

»Nelen.«

Endriel trat zu ihr, gerade, als sie weiterflattern wollte. Nelen ignorierte sie und schwirrte an ihr vorbei.

»Nelen, warte!«

Nelen wandte sich im Flug um. »Worauf?«, fauchte sie.

Endriel lief ihr hinterher. »Nelen, lass es mich erklären!«

»Was gibt es noch zu erklären?«

»Jetzt halt endlich an!«

Nelen stoppte in der Luft und drehte sich um. »Ich kann es nicht glauben – dass ausgerechnet du nichts tun willst!«

»Weil es nichts gibt, das wir tun könnten!«

»Nein!« Nelen machte eine abwehrende Geste mit beiden Händen. »Es gibt *immer* eine Möglichkeit!«

Endriel sah sie bekümmert an. »Nicht immer.«

Nelen näherte sich ihr mit zwei Flügelschlägen. »Was ist aus der Endriel Naguun geworden, die ich kenne?« klagte sie. »Die es mit der ganzen Welt aufgenommen hat?«

Sie hat einen ihrer Freunde sterben sehen«, sagte Endriel. Nelen konnte ihr eigenes Spiegelbild in den feuchten Augen ihrer Freundin sehen. »Ich bin schon einmal gestorben, Nelen. Es war keine besonders tolle Erfahrung.«

Nelen ließ die Schultern hängen. »Tut mir leid.«

»Ist schon in Ordnung.« Endriel hob ihre Hand, um Nelen darauf landen zu lassen, doch die Yadi sah davon ab. »Nein«, sagte sie, »ich meine: Tut mir leid, was ich vorhin gesagt hab: dass Miko sich für euch schämen würde. Es ist nur – ich hab mich noch nie so hilflos gefühlt! So wütend!« Sie ballte die Hände zu Fäusten. »Wenn ich nur größer wäre! Wenn ich nur –!« Sie verstummte und bedeckte das Gesicht mit den Händen.

»Lass uns zu den anderen gehen«, bat Endriel. Da war eine Nuance in ihrer Stimme, die Nelen aufhorchen ließ. Endriel klang erleichtert, aber auf eine andere Art, als Nelen erwartet hätte. Die Yadi verzog misstrauisch die Augenbrauen.

»Was ist?«, fragte Endriel.

»Du hast doch irgendwas vor!«

Endriel schwieg eine Sekunde. Dann sagte sie: »Ja. Ja, das habe ich. Euch in Sicherheit zu bringen.«

»Der Admiral und du – worüber habt ihr euch so lange unterhalten?«

»Private Dinge.« Endriel entgegnete ihrem Blick ohne Scheu. Wenn sie log, dann log sie gut.

»Ist das alles?«, fragte Nelen.

Endriel nickte. »Das ist alles.« Sie präsentierte ihre Schulter. »Komm, die anderen warten bestimmt schon auf uns.«

Nicht ganz überzeugt kam Nelen der Aufforderung nach und ließ sich von Endriel Richtung Frachtsektion tragen. Ein menschlicher Weißmantel erwartete sie dort. »Bürgerin Naguun? Der Admiral wünscht, Sie zu sprechen.«

Nelen sah skeptisch zu Endriel auf.

Die gab ein Seufzen von sich. »Bestimmt geht es nochmal um den Anflug zum Kloster. Ich bin bald wieder da!«

Sie ließ Nelen von ihrer Schulter hüpfen und folgte dem Weißmantel. Nelen sah ihr stirnrunzelnd nach – dann entschied sie sich, zu den anderen zu fliegen.

Die Handschellen schlossen sich klickend um die Stuhllehnen. Telios befahl seinen Leuten, draußen zu warten, während er wieder hinter seinem Schreibtisch Platz nahm. Endriel lehnte mit verschränkten Armen an der Wand neben ihm und sah auf den Piraten herab. Sefirons Miene war ernst; er roch nach Schweiß, ungewaschener Kleidung und Haaren, schien es jedoch nicht wahrzunehmen.

»Nun, Bürger Tanna«, Telios faltete die Hände, »ich bin ganz Ohr.«

»Also gut, Telios, Sie ham mich überzeugt. Keiner von uns hat große Lust, mit Ihnen zusammen draufzugehen. Aber genauso wenig ham wir Lust, dass die Schweinepriester vom Kult den Laden schmeißen. Wenn ich zwischen zwei Übeln wählen kann, dann nehm' ich das Übel, das ich kenne. Und außerdem«, er zuckte mit den Achseln, »find' ich die Aussicht auf 'ne Amnestie sehr verlockend.«

Endriel und Telios wechselten einen Blick. »Also ...?«, fragte der Admiral.

»Also«, sagte der Pirat, »schlag' ich folgenden Handel vor: Sie lassen mich und meine Leute geh'n, und wir versuchen, unser'n Käpt'n davon zu überzeugen, Ihnen ein paar Schiffe für Ihren großen Kampf zu stellen. Wobei wir wohlgemerkt selbst unsere Maschinen fliegen werden – und jedem Besatzungsmitglied steht es danach frei, zu geh'n.«

»Und weiter?«

Wieder ein Achselzucken. »Nun, ich kann natürlich nich' garantieren, dass mir einer zuhört. Ganz besonders nich', wenn wir mit 'nem Weißmantelschiff antanzen. Könnte irgendwie falsche Signale senden.«

»Was schlagen Sie stattdessen vor?« Telios lächelte ohne Humor. »Dass wir Sie zu Fuß aussetzen und warten, bis Sie sich wieder bei uns melden?«

Sefiron nickte todernst. »Das wär' die eine Variante.«

»Und die andere?«, fragte Endriel.

Er sah sie an. »*Du* fliegst mich hin.«

»*Was?*«

»Die meisten meiner Leute kennen dich – oder zumindest deinen Namen. Wer weiß, wenn du deine kleine ›Rettet die Welt‹-Rede hältst, wird das unser'n Käpt'n vielleicht überzeugen. Vielleicht gibt's sogar Tränen der Rührung.«

Telios legte die Hände auf die Tischplatte. »Wenn Sie auch nur für eine Sekunde glauben, ich schicke Endriel mit Ihnen –!«

»Ihre Entscheidung, Admiral.« Sefiron sah sich im Raum um, als würde ihn die Diskussion nichts mehr angehen. »Ich dacht' mir nur, jede Sekunde zählt und so. Und wie man hört, hat Bürgerin Naguun mittlerweile 'n schnelles Schiff.«

Ist das einer deiner schlechten Scherze?, dachte sie. *Irgendein plumper Bluff? Rache für deinen verletzten Stolz?* Sie achtete auf seine linke Hand. Er entgegnete ihren Blick ohne eine Miene zu verziehen. Wenn er log, rieb er normalerweise Zeige- und Mittelfinger aneinander. Sie hatte es tausend Mal gesehen: wenn er beim Kartenspiel schummelte, wenn er sogenannten Geschäftspartnern einen Bären aufband. *Als er dir das letzte Mal gesagt hat, dass er dich liebt ...* Doch seine Finger blieben still.

Telios zog misstrauisch eine Augenbraue hoch. »Woher wissen wir, dass wir Ihnen vertrauen können?«

Ein drittes Achselzucken. »Wie gesagt: Ich bin 'n Dreckskerl. Aber 'n Dreckskerl mit Prinzipien – wie Endriel Ihnen sicher bestätigen kann.«

»Den Dreckskerl-Teil garantiert.«

Sefiron lächelte Telios an. »Is' sie nich' reizend?«

Endriel sah ihn von der Seite an. Immer noch kein Finger-Reiben. Das beunruhigte sie. Hatte er vielleicht gelernt, diesen Tick zu kontrollieren? Zumindest glaubte sie ihm, dass er nicht an Bord dieses Schiffs sterben wollte.

Der Pirat bemühte sich um eine bequemere Sitzhaltung, was weitgehend von seinen Fesseln verhindert wurde. »Denken Sie drüber nach, Telios: Wir ham 'ne ganze Flotte von Schiffen, mühselig über die letzten Jahrhunderte hinweg zusammengeklaut. Wenn Sie drauf verzichten wollen ...«

Endriel sah, wie Telios versuchte, die Gedanken des Piraten zu durchschauen, aber Sefiron begegnete dem Blick des Admirals, ohne nur einen Hauch seiner Selbstsicherheit einzubüßen.

Telios sah sie fragend an. Sie schüttelte den Kopf. Er hatte sichtlich Mühe, ein Seufzen zu unterdrücken, und rief seine Leute wieder herein. »Bringt ihn zurück in seine Zelle!«

Sie gehorchten: Während einer Sefiron gepackt hielt, löste der andere die Handschellen. Er ließ es stumm über sich ergehen. »Ihre Entscheidung, Admiral«, sagte er, als sie ihn hinausschleppten. »War nett, mal wieder mit Ihnen zu plaudern! Bis zum nächsten Mal, Sternäuglein!«

Die Tür schloss sich. Endriel starrte gedankenverloren vor sich hin.

»Ich kann diesen Kerl nicht ausstehen«, knurrte Telios.

»Glaub mir, damit bist du nicht allein.«

Der Admiral stand auf. Er rieb sich den Unterarm, als sei dieser eingeschlafen. »Ich nehme an, er hat uns nur was vorgespielt?«

Sie blickte zum Bullauge. »Ich weiß es nicht ...«, murmelte sie so leise, dass sie sich selbst kaum hörte.

»Bitte?«

»Ich meine, ich kann normalerweise sehen, wenn er lügt. Aber diesmal ...« Sie rieb sich die Stirn. »Scheiße, ich weiß es nicht! Vielleicht ist er einfach ein besserer Lügner geworden. Oder ...« Sie ließ den Satz unvollendet. »Was ist mit seinen Leuten? Ihr habt sie doch unter Beobachtung? Haben sie untereinander irgendwas ausgemacht?«

Er nickte. »Haben sie. Nämlich mehr oder weniger das, was er uns gesagt hat. Aber sie *wissen*, dass sie beobachtet werden, Endriel. Leute wie sie haben genug Möglichkeiten, sich auch ohne Worte zu verständigen.«

»Aber es gibt keine Anzeichen dafür?«

Er sah sie kritisch an. »Du ziehst doch nicht ernsthaft in Erwägung, mit ihm zu fliegen?«

»Sie haben die Schiffe, Andar. Zumindest der Teil stimmt.«

Er strich sich über den Bart. »Mag sein. Nur haben wir leider nicht die Zeit, das herauszufinden.«

»Was ... was wirst du jetzt tun?«

Der Admiral sah sie an. »Vorgehen wie geplant. Wir fliegen nach Teriam.«

»Was? Aber –!«

»Endriel, er blufft! Das ist nur ein verzweifelter Versuch, seine Haut zu retten!«

»Ich weiß es nicht« wiederholte sie. »Ich dachte immer, ich könnte in ihm lesen wie in einem Buch, aber ... Kann sein, dass er uns belügt. Dass er irgendwas plant. Aber es ist auch möglich ...«

»Das Risiko kann ich nicht eingehen.«

»Also fliegst du lieber ohne Verstärkung?«

»Der Kult ist gewarnt, Endriel! Ich kann es nicht riskieren, dass sie zuschlagen, bevor der Orden –!«

Sie hob die Hand. »Ja, ich weiß. Ich weiß«, wiederholte sie leiser. »Aber was ist danach?«

»Was meinst du?«

»Angenommen, ihr schafft es. Angenommen, ihr kriegt auf dem Weg nach Teriam genug von deinen Leuten zusammen, um die Geistermaske zu stürzen und euch mit dem Volk wieder zu versöhnen. Glaubst du, der Kult wird dann einfach zuhause bleiben? Früher oder später wird es zum Kampf mit den Schatten kommen. Und dann braucht ihr immer noch jedes Schiff, das ihr kriegen könnt!«

Telios massierte sich die geschlossenen Augen und sie erkannte, dass er sich dessen nur allzu bewusst war. »Trotzdem kann ich dich nicht gehen lassen«, sagte er. »Es ist zu gefährlich, Endriel!«

»Gefährlicher als mit zwei Handvoll Schiffen gegen die halbe Armada zu fliegen?«

Seine Schultern sanken herab. Sein Lächeln war widerwillig. »Touché.«

»Verdammt nochmal, was stimmt nicht mit dir, Andar?«, platzte es aus ihr heraus. »Jahrelang liegst du mir in den Ohren, ich soll Verantwortung übernehmen und das Richtige tun! Und jetzt versuchst du, es mir wieder auszureden?«

»Was, wenn er lügt? Wenn er dich gar nicht erst bis zu seinen Leuten kommen lässt?«

»Ich kann kämpfen.«

»Gegen eine Horde Piraten?«

»Ich kann es versuchen. Außerdem brauche ich nur rauszukriegen, *wo* sich die Kerle verstecken!«

Er schüttelte den Kopf. Ihr war klar, dass es nichts an diesem Plan gab, was ihm gefiel. Nun, das ging ihr genauso.

»Was ist mit den anderen?«, fragte der Admiral nach einem Moment des Schweigens.

Endriel holte tief Luft. Dann sagte sie es ihm. Und sie bat ihn um ein Versprechen.

Telios verzog den Mund. »Das wird ihnen nicht gefallen.«

»Ich weiß«, sagte sie schweren Herzens. »Aber ich will nicht noch einen von ihnen verlieren.«

»Und sie sicher genauso wenig.«

»Verprichst du es mir, Andar?«

»Endriel ...«

»Versprichst du es mir?«, fragte sie, fordernder diesmal.

»Ich ...« Was immer er hatte sagen wollen, er ließ es unausgesprochen. »Ich verspreche es dir.«

Sein Blick und seine Stimme verrieten ihr, dass er es ernst meinte. Und dass ihm mehr, sehr viel mehr auf der Seele lag, genau wie ihr. »Andar«, begann sie.

Aber Worte waren nicht nötig.

XI

Die letzte Nacht vor dem Sturm

»Manches vermissen wir, noch bevor wir es verloren haben.«
– unbekannt

In dieser Nacht lud der Admiral die Mannschaft der *Korona* zu einem verspäteten Abendessen in seinem Quartier ein. Kerzenlicht brach sich auf dem feinen Kristallgeschirr. Das Essen war reichlich und mit Raffinesse zubereitet, sodass Endriel erst spät bemerkte, dass es sich nur um Variationen von Reis, eingelegtem Gemüse und Trockenfleisch handelte.

»Ich wünschte, ich könnte euch etwas Besseres bieten als Konserven«, sagte der Admiral und entkorkte fachmännisch eine Flasche sündhaft teuren Weins. »Nur leider ist unser Nachschub an frischen Lebensmitteln zur Zeit enorm eingeschränkt.«

»Keine Sorge, Andar«, sagte Endriel und schichtete Xeah Kartoffeln auf ihren Teller. »Wir haben seit fast einem Monat nichts anderes als Konserven gegessen.«

»Manche von uns länger«, fügte Kai mit trockenem Lächeln hinzu. Er ließ sich von Telios einschenken und prüfte das Bouquet mit gespielt fachmännischer Miene. Endriel musste lachen. Der Admiral schenkte auch ihr ein, aber sie sagte »Stop«, als das Glas halb voll war. Wein machte sie schläfrig – und es lag eine lange Nacht vor ihr.

»Ahi Laan?« Der Admiral deutete auf die Flasche.

»*Nein, danke*«, sagte die Sha Yang verhalten. Sie saß am

anderen Ende der Tafel. Im Kerzenschein erkannte man deutlich den Perlmuttschimmer ihrer Haut.

»Kann ich Ihnen wenigstens etwas zu essen anbieten?«

»Ich habe schon ... gegessen, Admiral.«

Endriel wusste, was sie meinte: Als sie Ahi Laan vorhin aus ihrem Gästequartier abgeholt hatte, war diese gerade dabei gewesen, mit aufgespannten Flügeln die Strahlen einer voll aufgedrehten Lichtkugel aufzusaugen.

Bis jetzt hatte die Sha Yang kaum ein Wort gesagt, sie schien in ihrer eigenen Welt versunken – noch mehr als sonst. Dachte sie an den bevorstehenden Flug nach Teriam?

Endriel blickte auf, als Telios das Glas erhob. Sie, Kai, Xeah und Nelen folgten seinem Beispiel. »Trinken wir auf ...« Der Admiral verstummte, sah sich hilfesuchend um.

»Auf abwesende Freunde«, sagte Endriel. Es gab ein kurzes Schweigen. »Auf abwesende Freunde«, wiederholten die anderen. Keru nickte nur wortlos und kaute sein Fleisch.

Telios nahm einen Schluck, dann legte er die gefalteten Hände ans Kinn und lehnte sich interessiert vor. »Nun erzählt: Wie war es auf Te'Ra?«

»Alles in allem?«, fragte Endriel.

Der Admiral lächelte. »Ja«, sagte er. »Alles in allem.«

»Grau«, antworteten Endriel, Kai, Keru, Nelen und Xeah gleichzeitig. Sie sahen einander verblüfft an – und lachten. Für die nächsten drei Stunden schien die gedrückte Stimmung wie weggeblasen. Kai unterhielt den Admiral, indem er das Stotter-Problem von Syl Ra Van Nummer eins imitierte, und Endriel gab ihrerseits (mit einigen Ausschmückungen natürlich) ihr erstes Wiedersehen mit Sefiron in Tian-Dshi zum Besten, wobei sie einen Tritt in seine Leisten als Pointe dazu dichtete. Seit Ewigkeiten sah sie ihren Onkel Andar wieder Tränen lachen – er wiederum hielt sein Versprechen ihr gegenüber und erwähnte mit keinem Wort die Piraten an Bord. Nelen stimmte irgendwann ein altes Trinklied an – und Xeah überraschte die anderen, indem sie nicht nur mit Horngesang einstimmte, sondern sogar den Text kannte. Es brachte selbst Keru zum Grinsen.

Mit einem bittersüßen Lächeln betrachtete Endriel ihre Freunde: Kai, wie er über Nelens Singversuche lachte und sich vom Admiral neu einschenken ließ, bis er merkte, dass sie ihn ansah. Er zwinkerte ihr zu, und sie spürte Wärme in ihr Herz fließen. Keru, dessen mörderische Zähne im Kerzenlicht funkelten, als er lachte. Sie wusste nicht, wie sie das alles jemals ohne ihn überstanden hätte, oder wie sie ihn je hatte hassen können. Xeah, mit ihrem uralten, wundervollen Gesicht und den gütigen Augen, die zu winzigen Schlitzen zusammengezogen waren. Zum ersten Mal glaubte Endriel, das junge Mädchen zu sehen, das sie vor einem Jahrhundert gewesen war. Andar, wie er sich den Bauch hielt – ihr Onkel Andar, einer der tapfersten Männer, wenn nicht *der* tapferste auf ganz Kenlyn. Ahi Laan, die still zusah, ein Lächeln auf dem winzigen Mund – Endriel tat es leid, dass sie sich auch nicht von ihr würde verabschieden können.

Und dann war da noch Nelen, die so laut und so falsch sie konnte vor sich hinlallte und sich freute, dass die anderen sich freuten; Nelen, ihre beste Freundin seit dreieinhalb Jahren.

Dies waren die Bilder, die Endriel von jedem von ihnen behalten wollte, und sie war zutiefst dankbar, sie alle noch einmal so zu erleben. Sie bemerkte als einzige den Blick, den Telios ihr zuwarf.

So lange ich kann, passe ich auf sie auf, sagte er. *Versprochen.*

Bald darauf machten sie sich auf den Weg zu den Gästequartieren.

»Also, bis morgen früh«, sagte Nelen zu Endriel und den anderen.

»Bis morgen früh«, antwortete Endriel.

Lichtkugeln aktivierten sich zu dämmrigem Schein, als Kai und sie ihr eigenes Quartier betraten. Sie blieb an der Tür stehen und beobachtete amüsiert, wie er auf das Bett zuging, wobei er jeden Schritt mit Bedacht setzte, und sich schließlich herabbeugte, um die Matratze zu prüfen. Er gab ein beeindrucktes Geräusch von sich. »So viel Komfort hab ich von unseren Gastgebern gar nicht erwartet.« Schließlich sah er sie an, wobei ihm das Haar wild in die Stirn fiel und sein Gesicht vom Alkohol zu glühen schien. Seine Augen waren für sie die schönsten Edelsteine im Universum.

»Was ist?«, fragte sie, betont unschuldig, während ihr Herz raste. *Weiß er es? Hat er etwas bemerkt?*

»Das frag ich dich«, sagte er, nicht ganz Herr seiner Stimme. »Du und der Admiral – die Blicke zwischen euch ...«

Er weiß es! »Ja?«, fragte sie.

»Gibt's einen Grund für mich, eifersüchtig zu sein?«, fragte er mit gespieltem Ernst.

Alle Anspannung wich von ihr und sie schaffte es sogar, ein kokettes Lächeln zu produzieren. »Vielleicht.«

Noch immer sah er sie an, sein Blick sanft und sein eigenes Lächeln selig. »Hab ich dir je gesagt, dass du das süßeste, klügste, schönste, tollste –?«

Sie ließ ihn nicht weitersprechen. Bevor er sich versah, zog sie ihn an sich heran und küsste ihn, lange und verzweifelt. »Endriel«, begann er, von ihren Lippen halb erstickt, und sie zog ihn mit sich auf das Bett.

In dieser Nacht schliefen sie zweimal miteinander, und sie hätten es ein drittes Mal getan, wäre Kai nicht erschöpft eingeschlummert. So lag er neben ihr, die Decke bis zur Hüfte gerutscht, sein nackter Rücken ihr zugewandt, seine Hände unter das Kissen geschoben.

Endriel saß neben ihm, die Wand im Rücken, die Arme um die Beine geschlungen; im ständigen Kampf gegen ihre Zweifel und Tränen, sah sie einfach nur zu, wie er dalag und schlief.

Kai.

Sie hatte sich jagen und foltern lassen, war von einer Welt zur nächsten gereist, hatte es mit den Schatten, Piraten und dem Universum selbst aufgenommen, nur um mit ihm zusammen zu sein.

Sie wollte es nicht tun. Sie wollte nicht gehen. Sie wollte bei ihm bleiben, bei ihm und den anderen, ihren Freunden, so lange sie es noch konnte.

So lange sie sich erinnern konnte, war da immer die Gewissheit gewesen, dass, egal wie düster die Dinge aussehen mochten, sich irgendwann alles wieder zum Besseren wenden würde. Bis jetzt hatte sie es immer wieder geschafft, ihren Kopf aus der Schlinge zu ziehen, war selbst aus der schlimmsten Misere mit mehr oder weniger heiler Haut herausgekommen. Bis zu Mikos Tod hatte ein Teil von ihr geglaubt, dass es ewig so weitergehen würde. Dass ihr Glück sie und alle um sie herum schützen würde, solange es nötig war.

Nun war sie sich da nicht mehr so sicher. Und zum ersten Mal bekam sie eine Ahnung davon, was Xeah empfunden haben musste, als ihr Glauben, der sie ihr Leben lang begleitet und geführt hatte, sie im Stich ließ. Zum ersten Mal ahnte Endriel, wie einsam sie sich gefühlt haben musste, wie verloren.

Vielleicht gab es kein glückliches Ende für sie alle. Vielleicht scherte sich das Universum einen Dreck um ihre Hoffnungen und Träume. Vielleicht waren letztlich alle Mühen vergebens. Vielleicht hatte sie Kai nur wiedergefunden, um ihn erneut zu verlieren.

Vielleicht war sie in ein paar Stunden tot ...

Sie rang nach Atem.

Als die Uhr über dem Türrahmen Mitternacht zeigte, entschied sie, dass die Zeit gekommen war. Sie widerstand dem Drang, Kai zum Abschied zu küssen, stand auf und schlüpfte so behutsam wie möglich in ihre Sachen.

»Wir sehen uns wieder, versprochen«, flüsterte sie.

Kein Kampf war ihr je so schwer gefallen wie die paar Schritte, die nötig waren, das Quartier zu verlassen.

Es war still auf dem Korridor. Sie lauschte, während sie an den Unterkünften der anderen vorbeischlich, ohne etwas zu hören – was entweder bedeutete, dass die Schiffsantriebe ihre Geräusche übertönten oder sie tatsächlich tief und fest schliefen.

Der Admiral erwartete sie vor der Gangway der *Korona*. Ihm war deutlich anzumerken, dass er in den wenigen vergangenen Stunden keinen Schlaf gefunden hatte.

»Noch kannst du es dir überlegen«, sagte er mit ernster Miene.

Sie antwortete nicht. Stattdessen umarmte sie ihn.

»Du bist verrückt«, sagte er.

»Ich weiß.« Sie drückte ihn fester. »Was immer du tust, komm lebendig zurück, Onkel Andar!«

»Du auch«, flüsterte er. Sie lösten sich voneinander. Telios sah sie an. »Wir bringen sie so weit wir können in Richtung Sanktum. Danach sind sie auf sich allein gestellt. Aber die Barke ist schnell, und Keru ein guter Pilot. Sie werden es schon schaffen.«

»Ja«, sagte sie und wischte sich das Nass von den Wangen. »Bestimmt.«

»Was denn?«, fragte Sefiron mit gespielter Enttäuschung, als er hereingeführt wurde. »Hab ich die große Abschiedsszene etwa verpasst? Jammerschade.«

Der Pirat war noch immer an Beinen und Handgelenken gefesselt, was ihn zwang, kleine Schritte zu machen. Zwei

Skria-Weißmäntel eskortierten ihn, ihre Waffen schussbereit in den Pranken. Sie brachten ihren Gefangenen zwei Schritte vor dem Admiral zum Stehen. Sefiron schien bester Laune zu sein, was vielleicht daran lag, dass man ihm erlaubt hatte, sich zu waschen und zu rasieren und in frische Kleidung zu schlüpfen, die allem Anschein nach aus dem Fundus der Weißmäntel stammte.

»Guten Morgen, Bürger Tanna.«

»Morgen, Admiral. Honigmund.«

Sefiron war allein. Gestern, nachdem Endriel und der Admiral sich geeinigt hatten, auf sein Angebot einzugehen, hatte Telios gefordert, dass Sefs Kumpane an Bord blieben – als »kleine Rückversicherung«, wie Andar es genannt hatte. »Sie werden zusammen mit einigen meiner Leute irgendwo abgesetzt, wo sie sicher verwahrt sind«, hatte er erklärt. »So lange, bis Bürgerin Naguun heil und sicher zurückkehrt. Ihr Schicksal liegt also in Ihren Händen, Tanna.«

Endriel hatte fest damit gerechnet, dass Sefiron damit ihren Handel für nichtig erklärte; sie hatte gesehen, wie die sprichwörtlichen Räder in seinem Hirn rotierten. Doch er hatte nur genickt. »Ihr Wort drauf, Telios?«

»Mein Wort drauf.«

»Wenn Endriel zu Ihnen zurück kommt, sind sie frei?«

»Ja.«

»Also gut«, hatte Sef gesagt. »Der Handel steht. Ich will nur helfen, Telios, das is' alles.«

Und wenn er das wirklich will – helfen?, hatte sich Endriel gestern gefragt und tat es heute immer noch.

Andar hatte Recht: Sie musste verrückt sein.

»Sind wir dann soweit?«, drängte der Pirat.

Telios ließ sich von einem seiner Leute einen Schlüssel geben, den er an Endriel weiterreichte. »Für seine Fesseln. Und das hier – für alle Fälle.« Er reichte ihr ein Sonnenauge in Yadi-Proportionen: unauffällig und leicht zu verstecken, falls es nötig werden würde. Sie steckte beides ein. »Danke«, brachte sie noch hervor, bevor ihre Stimme brach.

»Wenn ich's nicht besser wüsste, würd' ich annehmen, ihr 'traut mir nich'«, sagte Sefiron. Niemand antwortete ihm.

»Pass auf dich auf.« Der Admiral umarmte sie ein letztes Mal. Dann wandte er sich an Sefirons Wächter. »Bringt ihn an Bord!«

Als Endriel ihnen folgte, blickte sie zu ihrem Schiff auf: Die *Korona* sah aus wie neu. Da die Weißmäntel nicht genug Glas vorrätig gehabt hatten, um die gesamte Brückenkuppel damit auszustatten, war sie bis auf Hüfthöhe mit Holz verkleidet – ein Anblick, an den sie sich noch gewöhnen musste. Zumindest waren sämtliche Schäden an der Hülle repariert worden, und der Galeonsdrache glänzte im Licht des Frachtraums. Das ganze Schiff roch nach frischem Lack und Kautschuk.

Auf der Brücke ließ sich Sefiron auf dem rechten Diwan nieder, während Endriel die Instrumente überprüfte. Nachdem Telios' Leute von Bord waren, fuhr sie die Gangway ein.

»Nettes Schiff hast du da, Zuckerhäschen.«

»Nur dass wir uns richtig verstehen, Sef«, sagte sie, ohne sich umzudrehen, »noch ein ›Zuckerhäschen‹ aus deinem Mund und du fliegst allein. Und zwar den ganzen weiten Weg bis nach unten.«

»Sind wir aber empfindlich heute.«

»Der Kurs?«

»Westen«, sagte er. »Einfach nach Westen.«

Sie gab dem Admiral ein Zeichen, woraufhin er die Außenluke des Frachtraums öffnete. Es war noch immer stockdunkel draußen.

Endriel startete die Motoren und ließ das Schiff in den freien Himmel gleiten. Erst der Blick auf die Navigationskarte verriet ihr, wo sie sich befand: über dem Großen Meer, gut dreihundert Kilometer vor der Hafenstadt Ven'Nura. Yu Nans Insel mit der versteckten blauen Krypta war nur ein paar Stunden von hier entfernt.

Sie sah Telios an der offenen Luke stehen, sein Umhang tanzte im Wind. Er hob die Hand zu einem letzten Gruß. Endriel winkte zurück, und obwohl die Sicht vor ihren Augen zu verschwimmen begann, trat sie das Schubpedal durch. Während die Renegatenflotte weiter nach Osten hielt, dem Sonnenaufgang entgegen, löste sich die *Korona* aus ihrem Kreis und flog tiefer in die Nacht hinein.

Das Brummen von Antrieben erfüllte Kais Ohren, als er aus dem Morast des Schlafs auftauchte. Etwas hämmerte in seinem Kopf und seine Zunge fühlte sich pelzig an. Da es draußen noch dunkel war, zog er die Decke bis zum Hals und drehte sich auf die andere Seite, in der Hoffnung, noch eine Stunde schlafen zu können.

Der Schrecken machte ihn mit einem Schlag hellwach: Endriel war fort.

Kai sah sich um: Ihre Kleider waren mit ihr verschwunden. Ihre Seite des Betts war nicht mehr warm, sie musste also schon vor einiger Zeit gegangen sein. *Beruhig dich!*, beschwor er sich. Wahrscheinlich hatte sie nur keinen Schlaf finden können und war zu einem Rundgang durch das Schiff aufgebrochen. Wo sollte sie schließlich schon hin?

Etwa eine Minute lang lag er da und starrte an die Decke – verdammt, er musste es wissen! Er sprang aus dem Bett, zog sich an, so schnell er konnte, und trat auf den Korridor. Ein Blick auf den Schiffsplan führte ihn zur nächsten Sprechanlage. Er ließ sich mit der Brücke verbinden. »Hier ist Kai Novus«, sagte er und kam sich dämlich dabei vor – wahrscheinlich verletzte er gerade jedes erdenkliche Dienstprotokoll. *Drauf geschissen!* »Admiral, ist Endriel bei Ihnen?«

»Bedaure, Bürger Novus«, antwortete eine Draxyll-Stimme aus dem Messingrohr. Quai-Lor, der Erste Offizier. »Der Admiral befindet sich nicht auf der Brücke.«

»Wo finde ich ihn?«

»In seinem Büro, er –«

»Danke!«, rief Kai und rannte los.

Er wartete nicht, bis der Admiral ihn hereinrief. Telios, der mit auf dem Rücken verschränkten Armen vor dem Bullauge gestanden hatte, drehte sich um, eine Augenbraue verärgert hochgezogen. Als er den atemlosen Kai erkannte, verlor sein Gesicht an Strenge. »Bürger Novus ...«

»Admiral«, keuchte Kai. »Ich suche Endriel! Sie war nicht in unserem Quartier und ...«

Er verstummte, als Telios auf einen Diwan zeigte. »Kai. Vielleicht ist es besser, wenn Sie sich setzen.«

XII

DAS ENDE DES SCHWEIGENS

»Sag mir, was ist das bevorzugte Schimpfwort von Verrätern?«
– Rendro Barl

Admiral Kaleen von den Schwarzen Rosen war sich bewusst, dass die Worte, die in den nächsten Minuten über ihre Lippen kamen, ihr weiteres Schicksal besiegeln würden. Doch sie konnte nicht länger schweigen.

Die letzten Wochen hatte sie damit verbracht, sich zu versichern, dass alles bald überstanden sein würde; dass die Dinge *immer* schlimmer wurden, bevor sie sich besserten. Dass Seine Exzellenz zur Vernunft kommen würde, früher oder später. Aber es war nicht diese Hoffnung, die sie die ganze Zeit über hatte stumm bleiben lassen – trotz aller Gräuel, die sie gesehen hatte, trotz der Dinge, die sie hatte tun müssen. Es war Angst; Angst vor Monaro und seiner Kommission.

Nun war der Krieg zu einem Massaker geworden und sie konnte es nicht länger ertragen. Andar war tapferer gewesen als sie in ihrem ganzen, langen Leben. Bis jetzt. Sie musste etwas unternehmen, so lange ihr die Chance gegeben war. Und wenn sie selbst dabei unterging: Sie musste versuchen, die Situation in den Griff zu kriegen.

Diesen Morgen hatte sie sich von ihren Ehemännern und ihren Kindern verabschiedet, ohne ihnen zu verraten, was sie vorhatte. Doch sie würden es erfahren, wenn sie heute nicht zu ihnen zurückkehrte: Die Nacht zuvor hatte sie Kubus-Aufzeichnungen gemacht, abgeschottet in ihrem Büro, und trotz aller Vorsichtsmaßnahmen dabei geflüstert, aus Angst, die Worte könnten in die falschen Ohren gelangen. Wenn ihr Vorhaben versagte, würde die Kommission jeden einzelnen von ihnen jagen: Ihre gesamte Familie, jeder ihrer Freunde würde in Monaros Folterkellern landen und dort vielleicht sein Leben lassen. Zusammen mit ihr.

Als sie heute kurz nach Sonnenaufgang die Nachrichten an die anderen gesandt hatte, hatte sie wie Espenlaub gezittert. Sie zitterte noch immer.

»Treffen Sie mich zur siebten Stunde im Konferenzraum drei im Westflügel des Hauptquartiers.« Das Gebäude war der einzige Ort in Teriam, an dem sie sich treffen konnten, ohne die Aufmerksamkeit von Monaros Spionen zu erregen. »Es gibt eine dringende Angelegenheit zu besprechen.« Sie hatte die Mitteilungen an ihre vertrauenswürdigsten Kuriere übergeben ... und gewartet. Jede Stimme im Korridor, jeder Schritt hatte ihre Nerven zum Zerreißen gespannt und jedes Mal hatte sie gedacht: *Jetzt ist es soweit! Jetzt kommen sie, um dich zu holen!*

Sie warf einen Blick zu der Standuhr zwischen den Fenstern: Es war soweit.

»Kaleen«, brummte eine vertraute Stimme jenseits der offenen Tür.

Sie alle waren ihrer Einladung gefolgt: Skoru, der stolze Krüppel, die schweigsam-düstere An-Dalok und der greise Ru-Bandra, auf seinen Gehstock gestützt. Sie betraten den Raum mit gemessenen Schritten, ihre Blicke fragend, misstrauisch, unsicher. Das Licht der Morgensonne ließ ihre Uniformen leuchten, als sie sich um den Marmortisch in der Raummitte verteilten. Die Tür fiel hinter ihnen ins Schloss.

»Sie wollten uns sprechen«, begann Skoru, eine Pranke auf die Armprothese unter seinem Umhang gelegt. Der

Wind aus Kaleens Flügeln brachte seine Mähne in Bewegung. Sein Blick aus goldenen Augen war prüfend. »Also sprechen Sie!«

Ihr Geister, steht mir bei! Kaleen sah von einem zum anderen, bemüht, ihre Stimme so sachlich klingen zu lassen, als wäre dies nur eine weitere Besprechung, während sie betete, dass sie nicht die Einzige war, die noch an den Pakt von Teriam glaubte, und den Eid, den sie zu seinem Schutz geschworen hatten.

»Verehrte Admiräle – ich danke Ihnen allen für Ihr Erscheinen. Bevor ich beginne, möchte ich Ihnen mitteilen, dass dieser Raum von Abhörgeräten gesäubert wurde. Trotzdem ist Eile geboten.«

Unruhe kam auf. Ru-Bandras uralte Äuglein blinzelten nervös. Sie sah die Muskeln an An-Daloks limonengrünem Schnabel arbeiten und Skorus Tigerohren zucken.

»Fahren Sie fort!«, knurrte der Skria.

Die Admiralin holte tief Luft. »Sie alle kennen die Situation. Ich bin sicher, jeder von uns hegt die gleichen Gedanken, auch wenn keiner von uns gewagt hat, sie auszusprechen, aus Furcht. Aber Furcht ist es, die diesen Orden in etwas verwandelt hat, das schlimmer ist als sein schlimmster Feind.« Sie blickte von den beiden Draxyll zu dem Skria neben sich. »Das darf nicht so weitergehen. Jeder von uns hat sich an die Hoffnung geklammert, dass die Kämpfe nur ein vorübergehendes Übel sein würden. Dass sich alles zum Guten wenden würde. Aber wir haben uns getäuscht. Der Gouverneur ist dabei, sein eigenes Volk abzuschlachten. Er hat alle Ersuche um Verhandlungen mit den Anführern der Aufständischen abgelehnt. Er ist nicht daran interessiert, diesen Konflikt auf friedliche Art zu lösen. Er –!«

»Er ist wahnsinnig!«, schnappte An-Dalok.

»Er hat völlig die Kontrolle verloren!«, grollte Skoru.

Ru-Bandra schloss gequält die Augen und nickte stumm.

Sie hörten ein winselndes Geräusch aus dem Horn des alten Draxyll.

Von der uneingeschränkten Zustimmung für einen Moment überrumpelt, brauchte Kaleen einen Moment, ihre Sprache wiederzufinden. Dann überkam sie Erleichterung wie die plötzliche Heilung von einem Fieber. Hatte sie sich nicht getäuscht? Bestand wirklich noch Hoffnung für den Orden?

»Wir sind die Einzigen, die ihm noch Einhalt gebieten können«, erklärte sie, von neuer Energie erfüllt. »Ein Misstrauensvotum von uns Vieren genügt, Syl Ra Van abzusetzen! Dieser Wahnsinn muss ein Ende haben – auf der Stelle!«

»Er wird uns nicht anhören!« Skoru spreizte seine Krallenfinger in ohnmächtiger Wut.

»Er wird es müssen«, erklärte Kaleen. »Ausnahmezustand oder nicht – noch existiert der Pakt! Und Syl Ra Van hat sich dem Gesetz zu fügen!« Auf eine Geste von Kaleen schwebte ein Geisterkubus zwischen die Admiräle und blieb in der Luft hängen. »Der Kubus wird das Gespräch auf der öffentlichen Frequenz senden. Das ganze Hauptquartier – ganz Teriam – wird uns zuhören!«

»Die Kommission«, krächzte Ru-Bandra ängstlich.

»Die Kommission verliert ihre Macht zusammen mit Syl Ra Van«, brummte Skoru; er entblößte sein Gebiss, erfreut über den Gedanken.

»Und wenn sie uns vorher zum Schweigen bringen?«

»Keine Sorge, Ru.« Kaleen deutete mit dem Kinn zur Tür. »Meine Leute stehen auf den Gängen bereit, sie vorher abzufangen. Selbst wenn ihnen dies nicht gelingt, wird der halbe Orden wissen, was hier geschehen ist!«

»Verschwenden wir also keine weitere Zeit«, drängte An-Dalok. »Aktivieren Sie den Kubus, Kaleen!«

Auf diesen Moment hatte sie viel zu lange warten müssen. Die Yadi straffte ihre Uniform, dann öffnete sie den Kanal zum Jadeturm. »Kaleen von den Schwarzen Rosen an Gouverneur Syl Ra Van: Ihre Admiräle wünschen Sie in einer dringenden Angelegenheit zu sprechen, Exzellenz!«

Ein quälender Moment verging, ohne dass etwas geschah. Dann materialisierte sich die bronzene Maske in dem perfekten Kristall. Ihr schwarzer Blick traf Kaleen wie ein Dolchhieb – sie erinnerte sich an eine Zeit, in der sie mit fast religiöser Ehrfurcht zu diesem Geschöpf aufgesehen hatte. Nun sah sie in ihm nichts anderes als eine fehlerhafte, gefährliche Maschine.

Kaleen wartete auf irgendein Wort des Gouverneurs; ein Zeichen, dass er sie zur Kenntnis nahm. Sie wartete vergeblich. Also brach sie die Stille.

»Exzellenz, wir werden nicht viel Ihrer Zeit in Anspruch nehmen. Angesichts der Ereignisse der letzten Wochen sehen meine Amtsbrüder und ich uns gezwungen, ein Misstrauensvotum gegen Sie auszusprechen. Als Mehrheit der Fünf Admiräle des Ordens der Friedenswächter fordern wir, gemäß Artikel Siebenundsechzig des Pakts von Teriam, die sofortige Aufgabe Ihres Amtes. Außerdem verlangen wir die Auflösung des Sonderausschusses Nummer Neunzehn und aller ihm angehörigen Unterorganisationen, sowie eine sofortige Aufnahme von Verhandlungen mit den aufständischen Fraktionen innerhalb der Bevölkerung. Dieses Blutbad muss enden! Unsere Pflicht ist es, dem Volk zu dienen, nicht es zu vernichten!«

Die Maske schwieg.

»Haben Sie gar nichts dazu zu sagen?«, fragte Kaleen.

Die Maske löste sich auf.

Schüsse und Schreie im angrenzenden Korridor ließen Kaleens Herz gegen ihre Brust hämmern. Wie sie selbst, griffen auch Skoru und An-Dalok augenblicklich nach ihren Sakedo; Ru-Bandra stolperte ängstlich einen Schritt zurück, an seinen Gehstock geklammert. Das Klirren von Stahl und das Zischen von Sonnenaugen kamen näher und näher.

Die Tür flog krachend auf. Leibgardisten des Gouverneurs stürmten den Raum, ein Dutzend von ihnen, eingehüllt von Rauch und dem Gestank nach verbranntem Fell und Fleisch.

»Keine Bewegung!«, donnerte ihr Anführer, ein Skria; selbst für einen Angehörigen seines Volkes ein Riese. Fokuskristalle glühten durch den sich langsam lichtenden Qualm. Im Korridor wurde gekämpft.

Kaleens Pulsschlag übertönte fast alle anderen Geräusche. Sie hätten nie so schnell hier sein können, wenn sie nicht vorher gewusst hatten, was hier geschehen würde! Wer war es? Wer hatte sie verraten?

»Skoru von den Keem-Var, Rumu An-Dalok, Kaleen von den Schwarzen Rosen und Xela Ru-Bandra: Im Namen Seiner Exzellenz Syl Ra Van stehen Sie hiermit unter Arrest wegen Hochverrats gegen den Gouverneur und den Orden der Friedenswächter!«

»Der Befehl ist null und nichtig, Hauptmann!«, rief Kaleen. »Syl Ra Van ist nicht länger Gouverneur von Kenlyn!«

Das beeindruckte ihn herzlich wenig. »Nehmen Sie die Klingen runter und kommen Sie mit uns!«

Kaleen starrte ihn durch sein Helmvisier an. Jede Silbe von ihr war scharf wie die Klinge ihres Schwerts: »Syl Ra Van wurde durch unsere gemeinsame Stimme seiner Macht enthoben, Hauptmann – und Sie richten Ihre Waffen auf Ihre vorgesetzten Offiziere! Sie wissen, wohin Sie das führen wird!«

»Weder der Gouverneur noch einer seiner Leute wird sich der Stimme von Verrätern beugen«, brummte der Hauptmann. »Händigen Sie Ihre Waffen aus und kommen Sie mit uns, andernfalls zwingen Sie uns, Gewalt anzuwenden!«

Kaleen verharrte in Angriffsstellung. Aus den Augenwinkeln sah sie zu An-Dalok und Skoru. Ru-Bandra war zu einem winselnden Bündel alter Haut und Knochen geworden. Der Impuls, zu kämpfen, war stark, aber selbstmörderisch – sie würden diesen Raum niemals lebend verlassen.

Sie ließ ihr Sakedo sinken. Skoru brüllte, aber auch er fügte sich letztlich.

»Nehmt sie fest!«, befahl der Anführer der Gardisten.

»Sie alle haben sich zu Komplizen eines Verbrechers gemacht!«, rief Kaleen, als ihre Häscher sie in einen Kraftfeldkäfig sperrten. »Sie werden sich vor ganz Kenlyn dafür zu verantworten haben!«

Niemand hörte ihr zu. Auf dem Korridor sah sie bewusstlose Körper ihrer Leute; sie hatten den Gardisten wenig entgegenzusetzen gehabt. Über ihnen flatterte ein junger Artgenosse. Unterleutnant Meldin, einer ihrer Protegés. Er senkte den Blick, als Kaleen an ihm vorbeigetragen wurde. »Ich musste es tun, Admiral«, flüsterte er. »Vergeben Sie mir.«

Das hohle Lachen aus ihrer eigenen Kehle erschreckte Kaleen mehr als alles andere.

»Der Pakt ist wirklich tot«, brummte Skoru neben ihr. Sie sah Tränen in seinen Augen. »Xal-Nama, erbarme dich unser!«

Kaleen antwortete ihm nicht. Sie dankte den Geistern, auf diesen Moment vorbereitet gewesen zu sein. Nun blieb nur die Frage, wie lange sie im Stillen Haus überleben konnte.

Dritter Teil:
DER EWIGE KREIS

XIII

ALLEINGANG

»Jeder von uns stirbt für sich allein. Was nicht heißt, dass wir alleine leben müssen.«
– Kesbra der Ältere

Ihr wart also auf dem Saphirstern?«

»Ja.«

»Um deinen Angebeteten abzuholen, nachdem er dorthin gegangen is', um den letzten Sha Yang zu beerdigen?«

»Ja.«

»Und dabei is' euch der Kult bis nach drüben gefolgt?«

»Ja.« Sie hatte Mühe, nicht mit den Zähnen zu knirschen.

»Und dann seid ihr mit dem letzten aller Raumschiffe zurückgekommen?«

»Ja, verdammt! Ist mein Komdra so schlecht oder bist du einfach nur taub?«

Endriel hatte ihren toten Punkt mittlerweile überwunden – die Wut hatte ihr dabei geholfen. Sie war wach genug, um Sefiron im Auge zu behalten und gleichzeitig die *Korona* wie blind zu fliegen. Dafür spürte sie jeden Kilometer, den sie sich von ihren Leuten entfernte, wie eine weitere Bleikette um ihren Hals.

Sie warf einen Blick auf die Uhr und berechnete die Zeitverschiebung: Andar war noch nicht aufgebrochen. Ob die anderen schon gemerkt hatten, dass sie fort war? Und wenn – wie hatten sie reagiert? Endriel wusste, die Chancen standen denkbar schlecht, dennoch hoffte sie, dass sie es verstehen würden.

Besonders Kai.

Sie flogen schon seit Stunden über das Meer dahin, immer Richtung Westen. Manchmal erkannten sie Rauchschwaden an der Küstenlinie, wie eingefrorene, schwarze Wirbelstürme. Weißmantelpatrouillen hatten sich nicht blicken lassen. Bis jetzt.

Damit er endlich Ruhe gab, hatte sie Sefiron die Handschellen abgenommen, aber seine Füße an den Fuß des Diwans gekettet gelassen. Er war ein Meisterdieb, kein Schloss konnte ihm lange widerstehen – sie wusste es, schließlich hatte sie von ihm gelernt. Das Ganze war also mehr eine Formsache als eine ernsthafte Sicherheitsmaßnahme. Dennoch hatte er bislang keinerlei Dummheiten versucht, was sie allerdings eher verunsicherte. Andererseits: Er war allein, unbewaffnet und musste wissen, dass sie ihn selbst ohne das Mini-Sonnenauge in ihrer Tasche jederzeit und selbst mit verbundenen Armen besiegen konnte. Er war gut, aber sie war von einem Weißmantel ausgebildet worden. Dennoch behielt sie seine Reflexion im Geisterkubus genau im Auge und fragte sich immer wieder, ob er von dem Peilsender wusste, den Andars Leute an Bord versteckt hatten.

Das ist ein Falle!, durchzuckte es sie alle paar Minuten. *Kehr um, bevor es zu spät ist!*

Bislang hatte sie den Impuls unterdrücken können; da war immer noch die winzige Chance, dass er sie nicht belog.

Aber sie schwor sich, wenn er sie weiterhin nervte, würde er ohne Zähne bei seinen Leuten ankommen!

»Eine letzte Frage noch ...«

»Welche?«, knurrte sie.

»Die niedliche Rothaarige, die ich mit dir in Tian-Dshi erwischt hab, is' die Schattenkaiserin höchstpersönlich, seh ich das richtig?«

»Goldrichtig.«

»Wusst' ich doch, dass ich sie von irgendwoher kenne!«
Sie sah ihn müde lächeln. »Jetzt mal ehrlich: Erwartest du
ernsthaft, dass ich dir auch nur ein einziges Wort von dem
Ganzen abkaufe?«

»Sef, mein Schatz – ich erwarte gar nichts von dir.«

»Außer, dass ich versuche, dich aufs Kreuz zu legen, natürlich.«

Sie zuckte mit den Achseln. »Kannst du's mir verdenken?«

»Hm«, machte er. »Trotzdem hast du dich auf das hier
eingelassen. Und soll ich dir auch sagen, wieso?«

»Ich vergehe vor Neugierde.«

»Weil du dir nich' sicher bist, ob du mich wirklich so gut
kennst, wie du glaubst«, hörte sie ihn hinter ihrem Rücken
sagen. »Weil wenigstens 'n klitzekleiner Teil von dir glaubt,
dass ich doch zu 'n bisschen mehr Größe fähig bin, als du
bisher gedacht hast.«

Sie schwieg. *Bin ich wirklich so verzweifelt, darauf zu hoffen?* Sie glaubte fast, das Steuer würde unter ihrem Griff
bersten. *Was tue ich hier überhaupt?*

»Du hast also deinen Leuten von mir erzählt«, fragte sie
tonlos, nur um ihre Zweifel zu übertönen.

»Japp.« Sie sah sein Spiegelbild die Hände hinter dem
Kopf falten und sich zurücklehnen.

»Und was, wenn man fragen darf?«

»Dinge.«

»Was für Dinge?«

Seine Reflexion zwinkerte ihr zu. »Interessante Dinge.«

Sie grinste müde. »Du hältst dich mal wieder für sehr
geistreich.«

»Du kennst mein Motto: Wenn du nich' an dich selbst
glaubst, glaubt keiner an dich. Also, du und dieser Kerl –«

»Kai.«

»Isses was Ernstes? Drachenschiffe im Bauch, Elektrizität
in der Luft, Funken bei jeder Berührung?«

»Wenn du es unbedingt wissen musst: Ja. Und bevor du fragst: Ja, er ist besser als du. In *jeder* Hinsicht.«

Er legte die Hände übers Herz und verzog das Gesicht.

»Autsch, das hat gesessen!« Sie hörte den Diwanbezug knautschen, als er sich wieder aufrichtete. »Beruht das Ganze wenigstens auf Gegenseitigkeit?«

»Ja.«

»Tja –dann wird ihm unser kleiner Ausflug gar nich' schmecken, was?«

»Sie haben Sie einfach gehen lassen?« Kai starrte den Admiral an; seine Fäuste zitterten. »Zu den Piraten?«

Telios saß hinter seinem Schreibtisch, die Ellenbogen auf die Tischplatte gestützt und die Hände gefaltet. »Ja.«

»Wieso?«, krächzte Kai. Wie konnte der Mann so ruhig bleiben? Er war ihr Onkel – oder zumindest etwas in der Art!

»Weil Endriel es so wollte. Ich musste ihre Entscheidung respektieren.«

»Haben Sie je dran gedacht, dass das Ganze *eine Falle* sein könnte?«

»Natürlich.«

»Großartig! Das ist einfach –!«

»Kai. Setzen Sie sich.«

»Ich habe keine Lust, mich zu setzen!«

»Das ist ein Befehl!«, donnerte der Admiral und fuhr auf. Mehr aus Schrecken als aus Gehorsam kam Kai dem Befehl nach.

»Genau deswegen wollte sie nicht, dass Sie und die anderen mit ihr fliegen!«, bellte Telios. Kai sah die Äderchen in seinen Augen und die Ringe der Erschöpfung darunter. »Eben weil es eine Falle sein könnte! Ich persönlich traue diesem Tanna keinen Zentimeter über den Weg – aber Endriel war sich nicht sicher ...« Er sah an die leere Wand.

»Was soll das heißen, ›sie war sich nicht sicher‹?«

Telios sah ihn wieder an. »Sie meinte, es bestünde die Chance, dass er nicht blufft.«

»Und *deswegen* haben Sie sie ziehen lassen?«

Der Admiral machte einen Schritt auf ihn zu, die Hand auf dem Griff seiner Klinge, sein Blick düster und unerbittlich. »Das Mädchen ist wie eine Tochter für mich! Glauben Sie, ich habe es gern getan?« Er atmete tief durch; sein Zorn verkühlte und ließ nur Sorge zurück. »Aber in Zeiten wie diesen haben wir leider keine große Wahl.«

Die Erkenntnis lähmte Kai für einen Moment. »Sie beide haben das von Anfang an geplant!«

Telios antwortete nicht.

»Sie haben das geplant – und weder Endriel noch Sie haben es für nötig gehalten, uns einzuweihen?« Kai hatte Mühe, seine Stimme unter Kontrolle zu behalten. »Oder bin ich der einzige, der von nichts eine Ahnung hat? Was ist mit den anderen?«

Ihre Lippen waren trocken; sie hatte entsetzlichen Durst und noch größeren Hunger. Doch sie wagte es nicht, die Brücke zu verlassen oder Sefiron darum zu bitten, ihr etwas aus der Kombüse zu holen. »Wie lange noch?«, fragte sie.

Er reckte den Hals in Richtung Navigationskarte. »Hm. Noch 'ne ganze Weile. Keine Sorge, ich sag schon Bescheid, wenn's so weit is'.« Er machte es sich wieder bequem. »Is' wirklich 'n schnuckeliges, kleines Schiff, das du da hast. Passt zu dir.« Im gleichen Plauderton fuhr er fort: »Übrigens hättet ihr euch den Peilsender sparen können.«

Endriel riss die Augen auf, sie starrte ihn über die Schulter an. »Du wusstest davon?«

»Nö.« Er grinste. »Aber *jetzt* weiß ich's.« Er zuckte mit den Achseln. »Das Teil is' trotzdem nutzlos: Wir sind erstens zu weit weg, als dass Telios uns anpeilen könnte – und

zweitens, wird's von dort, wo wir hinfliegen, sowieso nich'
senden. Ich mein', nich' dass ich euch den Versuch übel
nehme.«

Sie nickte grimmig. »Man kann nie vorsichtig genug
sein.«

»Gutes Motto«, sagte er. »An eurer Stelle hätte ich genau
das gl –« Er hielt plötzlich inne, lauschte – genau wie Endriel. Sie hätte schwören können, das Ächzen von Holz im
Korridor gehört zu haben.

Nein!, dachte sie. *Nein, nein, nein, bitte nicht!*

»Was wird das?«, fragte Sefiron. Auf einmal schien sein
ganzer Körper unter Spannung zu stehen. »Du hast doch
nich' etwa noch 'n paar Weißmäntelchen eingeladen, Sternäuglein?«

Da öffnete sich auch schon die Brückentür.

»Was soll das heißen, ›verschwunden‹?« Telios funkelte den
Kubus an.

Das Abbild seines Ersten Offiziers schluckte. »Sie sind
nicht mehr auf dem Schiff, Admiral! Der Frachtraum zur
Korona war nicht bewacht! Möglich, dass sie sich –!«

»Das hätte niemals passieren dürfen, Kommandant!«

»Ja, Admiral!«

Kai hörte gar nicht mehr hin. Der Raum schien um ihn
auf einmal kleiner zu werden. Er konnte nicht länger hier
bleiben!

Er stand auf.

»Wo wollen Sie hin?«, fragte der Admiral.

»Ich werde sie zurückholen«, erklärte Kai, ohne sich umzudrehen. Er fasste nach der Türklinke.

»Nein«, sagte der Admiral. »Das wird nicht funktionieren.«

Kai sah ihn an.

Es lag Mitgefühl in Telios' Blick als er sagte: »Mit welchem Schiff, Kai? Endriel und die anderen sind schon seit Stunden fort. Davon abgesehen haben wir keine Ahnung, wo auf Kenlyn sie sich jetzt befinden.«

»Das ist mir egal!« Kai riss die Tür auf.

»Seien Sie vernünftig«, sagte Telios. »Endriel hat Sie aus gutem Grund zurück gelassen. Wir sind bald nahe des Himmelssanktums. Man wird eine Landbarke für Sie bereitstellen und –«

Kai ließ ihn nicht ausreden. Er stürmte in den Korridor, hörte, wie der Admiral ihm nachrief. Doch er blieb nicht stehen.

»Nein!«, rief Endriel. Die *Korona* stoppte mitten in der Luft. »Nein, nein, nein! Was tut ihr, verdammt? Ihr dürftet gar nicht hier sein!«

Nelen runzelte lächelnd die Stirn. »Was? Hast du etwa gedacht, wir lassen dich allein fliegen?«

»Ich übernehme von hier ab.« Keru schob Endriel von der Steuerkonsole fort, so sehr sie sich auch dagegen wehrte.

»Was-Was soll das?«

»Sieh dich an«, brummte er, »du kannst kaum noch stehen! *Ich* fliege!«

»Was? Wohin?«

»Nach Westen, oder?«

»Nein!« Endriel stellte sich mit ausgebreiteten Armen vor die Konsole. »Ich fliege keinen Millimeter mit euch an Bord!«

Da schleppte sich Xeah auf die Brücke, ein Tablett mit belegten Broten und einer Teetasse in den Händen.

Nicht du auch noch!

»Hallo Endriel.« Sie blinzelte gut gelaunt. »Im Gegensatz zu uns hast du bestimmt noch nicht gefrühstückt, daher dachte ich, ich bringe dir eine Kleinigkeit aus der Kombüse.«

»Er hat es euch gesagt, oder? Andar hat –!«

»Gar nichts hat er uns erzählt«, knurrte Keru. »Wir haben es uns aus dem bisschen, was wir von meinem Quartier aus mitbekommen haben, zusammengereimt.«

»A-Aber wieso –?«

Nelen bedachte sie mit einem »Ich bitte dich«-Blick. »Glaubst du wirklich, du kannst ausgerechnet *mir* was vormachen? Selbst wenn ich blind, taub und blöde wär, hätt' ich immer noch mitgekriegt, dass du was vorhast!«

»Nur was, das wussten wir nicht«, sagte Xeah. »Deswegen sind wir sicherheitshalber an Bord gegangen.«

»Aber-Aber-Aber –! Kai! Was ist mit Kai?«

»Keine Sorge«, sagte Nelen. »Er ist immer noch beim Admiral.«

Sefiron räusperte sich gespielt und zeigte sein patentiertes Lächeln. »Endriel – willst du mich deiner Mannschaft nich' vorstellen?«

»Wir haben schon von Ihnen gehört, Bürger Tanna«, sagte Xeah trocken.

Nelen verschränkte abweisend die Arme. »Ich hab ihnen alles erzählt, was sie über dich wissen müssen!«

Sefiron lächelte. »Ich nehm' mal an, du hast es noch hübsch bunt ausgeschmückt?«

»Sef«, sagte Nelen geduldig, »wenn du nicht willst, dass ich dir deine wertlose Haut perforiere, dann halt bitte deine Klappe, ja?«

»Verflucht nochmal!«, funkte Endriel dazwischen. »Begreift ihr denn nicht? Das hier kann –!«

»Gefährlich werden?« Nelen zuckte mit den Achseln. »Endriel, die ganzen letzten Wochen – wann war es da *nicht* gefährlich?«

»Ich habe deinem Vater ein Versprechen gegeben«, brummte Keru.

»Und ich habe dich davon befreit!«, entgegnete Endriel.

»Du musst nicht mehr den Leibwächter für mich spielen, Keru!«

Seine Schnurrhaare vibrierten. »Ich weiß.«

»Wir sind immer noch deine Mannschaft!«, sagte Nelen.

»Und vor allem deine Freunde«, fügte Xeah hinzu. »Nimmst du Honig zu deinem Tee?«

»N-Nein«, stotterte Endriel, »ich –!«

»Spar dir das«, sagte Nelen. »Wenn auch nur die winzige Chance besteht, den Kult dadurch irgendwie aufzuhalten, kommen wir mit. Und damit basta!«

Endriel schüttelte den Kopf. Tränen brannten in ihren Augen. »Ihr-Ihr versteht das nicht! Keiner weiß, was uns bei seinen Leuten erwartet!«

»Und deswegen fliegst du lieber auf eigene Faust los? Ist dir nicht klar, wie bescheuert das ist?«

»Nelen – ich hab keine Ahnung, ob ich dem Kerl trauen kann oder nicht!«

»Wenn ich dazu was sagen dürfte«, setzte Sefiron an. Das nächste, was sie von ihm hörten war ein krächzendes »*Kchhh*«, als Keru das Schiff stoppte und seinen Hals packte. »Dir sollte eines klar sein, Affengesicht«, Keru spreizte die Krallen der freien Hand, während sein blutroter Blick seine Beute durchbohrte, »wenn das irgendein dreckiger Trick ist, kommst du *in Scheiben* bei deinen Leuten an!«

»Hhhhendriel!«, röchelte Sefiron. Seine Hände versuchten vergeblich, Kerus Pranke von seinem Hals zu lösen. »Irgendwie ... hhhh ... hab ich das unbestimmte Gefühl, deine Freunde ham 'nen ... hhhhh ... falschen Eindruck von mir!«

»Ha!«, höhnte Nelen. »Du willst also einfach nur helfen, ja? Du hast doch noch nie was ohne Hintergedanken gemacht!«

»Natürlich ... hhhhh ... natürlich nich'!« Sefirons Gesicht war bereits tomatenrot angelaufen.

»Also – was springt für dich dabei raus?«, grollte Keru.

»*Argglllkrrchhh*!« krächzte der Pirat. Er rang nach Atem, als Keru seinen Griff lockerte. »Die Sicherheit ... hhhh ... meiner Leute!«

Nelen lächelte humorlos. »Das sollen wir dir glauben?«

»Glaub' ... was du willst!«, presste Sefiron hervor.

»Er meint die Mitglieder seiner Mannschaft, die Andar zusammen mit ihm ins Netz gegangen sind«, erklärte Endriel. »Er lässt sie erst frei, wenn ich wieder bei ihm bin.«

Sefiron versuchte, zu nicken.

»Lass ihn los, Keru.«

»Hrrhmmm ...«

»Es bringt jetzt auch nichts«, sagte Endriel matt. »Lass ihn los.«

Keru ließ Sefiron auf den Diwan fallen. Der Pirat rieb sich den wunden Hals und kämpfte um Luft.

Endriel sah von Nelen über Keru zu Xeah. Ein Kloß steckte in ihrer Kehle. »Zusammen, also«, brachte sie hervor.

»Zusammen«, sagte Nelen. Ihr Ton duldete keine Widerworte.

»Zusammen«, wiederholte Xeah. Und Keru stimmte mit einem bestätigenden Knurren zu.

»Großartig!«, hörten sie Sefiron sagen. »Jetzt, wo das geklärt is', hat vielleicht einer 'n Taschentuch oder sowas für mich? Ich blute nämlich!«

Endriel ignorierte ihn. Sie hoffte, dass zumindest Kai klug genug war, ihr nicht zu folgen.

»Kannst du nicht irgendwie das Steuer übernehmen? Sie dazu bringen, umzudrehen?«

Kai wusste nicht, wie lange er schon durch das Schiff irrte; die ewig gleichen Korridore kamen ihm vor wie ein Labyrinth, das allein dafür geschaffen worden war, ihn zu quälen. Die *Dragulia* und ihre Begleiter befanden sich auf dem Weg nach Osten, zurück in die Zivilisation. Jede Sekunde, die verstrich, trennte ihn mehr und mehr von Endriel. Bald würde der Admiral ihn aufsuchen und in die Landbarke zum Kloster stecken.

»Du weißt, dass ich das nicht kann.« Das Eidolon schwebte neben ihm her wie ein blaues Gespenst. *»Und selbst wenn – was hätte es für einen Sinn? Du hast gehört, was Telios sagte: Sie haben den Kontakt zum Peilsender verloren. Die* Korona *könnte mittlerweile überall auf dem Planeten sein.«*

»Dann werde ich eben ganz Kenlyn auf den Kopf stellen!«

»Kai –!«

Zwei Friedenswächter marschierten ihnen entgegen. Kai wusste, wie er auf sie wirken musste: ein Verrückter im Selbstgespräch. Es konnte ihm nicht gleichgültiger sein. »Sie ... sie kann mich nicht einfach abschieben und direkt in die Falle fliegen!«

»Du weißt nicht, ob es eine Falle ist.«

Er sah das Eidolon an, als habe es den Verstand verloren. »Was soll es sonst sein?«

Yu Nans Abbild übermittelte ein Geräusch, das wie ein Seufzen klang. *»Es gibt nichts, was du tun kannst. Deine Sorge ehrt dich. Aber sie zählt darauf, dass du im Sanktum auf sie wartest.«*

»Und wenn sie es nie zum Kloster schafft?«

»Und wenn dir auf der Suche nach ihr etwas zustößt?«

Eine Tür öffnete sich vor ihnen. »Warum hat sie das getan?«, fragte Kai.

Das Eidolon legte ihm eine immaterielle Hand auf die Schulter. Die Magie der Armschiene sorgte dafür, dass Kai die Berührung spürte. *»Du weißt, warum.«*

»Nein!«, schnappte Kai. »Ich dachte, wir bleiben zusammen, was auch passiert!« Er fuhr sich verzweifelt durch das Haar. »Ich liebe sie, begreifst du das nicht?«

»*Doch, das tue ich*«, sagte der Sha-Yang-Geist. »*Aber denke nur dieses eine Mal an deine eigene Sicherheit!*«

Kai blieb stehen. Er sah das Simulacrum seines Mentors grimmig an. »Kannst du mir nicht helfen oder willst du es nicht?«

Das Eidolon nickte. »*Ich will dir helfen. Aber ich sehe keine Möglichkeit, wie.*«

Kai wandte sich ab, marschierte weiter. »Yu Nan hätte nie so schnell aufgegeben!«

»*Ich bin nicht Yu Nan*«, sendete das Eidolon hinter ihm.

»Nein«, murmelte Kai. »Du bist nur eine schlechte Kopie.« Er strich über die Kristalle der Armschiene.

»*Kai!*«, sendete das Eidolon ein letztes, hilfloses Mal – dann verblasste es.

Kai setzte seinen Weg fort. Wie hatte er so blind sein können? Ihre Blicke, ihre Stimme – er hätte es wissen müssen; er hätte sehen müssen, dass sie etwas vorhatte!

Eine Tür schob sich automatisch vor ihm zur Seite und offenbarte – Überraschung! – einen weiteren, weißen Korridor. Die Beleuchtung war heruntergeschraubt, sodass man durch das große Aussichtsfenster zu seiner Rechten hinaus in die Nacht blicken konnte.

Er war nicht allein hier. Traurige Augen wie aus flüssiger Bronze sahen ihn an. »*Kai Novus.*«

»Ahi Laan!« Er trat näher und kämpfte gegen den Kloß in seinem Hals. »Die anderen sind fort.«

Die Sha Yang wandte sich wieder dem Fenster zu. Das Schwarz der Nacht war zu einem dunklen Blau geworden. »*Ich weiß.*«

»*Was?*« Kai trat auf sie zu. »Seit wann? Woher?«

»*Die Yadi hat geahnt, dass Endriel Naguun etwas vorhat und hat uns Bescheid gegeben. Sie haben sich gestern Nacht von mir verabschiedet und sich anschließend auf ihr Schiff geschmuggelt.*«

Kai packte ihren Arm und zwang sie, ihn anzusehen. Ahi Laans Fleisch war kühl. »Du hast das gewusst und mir nichts davon gesagt?«

Sie hielt seinem Blick stand. »*Ja.*«

»Warum?«

Sie raschelte mit ihren Flügeln. »*Weil du die ganze Zeit bei deiner Gefährtin warst. Es gab keine Möglichkeit, dich zu informieren, ohne dass sie etwas bemerkt.*«

Er ließ sie los. »Du weißt, was sie vorhat?«

Sie nickte. »*Ja.*«

»Ich muss sie davon abhalten, Ahi Laan!«

»*Wie?*« Es war eine rhetorische Frage, das wusste er.

Er fuhr sich durch das Haar. »Ich ... ich weiß es nicht! Aber ... es muss eine Möglichkeit geben!« Er schlug gegen die Wand; das Metall der Armschiene hinterließ einen Kratzer im Holz.

Ein langer Moment verging in Schweigen. Dann hörte er Ahi Laans Stimme in seinem Kopf sagen: »*Eure Welt ist schön.*«

Kai blickte auf und sah, wie sich ihr Blick in der Aussicht dort draußen verlor.

»Ja«, sagte er, von dem plötzlichen Themenwechsel irritiert. »Ja, das ist sie.«

»*Ich dachte, ich könnte hier nie eine Heimat finden. Aber nun bin ich mir nicht mehr so sicher.*« Er sah den Anflug eines Lächelns im Gesicht der Sha Yang. Doch es erreichte ihre Augen nicht. »*Es ist seltsam, was aus unseren Träumen werden kann, wenn wir sie erst einmal wahr gemacht haben*«, sagte Ahi Laan. »*Vor dem Krieg, vor dem Untergang meiner Welt, habe ich immer davon geträumt, etwas Großes zu schaffen. Mein Volk lebt lange, Kai Novus, aber keiner von uns lebt ewig. Ich wollte etwas hinterlassen, das die Welt für alle Zeit in Liebe an mich erinnern würde. Etwas Gutes. Etwas wahrhaft Gutes.*«

Kai ließ sie ausreden, gebannt von der Traurigkeit in ihrer Stimme.

»Nun habe ich gesehen, was meine Schöpfung anrichtet, und ich muss tun, was ich kann, um es zu beenden. Aber ...« Sie sah Kai an. *»Ich fürchte mich, Kai Novus. Ich fürchte mich davor, unter Fremden zu sterben.«*

Kai spürte Mitleid um sein Herz wie eine Kette aus Stein. Er wusste, was Einsamkeit war. Und er wusste, wie es war, allein auf den Tod zu warten. »Nein«, sagte er. »Das wirst du nicht.«

Ahi Laan legte den Kopf schräg.

»Ich bleibe bei dir.«

»Warum?«

»Weil du eine Freundin bist. All das hier hat sowieso mit mir angefangen. Wenn ich sonst schon nichts anderes tun kann, dann wenigstens das.« Er streckte die Hand nach ihr aus. »Also gehen wir zusammen.«

Etwas glitzerte in Ahi Laans Augen, als sie sich berührten: seine Menschenhand und ihre blaue, dünne Sha-Yang-Hand. *»Ich danke dir.«*

Kai lächelte. »Keine Ursache.«

»Du wirst es dem Admiral sagen müssen«, sendete sie. *»Ich weiß nicht, ob er sich dazu überreden lässt, sein Versprechen zu brechen.«*

XIV

FEINDESLAND

»Welcher ist schlimmer: der Feind meines Freundes oder der Freund meines Feindes?«
– aus »Die Antagonie zwischen Politik und Moral«
von Rendro Barl

Du kannst die Geschwindigkeit langsam runterschrauben«, sagte Sefiron. »Wir sind so gut wie da!«

Die Worte beschworen augenblicklich ein Kribbeln in Endriels Magen. Sie verringerte den Druck auf das Schubpedal; die *Korona* gehorchte und ging von der Höchstgeschwindigkeit auf ein Sechzehntel ihrer Beschleunigung herunter.

»Willst du uns verarschen?« Nelen schwang sich empört von der Steuerkonsole aus in die Luft. »Hier draußen ist doch nix als Wasser!«

Sie hatte Recht. Vor ihnen breiteten sich unverändert die eiskalten Fluten des Großen Meeres aus. Gischt leuchtete perfekt weiß im Licht der Nachmittagssonne. Am südlichen Horizont konnte man die Ausläufer des Niemandslandes sehen; das Hochplateau erschien aus der Ferne wie Burgen aus Sand, gemischt mit Blut.

Sefiron stand an der Spitze der Brückenkanzel. Er blickte über die Schulter, ein Grinsen auf dem Gesicht. »Warum wartet ihr's nich' einfach ab?«

Ihre Reise zu diesem Punkt im Nirgendwo hatte sechzehn Stunden gedauert; sechzehn Stunden stur nach Westen, zurück durch die Nacht bis vor den Sonnenuntergang. Dabei hatten sie ein Drittel des Planeten umrundet, unter sich nichts als Wasser, Wasser und noch mehr Wasser. Das hatte nicht nur Endriel misstrauisch gemacht. Aber auf die ständige Frage, ob sie auch auf dem richtigen Kurs lägen, hatte Sefiron nur unbekümmert geantwortet: »Vertraut mir.«

Nachdem Keru das Steuer übernommen hatte, hatte Endriel etwas gegessen und versucht, sich auszuruhen, was ihr erst gelungen war, als Xeah ihr ein leichtes Schlafmittel aus ihrem Medizinköfferchen gegeben hatte. Sie hatte von Kai geträumt, der in den Steingärten des Himmelssanktums auf sie wartete.

Ein anderer Teil des Traumes hatte von Andar gehandelt, der sich jetzt auf der gegenüberliegenden Seite Kenlyns befand, im Licht eines neuen Tages. Ob die Schlacht gegen die Armada schon begonnen hatte? Endriel versuchte, den Gedanken abzuschütteln. So hart es auch war, sie musste im Hier und Jetzt bleiben und an ihr eigenes Überleben denken. Und das der anderen hier.

Sie hielt die Entscheidung ihrer Mannschaft, sie zu begleiten, immer noch für einen schrecklichen Fehler. Aber tief in ihrem Inneren war sie dankbar für ihre Begleitung.

Sefiron hatte sich nach wie vor so brav wie ein dressiertes Hündchen gezeigt. Kein Versuch, das Steuer zu übernehmen, keine Sendungen über den Kubus, keine unangemeldeten Ausflüge in den Maschinenraum oder sonst wohin. Selbst auf die Toilette war er nicht gegangen, ohne dass jemand im Korridor Wache gehalten hatte. Das hatte Endriel die Chance gegeben, mit dem Rest ihrer Mannschaft gewisse Dinge zu besprechen, die nicht für seine Ohren bestimmt waren.

»*Vertraut mir*«, hatte er gesagt.

Nicht in diesem Leben.

»Nelen.« Endriels Zungenspitze befeuchtete ihre trockenen Lippen. »Sag Keru Bescheid.«

»Aye, Kapitän«, sagte Nelen. Sie beide bedauerten es: Der Ausspruch klang schmerzhaft nach Miko.

Xeah reckte den Hals. »Sind Sie sicher, dass wir –?«

»Ganz sicher«, sagte Sefiron. Er studierte die Navigationskarte, die größtenteils Blau mit einem blinkenden Punkt darauf zeigte. Keine Inseln, keine anderen Schiffe, nur eine riesige und unermessliche Ansammlung von Nichts.

»Geh tiefer«, wies er Endriel an, mit einer dazu passenden Handbewegung. »Und bring sie noch etwa fünfhundert Meter weiter nach Nordwest!«

»Nordwest«, wiederholte Endriel und ließ das Steuer rotieren. »Darf man nun endlich erfahren, wo eure Basis liegt?«

Xeah blinzelte. »Doch nicht etwa unter Wasser?«

Sefirons ließ ein Lächeln aufblitzen. »Warum lassen sich die Damen nich' einfach überraschen?«

»Weil diese Dame hier deine Art von Überraschungen kennt«, sagte Endriel.

»Tja, ich hab noch 'n paar neue auf Lager.« Der Pirat warf einen erneuten Blick auf die Karte. »Gut so. Noch etwa hundert Meter weiter nach backbord – und etwas tiefer! Halt! Wir sind da!«

»Und wo ist ›da‹?«, knurrte Keru, als er die Brücke betrat. Die Bodendielen quietschten unter der Masse des Skria; er klang unausgeschlafen und noch mürrischer als sonst. Endriel fühlte Nelens kaum nennenswertes Gewicht, als diese sich auf ihrer Schulter niederließ. Die Motoren hatten gestoppt.

»Ich sehe immer noch nichts!«

»Das wird sich gleich ändern«, versprach Sefiron und trat neben sie vor den Kubus. »Darf ich?«

Endriel wechselte einen Blick mit Keru. »Tu dir keinen Zwang an«, sagte sie und spürte ihre Eingeweide revoltieren. Was hatte er vor? Würde er Verstärkung rufen? Unmöglich: Das Signal des Kubus würde die Reichweite der Navigationskarte nie überschreiten. Und die Karte war leer.

Sefiron schaltete den Kristall fachmännisch auf »Übertragen«, dann tippte er mit fast musikalischem Rhythmus etwas in die Schaltflächen der Konsole.

Endriel und ihre Mannschaft beobachteten gespannt, wie rein gar nichts geschah.

Sefiron verzog den Mund. »Scheiße. Wie ging der verdammte Kode nochmal? Ich bin so selten hier draußen ...« Er murmelte halblaut etwas vor sich hin.

»Kode wofür?«, brummte Keru. Sefiron wedelte nur abwehrend mit der linken Hand, während die Finger der Rechten weitertippten.

»Du erfüllst uns nicht gerade mit Zuversicht, Sef.« Endriel verlagerte ihr Gewicht von einem Fuß auf den anderen.

»Nein?« Er grinste sie an. »Dann sieh mal genau hin!« Seine Hand deutete nach draußen.

Endriel verengte misstrauisch die Augen.

Etwas Dunkles erschien unter der Wasseroberfläche. Es kam langsam nach oben, und einen Moment lang glaubte sie an ein auftauchendes Seeungeheuer. Aber was immer es war, ein Tier war es nicht, denn sie alle konnten deutlich einen perfekt kreisförmigen Umriss erkennen, sowie ein Viereck blauer Lichter an seinen Rändern.

Dann durchbrach es die Wellen. Es war ein horizontaler Nexus; rund und breit genug, gleich vier *Koronas* auf seiner Oberfläche landen zu lassen. Ganze Nationen von Seepocken hatten sich auf dem schwarzen Metall angesiedelt. Kupferfarbene Schubdüsen, die im Quadrat um das Artefakt angeordnet waren, hielten es gut drei Meter über dem Wasser.

»Nett«, sagte Endriel. »Nicht ganz so atemberaubend wie gewisse andere Sachen, die wir gesehen haben, aber … nett.«

»Wo habt ihr das Ding her?« Nelen kratzte sich so unbeteiligt wie möglich an der Nase.

Der Pirat gab sich bescheiden. »Sagen wir einfach, wir ham's gefunden. Wir ham 'ne ganze Reihe von solchen Portalen auf der ganzen weiten Welt verstreut. Jedes davon gut versteckt.«

»Ahh!«, machte Endriel im Lichtblitz der Erkenntnis. »So macht ihr das also – plötzlich aufzutauchen und wieder zu verschwinden!«

»Japp«, sagte Sefiron. »Aber bemüh dich nich', deinem Kumpel, dem Admiral davon zu erzählen. Sobald wir hier durch sind, geb' ich meinen Leuten Bescheid, das Portal woanders hin zu verfrachten. Du weißt ja, was besser is' als Nachsicht.«

Endriel schwieg. Ein Teil ihres Plans hatte sich damit in Luft aufgelöst.

Das Portal hatte sich mittlerweile geöffnet. Darunter schien es gut zwanzig Meter in die Tiefe zu gehen. Auf dem Grund schimmerte schwarzer Marmor in künstlichem weißen Licht. Endriel musste an Liyens Palast denken – und an die Folter, die sie und Nelen dort ertragen hatten.

»Und wo führt das Ding hin, Sef?« Sie machte keinen Hehl aus ihrem Argwohn.

»Nach Hause.«

Keru spreizte die Krallen. »Keine Tricks!«

»Keine Tricks«, versprach der Pirat unbekümmert.

Endriel kontrollierte den Geisterkubus, als wartete sie auf eine eingehende Nachricht von unten – sinnlos, da Kubussignale nicht durch die Raumzeit-Schleusen eines Nexus reichten. Wenn sie mit seinen Leuten reden wollten, würden sie warten müssen, bis jemand zu ihnen heraufkam – oder selbst hinunterfliegen.

Sie warf einen erneuten, fragenden Blick zu Keru. Er nickte. Endriel umfasste wieder das Steuer. Sie brachte die *Korona* mit einem kurzen Tritt auf das Schubpedal direkt über den Schlund des Nexus, dann drückte sie das Steuer von sich. Das Schiff sank durch das Loch in der vernarbten Metallscheibe.

Das Portal brachte sie durch das Dach eines Hangars; eine riesige, runde Halle, deren Wände zum größten Teil aus dem gleichen, dunklen Stein bestanden wie ihr Boden, abgesehen von einem riesigen Tor aus Metall.

Drachenschiffe erwarteten die *Korona*; zwanzig oder mehr davon. Endriel hörte Nelens leises »Wow« und fand es durchaus angemessen. Sie sahen dickbäuchige Frachter mit fast lächerlich dünnen Landekufen; Kurierschiffe, in Bau und Größe ähnlich der *Korona*, und andere Modelle, die aussahen wie Feuerdrachen der Weißmäntel mit neuer Lackierung. Endriel gestand sich ein, dass sie halb erwartet hatte, Totenschädel und blutige Augen auf den Rümpfen der Schiffe zu sehen; vielleicht Galeonsfiguren aus Knochen oder andere abschreckende Verzierungen. Doch ein weiteres Mal hatten sie die Geschichten aus ihrer Kindheit belogen. Die meisten der Schiffe sahen völlig harmlos aus; sie würden sich ohne aufzufallen in den Luftverkehr auf den Hauptverkehrsrouten mischen können. Sie trugen Namen wie »*Fette Katze*« (ein mittelgroßer Frachter, dem das namensgebende Tier auf den Bug gemalt war), »*Roter Komet*« (ein Kurier noch kleiner als die *Korona* – doch dafür mit Sonnenaugen, die aus Luken an den Steuerdüsen ragten) oder »*Erste und Letzte Chance*« (einer der Feuerdrachen, dessen Bewaffnung nicht ganz so offensichtlich war, sodass man ihn für eine zahnlose Bestie halten konnte). Die Schiffe standen zwischen deaktivierten Schwebeplattformen, mechanischen Armen, Schweißgeräten, Stapeln von Fässern und Kisten, ausgebauten Aggregaten, Trittleitern und Hebebühnen.

»Nette Sammlung«, brummte Keru. Endriel kannte ihren Bordingenieur lange genug, um zu wissen, dass die Bemerkung nicht ironisch gemeint war.

Sie hob das Kinn und erkannte, dass jedes Schiff direkt unter einem anderen Nexus angelegt hatte. Das Portal, durch das sie gekommen waren, lag im Zentrum der Hangardecke und hatte sich bereits wieder geschlossen. *Sha Yang*, dachte sie. Niemand sonst konnte das hier gebaut haben.

Bald berührten die Landekufen der *Korona* den Boden. Die Druckveränderung ließ Endriels Innenohr knacken. »Wo sind wir?«, fragte sie.

Netter Versuch, Sternäuglein, sagte Sefirons Blick.

Zwischen der *Fetten Katze* und einem anderen Frachter war Platz für eine weiße Flügeltür geblieben. Die hatte sich bereits geöffnet.

Piraten quollen daraus hervor: gut zwei Dutzend Vertreter jeden Volkes und Geschlechts. Ihr Auftreten erinnerte Endriel an eine verwilderte Armee. Ihre Kleidung war wild zusammengewürfelt: Kilts mit unzähligen Taschen und Messern daran; Bandanas und Stirnbänder; lose Hemden und zerschlissene Jacken; abgewetzte Stiefel, Halbschuhe und Sandalen; weite Mäntel, von deren Knopflöchern Geierschädel baumelten, und Yadi-Bandkleidung in sich beißenden Farben.

Es gab nur zwei Elemente, die sie alle verbanden: ihre düsteren und blutrünstigen Mienen sowie die unübersehbare Tatsache, dass jeder von ihnen bewaffnet war. Allerdings besaßen nur die wenigsten von ihnen Sonnenaugen (vielleicht vier oder fünf), die anderen trugen Wurfmesser, Armbrüste, Sakedo, Kampfsensen, Säbel oder Äxte.

Respektable Bürger, dachte Endriel, *sehen anders aus. Sie* verspürte den dringenden Wunsch, irgendwo ganz anders zu sein. Sie blickte zu ihrer Mannschaft: Sie waren bereit oder versuchten, bereit auszusehen. Sie vergewisserte sich, dass Sefiron nicht zusah, dann ließ sie Nelen in die Innenseite ihrer Jacke kriechen. Sie spürte das winzige Geschöpf zittern.

Die Piraten hatten sich mittlerweile rings um die *Korona* versammelt wie um einen riesigen Truthahn, den sie schlachten wollten. Die Yadi unter ihnen flatterten auf Höhe der Brückenkanzel.

»Keine Sorge.« Sefiron winkte seinen Leuten zu. »So reagier'n sie immer auf unangemeldeten Besuch.«

»Vergiss nicht, ihnen klar zu machen, dass wir besonders bevorzugt behandelt werden sollten«, knirschte Endriel. Sie griff in ihre Hosentasche und schob etwas unter ihre Jacke.

»Wir kommen nach draußen!«, rief Sefiron den Yadi-Piraten zu.

»Bleibt hinter mir«, knurrte Keru Xeah, Nelen und Endriel zu. Er packte Sefiron an der Schulter und drückte ihn in Richtung Brückentür. »Nach dir!«

»Da du so nett drum bittest …« Sefiron marschierte ihnen voran ins Mittlere Deck. Er ließ die Gangway ausfahren und öffnete die Tür. Der Geruch von Schmieröl, Ozon und ungewaschenen Lebewesen traf Endriels Nase.

»Keine Panik!«, rief Sefiron seinen Kumpanen in bester Laune zu. »Ich bin's, Leute! Und ich hab Besuch mitgebracht!«

»Hände an den Kopf!«, forderte ein dunkelhäutiger Mensch mit verfilzten Haarsträhnen. Sofort!«

»Hey, ganz ruhig, Kobek! Ich –!«

»Hände an den Kopf! Wird's bald!« Der Befehl gellte durch den Hangar.

Sie alle kamen der Aufforderung nach, Sefiron eingeschlossen.

»Irgendwie hab ich das Gefühl, hierherzukommen war vielleicht keine besonders gute Idee« wisperte Nelen in ihrem Versteck. Endriel antwortete nicht.

Weitere Piraten kamen durch die weiße Tür.

»Admiral?«

Quai-Lors Stimme ließ Telios aufhorchen. »Ja, Kommandant?«

»Es ist soweit. Die *Kelkomo* und die *Kallavar* müssten in Position sein.«

Der Admiral spürte, wie Blei seinen Magen füllte. Er brauchte nicht auf die Navigationskarte zu sehen, um zu wissen, wo sie sich befanden: die Nördliche Hemisphäre, gut sechshundert Kilometer nordöstlich der Hafenstadt Quaigo. In dieser Zone des Planeten war es früher Morgen; das Meer unter ihnen war nur eine Spur dunkler als das Azurblau des Himmels. Das Festland erschien als grüne, unregelmäßige Linie am Horizont.

Sie waren die ganze Nacht hindurch geflogen; die Nordküste entlang, immer mit sicherem Abstand zur Küste und möglichen Beobachtern dort. Die verseuchte Zone um Xanata, weiter im Inneren des Kontinents, hatte ihnen dabei zusätzlichen Schutz geboten. Mit Kriegsbeginn waren sämtliche Ordensschiffe von hier abgezogen worden, daher war die Region so tot wie der Drachenfriedhof.

Bald würde der Rest der Flotte von hier aus beschleunigen und in einer schnurgeraden Linie in die Südliche Hemisphäre jagen, über unbewohnte Gebiete hinweg – bis zum Kleinen Meer, an dessen Ostküste sich die Schwebende Stadt gegenwärtig befand.

Es würde ein langer Weg werden. Keine zwei Flugstunden von hier entfernt wimmelte es nur so von Ordensschiffen. Wenn überhaupt, würden sie nicht vor Mitternacht in Teriam ankommen. Er hatte Silberfeuer an die Draxyll, und andere Aufputschmittel an die restliche Mannschaft verteilen lassen. Schlaf war ein Luxus, den sie sich vorerst nicht mehr leisten konnten; jeder musste auf seinem Posten sein, wach und kampfbereit.

»Wenn ich um Ihre Aufmerksamkeit bitten dürfte.« Die Arme auf dem Rücken verschränkt, wandte sich Telios an die Brückenbesatzung, während Quai-Lor hinter ihm durch einen Knopfdruck dafür sorgte, dass die Worte des Admirals überall auf der *Dragulia* und ihren Eskortschiffen gehört wurden. Jeder um ihn herum versuchte, seine Sorgen, Ängste und Zweifel zu verbergen. Einigen gelang das besser als anderen.

Telios zögerte einen Moment und bemühte sich, alle Zuversicht, zu der er fähig war, in seine Stimme zu legen. »Unsere Vorhut hat ihre Position erreicht«, sagte er. »Wir geben ihnen Zeit, den Weg für uns frei zu machen, soweit es ihnen möglich ist. Danach werden auch wir Richtung Süden aufbrechen.

Die Schiffe, gegen die wir kämpfen werden, die Mannschaften, gegen die wir antreten, gehören immer noch zum Orden. Es ist nicht unser Ziel, sie zu vernichten. Wir wollen sie nur manövrierunfähig machen.

Wenn wir das hier überstehen wollen, dürfen wir uns keine Fehler erlauben. Wir werden tun, was wir können, um den Großen Frieden wiederherzustellen. Wir haben eine Aufgabe, und wir werden sie nach bestem Wissen und Gewissen erfüllen. Wie ein weiser Mann einst sagte: ›Tu nichts Dummes und unterschätze niemals deine Feinde‹. Wir sollten uns daran halten. Viel Glück uns allen.«

Die Brückenbesatzung salutierte und nahm wieder ihre Posten ein. Telios zog seine Taschenuhr hervor und verglich ihr Zifferblatt mit der Zeitanzeige auf der Konsole.

Der Augenblick war gekommen.

Kapitän Xaba Kwu-Dal war froh, dass das Versteckspiel endlich ein Ende hatte: Sie hatte stets den Kampf der Flucht vorgezogen. Nun stand vielleicht der letzte Kampf ihres Lebens an und es verblüffte sie, wie erleichtert sie war. Vielleicht lag es auch an dem Silberfeuer, mit dem sie sich aufgeputscht hatte. In jedem Fall war es besser, in Hochstimmung in den Tod zu gehen, statt mit Furcht im Herzen.

Vor der *Kallavar* breitete sich bereits der dunkelgrüne Teppich des Xida-Ma-Regenwalds bis zum Horizont aus. Die Grenze zur Südlichen Hemisphäre rückte immer näher, und mit ihr die sogenannte »Peripherie« – der Verteidigungsring aus Drachenschiffen, den der Orden um die großen Städte im Süden gelegt hatte, mit Teriam im Zentrum.

Und eines dieser Drachenschiffe flog ihnen gerade entgegen.

»Feindliches Schiff hat uns erfasst!«, meldete Elgon, ihr Erster Offizier. Wie üblich blieb das dunkle Gesicht des jungen Menschen ungerührt.

»Sehr gut.« Kwu-Dal verfolgte den sich nähernden Punkt auf der Navigationskarte. »Den Schild hoch und mit Höchstgeschwindigkeit auf Angriffskurs gehen!« Ein violetter Schimmer legte sich über die Brücke.

»Feindliches Schiff hat Kraftfelder aktiviert und fliegt uns entgegen!«

Kwu-Dal grinste verbissen. »Was Sie nicht sagen, Elgon. Kurs beibehalten und aus allen Rohren feuern!«

Lichtlanzen wurden an der Brückenkuppel vorbeigeschleudert, auf das andere Schiff zu. Mit seinem aktivierten Schild wirkte es wie ein kristallisierter Raubvogel. Es erwiderte das Feuer sofort.

Kwu-Dal hielt sich an der Konsole fest, als die ersten Treffer auf die *Kallavar* regneten.

»Wir werden gerufen!«, piepste ihr Kommunikationsoffizier.

»Durchstellen!«

Ein ausgemergeltes Menschengesicht füllte den Hauptkubus. »Kapitän Maran Kadaar auf dem Friedenswächterschiff *Sewolan* an die Verräter auf der *Kallavar!* Stellen Sie das Feuer ein und ergeben Sie sich!«

»Kapitän Xaba Kwu-Dal von der *Kallavar* an *Sewolan*: Sie können uns mal!« Sie deaktivierte den Kubus, von diebischer Freude erfüllt.

»Schildenergie bei einundachtzig Prozent!«, meldete Elgon.

Kwu-Dal drehte sich nicht zu ihm um. »Dranbleiben und weiterfeuern!«

Sie wusste, die *Sewolan* war ein überaus taugliches Schiff – doch es hatte fast ein Jahrhundert mehr auf dem Buckel als das ihre; ihm fehlte die Geschwindigkeit und Manövrierfähigkeit der *Kallavar*. So ging ein Großteil ihres Feuers ins Leere, während die Waffentürme der *Kallavar* einen Treffer nach dem anderen landeten. Sie konnte praktisch sehen, wie der gegnerische Schild immer transparenter wurde.

Komm schon!, dachte sie. *Das werdet ihr euch doch nicht gefallen lassen, oder?*

Wieder eine Reihe von Einschlägen.

»Schildenergie bei fünfundsechzig Prozent!«, rief Elgon, diesmal hörbar nervös. »*Sewolan* fordert Verstärkung an!«

»Ausgezeichnet!« Kwu-Dal klatschte in die Hände. Seit der Schlacht gegen die Schatten vor einem halben Jahr hatte sie sich nicht so lebendig gefühlt. Sie wandte sich an ihren Piloten. »Gwasko, bringen Sie uns nach Nordwesten, halber Schub! Sie sollen uns nicht aus den Augen verlieren!« Sie öffnete einen Kanal zu den Schützen in den Waffentürmen: »Konstant weiterfeuern! Und achten Sie darauf, nur die Steuerdüsen des Gegners anzuvisieren!«

»Zu Befehl, Kapitän!«

»Die Verstärkung rückt an!«, meldete Elgon nur wenig später.

Kwu-Dal konnte ein triumphierendes Horntuten nicht vermeiden, als drei weitere Punkte am Rand der Karte auftauchten – einer aus dem Westen, zwei aus Südost. Sie näherten sich der *Sewolan*, wie magnetisch angezogene Eisenspäne. Alles lief nach Plan. Sie hoffte nur, dass Askur genauso viel Glück hatte.

»Schildenergie nur noch bei einunddreißig Prozent!«, rief die Erste Offizierin der *Kelkomo*; die Stimme der Yadi war über das Kreischen der Bordsirene kaum zu verstehen. Drei Treffer schlugen in schneller Folge auf den Schild ein. »Siebenundzwanzig Prozent!«

»Alle entbehrliche Energie in den Schild!«, brüllte Askur von den Keem-Cha'an in den Kubus, der ihn mit dem Maschinenraum verband. »Wir halten weiter Kurs nach Osten!«

Der Pilot nickte stumm; Askur sah den Schrecken in den Augen des Draxyll. Er wusste so gut wie sein Kommandant, dass sie es nicht schaffen konnten. Ihre Verfolger würden eine Kapitulation nicht gelten lassen; sie waren hier, um die Verräter auszulöschen.

Askur war die traurige Ironie der Situation nicht entgangen, dass die erste große Schlacht dieses Krieges, an der er – wenn auch nur indirekt – beteiligt war, nicht gegen den Kult geführt wurde, sondern gegen den eigenen Orden. Er dachte an seinen Cousin Sronn, der im Kampf gegen die Schatten sein Leben gelassen hatte; möglicherweise war es gut, dass er diese dunkle Zeit nicht miterleben musste.

Weitere Treffer dröhnten in seinen Ohren. Dieses Schiff war dazu verdammt, unterzugehen.

»Schildenergie bei siebzehn Prozent!«

Askur beobachtete ihre Verfolger auf der Navigationskarte. Genau wie die *Kallavar* war die *Kelkomo* wendig und schnell – einer der Gründe, warum er darum gebeten hatte, als einer von zwei Kapitänen den ersten Schritt von Telios' Plan durchzuführen. Aber was den anderen Schiffen an Geschwindigkeit fehlte, machten sie durch die besseren Waffen wett.

Knapp zweitausend Kilometer nördlich von Xarul waren sie – wie geplant – mit einer Patrouille zusammengestoßen. Askur hatte das Feuer eröffnet und darauf gewartet, dass der Gegner um Verstärkung rief – die ziemlich bald kam. Während die Kraftfeldenergie unter ihren unermüdlichen Salven dahinschmolz, hatte die *Kelkomo* sie weiter und weiter Richtung Osten gelockt, aufs Meer hinaus.

Ein weiterer Aufschlag erschütterte das Schiff; Askur kämpfte um seine Balance. Das war kein einfacher Treffer gegen den Schild – der Rumpf selbst war durchschlagen worden! Die Kraftfelder konnten die Energiekaskaden nicht länger aufhalten!

»Kapitän!«, drängte seine Erste Offizierin verzweifelt. Er wusste, was sie wollte.

»Nein!«, knurrte er. »Aufgeben ist keine Option! Wir halten weiter Kurs nach Osten!«

Er hörte, wie in einem nicht allzu weit entfernten Korridor Löschmannschaften unterwegs waren. Rauch quoll unter der Brückentür hindurch. »Weiter nach Osten!«, herrschte er den Piloten an und unterdrückte ein Husten.

Er hoffte, dass das Opfer es wert war. Er hoffte, dass der Stille Korridor lange genug für Telios und den Rest der Flotte halten würde.

Aber er würde es nie erfahren: Ein roter Komet jagte auf die *Kelkomo* zu. Askur von den Keem-Cha'an bekam nur noch mit, dass der Antrieb getroffen wurde, dann ging sein Schiff als winzige Sonne für einen Moment am Himmel auf.

Telios klappte die Taschenuhr zu: Askur und Kwu-Dal hatten genug Zeit gehabt. Nun war der Rest der Flotte am Zug.

»Wir starten!«, befahl er dem Piloten. Die *Dragulia* setzte sich wieder in Bewegung. Die anderen Schiffe folgten ihr in geschlossener Formation; das plötzliche Zünden ihrer Antriebe ließ den Himmel erbeben.

Telios ignorierte seinen dröhnenden Herzschlag und erinnerte sich daran, wie Endriel und die anderen ihn angesehen hatten, als er ihnen seinen Plan dargelegt hatte:

»Wir werden nie und nimmer unbemerkt bis zum Kleinen Meer durchkommen. Doch möglicherweise können wir ein gutes Stück hinter die Peripherie gelangen, ohne kämpfen zu müssen. Zwei unserer Schiffe werden vorausfliegen und zu beiden Seiten abseits unserer eigentlichen Flugroute den Gegner in Kämpfe verwickeln. Die Schiffe des Ordens fliegen einzeln, gerade noch innerhalb der Geisterkubusreichweite zum nächsten Schiff, oder zumindest nur einen kurzen Flug davon entfernt. Sobald ein Gegner auftaucht, werden sie Alarm schlagen, und die Verstärkung kann in kürzester Zeit bei ihnen sein.

Unsere Schiffe werden warten, bis dies geschieht und ihre Verfolger anschließend noch weiter von der vorgesehenen Route weglocken. So entsteht in der Mitte –«

»Ein Stiller Korridor«, hatte Endriel vollendet.

»Exakt.«

Nelen hatte die Hand gehoben und verlegen die Flügel gesenkt. »Äh, für alle, die nicht so versiert in Friedenswächter-Jargon sind – was genau ist ein ›Stiller Korridor‹?«

Endriel hatte zur Erklärung angesetzt, aber der Admiral war ihr zuvorgekommen: »Ein von Schiffen geräumter Luftraum, der außerhalb der Kubus- und Sensoren-Reichweite des Gegners liegt. Ein Schleichweg, den wir ausnutzen werden, so weit wie möglich hinter die feindlichen Linien zu gelangen.«

Endriels Blick war mehr als skeptisch gewesen, vermutlich hatte sie ihn für verrückt gehalten. Keru hatte das mit Sicherheit.

Nun würde sich zeigen, ob sein Plan funktionierte.

Kai hörte, wie die Antriebe der *Dragulia* erneut zu brüllen begannen; er spürte ihre Macht als Vibrationen im Boden.

»*Wir fliegen wieder*«, sendete Ahi Laan unnötigerweise. Sie saß im Schneidersitz auf dem Bett, in dem Kai und Endriel in der vergangenen Nacht gelegen hatten. Die Armschiene lag um ihren rechten Arm. Bis eben noch hatte sie versucht, zu meditieren, was offensichtlich nicht funktioniert hatte.

Er selbst hockte auf einem Sitzkissen neben dem Bullauge. Die Anspannung zerrte an seinen Nerven.

Nun begann der lange Weg nach Teriam. Er erinnerte sich an seinen letzten Besuch in der Schwebenden Stadt, am ersten Tag des Großen Basars, als ihn der purpurne Draxyll in die Seitengasse gezerrt und fast Geschnetzeltes aus ihm gemacht hätte. Er dachte daran, wie er Endriel zum ersten Mal begegnet war – und den Schwarzen Ratten. Nicht zum ersten Mal fragte er sich, was aus den Kindern wohl geworden sein mochte. Aber sie waren clever; sie würden überleben, bestimmt.

Nur leider besaß nicht jeder dieses Talent.

Er hörte Ahi Laans Gedankenstimme leise in seinem Kopf vor sich hinsummen. Die Sha Yang hatte die Augen wieder geschlossen, in dem Versuch, sich zu entspannen. Ihre Hände ruhten auf ihren nackten, blauen Knien; Kai sah, wie sie zitterten. Er ließ seine Konfrontation mit dem Admiral vorhin Revue passieren; wie er Telios klar gemacht hatte, dass er sich auf keinen Fall ins Kloster abschieben lassen würde; immerhin hatte er in dieser Sache auch ein

Wörtchen mitzureden, gleichgültig, was der Admiral
Endriel versprochen hatte.

Telios hatte ihn lange und hart angestarrt. Schließlich
hatte er ihn stehen lassen. »Tun Sie, was Sie wollen, Bürger Novus! *Sie* werden sich vor Endriel rechtfertigen müssen, nicht ich!«

Aber Endriels Zorn flößte Kai im Moment noch die
geringste Furcht ein.

Ihn interessierte nur, dass es ihr gut ging – wo immer
sie auch sein mochte.

»Ganz ruhig.« Endriel legte eine Hand auf Kerus Oberarm. Sie spürte seine eisenharten Muskeln unter dem
Fell.

»Die Hände an den Kopf!«, donnerte der Mann, den
Sefiron Kobek genannt hatte, ein weiteres Mal. Sie gehorchte widerwillig.

Eine Schneise öffnete sich in der Piratenmeute. Eine
Leoparden-Skria trat auf, eskortiert von vier weiteren
Piraten. Ihr selbstsicherer Gang, der Blick aus den stählernen Katzenaugen und die Art, wie die Wesen um sie
herum sie ansahen, machten Endriel sofort klar, dass sie
es mit einer geborenen Anführerin zu tun hatte.

»Unser Käpt'n«, flüsterte Sefiron ihr stolz zu. »Zailar.«

Endriel hatte Schwierigkeiten, zu atmen. Der Moment
der Wahrheit näherte sich mit großen Schritten und erinnerte sie wieder daran, wie leidenschaftlich sie solche
Momente hasste: Ja-oder-Nein-Entscheidungen, die sie
nicht beeinflussen konnte und denen sie auf Gedeih und
Verderb ausgeliefert war. Sie fragte sich, ob sie fähig wäre,
Sef zu erschießen, wenn sich herausstellte, dass er sie belogen hatte. Doch die einzige Waffe, die sie hatten, lag
jetzt in anderen Händen.

»Hey, Käpt'n!«, rief Sefiron der Skria zu. Erst jetzt, als

sich der Ring von Piraten für sie geöffnet hatte, schien sie ihn zu sehen. Aber ihre Miene blieb unbewegt.

»Tut mir leid, dass ich mich nich' vorher anmelden konnte. Dafür hab ich Besuch mitgebracht.«

»Das ist mir nicht entgangen, Herr Maat«, schnurrte sie tonlos. »Ich bin überrascht, Sie wiederzusehen. Keiner von uns hatte noch damit gerechnet.«

Etwas in ihrer Stimme ließ sämtliche Alarmglocken in Endriels Kopf aufschrillen.

Sefiron schien es anders zu gehen. »Tja, unverhofft kommt oft. Ich hatt' ehrlich gesagt mit 'ner herzlicheren Begrüßung gerechnet.« Er machte Anstalten, die Hände runterzunehmen. Auf einen Wink von Zailar hin drohten seine Kumpane wieder mit ihren Waffen, was ihn offenbar sehr irritierte – Endriel dagegen weniger.

Auf dem Flug hierher hatten sie – ohne das Wissen ihres unliebsamen Passagiers – mehrere mögliche Szenarien durchgespielt. Im Augenblick schien alles auf Szenario Eins hinauszulaufen, das wahrscheinlichste von allen.

Xeah stand neben ihr. Endriel sah, wie die alte Heilerin ängstlich die Piratenvisagen um sie herum beobachtete und welche Anstrengung es sie kostete, ihre Arme oben zu behalten.

»Tut mir leid, euch da mit hineingezogen zu haben«, flüsterte Endriel.

»Das hast du doch gar nicht, erinnerst du dich?« Xeah versuchte ein Lächeln.

Die Augen der Leoparden-Skria funkelten Sefiron an. »Sie haben genau eine Minute, mir zu erklären, wo Sie so plötzlich herkommen, warum Sie diese Fremden hierhergeführt haben – und was aus den Leuten unter Ihrem Kommando geworden ist!«

»Telios hat sie in Verwahrung.«

Ein überraschtes Ohrzucken. »*Admiral* Telios?«

»Höchstpersönlich. Das war'n keine normalen Weißmäntel, an die wir da geraten sind, Käpt'n.«

Zailar sah ihn skeptisch an. »Ich hatte geglaubt, die Renegaten wären längst Geschichte.«

»Geschichte nich', aber verzweifelt.« Sefiron grinste.
»Deswegen konnt' ich auch 'nen kleinen Handel mit denen
abschließen.«

Zailar verschränkte die Arme. »Einen Handel?«

*Nur nach außen hin natürlich. Diese Kerle hier warn
dumm genug, mich hierher zu kutschieren – jetzt könn Sie sie
von mir aus umlegen.*« Er würde es sagen, Endriel war sich
da ganz sicher. Jede Sekunde würde er es sagen!

Sefiron legte ihr die Hände auf die Schultern und schob
sie vor sich her, damit alle sie sehen konnten. Endriel ließ es
mit hämmerndem Herzen geschehen. Sie spürte, wie sich
Nelen unter ihrer Jacke ganz klein machte.

»Das hier is' Endriel Naguun nebst Mannschaft! Ich
nehm' an, die meisten von euch kenn' den Namen!«

Endriel hörte ihre Gastgeber untereinander tuscheln, einige davon beeindruckt, andere weniger. Ja, sie kannten ihren Namen, aber aus irgendeinem Grunde fand Endriel das
nicht besonders schmeichelhaft. Schweiß durchnässte ihr
Rücken und Achseln.

Käpt'n Zailar musterte sie von Kopf bis Fuß und entblößte ein paar Millimeter Zähne. »Bürgerin Naguun«,
schnurrte sie. »Die Tochter von Yanek Naguun, nicht wahr?
Wissen Sie, ich kannte Ihren Vater, Bürgerin. Er hat mir
und meinen Leuten einigen Ärger bereitet. Genau wie Ihr
Onkel.«

Endriel hielt ihrem Blick stand. Nässe rann ihr das Rück-
grat hinab.

»Nun, darf man erfahren, welche Art von *Handel* Sie mit
dem Admiral abgeschlossen haben, Herr Maat?«

Sefirons Grinsen wurde breiter. »Wie wäre es, wenn Bürgerin Naguun Ihnen das selbst erzählt? Wenn ich bitten darf, Sternäuglein?«

Du verfluchter Mistkerl! Sie funkelte ihn an; sah, wie Keru wieder die Muskeln anspannte.

»Ich bin als Unterhändlerin von Admiral Telios hier!« Ihre Stimme hallte durch den Hangar. Sie klang bemerkenswert fest. »Sefiron und der Admiral haben folgende Abmachung geschlossen: Meine Mannschaft und ich fliegen mit ihm hierher, um Ihnen ein Angebot zu unterbreiten. Wenn Sie es sich angehört haben, lassen Sie uns wieder gehen. Als Gegenleistung wird der Admiral den Rest Ihrer Leute freilassen!«

Erst kamen nur einzelne Schmunzler. Dann dröhnte das Lachen der Piraten in ihren Ohren wie das Tosen der Brandung. Nicht, dass es sie groß überraschte.

»Tatsächlich?« Zailars Lächeln zeigte nicht die geringste Spur von Humor. »Dann wird es Sie enttäuschen, zu hören, dass Sie den ganzen langen Weg umsonst gemacht haben, Kapitän Naguun.« Sie gab ihren Untergebenen einen Wink. »Sperrt sie ein!«

Sefiron stellte sich mit ausgebreiteten Armen vor Endriel und die anderen. »Halt! Warten Sie, Käpt'n!«

Und auf einmal schien aus Szenario Eins Szenario Zwei zu werden.

Zailars Geste ließ die Piratenmeute gefrieren. »Herr Maat?«

»Ich hab dem Admiral mein Wort gegeben!«

»Wie bitte?«

»Ich hab ihm mein Wort gegeben, dass sie unversehrt zu ihm zurückkommen!«

Endriel starrte ihn an – halluzinierte sie oder hatte sie das eben wirklich gehört?

Sefiron wandte den Kopf zu Seite, suchte ihren Blick. *Lustig, wie man sich in den Leuten täuschen kann, was?*, sagten seine Augen.

Nur leider bedeutete die Tatsache, dass er sein Wort gehalten hatte, im Moment herzlich wenig. Käpt'n Zailar riss die allgemeine Aufmerksamkeit wieder an sich. Ein lauernder Ausdruck lag in ihrem Blick. »Darf man erfahren, wer Sie befugt hat, solche Abmachungen zu treffen, Herr Maat?«

Sefiron hob hilflos die Hand. »Amalinn und die ander'n –!«

»Kennen die Risiken unseres Gewerbes.«

»Was? Aber, ich dachte –!«

»*Was* dachten Sie?« Zailar funkelte ihn an. »Dass es eine gute Idee wäre, Außenseiter in unser Versteck zu führen und danach lebend zurück zu unseren Feinden zu schicken? War es *das*, was Sie dachten?«

Endriel sah Sefirons Schultern herabsacken. »Soll das heißen, Sie woll'n Sie einfach im Stich lassen?« Er sah durch die Reihen seiner Kumpane. »Ihre eigenen Leute?«

Seine Mitpiraten wichen seinem Blick aus. Endriel sah, wie Kobek den Mund verzog. Ihm schien die Sache ebenfalls nicht zu gefallen.

»Genau das soll es heißen«, fauchte Zailar. »Kronns Horde verhandelt nicht mit Weißmänteln, Herr Maat. Ich hatte gedacht, Sie hätten das mittlerweile begriffen. Aber wie es aussieht, habe ich mich in Ihnen getäuscht. Sie hätten nicht herkommen dürfen.«

»Das glaub' ich langsam auch«, murmelte er.

Deine letzte Chance, dachte Endriel. Käpt'n Zailar setzte gerade zum Sprechen an, als sie rief: »Ich hatte Sie für klüger gehalten, *Käptn*!«

»Endriel«, flüsterte Xeah ängstlich.

Säbel, Äxte und Sonnenaugen wurden in ihre Richtung geschwungen. Sie waren nicht halb so bedrohlich wie der Stahlblick der Skria. »Ist das so, Bürgerin Naguun?« Käpt'n Zailar spreizte die Krallen.

»In dieser Sache geht es nicht allein um Sie und die Weißmäntel! Der Schattenkult ist auf dem Vormarsch! Und er wird nicht allein mit den Friedenswächtern abrechnen, sondern –!«

Sie brach ab, als Zailar mit einer wegwerfenden Geste kehrt machte. »Ich habe keine Zeit für diesen Blödsinn! Führt sie ab!«

»Lassen Sie sie wenigstens ausreden, Käpt'n!«, rief Sefiron.

»Und ihn ebenfalls!«, befahl der Kapitän. Sie verließ den Hangar, ohne sich umzudrehen.

Sefiron wurde von einem gemeingefährlich aussehenden Skria gepackt, während weitere Piraten vortraten, um die Mannschaft der *Korona* festzunehmen.

Endriel sah Keru an. »Szenario fünf«, sagte sie. Er nickte minimal – dann sprang er den Piraten entgegen; ein Sonnenauge feuerte, verfehlte den weißen Skria, und traf an seiner statt einen Piraten hinter ihm. Noch bevor jener bewusstlos zu Boden gesunken war, hatte Keru bereits einer anstürmenden Menschenfrau mit der Linken den Säbel aus der Hand geschlagen, während seine Rechte einen rostroten Draxyll am Hals packte und wie eine übergroße Puppe seinen Kumpanen entgegenschleuderte.

Die kurze Ablenkung hatte Endriel gereicht, um ihre Jacke unauffällig zu öffnen. »Keru!« Sie hatte sich schützend vor die zitternde Xeah gestellt und hob die Hände. »Das reicht! Wir ergeben uns!«

Keru fauchte, schlug zwei Menschen mit den Köpfen zusammen, dann hob er die Pranken. »Ist nichts Persönliches«, knurrte er den Piraten zu und bleckte die Zähne.

»Fesselt sie!«, bellte Kobek. Endriel, Xeah und Keru hielten ihnen die Handgelenke hin. Während man ihnen Handschellen anlegte und sie nach Waffen durchsuchte, bedankte sich ein Draxyll mit blutenden Nasenöffnungen bei Keru mit einem Schlag in den Magen; Endriel sah den Skria zusammenzucken – sie konnte fühlen, wie der Zorn in ihm kochte, aber er hielt sich zurück.

»Bitte«, wimmerte Xeah, als ein menschlicher Pirat ihre Robe abtastete. »Ich bin eine alte Frau, bitte tun Sie mir nichts!« Der Blick des Menschen fiel auf den silbernen Anhänger um ihren grauen Hals – und tatsächlich ließ er sie in Ruhe.

»Schafft mir diese Pissgesichter aus den Augen!«, befahl Kobek. Endriel sah, wie ein Teil seiner Leute die Gangway der *Korona* hoch lief. Sie hasste den Gedanken, Abschaum wie diesen auf ihr Schiff zu lassen.

»Abmarsch!«, herrschte eine Piratin sie an und stieß ihr den Griff einer Axt in den Rücken, sodass sie vorwärts stolperte. Endriel versuchte, den Schmerz zu ignorieren; sie blickte zu Sefiron, der hinter ihr abgeführt wurde und düster vor sich hinstarrte.

Alles in allem, dachte sie, *hätte es schlechter laufen können.* Zumindest lebten sie noch – das war schon mehr, als sie zu hoffen gewagt hatte.

Endriel blickte sich kurz über die Schulter um und sah gerade noch einen winzigen Schatten zwischen den Landekufen der *Korona* verschwinden. *Viel Glück*, dachte sie.

XV

FLAMMENVÖGEL

»Es gibt keinen schlimmeren Krieg als
einen Kampf zwischen Brüdern.«
– Sprichwort

In den ersten Monaten seiner Grundausbildung, als er mit anderen Ordensanwärtern aus allen Teilen Kenlyns zusammengetroffen war, hatte Andar Telios viel über Religionen erfahren, deren Namen er bislang nicht einmal gekannt hatte. Einer seiner Mitrekruten war ein junger Yadi gewesen, der einer Glaubensgemeinschaft angehörte, die sich »Die Jünger der Gnadenreichen Sonne« nannte, und deren Angehörige daran glaubten, dass die Sonne nicht nur Gott war, sondern Mittelpunkt dieses und zweier anderer Universen.

Die meisten Bestandteile dieses exotischen Glaubens hatte Telios längst vergessen, doch er erinnerte sich noch sehr gut an ihre Eschatologie: an die Lehre der Letzten Tage der Ewigkeit, wenn der Himmel selbst aufbrach und Schwärme von Flammenvögeln, so groß wie Kumuluswolken, über die Welten des Kosmos herfielen und sich gegenseitig bekriegten, bis die gesamte Schöpfung zu Asche verbrannt war.

Er fragte sich, ob der Prophet dieser Endzeitvision je eine Luftschlacht miterlebt hatte.

Sonnenaugensalven kreuzten sich am Himmel in faszinierender und tödlicher Geometrie; ihre Hitze brachte die kalte Luft zum Flirren als sei es von einem Moment auf den nächsten Sommer geworden. Wolken schienen in rotem

Licht zu brennen, bevor die Wucht von Antriebsdüsen sie zerriss. Es war wie ein Krieg unter Drachen: riesige Ungetüme, in violette Panzer gehüllt, jagten durch die Lüfte und spien Tod und Verderben.

Ihr dient einer defekten Maschine!« Er hörte, wie Ahi Laans Worte über den Kubus in ihrem Quartier an alle Schiffe in Reichweite weitergetragen wurden. »*Der Schattenkult ist auf dem Vormarsch! Wenn ihm nicht Einhalt geboten wird, dann wird die Welt, die eure Vorfahren zusammen mit meinem Volk aufgebaut haben, untergehen!*«

Aller Eindringlichkeit zum Trotz, zeigten die Worte der Sha Yang keine Wirkung. Nicht, dass er das erwartet hatte. Hätte er selbst es geglaubt, wenn das blaue Gesicht in seinem Kubus aufgetaucht wäre? Die Sha Yang waren tot, jeder wusste das.

Über das Plärren von Sirenen, kreischenden Antrieben, das Zischen der schiffseigenen Waffen und dem *Wumpwumpwump* der Einschläge hinweg befahl er: »Rotes und Blaues Geschwader – ausschwärmen und den Feind einkreisen!«

»*Zu Befehl, Admiral!*«, kam die doppelte Antwort der Geschwaderführer aus den Kuben.

Die sechs Schiffe jagten an der *Dragulia* vorbei. Die Kraftfelder machten es schwierig, mit dem bloßen Auge Freund und Feind auseinanderzuhalten. Telios und Quai-Lor standen an der Navigationskarte und sahen blinkende Punkte über den regelmäßigen Mustern von abgeerntetem Ackerland und Wäldern herumwuseln, wobei der Gegner blau und ihre eigenen Maschinen weiß angezeigt wurden.

Der Stille Korridor war länger still geblieben, als der Admiral zu hoffen gewagt hatte – doch nicht so lange wie gewünscht. Nach knapp zweitausend Kilometern waren sie entdeckt worden.

Ohne Fragen zu stellen oder eine Warnung auszusprechen, hatte eine Flottille von sieben Ordensschiffen das Feuer auf sie eröffnet. Die neun Schiffe unter Telios' Kommando, aufgeteilt in drei Geschwader, waren ihnen ohne Zögern entgegen getreten. Sieben Feuerdrachen gegen acht, plus der dreifachen Feuerkraft der *Dragulia*. Wenn die überlegene Feuerkraft der Renegaten sie irgendwie einschüchterte, ließen die Kapitäne der Ordensschiffe nichts davon erkennen. Aber Telios war klar, dass sie längst Verstärkung gerufen haben mussten.

»Achtung, Grünes Geschwader! Wir fliegen mit voller Kraft auf den Feind – Schiffe zwei und drei, feuern aus allen Rohren! Waffentürme: Konzentrieren Sie das Feuer auf den nächstbesten Gegner!«

»*Verstanden, Admiral!*«, kam die Antwort über den Kubus. Eine Feuerflut schoss über die Brückenkanzel hinweg in den Himmel. Als Antwort schlugen drei Treffer gleichzeitig auf die *Dragulia* ein.

Sein Plan ging nicht auf: Er hatte gehofft, das Rote und Blaue Geschwader würden die Formation des Gegners aufspalten und in einzelne Kämpfe verwickeln. Aber die fünf Schiffe ignorierten die Treffer der beiden Geschwader und hielten unbeirrt auf die *Dragulia* zu, wobei sie eine Salve nach der anderen gegen deren Schild schleuderten.

»Schildenergie bei neunundsiebzig Prozent!«, meldete Quai-Lor.

... und sinkend, fügte Telios im Geiste hinzu. Ihm war klar, was sie vorhatten: das gefährlichste Schiff so weit wie möglich zu schwächen, bis die Verstärkung eintraf. War die *Dragulia* erst einmal außer Gefecht, würde der Rest zwar kein Kinderspiel, aber zumindest sehr viel einfacher sein. Er konnte es ihnen nicht verübeln, er hätte exakt das Gleiche getan.

»Schild runter auf siebzig Prozent!«, rief Quai-Lor. *Wumpwumpwump.* »Sechsundsechzig Prozent!«

Telios sah seinen Ersten Offizier an, der ohne eine Miene zu verziehen Meldung machte und seine Befehle weitergab, als wäre das alles nichts als eine routinemäßige Übung. Er wünschte sich, die Ruhe zu empfinden, die Quai-Lor ausstrahlte. Hatten sie den Vorstoß zu früh gewagt? Waren die Opfer von Kwu-Dal und Askur vergebens gewesen? Er widerstand dem Drang, zu lachen. Auf einmal kam ihm alles so *irreal* vor: Ein Angriff auf Teriam – wie hatte er sich das vorgestellt? Er musste betrunken gewesen sein. Oder geisteskrank. Oder beides.

»Rotes Geschwader meldet: Schild eines gegnerischen Schiffs durchbrochen!« Leutnant Veldris wandte sich ihnen zu. »Waffentürme außer Funktion gesetzt!«

Da waren es nur noch sechs. Telios rieb sich die Knöchel der linken Hand und wandte sich wieder der taktischen Projektion der Navigationskarte zu: Skalen neben den Darstellungen der gegnerischen Schiffe zeigten deren geschätzte Schildenergie. Sie sank zusehends, bei drei von ihnen lag sie eben noch unter dreißig Prozent und nur einen Moment später schon bei unter zwanzig. Die des Feuerdrachens, welcher dem Beschuss der *Dragulia* voll ausgesetzt war, sprang in diesem Moment auf zehn Prozent ... acht ... sechs ...

Komm schon! Telios' Puls hämmerte fast lauter als die Artillerie draußen. *Komm schon!*

Ihnen lief die Zeit davon – die Verstärkung konnte jeden Augenblick hier sein!

»Zweites gegnerisches Schiff entwaffnet!«, meldete Quai-Lor, hörbar erleichtert.

Der Admiral stieß die angestaute Luft aus und schloss kurz die Augen. »Feuer aufs nächste Schiff konzentrieren!« Er drehte sich zum Kubus. »Telios an feindliche Schiffe! Ich gebe Ihnen eine letzte Chance! Ergeben Sie sich und schließen Sie sich uns –!«

»Yin Tai *an alle! Wir brauchen dringend Unterstützung! Unser Schild ist unten, haben schwere Schäden an Hülle und Antrieb!*«

»Blaues Geschwader!«, brüllte Telios. »Sofort umkehren und die *Yin Tai* unterstützen!«

Die drei Schiffe gehorchten. Aber es gab nichts mehr, was sie für die *Yin Tai* tun konnten.

Durch das violette Wabern des Kraftfelds sah Telios das Schiff abstürzen. Die Entfernung machte aus dem altersschwachen Feuerdrachen ein winziges Ding; Rauch quoll aus seinem Rumpf, Flammen leckten über weißen Stahl. Einige Mannschaftsmitglieder hatten sich mit Fallschirmen gerettet. Ihr Anblick erinnerte Telios an die Samen von Pusteblumen.

Der Schock schien alle auf der Brücke für eine Sekunde zu lähmen.

»Schildenergie bei sechsundsechzig Prozent!«, meldete Quai-Lor.

Telios spürte einen Schweißtropfen seine Schläfe herabrinnen.

Kai konnte es nicht verhindern; er zuckte bei jedem Treffer zusammen wie bei einem Stromschlag. Und während ein Teil seines Verstandes jedes Mal aufschrie, schien es sich ein anderer, nüchterner Teil zur Aufgabe gemacht zu haben, jeden Einschlag mitzuzählen: *vierunddreißig, fünfunddreißig, SECHSUNDDREISSIG, siebenunddreißig, ACHTUND-DREISSIG ...*

Er hatte sich zu Beginn der Schlacht auf das Bett in ihrem Quartier gesetzt; der an der Wand befestigte Metallrahmen ächzte und quietschte bei jedem weiteren Hammerschlag. Obwohl Kai versuchte, nicht hinzusehen, war ihm nicht entgangen, wie die Energiehülle vor dem Bullauge langsam aber sicher an Kraft verlor. Im Augenblick schien sie nur noch hauchdünn.

Neununddreißig, vierzig, EINUNDVIERZIGZWEIUND-
VIERZIGDREIUNDVIERZIG –!

Es war, als wäre er wieder auf der Brücke der *Sternreiter*, als das Schiff in Todeswehen bebte, ächzte und schrie, während die Abwehrdrohnen es Stück für Stück zerfetzten.

FÜNFUNDVIERZIGSECHSUNDVIERZIG –!

Zuerst hörte er das Lied über den Lärm nicht, doch als er es wahrnahm, schien die Schlacht draußen in den Hintergrund zu treten. Kai lauschte: Es war wunderschön, tröstend, hoffnungsvoll – ein Lied, wie es die Sonne vielleicht hervorbringen würde, wenn sie eine Stimme hätte. Oder das Meer.

Ahi Laan hatte sich neben ihn gesetzt; sie hatte die Augen geschlossen, die Hände zusammengelegt – und sie sang für sie beide.

SIEBENUNDVIERZIGachtundvierzigNEUNUND-
VIERZIG!

Schnelle Schritte am Ende des Korridors, aufgeregte Stimmen. »Feuer!«, rief jemand. »Hierher! Los, macht schon!«, ein anderer. Kai hörte Feuerlöscher zischen; er roch entfernt Rauch. Irgendwelche Maschinen mussten durchgeschmort sein. Selbst die *Dragulia* konnte der ständigen Belastung nicht ewig standhalten.

FÜNFZIG!

Kai spürte Ahi Laans wilden Puls, als er sich an ihr festklammerte. Sie hatte ihr Lied unterbrochen.

»*Ich habe mich entschieden*«, hörte er die Stimme der Sha Yang über das Chaos hinweg sagen.

Er sah sie an.

»*Ich bleibe auf eurer Welt*«, sendete Ahi Laan. »*Bei euch. Das heißt*«, sie bewegte die Flügel und senkte den Blick, »*falls ihr mich aufnehmen wollt …*«

EINUNDFÜNFZIGZWEIUNDFÜNFZIG!

Kai schenkte ihr ein Lächeln. Er musste rufen, damit sie

ihn verstehen konnte: »Meinst du etwa, wir würden ein Familienmitglied verstoßen?«

Und Ahi Laan erwiderte sein Lächeln; ihre Bronzeaugen schienen zu strahlen. Zum ersten Mal seit er sie kannte, sah er sie glücklich, trotz allem, was um sie herum geschah.

DREIUNDFÜNFZIG!

Kai glaubte, das Schiff würde auseinander gerissen. Irgendwo an Bord ertönte eine Explosion, die ihm fast das Trommelfell zerriss. Noch im gleichen Moment, als gedämpft eine Sirene aufheulte, brach die Decke über ihnen zusammen; rauchende Stahltrümmer durchbohrten das Deck über ihnen.

Eine Stimme wie Silber schrie; etwas schlug gegen seine Schulter. Mit den Armen wirbelnd, stürzte er vom Bett. Sein Kopf schlug auf den Boden. Einen Moment noch sah er Feuerwerk. Dann verlor er das Bewusstsein.

Die *Eadera* und die *Amaratu* fielen nur wenige Minuten nacheinander: Telios sah die brennenden Schiffe untergehen, hypnotisiert von dem Anblick. Zwei Schiffe gegen eines des Gegners. Ein schlechter Tausch. Ständiges Sirenengeheul erinnerte ihn daran, dass der Schild der *Dragulia* der Fünfundzwanziger-Markierung gefährlich nahe war.

»Schadensbericht!«

»Feuer auf Deck 2!« Quai-Lors Finger huschten über die Kontrollen. »Die Löschmannschaft versucht, es unter Kontrolle zu kriegen! Ein Kühlaggregat auf Deck 3 ist explodiert! Trümmer haben sich in sämtliche Decks verteilt! Einen Moment – Waffenturm 4 ist heißgelaufen!«

Es war Wahnsinn, hierher zu kommen, dachte Telios. *Jetzt bezahlst du den Preis dafür.*

»Admiral!«, rief Quai-Lor.

Telios wirbelte herum. Eine Konsole hinter ihm sprühte eine Sekunde lang Funken.

Die Augen des Ersten Offiziers waren weit aufgerissen. »Die Verstärkung ist im Anmarsch!«

Telios riss den Blick zur Navigationskarte: fünf, nein, sechs neue Punkte näherten sich in Pfeilformation aus Südsüdwest. Sechs Schiffe mit vollen Schilden, bis an die Zähne bewaffnet.

Das können wir nicht schaffen ...

Eine Kaskade von Treffern kollidierte mit dem Schild; neue Sirenen sägten an seinen Nerven. »Status!«

»Schild bei siebenundzwanzig Prozent!« Quai-Lors Stimme klang ruhig, aber Telios sah die Kratzspuren, die seine Fingernägel am Kirschholzrahmen der Navigationskarte hinterlassen hatten. Wieder bebte das Schiff. »Sechsundzwanzig!«

Sie hatten nie eine Chance gehabt. Telios blickte auf die Karte und durch die violett verfärbte Brückenkuppel – seine Schiffe wehrten sich nach Leibeskräften, aber der erste Kampf hatte sie zu sehr ermüdet. Auf der taktischen Projektion schmolz ihre Energie unaufhörlich dahin.

Und die gegnerische Verstärkung war fast in Schussreichweite.

»Waffentürme 2 und 3!«, brüllte der Admiral. »So bald wie möglich Feuer auf die Verstärkung eröffnen!«

Er konnte die neuen Schiffe bereits mit bloßem Auge erkennen: Während sie auf das Flaggschiff zuhielten, öffneten sie ihre Formation in perfektem Einklang. Und feuerten.

Eine Welle von Rot füllte die Sicht aus. Telios wandte den Blick ab und wappnete sich für den Aufprall.

Er wartete vergeblich.

Die Feuerwelle war über die *Dragulia* hinweg gerast – und auf den gegnerischen Schiffen eingeschlagen. Dem Feuer der *Dragulia* ausweichend, stürzten sich die vermeintlich neuen Gegner dem Feind entgegen und trieben ihn fort von dem Flaggschiff der Renegaten.

»Was — ?«, begann Telios. Quai-Lor war ebenso ratlos wie er.

»Admiral, wir werden gerufen!«

»Waffentürme 2 und 3! Feuer auf die Neuankömmlinge einstellen und auf den Feind konzentrieren!« Telios sah Leutnant Veldris an. »Durchstellen!«

Ein menschliches Gesicht erschien im Kubus. Ein nicht mehr ganz junger Mann mit kurz geschorenem Haar und rotbrauner Haut. Braune Mandelaugen sahen den Admiral an.

»Kapitän Nerian Ghar von der *Veltreska* an *Dragulia*!«

»Wir hören Sie, Kapitän!«, sagte Telios in den Kubus.

»Admiral!« Die Mandelaugen weiteten sich. »Der Prophetin sei Dank, Sie sind am Leben! Wir hatten schon das Schlimmste befürchtet!«

»Ich kenne Sie. Sie sind Kaleens Adjutant.«

Kapitän Ghar verneigte sich kurz und ergeben. »Zumindest war ich das, als Sie und ich uns das letzte Mal begegnet sind.«

Natürlich. Telios erinnerte sich: Während der Graduierungszeremonie an der Akademie in Teriam — am gleichen Abend als Instruktor Shuan-Kor in der Folterkammer des Stillen Hauses gestorben war. »Danke für die Hilfe, Kapitän«, sagte Telios. »Auch wenn Ihr Timing etwas zu dramatisch für meinen Geschmack ist. Kaleen — wo ist sie?«

»Sie wurde auf Geheiß seiner Exzellenz zusammen mit den Admirälen Skoru, An-Dalok und Ru-Bandra unter Arrest gestellt.«

»Was?«

»Man wirft ihnen Hochverrat vor«, entgegnete Ghar. »Aber Admiral Kaleen hatte mit dieser Eventualität gerechnet und uns den Befehl gegeben, einzugreifen, falls das geschehen sollte. Wir standen kurz davor, einen Angriff gegen Teriam zu fliegen. Dann erfuhren wir über Kubusübertragungen des Ordens, dass Sie anscheinend das Gleiche vorhaben und dachten uns, Sie könnten Unterstützung gebrauchen.«

»Wie Sie sehen.« Telios lächelte trocken. Erst jetzt wurde ihm klar, dass weitere Erschütterungen der *Dragulia* ausblieben. Er warf einen Blick zu Quai-Lor, der stumm den Daumen hob, um zu signalisieren, dass sich die Schildenergie wieder erholte. »Wie hat der Orden auf die Festnahme reagiert?«, fragte Telios den Kapitän.

»Die Nachricht hat für enorme Unsicherheit in der Armada gesorgt. Genau wie Ihr Erscheinen. Admiral.« Ghars Stimme wurde eindringlicher. »Während wir hier sprechen, versuchen weitere unserer Verbündeten, die gouverneursloyalen Schiffe von Ihnen fernzuhalten, aber das wird nicht überall gelingen. Wir müssen so bald wie möglich zur Hauptstadt gelangen, bevor diese noch weiter abgeschirmt wird!«

»Verstanden.« Telios nickte. »Es ist mir eine Ehre, an Ihrer Seite kämpfen zu dürfen, Kapitän.«

»Die Ehre ist ganz auf unserer Seite, Admiral! *Veltreska*, Ende!«

»Leutnant Veldris! Verbindung an alle unsere Schiffe!« Der Admiral straffte seine Haltung. »Telios an alle: Fallen Sie hinter die neuen Schiffe zurück und regenerieren Sie Ihre Schilde, dann greifen Sie erneut an! Kommandant«, er sah Quai-Lor in Habachtstellung schnappen, »aktualisieren Sie die Freund/Feind-Erkennung! Und dann bringen Sie uns zurück in die Schlacht!«

»Zu Befehl!«

Erst, als Quai-Lor sich abgewandt hatte, erlaubte sich Telios, auszuatmen.

Scharfer Rauch reizte seine Nase. Als Kai mit vor Schmerz singendem Schädel die Augen öffnete, lag er auf dem Bo den. Leichter Nebel erfüllte den Raum. Er machte den Fehler, die verbrannt riechende Luft einzuatmen und wurde sofort dafür bestraft, als Qualm in seine Lungen geriet. Er hustete unter Tränen, während Sirenen in seinen Ohren schrillten; jenseits der Tür hörte er knallende Schritte und das Zischen von Feuerlöschern.

»Ahi Laan!«, krächzte er und zog sich das Hemd über Mund und Nase. Langsam kämpfte er sich an der Wand hoch und kam auf wackeligen Knien zum Stehen. »Ahi Laan!«

Er sah ihre Silhouette auf dem Bett liegen. Sie antwortete nicht.

Ahi Laan hatte den Kopf von ihm abgewandt. Ihre Arme, Beine und Flügel waren kraftlos von ihr gestreckt. Aus ihrer blauen Kehle ragte ein unförmiges Metallstück. Rinnsale flossen daraus hervor und färbten das Laken rot.

Kai verlor fast den Halt; er musste sich an der Wand abstützen, um nicht zu stürzen. Hustend und tränend lief er zur ihr. »Ahi Laan!«

Er drehte ihren Kopf zu sich; es geschah ohne den leisesten Widerstand. Ein leerer Blick aus Bronzeaugen traf ihn. Kai spürte, wie ihm das Blut aus dem Gesicht wich.

»Hilfe!«, rief er. »Wir brauchen Hilfe!«

Aber er wusste, dass es dafür zu spät war. Er schloss die nassen, wunden Augen.

Die Tür wurde aufgerissen; Friedenswächter kamen zu ihm, Feuerlöscher in den Händen, Atemmasken über den Gesichtern.

»Sind Sie in Ordnung?«, brummte ein Skria.

Kai konnte ihm nicht antworten. Sein Blick lag auf der Armschiene an Ahi Laans rechtem Arm. Das Artefakt ließ sich so einfach wie ein Handschuh abstreifen. Er legte es an. Ein vertrautes Gefühl, aber es brachte ihm keinen Trost.

»Kommen Sie!«, brummte der Skria wieder. Hände packten Kai an den Schultern, zogen ihn auf den Korridor. Belüftungsmaschinen arbeiteten auf Hochtouren, die verrauchte Luft zu klären. Jemand legte ihm eine Sauerstoffmaske über das Gesicht, bat ihn, tief einzuatmen.

Kai nahm nichts davon wahr. Er betrachtete das Artefakt um seinem Arm.

Nun musste er den Platz der Sha Yang einnehmen.

XVI

KRONNS HORDE

»»Was ist nur aus der Ehre unter Dieben geworden?««*
– aus »Schwarze Nächte in Taragor« von Renves Degg, Kapitel
achtzehn

Ich bin eine Statue, beschwor sich Nelen. *Ganz still, ganz stumm! Eine Statue! Eine winzige Statue mit Flügeln!*

Noch immer duckte sie sich im Schatten des Schiffs, die Flügel an die Innenseite der rechten Landekufe gedrückt, in ihrem Schrecken erstarrt, sodass sie glaubte, ihr Herz sei der einzige Muskel ihres Körpers, der sich noch bewegte.

Jenseits der Schatten gingen die Piraten weiterhin ihren Geschäften nach. Jeder Schritt, der durch den Hangar hallte oder auf der Gangway polterte, jedes Wort, das sie einander zugröhlten, beschwor einen Aufschrei in Nelens Kehle.

Sie wusste nicht, wie lange sie hier schon kauerte, aber sie spürte, wie ihr die Zeit davonlief wie Sand, der zwischen ihren Fingern zerrann. Sie versuchte, nicht daran zu denken, was Sefirons Leute mit den anderen angestellt haben mochten; die Erinnerungen an die Folter des Schattenkaisers trafen ihr Gehirn wie Messerstiche. Endriel, Keru und Xeah verließen sich auf sie! Wahrscheinlich war sie die einzige Chance, die sie hatten, aus diesem Alptraum wieder herauszukommen – und sie saß hier fest!

Nelen schluckte angestrengt, die Zunge schien ihr am Gaumen zu kleben. Ein weiteres Mal überprüfte sie die Ladung des Sonnenauges: die stecknadelkopfgroße Anzeige leuchtete in giftigem Grün. Blitzschnell drehte sie die

Waffe wieder Richtung Boden, damit niemand das winzige Licht in den Schatten sah.

Ihr war klar, dass das Auge allen anderen Völkern außer ihrem eigenen als lächerliches Spielzeug erscheinen musste. Aber auch, wenn seine Durchschlagskraft kaum an die der größeren Modelle heranreichte, konnte es dennoch eine Menge Schaden anrichten. Es blieb nur die Frage, ob sie fähig war, damit auf ein anderes Lebewesen zu schießen ...

Wieder polterten Schritte auf der Gangway. Nelen schreckte zusammen. Aus ihrer Deckung konnte sie zwei Piraten sehen, die das Schiff verließen, eine Truhe mit Endriels Kleidern zwischen sich.

Nelen hatte Mühe zu schätzen, wie viele von den stinkenden Mistkerlen sich mit ihr im Hangar befanden: vielleicht ein halbes Dutzend, vielleicht auch weniger. Ihr Kapitän hatte ihnen einen Befehl über Geisterkubus erteilt, den Nelen nicht verstanden hatte. Anschließend hatten sie begonnen, das Schiff zu durchsuchen. Kalte Wut hatte Nelens Furcht vorübergehend verdrängt, als sie sich vorstellte, wie die Hände der Piraten ihre Sachen durchwühlten und alles, was von Wert war, von Bord schleppten: ihre Kleidung, Vorräte, sogar Xeahs Statue der Prophetin.

Es gab nur einen von ihnen, den sie ständig im Visier hatte: eine skeletthafte Menschenfrau mit kohlrabenschwarzen Haaren, die neben der weißen Tür lehnte, dem einzigen Ein- und Ausgang. Sie kaute gelangweilt auf einem Apfel, was Nelen an ihren eigenen Hunger erinnerte. Aber das war im Moment ihr geringstes Problem. Sie musste hier raus! Nur wie, ohne gleich die halbe Horde zu alarmieren?

Ihr stockte der Atem, als sie schwere Schritte ächzen hörte, direkt über sich, im Unteren Deck. Mikos Sarg lag immer noch dort, zwischen den Kisten der Hand der Freundschaft!

»Ich glaub's nich'!«, hörte sie einen Skria rufen, seine

Stimme kaum durch den Holzboden gedämpft. »Alter, guck dir das an!«

Neue Schritte kamen dazu. Sie hörte einen Menschen; seine Worte waren sehr viel leiser und nur mit Mühe zu verstehen: »Was is'? Ach du Scheiße.«

Ihr verfluchten Mistkerle! Lasst ihn in Ruhe! Nelen hätte es fast geschrien.

»Wieso schleppen die'n toten Bengel mit sich 'rum?«

»Weiß nich', ob ich das wirklich wissen will«, gab der Skria zurück. Dann brüllte er, so laut, dass sie glaubte, dass Schockwellen durch das Schiff liefen: »He Leute! Wir ham was gefunden!«

Nelen zitterte vor Wut.

»*Was* habt ihr gefunden?«, rief jemand genervt.

»Das siehste dir besser selbst an!« Der Skria klang ungläubig-amüsiert. Nelen musste den Impuls unterdrücken, das Sonnenauge nach oben zu richten und zu feuern.

Der Ruf verfehlte seine Wirkung nicht: Sie hörte ein Dutzend Füße, Krallen und Stiefel, die sich ins Untere Deck begaben. Ihr Ansturm brachte die *Korona* leicht ins Wanken.

Auch die wenigen Piraten, die sich noch im Hangar befanden und dort ihre Beute ablegten, machten wieder kehrt und polterten die Gangway hoch. Alle. Bis auf eine.

»Ey!«, rief die Menschenfrau mit dem Apfel ihren Kumpanen zu. »Ihr sollt arbeiten, nich' gaffen!«

Na los!, flehte Nelen stumm. *Mach schon! Bist du denn gar nicht neugierig?*

Dann kamen die ersten angewiderten oder beeindruckten Aussprüche aus dem Unteren Deck: »*... der tot?*« – »*... jedenfalls kalt wien Fisch.*« – »*... das für Perverse?*« – »*... von 'nem Sonnenauge?*«

»He!«, rief die klapprige Frau an der Tür wieder. »Zurück an die Arbeit! Ihr kennt die Befehle vom Käpt'n! Das Ding soll bis heute Abend startklar sein!«

Startklar?, wunderte sich Nelen. Ihr fielen die obskuren Maschinen wieder ein, die die Piraten vorhin auf Schwebeplattformen herangefahren hatten.

»Seid ihr taub, verfluchte Scheiße?«, rief die Frau wieder.

Endlich! Nelen hätte beinahe gejubelt, als sie sah, wie die Piratin den Rest ihres Apfels wegschmiss, sich von der Wand abstieß und böse vor sich hinmurmelnd zum Schiff marschierte. Das Herz der Yadi verdoppelte seinen Schlag, falls das noch möglich war. Nur noch drei Schritte, dann hatte sie die Gangway erreicht! Zwei Schritte –

Jetzt!

Nelen erwachte aus ihrer Starre, sprang auf und legte alle Kraft in ihre Flügel. Das Sonnenauge in den Händen, schoss sie unter der *Korona* hervor, über den zerkratzten schwarzen Hangarboden hinweg und vorbei an den ruhenden Piratenschiffen. Der Flugwind kühlte den Schweiß auf ihrer Haut – die weiße Tür stand immer noch offen. Der Gang, der sich dahinter auftat, war leer.

Alles in allem hatte er sich seine Rückkehr etwas anders vorgestellt. War es wirklich so naiv von ihm gewesen, zu glauben, Zailar hätte sich über sein Bemühen gefreut, Amalinn und den anderen den Arsch zu retten? Anscheinend. Aber vielleicht kannte er den Käpt'n nicht so gut, wie er bislang gedacht hatte.

Nun stand sein eigener Arsch kurz davor, geröstet zu werden, zusammen mit dem von Endriel und ihrer Mannschaft. Er musste sich etwas einfallen lassen, wenn er das Ruder noch irgendwie rumreißen wollte. Dass Zailar verlangt hatte, ihn vor seiner Inhaftierung noch einmal persönlich zu sprechen, gab ihm zumindest ein klein wenig Hoffnung. Dennoch war ihm klar, dass nur ein falsches Wort sein Schicksal besiegeln konnte.

Das Büro war mit Teppichen ausgelegt, von denen jeder ein Vermögen wert war. Goldgerahmte Gemälde hingen an den schwarzen Wänden: Morestros »Elfenbeinpalast«, Ran-Goras »Berge im Mondaufgang« und andere, unbezahlbare Meisterwerke, die sein Diebesherz höher schlagen ließen.

Er stand kerzengerade vor dem Mahagoni-Schreibtisch des Käpt'ns. Zailar hatte ihre perfekt manikürten Krallen zu einem Giebel zusammengelegt; er wusste, dass sie keinerlei Schwierigkeiten haben würde, damit einen Verräter in ihrer Mitte zu zerfleischen.

Sie waren nicht allein. Links neben Zailar stand ihre Nummer Zwei: Goskin, mit seinem hageren Gesicht und der windschiefen Nase unter müden Augen. Das graue Bisschen, das von seinen Haaren geblieben war, hatte er wie üblich mit reichlich Pomade gebändigt, und auch wenn er sich bemühte, keine Miene zu verziehen, erkannte Sefiron Besorgnis in seinem Blick. Was zu erwarten war, immerhin war er Amalinns Onkel, der Bruder ihrer Mutter, und jeder wusste, dass er und seine Nichte gute Freunde waren.

Rechts von Zailar hatte sich Nong-Dula aufgestellt, ihr Majordomus – was ihre Umschreibung für »Sicherheitschef« war. *Du steckst tief in der Scheiße, mein Junge*, sagte der Blick des alten Hornschädels. Nicht, dass das etwas Neues wäre. Sefiron wusste, dass Nong-Dula ihn noch nie hatte ausstehen können. Was auf Gegenseitigkeit beruhte.

»Sie wollten mich sprechen, Käpt'n?«

»Auch nur aus einem Grunde, Herr Maat.« Zailars Stimme war kalt. »Angesichts Ihrer bisherigen Leistungen bin ich zu dem Entschluss gekommen, Ihnen die Gelegenheit zu geben, sich zu erklären. Aber meine Zeit ist kostbar, wie Sie wissen. Ich würde Ihnen daher nahe legen, sich so kurz wie möglich zu fassen.«

»Ich kann Ihnen nur das Gleiche sagen wie vorhin schon«, begann er, um Ruhe bemüht. »Ich hatt' nix anderes als das Wohl uns'rer Leute im Sinn.«

»Und Ihr eigenes.«

Er grinste angestrengt. »Natürlich auch mein eigenes! Aber Amalinn und die anderen unterstanden meinem Kommando. Ich bin für sie verantwortlich – und ich dacht' eigentlich, es würde uns'rer Sache sehr helfen, wenn sie wieder auf freien Fuß kämen. Käpt'n«, fügte er hastig hinzu.

Zailar richtete einen Finger auf ihn; ihre Kralle glänzte wie Sakedostahl. »Sie kennen unsere Politik: Wer dem Gesetz in die Hände fällt, ist nicht länger Teil der Horde!«

»Aye«, sagte er, bemüht, so selbstsicher wie möglich zu klingen. »Aber Telios is' auch nich' mehr das Gesetz, und normalerweise lässt einer wie er auch nich' mit sich verhandeln! Ich hab die Chance gesehen, unsere Köpfe wieder aus der Schlinge zu ziehen und zugeschlagen! Sie sind immer noch welche von uns, Käpt'n!« Er sah zu Goskin, der unruhig die Hände knetete; sie beide hatten mehr als einmal zusammen die Nächte durchzecht. Der Vizekapitän mochte nicht so gebildet oder weitsichtig sein wie ihre Anführerin, aber er war ein anständiger Kerl. Zumindest hatte er das bislang immer geglaubt.

»Kronns Horde existiert seit über dreihundert Jahren«, begann Zailar in einem trügerisch ruhigen Ton, der bewirkte, dass Sefirons Armhaare sich aufrichteten. »Wir sind die älteste, größte und erfolgreichste Gruppierung in unserem Gewerbe auf dem ganzen Planeten. Woran, glauben Sie, liegt das? Was unterscheidet uns von den zahlreichen Amateuren dort draußen, die von den Weißmänteln geschnappt werden? Warum können wir uns vor Rekruten nicht retten?«

Sefiron witterte eine Falle. »Zusammenhalt?«, schlug er vor. »Ausrüstung? Charme?«

»Sowie die Tatsache, *dass wir keine Außenseiter durch unser Geheimversteck führen!*« Zailar fuhr von ihrem Sitzkissen auf, ihre Faust hämmerte auf den Tisch; Sefiron strengte sich an, nicht zu blinzeln. Das Ticken der Standuhr hinter seinem Rücken sägte an seinen Nerven, als zählte es seine ablaufende Zeit. *Tick-tack, tick-tack ...*

»Sie haben doch gar nix gesehen!«

»Sie haben genug gesehen!«, schnaubte Zailar. Ihre Zähne blitzten in perfektem Weiß. Nong-Dula hob und senkte seinen Echsenschädel in einem langsamen, weisen Nicken. Goskins Wangenmuskeln zuckten deutlich sichtbar.

Tick-tack, tick-tack –

»Selbst wenn, was soll'n sie machen? Wir schicken sie durch den gleichen Nexus zurück, durch den wir hergekommen sind – und verschieben das Portal. Die werden nie wieder hierher finden! Sie wissen ja nich' mal, wo *hier* is'!« Er machte eine hilflose Geste, die den Raum umschloss.

Der Sarkasmus in Zailars Stimme war ätzend wie Säure. »Ich bin überrascht, dass Sie Ihnen diesen Punkt nicht auch verraten haben, Herr Maat.«

Er fühlte eiserne Hände, die sich um seinen Hals schlossen. »Ich bin immer noch einer von Ihnen, Käpt'n!«, sagte er mit halbwegs fester Stimme. »Nach allem, was Sie für mich getan haben, glauben Sie, ich könnt' Sie verraten?«

Zailar starrte ihn an. »Verstehen Sie mich nicht falsch, Herr Maat. Ich war erleichtert, Sie unversehrt wieder zu sehen. Ich betrachte Sie als meinen Protegé und bislang hatte ich geglaubt, mein Vertrauen in Sie nicht vergeudet zu haben. Im Augenblick – bin ich mir da nicht so sicher.«

Tick-tack, tick-tack, TICK-TACK –

»Es ging mir nur um unsere Leute, nich' mehr!« Sefiron wusste, wie verzweifelt er klang. *Scheiß drauf*, dachte er.

»Bitte! Hör'n Sie sich an, was Endriel zu sagen hat! Amalinn, Brolgo und der Rest verlassen sich auf uns!«

Zailar zeigte wieder die Zähne; niemand hätte es für ein Lächeln halten können. »Ich kann mir nicht vorstellen, was Ihre Verflossene mir wohl sagen könnte, das es wert wäre, zu hören.«

»Sehr richtig«, sagte Nong-Dula.

Halt dich da raus, Eidechsengesicht! »Das will ich Ihnen sagen, Käpt'n.«

Und er erzählte ihr von Telios' Angriff auf Teriam und dem bevorstehenden, letzten Schlag des Kults, sowie Endriels Vorhaben, Kronns Horde um Unterstützung zu bitten, gegen das Versprechen völliger Amnestie.

»Und das haben Sie ihm geglaubt?«

»Keine Sekunde!«, log Sefiron. Plötzlich sehnte er sich zurück in seine Zeit als Dieb auf Solopfaden, in denen er niemandem über seine Entscheidungen Rechenschaft ablegen musste, außer sich selbst. »Sie ham mich gefragt, was Endriel Ihnen sagen wollte – und das war's, das war ihr Angebot. Sie und der Admiral sind völlig verzweifelt. Ich hab mir nur erlaubt, diese Verzweiflung auszunutzen.«

»Ist das so?«, fragte der Käpt'n.

Es kostete ihn all seine Willenskraft, Zailars Blick stand zu halten. Er nickte. »So und nich' anders.«

Zailar schwieg einen Moment; es war unmöglich, ihre Miene zu deuten. »Meine Herren«, schnurrte sie, und wandte sich wieder an Goskin und Nong-Dula, »wie es aussieht, sind unsere Freunde in Weiß bald ein gelöstes Problem.« Machte sie sich über ihn lustig? Sefiron sah ihren Majordomus grinsen; Amalinns Onkel dagegen drehte nervös den Ring an seiner rechten Hand.

»Was ham Sie jetzt vor, Käpt'n?«

Ihrer Stimme fehlte jegliche Emotion. »Was glauben Sie, was ich vorhabe, Herr Maat? Bürgerin Naguun und ihre

Mannschaft haben nicht den geringsten Wert für uns.«

Er konnte sein Erschrecken nicht verbergen. »Nein!«, rief er aus.

»Nein?«, fragte Zailar.

»Denken Sie nach, Käpt'n! Tot ham sie noch viel weniger Wert! Unsere Leute –!«

»Ich hatte Sie für cleverer gehalten, Herr Maat. Selbst wenn der Admiral sein Wort halten sollte – er wird den Kampf gegen seinen Orden nicht überleben. Ihr Handel mit ihm erlischt somit. Und nach allem, was Sie mir über die Frau erzählt haben, habe ich Schwierigkeiten, mir vorzustellen, wer sich sonst für Endriel Naguuns Überleben interessieren könnte. Den einzigen Wert, den sie und ihr Anhang hatten, war ihr Schiff. Welches nun uns gehört.«

TICK-TACK, TICK-TACK –

»Ich hatte offen gestanden hohe Erwartungen an Sie, Herr Maat.« Zailar klang aufrichtig enttäuscht. »Wie Sie sich erinnern, haben nicht wenige Mitglieder unserer Organisation meine Entscheidung kritisiert, Sie bei uns aufzunehmen. Jedoch haben Sie ihnen – und mir – bewiesen, dass es kein Fehler war, Sie am Leben zu lassen. Sie sind ein fähiger Mann. Und wie Sie wissen, hasse ich Verschwendung von gutem Personal. Daher will ich Ihnen noch eine letzte Chance geben, um zu beweisen, wem Ihre Loyalität gehört.«

Sefiron sah sie an; ihr Blick verwandelte seinen Magen in Eis.

Sie hatte sich nicht geirrt. Endriel hatte immer noch Schwierigkeiten, sich an diesen Gedanken zu gewöhnen. Entgegen aller Wahrscheinlichkeit hatte sie ihr Instinkt nicht betrogen: Sef hatte die Wahrheit gesagt. Nicht, dass ihn das in ihren Augen zu etwas anderem als einen schleimigen Wurm machte, aber ... er hatte seinen Teil der Abmachung eingehalten. Zumindest technisch gesehen.

Tragisch war nur, wie wenig ihnen das genutzt hatte. Wahrscheinlich waren seine Leute gerade dabei, ihn auseinanderzunehmen. Und es war nur eine Frage der Zeit, bis ihnen ihre drei Gefangenen wieder einfielen.

Wo bleibt sie nur? Endriel schritt unaufhörlich ihre Zelle ab. Sie hatten ihnen die Handschellen noch nicht wieder abgenommen; das Metall drückte ihr kalt und hart in die Haut.

Von allen Gefängnissen, die sie im Laufe ihres Lebens von innen kennengelernt hatte, war dies mit Abstand das abstoßendste. Nur eine einzige Lichtkugel hing an der Decke; ihr dämmriger Schimmer ließ das Gewölbe um sie herum wie einen Bilderbuchkerker aussehen. Sechs Stahlkäfige reihten sich an der Wand gegenüber der Tür; zwei mal zwei Schritt breite Würfel aus Stahl, deren dicke Gitterstäbe zusätzlich durch ein Stahlgitter gesichert waren. Und nicht einmal ein Yadi hätte sich durch die Maschen durchzwängen können. Endriel hatte es geschafft, einen Dietrich in ihrem rechten Schuh an den Piraten vorbei zu schmuggeln und anfänglich noch triumphiert – doch die Freude war nur von kurzer Dauer gewesen. Denn selbst, wenn sie es irgendwie geschafft hätte, das Gitter aufzuschneiden, gab es kein Schloss, in das sie den Schlüssel hätte stecken können: die Öffnungen der Käfige wurden von einer Schaltkonsole kontrolliert, die neben der Tür hing; drei bis vier Schritte jenseits ihrer Reichweite.

Zwei ihrer Wächter saßen an dem speckigen Holztisch in Türnähe und vertrieben sich die Zeit mit einem Würfelspiel: ein Mensch in ihrem Alter, mit Aknenarben so tief wie Krater, der seine bullige Gestalt in einen zerfransten Ledermantel hüllte, und ein aschgrauer Skria, der sich immer wieder an seiner rechten Schulter kratzte. Das Fell dort wuchs nur noch spärlich und offenbarte einen nässenden Ausschlag. Weder Graufell noch Kratergesicht beachteten sie.

Der dritte Wächter, Halbhorn, nahm seine Pflichten ernster. Die Miene des Reptils war düster und sein schwarzer Blick glitt beständig von einer Zelle zur nächsten; ihm entging keine Bewegung. Ein Energiestrahl oder eine besonders scharfe Klinge hatte ihm sein Horn halbiert: Das Ende des hohlen Knochens war mit einem Aufsatz aus Leder verschlossen worden. Er hatte ein Sonnenauge geschultert, während seine Kumpane nur mit Säbeln bewaffnet waren. Endriel hatte keine Ahnung, was diese drei ausgefressen haben mussten, um zum Wachdienst in diesem Dreckloch verdonnert worden zu sein. Vielleicht besaßen sie auch einfach keinen Geruchssinn: In jeder Zelle lag wenigstens eine zerschlissene Schlafmatte, die nach Schweiß und Urin müffelte, außerdem gab es krude Toiletten aus Metall, anscheinend vor Jahrhunderten das letzte Mal gereinigt und von braunem Dreck verkrustet.

Der Gestank war atemberaubend, aber alles in allem leichter zu ertragen, als die Hoffnungslosigkeit, die begann, von Endriel Besitz zu ergreifen.

Wo bleibst du, Nelen?

Sie erinnerte sich, wie sie auf dem Weg hierher diverse Hallen und Gänge passiert hatten, die genau wie der Hangar an den Palast des Schattenkaisers erinnerten. Allerdings wurde hier augenscheinlich weniger Wert auf Sauberkeit gelegt, denn überall hatten Maschinenteile herumgestanden, altersschwache Werkzeugregale, Holzlatten, Ballen von Leinwand und Kabelspulen. Der Gestank von Schmieröl, Ozon, Wein, ungewaschenen Lebewesen, Moder und brutzelndem Fleisch hatte ihre Nase attackiert. Eine Ratte war vor ihnen geflüchtet, direkt in die Fänge einer streunenden Katze. Einmal war ihnen sogar ein Huhn entgegen geflattert, das von einem Skria-Jungen wieder eingefangen wurde. Das Geflügel auf dem Arm, hatte er mit großen Augen zugesehen, wie die Gefangenen den Gang hinuntergestoßen wurden, während aus einem angrenzenden Gang Grölen und schmutzige Lieder drangen, gemischt mit Kinderlachen.

Endriel hatte Schilder aus halbverrostetem Eisen gesehen, die in die Wände geschraubt waren und Bezeichnungen trugen wie »Quartiere«, »Waffenkammer«, »Hangar 2«, »Hangar 3«, »Maschinenraum«, »Lagerhalle«, »Vorratskammer« und so weiter.

Wie viele von diesen Kerlen hier leben mochten, konnte sie nicht sagen. Aber sie schienen es sich in dieser Marmorgruft schon seit Generationen heimisch gemacht zu haben. Wie weit reichten diese Gänge – und vor allem, wo auf Kenlyn befanden sie sich? Es musste irgendwo unter der Erde sein, denn es gab kein Licht, das nicht künstlich war.

»Setz dich endlich hin, Affengesicht!«, fuhr Halbhorn in Endriels Gedanken, seine Stimme von Silberfeuer oder einer anderen, nicht ganz so legalen Droge, aufgeputscht. »Du machst mich nervös!«

Endriel hob die Hände. »Tut mir aufrichtig leid«, log sie. Das rote Glühen des Fokuskristalls verriet ihr, dass das Ding nicht auf »Betäuben« eingestellt war. Unter Halbhorns funkelndem Blick ließ sie sich auf der Schlafmatte nieder.

»Ich glaube, es ist das selbe Gebäude«, brummte Keru leise. Er stand in der Zelle links von ihr und ließ Halbhorn keine Sekunde aus den Augen.

»Was meinst du?«, flüsterte Endriel zurück.

»Mach die Augen auf: Es ist die gleiche Bauweise, das gleiche Material. Alles wie im kaiserlichen Palast.«

Xeah, in der Zelle rechts von Endriel, reckte neugierig ihren Hals. »Soll das heißen, der Kult und diese Leute hier ... sind Nachbarn?«

Keru nickte. »Auf dem Weg hierher habe ich einen abgesperrten Gang bemerkt. Es sah aus, als wäre er vor Ewigkeiten eingestürzt. Vielleicht befand sich dahinter ein Tunnel oder ein Nexus zum Rest des Palastes.«

»Das wäre wirklich komisch, was?«, fragte Endriel matt. Sie war sich sicher, dass Keru nur versuchte, sie abzulenken. Aber zumindest würde es Sinn ergeben: Wenn sich das Gebäude per Nexus über das Niemandsland erstreckte, und der Kult ähnliche Portale als Zugang hatte, wie die Piraten, war es kein Wunder, dass sie sich nie über der roten Wüste begegnet waren.

»Was flüstert ihr da?« Halbhorn schwenkte wieder das Sonnenauge. »Haltet eure Fressen!«

Endriel schwor sich, ihm das Ding in seinen Hals zu stopfen, sobald sie hier rauskam.

Sie blickte zu Xeah; ihr war schon vorher aufgefallen, dass sie immer wieder in den Tiefen ihres rechten Ärmels kramte, soweit die Handschellen es ihr erlaubten, und dabei immer wieder inne hielt, sobald Halbhorns Blick in ihre Richtung glitt. Hatte sie irgendeine Waffe in ihrer Robe versteckt? Ein Messer vielleicht – irgendetwas, das klein genug war, dass die Piraten es bei ihrer Durchsuchung nicht entdeckt hatten? Endriel suchte den Blick der alten Heilerin. »*Was tust du?*«, fragte Endriel stumm.

Xeah setzte zu einer ebenso lautlosen Antwort an, als ein ohrenzerfetzendes Piepen durch das Gewölbe hallte. Die Wächter sahen zeitgleich auf. »*Ich will Naguun*«, rauschte eine vertraute Stimme aus einem Lautsprecher. Zailar. »*Schafft sie in den Verhörraum.*«

»Aye, Käpt'n!« Graufell legte den Würfelbecher nieder. Seine gebleckten Zähne erinnerten Endriel an eine Bärenfalle; ihr Puls raste. »Tja, du hast den Käpt'n gehört«, brummte er. »Steh auf!«

Endriel erhob sich. *Kai*, dachte sie. *Es tut mir leid …*

Graufell stellte sich vor ihrem Käfig auf, während Kratergesicht zur Schaltkonsole wanderte. Halbhorn hielt den rotglühenden Kristall auf Endriels Kopf gerichtet. Wenn sie es schaffte, schnell genug vorzuspringen, ihn zu entwaffnen und bis zur Konsole durchkam, um Keru zu befreien ...

Doch der Draxyll schien ihre Gedanken zu erraten, denn er schwenkte das Sonnenauge auf die erschreckte Xeah. »Keine Dummheiten!«, drohte er. »Sonst ...!«

Endriel erstarrte. Sie wusste, er würde abdrücken, wenn sie nur falsch blinzelte.

»Du hast den Mann gehört, Schätzchen«, brummte Graufell. »Also sei schön brav.«

»Wo bringt ihr sie hin?«, brüllte Keru.

»Sie macht 'nen kleinen Spaziergang. Mach die Tür auf, Oro.«

Kratergesicht betätigte einen Schalter; ein tiefes Brummen war zu hören, gefolgt vom Scheppern von Metall, als sich die Tür zur Seite schob. »Keine Dummheiten!«, wiederholte Halbhorn. Xeah saß immer noch wie gelähmt in seiner Schusslinie. *Kümmer dich nicht um mich!*, sagte ihr Blick. *Versuch zu fliehen!*

Endriel trat langsam vor. Sie wusste, dass sie es nicht fertig bringen würde.

Keru warf sich gegen die Gitterstäbe.

»Krieg dich wieder ein, Großer!«, kreischte Halbhorn, ohne den Blick von Xeah zu lassen.

Kerus Gebrüll ließ die Wände beben.

Halbhorns Gesicht zuckte in seine Richtung. »Ich sagte –!«

Endriel wirbelte herum; ihr rechter Fuß trat gegen das Sonnenauge und schmetterte die Waffe gegen Halbhorns Schädel. Er ächzte, torkelte zurück, der Metallstab entglitt ihm. Graufell und Kratergesicht waren bereits vorgesprungen; Endriel duckte sich unter dem Schlag des Skria hinweg und rammte dem jungen Menschen den Ellenbogen in die Magengrube. Noch zwei Schritte, dann hatte sie die Schaltkonsole erreicht! Sie streckte die gefesselten Hände aus. Fast –!

»Endriel!«, rief Xeah.

Etwas Hartes traf ihre Schulter und warf sie nach vorn. Grelle Lichter kreischten in ihrem Kopf, als sie gegen die Wand unter der Konsole schlug. Hände wie aus Stahl packten sie, zerrten sie hoch. Für einen Moment sah sie Graufells Löwengesicht wie durch Nebel – Halbhorn stand hinter ihm, das Sonnenauge wie einen Knüppel in der Hand; ein Bluterguss formte interessante Muster im düsteren Gesicht des Reptils.

»Das war dumm, Schätzchen!« Graufells Worte wehten ihr Aasgeruch entgegen. »Sehr dumm!« Seine Rechte umschloss ihren Hals und drückte sie gegen die Wand, während seine Linke sie wie ein Hammerschlag in den Magen traf. Sie ächzte und krümmte sich; durch das Klingeln in ihren Ohren hörte sie irgendwo in weiter Ferne zwei vertraute Stimmen ihren Namen rufen.

Ein zweiter Schlag traf sie ins Gesicht. Endriel schmeckte Blut und spuckte aus. Roter Speichel und etwas Kleines, Hartes fiel über ihre Lippen, und ihre Zunge spürte eine Lücke, wo vorher ihr linker, unterer Eckzahn gewesen war. Ihre Wange schien platzen zu wollen.

»*Ihr seid tot!*«, donnerte Keru. »*Jeder einzelne von euch!*«

»Na los …« Endriel wusste nicht, wie sie es trotz der tauben Lippen geschafft hatte, die Worte hervor zu bringen. »Mach weiter. Dein Käpt'n … freut sich bestimmt … wenn du ihre Arbeit machst.«

»Neran!«, rief Kratergesicht. »Zailar wartet!«

Der Skria schnaubte Endriel stinkenden, heißen Wind ins Gesicht.

Hunderte von Augen verfolgten sie bei ihrem Flug durch den schwarzen Korridor; einige der Fahndungsplakate, die hier an den Wänden klebten, waren schon vergilbt, trotzdem fühlte sich Nelen von den zahlreichen Verbrechervisagen beobachtet. Sie wusste nicht, wer ihr sonst noch zusehen mochte: Sie hatte nach Aufzeichnern gesucht, doch keine gefunden – was nicht heißen mochte, dass es keine gab. Aber noch hatte man sie nicht entdeckt, noch war sie frei – und sie hatte ihr Ziel fast erreicht! Wenn sie den rostigen Schildern glauben durfte, war der Zellentrakt zum Greifen nahe; nur noch diesen Gang entlang, durch den Torbogen am Ende und dann die nächste Weggabelung rechts, immer dicht unter der Decke hinweg, das Sonnenauge schussbereit nach vorn gerichtet.

Der Torbogen kam immer näher, Meter für Meter! Nur noch ein kleines Stück, dann war sie da! Ein kleines, winzigkleines Stück! *Haltet aus!,* dachte sie. *Ich bin gleich da!*

Sie irrte sich.

»Du da!« Die Stimme eines fremden Yadi hinter ihr ließ sie fast in der Luft gefrieren. »Eine falsche Bewegung und du bist tot!«

Warum hatte sie nicht auf Andar gehört? Warum war sie nicht bei Kai geblieben, glücklich und am Leben? Wie hatte sie so dumm sein müssen, so blind, ausgerechnet hierher zu kommen?

Nun, zumindest war die Strafe für ihre Fehleinschätzung sofort erfolgt ...

Sie schleppten sie durch schwarze Korridore in einen leeren Raum, kaum größer als die Brücke der *Korona*. Rostbraune Flecken bedeckten den Boden und die Wände; Endriel konnte sich vorstellen, woher sie stammten, und ahnte, wofür das schmutzige Seil dienen sollte, das von der Decke baumelte.

Sie wurde erwartet.

»Hey, Sef«, murmelte sie mit blutigen Lippen. »So sieht man sich wieder.«

Sefiron stand neben Käpt'n Zailar, das Gesicht kreidebleich. Dass er seinen Mund hielt, war vielleicht das schlimmste Omen.

»Sie hat Schwierigkeiten gemacht, Käpt'n«, brummte Graufell.

»Ich habe nichts anderes erwartet, Bürger Neran.« Zailar machte eine Geste; Graufell packte Endriels Kopf, und Kratergesicht drückte ihr einen Ball aus Leder zwischen die Kiefer. Dann legten sie ihr ein stinkendes Tuch um den Mund. Eine weitere Geste des Käpt'ns, und man band ihr ein Ende des Seils um die ohnehin schon gefesselte Hände. Endriel schrie auf, als ihr die Arme fast aus den Schultergelenken gerissen wurden; die groben Fasern des Seils scheuerten die Haut auf, während sie allmählich den Kontakt zum Boden verlor und ihr ganzes Gewicht an ihr zerrte. Sie bekam nur am Rande mit, wie Graufell das andere Ende des Seils um einen Haken an der Wand knotete.

»Danke«, schnurrte Zailar.

»Was machen wir mit den ander'n, Käpt'n?«, fragte Kratergesicht.

Endriels Herz blieb fast stehen. Sie sah, wie Zailar zögerte und sich die schwarzen Lippen mit einer blassrosa Zunge leckte. »Bürger Oro«, sagte sie schließlich, »wie verfahren wir für gewöhnlich mit Parasiten?«

Der Knebel erstickte Endriels Schrei. Sie zerrte an dem Seil und trat um sich, ohne sich befreien zu können. Tränen schossen ihr in die Augen.

Kratergesicht zeigte ein abstoßendes Grinsen. »Verstanden, Käpt'n.«

»Lassen Sie uns jetzt allein,« befahl Zailar, und ihre beiden Handlanger gehorchten. »Viel Spaß«, flüsterte Graufell

Endriel im Gehen zu. Sie erstickte fast an dem Fluch, den sie ihm hinterher spie.

Zailar zückte ein Stilett aus der Scheide an ihrem Kilt. »Sie wissen, was zu tun ist, Herr Maat.«

Endriel starrte Sefiron an. Er zitterte am ganzen Leib, sein Blick war leer.

Zailar hielt ihm das Stilett hin, den Griff voran. Er betrachtete die lange, schmale Klinge, ohne dass sein geistloses Starren sich änderte.

»Die Wahl liegt bei Ihnen, Herr Maat«, schnurrte Zailar. »Sie können diesen Raum auf der Stelle verlassen. Aber Sie wissen, dass Sie nicht weit kommen werden.«

Er reagierte nicht. Endriel zerrte weiter an ihren Fesseln.

Zailar packte Sefirons Rechte. Sie legte ihm den Dolch in die Hand und schloss seine Finger um den Griff. »Zeigen Sie mir, dass all die Mühen, die ich in Sie investiert habe, nicht völlig umsonst waren.«

Er sah zu Endriel auf, hilflos, verloren. Heiße Tränen ließen sein Gesicht vor ihr verschwimmen.

»Ihnen läuft die Zeit davon, Herr Maat.« Endriel sah, wie Zailar hinter ihm die Krallen spreizte, bereit, zuzuschlagen.

»Es tut mir leid«, flüsterte Sefiron.

Endriel schloss die Augen, als er die Klinge hob.

»Alarm!«, schrie der Yadi und zückte zwei Nadelmesser von seinem Gürtel. Seine winzige Stimme schien ungehört im Korridor zu verhallen.

Nelen riss das Sonnenauge herum und feuerte mit zitternden Händen.

Sie ächzte, als der Rückstoß der Waffe sie einen Meter nach hinten schleuderte. Der Schuss ging daneben: Ihr Artgenosse drehte einen halben Looping und ließ den Energiestrahl an sich vorbeizischen. Er war sehr hübsch, wie Nelen auffiel – kaum älter als sie, höchstens neunzehn Jahre, mit perfekten Hörnern und wunderschönen Flügeln. »Alarm!«, schrie er in einem fort. »Alle Mann zu mir!«

Nelen feuerte wieder, einen längeren Strahl diesmal; das Sonnenauge schien sich in ihren Händen aufzubäumen. Wieder verfehlte sie, und diesmal schlug die Wucht der Waffe sie gegen die Wand. Ihr Kopf schlug gegen Stein, es wurde schwarz um sie, doch nur für eine Sekunde. Als sie wieder zu sich kam, fiel sie dem Boden entgegen wie eine abgeschossene Ente. Sie strengte die Flügel an, bremste den Sturz, spürte eine Beule an ihrem Hinterkopf wachsen und pulsieren.

Sie erschrak: Sie hatte das Sonnenauge verloren!

Etwas Silbernes zischte nur knapp an ihrem Ohr vorbei; das Nadelmesser flog mit einem leisen *Pling* gegen die Wand. Ihr Artgenosse fluchte und zielte mit der anderen Klinge auf sie.

Nelen zog die Flügel ein und stürzte zwei Meter Richtung Boden. Erst im letzten Moment breitete sie die Schwingen aus und fing den Sturz ab. Sie setzte stolpernd auf, fing sich wieder, griff nach dem Sonnenauge – und schrie, als sich das zweite Nadelmesser in ihren rechten Oberarm bohrte.

Der Junge mit den wunderschönen Flügeln jagte mit einem Kampfschrei auf sie zu; Nelen zog das Messer aus ihrem Arm und bückte sich nach dem Sonnenauge. Sie bekam es zu fassen, hob es unter Schmerzen – da hatte er sie schon erreicht. Er packte das Sonnenauge im Vorbeiflug mit beiden Händen, aber Nelen klammerte sich verzweifelt an die Waffe und ließ sich von ihm mitreißen. Um das Sonnenauge ringend, flatterten die beiden Yadi durch den Korridor. »Wer immer du bist«, brachte er mit zusammengebissenen Zähnen hervor, »du bist tot!«

Nelen glaubte, die Klinge immer noch in ihrem Fleisch zu fühlen. Der Schmerz brannte wie Feuer; Blut bedeckte ihren Arm und tropfte auf den Boden, drei Meter unter ihnen. Sie winkelte die Beine an und trat ihn zwischen die Leisten, zwei, dreimal. Doch er verzog nur jedes Mal das Gesicht, ohne lockerzulassen. Nelen versuchte, ihn gegen die nächste Wand zu schmettern, aber seine Flügel waren nicht nur schöner als ihre, sie waren auch stärker. Er drehte den Spieß einfach um und schwarzer Marmor raste ihrem Rücken entgegen. Ihr Griff um den Metallstab wurde schwächer; wenn sie die Waffe verlor, war auch sie verloren, das war ihr klar. Aber seine Arme waren unverletzt und seine Hände stark –

Seine Hände!

Mehr aus Instinkt als aus Kalkül ließ Nelen den Kopf vorschnellen und biss ihm in die rechte Hand. Ihre spitzen Eckzähne durchbohrten seine Haut; warme, salzige Flüssigkeit sprudelte unter ihren Zähnen hervor. Sie hörte ihn irgendeine Obszönität kreischen; er ließ nicht los, aber sein Griff ließ nach. Das reichte, um ihm das obere Ende des Sonnenauges gegen den Schädel zu rammen. Sein linkes Horn brach und für eine Sekunde, nur für eine Sekunde, ließ er die Waffe los – einen Herzschlag, bevor sie beide mit der Wand kollidiert wären. Nelen ging in den Sturzflug, sah zu, wie er schützend die Arme hob und die Beine ausstreckte, um den Aufprall abzufangen. Er hatte sich augenblicklich wieder unter Kontrolle, schwang sich zu ihr herum ...

... und blickte auf den Fokuskristall der Waffe. Nelen feuerte, unfähig, auf diese Distanz zu verfehlen. Der Kopf des Jungen mit den schönen Flügeln wurde von einer rotglühenden Nadel durchstoßen. Er gab ein Seufzen von sich, seine Schwingen verloren ihre Kraft, knickten ein, und er ging zu Boden wie ein fallengelassenes Spielzeug.

Nelen hörte seinen Aufprall nicht; das Donnern ihres Pulsschlags sperrte alle anderen Geräusche aus. Ein Beben erfasste ihren Körper; wieder schmeckte sie das Blut in ihrem Mund. Sie hatte ihn umgebracht! Sie hatte noch nie

jemanden getötet, und sie hatte es nicht gewollt, aber ...
sie hatte ihn umgebracht!

Der Schmerz in ihrem Arm erinnerte sie wieder daran, wo sie war und was sie zu tun hatte. Ihre Gedanken rasten, während sie das Seidenband um ihre Hüfte löste und ihre Wunde verband, so wie Xeah es ihr einmal beigebracht hatte. Der Stoff schnürte ihr fast die Blutzirkulation ab, aber das war besser als noch mehr Blut zu verlieren. Der Junge hatte nach Verstärkung geschrien – bislang war niemand aufgetaucht, aber vielleicht hatte jemand ihre Kampfgeräusche gehört.

Sie flog ein halbes Dutzend Flügelschläge weiter, zum Torbogen am Ende des Korridors. Zumindest wusste sie jetzt, dass sie fähig war, jemanden zu töten.

Er hatte versagt; wieder versagt. Er hatte den Jungen nicht retten können und auch die anderen nicht. Sein eigenes Leben zählte nicht – er war sich immer sicher gewesen, dass es eher früher als später ein blutiges Ende finden würde. Tatsächlich überraschte es ihn, dass es so lange gedauert hatte, bis sein alter Begleiter, der Tod, sich gegen ihn wandte. Zum ersten Mal seit Ewigkeiten schien der Zorn, der sonst tief in seinem Inneren gewütet hatte, erloschen.

»Keru«, sagte Xeah eindringlich. Wie so oft schien sie zu erraten, was in ihm vorging. »Du darfst dir keine Vorwürfe machen. Noch ist nicht alles verloren. Hab Vertrauen.«

Er gab keine Antwort. Er wusste, dass ihre eigene Zuversicht nur aufgesetzt sein konnte; dass sie ein Versuch war, sich über das Unvermeidliche hinwegzutäuschen, und er wünschte sich, ihr seinerseits etwas Tröstliches sagen zu können. Doch er war nie gut in diesen Dingen gewesen.

Seine Ohren zuckten: Sie bekamen Gesellschaft. Sein Artgenosse mit dem aschgrauen Fell und dem Ausschlag an der Schulter und der Mensch mit den Aknenarben und dem Ledermantel kehrten zurück. Endriel war nicht bei ihnen.

Keru sprang auf. »Wo ist sie?«

Niemand beachtete ihn.

»*Wo ist sie?*«, brüllte er.

»Und?«, fragte der Draxyll mit dem lädierten Horn und den von Drogen irren Augen, ohne sich zu seinen Kumpanen umzudrehen. »Was machen wir jetzt mit denen?«

»Sieht aus, als könnten wir heute früh Feierabend machen«, brummte der Skria. Er zeigte die Zähne. »Der Käpt'n hat sie zum Abschuss freigegeben.«

Keru sah aus den Augenwinkeln, wie Xeah zusammenfuhr. Sie hielt die Hände im stillen Gebet zusammen. Irgendwo schien jemand laut eine Kesselpauke zu schlagen.

Der Draxyll verzog verächtlich die Schnabelwinkel. »Hätte sie auch früher sagen können!«, schnarrte er. Er lud seine Waffe erneut durch. Scheinbar hatte er sich lange auf diesen Moment gefreut. Er hob das Sonnenauge und zielte durch die Stahlgitter der Käfige hindurch, erst auf Keru, dann auf Xeah.

Keru erwiderte seinen Blick mit grimmiger Miene. Er war dankbar, im Stehen zu sterben.

»Also, wen zuerst?« Der Draxyll schwang immer noch die Waffe zwischen den Gefangenen hin und her. »Die alte Schachtel oder den großen Weißen?«

»Du glaubst gar nich', wie scheißegal mir das is', Brokk«, brummte sein Skria-Kumpan. »Such' dir einen aus und mach hin. Ich hab keine Lust, den ganzen Tag hier unten zu bleiben.«

Brokk grinste und riss den Metallstab wieder in Kerus Richtung. Der glühende Kristall am Ende der Waffe warf einen rötlichen Schimmer auf sein Fell. »Noch irgendwelche letzten Worte?«

»Bitte.« Es war Xeahs Stimme, die ihm antwortete. Sie sah ihren Artgenossen flehentlich an. »Nehmen Sie mich zuerst. Lassen Sie ihm noch ein paar Augenblicke. Ich bin auf meinen Tod vorbereitet.«

»Blödsinn«, brummte Keru und zwang den Blick des Draxyll wieder in seine Richtung. »Worauf wartest du? Bringen wir's endlich hinter uns, Schuppenfresse!«

»Gute Einstellung!« Brokks Grinsen wurde breiter. »Keine Sorge, du kommst schon früh genug dran, Oma!«

»Mach endlich hin!«, rief der Mensch mit den Aknenarben genervt.

Der Draxyll legte erneut an. Keru verzog keine Miene.

Rot blitzte auf. Und der irre Draxyll ging mit einem gurgelnden Schrei zu Boden.

Keru sah, wie Brokks Kameraden herumfuhren. Etwas Kleines, Dunkles schoss durch die Tür, piepste einen Kampfschrei und schleuderte nadelfeine Energie gegen die beiden verbliebenen Wärter.

Die Yadi war ungeübt mit der Waffe, weswegen ihre Schüsse ins Leere gingen; der Mensch und der Skria wichen ihnen problemlos aus. Sie zückten ihre Säbel und hetzten auf sie zu – Nelen versuchte, sie durch ungezieltes Dauerfeuer zurückzuhalten. Doch binnen Sekunden war das Sonnenauge entladen. Nur um Haaresbreite konnte sie einer heranrasenden Klinge ausweichen.

»Die Schalter!«, brüllte Keru. »An der Tür!« Er registrierte die Panik in Nelens Veilchenaugen.

Sie schien nicht sofort zu begreifen und duckte sich unter einem weiten Schlag, der ihr fast die Hörner vom Schädel rasiert hätte. Dann sah sie die Konsole und flitzte darauf zu; sie warf sich ungebremst mit der Schulter gegen die sechs Knöpfe darauf – und konnte sich gerade rechtzeitig wieder in die Höhe katapultieren, bevor der Säbel des Aknegesichts die Konsole fast halbierte. Stahl stieß auf Marmor, Funken flogen und ein singendes Geräusch hallte durch den Kerker. Aknegesicht fluchte, aber es spielte keine Rolle mehr: Er und sein Kumpan waren tot, sie wussten es nur noch nicht – der Weiße Tod war erwacht.

Schon vorher hatte Keru die Kettenglieder seiner Handschellen bis zum Äußersten strapaziert; nun zerriss er seine Fesseln. Die Riegel der Käfige sprangen auf, und noch bevor die Tür sich ganz geöffnet hatte, hetzte er aus seinem Gefängnis; ein Raubtier, endlich befreit.

Die beiden Piraten gingen gleichzeitig auf ihn los, wobei sie ihre schartigen Klingen schwangen. Keru duckte sich unter dem Angriff des Aknegesichts, und bekam nur am Rande mit, wie sein rechtes Ohr entzwei geschnitten wurde. Er trat zu und riss den Menschen von den Beinen, während er sich vor der heranrasenden Klinge seines Artgenossen zur Seite warf, noch in der gleichen Bewegung den Waffenarm seines Angreifers packte und ihn gegen den Tisch neben der Tür schleuderte. Der Skria jaulte auf, als die Tischkante gegen seinen Rücken schlug, Würfel und Würfelbecher fielen zu Boden. Noch bevor er wieder auf die Beine kam, hatte Keru ihm die Waffe entrissen und sie im Bauch des anstürmenden Menschen versenkt. Der betrachtete den Griff, der aus seinem Fleisch ragte, mit stummer Verblüffung, dann ging er zu Boden. Ein innerer Alarm ließ Keru herumfahren, gerade als sein wiederaufgestandener Artgenosse ihn mit blitzenden Krallen ansprang.

Kerus Gesicht schlug gegen Marmor, für den Bruchteil einer Sekunde verlor er die Orientierung, doch dann kehrte er ins Hier und Jetzt zurück und rammte den Kopf nach hinten gegen den Schädel seines Angreifers; der andere Skria torkelte zurück, Blut spritzte aus seiner Nase. Keru stieß sich von der Wand ab und warf sich auf den Piraten; er riss ihn zu Boden, seine linke Pranke drückte ihm die Kehle zu und die rechte verpasste ihm einen Schlag, der das Gebiss seines Opfers zersplittern ließ wie Porzellan.

»*Wo?*«, herrschte er ihn an. »*Wo habt ihr sie hingebracht?*«

Der Skria grinste mit wenigen Zähnen und nur halb bei Bewusstsein. »Nirgendwohin«, nuschelte er. »... 's längst hinüber!«

Sein Genick brach. Keru ließ den Schädel zurückfallen, er holte schnaubend Luft und kämpfte sich wieder auf die Beine. Der Weiße Tod verschwand. Er begann wieder zu fühlen ... Schmerz, gezerrte Muskeln, Blut auf seinem Pelz.

»Keru!«, piepste Nelen.

Er spürte den Draxyll hinter sich eher, als dass er ihn sah oder hörte; fühlte, wie das Reptil das schussbereite Sonnenauge auf seinen Rücken richtete. Er drehte sich um, aber zu spät; der Pirat legte an – im gleichen Moment ertönte ein leises »*Fffppp*« und plötzlich steckte eine dünne Nadel, mit einem Stück Korken an ihrem Ende, im Hals des Draxyll. Schwarze Murmelaugen sahen Keru an, fiebrig glänzend und weit aufgerissen vor Hilflosigkeit. Der Pirat versuchte zu feuern, doch seine Hände zitterten; seine Arme bebten, dann sein ganzer Leib. Schließlich fiel er reglos zur Seite. Der Rest seines Horns brach, als es auf den Marmor krachte.

Keru starrte Nelen an, und Nelen starrte Keru an, und gemeinsam starrten sie Xeah an, die vor ihrem Käfig stand, ein Tablettenröhrchen aus Metall an ihrem Schnabel.

»I-Ich wusste nicht, ob es sofort wirken würde«, sagte die Heilerin entschuldigend und senkte mit gefesselten Händen das behelfsmäßige Blasrohr. Der Schrecken stand ihr deutlich ins Gesicht geschrieben, als sie den bewusstlosen Piraten betrachtete. Sie murmelte ein paar Worte in einer fremden Sprache und malte beschwörende Zeichen in die Luft.

Keru sah sie nur an, stumm vor Verblüffung.

Xeah bemerkte es und blinzelte verunsichert. »Was ... was ist?«

Er entblößte seine Zähne. »Lernt ihr sowas im Kloster?«

»Keru!« Nelen flatterte neben ihn. Ihre Flügel brachten seine blutige Mähne zum Tanzen. »Dein Ohr!«

Er berührte den Stummel an seinem Kopf; es tat weh. Er sah sich nach der anderen Hälfte seines Ohres um: sie lag auf dem Boden, ein schneeweißer Pelzfetzen auf schwarzem Grund. Da überkam ihn die Erkenntnis, dass das Universum einen Fehler gemacht hatte. Entgegen aller Wahrscheinlichkeit hatte er den Tod ein weiteres Mal betrogen. Und ihm wurde klar, dass der Tod seinen besten Schüler umso grausamer dafür bestrafen würde. Aber vorher hatte er noch eine Aufgabe zu erfüllen.

Er lauschte: Hatte jemand den Tumult bemerkt? Nein, der Gang jenseits des Zellentrakts war still. Wenn Verstärkung anrückte, dann befand sie sich jedenfalls nicht in unmittelbarer Nähe.

Er nahm den Schlüsselbund vom Gürtel seines toten Artgenossen und öffnete Xeahs Handschellen.

Der eine der beiden Säbel lag noch immer neben dem reglosen Menschen; Keru nahm die Waffe, steckte sie an seinen eigenen Gürtel und zog den zweiten Säbel aus dem Bauch des Toten. Er reinigte die Klinge an dessen Mantel und schob auch sie unter seinen Gürtel. Zuletzt ging er in die Hocke und zog das Sonnenauge unter dem Draxyll-Piraten hervor. Es hatte den Sturz schadlos überstanden, die Anzeige leuchtete grünlich gelb. Gut. Auch wenn er keine Ahnung hatte, wie sie bei lebendigem Leibe aus diesem Gemäuer wieder entkommen sollten, war er sich zumindest sicher, dass die Waffe ihnen dabei helfen würde.

»Nelen«, sagte Xeah besorgt. »Dein Arm ...«

»Später!«, winkte die Yadi ab. »W-Was ist mit Endriel? Ist sie wirklich –?«

»Ich weiß es nicht.« Keru stand auf und richtete das Sonnenauge nach unten. Ein roter Nagel schlug in den Kopf des bewusstlosen Draxyll ein. *Nur für alle Fälle …* »Aber wenn sie am Leben ist, dann holen wir sie zurück.« Er marschierte ihnen voran, die Waffe im Anschlag. »Bleibt dich hinter mir!«

Metall fiel klirrend auf Stein. Endriel riss erschreckt die Augen auf.

Sefiron stand vor ihr, blass wie zuvor, doch ohne die Klinge in seinen Händen. »Es tut mir leid«, sagte er wieder und Endriel war sich nicht ganz sicher, zu wem er sprach. Mit Schmerzen im ganzen Körper sah sie zu, wie Sefiron sich zu Zailar drehte.

Die Augen seines Kapitäns verengten sich zu Schlitzen. »Mir ebenfalls.« Zailars Stimme klang kalt, verletzt.

Sefiron klappte zusammen, als sie ihm den Fuß in den Solarplexus rammte; alle Luft wurde ihm aus den Lungen gepresst und er ging zu Boden, hustend und röchelnd.

»Ich hatte so hohe Erwartungen an Sie«, sagte Zailar bitter und machte einen Schritt auf ihn zu.

Endriel schrie sie an, so weit es der Knebel zuließ. Zailars Blick traf sie; ihre Augen von einem Hass erfüllt, den Endriel wie Säure auf ihrer Haut spürte.

Die Skria ließ von ihrem Protegé ab und kam auf Samtpfoten näher. *Gut so!*, dachte Endriel. Ihre Wange pochte immer noch vor Schmerz, doch nicht so sehr wie ihre wundgescheuerten Handgelenke. Das Blut war längst aus ihren Armen gewichen, sie fühlte sich wie ein Stück Fleisch, das man zum Ausbluten aufgehangen hatte. *Weiter!*, dachte sie und fluchte unbeirrt mit dem Lederball zwischen den Zähnen. *Nur noch einen Schritt!*

»Wenn Sie zu irgendeinem Gott beten, wäre jetzt die Zeit dafür, Bürgerin Naguun.« Zailar verlor allmählich die Kontrolle über ihre sonst so sorgsam gebändigte Stimme.

Näher!, dachte Endriel. *Nur ein kleines Stück!*

»Grüßen Sie Ihren Onkel von mir, wenn Sie ihn auf der anderen Seite sehen!«

Jetzt!

Mit einer Schnelligkeit, die sie sich selbst nicht zugetraut hatte, ließ Endriel ihre Beine vorschnellen.

Doch Zailars Reflexe waren zu gut. Ihr rechter Arm umklammerte Endriels Unterschenkel, hielt sie fest. Ein Blick aus funkelnden Katzenaugen traf sie. Noch für eine Sekunde sah Endriel blitzende Krallen, dann zerrissen fünf Nägel ihre Stirn, und die Welt ertrank in Rot.

Sie schrie. Durch einen roten Schleier sah sie, wie Zailar die Spitzen ihrer Krallen betrachtete, als wäre sie überrascht von ihrer eigenen Grausamkeit – und wie Sef sich hinter seinem Kapitän wieder aufrichtete, sichtbar unter Schmerzen, aber weitgehend lautlos, das Stilett wieder in der Hand. Im nächsten Moment sprang er die Skria an. Er war zu langsam, viel zu langsam. Zailar machte einen Ausfallschritt und ließ ihn ins Leere laufen. Dabei packte sie seinen linken Arm mit beiden Händen. Ein Knacken ertönte. Sef schrie wie am Spieß, bis sie ihn zurück auf den Boden stieß, wo er nur noch wimmern konnte.

Zailar schnaubte; es klang fast wie ein Seufzen. Endriel sah zu, wie sie in die Hocke ging und nach dem Stilett griff, das Sefiron fallengelassen hatte.

»Ich mache es kurz«, versprach Zailar, als sie sich wieder aufrichtete. Sie packte die Klinge an der Spitze, wog sie für einen Moment, dann holte sie aus.

Wieder wurde Endriel von Rot geblendet. Ein Hitzeschwall zuckte an ihrem geschundenen Gesicht vorbei.

Zailar schrie. Etwas flog durch die Luft und landete neben Sefiron auf dem Marmor: Zailars rechte Pranke.

Genau wie Endriel starrte die Piratin auf den Stumpf an ihrem Handgelenk; Hitze hatte die Wunde kauterisiert, Rauch stieg von brutzelndem Fleisch auf. Zailars Atem ging stoßweise, ein Schrei schien in ihrer Kehle festzustecken. Sie und Endriel rissen gleichzeitig den Blick zur Tür.

»Keru!«, rief Endriel. Oder hätte es gerufen, wäre der Knebel nicht gewesen.

Ein zweiter Schuss flammte auf und schlug in der Brust der Piratin ein – seine Wucht schleuderte sie gegen die Wand. Zailar sank in sich zusammen. Der Gestank von verbranntem Fell breitete sich aus.

Endriel blickte von der regungslosen Skria zu Keru – sie erstarrte, als er den Fokuskristall auf sie richtete. Nein, nicht auf sie. Sie begriff, nickte hastig. Der Schuss zerschnitt das Seil über ihr, Endriel stürzte und landete auf ihren Füßen. Ihre Arme fühlten sich ausgezehrt an, kraftlos, taub. Es kostete sie einige Mühe, sich von ihrem Knebel zu befreien; verzweifelt sog sie Luft in ihre Lungen und spuckte bitteren Speichel. Sie war nicht auf das vorbereitet, was als nächstes geschah:

Keru stürmte auf sie zu und drückte sie an sich, so fest, dass sie fast nicht atmen konnte. Sie ließ es geschehen und sog seinen Raubtiergeruch ein, während ihr Blut seinen Brustpelz rot färbte. »Du hast dir Zeit gelassen, Großer«, flüsterte sie, und während sie mit den Tränen kämpfte, versuchte sie ein Lächeln, was sie gleich darauf bereute; jede größere Bewegung ihrer Gesichtsmuskeln ließ neuen Schmerz auf ihrer Stirn aufflammen.

Er löste sich von ihr, starrte sie nur an, starrte auf ihre blutige Stirn. Endriel sah, wie etwas Schreckliches in ihm erwachte; ein Zorn, den sie noch nie zuvor bei ihm gesehen hatte und der sogar ihr Angst einjagte. Ein angestrengtes Ächzen alarmierte ihn; er sah Sefiron, der sich unter Qualen wieder auf die Beine kämpfte. Der Pirat schien unter Schock zu stehen und beobachtete mit aschfahlem Gesicht, wie Keru mit gefletschten Zähnen das Sonnenauge hochriss. Er hob hilflos die rechte Hand, als der Skria auf ihn zielte. »Nein!«, keuchte er.

»Nicht!«, rief Endriel.

Keru sah sie irritiert an.

»Er hat nichts getan!«

Sein Knurren war düster, widerwillig. »Genau das ist das Problem.« Aber er senkte die Waffe.

»W-Wo sind Xeah und Nelen?«

»In Sicherheit. Vorläufig.«

»Dein Ohr –!«

»Unwichtig.« Er schloss ihre Fesseln mit einem kleinen Schlüssel auf. Sie bemerkte, dass er selbst noch Schließsperren an den Handgelenken trug; die Ketten zwischen ihnen war zerrissen. »Bist du –?«

»Ja«, log sie. Sie berührte ihre Stirn, ertrug die Schmerzen mit zusammengebissenen Zähnen und betrachtete das Blut an ihren Fingern. »Ist nichts Ernstes.«

»Wir sind schon viel zu lange hier«, brummte Keru.

Endriel nickte.

»Und ihr werdet noch viel länger bleiben«, wisperte eine Stimme in der Ecke des Raumes, in der Zailar lag. Die Wunde ihrer Brust rauchte noch. Sie hob langsam den Blick. Endriel bekam eine Gänsehaut; es war, als würde eine Marionette mit gerissenen Fäden von alleine den Kopf bewegen. Auch wenn es sie unendliche Anstrengung zu kosten schien, sprach die Skria weiter: »Keiner von euch ... wird dieses Gebäude lebendig verlassen!« Sie machte Anstalten, aufzustehen; Endriel erschrak vor dem Willen, der ihren Körper lenkte.

»Keru!«

Bevor sie sich versah, hockte er über der Piratin. Mit gesprcizten Krallen schlug er auf sie ein; Fell und Blut flogen in alle Richtungen.

»Keru!«

Er hörte nicht auf sie, sein Zorn entlud sich wie ein Sturm.

»Keru!«, rief sie verzweifelt. »Sie ist unsere einzige Chance, hier rauszukommen!«

Sie hörte ihr eigenes Herz in der Dunkelheit pochen. Xeah hockte mit eingezogenem Schwanz und Schädel in der stickigen Enge des Lagerschranks, umgeben von Werkzeugkisten und ölverschmierten, scharfkantigen Aggregaten; nur einen Korridor entfernt von dem Gang, in dem sie den erstickten Schrei gehört hatten. Endriel! Xeah hätte sie überall wiedererkannt.

»Ihr bleibt hier!«, hatte Keru ihr und Nelen befohlen und sich nach einem Versteck umgesehen. Er hatte auf den Schrank gedeutet. »Wartet dort drinnen, bis ich zurück bin!«

Xeah spähte durch den dünnen Schlitz zwischen den Schranktüren und roch das wurmstichige Holz. Das Bisschen, das sie von dem Gang dort draußen sah, war immer noch leer. Scheinbar waren gequälte Schreie keine Seltenheit in diesem Teil des Bauwerks, denn bis jetzt hatten sie offenbar niemanden alarmiert. Sie wagte es nicht, sich vorzustellen, was sie mit Endriel anstellen mochten, aber sie betete – so verzweifelt wie nie –, dass sie unversehrt war. Betete, dass sie sich irrte, dass es doch ein gütiges Universum war, in dem sie lebten, und dass es dafür sorgte, dass ihre Freundin zu ihnen zurückkehrte.

Hab keine Angst, hörte sie eine Stimme tief in ihrem Inneren; vielleicht ihre eigene. *Hab keine Angst.*

Plötzlich war der Gang nicht mehr leer.

Xeah hörte Schritte von einem schweren Stiefelpaar und

das Scharren von Krallenfüßen auf Stein. »Piraten!« hörte sie Nelen flüstern, die sich noch immer auf dem Schrank versteckte.

Xeah umklammerte das improvisierte Blasrohr. Sie hatte nur zwei Pfeile dafür anfertigen können, und einen hatte sie bereits verschossen. Jeder Herzschlag wurde schmerzhafter als der davor; sie traute sich kaum, zu atmen, als es vor dem Schrankschlitz dunkel wurde. Ein Mensch und ein Skria passierten ihr Versteck, der eine lachte über den Witz des anderen.

Dann war Stille. Sie stoppten direkt vor Xeahs Augen. Mit zitternder Hand hob sie das Blasrohr an den Schnabel, bereitete sich vor –

»Hey, ihr da!«, hörte sie den Menschen brüllen. Dann ertönte das Schleifen von Stahl auf Holz, als Klingen aus ihren Scheiden gezogen wurden.

Nein!

»Stehenbleiben!«, rief der Skria-Pirat.

Zwei Schüsse brandeten auf. Xeah zuckte zusammen, als zwei Körper zu Boden gingen.

»Sie sind es!«, hörte sie Nelen erleichtert piepsen.

Die alte Heilerin erschrak, als die Schranktür kurz darauf aufgerissen wurde. Endriel stand vor ihr, einen Säbel in der Hand, ihre Stirn mit einem rotgetränkten Stück Stoff verbunden, das Gesicht und das Hemd fleckig vor Blut. Trotzdem strahlte sie kurz vor Freude und offenbarte dabei einen fehlenden Zahn.

»Die Luft ist rein!«, sagte sie.

Keru stand hinter ihr, sein Sonnenauge in der Pranke. Wie ein Gepäckstück trug er auf seiner linken Schulter den kraftlosen Körper von Kapitän Zailar. Sie schien nur halb bei Bewusstsein zu sein, ihr Maul war geknebelt und ihre Arme mit einem Lederriemen zusammengebunden. Ihre rechte Hand fehlte.

Endriel half Xeah aus dem Schrank. »Xal-Nama sei Dank«, flüsterte Xeah und drückte sie an sich. Endriel wollte etwas sagen, aber Keru funkte ihr dazwischen: »Wir haben keine Zeit für eine Wiedersehensfeier!«

Den linken Unterarm vorsichtig von seiner rechten Hand gestützt, rannte er, so schnell er konnte. Das verdammte Katzenvieh hatte ihm fast den Arm gebrochen! Zumindest hatte er seinen Schock halbwegs überwunden, und die Schmerzen konnte er ertragen – schließlich war es nicht seine erste Verletzung dieser Art. Trotzdem hätte er nichts gegen die eine oder andere Ampulle Schmerzmittel einzuwenden. Aber nicht jetzt: Er musste bei klarem Verstand sein.

»Folgt – aaahh, verfluchte Scheiße! – diesem Gang bis zur nächsten Abzweigung!«, hatte er Endriel und den weißen Skria angewiesen, als sie den Verhörraum hinter sich ließen. »Danach haltet euch rechts, immer nur rechts, kapiert?«

Endriel hatte genickt. »Bis zur nächsten Abzweigung, danach rechts.«

»Es is' 'n Umweg zum Hangar, aber ihr werdet dabei nich' so vielen Leuten begegnen wie auf dem direkten Weg.«

»Und was machst du?« Er glaubte auch jetzt noch, echte Besorgnis in ihrem Blick gesehen zu haben.

»Den Rest irgendwie ablenken.«

»Wie –?«

»Keine Zeit für Erklärungen, Sternäuglein! Schwingt die Hufe!«

Endriel und ihr Kumpel hatten seinem Befehl gehorcht. Sie waren in die eine und er in die andere Richtung aufgebrochen.

Ob er sie je wiedersehen würde? Egal. Im Moment war es gesünder, sich mehr Gedanken um die eigene Haut zu machen. Möglicherweise bestand noch der Hauch einer

Chance, aus der Scheiße rauszukommen, die er sich eingebrockt hatte. Und vor allem hatte er nicht vor, Amalinn und die anderen hängenzulassen.

Natürlich war das Büro des Käpt'ns verschlossen, aber nicht für ihn: Er hatte der halbtoten Zailar den Schlüssel abgenommen, bevor er sich von Endriel und ihrem Bordingenieur getrennt hatte. Den verletzten Unterarm immer noch auf den gesunden gelegt, fummelt er mit zusammengebissenen Zähnen am Schloss herum. Seine Hände zitterten, der Schlüssel wollte nicht in das verfluchte Schloss; er spürte, wie er kurz davor stand, dass Bewusstsein zu verlieren.

Die Tür sprang auf.

Sefiron rang nach Luft, kalter Schweiß badete ihn. Keine Zeit, stehenzubleiben!

Er sprintete zum Scheibtisch, bettete den linken Unterarm auf die kühle Oberfläche des Möbels und fegte mit der rechten Hand Notizbücher, Nagelfeilen, Füllfederhalter und Tintenfass zur Seite, bis die Kontrollen zum Vorschein traten, die in das polierte Holz eingelassen waren. Im Zwielicht des Raumes leuchteten sie in allen Farben des Regenbogens. Er streckte den Finger nach der Schaltfläche für die Sprechanlage aus – da wurde ihm die Spitze einer Klinge an den Rücken gedrückt.

»Nimm deine dreckigen Hände hoch!«, befahl Goskin. »Sofort!«

»Sicher!«, meldete Nelen, als sie zu den anderen zurückflatterte.

»Weiter!«, befahl Endriel. Sie und Keru folgten der Yadi, Xeah bildete die Nachhut. Ihre Rücksicht auf die alte Heilerin verlangsamte ihr Vorankommen, aber Endriel hatte Xeah mehrmals klar gemacht, dass sie sie nicht zurücklassen würde – keinen von ihnen. Sie hatten mehrmals anhalten müssen, als in angrenzenden Korridoren Stimmen oder Schritte laut geworden waren. Käpt'n Zailar hatte jedes Mal versucht, sich bei ihren Leuten bemerkbar zu machen, aber ihr Knebel hatte dies verhindert. Endriel wusste, dass sie nicht immer so viel Glück haben würden. Früher oder später würde man sie entdecken.

Wo bleibt das Ablenkungsmanöver, Sef?

»Ich sagte, nimm die Hände hoch!« Goskins Stimme war kalt wie Eis. Er machte keine Anstalten, die Klinge sinken zu lassen.

»Reicht dir auch eine?«, fragte Sefiron den Mann hinter seinem Rücken. Er kämpfte um jedes Wort. »Ich glaub', mein linker Arm spielt irgendwie nich' mit.«

»Ich sag's nicht noch einmal, Klugscheißer!« Goskin packte seine Schulter und drehte ihn zu sich um. Sefiron jaulte auf, er packte seinen angebrochenen Arm und spürte gleichzeitig, wie ihm alles Blut aus dem Gesicht wich. Goskin umklammerte seinen Hals und richtete das Messer auf seine edelsten Teile. »Was hast du hier zu suchen, Tanna?«

Für einen Moment überlegte er, einfach zu lügen. Aber Goskin kannte ihn zu gut. »Ich versuch', deine Nichte und unsere Kumpels zu retten«, krächzte Sefiron. »Irgendeiner muss es schließlich tun.«

»Wo ist der Käpt'n?«

»Zailar ist tot.«

»Was?«

»Naguuns Leute sind entkommen. Ihr Skria-Kumpel hat Zailar geröstet.«

»Verflucht!« Goskin wandte sich ab, um Alarm zu schlagen. Sefirons gesunder Arm griff nach ihm. »Sie sind die einzige Chance für die anderen – für Amalinn! Wenn Naguun und ihre Leute hier drinnen sterben, wird keiner von uns sie je wiedersehen!«

Goskin schlug seine Hand weg. Eine weitere Welle aus Schmerz traf Sefiron, aber immerhin: Goskin blieb stehen und gab ihm Gelegenheit fortzufahren. »Du hast ihren Eltern versprochen, auf sie aufzupassen. Ich weiß, dass du sie retten willst, genau wie ich. Du liebst sie. Genau wie ich. Wenn du sie zurückholst, wenn du sie alle zurückholst – Mann, das wird 'ne Menge Leute mächtig beeindrucken. Und wenn wir beide dicht halten, wird keiner erfahren, was wirklich passiert is'. Es wird aussehen, als ob Naguun und der Rest von allein abgehauen sind – was ja nich' mal gelogen is'. Den Arm? Hab ich mir gebrochen, als ich versucht hab, Zailar zu helfen. Alles kein Problem. Aber wenn du sie abknallen lässt –«

Goskin schwieg sich aus, die Kiefer aufeinander gepresst. Sefiron wusste, welcher Kampf hinter den Augen des Mannes tobte.

»Zailar is' tot, Goskin«, sagte er. »Das macht dich zur neuen Nummer Eins. Also. Wie lautet Ihr Befehl ... Käp'n?«

Sein Gegenüber starrte ihn an.

Endriel spürte, wie sie allmählich an die Grenzen ihrer Kraft stieß; ihr Körper fühlte sich an wie durch die Mangel gedreht, und sie wusste, dass sie zusammenbrechen würde, wenn sie auch nur für einen Moment stehenblieb.

Sie hatten Sefs Anweisungen wortgetreu befolgt, dennoch schien das schwarze Labyrinth des Piratenlagers kein Ende zu nehmen. Sie hoffte, dass Nelen, ihre Späherin, bald zurückkehrte und ihnen sagte, dass es nur noch ein paar Meter waren, bis sie den Hangar erreicht hatten. Auch wenn Endriel sich nicht sicher war, ob sie selbst diese kurze Strecke noch durchhalten würde. Aber sie musste. Sie musste.

»*Achtung, Achtung!*«, donnerte plötzlich die Stimme eines Menschen über versteckte Lautsprecher. Es war nicht Sefiron. Endriels Herzschlag setzte für einen Moment aus.

»*Gefangenenausbruch! Alle Mann sofort in den Ostflügel! Ich wiederhole –!*«

Die Nachricht ertönte gleichzeitig in diesem und den angrenzenden Gängen. Endriel hielt den Atem an, als sie schnelle Schritte hörte; Piraten aller Völker grölten und luden zischend ihre Sonnenaugen.

War dies das versprochene Ablenkungsmanöver – oder das todsichere Zeichen dafür, dass sie erledigt waren?

Doch niemand kam zu ihnen. Hinter ihnen, am Ende des Gangs, kamen und gingen Schritte und Stimmen, als würden sie schnurstracks an ihnen vorbeilaufen.

Nein, nicht alle. Nur ein paar Minuten später kam Nelen zu ihnen zurückgeschossen – und sie hatte Gesellschaft mitgebracht!

»Zurück!«, schrie sie panisch. Zu spät.

Ein Dutzend Piraten rannten ihr hinterher; der übliche, wild zusammengewürfelte Haufen, mit Säbeln, Äxten und zwei Sonnenaugen bewaffnet. »Sie sind hier!«, brüllte einer von ihnen, ein Albino-Draxyll.

Nelen tauchte hinter Endriels Rücken ab. Keru trat einen Schritt vor und präsentierte sein Beutestück.

»Verpisst euch«, brummte er und drohte mit dem Sonnenauge. »Oder euer Käpt'n beißt ins Gras!«

Als sie Zailar sahen, hielten die Piraten tatsächlich an. »Käpt'n?«

»Mmhmmmmh!«, brachte Zailar hervor und schüttelte den Kopf.

»Ihr habt die Dame gehört!«, knurrte Keru.

Die Piraten zeigten grimmige Blicke und gefletschte Zähne. Endriel versuchte, eine überlegene Miene aufzusetzen, während sie tief in ihrem Inneren die Finger kreuzte. Schweiß drang ihr aus allen Poren. *Kommt schon! Seid vernünftig!*

»Runter mit den Waffen!«, befahl Keru. Sein Pelz erschien Rosa im Glühen des Fokuskristalls.

»Mhh-mhm-mhh!«, machte Zailar panisch. Und ihre Handlanger gehorchten. Sie streckten die Waffen.

»Aus dem Weg!«, forderte Endriel und fuchtelte mit dem Säbel. »Schön langsam!«

Zailars Handlanger kamen der Aufforderung nach und pressten sich mit den Rücken gegen die Wand. Endriel ließ ihre mordlüsternen Blicke an sich abprallen. Sie bedeutete Xeah, so schnell wie möglich an den Piraten vorbeizumarschieren. Nelen flatterte ihr hinterher. Ein Menschenmädchen, nicht älter als sechzehn, das Gesicht fast bis zur Unkenntlichkeit tätowiert, spuckte auf den Boden hinter ihnen. Kerus Schnurrhaare vibrierten, doch er beherrschte sich.

»Ganz ruhig!«, sagte Endriel, als sie und der Skria den anderen beiden folgten; sie ließ den Blick nicht von den Piraten. »Und jetzt verzieht euch!«, befahl Endriel, als sie an ihnen vorbei waren.

Die Piraten gehorchten; sie verließen den Gang durch den Torbogen, durch den Endriel und die anderen gekommen waren. Aber das brachte ihnen nur einen kurzen Aufschub: Sie wusste genau, dass sie die restliche Meute zusammentrommeln würden, sobald sie außer Hörweite gelangt waren. Bis dahin mussten sie im Hangar sein, oder sie waren geliefert!

»Weiter!«, rief Endriel.

Nicht mehr lange, und sie hatten ihr Ziel erreicht. Die weiße Tür öffnete sich vor ihnen – Keru begrüßte die vier Piraten dahinter mit einem Gewitter aus rotem Licht. Nur einer von ihnen hatte den Ansturm überstanden; Stahl klirrte auf Stahl, als Endriel in letzter Sekunde ihren Säbel hochriss. Sie trat den Angreifer zurück und ließ Keru den Rest erledigen.

Dann war es still im Hangar.

Endriels Herz sang vor Freude, als sie die *Korona* dort sah, wo sie sie hatten stehen lassen. Dann bemerkte sie, dass ihre Flügel ausgebreitet waren und sich die Piraten daran zu schaffen gemacht hatten. Kisten und Koffer standen vor dem Schiff. Und Mikos Sarg. Blinde Wut kochte in ihr hoch. »Was haben sie mit ihr gemacht?«

Es blieb keine Zeit, das herauszufinden. Keru warf Käpt'n Zailar zu Boden; die Begegnung mit dem Marmor kostete sie zwei ihrer perfekten Raubzähne. »Gib mir eine davon!«, rief Keru Endriel zu. Sie wusste was er meinte: Neben einer deaktivierten Schwebeplattform standen Metallstangen, breiter als ihr Daumen. Sie nahm drei davon; er schob die Stangen durch die Türgriffe und bog ihre Enden nach vorn.

»Auf das Schiff!«, rief Endriel Xeah und Nelen zu. Die Gangway war noch ausgefahren.

»Aber – unsere Sachen!«, klagte Nelen.

Miko!, dachte Endriel. Sie konnten ihn nicht hier lassen.

Zailar stöhnte hinter ihrem Knebel.

»Was machen wir mit ihr?«, fragte Endriel.

Keru starrte sie an. »Willst du sie etwa mitnehmen?«

»Wenn die anderen sie finden, wird sie ihnen sagen, was Sef –!«

Noch bevor sie den Satz zu Ende gebracht hatte, feuerte Keru seinen letzten Schuss in die Brust der Piratin. Zailar starb lautlos.

Lärm ließ sie auffahren. Wütende Lebewesen schlugen von außen gegen die Tür; das provisorische Schloss hielt. Noch. Endriel konnte hören, wie Sonnenaugen gefeuert wurden.

»Keru!«, rief sie und winkte ihn zu der blauen Kiste mit Mikos Körper darin. Er verstand sofort und zog den Behälter die Gangway hinauf. »Worauf wartest du?«, brummte er, als er sie vor dem Schiff stehen sah.

Endriels Blick fiel auf das Hangartor. Es war immer noch verschlossen, genau wie die Nexus-Portale an der Decke.

Während jenseits der Tür die Meute tobte, flog ihr Blick durch den Hangar. Sie fand weder eine Schalttafel, noch

Hebel, um das Tor zu öffnen. Wie sollten sie von hier entkommen?

Da packte Keru sie am Arm und riss sie mit sich, zur Gangway. Als Endriel den vertrauten Duft ihres Schiffs wahrnahm, musste sie abermals mit den Tränen kämpfen. Kabel, die vorher nicht dagewesen waren, liefen durch die *Korona* – vom Oberdeck die Treppe hinab in den Maschinenraum. Fremdes Werkzeug stand herum. Würden sie überhaupt starten können?

Nelen und Xeah warteten bereits auf der Brücke. Eine neue, kleinere Schaltkonsole war neben der alten befestigt worden. Die Kabelstränge führten zu ihr.

»Was –?«, begann Endriel und verstummte, als sie durch das Brückenglas sah, wie die weiße Tür aufflog und sich ein Lynchmob von Piraten in den Hangar ergoss. Sie liefen der *Korona* entgegen, Sonnenaugen wurden angelegt –

»Ich weiß, was sie mit ihr gemacht haben«, brummte Keru. Der Schlüsselkristall steckte; er riss ihn herum und schlug mit der Pranke auf einen großen, roten Knopf auf der neuen Konsole. Da fielen bereits die ersten Schüsse – ein Schwarm glühender Pfeile jagte auf die *Korona* zu …

Und wurde mühelos von ihrem Kraftfeld absorbiert. Weitere Schüsse gingen auf sie ein, doch der Schild hielt. Endriel bewegte stumm die Lippen. Durch das violette Wabern vor der Brückenkanzel verfolgte sie, wie die Piraten das Schiff belagerten. In hilfloser Wut schlugen sie mit Schwertern, Äxten und Knüppeln auf die Lichtbarriere ein und wurden dafür mit elektrischen Schlägen bestraft. Und sie begann zu lachen; lachte, bis die Tränen liefen.

Keru zog das Steuer zurück und ließ die *Korona* in die Luft springen, bis dicht unter die Decke. Dann zündete er kurz die Backbordsteuerdüse, bis sie vor dem monumentalen Hangartor schwebten.

»Wie kommen wir jetzt da durch?«, fragte Nelen. Die Piraten feuerten immer noch, doch das ließ die Energieanzeige neben dem roten Knopf nur minimal sinken.

Keru zeigte ein wissendes Lächeln. Er drückte einen weiteren Knopf.

Nichts passierte. Kerus verbliebenes Ohr zuckte.

»Keru!«, drängte Endriel. Sie beobachtete, wie die Meute unter ihnen zu den anderen Schiffen ausschwärmte. Mit deren Waffen würden sie den Schild in Windeseile kleinkriegen.

»Ich hab's gleich!«, rief Keru und betätigte einen anderen Schalter.

Endriel spürte, wie sich ihre Nackenhaare aufrichteten, als sie ein zweifaches Zischen hörte, links und rechts von der Brücke. An den Flügelspitzen der *Korona*.

Das Schiff hatte Zähne bekommen.

Keru feuerte zwei konzentrierte Strahlen auf das Tor: binnen Sekunden glühte das schwarze Metall rot, orange, weiß.

»Schneller!«, drängten Nelen und Endriel gleichzeitig. Bald würden die ersten Piraten die Brücken ihrer Schiffe erreicht haben!

Kerus gesundes Ohr zuckte nervös; er bündelte die beiden Strahlen zu einem. Ein Großteil des Tors glühte nun in blendendem Weiß; die ausströmende Hitze ließ die Luft im Hangar flirren. Endriel wandte die tränenden Augen ab und versuchte, die Nachbilder von ihrer Netzhaut zu blinzeln.

»Festhalten!«

Jeder gehorchte Kerus Befehl. Sein Fuß stampfte auf das Schubpedal – die *Korona* jagte los, mit aktiviertem Schild dem Tor entgegen. »Nein!«, rief Endriel, als sie erkannte, was er vorhatte.

»Doch!«, gab er zurück.

Hitze wie aus einem offenem Backofen legte sich auf die

Brücke der *Korona*, als das winzige Drachenschiff mit glühendem Metall kollidierte – Endriel kam es vor, als erhöbe sich vor ihnen die Sonne selbst. Keru holte alles aus den Schubdüsen; während er ununterbrochen aus allen Rohren feuerte, kämpfte er mit der *Korona* gegen den erweichten Stahl wie eine Götterfaust gegen eine Wand aus Lehm. Und dann – waren sie durch.

Nacht empfing sie, ödes Land breitete sich vor ihnen aus. Noch bevor Endriel die Chance hatte, ihre strapazierten Augen auf die Navigationskarte zu richten, ließ Keru das Schiff im Flug herumschwingen. Endriel sah eine schräge Felswand vor ihnen aufragen, doch kein Tor darin. *Eine Projektion*, dachte sie und erwartete, jeden Moment die ersten Piratenschiffe durch das Trugbild jagen zu sehen.

Keru war ihr bereits einen Schritt voraus: Er schleuderte dem Fels eine volle Breitseite entgegen. Stein barst und eine Gerölllawine geriet ins Rollen, die von der Projektion verschluckt wurde. »Seht weg!«, befahl er, und ließ das Schiff davonrasen.

Endriel gehorchte, bedeckte die Augen – und hörte ein Beben, als würde der Planet unter ihnen auseinander brechen. Die *Korona* geriet ins Schlingern, als eine Druckwelle sie erfasste; Keru kämpfte dagegen an und brachte das Schiff wieder auf sicheren Kurs.

»*Bumm*«, knurrte Keru und grinste.

Endriel brauchte sich nicht umzudrehen. Sie ahnte, was geschehen war: Die startenden Piratenschiffe waren mit den Felsen kollidiert, scheinbar bevor sie ihre Kraftfelder hochgezogen hatten.

Sie schluckte.

Xeah presste beide Hände auf ihre Brust. Ihre Stimme klang gepresst. »W-Wo sind wir?«

Endriel sah auf die Karte. »Mitten im Niemandsland«,

murmelte sie. Hinter ihnen lag der Osthang eines Riesenkraters, den sie durchflogen hatten.

Keru ließ das Schiff in den Himmel rasen und steuerte es nach Westen. In der Ferne erkannten sie die Silhouetten der drei großen Vulkane im Licht der Monde – und dahinter die Spitze des Weltenbergs, die schwarz und mächtig über den Horizont ragte.

Blaue Lichter, kaum größer als Nadelstiche, glühten dort draußen in der Finsternis. Endriel blinzelte. Sie glaubte, ihre Nerven spielten ihr einen Streich; dass es nur eine optische Täuschung war. Nein. Keine Täuschung: Hunderte Lichter umkränzten den Weltenberg wie gefallene Sterne. Und sie bewegten sich, formierten sich.

Drachenschiffe. Eine ganze Armada.

»Dreh um!«, kreischte Endriel. »Dreh um, bevor sie uns entdecken!«

»Was –?«

»Dreh um, verflucht!« Sie sprang vom Diwan auf, griff nach dem Steuer.

Jetzt, endlich, schien Keru es auch zu sehen.

»Was ist los?«, fragte Nelen nervös.

»Der Weltenberg!«, rief Endriel. »Der Kult versteckt sich im Weltenberg!«

XVII

MOBILMACHUNG

»Der Weg in die Verdammnis ist mit guten Vorsätzen gepflastert.«
– Kesbra der Ältere

Sie hatte genauso lange auf diesen Augenblick gewartet, wie sie sich vor ihm gefürchtet hatte. Nun, da er endlich gekommen war, erschien er ihr seltsam unwirklich.

Die versteckten Hangars in den Flanken des Weltenbergs hatten sich geöffnet: hellerleuchtete Fenster im rostbraunen Fels. Ein Schiff nach dem anderen jagte hinaus in das nächtliche Niemandsland – vier Dutzend Drachenschiffe, glänzend schwarze Kriegsmaschinen, getrieben von blauem Feuer und begleitet von einem Kreischen, schrecklicher als die Rufe der Urtiere, nach denen sie benannt waren. Umschwirrt von wesentlich schnelleren Kurieren und Aufklärern flogen sie in perfekter Formation. Ihre Kapitäne wussten genau, dass fliegende Aufzeichnerdrohnen sie beobachteten und die Bilder an ihre Gebieterin im Kriegszimmer weiterleiteten.

Die Schiffe wirkten winzig gegen die monströse Masse des Berges; kaum mehr als zornige Mücken. Trotzdem ließ die schiere Vernichtungskraft, die ihnen inne wohnte, Liyen selbst auf diese Entfernung frösteln. Es gab niemanden, der ihnen den Himmel streitig machte. Die Ordensschiffe, die zuvor das Niemandsland abgeflogen hatten, waren schon vor Wochen abgezogen worden. Die rote Wüste gehörte ihnen allein.

»Ein erhebender Anblick.« Kriegsminister Weron flatterte über einem Ende des Konferenztisches. Er schien sich an den Projektionen ringsum nicht satt sehen zu können.

Geheimdienstminister Ta-Gads rotes Horn musizierte ehrfurchtsvoll. »Erhebend. In der Tat.«

Liyen schwieg und stocherte mit ihren Essstäbchen in ihrem verspäteten Abendessen, das man ihr ins Kriegszimmer geliefert hatte: Reis und gedünstetes Gemüse, dazu mit Fleisch gefüllte Teigtaschen, die ihr jetzt schon schwer im Magen lagen.

Was würden zukünftige Historiker über diesen Moment sagen? War es der Wendepunkt in der Geschichte, der die Befreiung der Hohen Völker brachte – oder der Vorabend der endgültigen Vernichtung des Schattenkults?

Sie gab ein vages »Hm«, von sich.

Weron zog eine Augenbraue hoch. »Sie klingen ... nicht sehr enthusiastisch, Gebieterin.«

»Noch haben wir diesen Krieg nicht gewonnen, meine Herren.« Liyen spießte eine Teigtasche auf und biss davon ab.

»Natürlich, Gebieterin.« Ta-Gad faltete die Hände über dem massigen Bauch. »Aber er verläuft zweifelsohne zu unseren Gunsten. Mehr als geplant.« Er grinste zufrieden.

»Trotzdem sollten wir uns davor hüten, jetzt schon zu jubeln.« Liyen betrachtete den Flottenaufmarsch an den Wänden. »Es gibt immer noch zu viele Unbekannte in der Gleichung. Wie zum Beispiel Telios' Feldzug gegen Syl Ra Van.«

Sie hatte die ganze Nacht mit Truppeninspektionen verbracht, bevor die Schiffe gestartet waren. Es hatte ihr nichts ausgemacht, da sie ohnehin keinen Schlaf gefunden hätte – wie auch? Der lange Kampf näherte sich seinem Ende, und es gab keinen Weg mehr zurück. Als ihr die Nachricht von Telios' Angriff auf seinen Orden überbracht worden war, hatte sie im Geheimen Garten versucht, wenigstens für ein paar Minuten nicht an Strategien, taktische Hochrechnungen und Opferprognosen zu denken. Doch die Schönheit ihrer kleinen Oase hatte nur neue Sehnsucht in ihr heraufbeschworen; das Verlangen, diese dunklen Hallen endlich zu verlassen und wieder unter der Sonne zu leben.

»Die Renegatenflotte hat Ordensschiffe an der nördlichen Peripherie in Kämpfe verwickelt«, hatte man ihr berichtet. Es war das Zeichen gewesen, auf das sie gewartet hatte. Sie hatte augenblicklich den Befehl zur Mobilmachung erteilt. Sobald sich die Armada gesammelt hatte, würde sie losziehen, um den Orden der Friedenswächter auszulöschen. Sie hatte dem Volk von Kenlyn versprochen, ihm beizustehen. Nun war es an der Zeit, dieses Versprechen für alle sichtbar zu erfüllen.

»Selbst wenn er es lebend bis nach Teriam schafft«, sagte Weron gerade, »und es ihm gelingt, den Gouverneur abzusetzen, tut er uns nur den Gefallen, weitere Ordensschiffe aus dem Verkehr zu ziehen.«

Ta-Gad erlaubte sich ein Lachen. »Wer hätte geglaubt, dass der Admiral noch einmal so nützlich für uns sein könnte?«

Weron nickte. »Ich bin sicher, die Erkenntnis würde ihn umbringen.«

»Er weiß es längst«, sagte Ta-Gad. »Er muss es wissen. Er kann sich keine Illusionen mehr machen. Wahrscheinlich ist diese ganze Kampagne nichts weiter als ein letzter Rachefeldzug gegen Syl Ra Van.«

»Oder die Tat eines Wahnsinnigen.«

»Vielleicht auch beides.«

Liyen kaute und hörte der Debatte ihrer beiden Minister zu. Sie waren zu siegessicher. Das sollten sie nicht sein. Auch Rul'Kshura hatte sich schon als Herr der Welt gesehen, kurz bevor die Friedenswächter all seine Träume in Flammen aufgehen ließen.

»Unterschätzen Sie den Admiral nicht, meine Herren. Schließlich hat er bis jetzt überlebt. Und unsere Streitkräfte sind immer noch nicht vollständig.« Noch mussten sie auf die Schiffe von Te'Ra und dem Nordpol warten. Sie nahm einen Schluck mit Honig gesüßten Gewürztee. Er war kaum mehr lauwarm.

»Aber sie werden es bald sein«, entgegnete Weron. »Ich muss gestehen, ich stand Ihrer Entscheidung zunächst skeptisch gegenüber, den direkten Angriff hinauszuzögern.« Er verneigte sich demütig in der Luft. »Ich habe meinen Irrtum inzwischen eingesehen.«

Das solltest du auch besser, dachte Liyen. Mit der Rückkehr des Raumschiffs vom Saphirstern hatte sie vor der Wahl gestanden: sofort anzugreifen, bevor der Feind gewarnt werden konnte, oder abzuwarten und ihre Streitkräfte weiter aufzubauen. Sie hatte sich für Letzteres entschieden – sehr zum Missfallen ihrer Funktionäre, die nur darauf brannten, endlich mit fliegenden Fahnen in den Krieg zu ziehen. Doch ihre Entscheidung hatte ihrer Armada fünf weitere Schiffe beschert.

»Nun, wie dem auch sei«, Ta-Gad rieb sich den Schnabel, »es steht wohl außer Frage, dass sich in den kommenden Stunden entscheidet, wer zukünftig das Geschick der Welt lenken wird.«

Zumindest dem konnte Liyen nicht widersprechen. Sie unterdrückte ein Schaudern – sie durfte sich nicht mehr fürchten. Während Ta-Gad und Weron noch miteinander diskutierten und ihre Streitmacht bewunderten, erinnerte sie sich wieder daran, dass die beiden alten Männer wie ihre Flotte, wie der gesamte Kult, nur ein Werkzeug waren. Ihr Instrument, um die Welt zu einem besseren Ort zu machen.

Sie lehnte sich zurück und dachte an Elais Baby in ihren Armen, sein gurrendes Lachen, seinen Duft. Und sie dachte an Endriel. Ob sie noch lebte – und auf der Seite der Friedenswächter kämpfen würde. Ob Kai bei ihr war und sie ihn eines Tages wiedersehen würde.

Liyen blickte auf die Zeitprojektion an der Decke: Galet sollte ihre Nachricht längst erhalten haben.

Fast drei Wochen befand er sich nun auf diesem verfluchten Planeten, und mittlerweile träumte er sogar von Staub. Jeder weitere Tag auf Te'Ra war eine neue Prüfung seiner Geduld und Kraft. Doch was viel mehr an ihm zehrte, war die absolute Stille, die aus dem Palast kam. Die letzte Nachricht, die er von der Gebieterin erhalten hatte, war die Bestätigung, dass das Raumschiff mit Endriel Naguun mittlerweile auf Kenlyn angekommen und abgestürzt war. Galet verbuchte das als weiteren Fehlschlag – er hatte gehofft, der Kult könnte sich die Maschine aneignen. Sie wäre ohne Zweifel eine mächtige Waffe gewesen. Anscheinend hatte die Gebieterin das ähnlich gesehen, denn seitdem – nichts. Also blieb ihm nichts anderes übrig, als weiterhin seiner Arbeit nachzugehen und von Staub zu träumen. Und von ihr.

Er hatte alle Nachrichten der Kaiserin auf seinen persönlichen Kubus überspielen lassen. Ihr Gesicht war noch so schön wie an jenem Tage, als sie vor ihnen allen die Maske hatte fallen lassen. Aber er glaubte zu sehen, wie der Krieg auch an ihrer Kraft zehrte, und er wünschte sich, bei ihr sein zu können und ihr zu dienen, so wie zuvor. Er wollte ihr zur Seite stehen, wenn die Neue Ordnung begann.

Als er Yors Nachricht erhalten hatte, hatte er neue Hoffnung gefasst, dass seine triumphale Rückkehr nach Hause bevorstand.

»Ich bitte um Ihre Anwesenheit«, hatte Yor geschrieben. Mehr nicht.

Nach der Entdeckung in der Unterwasserbasis vor siebzehn Tagen und dem noch viel wichtigeren Fund, den sie in ihrem Inneren gemacht hatten, hatte Galet eine Nexus-verbindung von seinem Schiff zur Basis herstellen lassen. Ein Schritt durch das Portal trug ihn unverzüglich von der Brücke der *Toron* in eintausend Metern Höhe in die Kuppel auf dem Grund des Meeres. Wie beim letzten Mal empfing ihn der oberste Kryptomaschinist. Hatte Yor damals nervös und bedrückt gewirkt, stand er nun als Schatten seiner selbst im Kreise seiner Assistenten, schwächlich und krank, wie ein müder alter Kater. Galet schob das auf Überarbeitung und die unnützen Bedenken, die den Mann quälten. Wahrscheinlich füllte etwas Dunkleres als Staub seine Träume.

»Die Waffe ist einsatzbereit, Adlatus«, sagte Yor nach einer kurzen Verneigung. Nun, zumindest kam er gleich auf den Punkt.

Galets Puls beschleunigte sich, auch wenn seine Miene kühl und überlegen blieb. »Zeigen Sie es mir.«

»Wie Sie wissen, ist Rokor kein Lebewesen, wie wir es kennen, sondern etwas – anderes. Seine Samen erzeugen künstliche, sich selbst reproduzierende Zellen, die sich zu einer Kolonie organisieren. Sie sind in der Lage, organisches Material in weitere Zellen umzuwandeln – je mehr organisches Material die Kolonie verschlingt, desto größer wird sie. Theoretisch sind ihrem Wachstum keine Grenzen gesetzt, so lange nur genug Material vorhanden ist. Sie ... Schon in einem frühen Stadium besitzt der Organismus eine gewisse Intelligenz: Er kann Hindernisse umgehen, Angriffe analysieren und entsprechende Verteidigungsmaßnahmen ergreifen. Außerdem ist er fähig, Teile von sich zu primitiven Waffen auszubilden oder zu Schutzpanzern zu verdichten. Er –«

»Ich habe Ihre Berichte gelesen, Yor. Das Wesentliche bitte.«

»Natürlich.« Yor richtete geistesabwesend seine Brille; ihre

Ränder funkelten im Licht des Laboratoriums wie Silber. Galet fragte sich, was aus der Ekstase des Mannes geworden war, die ihn früher so leicht erfasst hatte. »Wir, äh, haben Wochen gebraucht, die Aufzeichnungen unserer ... Vorgänger zu sichten, um herauszufinden, was während des Ersten Freiheitskrieges schief gelaufen war. Wieso der Organismus ihnen nicht gehorchte. Rokors Zellen sind so ... programmiert, dass sie absterben, sobald ein bestimmtes Signal gesendet wird. Mittlerweile sind wir überzeugt, dass es einen winzigen Fehler im genetischen Kode dieser Programmierung gegeben hat. Deswegen hat sich der Organismus damals nicht selbst vernichtet, sondern sich ständig weiterentwickelt.«

»Und Sie haben diesen Fehler im Kode gefunden?«

Yor leckte sich die schwarzen Lippen. »Ja.«

»Und ihn korrigiert?«

Der alte Gelehrte schwieg einen Moment. Dann sagte er: »Ja.«

»Was ist passiert?«

Yor sah ihn erschöpft an. »Ich zeige es Ihnen.«

Die Projektion war kristallklar. Galet erkannte einen der Glaszylinder wieder, den sie im Hochsicherheitslabor der Basis gefunden hatten. Wie zuvor war er mit grüner Flüssigkeit gefüllt, sowie einem der fleischigen, schwarzen Klumpen, vor dem er sich damals so gefürchtet hatte.

Das untere Ende des Zylinders war verschlossen und von einer Kraftfeldkuppel mit einem Durchmesser von vielleicht drei Metern umgeben. Ratten wuselten darin herum. Galet sah angespannt zu, wie sich der Zylinder scheinbar von allein öffnete. Flüssigkeit floss in die Energiekuppel; der schwarze Klumpen klatschte auf den Boden, seine Form zerlief, während sich der Zylinder aus dem Feld zurück zog.

Die Nager flohen augenblicklich an die Ränder der Kuppel, einige von ihnen erhielten Stromschläge, als ihre Nasen die Barriere berührten.

Und der schwarze Klumpen bewegte sich.

Galet erschrak. Er musste an einen Oktopus denken, der an Land gespült worden war und versuchte, zurück ins Meer zu gelangen. Dunkle Tentakel bildeten sich und streckten sich über den Metallboden, darum bemüht, den Rest des fleischigen Dings hinter sich her zu ziehen.

Noch durch das Brummen des Kraftfelds hörte er das verzweifelte Fiepen der Ratten, als die halbgeformten Fangarme nach den Tieren schnappten, sie packten – und absorbierten. Mit weit aufgerissenen Augen verfolgte Galet, wie die winzigen grauen Körper in dem schwarzen Glibber versanken und von ihm aufgelöst wurden.

Die Kreatur wuchs mit jeder weiteren Ratte, die sie verschlang. Wuchs und wuchs, bis es nichts mehr für sie zu absorbieren gab. Zu diesem Zeitpunkt füllte sie die Kraftfeldkuppel fast vollständig aus; ein riesiger, amorpher Berg aus schwarzem Gallert. Galet wusste, dass er heute Nacht Alpträume haben würde.

Dann schien das Ding zu merken, dass es beobachtet wurde. Es brachte sich in Bewegung, wackelte, bebte, pulsierte und glitt langsam zum Rand der Kuppel, hinter der sich der Aufzeichner befand.

Trotz seines Entsetzens, war Galet unfähig, seine Augen abzuwenden.

»Zu diesem Zeitpunkt wurde das Selbstmord-Signal gesendet«, murmelte Yor.

Ein hochfrequentes Pfeifen kam aus dem Geisterkubus.

Das schwarze Ding erstarrte plötzlich, es schien hart wie Stein zu werden. Dann begann es, konvulsivisch zu zucken. Galet hätte schwören können, dass er einen Schrei hörte, der von der Abscheulichkeit ausging, knapp an der Grenze seiner Wahrnehmung. Als Kind hatte er einmal gesehen, wie Salz auf eine Nacktschnecke gestreut wurde; genau wie das Tier damals schien dieses Ding nun in sich zusammenzuschrumpfen. Nach Sekunden war nichts von ihm übrig als eine schwarze Pfütze, die ihrerseits vor seinen Augen zu grauem Staub zerfiel.

Die Aufzeichnung stoppte. Auch als der Kubus wieder durchsichtig wurde, konnte Galet den Blick nicht von ihm wenden. Stille erfüllte den Raum.

»Wir haben mit drei der fünf übrig gebliebenen ... Samen experimentiert«, sagte Yor schließlich. »Haben die Organismen in verschiedene Stadien wachsen lassen. Der Letzte hat einen ganzen Hangar ausgefüllt.«

Galet sah auf. »Und er hat auf das Signal reagiert?«

»Sonst wäre keiner von uns noch am Leben, Adlatus.«

Galet stand auf. Er schaffte es zu lächeln, trotz des flauen Gefühls in seinem Magen. »Ausgezeichnet. Lassen Sie die übrig gebliebenen Samen augenblicklich in den Palast schaffen.«

Yor hob die Pranken. »Adlatus, ich beschwöre Sie ein letztes Mal! Diese Waffe ist zu gefährlich! Sie nach Kenlyn zu transportieren, könnte sich als fatal erweisen! Wenn wir dem Feind unsere Aufzeichnungen zukommen lassen; ihnen die gleichen Bilder zeigen, die Sie gesehen haben –!«

»Solche Bilder können gefälscht werden, das wissen Sie so gut wie ich. Und Sie haben selbst gesagt, dass wir die Dinger unter Kontrolle haben.«

»Dennoch gibt es immer ein Restrisiko! Die Samen könnten mutieren, oder –!«

»Sie haben mich gehört. Der Befehl kommt direkt von der Kaiserin.« Das war gelogen, aber das brauchte Yor nicht zu wissen.

»Lassen Sie mich mit ihr reden!«, flehte der Gelehrte. »Sie muss begreifen –!«

Galets strenger Blick ließ ihn augenblicklich verstummen. Der Adlatus wusste, dass Yor bereits versucht hatte, auf eigene Faust mit der Kaiserin Kontakt aufzunehmen. Galet hatte ihm das verziehen und die Geisterkuben, die Yor versucht hatte, in den Schiffen nach Hause zu schmuggeln, vernichtet. Der Mann hatte Großes geleistet, und seine Nervosität war verständlich – er war also dazu bereit, dem alten Gelehrten diesen minderen Verrat zu vergeben. Vorläufig. Noch war Yor zu nützlich.

»Tun Sie Ihre Arbeit«, befahl Galet. »Ich will, dass diese Dinger unverzüglich nach Kenlyn gebracht werden.«

»Wie Sie wünschen«, sagte Yor und neigte das Haupt.

Galet beaufsichtigte persönlich, wie Yors Leute eine Stunde später die Ausrüstung auf ein Schiff verluden. All die Gerätschaften, die nötig waren, den Inhalt der beiden übrigen Zylinder am Leben zu halten, waren zu sperrig, um sie durch einen Personennexus direkt nach Hause zu verfrachten. Bis sie dort ankamen konnte er – endlich! – die Kaiserin informieren und ihr sein Geschenk ankündigen.

Die Frachtsektion des Schiffs wurde geschlossen. Die letzten Wissenschaftler verließen die Maschine. Eine Alarmsirene kündigte den Aufbau eines Kraftfelds um den unterseeischen Hangar an. Dann öffnete sich eine Schleuse über ihren Köpfen. Das schwarze Wasser darüber wurde von dem Kraftfeld zurückgehalten; ein senkrechter, violetter Tunnel bildete sich in den Fluten, und das Schiff hob ab. Galet sah ihm nach, bebend vor Glück. Der Sieg des Kults stand nun außer Frage; die Furcht vor der Plage Rokor würde die Weißmäntel zur Aufgabe zwingen. Und die Kaiserin würde ihm auf ewig dankbar sein.

Yor war nicht zugegen, als das Schiff startete. Galet sah ihn erst eine Stunde später wieder: Der alte Mann lag auf einem Diwan in einem der Ruheräume der Basis, die toten Augen zur Decke gerichtet, die Glieder von sich gestreckt, genauso wie ihn einer seiner Leute kurz zuvor gefunden hatte. Der Geruch von Bittermandel, den sein Maul ausströmte, verriet Galet, dass Yor die Kapsel geschluckt hatte, die jedes Mitglied des Kults bei sich trug. Mehrere seiner Assistenten waren zugegen. Manche von ihnen weinten.

»Du Narr«, murmelte der Adlatus, von dem Anblick des toten Skria seltsam berührt. »Du dummer, alter Narr.«

Nun, zumindest hatte Yor den Anstand besessen, vor seinem Suizid noch seine Pflicht zu erfüllen: Er hatte gewusst, dass Galet seine Assistenten angewiesen hatte, ihn genau im Auge zu behalten und jeden seiner Arbeitsschritte doppelt und dreifach zu prüfen. Nur für den Fall, dass er auf den Gedanken kommen sollte, seine eigene Arbeit zu sabotieren. Yor hatte gewusst, dass sein Tod in diesem Falle nicht so kurz und schmerzlos gewesen wäre, wie durch die Giftkapsel.

Mitleid überkam den Adlatus. Trotz seiner harten Arbeit würde Yor nun den Anbruch der Neuen Ordnung nicht mehr erleben. *Dummer, alter Narr …*

»Adlatus Rengar!«

Galet drehte sich um. Ein Kurier aus dem Palast durchquerte die Schneise, welche die Wissenschaftler für ihn bildeten. Er verneigte sich vor Galet, wobei er ihm einen Geisterkubus hinhielt. »Eine Nachricht der Kaiserin, Adlatus!«

Galets Herz schlug höher. Er aktivierte den Würfel. Das Gesicht der Kaiserin war sehr ernst.

»Alle Schiffe sollen augenblicklich zum Palast zurückkehren«, sagte sie. »Wir ziehen in den Krieg.«

XVIII

DIE LAST DER WELT

»Das Universum verabscheut Paradoxa.
Außer jenen, die Sinn ergeben.«
– aus »Zeiten und Welten« von Wokiwon

Schneller«, murmelte Endriel. Sie hatte die Hände gefaltet und an die Lippen gelegt; die Last der Welt schien sie niederzudrücken. »Schneller!«

Doch die Antriebe der *Korona* feuerten bereits auf dem Maximum. Sogar der Planet selbst kam ihnen anscheinend zu Hilfe und schickte ihnen Rückenwind. Dennoch schienen sie ihrem Ziel nicht näher zu kommen.

Sie flogen schon seit Stunden dem Morgengrauen entgegen. Der Plan sah vor, zum Himmelssanktum vorzustoßen. Dort würden sie dem Klostervorstand von dem drohenden Angriff des Kults berichten und ihn bitten, die Nachricht so schnell wie möglich an die Friedenswächter weiterzuleiten. Endriel war sich bewusst, dass der Gouverneur die gleiche Warnung schon einmal in den Wind geschlagen hatte, doch diesmal hatten sie Beweise: eine siebenminütige Aufnahme der Schiffe vor dem Weltenberg. Diesmal konnte Syl Ra Van es nicht ignorieren – falls es ihn überhaupt noch gab. Hatten Andar und Ahi Laan ihn vielleicht schon außer Gefecht gesetzt? Oder waren sie bei dem Versuch umgekommen?

»Schneller, Keru!«

»Was soll ich machen? Zurückfliegen und die Piraten bitten, noch einen schnelleren Antrieb einzubauen?«

»Entschuldige ...«

»Du solltest dich endlich hinlegen. Dich ausruhen. Und aufhören, mir auf die Nerven zu gehen!«

Er versteckte es gut, aber sie hörte die Unruhe in seiner Stimme. Sie setzte sich auf den nächstbesten Diwan.

Nelen lag ihr gegenüber, in Embryonenstellung zusammengekugelt. Sie schlief unruhig. Ihre Flügel zuckten immer wieder. Endriel berührte abwesend den frischen Verband um ihren Kopf. Die Wunde dahinter tat noch immer weh. Die Piraten hatten ihnen so gut wie alles genommen, was sie hatten: Vorräte, die Kisten der Hand der Freundschaft, Kleider und beinahe auch Mikos Sarg. Aber zumindest das Verbandsmaterial im Badezimmerschrank hatten sie an Ort und Stelle gelassen.

Nachdem sicher war, dass sie nicht verfolgt wurden, hatte Xeah alle ihre Wunden verarztet. Endriel hatte darauf bestanden, dass Kerus blutige Knöchel, sein Ohrstummel und Nelens Arm zuerst versorgt wurden, bevor sie sich selbst in die Hände der alten Heilerin begab.

Xeah hatte die fünf Risse in der Stirn gesäubert und genäht. Endriel hatte beides mit zusammengebissenen Zähnen ertragen, wobei ihre Zunge nicht aufhören wollte, das Loch in ihrer unteren Zahnreihe zu betasten. Wie würde Kai reagieren, wenn er sie so sah? »Es werden Narben bleiben«, hatte Xeah gesagt, als sie ihr einen frischen Verband um die Stirn legte.

Nicht nur dort, hatte Endriel gedacht und sich wieder gefragt, was aus Sef geworden war. Ob die Piraten ihn mittlerweile zerfleischt hatten? Oder hatte er es geschafft, sich rechtzeitig aus dem Staub zu machen, zum Beispiel mit einem Schiff aus einem der anderen Hangars? Klammheimlich zu verschwinden war schließlich seine Spezialität.

Draußen hatte es angefangen zu regnen. Dunkelgraue Wolken umhüllten die Brückenkanzel wie Nebel.

»Keru«, sagte Endriel leise. Nelens Flügel zuckten. Sie murmelte etwas Unverständliches.

»Hrrhmmm?«

»Ich weiß nicht, ob ich mich schon bei dir bedankt habe. Dafür, dass du mir das Leben gerettet hast. Ich meine: mal wieder.«

Er drehte sich nicht um. »Ich habe nur meine Arbeit getan.«

Sie erinnerte sich an seinen Zorn, als er die Wunden betrachtete, die Zailar ihr beigebracht hatte. »Es tut mir leid, Keru.«

»Was?«

»Dass du wieder töten musstest.«

»Warum?« Ehrliche Verwirrung lag in seiner Stimme.

»Ich dachte —«

»Endriel«, brummte er. Wie immer fand sie es seltsam, wenn er ihren Namen aussprach; sie hörte es nicht oft. »Ich bin ein Mörder. Mörder töten. Es ist das, was ich am besten kann.« Sie wollte etwas sagen, doch sie erkannte, dass ihm noch mehr auf den Lippen lag.

»Eine lange Zeit habe ich mich dagegen gewehrt«, fuhr Keru fort. »Aber jetzt nicht mehr. Ohne mich hätte keiner von euch überlebt.« Sie merkte, dass er nach den richtigen Worten suchen musste. »Meine Vergangenheit liegt hinter mir. Ich habe sie endlich begraben. Wer ich einmal war, was alles hätte werden können – das interessiert mich nicht mehr. Nur eines ist wichtig.« Er drehte sich zu ihr. Es lag eine Wärme in seinem Blick, ein Frieden, den sie vorher noch nie bei ihm gesehen hatte. »Meine Familie«, vollendete er.

Endriel lächelte, während sie gegen Tränen kämpfen musste. »Keru ... ich habe das vielleicht nie wirklich klar gemacht, aber —«

»Schon gut.« Er wandte sich wieder ab.

»Nein, lass mich ausreden! Ich habe vielleicht nie gesagt, wie sehr ich –!«

»Stimmt. Du hast es nie gesagt«, brummte er. »Aber das brauchst du auch nicht. Und jetzt versuch endlich zu schlafen – bevor ich dich bewusstlos prügeln muss!«

»Ich kann jetzt nicht schlafen!«, protestierte sie. »Ich *darf* jetzt nicht schlafen! Es können jederzeit Piraten auftauchen, oder Schatten, oder die Kommission –!«

»Keine Sorge«, brummte er. »Ich wecke dich schon, wenn es soweit ist. Also – ruh dich aus! Das ist ein Befehl!«

Endriel legte sich auf den Diwan. Regen klatschte gegen das Glas. Irgendwo in der Nacht grollte Donner. Sie schloss die Augen und hoffte, dass sie von Kai träumen würde. Wenigstens hatte sie die Hoffnung, ihn im Sanktum wiederzusehen ...

Endriel. Sie beherrschte jeden seiner Gedanken. Er versuchte, ihr Gesicht in den federweißen Wolken zu finden, während er ihr Lachen in seiner Erinnerung hörte. Vielleicht hatte er sie zum letzten Mal gesehen. Vielleicht hatten die Piraten sie und die anderen getötet. Vielleicht waren sie den Schatten begegnet und von ihnen vernichtet worden.

Vielleicht starb er in dieser Nacht.

Sanfter Wind wehte ihm ins Gesicht. Er sah zu der Stadt am Meer, wo sich das Sonnenlicht in tausend Farben auf kristallenen Türmen brach; roch den Duft von Gras und Sommer und wünschte sich, er könnte sich hier verstecken, bis alles überstanden war. Bis er sie wiedersehen konnte.

Nur würde das nicht möglich sein.

Kai versuchte, tief durchzuatmen, doch selbst das fiel ihm schwer. Er betrachtete die Armschiene, oder besser, ihr Simulacrum, und ließ sich vom Funkeln des roten und des blauen Kristalls hypnotisieren. »Das ist Wahnsinn!«, rief er und presste die Hand auf die Stirn, als könnte das seine fixe Idee vertreiben. »Es wird niemals funktionieren!«

»Das weißt du nicht«, sendete das Eidolon.

»Ich werde dabei draufgehen!«

»Auch das weißt du nicht.«

»Was mache ich überhaupt hier?« Kai breitete hilflos die Arme aus. Der Blick des Eidolons verriet ihm, dass es wusste, dass mit »hier« nicht die falsche Sommerlandschaft gemeint war, in die sich Kai zurückgezogen hatte. »Ich bin kein Krieger!«

»Aber du bist nicht hilflos. Du kannst kämpfen. Und ich weiß, dass du kein Feigling bist, Kai.«

»Ach ja?« Er lachte bitter. »Bist du dir da so sicher?« Er fuhr sich durch das Haar. »Ich würde mich wesentlich besser fühlen, wenn ich nur wüsste, dass der Plan auch hinhaut! Ich meine, ich kann den Admiral belügen – aber Syl Ra Van?«

»Es besteht die Chance auf Erfolg.« Silberne Augen blickten ihn sanft an. *»Du musst es zumindest versuchen. Du weißt, wie viel davon abhängt.«*

Kai nickte, einen Kloß in seinem Hals. Ja, das wusste er. So lange Syl Ra Van an der Macht war, würde er nicht aufhören, seine Leute gegen den Admiral zu hetzen. Aber er würde sich niemals kampflos ergeben.

Und Ahi Laan, die Einzige, die ihm hätte Einhalt gebieten können, lag nun in einem Kühlfach auf der Krankenstation der *Dragulia*. Sie war seine Freundin gewesen und ihr Verlust schmerzte ihn, aber ihm war nicht viel Zeit zum Trauern geblieben. Nun lag es an ihm, ihre Mission fortzusetzen und Syl Ra Van umzuprogrammieren; ihn irgendwie zu *überzeugen*, seine Leute zurückzupfeifen, bevor sich die Friedenswächter gegenseitig vernichtet hatten. »Kannst du nicht wieder versuchen, mir das Ganze auszureden?«, fragte er das Eidolon.

»Es würde mir nicht gelingen, oder?«

Kais Schultern sanken herab. »Nein«, sagte er leise. »Wahrscheinlich nicht.«

Eine Stimme am Rande seines Bewusstseins ließ ihn aufhorchen.

Das Eidolon hob den Blick zu den simulierten Wolken. *»Der Admiral verlangt nach dir.«*

Weißes Licht sandte Kais Bewusstsein zurück in die Wirklichkeit. Er fand sich auf der Brücke der *Dragulia* wieder. Der Himmel jenseits der Brückenkuppel war fast schwarz – Mitternacht war lange vorüber, doch der Sonnenaufgang noch Stunden entfernt. Er konnte die Anspannung der Friedenswächter um ihn herum spüren, während sie mit hektischer Betriebsamkeit ihre Instrumente prüften. Er selbst saß auf einem Stuhl neben der Tür, fernab der Konsolen, wo er niemanden stören konnte.

Der Admiral stand vor ihm, eingehüllt in seinen Kampfpanzer, dessen purpurne Schulterstücke seinen Rang kennzeichneten. Ein deutlicher Bartschatten lag auf seinen sonst penibel rasierten Wangen. Kai wusste, dass er sich mit Hilfe von Aufputschmitteln auf den Beinen hielt. »Sind Sie bereit?« Telios zog eine Augenbraue hoch

»Ja.« Kai nickte. Seine eigene Rüstung drängte sich ihm wieder ins Bewusstsein, unbequem wie sie war. Es hatte fast eine Viertelstunde gedauert, bis er Arm- und Beinschienen, Knie- und Gelenkschoner, Schulterteile, Kampfstiefel und den Brustpanzer angelegt und festgezurrt hatte, und immer noch kam er sich vor wie eine menschliche Konserve. Der Helm mit dem weißen Visier lag auf seinem Schoss.

»Gut«, sagte Telios. »Rühren Sie sich nicht vom Fleck und warten Sie auf mein Kommando. Wollen wir hoffen, dass wir es bald hinter uns haben.« Er klang beinahe väterlich. Zu Kais Überraschung klopfte ihm der Admiral auf den Schulterpanzer, dann wandte er sich ab, um mit seinem Ersten Offizier an der Navigationskarte zu sprechen.

»Es tut mir leid«, hatte Telios mit matter Stimme gesagt, als Kai ihm von Ahi Laans Tod berichtet hatte.

»Sie hat mir gesagt, was zu tun ist«, hatte Kai gelogen. »Ich kann es tun. Hiermit.« Damit hatte er die Armschiene gehoben. Und Telios hatte ihm geglaubt – Kai hatte ihm nichts von seinen Befürchtungen erzählt, nicht den schrecklichen Verdacht erwähnt, der seit einiger Zeit in ihm keimte: Dass es wichtig war, dass er, Kai Novus, Syl Ra Van gegenübertrat.

Doch was, wenn er sich irrte?

Kai schloss die Augen und erinnerte sich, wie der Admiral ihm vorhin seinen Schlachtplan dargelegt hatte:

»Wir werden versuchen, durch die feindlichen Linien zu dringen und mit der *Dragulia* auf Teriam zu landen. Von dort aus kämpfen wir uns bis zum Jadeturm durch und verschaffen uns Zugang. Aber das wird kein Spaziergang: Syl Ra Van weiß, dass wir kommen. Er wird zusätzliche Schiffe zur Verteidigung beordert haben. Und selbst, wenn wir es bis in den Turm schaffen, wird dieser von Kraftfeldern und Elitetruppen geschützt. Es wird das Beste sein, wenn Sie etwas widerstandsfähigere Kleidung anlegen, Bürger Novus.«

Nachdem sich Admiral Kaleens Leute ihnen angeschlossen hatten – nach der Schlacht, bei der Ahi Laan ums Leben gekommen war –, waren die Renegaten immer wieder gouverneursloyalen Schiffen begegnet. In den meisten Fällen jedoch hatte der Gegner angesichts ihrer Übermacht rasch kapituliert und seine Schiffe entern lassen, sich dem Admiral freiwillig angeschlossen oder ganz einfach das Weite gesucht.

Inzwischen bestand Telios' Flotte aus fünfundzwanzig Feuerdrachen, drei Kurieren und einem (praktisch unbewaffneten) Reparaturschiff, das ihnen auf dem weiteren Flug nach Teriam bereits gute Dienste geleistet hatte. Und während sie weiter auf die Hauptstadt zuhielten, waren andere Renegaten unabhängig von ihnen auf ganz Kenlyn damit beschäftigt, die Truppen des Gouverneurs in Kämpfe zu verwickeln, um dem Admiral mehr Zeit zu verschaffen.

Die Feuer auf der *Dragulia* und den anderen Schiffen waren mittlerweile gelöscht, die Schäden so gut es ging behoben. Alle Schildgeneratoren hatten Zeit gehabt, sich wieder aufzuladen. Die Renegatenflotte war bereit, sich in die Schlacht zu werfen. Doch die Nerven ihrer Mannschaften waren mürbe geworden wie Kais eigene.

Dabei stand ihnen der härteste Kampf noch bevor. Syl Ra Van würde die Schwebende Stadt bis aufs Blut verteidigen.

»Admiral!«, hörte er Kommandant Quai-Lor rufen. »Wir haben Feindkontakt!«

Ein Adrenalinstoß erfüllte Telios mit neuer Energie. Er warf einen letzten Blick zu Kai Novus und sah die Furcht des Jungen, doch er hatte keine Zeit, ihn zu bemitleiden. Keine Zeit für Ablenkungen oder Fehler.

Das Kleine Meer lag vor ihnen. Fetzen grauer Wolken verdeckten hier und da die kalten Sterne. Die Lichter der Küstenstädte wirkten wie funkelnde Schätze, die die Wellen an Land gespült hatten. Die Strahlen des Inneren Mondes tanzten auf den bleigrauen Fluten.

Teriam war schon von Weitem am südöstlichen Horizont auszumachen. Im Moment erschien die Schwebende Stadt nur als ein waagerechter Balken, der unregelmäßige Muster aus Licht und Schatten trug.

Die Flotte des Gegners war bereits mit bloßem Auge zu erkennen: viel zu viele Drachenschiffe, zu einer Barriere aus weißglänzenden Leibern aufgereiht, verließen den Luftraum um die Hauptstadt und rasten ihnen entgegen.

Blaues Feuer ließ die Nacht erzittern, während sich die Maschinen eine nach der anderen in violette Mäntel hüllten. Die Navigationskarte zeigte die beiden Flotten, die sich aufeinander zu bewegten: die eigene, mit der *Dragulia* an der Spitze, in weiß, und die des Gegners in blau. Er hatte sich nicht geirrt: Der Kordon um Teriam war auf dreißig Schiffe verstärkt worden.

»Drei Minuten bis Schussreichweite!«, verkündete Quai-Lor. Er hatte seine Stimme bestens unter Kontrolle. »Ihre Befehle, Admiral?«

Telios überlegte für eine Sekunde, sich mit Syl Ra Van verbinden zu lassen – doch was hätte das für einen Sinn gehabt? Er war besser beraten, sich an lebende Wesen zu wenden, statt an eine Maschine. »Auf allen Kanälen senden!«, befahl er.

»Kanäle offen!«, meldete Leutnant Veldris.

»Admiral Andar Telios von der *Dragulia* an gegnerische Flotte: Vor siebzehn Stunden wurde Syl Ra Van, gemäß den Statuten des Pakts von Teriam, von der Mehrheit der Fünf Admiräle abgesetzt. Er hat diesen Beschluss missachtet und die Admiräle widerrechtlich festnehmen lassen. Syl Ra Van ist demnach nicht länger Oberhaupt des Ordens der Friedenswächter oder Gouverneur von Kenlyn, sondern ein Krimineller. Und der Orden der Friedenswächter beugt sich nicht den Befehlen von Kriminellen. Wenn Sie ihm also weiterhin folgen, machen Sie sich damit zu seinen Komplizen. Ich gebe Ihnen jetzt die Chance, sich auf unsere Seite zu stellen und zu helfen, ihn zur Strecke zu bringen.

Aber tun Sie es schnell: Denn während der Gouverneur Sie gegen Ihre eigenen Leute hetzt, ist der Schattenkult auf dem Vormarsch, mit dem Ziel, den Orden der Friedenswächter zu vernichten. Dieser Bedrohung können wir nur gemeinsam entgegentreten!«

Keine Reaktion. Wie üblich. *Also dann …*

»Telios an alle! Wir greifen an! Schilde aktivieren! Feuern nach eigenem Ermessen!«

Es war, als sähe man die Welt durch die Augen eines Gottes. Er stand wie ein Gigant inmitten der Schlacht und beobachtete, wie winzige Schiffe, durchscheinend wie Geister, durch das Audienzzimmer zogen und einander mit stecknadelgroßen Energiepfeilen bekriegten. Der Boden hatte sich in die Oberfläche des Meeres verwandelt; die Darstellungen von Wolken erfüllten die Luft. Direkt neben seiner linken Schulter schwebte das Abbild der Hauptstadt mit ihren Lichtern. Geringere Männer hätte diese Perspektive sicherlich in Entzücken versetzt. Für Admiral Varkonn Monaro war sie nur eine Zweckdienlichkeit.

Von ihren Kraftfeldern umhüllt, waren die Schiffe kaum auseinanderzuhalten; allein die taktischen Symbole halfen ihm, die Übersicht zu bewahren. Die Flottenformationen wurden bereits in den ersten Sekunden der Schlacht gesprengt. Was vorher zwei aufeinander zurasende Linien gewesen waren, hatte sich in etwas verwandelt, das nur mit einem Wort zu beschreiben war: Chaos. Zweier- oder Dreiergeschwader umkreisten einander wie streitende Raubvögel, gebündelte Energie speiend, während einzelne Schiffe von hier nach dort rasten und dabei die azurnen Lichtspuren ihrer Antriebe hinter sich herzogen. Jedes Drachenschiff war mit Zahlen versehen, welche Geschwindigkeit und die geschätzte Ladung ihrer Schildgeneratoren anzeigten. Letztere sank rapide bei allen Kombattanten, während Kubusübertragungen aus dem Nichts erklangen: »... *unter schwerem Beschuss!*« – »... *erbittet Unterstützung!*« – »... *Schild bei siebzig Prozent!*«

Die Gegenwehr des Ordens hatte den Vorstoß der Abtrünnigen zunächst verlangsamt – jedoch nicht aufgehalten. Telios' Flaggschiff – das größte aller Schiffe – nahm es mit vier Gegnern gleichzeitig auf, während ein Ring aus Feuerdrachen sein Bestes gab, ihm weitere Angreifer vom Hals zu halten. Die Waffentürme der *Dragulia* drehten sich unabhängig voneinander in alle Himmelsrichtungen und spuckten unaufhörlich Strahlenkaskaden gegen ihre Gegner – und ungewollt sogar manchmal gegen ihre Verbündeten. Dafür wurde sie ihrerseits ins Kreuzfeuer genommen, doch noch hielt ihr Schild.

»... schwerer Treffer der Außenhülle!« – »Feuer auf Decks 2 und 3!« – »... bleibt die verfluchte Unterstützung?«

Monaro dirigierte seine Truppen durch das Chaos wie ein Kapellmeister; er schloss Verteidigungslücken, bewegte Geschwader, warnte vor Hinterhalten, während Syl Ra Van dafür sorgte, dass seine Worte gehört wurden.

Die Abtrünnigen wehrten sich weiterhin verbissen: Die ersten gouverneursloyalen Schiffe waren bereits außer Gefecht gesetzt; der Feuerdrache *Belerudon* stürzte brennend ins Meer. Seine Mannschaft folgte kurz darauf mit ihren Fallschirmen. Weitere Notrufe gingen ein.

Monaro hatte Telios vieles zugetraut, aber er hätte nicht im Traum daran gedacht, dass es ihm gelingen würde, so viele Verräter um sich zu scharen. Die vergangenen Stunden hatte er hier, im obersten Zimmer des Jadeturms, verbracht und im Beisein Seiner Exzellenz die Berichte von immer neuen Meutereien, quer über den ganzen Globus, verfolgt. Sie hatten ihn, um es vorsichtig auszudrücken, beunruhigt. Seine Exzellenz hingegen hatte diese Berichte schweigend aufgenommen. Und er schwieg noch immer.

Monaro hatte bemerkt, dass alle paar Minuten ein Schwarm von Funken durch die Säule des Gouverneurs zuckte und ihr blaues Glühen für einen kaum wahrnehmbaren Moment unterbrach; etwas, das er noch nie zuvor beobachtet hatte. Möglicherweise rührte es daher, dass der Gouverneur sein Bewusstsein hundertfach spaltete, um gleichzeitig mit anderen Offizieren zu sprechen. Wie allen Sha-Yang-Artefakten waren auch ihm Grenzen auferlegt.

Weitere Schiffe fielen – auf beiden Seiten.

Rotes Feuerwerk explodierte am Nachthimmel. Teriam rückte immer näher: Die Stadt erschien längst wie ein massiges Tablett, das von unsichtbaren Händen über den Fluten gehalten wurde. Jemand hatte Miniaturhäuser darauf aufgebaut und diese mit den Splittern von Lichtkugeln bestückt. Das schönste Gebäude war jenes, das in der Mitte aufragte, höher als alle anderen: ein runder, sich verjüngender Turm aus grüner Jade.

Andar Telios erinnerte sich an das alte Sprichwort, dass nirgendwo sonst auf der Welt die Chancen so hoch standen, alles zu gewinnen.

Oder zu verlieren.

Die *Dragulia* hielt unbeirrt auf die Hauptstadt zu. Der Admiral fühlte sich, als stünde er auf einem Segelschiff im Monsun; die Treffer kamen jetzt sekündlich, die Schildenergie sank zusehends. Im Gegenzug hatten sie eines der vier Ordensschiffe, die sie wie Geier umkreisten, kampfunfähig geschossen. Zwei weitere würden – durfte er der taktischen Projektion trauen – in den nächsten Minuten untergehen. Doch das Vierte war schnell und hatte die Gegenwehr des Flaggschiffs bislang augenscheinlich unbeschadet überstanden.

Telios spürte, wie Schweiß die Uniform unter seinem Panzer durchnässte. »Alle entbehrliche Energie von Waffenturm 4 in den Schild umleiten!« Die Kraftfeldenergie stieg sofort um gute zehn Prozent. Der Admiral erlaubte sich ein kurzes Aufatmen und blickte wieder über die Schulter zu Kai Novus: Der Junge hatte die Augen geschlossen und presste bei jedem Treffer die Kiefer aufeinander.

Bislang hatten sie fünf Schiffe verloren, darunter die *Ul-*

una mit Kapitän Barant und die *Gal-Ba-Dar* unter dem Kommando von Valendi Ossa. Telios hatte sich geschworen, dass die Welt sich an sie und ihre Mannschaften als die ehrenhaften Krieger erinnern würde, die sie gewesen waren. Doch er konnte sich jetzt keine Trauer erlauben.

»Öffnen Sie Ihre Augen!«, rief Telios in den Kubus, der auf dem allgemeinen Kanal sendete. »Syl Ra Van hat den Pakt von Teriam für seine eigenen Machtgelüste missbraucht! Er hat den Orden der Friedenswächter gegen das eigene Volk gerichtet! Ich weiß, dass viele von Ihnen das nicht mit Ihrem Gewissen vereinbaren konnten, aber Sie haben aus Furcht geschwiegen. Nur können wir uns keine Furcht mehr erlauben. Schließen Sie sich uns an! Helfen Sie uns, diesen Krieg zu beenden und sich gegen den Kult zu stellen!«

»Admiral!« Quai-Lor hob den Blick von der Navigationskarte. »Feindliches Geschwader nähert sich aus Nordnordost!«

Es waren drei Schiffe. Während der Rest von Monaros Flotte die Renegaten festgenagelt hatte, schossen sie nahezu unangetastet durch das Schlachtengetümmel auf die *Dragulia* zu. Ihre Sonnenaugen hatten das Flaggschiff bereits ins Visier genommen. »Scheiße«, zischte Telios. Drei weitere Schiffe – das konnten sie nicht durchhalten; nicht, so lange die drei anderen noch in der Luft waren! Zähneknirschend hielt er sich an der Navigationskarte fest, als der Boden erneut unter seinen Füßen bebte.

»Schildenergie bei fünfundvierzig Prozent!«, meldete Quai-Lor, der mit Schwanz und Armen ebenfalls um seine Balance kämpfte. »Dreiundvierzig Prozent!«

Dann, noch bevor die *Dragulia* in die Schussreichweite des Dreiergeschwaders geraten war, bremste dessen letztes Schiff ab – und eröffnete das Feuer auf seine Vordermänner!

»Wir werden gerufen!«, meldete Leutnant Veldris über die Kakophonie aus Schüssen und Treffern.

»Durchstellen!«, brüllte Telios.

Das Gesicht eines Menschen bildete sich im Kubus. Seine Haut hatte die Farbe von Ebenholz. »Kapitän Shen Sellin von der *Barramati* an *Dragulia* – wir stehen zu Ihnen, Admiral!«

»Danke, *Barramati!*« Telios grinste verbissen und blinzelte einen Schweißtropfen von seinem rechten Augenlid. »Gut zu wissen, dass mir wenigstens einer zuhört!«

»Admiral!« Quai-Lors Finger deutete zur Brückenkuppel hinaus: Ein Leuchtfeuer war dort am rotflackernden Nachthimmel aufgegangen. Ein weiteres Schiff des Gegners war eliminiert.

»Waffenturm 2!«, rief Telios. »Unterstützen Sie die *Barramati!*«

»*Verstanden, Admiral!*«

Telios hörte, wie sich die Sonnenaugen mit Energie vollsogen. Jenseits der Brückenkuppel schien die Schwebende Stadt mit jeder Sekunde zu wachsen.

Die *Barramati* war nicht das einzige Schiff, das die Seiten wechselte. Zwei weitere Feuerdrachen fielen den eigenen Leuten in den Rücken, ein dritter – die *Karrsu*, eines der am besten erhaltenen und mächtigsten Schiffe der Armada – hatte das Feuer von einem Moment auf den anderen eingestellt, als die Mannschaft eine Meuterei losgetreten hatte.

Varkonn Monaro war immer stolz darauf gewesen, seine Impulse unter Kontrolle zu haben. »Das Eisgesicht« hatten ihn seine Kameraden während seiner Zeit im Nachrichtendienst genannt. Er hatte das als Kompliment aufgefasst.

Nun, während winzige Geisterschiffe durch ihn hindurchjagten, schäumte er vor Wut, drohte mit Kriegsgericht und standrechtlichen Erschießungen. Was jedoch nicht verhinderte, dass sich das Schlachtengeschick allmählich zu Telios' Gunsten wendete. Die Projektion der *Dragulia,* nicht größer als Monaros kleiner Finger, hielt immer noch auf das Abbild Teriams zu, ungeachtet der Angreifer, die sie umschwirrten, und der zahlreichen Gefechte um sie herum. Monaro, der halb in der Darstellung der Hauptstadt stand, hatte das Gefühl, das Schiff ziele direkt auf sein Herz.

»Dieser Bastard!« Monaro war sich nur halb bewusst, dass er es laut ausgesprochen hatte.

Der Gouverneur überging diesen Ausbruch kommentarlos. Es schien, als ginge ihn das alles gar nichts an.

Monaro zwang sich, wieder der Projektion zu folgen. Noch hatte er nicht alle Trümpfe ausgespielt. »Achtung, Luftabwehr! Bereithalten zum Feuern!«

»Nächstes Ziel ist ausgeschaltet!«, rief Quai-Lor. »Schild bei neunundzwanzig Prozent!«

Sie kamen der Fünfundzwanziger-Markierung gefährlich nahe. Trotz der unerwarteten Unterstützung durch die *Barramati* wurden sie immer noch von drei Schiffen unter Beschuss gehalten.

Telios hob die Stimme. »*Dragulia* an Graues und Goldenes Geschwader! Erbitten Feuerschutz!«

Er sah, wie sich drei weiße Punkte aus dem Wirrwarr der Navigationskarte augenblicklich zum Flaggschiff bewegten: Ein Schiff aus dem Grauen Geschwader – die *Vikor* unter Kapitän Li-Kura –, sowie zwei andere vom Goldenen. Sie ließen den Rest ihrer Kampfverbände zurück, formierten sich zu einem einzigen Geschwader und eröffneten das Feuer auf die Angreifer der *Dragulia,* sobald sie in Schussreichweite gerieten.

Das nächste der vier Schiffe fiel: Ein gut gezielter Strahl aus der *Vikor* sägte seine Waffentürme ab, ein zweiter zerschnitt den Backbordflügel. Dennoch löste das nur einen Teil von Telios' Anspannung.

Wieder schlug ein Treffer auf sie ein. Sirenen schrillten. »Schild bei –!«

»Energie aus Waffenturm 1 abziehen!« Telios' Hände verkrampften sich um den Rand der Navigationskarte.

»Aber –!«

»*Sofort!*«

Quai-Lor gehorchte und gab den Befehl an den Maschinenraum weiter. Die Sirenen verstummten, die Anzeige der Schildgeneratoren sprang von rot auf ein wesentlich beruhigenderes Orange. Allerdings viel zu kurz, denn weitere Treffer ließen es dunkler und dunkler werden, während die restlichen Waffentürme alle Mühe hatten, sich die übrigen drei Feuerdrachen vom Leibe zu halten.

Der Admiral bewegte die Hände, in dem Versuch, ihre eisenharten Muskeln zu lockern. Die Brückenkanzel zeigte ihm die Nacht, die wie unter einem rubinfarbenen Stroboskop aufflackerte.

Teriam war inzwischen nahe genug, um Details erkennen zu können: Dachterrassen, Balkons und Schornsteine. Das Grün von Parks im Laternenlicht.

Seit seinem letzten, unfreiwilligen Besuch in der Hauptstadt hatte sich einiges geändert: Kein einziges Schiff lag am Ringhafen an, dafür war der Rand der Scheibe mit haushohen Lichtbarrieren abgesperrt. Dahinter ragten, in regelmäßigen Abständen, dunkle Gebilde hervor, die er zuerst für Lastkräne hielt. Nein, es waren die Doppelläufe von Luftabwehrkanonen; Sonnenaugen, beinahe so stark wie die von Feuerdrachen. Sie nahmen die *Dragulia* bereits ins Visier, blutrotes Feuer flammte in ihren Mündungen auf.

»Ausweichmanöver!«

Energiestrahlen schossen auf die *Dragulia* zu und Telios musste an die Flammenvögel denken, die das Ende der

Welt herbeiführten. Leutnant Tsuna brachte die *Dragulia* in die Vertikale – zu spät. Etwas flog an der Brückenkanzel vorbei: Telios erkannte weißes Metall hinter einem violetten Schleier; der Pilot riss das Steuer herum, bevor sie mit dem anderen Schiff kollidierten –

Die *Vikor* hatte sich vor die *Dragulia* geworfen und einen Großteil des gegnerischen Feuers geschluckt, was sie fast all ihre Schildenergie gekostet hatte. Auch eines der gegnerischen Schiffe war von dem Strahlengewitter getroffen und durchbohrt worden. Seine Brückenkuppel war zersprungen; Telios sah, wie der Wind winzige Lebewesen von dem offenen Deck fegte, und schluckte mit trockener Kehle. Der Rest ihrer Angreifer fiel hinter dem Flaggschiff zurück. Der nächste Schwarm von Flammenvögeln befand sich im Anflug.

»– *benötigen dringend Unterstützung!*«, kreischte die Projektion des Hauptmanns am Ringhafen. Sein Panzer und sein Helm waren stellenweise geschwärzt. Monaro hörte Kampfschreie hinter dem Menschen, das Zischen von Sonnenaugen. »*Die Hälfte der Schützen weigert sich zu feuern – Kämpfe sind ausgebrochen! Sie –!*« Ein roter Blitz durchschlug seinen Helm und der Hauptmann wurde aus der Reichweite des Aufzeichners gerissen. Die Projektion erlosch zusammen mit dem Leben des Mannes.

»Ich will augenblicklich eine weitere Kompanie am Ringhafen!«, rief Monaro, nachdem er die Verbindung zum Hauptquartier hergestellt hatte. »Tödliche Strahlungsladung! Alle Verräter sollen vernichtet werden!«

»Zu Befehl, Admiral!«, brummte die Stimme seines Adjutanten Gwaro.

Monaro unterdrückte einen Fluch. Er sah wieder zur Säule des Gouverneurs; die Bronzemaske nahm erneut ihren Platz inmitten des blauen Nebels ein.

»*Telios darf nicht am Leben bleiben*«, flüsterte Syl Ra Van. Die Runen der Maske schienen an Leuchtkraft zu verlieren. Weitere Blitze durchzuckten den Nebel. Da war ein Zögern in der fremdartigen Stimme, das Monaro noch nie zuvor aus ihr herausgehört hatte. Er brauchte einen Moment, um seine Befremdung abzuschütteln und knallte die Hacken zusammen. »Das wird er nicht, Exzellenz. Ich gebe Ihnen mein Wort.«

»*Wir erwarten, dass Sie uns nötigenfalls mehr geben als nur Ihr Wort, Admiral.*«

Monaro zwang sich zu einer Verneigung. »Natürlich, Exzellenz.«

Das Abbild der *Dragulia* kam immer näher. Er brauchte nur den Arm ausstrecken und er hätte es berühren können.

Die *Vikor* besaß keine Kraftfelder mehr: Ein Schuss hatte das Schiff vom Heck bis zum Bug durchschlagen und die Abschirmung der Äthermotoren beschädigt.

»Li-Kura!«, brüllte Telios. »Verlassen Sie das Schiff!«

Die Projektion des verstümmelten Draxyll zeigte ein hässliches Grinsen. »Zu spät. Viel Glück, Admiral!«

Ein Feuerball zerriss das Schiff; Telios und alle auf der Brücke wandten die Augen ab. Eine Druckwelle erfasste die *Dragulia* und ihre Verbündeten, schüttelte sie durch wie ein Windstoß trockenes Herbstlaub. Telios stürzte fast, konnte sich jedoch rechtzeitig festhalten.

Damit war auch Li-Kura von ihnen gegangen. Ein weiterer Freund vernichtet.

Er wappnete sich für den nächsten Aufschlag. Doch dieser blieb aus – es kamen nur noch vereinzelte Schüsse von der Luftabwehr der Stadt, denen sie mühelos ausweichen konnten.

»Ich empfange Kubusverkehr vom Ringhafen!« Leutnant Veldris lauschte ihren Kopfhörern. »Dort unten wird gekämpft! Admiral Monaro hat bereits Verstärkung geschickt!«

Jemand da unten mag uns, dachte Telios mit humorlosem Grinsen. Trotzdem war der Schild der Fünfundzwanziger-Markierung gefährlich nahe und regenerierte sich zu langsam. »Alles in Ordnung, Kai?«, fragte der Admiral.

Novus kam hinter einer Konsole zum Vorschein, sein Haar war zerwühlt. Er log offensichtlich, als er sagte: »J-Ja!«

»Admiral!«, rief Quai-Lor. »Der Jadeturm!«

Telios fuhr herum. Er sah es ebenfalls: Das Gebäude schien verschwunden zu sein. Dann erkannte er, dass ein Kraftfeld es eingehüllt hatte. Es war so stark, dass es beinahe schwarz wirkte. Telios wusste, dass der Jadeturm über mehrere, parallel geschaltete Schildgeneratoren verfügte. War einer von ihnen leer, schaltete sich der nächste ein, und der nächste und der nächste, bis der erste Generator sich wieder aufgeladen hatte.

»Leutnant Veldris! Verbinden Sie mich mit dem Ringhafen!«

»Verbindung steht!«

»Hier spricht Admiral Telios! An alle Ordensmitglieder auf unserer Seite: Eröffnen Sie das Feuer auf den Jadeturm! Der Schild muss –!«

Er hätte beinahe seine Zunge durchgebissen, als das Schiff unter einem erneuten Treffer erbebte und schmeckte Blut.

»Zwei gegnerische Schiffe haben die Verfolgung aufgenommen!« Quai-Lor blinzelte nervös. Telios erkannte an der zunehmenden Mattigkeit seines Ersten Offiziers, dass dieser dringend eine neue Dosis Silberfeuer brauchte. »Schildenergie bei sechsundzwanzig Prozent!«

»Telios an Geleitgeschwader! Geben Sie uns Deckung!

Wir werden versuchen, weiter bis zur Hauptstadt vorzu-
dringen!«

Das Geschwader gehorchte sofort, konnte aber nicht
schnell genug reagieren. Der nächste Treffer folgte, Sirenen
verkündeten die Durchlässigkeit des Schilds.

»Alle Energie in den –!«

Weiter kam er nicht: Ein zweiter Schlag hämmerte auf
die *Dragulia* ein. Telios hörte Stahl kreischen, ein schreckliches Geräusch, das er bis in seine Zähne spürte. Neue Sirenen gingen los.

»Feuer!«, rief eine Stimme auf dem Korridor.

»Hüllenbruch auf Deck 3!«, meldete Quai-Lor. »Lö-
schmaßnahmen sind eingeleitet!«

»Jemand soll die verdammte Sirene abstellen!«, bellte Telios. Er musste sich zur Ruhe zwingen. Die Karte zeigte
ihm, wie sich das Geleitgeschwader zwischen die *Dragulia*
und die Angreifer stellte, während Leutnant Tsuna alle Re-
gister seines Könnens zog, weiteren Salven von der Hauptstadt auszuweichen. Der Teil der Luftabwehr, der nicht auf
sie feuerte, hatte den Jadeturm ins Ziel genommen: Licht-
säulen gingen von allen Teilen des Hafens auf das Bauwerk
ein.

Wir können es schaffen! Wir kommen durch!

»Telios an Bodentrupp! Bereithalten für den Absprung!«

Telios' Schiff hatte den Rand der Schlacht längst hinter sich
gelassen. Während der Rest seiner Flotte die Ordensstreit-
kräfte weiterhin festnagelte, entledigten sich die *Dragulia*
und ihr Geleitgeschwader der letzten Verfolger. Die Hauptstadt war nur noch Minuten von ihnen entfernt. Noch
immer kam es zu Fällen von Meuterei und Verrat – und
allmählich dämmerte es Varkonn Monaro, dass er seinen
ehemaligen vorgesetzten Offizier unterschätzt hatte.

»Wo bleibt die Verstärkung?« Er gab sich keine Mühe

mehr, seine Wut zu verbergen. Dumpfe Einschläge waren jenseits der Mauern des Turms zu hören und zu spüren.

»Sie wird in weniger als einer halben Stunde eintreffen, Admiral!«, meldete sein Adjutant, als wäre das eine gute Nachricht.

»Wir haben vielleicht keine halbe Stunde mehr, Kommandant! Schicken Sie Ihre Leute durch den Nexus – ich will alle verfügbaren Streitkräfte innerhalb dieser Provinz hier haben!«

»Verstanden, Admiral!«

Monaro betrachtete die anrasende *Dragulia* und ihre Begleiter. Telios' Strategie war klar: Er würde versuchen, Bodentruppen abzusetzen und diese durch das Kraftfeld des Turms zu schleusen, sobald es ausreichend geschwächt war.

Nur würde es nie soweit kommen: Monaro hatte zwei Kompanien der Stadtwache, hundertzwanzig Mann, auf dem Nexus-Boulevard stationiert.

»Admiral Andar Telios an Syl Ra Van!« Die Stimme seines Kontrahenten hallte durch das Audienzzimmer. »Wir geben Ihnen eine letzte Chance, die Waffen zu strecken! Andernfalls sehen wir uns gezwungen Sie zu deaktivieren! Die Wahl liegt bei Ihnen, *Exzellenz*!«

Der Gouverneur schwieg. Seine Maske schwebte weiterhin in blauem Nebel, sein Verstand schien in ferne Sphären abgedriftet.

Der Lärm der Schlacht war weit entfernt und mischte sich mit dem Rauschen der Wellen. Kai saß im Gras und versuchte, nicht den andauernden Kubussendungen über abgeschossene Schiffe, erneute Angriffe und Bitten um Unterstützung zu lauschen. Er hatte begriffen, dass der Kampf um Teriam mittlerweile zu Gunsten des Admirals lief und ein Teil von ihm jubelte darüber. Ein anderer Teil war sich klar, dass für ihn der wahre Kampf noch bevorstand – und er wünschte sich, irgendwoanders zu sein, weit, weit weg.

»*Kai*«, sagte das Eidolon. Er hob den Blick. Die Projektion um ihn herum verblasste. Ein weiteres Mal trat Telios auf ihn zu.

»Es ist soweit«, sagte er. »Wir gehen runter.«

Kai nickte. Irgendwie schaffte er es, trotz seiner zitternden Knie aufzustehen und nicht umzukippen. Der Flug der *Dragulia* war verdächtig ruhig; durch die Brückenkuppel konnte er sehen, dass der Schild sich mittlerweile etwas erholt hatte. Er griff nach seinem Helm, setzte ihn auf, zog den Kinnriemen an und schüttelte den Kopf, um den Halt zu prüfen.

Der Admiral nickte zufrieden und legte seinen eigenen Helm an, das Visier ebenfalls noch hochgeklappt. Er wandte sich an seinen Ersten Offizier. »Wir fahren fort wie geplant. Das Schiff gehört Ihnen, Kommandant – bringen Sie es mir heil wieder!«

»Zu Befehl, Admiral!«, Quai-Lor salutierte. »Viel Glück!«

Kai folgte dem Admiral durch einen rauchgeschwängerten Gang. Mannschaftsmitglieder waren noch mit Löscharbeiten beschäftigt, weißer Schaum klebte an geschwärzten Wänden.

Kai fühlte sich wie unter Hypnose. Sein Körper schien sich ganz von allein durch Korridore und Treppen hinab zu bewegen, während alles in seinem Geist aufschrie: *Dreh um! Dreh um!*

Vielleicht war es besser, dem Admiral jetzt zu verraten, dass er ihn belogen hatte; dass er nicht die geringste Ahnung hatte, was er tun sollte. Erinnerungen blitzten auf: Ahi Laan, tot vor ihm. Nein. Er war es ihr schuldig, es wenigstens zu versuchen, so gering die Erfolgsaussichten auch sein mochten. Denn nicht einmal das Eidolon konnte ihm in dieser Sache helfen.

Sie betraten eine der Buchten, irgendwo im untersten

Deck der *Dragulia*, wo die Kampfbarken des Schiffs gelagert wurden: schwere Maschinen, fast so groß wie manche Segelyachten, die Kai auf dem Kleinen Meer hatte kreuzen sehen. Jede war mit einem eigenen Schildgenerator ausgestattet, das Geflügelte Schwert der Friedenswächter prangte auf ihren gepanzerten Rümpfen.

Gut sechzig Friedenswächter nahmen augenblicklich Haltung an und salutierten. Telios' Bodentruppen steckten ebenfalls in voller Kampfmontur; ihre Sakedo wurden von Rückenscheiden gehalten, die Sonnenaugen hatten sie geschultert. Für Kai waren sie nur eine gesichtslose, weiße Masse; allein ihre Namensschilder auf dem Brustharnisch gaben ihnen einen Hauch von Individualität.

Der Admiral bedeutete Kai, mit ihm in die erste der vier Barken zu steigen.

Als alle Maschinen voll besetzt waren, gab Telios seinem Piloten ein Signal. Eine Außenluke öffnete sich – Kai sah durch den Schild der *Dragulia* das dunkle Meer unter ihnen und rote Blitze, die den Nachthimmel durchzuckten. Er schluckte.

Dann kam der Rand der Schwebenden Stadt in Sicht. Keine hundert Meter unter ihnen lag der Ringhafen, wo Friedenswächter gegen Friedenswächter auf dem grauen Pflaster kämpften. Kai zuckte zusammen, als ein verirrter Schuss auf sie zuraste und vom Kraftfeld verschluckt wurde.

»Starten!«, befahl Telios. Motoren sprangen an, die Barken hüllten sich in eigene Schilde und jagten hinaus in die Dunkelheit. *Nein!* Kai hätte es beinahe geschrien, als sie drohten, gegen das Feld der *Dragulia* zu schmettern. Doch der Schild ließ sie widerstandslos passieren. Ihm blieb noch eine Sekunde, sich darüber zu wundern, dann krallte er sich an seinem Sitz fest. Er konnte es nicht länger unterdrücken: Er schrie, während die vier Barken wie violette Steine aus dem Himmel stürzten. Mit rasendem Herzen riss er den

Blick hoch und sah durch die doppelten Kraftfelder den Bauch der *Dragulia*, die gerade in diesem Moment wieder die Antriebe zündete und davonjagte.

Unter sich sah Kai die Dächer der Stadt, die geometrischen Muster von Straßen und Parks. Überall blitzten Feuerlanzen auf. In ganz Teriam schienen Kämpfe ausgebrochen zu sein. Die Straßen waren voll mit Leuten, die meisten davon in Weiß; sie schlugen, schossen und schrien aufeinander ein. Natürlich war ihnen der Anflug der Barken nicht entgangen: Sonnenaugen wurden gehoben und Pfeile aus Energie flogen ihnen um die Ohren. Die Flugmaschinen stoben auseinander, ihre Piloten führten sie in schwindelerregenden Schlangenlinien durch das Feuer. Kai sah hilfesuchend zum Admiral, doch wenn Telios auch nur im Geringsten beeindruckt war, wurde dies von seinem Visier versteckt.

Dann waren sie durch: Nur einen Herzschlag, bevor sie auf dem Pflaster zerschellt wären, stoppte die Barke ihren Fall. Häuserreihen beengten zu beiden Seiten die Sicht; der Pilot riss das Steuer zurück und die Maschine raste los, zwischen zwei Häuserzeilen hindurch. Die restlichen Barken taten es ihm gleich und schwirrten ihnen hinterher, direkt auf die Kampfzone zu. Kai registrierte vage, dass er diesen Teil der Stadt kannte: die uralten Backsteinhäuser ringsum, die mit eisernen Blüten verzierten Laternen, der Torbogen aus Granit, den sie gerade durchquerten. Das letzte Mal, als er hier gewesen war, hatte der Große Basar getobt – nur fünfzig Meter weiter stadteinwärts gelangte man auf den Nexus-Boulevard, und von dort aus zu der Seitenstraße, in der Endriel und er sich zum ersten Mal begegnet waren ...

Jetzt konnte er sie sehen, am Ende der Straße: die Portale des Boulevards, die wie übergroße Spielsteine aufgestellt waren – und den Jadeturm in ihrer Mitte.

Kai stand der Mund offen, als er zu dem riesenhaften Bauwerk aufsah. Es war unverändert in Violett gehüllt; das Brummen und Knistern und Knacken des Schilds konnte er selbst durch den Kampflärm hören. Von allen Seiten der Stadt schlugen Energieströme auf den Turm ein wie auf den größten Blitzableiter aller Zeiten. Waren es weniger als noch vor ein paar Minuten? Keine Zeit, darüber nachzudenken: Eine Hundertschaft Friedenswächter stand mit erhobenen Sonnenaugen zu ihrem Empfang bereit. Schüsse hagelten auf die Barke ein. Nicht jeder davon traf, doch Kai konnte sehen, wie der Schild des Fluggeräts allmählich verblasste.

Es hielt die Kampfbarken nicht auf: Mit voller Wucht mähten sie die Angreifer nieder und stoben durch die Masse aus gepanzerten Leibern hindurch, über den Boulevard hinweg, über das Wasser des Ringsees dahinter, bis auf die Insel, auf welcher der Jadeturm stand. Schwindel überkam Kai, er kämpfte gegen den Drang, sich zu übergeben.

Er krachte gegen die Schulter eines Friedenswächters, als die erste Barke abrupt zum Stehen kam, keine vier Meter vom Kraftfeld des Jadeturms entfernt. Die anderen Maschinen folgten kurz darauf. Telios brüllte einen Befehl und die Schilde der Barken erloschen. Kai sah sich orientierungssuchend um, als die Friedenswächter vom Fahrzeug absprangen. Durchgeladene Sonnenaugen zischten.

»Barrieren!«, schrie Telios. Seine Leute trugen koffergroße Maschinen heran und stellten diese vor dem Rand der Insel auf: Mauern aus lila Energie entstanden ringsum, während die Leute des Admirals auf die Wesen auf dem Boulevard feuerten. Kai saß immer noch in der leeren Barke, durchgeschüttelt wie ein Blatt im Wind, während ein roter Sturm entfacht wurde. Doch er hörte kaum etwas anderes als das Lärmen des Turmes.

»Worauf warten Sie?«, brüllte Telios. Er packte Kais Arm und zog ihn aus der Barke. Ein Ring von Leibern bildete sich um ihn, als Kai mit Knien aus Pudding zum Turm stakste.

Er hob die Armschiene und führte seine Hand ganz nah an das mächtige Kraftfeld. Er spürte Elektrizität unter seinen Fingern beben und eine fast übermächtige Kraft, die versuchte, ihn von dem Bauwerk abzustoßen wie ein Magnet einen anderen gleichgepolten Magneten von sich abstieß.

»Kandierte Früchte«, dachte er. Das Eidolon war augenblicklich bei ihm. Es wusste, was von ihm verlangt wurde, und begann sofort, die Schildfrequenzen rauf und runter zu jagen. Doch der Mantel des Turms zeigte keinerlei Schwachstellen.

»Ich komme nicht durch!«, rief Kai. Irgendwo hinter sich, auf der anderen Seite des Sees, hörte er jemanden in Agonie schreien. »Das Feld ist noch zu stark!«

Telios berührte einen Knopf an seinem Helm, etwa dort wo sein linkes Ohr war. »Quai-Lor!«, rief er. »Wir brauchen Unterstützung gegen den Turm!«

»Wir tun, was wir können, Admiral!«, versprach der zeitweilige Kapitän der *Dragulia*. Er biss die Zähne zusammen, als ein neuer Einschlag auf den Schild schmetterte. Und noch einer. Und noch einer. »Die Truppen des Gouverneurs haben die meisten der Luftabwehrkanonen –«, ein vierter Donnerschlag unterbrach ihn, »– wieder unter ihre Kontrolle gebracht! Der Schild ist runter auf vierzig Prozent!«

Das Geleitgeschwader lag ebenfalls unter heftigem Beschuss. Keines der Schiffe hatte Schildenergie über fünfzig Prozent; sie alle versuchten mit hektischen Flugmanövern, den roten Klingen auszuweichen, welche die Nacht durchbohrten. »Achtung, an alle Schiffe!«, rief Quai-Lor. »Angriff auf den Jadeturm!«

Kai sah, wie die *Dragulia* und ihre Begleiter am Himmel kehrtmachten und mit brüllenden Antrieben zurück zur Stadt rasten. Luftabwehrfeuer schlug auf ihre violetten Panzer ein, doch sie ignorierten die Kanonen am Rand der Scheibe und schleuderten ihrerseits zwei Dutzend Strahlen auf den Jadeturm.

Telios feuerte in einem fort auf die Friedenswächter, die den Nexus-Boulevard besetzt hielten. »Weiter!«, drängte er, das verdeckte Gesicht in Kais Richtung gewandt. Er lud sein Sonnenauge neu durch.

Kai nickte hastig und hielt die rechte Hand vor den Schutzmantel des Turms. »Komm schon!«, spornte er das Eidolon an.

Yu Nans Geist tat, was er konnte: er versuchte jede Frequenz, klopfte das Feld nach Schwächen ab; nach winzigen Lücken in der Energiebarriere, die er durchstoßen konnte.

Kai wusste, wenn sie nicht durch das Feld kamen, gab es kaum Chancen, es anderweitig zu schaffen. Syl Ra Van würde den Turm längst hermetisch abgeriegelt haben: alle Ein- und Ausgänge, inklusive der Nexusportale würden verschlossen sein. Durch den Schild und durch die Mauer – das war ihre einzige Chance, ins Innere zu gelangen.

Er sah das Eidolon den Kopf schütteln.

»Das Feld ist noch zu stark!« Kai drehte sich zu Telios um.

»Quai-Lor!«, rief der Admiral. »Feuern Sie weiter!«

Die *Dragulia* und das Geleitgeschwader hatten die Stadt überflogen. Die Schiffe warfen sich mit vollem Schub herum und unternahmen einen erneuten Angriff.

Kai schloss die Augen. Er versuchte die Lichter und das Brummen und die Schreie auszusperren, die trotz des Helms wie Nadeln in seine Ohren stachen, und tastete sich weiter voran, seine Hand nur Millimeter über dem Kraftfeld des Turms.

Nichts.

Er sah, wie Telios sich unter einer Kaskade von Schüssen hinwegduckte, dann aufsprang und drei, vier, fünf Salven über die Energiemauer hinweg auf den Boulevard feuerte.

Kai schrie mit zusammengebissenen Zähnen auf, als seine Hand aus Versehen das Kraftfeld berührte und dieses ihn mit Schmerz bestrafte. Er stolperte zurück, schüttelte seine Finger. Sie fühlten sich an wie Eiszapfen: taub, kalt und steif.

»*Versuch es noch einmal!*«, rief das Eidolon.

Kai musste sich überwinden, die Hand erneut auszustrecken. Wieder spürte er das Knistern auf seiner Haut und den fast lebendigen Willen des Felds, ihn fortzudrängen.

Doch nicht mehr so stark wie vorher.

»*Näher!*«, drängte das Eidolon. »*Näher!*«

Kai gehorchte, er hielt seine flache Hand so weit es ging vor das Feld.

Ja! Er konnte es fühlen! Es war, als wären seine Finger einer perfekt glatten Wand aus Stahl gefolgt – und hatten dann eine Stelle entdeckt, die weicher war als der Rest, beinahe elastisch. Die verletzliche Stelle im Panzer, an der das Eidolon sein Messer ansetzen konnte! Die Edelsteine auf der Armschiene begannen zu glühen.

»Admiral!«, rief er.

Ein kreisrundes Loch erschien in dem Feld; erst nicht größer als seine Faust, dann immer größer werdend, größer und größer. Grüne Jade erschien darunter.

Kai hörte den Jubel der Friedenswächter, die ihn umringten. Er erschrak fast, als eine Hand auf sein Schulterstück fiel. Der Admiral stand neben ihm; Kai war sicher, dass er unter seinem Visier lächelte.

»Beeilen Sie sich!«, rief er. Sein Arm wurde allmählich lahm. »Ich weiß nicht, wie lange ich das Ding offenhalten kann!«

Eine Sirene kreischte im Audienzzimmer auf.

»Telios' Leute haben die Außenmauer durchbrochen!«, meldete einer der Gardisten.

»Dann haltet sie auf!«, herrschte Monaro ihn an.

Sie stürmten den Turm durch ein mannshohes Loch, das Telios' Leute mit ihren Sonnenaugen geschnitten hatten. Kai bildete die Nachhut, zusammen mit dem Quintett Friedenswächter, das der Admiral zu seiner Sicherheit abgestellt hatte.

Wie die meisten Normalsterblichen war Kai noch nie zuvor im Jadeturm gewesen. Nun musste er feststellen, dass das Bauwerk auch von innen seinem Namen alle Ehre machte: Die glatten Wände und die hohen Decken schienen aus milchig-grüner Jade zu bestehen und auch die Bodenkacheln waren in einem zarten Grün gehalten. Sie befanden sich in einer Art Vorhalle. Eine Handvoll Leibgardisten des Gouverneurs hatten zu ihrem Empfang bereit gestanden; sie hatten vier von Telios' Leuten niederschießen können, bevor der Letzte von ihnen gefallen war. Und die Verstärkung war bereits im Anmarsch; ihre Schritte donnerten die breite grüne Wendeltreppe hinab – den einzigen Weg von hier bis zum Audienzzimmer des Gouverneurs.

Kai hatte keine Ahnung, wie viele Gardisten sich in dem Gebäude aufhielten; viele, vermutete er. Gut zehn Mann von Telios' Bodentrupp waren bei den Kämpfen draußen gefallen, weitere fünfzig hatten es in den Turm geschafft. Die Luft roch nach Ozon, Blut und Tod. Fehlgeleitete Schüsse färbten die Jade schwarz.

Zumindest brauchten sie keine Verstärkung von außen zu befürchten: Nachdem Kai die Friedenswächter durchgelassen hatte und in den Turm geschlüpft war, hatte sich das Loch im Kraftfeld von allein wieder geschlossen.

Kai hatte in den ersten Sekunden des Kampfes sein Visier

heruntergeklappt; von innen war es durchsichtig wie Kristall. Sie hatten ihm ein Sonnenauge gegeben, doch er konnte keinen Schuss abgeben, ohne die Leute des Admirals zu treffen. Genau wie den Friedenswächtern blieb ihm nur der Weg nach vorn.

Andar Telios spürte das Adrenalin durch seine Adern rasen. Sie hatten drei Wellen von Gardisten überstanden, aber ungefähr die Hälfte seiner Leute war gefallen. Die Überlebenden nahmen es nun mit der vierten Welle auf, die sich auf einem zimmergroßen Treppenpodest verschanzt hatte. Er und seine Leute benutzten den Stützpfeiler der Treppe oder die Körper gefallener Kameraden und Gardisten als Deckung, während Lichtpfeile die Luft zerschnitten.

Es gab einen Grund, warum Monaro und er diese Männer und Frauen für den Dienst im Jadeturm ausgesucht hatten: Jeder von ihnen gehörte zu den größten und stärksten Vertretern seines jeweiligen Volkes und war – wie sie nun beweisen durften – loyal bis in den Tod. Aber ihre Körperpanzer waren aus dieser Nähe genauso nutzlos gegen Sonnenaugenschüsse wie die seiner eigenen Leute. Der Admiral erledigte zwei von ihnen mit gezielten Kopfschüssen, einem dritten schoss er in die Brust, gerade, als dieser seine Waffe hob.

Im Gegenzug sah er fünf seiner eigenen Männer sterben; einer davon wurde von der Wucht des Feuers zurückgestoßen, sodass er Telios fast umriss.

Rauch schwängerte die Luft und ließ Telios hinter seinem Visier röcheln. Vor ihm waren nur noch Gegner.

Es wurde Zeit für drastischere Maßnahmen. Entschlossen griff er nach einem fallengelassenen Sonnenauge und betete, dass der alte Verzweiflungstrick funktionierte und nicht den halben Turm auseinander riss. Er lud die Waffe durch, hielt den Ladungsring fest und fixierte ihn mit einem vorsichtigen Schuss aus seinem eigenen Sonnenauge. Ein Alarm begann zu piepsen.

»Zurück!«, rief er, wartete, bis seine Leute gehorchten – dann sprang er auf, warf den Gardisten den Metallstab entgegen und floh zurück in Deckung, die Treppen hinab.

Stille.

Eine Sekunde später erschütterte eine Detonation die Wände des Turms. Die Lider zusammengepresst, den Mund weit aufgerissen, hielt Telios die Arme über den Kopf, während Jadesplitter und Steine auf ihn und seine Krieger herabrieselten. Weiter die Treppe hinauf gellten Schreie – und verstummten. Eine Wolke aus Staub breitete sich aus.

»Weiter!« Telios hörte seine eigene Stimme kaum durch das Klingeln in seinen Ohren. Er betrachtete die Anzeige seiner Waffe. Sie leuchtete nur noch in rötlichem Orange.

Kais fünf Beschützer setzten sich wieder in Bewegung. Ihre Anführerin, eine Skria namens Bilai, ging ihnen voran. Kai tat sein Bestes, in der Mitte der Weißmäntel zu bleiben. Staubiger Nebel wehte ihnen entgegen, als sie die Treppe erklommen. Kai bemühte sich, nicht auf die Toten zu treten, die auf den Stufen lagen.

Ob er uns sehen kann?, fragte er sich und sah sich nach Aufzeichnern an den Wänden um. Sein Herz wollte noch immer nicht zur Ruhe kommen, seine Schläge waren geradezu schmerzhaft. Würde er lange genug überleben, um Syl Ra Van gegenüberzutreten?

Unter der Rüstung klebte seine Kleidung schweißnass am Körper, was nur zum Teil an der von Sonnenaugen erhitzten Luft lag.

Würde er lange genug überleben, um Endriel –?

Er hörte einen erstickten Schrei hinter sich; Kai und seine Beschützer wirbelten herum.

Wie sich herausstellte, waren nicht alle Körper auf der Treppe tot.

Der Hintermann des Leibwächter-Quintetts fiel mit unnatürlich verdrehtem Kopf die Stufen hinab, während der totgeglaubte Gardist sein Sonnenauge durchlud –

Kai schrie, als sich heißer Schmerz in seine linke Schulter brannte.

Mit angehaltenem Atem sah Varkonn Monaro zu, wie Lichtstrahlen aus Syl Ra Vans Säule die Projektion in die Luft malten: Eine weitere Welle von Abtrünnigen warf sich den Gardisten entgegen und starb zusammen mit den Beschützern des Gouverneurs im Energiehagel. Er hörte den Schlachtenlärm doppelt: einmal aus den Lautsprechern des Audienzzimmers – und leiser von draußen, jenseits der Tür.

Monaro kam nicht umhin, Telios' Mut zu bewundern. Der Mann stand bei jeder neuen Attacke weit vorne und feuerte, während die Schüsse links und rechts an seinem Helm vorbeipeitschten. Die Nähe ihres Anführers gab seinen Leuten den Mut der Verzweiflung. Ärgerlich, dass dieser Mann zum Feind geworden war.

Monaros Zunge klebte ihm am Gaumen fest, als er schluckte. Die taktische Darstellung des Jadeturms, die direkt vor seinen Augen leuchtete, verriet ihm, dass die Abtrünnigen schon mehr als zwei Drittel des Gebäudes erklommen hatten. Obwohl die Hälfte von ihnen tot auf den Treppen lag, warfen sie sich unerschrocken von Gefecht zu Gefecht, während eine Nachhut von inzwischen nur noch fünf Mann ihnen mit sicherem Abstand folgte. Und schneller als Telios' Reihen schrumpften, stieg die Zahl toter Gardisten.

Bald trennte die Verräter nur noch ein Treppenpodest von den letzten Stufen zum Audienzzimmer.

Jenseits der neuen Projektionen tobte unverändert die Schlacht der Geisterschiffe durch den Raum; unverändert verlor die Armada Schiffe an den Feind.

»*Wo bleibt die Verstärkung?*«, brüllte Monaro.

Der Gardist starb einen Sekundenbruchteil später, als rotes Licht seinen Helm durchschlug.

»Sind Sie in Ordnung?«, fragte die Anführerin von Kais Leibwache. Sie half ihm wieder auf die Beine.

Kai biss die Zähne zusammen und nickte. Er hatte das Gefühl, ein weißglühender Nagel stecke in seiner Schulter. Er sah Rauch von dem Loch in seinem Schulterpanzer aufsteigen; sah das verbrannte Fleisch darunter, wie ein frisches Brandmal. Es war winzig im Vergleich zu den Wunden, die die Toten ringsum trugen.

Jemand schlug ihm gegen den Helm. Es war die Skria namen Bilai. »Reißen Sie sich zusammen!« Sie marschierte ihm voraus; die anderen umringten ihn wieder, jetzt dreimal so wachsam wie zuvor.

Kai musste seine Füße zum Weitergehen zwingen. Der Schmerz in seiner Schulter kreischte bei jeder Bewegung, doch alles in allem verebbte er allmählich, bis seine Gedanken wieder klar wurden.

Sie hatten die Spitze des Turms fast erreicht; Andar Telios brachte all seine Willenskraft auf, die letzten Energiereserven seines Körpers freizusetzen und weiterzumarschieren.

Zwanzig oder mehr Gardisten stürmten die Treppe hinab; ihre Waffen spien tödliche Energie, doch sie trafen nur die toten Körper ihrer Kameraden, die die Vorhut von Telios' Kriegern wie Schilde vor sich hielten, während ihre Hintermänner das Feuer erwiderten und eine Handvoll Gardisten auslöschten, noch bevor diese begriffen, was geschehen war. Stück für Stück, Schritt für Schritt, Stufe für Stufe trieben die Männer des Admirals sie zurück. Sie schleuderten ihren Gegnern die Toten entgegen, brachten zwei weitere Gardisten zu Fall. Der Rest der Leibgarde feuerte weiter und tötete acht Renegaten. Die Energiezellen der ersten paar Waffen waren leer. Sakedo wurden gezogen. Die Schlacht ging weiter.

Rema Quai-Lor setzte den Injektor an seine rechte Armbeuge. Er drückte ab und spürte, wie das Silberfeuer durch seine Adern jagte und ihn mit neuer Energie erfüllte; seine Synapsen schienen mit doppelter Geschwindigkeit zu feuern. Er war wieder bereit zu kämpfen.

Ihm war klar: Wenn sich der Rest der Flotte zur Hauptstadt durchkämpfen sollte, dann mussten die Luftabwehrkanonen ausgeschaltet werden. »Quai-Lor an alle! Nähern Sie sich der Stadt soweit es geht und feuern Sie aus allen Rohren auf die Geschütze am Ringhafen!«

»Kommandant!«, rief Leutnant Barin.

Quai-Lor drehte sich um und sah mit weit aufgerissenen Augen, was der Yadi meinte: Fünfzehn Schiffe näherten sich aus dem Süden. Die Verstärkung des Gegners war da.

Fünfzehn! Barmherzige Prophetin, wie sollten sie das schaffen?

»*Dragulia* an Flotte!«, rief er. »Wir brauchen dringend Unterstützung!«

Ein Skria-Gardist wich Telios' Strahl aus und rammte dem Admiral das Ende seines leergefeuerten Sonnenauges in den Magen. Telios torkelte keuchend zurück. Der Skria fauchte unter seinem Visier; ein weiterer Schlag von ihm – und der Admiral sah sein eigenes Sonnenauge in hohem Bogen davonfliegen. Er zog das Schwert und stürmte auf den Gegner ein.

Sie hatten die Gardisten mittlerweile auf das sechste und letzte Treppenpodest des Turmes zurückgedrängt. Nun lag nur noch eine Treppe zwischen ihnen und dem Audienzzimmer des Gouverneurs.

Telios hieb nach seinem Gegner, wich um Haaresbreite einer Attacke aus, sah eine Lücke im Panzer des Gardisten und stach zu. Noch bevor der Skria zu Boden gesunken war, wirbelte der Admiral herum und stellte sich dem nächsten Gegner. Ein Dutzend Zweikämpfe waren um ihn herum ausgebrochen. Das Klirren von Stahl dröhnte in seinen Ohren, seine Lungen brannten wie Feuer, als sie die rauch- und hitzegeschwängerte Luft einsogen. Er keuchte und hustete und kämpfte weiter, parierte zwei Attacken, trat einen anstürmenden Draxyll um, versenkte seine Klinge im Bauch eines Menschen und ließ ein herabzischendes Sakedo am Panzer seines rechten Armes abprallen.

»Admiral!«, rief eine vertraute Stimme.

Telios wirbelte herum, Schweiß flog von seinem Gesicht; er hatte den Helm schon vor einer ganzen Weile verloren. Ein Draxyll-Gardist sprang ihn an. Ein Schuss blitzte auf – und der Gardist fiel.

Einer seiner Leute stand nur drei Meter von dem Admiral entfernt. Telios erkannte ihn nur an dem fehlenden Namensschild auf seiner Rüstung. »Kai! Ich hatte Ihnen doch befohlen, hinter uns zu bleiben!«, rief Telios und rettete einen seiner Leute mit einem Schwerthieb vor einem Stich in den Rücken.

»Wir dachten uns, Sie könnten Hilfe gebrauchen!«, rief Novus atemlos und schoss einen weiteren Gardisten nieder. »Die Treppe rauf!«, rief der Admiral.

Monaro hörte Schreie und Schüsse nahe der Tür. Die Projektion schwebte nach wie vor im Raum und zeigte Telios im Kreis seiner Leute kämpfend. Nur wenig mehr als eine Handvoll Kämpfer auf beiden Seiten stand noch. *Kaum etwas wird so hart bestraft*, erkannte Monaro, *wie der Fehler, deinen Feind zu unterschätzen.*

»*Der Fehler ...*« Die Bronzemaske schien einen Moment zu verblassen. Monaro sah auf, glaubte für einen Moment, der Gouverneur habe seine Gedanken gelesen.

Flüssigkeit wurde zu Nebel. Blitze zuckten in der Säule auf und vergingen wieder. »*Wo liegt der Fehler? Sie hatten Uns zu gehorchen. Wo liegt der Fehler?*«

Monaro war sich nicht sicher, ob es sich um eine rhetorische Frage handelte oder nicht. Er wusste nicht einmal, ob der Gouverneur ihn überhaupt noch wahrnahm. Trotzdem sagte er: »Sie haben sich nichts vorzuwerfen, Exzellenz. Sie haben mehr getan, als es irgendeinem anderen Wesen sonst möglich gewesen wäre.«

»*Glauben Sie an Uns, Admiral?*« Schwarze Augen sahen ihn an.

»Ja, Exzellenz«, brachte Monaro hervor.

»*Und an den Großen Frieden?*«

»Ja, Exzellenz.« Er glaubte zu wissen, worauf diese Fragen abzielten. Er irrte sich nicht.

»*Dann gehen Sie. Beweisen Sie Uns Ihren Glauben.*«

Monaro zögerte, doch nur eine Sekunde. »Exzellenz«, sagte er und zog sein Sakedo. Er hob die Klinge grüßend an die Stirn und verneigte sich vor seinem Herrn. Dann verließ er das Audienzzimmer.

Kai sah einen seiner Leibwächter sterben und tötete dessen Mörder mit seinem letzten Schuss. Um ihn herum rangen weißgepanzerte Wesen miteinander. Er sah die Treppe auf der anderen Seite des Raums und wusste, was er zu tun hatte.

»Novus!«, schrie Bilai, seine Aufpasserin. Doch bevor sie reagieren konnte, war er schon zwischen zwei Kämpfern hindurchgeschlüpft und tanzte an einer Klinge vorbei. Er rammte sein leeres Sonnenauge gegen den Schädel eines Draxyll, darauf hoffend, dass es einer von Syl Ra Vans Männern gewesen war, und rannte weiter, weiter zur Treppe. Bilai und die anderen Leibwächter blieben hinter ihm zurück.

»Kai!«, presste Telios hervor, während er einen riesenhaften Gardisten niederrang.

Kai ignorierte den Admiral. Er ließ die Kämpfer hinter sich und setzte den ersten Fuß auf die Treppe.

Jemand griff nach seiner Schulter. Er schwang das Sonnenauge, wirbelte herum –

Nach Atem ringend, packte Telios die Waffe mit der linken Hand. Kai starrte ihn erschrocken an.

»Zusammen«, sagte der Admiral. Blut bedeckte sein Gesicht und seine Rüstung.

Kai nickte. Telios ging ihm voraus, das Sakedo fest umklammert. Seine Leute hielten den Gegner davon ab, ihnen zu folgen.

»Ihre Schulter«, sagte der Admiral und holte schnaufend Luft.

»Halb so wild«, log Kai.

»Ihr Aufstand endet hier«, rief eine tonlose Stimme ihnen entgegen.

Ein Fremder trat hinter der Windung der Treppe hervor. Er trug die Uniform und den Umhang eines Admirals. Sein Gesicht war dunkel und ohne jede Emotion. Eine dünne Brille saß auf seiner Nase; das Sakedo in den Händen des Mannes glänzte wie ein frisch polierter Spiegelsplitter.

»Monaro«, sagte Telios. Er grinste wölfisch. »Sie ahnen nicht, wie lange ich mich auf diesen Moment gefreut habe!«

»Nicht so sehr wie ich.« Varkonn Monaro hob das Schwert zum Gruß. Im nächsten Moment gingen die beiden Admiräle aufeinander los. Ihre Klingen kreuzten sich, Telios drückte seinen Gegner gegen die Wand. »Los!«, rief er Kai zu. »Ich erledige das! *Los!*«

Kai gehorchte. Er überhörte Monaros Rufe und brachte die letzten dreißig Treppenstufen hinter sich, bis eine grüne Tür vor ihm aufragte.

Sie war verschlossen, natürlich. Kai hob das Sonnenauge: Die Waffe hatte sich für einen einzigen, kurzen Schuss aufgeladen. Er feuerte auf das Schloss, holte tief Luft und trat gegen die Tür.

Erst beim vierten Versuch sprang sie auf.

Der Raum dahinter war erfüllt von Trugbildern winziger Drachenschiffe und Projektionen kämpfender Lebewesen. Sie erloschen, als Kai mit pochendem Herzen eintrat. Das Sonnenauge in der rechten Hand, berührte seine Linke die Kristalle der Armschiene, die unter seinem Panzer hervorsahen.

Blaues Licht badete die Jadewände. Der Raum war kreisrund und leer, abgesehen von der Säule in seinem Zentrum. Als er die Bronzemaske sah, die in ihrem Inneren schwebte, überkam Kai ein *Déjà-vu,* so mächtig wie keines zuvor. Der Blick aus schwarzen Augen traf ihn wie ein Peitschenschlag. Er spürte den uralten, unmenschlichen Verstand hinter ihnen. Er hätte nicht geglaubt, dass er sich derart vor der Maschine fürchten würde.

Kai nahm den Helm ab, warf ihn zur Seite. Seine Knie zitterten, als er nähertrat.

»*Wir kennen Sie*«, flüsterte die Bronzemaske. »*Sie sind tot.*«

Monaro stieß Telios von sich, seine Klinge durchschnitt die Luft. Telios konnte den Schlag abblocken; weiße Funken sprühten, als die Sakedo aufeinander prallten. Monaro kämpfte darum, freizukommen, doch Telios drückte die

Spitze seines Schwerts nach unten. Monaro wirbelte herum, er bekam sein Schwert frei und schwang es wie eine Sense. Telios ließ sich nach hinten fallen, er entging der Klinge nur um Haaresbreite, dafür büßte er seinen Stand auf der Treppe ein. Er stolperte; sein gepanzerter Rücken krachte gegen die Wand. Geistesgegenwärtig hob er seine Waffe, gerade rechtzeitig, um Monaros nächsten Schlag abzublocken. Telios winkelte das rechte Bein an und trat seinem Gegner in den Magen. Monaro keuchte, er flog zurück; sein Kopf schlug gegen grünes Mauerwerk. Telios stieß einen Kampfschrei aus, sprang ihn an. Doch Monaro wich blitzschnell aus – und stach zu.

Telios schrie auf, als sich fünf Zentimeter Stahl in seine Hüfte bohrten, zwischen zwei Panzerplatten seines Harnischs hindurch.

Er warf sich zurück, spürte die Klinge aus seinem Körper gleiten und warmes Blut, das die Uniform unter seiner Rüstung durchweichte. Der Kampf ging weiter.

Monaro war gut: stark, schnell, ausgeruht. Er führte das Sakedo mit fast mechanischer Präzision.

Telios dagegen war müde, ausgezehrt und verletzt. Er hatte Schwierigkeiten, seinen Halt auf den Stufen zu bewahren. Zusammen mit dem Blut aus seiner Wunde schien ihn das letzte Quäntchen seiner Kraft zu verlassen.

Aber die Erinnerungen trieben ihn an: Monaro hinter dem Kraftfeld, während er mit kühler Miene den Schmerzprojektor betätigte und Telios sich in Agonie wand; die Toten von Xanata, denen niemand beigestanden hatte; Kwu-Dal und all die anderen Kameraden und Freunde, die er im Kampf gegen Syl Ra Vans Streitkräfte verloren hatte. Zorn gab ihm neue Energie, ließ ihn brennen – und in seiner Wut vergaß er die Kampfgeflogenheiten des Ordens, ließ seine Klinge auf die Waffe seines Gegners schmettern, während Monaros Miene ihre Überlegenheit verlor und er schließlich nur noch versuchen konnte, Telios' Hiebe zu parieren.

Kwu-Dal tot ... Das Yadi-Kind in Xanata, reglos auf dem Laken ...

Telios brüllte und Monaro wich weiter zurück, Angst kroch in seinen Blick. Das Klirren von Stahl hallte von den Wänden wider, Funken flogen.

Die Welt in Flammen ...

Schlag um Schlag um Schlag hämmerte Telios' Sakedo auf Monaros Waffe. Er spürte den Stahl und die Knochen seiner Arme vibrieren.

Dann war es vorbei: Monaros Klinge zerbrach unter Telios' Ansturm. Die Spitze der Waffe flog wie ein Geschoss durch die Luft und prallte vom Mauerwerk ab.

Monaro starrte sein ruiniertes Schwert an – ein Fehler. Die Spitze von Telios' Sakedo bohrte sich in seine rechte Achselhöhle. Monaro schrie auf, der Rest seiner Waffe fiel scheppernd zu Boden. Telios rammte ihm die Faust ins Gesicht. Es gab ein leises Knacken, als Monaros Nase brach; seine Brille fiel auf die Treppe, ihre Gläser zersplittert. Syl Ra Vans Günstling stürzte, die harten Kanten der Treppenstufen schlugen gegen seinen Rücken. Sein Gesicht war eine Studie von Schmerz.

Eine halbe Minute oder länger waren sie beide nur damit beschäftigt, zu Atem zu kommen. Telios spürte, wie sein Zorn verrauchte; ohne das stählerne Klirren in seinen Ohren fühlte er sich wie taub. Er drückte seine Hand auf die Wunde an seiner Hüfte. Warme Feuchtigkeit durchnässte seine Handschuhe.

»Admiral!«, rief jemand hinter ihm.

Telios fuhr mit erhobenem Schwert herum. Vier Friedenswächter in Kampfpanzern erklommen die Treppe; sie wirkten ebenso angeschlagen wie ihr Kommandant.

Als er seine eigenen Leute erkannte, ließ Telios die Klinge sinken und schnappte erleichtert nach Luft.

»Admiral, sind Sie –?«

Eine Bewegung am Rande seines Blickfelds ließ Telios herumwirbeln: Monaro hatte einen Dolch aus der Jacke gezogen und hielt dessen Spitze über seinen Bauch.

»Nein«, knurrte Telios. Er holte aus, sein Sakedo streifte Monaros Waffenhand. Der Dolch fiel zwei Treppenstufen hinab. »So leicht mache ich es dir nicht!« Er wandte sich seinen Leuten zu, gegen ein Schwindelgefühl kämpfend. »Admiral Monaro steht unter Arrest. Nehmen Sie ihn fest!«

»Zu Befehl, Admiral!«

Ein Skria und ein Mensch traten vor. Sie gingen in die Hocke und rissen Monaro auf die Beine. Seine Nase war eingedrückt, Blut floss über seine Lippen. Der Uniformstoff um seine Wunde hatte sich rot gefärbt.

»Varkonn Monaro«, brachte Telios hervor. Er bewegte die Hände, sie waren eiskalt. »Sie haben sich vor Gericht zu verantworten. Als williger Komplize Syl Ra Vans.«

Er hatte erwartet, Hass auf Monaros lädiertem Gesicht zu sehen, doch dieser zeigte einen gefassten Ausdruck; er schien seine Schmerzen besser unter Kontrolle zu haben, als Telios es sich gewünscht hatte.

»Was ich getan habe«, erklärte Monaro mit rauer Stimme, »habe ich allein zum Wohl der Hohen Völker getan. Dies sind harte Zeiten. Jemand musste grausame Entscheidungen treffen, um uns vor den Schatten zu retten. Aber Sie – Sie haben den Orden dem Untergang geweiht, Telios. Man wird Ihren Namen auf alle Ewigkeit verfluchen.«

»Führt ihn ab.«

Monaro ließ es wortlos geschehen. Telios sah ihm nicht nach.

»Admiral! Sie sind verletzt –!«

Telios antwortete nicht. Er hob den Blick zum Ende der Treppe. Die Tür zu Syl Ra Vans Audienzzimmer stand offen.

Die schwarzen Augen ließen Kai drei Schritte vor der blauen Säule erstarren. Im gleichen Moment sah er die Energiezellen seines Sonnenauges endgültig erlöschen. *Nein!* War es eine Fehlfunktion der Waffe? Hatte Syl Ra Van sie mit einem Energiestörer außer Kraft gesetzt? Konnte er das Gleiche mit der Armschiene machen?

»*Sie sollten tot sein*«, flüsterte die körperlose Stimme.

Kai sah Blitze in dem blauen Nebel aufleuchten; die Maske des Gouverneurs schien eben noch vor seinen Augen zu verblassen, dann wurde sie wieder opak. Genau wie in dem Turm an der Bucht der Tränen auf Te'Ra hatte er eine defekte Maschine vor sich, die kurz vor dem Zusammenbruch stand.

»Die Gerüchte über mein Ableben waren stark übertrieben, wie Sie sehen«, sagte Kai und wünschte sich, seine Stimme hätte dabei nicht so sehr gezittert. Er drohte mit dem nutzlosen Sonnenauge. Selbst wenn sie funktionstüchtig wäre, hätte die Waffe wahrscheinlich wenig bis gar nichts gegen die Säule ausgerichtet. Aber zumindest hätte sie ihm ein klein wenig Mut zurückgegeben ...

»*Also hat Telios Uns belogen.*« Syl Ra Van klang nicht überrascht.

»So wie Sie uns belogen haben.« Kais Blick flog durch das Audienzzimmer: Gab es hier versteckte Verteidigungseinrichtungen? Sonnenaugen? Gas? »Die Hohen Völker. Sie –«

»*Die Hohen Völker haben zu gehorchen.*«

»Tut mir leid, Sie zu enttäuschen, aber wir sind keine Maschinen. Nicht zu gehorchen ist eine unserer besten Eigenschaften.«

»*Unsere Aufgabe ist es, den Hohen Völkern Ordnung zu geben. Und Wir werden sie erfüllen.*«

»Nein«, sagte Kai. »Nicht mehr. Im Namen der Hohen Völker von Kenlyn gebe ich Ihnen hiermit eine letzte Chance: Beenden Sie diesen Krieg sofort und treten Sie zurück – oder tragen Sie die Konsequenzen!«

Der schwarze Blick durchbohrte ihn. »*Und welche Konsequenzen wären das?*«

»Erkennen Sie das hier?« Kai präsentierte die Armschiene; er versuchte alle Überzeugung, zu der er fähig war, in seine Stimme zu legen. »Ich kann Sie mit diesem Artefakt ausschalten, wenn ich muss. Also: Wenn Sie leben wollen, dann rufen Sie Ihre Streitkräfte zurück und sorgen Sie dafür, dass dieses Blutbad endet!«

Konnte Syl Ra Van ihn irgendwie durchleuchten, irgendwie spüren, dass er log? Es war eine der Fragen, die er Ahi Laan gerne gestellt hätte.

Die Maske betrachtete die Armschiene. Bildete er es sich nur ein, oder fing die Flüssigkeit an, heller zu leuchten?

»*Nein.*« Ein Schwarm von Funken verschleierte die Maske. »*Ihr könnt nicht ohne Unsere Führung und Unsere Liebe sein.*«

»Sie hatten Ihre Chance, *Exzellenz*«, sagte Kai, »aber Sie haben Sie vergeudet! Jetzt sind Sie nichts mehr als eine ausrangierte Maschine!«

Tatsächlich: Die Flüssigkeit begann zu leuchten. Sie wurde zu einem durchscheinenden Blau und schließlich zu einem perfekten Weiß, in dem die Bronzemaske schwebte wie eine Zeichnung auf Papier. Kai schluckte. Was passierte hier?

»*Wir beugen Uns keinen Drohungen*«, flüsterte die Stimme in seinem Kopf. Das Weiß wurde so grell und hart, dass seine Augen tränten – aber nichts geschah. Konnte es sein, dass Syl Ra Van ihn nur hinhielt? Dass er versuchte,

Zeit zu gewinnen?

»Dann lassen Sie mir keine andere Wahl!« Kai warf das Sonnenauge zu Boden und legte die Hand auf die Armschiene. »Zum letzten Mal –!«

Die Säule erstrahlte hell wie ein Stern, blendete ihn wie Nadeln in seinen Augen. Kai biss die Zähne zusammen und hob schützend den linken Arm, ohne die Schiene auch nur für eine Sekunde loszulassen. Irgendwo hörte er das Brummen mächtiger Generatoren. Die Härchen auf seinem Arm richteten sich auf.

Die Maske war nur ein schwarzer Schattenriss vor dem gleißenden Weiß. »*Wir wissen, dass Sie bluffen*«, sagte Syl Ra Van.

Der Schock durchfuhr Kai wie ein elektrischer Schlag. Er konnte das weiße Strahlen nicht mehr ertragen und wandte das Gesicht ab. Nachbilder brannten auf seinen Pupillen. »Wollen Sie ... es drauf ankommen lassen?«

»*Wir haben versucht, Uns vor diesem Moment zu warnen*«, hörte er Syl Ra Van flüstern, über das Dröhnen gewaltiger Energien hinweg. »*Wir dachten, die Warnung beschränkte sich allein auf Ihre Person. Eine Fehlkalkulation.*«

Der Boden unter Kais Füßen schien zu vibrieren. Irgendetwas Schreckliches war in Bewegung geraten. Aber was? *Was?*

»*Diese Entwicklung der Ereignisse ist sehr bedauerlich. Fehler haben sich in die Gleichung geschlichen. Vielleicht ist es an der Zeit, zurückzukehren. Die Gleichung umzuschreiben.*«

Kai erstarrte. »Was soll das heißen?« Ein *Déjà-vu* nach dem anderen überkam ihn, als würde er in einem Strudel aus Zeit ertrinken.

»*Sie haben versagt. Nichts von alledem wird jemals stattfinden. Wir werden von vorne beginnen. Ohne Fehler.*«

»Nein!«, rief Kai aus; ungewollt sah er die Säule an.

Schmerz stach ihm in die Sehnerven, machte ihn halb blind.

»*Kai Novus*«, sagte Syl Ra Van. »*Wir werden Uns Ihr Gesicht merken.* «

Dann war es vorbei. Kein Licht mehr, kein Dröhnen.

Kai ließ den Arm sinken und blinzelte gegen die Phantombilder vor seinen Augen.

Die Säule war leer, die Bronzemaske erloschen.

Er betrachtete seine eigene Reflexion auf dem Kristall, dann sah er sich um, wobei er halb damit rechnete, dass dieser Raum, er selbst, die Welt – dass dies alles plötzlich aufhören würde zu existieren.

Er erschrak, als er hinter sich Schritte hörte. Ein weißgekleideter Mensch stand an der Tür, eine Waffe in der linken Hand. Er schien sich nur mit Mühe auf den Beinen zu halten und hielt sich eine Wunde an seiner Hüfte. Kai sah frisches Blut auf seiner Rüstung.

»Hat es funktioniert?«, fragte Admiral Telios.

Kai schüttelte nur den Kopf, unfähig, die Frage zu beantworten. Atemlos sah er wieder zu der leeren Säule und lauschte: Auch das Brummen des Turmschilds war verstummt.

Noch bevor er die Gelegenheit hatte, zu jubeln, begann der Boden unter ihren Füßen zu zittern.

Kai kämpfte um sein Gleichgewicht. Der ganze Turm bebte. »Was –?«

Entsetzen zeichnete sich auf dem Gesicht des Admirals ab. Er stützte sich gegen die Säule, seine Hand hinterließ rote Flecken auf dem reinen Kristall. »Raus hier!«, brüllte er. Jadebrocken fielen von der Decke. »Raus hier! Sofort!«

»Barmherzige Prophetin!«, rief Quai-Lor aus.

Die Schlacht vor Teriam schien für einen Moment zu gefrieren wie eine pausierte Kubusaufzeichnung. Freund und

Feind gleichermaßen starrten auf das Bild, das sich ihnen bot:

Es war, als hätten die unsichtbaren Hände, die Teriam über dem Wasser hielten, zu zittern begonnen. Gebäude zerbrachen wie Kartenhäuser, Mauern stürzten ein, Straßen brachen auf. Der Jadeturm, plötzlich nackt ohne sein Energiefeld, schwankte sichtbar von einer Seite zur anderen. Kanonen, Schildgeneratoren und Lebewesen – winzig kleine, hilflose Dinger – fielen über den Rand der Scheibe, als habe die Stadt nach neun Jahrhunderten beschlossen, ihre Bewohner von ihrem Rücken abzuschütteln.

»Quai-Lor!«, brüllte die Stimme des Admirals über den Kubus. Er war kaum zu hören: Wesen schrien, Stein barst. »Der Bastard hat die Levitationsmaschinen der Stadt manipuliert! Wir stürzen ab!«

Die Panik lähmte Quai-Lor nur für eine Sekunde. »Senden auf allen Kanälen!«, befahl er. »*Dragulia* an alle Schiffe! Wir brauchen Hilfe!«

Sie rannten die grüne Treppe hinab. Das Bauwerk bebte, grollte, knirschte und ächzte; Jadebrocken fielen von den Decken, den Wänden – Kai hatte die Arme über den Kopf gehoben und schrie gegen den sterbenden Turm an. Staubwolken breiteten sich aus und nahmen ihnen fast die Sicht, drangen bei jedem Atemzug in ihre Lungen. Andere Überlebende rannten mit ihnen; Kai sah, wie eine menschliche Gardistin von fallendem Mauerwerk erschlagen wurde, einfach so.

Er wusste, dass Teriam nur noch von den Restladungen der Levitationsmaschinen gehalten wurde. Sobald sie verbraucht waren, würde die Schwebende Stadt ins Meer stürzen wie ein Stein.

Sie rannten weiter, Stufe um Stufe hinab, vorbei an den Gefallenen, wobei das Blut, das aus Telios' Kampfpanzer tropfte, eine rote Spur auf dem grünen Stein hinterließ. Der Ausgang war nahe: das Loch, das die Leute des Admirals in die Mauer des Turms geschnitten hatten. Telios schob Kai ins Freie und folgte ihm, nur eine Sekunde, bevor eine Lawine aus grünem Stein ihn begraben hätte.

Eine Staubwolke wallte aus dem Turm und hüllte sie ein. Kai hustete, bis ihm die Tränen kamen. Sirenen heulten, Schreie erfüllten die Nacht; er hörte das Krachen von Holz und das Bersten von Stein, doch er konnte nichts und niemanden sehen.

Doch, da war etwas: ein menschengroßer Umriss, der ihnen zuwinkte. »Admiral! Hierher!«, rief eine fremde Stimme. Wind kam auf und trug den Staubvorhang fort. Die Überlebenden – sowohl Telios' Leute, als auch Gardisten – standen bei den Kampfbarken an der Basis des Turms, keine zehn Meter von ihnen entfernt. Einer von ihnen, ein Skria, trug einen bewusstlosen Menschen auf der Schulter: Admiral Monaro. »Schnell!«

Kai musste Telios auf den letzten Schritten stützen; so vorsichtig er konnte setzte er ihn auf einer Bank ab. Die Barke zündete die Antriebe und sprang über den See. Der Nexus-Boulevard war voller Lebewesen in Panik: Bürger, die aus ihren Häusern geflohen waren. Ein Dutzend Drachen brüllten auf; Kai hob den Kopf und sah die Schiffe, die ringsum über der Stadt schwebten. Eines davon war die *Dragulia*. Sie tauchten hinter Teriams Horizont und waren plötzlich verschwunden.

Ein erneutes Beben warf einen Großteil der Meute auf dem Boulevard um.. Kai krallte sich an seinem Sitz fest und kniff die Augen zusammen.

Die Schwebende Stadt fiel.

Doch nur für einen Moment.

Die Schiffe hatten die Magnetanker ausgeworfen und

an den Rand der Scheibe geheftet; es war als würde ein Schwarm Kolibris versuchen, ein Steinrad allein mit ihren Krallen und ihren Flügeln in der Luft zu halten. Verbündete und Gegner gleichermaßen kämpften darum, die Hauptstadt vor dem Absturz zu bewahren.

Rema Quai-Lor spürte, wie die Last der Sechs-Kilometer-Scheibe an der *Dragulia* zerrte, während das Flaggschiff und seine Dutzend Helfer sich ihrerseits gegen die Schwerkraft stemmten; ihre Steuerdüsen waren um neunzig Grad nach unten gekippt und gaben Schub. Er hörte und spürte das Ächzen und Quietschen von strapaziertem Metall durch den Rumpf des Schiffs hindurch.

Quai-Lor biss die Zähne aufeinander und versuchte, nicht daran zu denken, dass das Leben Tausender von ihnen abhing. Seine Muskeln versteiften sich, als wäre er selbst das Schiff, das versuchte, mehr als hundert Millionen Tonnen Gewicht zu halten.

Eine Anzeige der Steuerkonsole zeigte zwei Linien übereinander: Die untere stellte den künstlichen Horizont dar. Die darüber war der Horizont der Scheibe; sie schwankte minimal von einer Seite zur anderen, während die Schiffe versuchten, sie so gut wie möglich in der Balance zu halten.

Vorsichtig! Ganz vorsichtig! Quai-Lor hielt den Atem an. Leder knautschte, als seine Hand sich an der Nackenstütze der Pilotenliege festkrallte, während Leutant Tsuna mit schweißnasser Stirn das Steuerrad Millimeter für Millimeter bewegte. Nur ein falscher Ruck, nur einen Moment zu viel Schub von ihm – von irgendeinem anderen der Piloten – und die Scheibe würde kippen oder brechen oder beides.

Vorsichtig!

Ein Piepsen der Konsole brach das angespannte Schweigen: Beide Linien lagen genau parallel zueinander.

»Lage wurde stabilisiert!«, meldete Tsuna, halb stolz, halb verblüfft.

Noch war es zu früh für Applaus. »*Dragulia* an alle!«, rief Quai-Lor. »Minimieren Sie jetzt den Schub um zehn Prozent in Ein-Prozent-Schritten alle fünfzehn Sekunden! Auf mein Kommando! Drei ... zwei ... eins ... Jetzt!«

Langsam, ganz langsam sanken die Schiffe herab: zweihundertfünfzig Meter, zweihundert ... hundertfünfzig – bis die Scheibe auf den Fluten des Kleinen Meeres aufsetzte.

»Alle Motoren Stop!«, befahl Quai-Lor. Durch die Brückenkuppel sah er, wie sich die dunklen Wellen an den vertikalen Klippen Teriams brachen. Gischt spritzte gegen das Glas, weißglühend im Licht der Monde.

Die Schwebende Stadt schwamm.

Applaus und Jubel ertönte – auf der Brücke und über die Kuben. Leutnant Tsuna und Leutnant Veldris fielen einander in die Arme.

Quai-Lor wartete darauf, dass die gegnerischen Schiffe sich wieder in den Himmel warfen, um die Schlacht fortzusetzen, doch nichts dergleichen geschah, und endlich erlaubte auch er sich wieder aufzuatmen.

»Gute Arbeit«, sagte er allen Beteiligten. »Gute Arbeit.« Er öffnete eine Verbindung zum Admiral. »Quai-Lor an Admiral Telios: Die Stadt ist sicher. Ich wiederhole: Die Stadt ist sicher.« Es kam keine Antwort. »Admiral? Admiral Telios – bitte melden!«

Eine Welle des Jubels ging durch die Menge auf dem Nexus-Boulevard. Auch Kai jubelte, genau wie der Rest der Überlebenden aus dem Turm. Nur der Admiral schwieg. Kai sah ihn an und erschrak: Telios lag neben ihm auf der Bank, die Augen geschlossen, sein Körper reglos.

»Admiral! Admiral, hören Sie mich? Admiral!« Kai rüttelte an Telios' Schultern. Aber Telios antwortete nicht. »Hilfe!«, rief Kai. »Wir brauchen Hilfe!«

Alles war verloren. Seine Streitkräfte würden verlieren, der Jadeturm war gefallen. Novus Tod hätte jetzt nichts mehr daran geändert. Es gab nur eine Möglichkeit: Er musste die Geschichte neu schreiben.

Er beschwor alle Energie, die ihm zur Verfügung stand, saugte die Generatoren der Schwebenden Stadt leer und öffnete ein Loch in der Zeit; einen winzigen Nadelstich im Geflecht des Universums. In der letzten Sekunde seines künstlichen Lebens sandte er eine Warnung an sein früheres Selbst, so weit zurück in die Vergangenheit, wie er konnte: »Lass Telios und den Menschen Kai Novus jagen. Sie werden dich vernichten.« Erst eine Millisekunde, nachdem er die Nachricht abgeschickt hatte, erkannte er seinen Fehler. Zu spät.

Fast sieben Monate zuvor, am ersten Tag des Großen Basars in Teriam, war Syl Ra Van, Gouverneur von Kenlyn und Regent von dreihundertsechzig Millionen Lebewesen, in seinen Träumen versunken, als ihn eine Nachricht erreichte. Eine Nachricht aus der Zukunft.

Ihre Reise gegen den Strom der Zeit hatte sie völlig verzerrt; er benötigte Stunden für den Versuch, zumindest Teile der Botschaft zu defragmentieren, und alles, was er von ihr retten konnte, waren die Worte: »*Lass Telios ... den Menschen ... jagen ... dich vernichten*« – und ein Bild; das letzte Bild, das sein zukünftiges Ich vor seiner selbst eingeleiteten Vernichtung gesehen hatte: Das ernste Gesicht eines jungen Menschen mit dunkelblonden Haaren, einem markanten Kinn und tiefgrünen Augen. Zu viele Daten waren auf dem Weg in die Gegenwart verloren gegangen oder verschwommen wie Tinte auf nassem Papier. Der Name des Menschen war nur noch als entferntes Flüstern zu hören, das er nicht verstehen konnte. Dennoch war die Botschaft klar: *Hüte dich vor ihm.*

Alle Analysen brachten das gleiche Ergebnis: Der Mensch

mit den grünen Augen stellte eine Bedrohung für ihn dar, die sein zukünftiges Ich dazu bewogen hatte, sein eigenes Leben zu beenden. Ihn zu finden und zu eliminieren hatte höchste Priorität – eine Aufgabe, die er nur seinem persönlichen Protegé anvertrauen konnte.

Der Gouverneur öffnete einen Kanal zur *Dragulia*, die in diesem Moment am Ringhafen lag, um Vorräte aufzuladen. *»Verbinden Sie Uns mit Admiral Telios«*, befahl er.

XIX

Ein letzter Abschied

»Leben heißt kämpfen.«
– Venshiko

Es war seltsam still, als sie durch die Flure des Sanktums rannte. »Kai!«, rief sie, immer wieder. Ihre Stimme schien von den Mauern des Klosters verschluckt zu werden. »Kai! Wir sind hier!«

Sie fand ihn in einem Steingarten, außerhalb des Gebäudes; ein Schwarm Tauben stob in alle Himmelsrichtungen, als sie eine zerbrechliche Brücke entlang lief, vorbei an kunstvoll geschnittenen Büschen und Windspielen aus Bambus.

Kai sah auf. Er zeigte sein Lächeln, das ihr noch immer die Knie weich werden ließ, wie bei ihrem ersten Diebeszug. »Ihr seid spät«, sagte er und schloss sie in die Arme, küsste sie, hielt sie fest und fester, drückte sie, bis ihre Rippen knackten – und Blut rann aus seinen Augen, seinen wunderbaren Augen, tropfte auf sie herab, bedeckte ihre Lider, ihre Nase, ihren Mund, ihren ganzen Körper; erstickte sie, warm und rot, und sie schrie; sie schrie, doch es kam kein Laut über ihre Lippen –

Endriel fuhr keuchend auf, halbblind. Sie strich ihr Haar aus dem Gesicht und schnappte nach Luft. Neuer Schmerz pulsierte unter ihrem Kopfverband, und während sich ihr Schrecken langsam legte, wurde sie sich der Gesichter um sie herum bewusst. Nelen, Xeah und Keru am Steuer starrten sie an. Hinter ihnen, jenseits der Brücke, strahlte der

Himmel so hell, so blau, dass ihr Tränen in die Augen traten.

»Alptraum?«, fragte Nelen. Ihr Ton verriet, dass sie wusste, wie offensichtlich die Antwort auf diese Frage war.

Endriel nickte. *Blut rann aus seinen Augen, seinen wunderbaren Augen, tropfte auf sie herab* – sie schüttelte den Kopf, um die Bilder zu vertreiben. »Wo – wo sind wir?«

»Am Ziel«, brummte Keru vom Steuer aus. Er lehnte sich zur Seite, damit sie an ihm vorbei sehen konnte.

Das Sanktum hing über der morgendlichen Sonne. Hauchzarte Wolken begleiteten es bei seiner lautlosen Wanderung durch den Himmel; sanfte Hügel im Frühlingsgrün der Nördlichen Hemisphäre breiteten sich unter ihm aus.

Endriel hörte das Echo von Kais Stimme: *»Ihr seid spät ...«*, und knetete die Hände, kaum fähig, zu atmen. Xeah legte ihr die Hand auf den Arm. »Der Admiral wird nicht zugelassen haben, dass ihm etwas passiert«, sagte sie. »Er wird auf uns warten.«

Endriel fasste nach Xeahs Hand. Sie hoffte, dass sie Recht hatte. Gleichzeitig wurde sie sich bewusst, dass es einen Teil von ihr gab, der sich davor fürchtete, Kai wiederzusehen ...

Der Kubus piepste. Keru stellte durch.

Das Gesicht eines alten Skria mit goldenen Augen materialisierte sich. »Himmelssanktum an *Korona*«, schnurrte er. »Empfangen Sie mich?«

Es war Xeah, die für alle antwortete. »Wir empfangen dich, Suran«, sagte sie, und ihr Horn jubilierte.

Suran schien seinerseits sehr glücklich. »Ich grüße dich, alte Freundin. Wie schön, dich wiederzusehen – Sie alle wiederzusehen.« Der alte Mann lächelte. »Sie werden bereits sehnsüchtig erwartet!«

Endriel lachte und weinte gleichzeitig; sie drückte Xeah und Nelen an sich und hörte ein erleichtertes Schnauben aus Kerus Richtung.

»Bitten um Landeerlaubnis!«, rief Endriel.

»Ist hiermit erteilt«, sagte Suran. »Willkommen zurück!«

Die Segmente der Hangarkuppel schlossen sich wie schützende Fittiche um die *Korona*. Kaum dass ihr Antrieb verstummt und die Gangway ausgefahren war, rannte Endriel aus dem Schiff. Jemand kam ihr entgegen: der greise Skria und ...

»Kai!«

Sie riss ihn fast um, wobei sie ihn an sich drückte und stürmisch küsste. Kai zuckte zurück; er sog mit schmerzverzerrtem Gesicht die Luft ein und hielt sich die linke Schulter.

Sie riss die Augen auf. »Was ist? Bist du verletzt?« Wie viele Möglichkeiten gab es hier im Kloster, sich wehzutun?

Kai überging die Frage. Erschrocken streckte er die Finger nach dem Verband um ihre Stirn aus, ohne ihn zu berühren. »Was ist mit dir passiert?«

»Später«, sagte sie und produzierte ein beiläufiges Lächeln; er erschrak abermals, als er die Lücke zwischen ihren Zähnen sah. *Sehe ich wirklich so schlimm aus?,* dachte sie verletzt.

Er nahm sie wieder in die Arme, küsste sie, aber Endriel spürte, dass etwas nicht stimmte. Obwohl auch er ein Lächeln zeigte, verrieten Kais Augen, dass etwas zwischen ihnen stand. Sie wusste, was es war, und Reue überkam sie. Er hatte jedes Recht, auf sie wütend zu sein, aber ... sie wollte nicht, dass er wütend auf sie war. Sie wollte, dass er sich mit ihr darüber freute, am Leben zu sein.

»Wo ist Andar?«, fragte sie und hörte, wie die anderen das Schiff verließen. »Geht es ihm gut?« Sie fasste nach seiner Hand. Sie war kühl. »Und was ist mit Ahi Laan?«

»Ahi Laan ist tot«, sagte Kai leise.

»Nein!« Nelen schlug die Hände vor den Mund.

»Barmherzige Prophetin«, murmelte Xeah. »Wie –?«

Kai schluckte schwer. »Sie ist auf dem Weg nach Teriam gestorben. Während der Schlacht gegen den Orden.«

»Was ist mit Andar?«, drängte Endriel; sie drückte seine Hand fester. »Ist er –?«

»Es geht ihm gut« sagte Kai und streichelte ihre Wange. Sie musste die Tränen zurückhalten. »Ich soll dich von ihm grüßen. Euch alle. Er –«

Nelen funkte ihm dazwischen, indem sie direkt vor seine Nase flatterte. »Kai – die Schatten! Wir wissen, wo sie stecken! Wir müssen dem Admiral eine Nachricht zukommen lassen!«

Kai nickte hastig. »Kommt mit! Ihr könnt persönlich mit ihm sprechen!«

Endriel verstand überhaupt nichts mehr. »I-Ist er hier?«

»Nein.« Kai lächelte, zum ersten Mal ungetrübt. »Aber nur ein paar Schritte entfernt.«

»Hier entlang«, schnurrte Suran und zeigte zur Tür der Kuppel.

»Was ist mit Syl Ra Van?«, brummte Keru, während sie Kai durch die Hallen des Klosters folgten. Endriel erschrak, als sie Stöhnen und Wehklagen aus den Zimmern hörte. Trotz der frühen Morgenstunden liefen Dutzende Akolythen und Mönche an ihnen vorbei, beladen mit frischen Bettlaken, rotgefärbten Handtüchern und Tabletts mit Spritzbesteck. *Der Krieg*, erinnerte sie sich. *Xanata.*

»Syl Ra Van gibt es nicht mehr«, sagte Kai ernst. »Genauso wenig wie die Kommission. Der Gouverneur hat Selbstmord begangen ... glaube ich zumindest. Die Admiräle haben fürs Erste die Kontrolle übernommen.«

Sie betraten das Refektorium des Klosters. Am Ende zweier Reihen von leeren Tischen und Sitzkissen, neben dem steinernen Leib Xal-Namas, stand ein Nexusportal von der Größe eines Kleiderschranks. Endriel sah ihre eigene, verblüffte Reflektion auf dem schwarzen Stahlquader.

»Der Admiral hat gleich nach der Schlacht seine Leute durch den Nexus nach Unsaoi geschickt und dann von dort dieses Portal hierher fliegen lassen«, erklärte Kai. »Um Verwundete aus der Hauptstadt hierherzubringen. Und euch zu ihm.« Endriel wunderte sich darüber, wie knapp er sich gab. Sie glaubte, aus seinem Blick den Wunsch herauszulesen, mit ihr zu reden. Unter vier Augen. So bald wie möglich.

Ein Durchgang öffnete sich in dem Nexus, als er eine Hand auf das Artefakt legte.

Das Portal entließ sie in einen weißen Raum und schloss sich wieder hinter ihnen. Der Wandputz zeigte Risse; Stuck war von der Decke gefallen und auf dem Terrazzoboden zerschellt. Staub tanzte in den dünnen Sonnenstrahlen, die durch die Lücken der vernagelten Fenster drangen. Hinter der einzigen Tür wurden Befehle gerufen, Stiefel polterten über Stein. Endriel erkannte erst nach einem Moment, wo sie waren: im Ordenshauptquartier am Nexus-Boulevard.

Friedenswächter schwärmten über den Flur. Auch hier gab es beschädigte Wände und zersplitterte Fliesen.

Kai führte sie zu einer Tür, vor der zwei Wachen mit Sonnenaugen Haltung annahmen. Er klopfte an.

»Herein!«, rief eine fremde Stimme.

Sie betraten einen weitgehend unbeschädigten Konferenzraum. Weißmäntel standen um einen monumentalen Kartentisch und sahen auf, offenbar bei einer wichtigen Debatte gestört: Hauptmänner, Kommandanten (Rema Quai-Lor unter ihnen) und Kapitäne. Fünf von ihnen trugen das Purpur eines Admirals um die Schultern: eine ältere Yadi, ein noch älterer Draxyll, ein Skria, der seinen rechten Arm unter dem Umhang verbarg, eine weitere Draxyll mit limonengrüner Haut – und ein gutaussehender Mensch mit dunkler Haut und kurzem Bart.

»Endriel!« Andar Telios strahlte, als er sie sah. Er wirkte erholt, wie neugeboren, als habe er ein ganzes Jahr im Regenerator verbracht.

»Andar«, brachte Endriel noch hervor, dann war sie schon bei ihm und schloss ihn in die Arme. Nach den Blicken der Weißmäntel ringsum zu urteilen, verstieß sie damit gegen irgendein Protokoll, aber das war ihr herzlich egal. »Du hast es geschafft!«, flüsterte sie ihm ins Ohr. »Du verrückter Hund hast es wirklich geschafft!«

»Das Glück ist mit den Dummen«, flüsterte er lächelnd zurück. »Ich hab dich vermisst, Mädchen!« Er betrachtete ihre verbundene Stirn. »Was ...?«

»Ist schon gut«, winkte sie ab und griff nach seinem Arm. »Andar, wir wissen, wo der Kult sich versteckt! Wir haben sie gesehen!«

»Was?« Telios sah sie erschrocken an. Unruhiges Gemurmel ging durch die Reihen der Weißmäntel. Der greise Draxyll hielt verwirrt eine Hand an seine Höröffnung und ließ einen Kommandanten Endriels Worte wiederholen. Die Yadi-Admiralin schwirrte zu ihnen, ihr Blick aus kornblumenblauen Augen war fordernd, streng. »Wo?«, fragte sie.

»Der Weltenberg«, sagte Endriel. »Sie sammeln dort ihre Flotte!«

Empörte und/oder verwirrte Ausrufe folgten: »*Im Vulkan?*« – »*Unmöglich!*« – »*... alles abgesucht!*« – »*... kein Leben im Niemandsland!*«

»Wie viele?«, fragte Telios.

Endriel schüttelte den Kopf. »Ich weiß es nicht. Viele.«

»Haben Sie Beweise für Ihre Behauptung?«, fragt seine Yadi-Kollegin.

»Haben wir!«, sagte Nelen.

Endriel zog den Kubus aus ihrer Gürteltasche und spielte ihn ab. Die Bilder von Schiffen in der Nacht, vor der Silhouette des monströsen Vulkans, sorgten für neuen Aufruhr unter den Offizieren. »Gnadenreiche Sonne!«, keuchte jemand.

»Ruhe!«, brüllte der Skria-Admiral und hob gebieterisch eine Armprothese aus Holz und Stahl. »Ruhe bitte!«

Endriel erkannte, wie die Gedanken hinter Telios' Augen rasten. »Wir waren drauf und dran, die Armada zum Pol zu schicken«, murmelte er, entsetzt darüber, wie fatal diese Entscheidung gewesen wäre.

»Keine Ahnung, worauf sie noch warten«, sagte Endriel. »Aber sie werden es bestimmt nicht mehr lange tun!«

Telios wandte sich an seine Leute. »Sie haben es gehört – vergeuden wir keine weitere Zeit! Die Armada soll sich augenblicklich startklar machen! Wir werden diese Vipern endgültig ausräuchern!«

Beifall und Zustimmung folgten von allen Seiten. Die anderen Admiräle gaben Befehle an die Kapitäne oder verbanden sich per Kubus mit ihren Untergebenen.

Der Admiral drehte sich zu Endriel. »Was ist mit den Piraten?«, fragte er mit gesenkter Stimme.

Sie schüttelte nur den Kopf.

»Haben sie dir das angetan?« Er nahm ihre Hand, wobei sein Blick auf ihre bandagierte Stirn fiel.

Endriel nickte.

Wut verzerrte das Gesicht des Admirals. »Dieser Hurensohn! Ich hätte ihn –!«

»Sef hat versucht, uns zu helfen, Andar«, sagte sie; noch immer kam sie sich seltsam dabei vor, ihn in Schutz zu nehmen. »Nur leider war er damit der Einzige von dem Haufen ...«

Telios' schwieg, sein Ausdruck milderte sich. Er wollte etwas sagen, aber sein Erster Offizier kam ihm zuvor:

»Admiral?«

Telios nickte ihm zu. »Einen Moment, Kommandant.« Er fasste nach Endriels Händen, blickte von ihr zu den anderen. »Ich muss mich um die Angriffsplanung kümmern. Ich lasse euch was zu essen bringen. Ruht euch aus. Hier drinnen seid ihr in Sicherheit.«

Sie fanden einen unbeschädigten Balkon im vierten Stock. Endriel hatte Hunger, aber keinen Appetit. Während die anderen beim Essen waren, hatte sie sich mit Kai hierher zurückgezogen. Sie war nicht vorbereitet auf den Schock, der sie traf, als sie auf die Stadt hinabblickte:

Nur ein Teil der Portale auf dem Nexus-Boulevard stand noch, der Rest musste mit Kränen und Muskelkraft wieder aufgerichtet werden. Ein Drittel der Häuser ringsum war eingestürzt, von manchen standen nur noch einzelne Mauern. Staub und Schutt bedeckte die Straßen, in denen hier und da Löcher klafften. Fontänen sprudelten daraus hervor – Teile der beschädigten Wasserleitungen. Sanitäter trugen Bahren mit Toten und Verletzten. Endriel hörte weinende Kinder, das Wehklagen von Draxyllhörnern und Sirenen von Feuerwehrbarken in der Ferne. Sie erschauderte. Rauchsäulen stiegen aus dem Gewirr von Dächern und Ruinen auf; manchmal konnte sie Flammen sehen, die am Himmel leckten, und sie dachte an Te'Ra, und die zerstörten Städte, die sie dort gesehen hatte. Aber noch viel befremdlicher als all das war der Anblick des Meeres, das sich jenseits des Ringhafens erstreckte; blaue, gischtgekrönte Wellen im Licht der bleichen Vormittagssonne und Schiffe – Segelschiffe – die darauf fuhren.

Der Jadeturm stand noch; der kreisrunde See, der ihn vom Rest der Stadt abschirmte, war voll von Geröll.

»Wie viele ...?«, begann sie, ohne weitersprechen zu können.

»Drei- oder viertausend Schwerverletzte«, sagte Kai leise. Er stützte sich auf die Balustrade. »Man schätzt zweitausend Tote.«

Endriel schloss die Augen.

»Trotzdem haben wir Glück gehabt. Es hätte noch sehr viel schlimmer kommen können.«

»Wird sie wieder ...?«

Kai schüttelte den Kopf. »Keine Ahnung. Die Stadtingenieure werden versuchen, die Levitationsmaschinen wieder zu richten, aber die meisten davon sind durchgeschmort, nachdem Syl Ra Van sie überlastet hat. Vielleicht wird sie eine Schwimmende Stadt bleiben.«

Endriel schwieg. Während ihrer Zeit als Diebin war Teriam eine Art zweites Zuhause gewesen; Nelen und sie waren mehrmals im Jahr hierher gekommen, oft für Wochen. Wie die meisten anderen auch hatte Endriel immer geglaubt, die Schwebende Stadt würde ewig am Himmel stehen. Und es war nicht der Kult, der sie und ihre Bewohner beinahe vernichtet hätte.

»Geht es dir auch wirklich gut?«, fragte Kai.

Sie sah ihn an. »Ja. Was ist mit dir?«

Er rieb sich den Hinterkopf. »Meine Schulter und der Schädel haben was abbekommen, aber nichts Ernstes.«

Schweigen kehrte ein.

»Er hat sein Versprechen gebrochen, oder?« Endriel sah ihn an. »Er hat dich mit nach Teriam genommen.«

Kais Miene wurde ernst. »Er ist nicht der Einzige, der ein Versprechen gebrochen hat.«

»Kai ...«

»Wir wollten zusammenbleiben, weißt du noch? Egal was passiert, wir wollten es gemeinsam durchstehen!«

»Ich weiß ...« Sie wandte den Blick ab. In den Trümmern unter ihnen schrie ein Kind nach seiner Mutter.

»Und trotzdem hast du mich einfach so zurückgelassen?«, fragte Kai. Herbstwind fuhr ihm durch das Haar.

Endriel starrte ihn an. »»Einfach so‹? ›*Einfach so*‹ Hör zu, ich hab sechs Monate damit verbracht, dich zu suchen! Ich hab mich jagen und foltern lassen, hab mein Leben und das meiner Mannschaft riskiert – für dich! Und du glaubst, ich hab dich ›*einfach so*‹ zurückgelassen?«

»Was blieb mir anderes übrig? Ich wache auf, und Telios erzählt mir, dass du mit diesem Lefiron –«

»Sefiron.«

»– direkt in eine Falle fliegst, während ich ins Kloster abgeschoben werden soll!« Sie fand es schwer, seinem Blick standzuhalten, so wütend und verletzt wie er war. »Warum, Endriel?«

»Weil du mit mir gekommen wärst, verfluchte Scheiße! Begreifst du das nicht: Ich hatte keine Ahnung, ob Sef mich aufs Kreuz legt oder nicht!«

»Ich hätte dir helfen können! Oder hältst du mich für so schwach? Meinst du, ich wäre dir nur ein Klotz am Bein gewesen?«

»Ja!« Das eine Wort hallte über den Boulevard. »Ich konnte es mir nicht leisten, mir Sorgen um dich zu machen! Falls es dir nicht aufgefallen sein sollte, du Blödmann: Ich liebe dich!«

Sein smaragdgrüner Blick ließ sie nicht los. »Aber die anderen hast du mit in die Höhle des Löwen geschleppt, ja?«

Endriel fuhr sich mit beiden Händen durch das Haar. »Kai, ich wusste nicht, dass sie an Bord waren! Und als ich es mitgekriegt habe, war es schon zu spät!«

Er wandte sich ab; die Ellenbogen auf die Balustrade gestützt, den Blick gesenkt. »Du hättest es mir sagen sollen.«

»Versteh doch: Ich wusste nicht, ob ich selbst mit heiler Haut davonkomme!«

Er fuhr auf, zeigte mit dem Daumen auf sich selbst. »Ich hätte dir helfen können, verdammt nochmal!«

»Du hättest *sterben* können!« Tränen stachen ihr in die Augen.

»Dann wären wir wenigstens zusammen gewesen«, sagte er.

Schweigen überkam sie. Endriel versuchte, ihre zitternde Unterlippe zu beruhigen. Sie hätte schreien können.

Kais Blick verlor sich am Horizont, als er sagte: »Hast du eine Ahnung, welche Sorgen ich mir gemacht habe? Ich dachte, Telios muss verrückt geworden sein, dass er dich gehen lässt! Ich dachte ...« Er schnappte nach Luft, versuchte es wieder und brachte doch kaum mehr als ein Flüstern hervor. »Ich dachte, die bringen dich um!« Eine lange Zeit schien er nur damit beschäftigt zu sein, sich wieder zu fassen. Er sah sie nicht an.

»Du hast selbst gesagt, dass wir tun müssen, was wir können, um diesen Scheißkrieg zu beenden! Und mit Sef zu gehen, war das Einzige, das ich tun konnte! Weil die winzige Chance bestand, dass ich etwas bewegen kann!«

Kai schwieg.

»Und ich lebe noch!«, sagte sie. »Trotz allem. *Wir beide* leben noch. Zählt das nichts?« Wind kühlte die feuchten Spuren, die von ihren Augen über ihre Wangen liefen. »Ich meine: Freust du dich denn gar nicht darüber?«

Da endlich sah er sie wieder an. Ohne ein Wort zu sagen, zog er sie zu sich und hielt sie fest. Endlich begriff sie, wie froh er war, sie zurück zu haben, und dass er sie liebte – vielleicht nicht so sehr, wie sie ihn, aber er liebte sie. Und für den Augenblick war ihr das genug.

»Es herrscht noch immer Chaos«, begann der Admiral. »Nach dem Ende der Schlacht haben wir sofort die Portale wieder öffnen lassen, um per Nexus zu verbreiten, was geschehen ist, und einen Überblick über die planetare Situation zu bekommen.«

Die Offiziersmesse, in der sie saßen, hatte das Beben verhältnismäßig gut überstanden, dennoch fragte sich Endriel, ob sie auch vorher schon so kalt gewirkt hatte. Auf den Fluren hörte man die hektische Betriebsamkeit, die unter den Weißmänteln ausgebrochen war.

Sie betrachtete Andar. Er hatte die Hände gefaltet und die Ellenbogen auf die Tischplatte gestützt. Er schien gedanklich längst wieder auf seinem Schiff zu sein. Sie hatte sich für ihn – für sie alle – eine längere Verschnaufpause gewünscht.

»Wahrscheinlich wird es Wochen dauern, bis wir das Gesamtbild kennen. Aber zumindest für den Augenblick haben Syl Ra Vans Anhänger in allen großen Städten die Waffen gestreckt, als sie erfuhren, dass er drauf und dran war, Teriam zu versenken. Viele hatten schon vorher gehört, dass er die Admiräle eingesperrt und sich illegal an der Macht gehalten hatte. Noch mehr hatten schon seit geraumer Zeit Zweifel an seinen Machenschaften, aber –«

»Sie waren zu feige, irgendwas zu unternehmen«, vollendete Endriel.

Telios nickte knapp. »Erst als bekannt wurde, dass unsere Flotte nach Teriam fliegt, haben es die meisten Zweifler gewagt, sich auf unsere Seite zu stellen. Glücklicherweise, denn sonst hätten wir es nie bis hierher geschafft. Mittlerweile stehen gut neun Zehntel des Ordens – was von ihm übrig geblieben ist – wieder zusammen.«

»Und der Rest?«, fragte Kai, der neben Endriel saß und ihre Hand hielt.

»Der Rest hält Syl Ra Van posthum die Treue. Sie sind nach wie vor der Meinung, dass meine Leute und ich, Kaleen und die anderen – dass wir den Orden verraten haben und für den Kult arbeiten. Doch da wir ›Verräter‹ mittlerweile in der Überzahl sind, haben sie es entweder vorgezogen, sich festnehmen zu lassen, oder sie sind in die Wildnis geflohen.« Telios stoppte kurz, um zu der Uhr über der Doppeltür zu sehen. »Natürlich haben sie dabei ihre Waffen und Schiffe mitgenommen. Wahrscheinlich bereiten sie sich in diesem Moment auf einen Putsch vor.« Er grinste müde bei dem Gedanken.

Xeah sah auf. »Und das Volk?«

»Wir haben Parlamentäre losgeschickt, um Verhandlungen mit den Aufständischen aufzunehmen. In Harassadan, Niloi und Xarul gibt es noch Scharmützel, aber in den meisten Städten herrscht zumindest ein vorläufiger Waffenstillstand. Auch wenn ich fürchte, dass es nicht mehr als ein kurzes Luftholen zwischen weiteren Schlachten sein wird.« Telios rieb die Hände und verstummte kurz.

»Die Leute sind kriegsmüde geworden«, fuhr er leiser fort, »aber der Hass, den der Kult und die lange Reihe von Syl Ra Vans Fehlentscheidungen gegen uns geschürt haben, brennt immer noch – und wird es wahrscheinlich eine sehr lange Zeit tun. Nun liegt es an uns, das Vertrauen des Volkes wiederzugewinnen. Wenn wir das nicht schaffen ... nun, dann wird der Orden der Friedenswächter nach viertausend Jahren von der Bühne abtreten müssen. Aber selbst wenn das geschieht«, die Stimme des Admiral gewann wieder an Entschlossenheit, »haben wir vorher die Pflicht, den Kult auszuschalten.«

»Können Sie das schaffen?« Nelen reckte vorsichtig die Flügel und strich sich über den Verband an ihrem Arm.

»Ich weiß es nicht.« Telios zuckte erschöpft mit den Achseln. »Aus der Schlacht um Teriam sind knapp zwanzig mehr oder weniger einsatzfähige Feuerdrachen übrig geblieben. Gerade jetzt sind Reparaturschiffe und Werften in den Küstenstädten im Einsatz, um weitere Schiffe herzurichten. Während des Kampfes haben wir versucht, die gegnerischen Schiffe so wenig wie möglich zu beschädigen, das zahlt sich nun aus. Zusätzlich sind wir dazu übergegangen, zivile Schiffe zu requirieren und mit ausgeschlachteten Teilen aus den flugunfähigen Feuerdrachen auszustatten. Trotzdem haben wir insgesamt nur ein knappes Dutzend Schiffe gefechtsklar gekriegt.«

»Was ist mit den Schiffen auf dem Rest des Planeten, Andar?«

»In den Kämpfen weltweit sind eine Menge Schiffe vernichtet worden – nicht alle waren so weitsichtig, den Gegner nur zu verkrüppeln. Nach unseren aktuellen Zählungen existieren weltweit nur noch rund achtzig Feuerdrachen. Einen Teil davon müssen wir zur Verteidigung der Peripherie zurücklassen. Der Rest sammelt sich in diesem Augenblick. Gut sechzig Feuerdrachen werden in die Schlacht fliegen.«

»Das sind nicht sehr viele«, brummte Keru.

»Nein«, sagte der Admiral. »Unsere Leute haben die Aufnahme, die ihr gemacht habt, analysiert. Wir schätzen, dass der Kult an die fünfzig Schiffe dort gesammelt hat, wahrscheinlich mehr. Wenn sie bis jetzt noch nicht gestartet sind, bedeutet das wahrscheinlich, dass sie noch weitere Unterstützung erwarten.«

»Euer Plan?«

Telios rieb sich den frisch gestutzten Bart. »Wir starten in drei Stunden Richtung Niemandsland. Wir schlagen zu, bevor der Gegner zuschlägt.«

Endriel spürte, wie es kalt in ihrem Magen wurde. *Die letzte Schlacht gegen den Kult ...*

»Ihnen ist klar, dass es eine Falle sein kann?« Keru verschränkte die Arme. »Dass der Kult weiß, was Sie vorhaben, und nur darauf wartet, dass Sie zu ihm kommen?«

»Natürlich.«

»Und trotzdem gehen Sie das Risiko ein?« Es war nicht

zu erkennen, ob Keru das für mutig oder selbstmörderisch hielt.

»Das werden wir müssen«, sagte Telios. »Das Letzte, was uns fehlt, ist dass die Schattenarmada hier auftaucht und neue Aufstände auslöst. Wenn wir noch länger warten, ist der Kult vielleicht zu stark, um aufgehalten zu werden. Und da wir ja keine Unterstützung von den Piraten erwarten dürfen ...«

»Nun, wenigstens *ein* Kriegsschiff haben sie beigesteuert.«

Telios sah Endriel an und hob fragend eine Augenbraue.

»Die *Korona*. Gleich nach unserer Ankunft haben sie sie zum Piratenschiff umgebaut. Komplett mit Sonnenaugen und Schildgenerator.«

»Und sie ist einsatzfähig?«

»Ja.«

Telios nickte. »Sehr gut. Wir werden das Schiff vorübergehend requirieren müssen, aber –«

»Nein«, sagte Endriel.

Er schien verwirrt.

»Sie bleibt bei uns.«

»Endriel, wir brauchen jedes –«

»Ich weiß. Deswegen fliegen wir mit euch, Andar. Ob du willst oder nicht.«

»Nicht, wenn ich euch vorher unter Arrest stelle.«

Keru entblößte seine Zähne. »Ich würde gerne sehen, wie Sie das versuchen, Admiral.«

Telios sah erst ihn an, dann Endriel, und versuchte sichtlich, ein Seufzen zu unterdrücken. Es verging eine lange Zeit, bis er ein »Also gut ...« von sich gab.

»Wir haben noch drei Stunden Zeit bis zum Start?«, fragte Endriel.

»Ungefähr, ja. Warum?«

Sie sah zu den anderen. »Wir haben noch eine letzte Sache zu erledigen.«

Keru und Endriel kehrten zurück zum Himmelssanktum und zurück auf die *Korona*, um Mikos Sarg zu holen. Ein weiteres Mal durchschritten sie das Portal zum Ordenshauptquartier; Xeah, Nelen und Kai erwarteten sie hier zusammen mit einer vierköpfigen Weißmanteleskorte; zwei der Soldaten trugen eine lange Holzkiste zwischen sich.

Gemeinsam durchquerten sie die weißen Flure und traten auf den Nexus-Boulevard. Ohne ihre Jacke war Endriel kalt, doch das ignorierte sie. Das Portal nach Olvan stand noch oder wieder; es war bereits aktiviert worden.

Auch ihre Heimatstadt hatte im Krieg gelitten: Die große Markthalle war halb eingestützt, die Residenz des Administrators lag in Schutt und Asche. So vieles war zerstört worden. Häuser konnten wieder aufgebaut und Straßen repariert werden; aber wer würde für all die Millionen Leben aufkommen, die ausgelöscht worden waren? Für die toten Väter, Mütter, Schwestern und Brüder, für all die verlorenen Freunde?

Die Barke trug sie vorbei an weiteren Ruinen, hinaus in die Grasmeere. Endriel konnte die Tränen nicht länger zurückhalten, als am Horizont das Haus ihrer Familie auftauchte, mitten im grünen Nirgendwo. Es schien völlig unangetastet, wie ein Überbleibsel aus einer anderen, helleren Zeit. Andar hatte ihr erzählt, dass bis vor wenigen Stunden noch bewaffnete Häscher der Kommission hier bereit gestanden hatten, um sie in Empfang zu nehmen, sobald sie sich zeigten, daher hatten es weder Flüchtlinge noch Plünderer gewagt, sich dem Haus zu nähern.

Die Tür stand bereits offen. Die Kommissionsschergen waren fort, doch als Andenken hatten sie durchwühlte Schränke und umgeworfene Regale hinterlassen – anscheinend hatten Monaros Leute jeden Quadratzentimeter des Hauses auf den Kopf gestellt, auf der Suche nach kompromittierenden Beweisen gegen seine Bewohner. Endriel war zu erschöpft, um sich darüber aufzuregen, und keiner der anderen sagte etwas. Sie ließen die Friedenswächter in der Landbarke warten und gingen durch die Stube in den Garten hinter dem Haus.

Sie hatten keine jungen Bäume und keine Zeit, Erinnerungsbänder zu sticken; das alles musste warten.

Keru, Endriel und Kai brauchten fast eine Stunde, um zwei Löcher in dem kalten, mit Herbstlaub bedeckten Boden auszuheben, direkt neben den Bäumen von Tesmin und Yanek Naguun. Endriel weinte noch, als Keru die Körper von Miko und Ahi Laan zur letzten Ruhe bettete. Sie sah das Gesicht des Jungen, leblos wie eine Wachsmaske, und die Wunde in ihrem Herzen brach wieder auf. Die Sha Yang wirkte auch im Tode noch fremdartig und unnahbar; Endriel tat es leid, zu viel Zeit damit verbracht zu haben, sich über sie zu ärgern, anstatt sie besser kennenzulernen. Sie schloss die Augen.

Kai hatte ihr – ihnen allen – erzählt, wie Ahi Laan gestorben war. Sie war vielleicht die allerletzte Sha Yang in diesem Sonnensystem gewesen.

Durch Nelen wusste Endriel, dass Ahi Laan gehofft hatte, mit Hilfe der *Sternenreiter* weitere Angehörige ihres Volkes in den Weiten der Galaxis zu finden. Die Zerstörung des Schiffs hatte diese Hoffnung vereitelt; aber Kai hatte ihnen gesagt, wie schön Ahi Laan ihre Welt fand. Und dass sie bei ihnen hatte bleiben wollen. Endriel wusste nicht, an was Sha Yang glaubten, aber sie hoffte, dass Ahi Laan – wo immer sie jetzt auch sein mochte – nichts dagegen hatte, in der Erde dieses Planeten begraben zu sein – und dass all die anderen Sha Yang, die den letzten beiden Kriegen zum Opfer gefallen waren, sie auf der anderen Seite willkommen hießen.

Schließlich schütteten Kai und Keru Erde auf die Körper ihrer toten Freunde. Nelen weinte still in sich hinein. Xeah betete stumm. Kai, Endriel und sogar Keru murmelten letzte Worte des Abschieds, als ein dutzendfaches Kreischen den Himmel erbeben ließ. Endriel und die anderen blickten auf: Ein Drachenschiffgeschwader donnerte über die Grasmeere hinweg, nach Osten, nach Teriam. Es wurde Zeit für sie; Zeit, zur *Korona* zurückzukehren und mit dem Rest der Armada zu verschmelzen.

Endriel sah zum Begräbnisbaum ihres Vaters. Die junge Kastanie hatte mittlerweile fast alle ihre Blätter abgeschüttelt; die Erinnerungsbänder, von Wind und Wetter ausgebleicht, tanzten im kalten Wind. »Pass auf uns auf, Yanek«, murmelte sie. Wieder fiel ihr Blick auf die beiden frischen Gräber und dann auf ihre Freunde. Wieder musste sie sich fragen: *Wer von uns wird der Nächste sein? Wird wenigstens einer von uns durchhalten, um den Rest hier zu beerdigen?* Sie glaubte, die gleiche Frage in den Blicken ihrer Freunde zu erkennen.

Ohne ein Wort kehrten sie zurück zur Landbarke auf der anderen Seite des Hauses.

XX

DER UNTERGANG

»Es sind die Feldherren und Herrscher, an die wir uns erinnern. Aber die Geschichte jedes Krieges wurde geschrieben mit dem Blut von Wesen, deren Namen niemand mehr kennt.«
– aus »Die Antagonie von Politik und Moral« von Rendro Barl

Bald ist es soweit«, sagte Yelos. Sie hörte seine Stimme sanft in ihrem rechten Ohr, konnte fast seinen Atem auf ihrer Wange spüren. »Die letzte große Schlacht dieses Zeitalters. Nach ihr wird nichts mehr so sein wie vorher.«

Liyen lag in seinen Armen und sagte nichts. Die Besprenkelungsanlage des Geheimen Gartens brachte sanften Regen; sie saßen sicher unten den Ästen eines Baumes und lauschten, wie die Tropfen auf das Blätterdach fielen. Liyen dachte an ihre erste Begegnung: wie sie in der roten Höhle auf das Ende des Regens gewartet hatten und sie sich in ihn verliebt hatte.

»Bist du bereit?«

»Ja«, sagte sie. Es war keine Lüge. Der Moment, auf den sie beide so lange hingearbeitet hatten, stand kurz bevor. Seltsam, sie hatte immer geglaubt, dass sie vor Aufregung kaum würde atmen können. Doch alles, was sie spürte, war eine leichte Unruhe, wie vor dem Antritt einer neuen Reise. Ihre Sinne waren hellwach. Es gab kein Zögern mehr, kein Zweifeln. Ja. Sie war bereit.

Was nach der Schlacht kommen würde, nach ihrem Sieg, bereitete ihr mehr Sorgen: ob sie ihrer Verantwortung als vorübergehende Herrscherin der Welt gerecht werden konnte.

»Hab Vertrauen in dich«, hörte sie ihn sagen. »Ich weiß, dass du es schaffen wirst. Ich bin bei dir, Liyen.« Er streichelte ihr durch das Haar. »Ich bin es immer gewesen.«

»Ich wünschte, es wäre so«, hörte sie sich mit bitterer Stimme sagen. »Aber du bist nur ein Traum«, sie nahm seine Hand ein letztes Mal, »und ich muss aufhören, zu träumen.«

Die Vision des Gartens verblasste. Liyen öffnete die Augen und fand sich im Kriegszimmer wieder. Ihre Minister waren bei ihr. Weder Ta-Gad noch Weron schienen ihre gedankliche Abwesenheit bemerkt zu haben; die beiden alten Männer waren ins Gespräch vertieft, während die Geisterkuben an den Wänden ständig wechselnde Aufnahmen der Einöde zu Füßen des Weltenbergs zeigten. Es war früher Vormittag über dem Niemandsland, die Sonne brachte den Sand zum Leuchten, der Wind trieb Staubschleier über die rostroten Dünen und offenbarte und verdeckte braunen Fels und bleiche Knochen. »Wie lange noch bis zum Eintreffen der Armada?«

Minister Weron konsultierte eine der zahlreichen taktischen Anzeigen. »Wenigstens noch fünf Stunden, Gebieterin.«

»Projektion«, sagte Liyen, und die Maschinen des Kriegszimmers gehorchten. Die Oberfläche des Marmortischs färbte sich rot; zwischen Wasserkaraffen und Gläsern wölbte sich ein Buckel, der wuchs und wuchs – die Hochebene des Niemandslandes. Drei weitere Höcker sprossen daraus hervor: die Kleineren Vulkane, die bald darauf von der alles überschattenden Masse des Weltenbergs vor ihnen verdeckt wurden. Selbst als Miniatur war das Ding noch eine ehrfurchtgebietende Monstrosität; Wolkenfetzen umringten seinen Gipfel. Darunter leuchtete die Darstellung ihrer Flotte: Gut sechzig Schiffe, die nur darauf warteten, in die Schlacht zu fliegen. Gerade kam vom Norden her, über das

Meer, ein Dreiergeschwader in Sicht und näherte sich dem Rest der Streitmacht. Die letzten Schiffe von Te'Ra. Die Flotte würde innerhalb der nächsten Stunde vollständig sein.

Alles, was fehlte, waren ihre Feinde. Bald würden sie über dem Rand des Tisches auftauchen; ein Schwarm weißer Vögel, der ihnen direkt in die Falle ging.

In den letzten Stunden hatten sich die Ereignisse überschlagen. Liyens Spione hatten sie über die Ereignisse im Rest der Welt auf dem Laufenden gehalten, ihr von Telios' Vormarsch nach Teriam berichtet und den Kämpfen, die überall unter den Weißmänteln ausgebrochen waren. Dem Sturz des Gouverneurs und dem Beinahe-Untergang der Schwebenden Stadt.

Liyen war nicht überrascht gewesen; wieder hatte sie daran denken müssen, was für ein mächtiger Verbündeter der Admiral hätte werden können. Er hatte Syl Ra Van für sie aus dem Weg geräumt; hatte eigenhändig seinen früheren Abgott vernichtet.

Womit sie jedoch nicht gerechnet hatte, war die Meldung, dass Kai Novus in Telios' Begleitung gesehen worden war. Allein die Erwähnung seines Namens hatte ihr Herz höher schlagen lassen. Also hatte Endriel es wirklich geschafft, ihn zurückzuholen – doch warum war sie nicht beim Admiral? Hatte Kai den Absturz des Raumschiffs überlebt, sie jedoch nicht?

Erst einige Zeit später hatte Liyen die Antwort erhalten: Endriel lebte. Sie war plötzlich im Ordenshauptquartier in Teriam aufgetaucht und hatte die Weißmäntel vor dem Aufmarsch der Kultflotte gewarnt. Liyen war zu gleichen Teilen froh und beunruhigt gewesen; froh über Endriels Überleben – und beunruhigt, dass sie Dinge wusste, die sie eigentlich nicht wissen durfte.

Ursprünglich hatte Liyen angeordnet, gen Teriam zu fliegen, nachdem Telios' kleine Rebellion die Friedenswächterarmada geschwächt hatte. War die Hauptstadt erst unterworfen, hätten ihre Streitkräfte das Nexus-Netzwerk übernommen und ihre Bodentruppen durch die Portale in sämtliche Städte einfallen lassen, den Weißmänteln direkt in den Rücken.

Nun fehlte ihnen der Vorteil eines Überraschungsangriffs; ihre eigene Flotte war noch unvollständig, und sobald sie zum Aufbruch bereit war, würden die Weißmäntel hier sein, um sie abzufangen. Der Orden hatte zwar starke Verluste erlitten, doch die Berichte von Ta-Gads Spitzeln stimmten alle darin überein, dass die übrig gebliebenen Schiffe immer noch eine Gefahr für den Kult darstellten.

»Ihre Befehle, Gebieterin?«, hatte Minister Weron nach Sichtung der Lage gefragt.

Liyen hatte nicht lange überlegen müssen. »Es ist gleichgültig, wo der letzte Kampf stattfindet. Ich schlage daher vor, dass wir unseren Heimvorteil nutzen. Lassen wir die Weißmäntel kommen – wir werden sie erwarten und ihnen zur Begrüßung ein paar Fallen stellen. Hier im Berg sind wir sicher verschanzt und bleiben in Kommunikationsreichweite der Flotte. Es sei denn, Sie sind anderer Meinung, Minister?«

Weron hatte spitze Eckzähne entblößt und beeindruckt das Haupt geneigt. »Im Gegenteil, Gebieterin. Ich hätte Ihnen dasselbe empfohlen.«

Ein sanfter Gongschlag ließ Liyen aufhorchen. Einer ihrer Leibwächter wandte sich ihr zu. »Gebieterin«, sagte er mit blecherner Stimme. »Adlatus Rengar ist soeben zurückgekehrt.«

Da trat Galet auch schon ein, einen Aktenkoffer in der Hand. »Gebieterin«, begann er und fiel dramatisch auf die Knie.

»Steh auf, Galet«, sagte sie, halb amüsiert. »Wir hatten dich nicht so früh erwartet.«

Er erhob sich wieder und blieb in respektvollem Abstand zur Kaiserin und ihren Ministern vor dem Konferenztisch stehen. »Ich habe mir erlaubt, das Portal der *Toron* zu benutzen; das Schiff wird die letzten Kilometer zum Palast auch ohne mich finden.« Er zeigte ein strahlendes Lächeln. Te'Ra hatte seine Spuren an ihm hinterlassen: Sein dunkles Gesicht war magerer, sein Bart länger – doch seine Augen schienen vor Energie zu leuchten. Liyen erkannte in ihnen die gleiche Liebe und Verehrung, die sie schon bei seinem Abschied von Kenlyn so erschreckt hatten. »Gebieterin, die Herren Minister – wie bereits angedeutet, habe ich mir erlaubt, ein kleines Geschenk von Te'Ra mitzubringen. Wir haben es bereits vor Wochen entdeckt, doch ich wollte es Ihnen erst präsentieren, wenn ganz sicher ist, dass es auch einsatzbereit ist.«

Liyen runzelte die Stirn. »Und was ist es?«

Galets Lächeln wurde breiter. »Unser Sieg«, sagte er.

Der Weltenberg füllte einen Großteil des Horizonts aus wie die letzte Grenze vor dem Ende der Welt: eine fast sechshundert Kilometer breite Wand, die bis zum Rand des rotstichigen Himmels aufragte. Die Sonne stand genau über dem Giganten und ließ die durch die staubige Atmosphäre unscharfen Hänge in zartem Rotbraun leuchten. Der schneebedeckte Gipfel strahlte in grellem Weiß.

Vor dem Berg breitete sich das narbige Land der Hochebene aus: eine Ewigkeit aus Dünen und braunem Fels. Staubteufel wehten über die Ödnis, Krater und Schluchten klafften im Sand wie Jahrtausende alte Wunden.

Schwarze Punkte schwebten vor dem Monstervulkan,

vierzig oder fünfzig Stück. Es war schwer, sie zu zählen, da die zerrissen aussehenden Wolken manche der Schiffe verdeckten. Nur eines war sicher: Sie kamen näher. Schwärmten aus. Gingen in Gefechtsformation – auch wenn wenigstens noch eine halbe Stunde vergehen würde, bis die beiden Flotten sich trafen. Es war wie ein Unfall in Zeitlupe, unvermeidlich und quälend langsam.

Endriel spürte, wie sich Nelen unruhig auf ihrer Schulter bewegte. Sie selbst fasste nach Kais Hand, während Keru, neben ihnen am Steuer, unbeirrt auf den Weltenberg zuhielt. Endriel sah zu Xeah auf dem rechten Diwan. Die alte Heilerin lächelte ihr aufmunternd zu. *Mach dir keine Sorgen um mich*, sagte ihr Blick.

Sie waren von der Hauptstadt aus nach Osten aufgebrochen, mit einigen Kurskorrekturen in nördliche Richtung; hatten das Kleine Meer hinter sich gelassen und bald darauf die westliche Flanke des Niemandslands betreten, die genau gegenüber des Schlunds lag. Der Flug hatte gut zwanzig Stunden gedauert: genug Zeit, um zu essen, zu schlafen, frische Kleidung anzuziehen, die die Mönche des Sanktums ihnen mitgegeben hatten – und sich von Sorgen martern zu lassen.

Die *Korona* flog inmitten der Friedenswächterflotte wie ein Spatz zwischen Schwänen. Es war mindestens dreihundert Jahre her, dass die Welt zum letzten Mal ein solches Aufgebot an purer Vernichtungskraft gesehen hatte, und zwischen all den Feuerdrachen und Aufklärern, Kurieren und Lazarettschiffen fühlte sich Endriel halbwegs sicher. Kurz nach ihrem Abflug aus Teriam hatte sie mit traurigem Lächeln daran gedacht, dass Yanek immer gewollt hatte, dass sie einmal Seite an Seite mit den Weißmänteln kämpfte. Auch wenn er sich die Umstände mit Sicherheit anders vorgestellt hatte.

Sie wusste, es würde in diesem Kampf keine Verhandlungen geben, keinen Waffenstillstand – der Kult würde nicht aufgeben, bis von seinem Gegner nur rauchende Wracks im Sand übrig blieben, oder weniger.

Sie drehte den Kopf nach links: Die *Dragulia* flog unverändert neben ihnen her wie ein Mutterdrache, die Brücke des Flaggschiffs fast parallel zu der ihren. Sie konnte Andars Umriss hinter der Verglasung erkennen.

»Das Empfangskomitee ist auf dem Weg«, hörte sie ihn sagen. Sein Gesicht hatte sich im Kubus materialisiert.

»Wir haben sie gesehen«, brummte Keru.

»Haltet euch bereit«, sagte der Admiral. Endriel hörte die Anspannung in seiner Stimme. »Und viel Glück!«

»Danke!«, sagte Endriels Projektion. »Dir auch, Andar!«

Der Kubus wurde wieder durchsichtig. Telios kämpfte gegen einen Kloß in seinem Hals. »Ich hätte mich nie darauf einlassen dürfen«, murmelte er.

»Wenn mir der Kommentar gestattet ist, Admiral,« Quai-Lor nahm Haltung an, als Telios' Blick ihn traf, »Sie selbst haben gesagt, wie hartnäckig Bürgerin Naguun sein kann.«

Telios nickte. *Ja, das kann sie.* Er wandte sich von der Konsole ab, warf einen Blick auf die neben ihnen fliegende *Korona* (wie winzig das Schiff wirkte, wie zerbrechlich!) und sah mit auf dem Rücken verschränkten Armen hinaus zum näherrückenden Berg. Die Schiffe des Kults waren von schwarzen Stecknadelköpfen zu schwarzen Flecken gewachsen.

»Feindkontakt in fünfundzwanzig Minuten!«, meldete sein Erster Offizier. Die Nachricht wurde an alle Schiffe der Armada übertragen.

»Ich hätte nie gedacht, dass ich lange genug leben würde, um Zeuge dieser Schlacht zu werden«, sagte Telios.

»Manchmal ist es gar nicht so schlecht, sich zu irren«, antwortete Quai-Lor mit flüchtigem Lächeln. Er hatte seine Chance genutzt und sich während des Fluges ausgeruht, bevor er seinen Befehlshabenden abgelöst hatte.

Telios grinste müde. »Trotzdem hätte ich nichts dagegen, mich in Zukunft etwas weniger zu irren.«

»Wenn ich offen sprechen darf, Admiral?«

»Kommandant?«

Quai-Lor versteifte seine Haltung. »Ich wollte nur die Gelegenheit ergreifen ... Ihnen zu sagen ... dass es mir immer eine Ehre gewesen ist, unter Ihnen dienen zu dürfen. Die Mannschaft hat mich gebeten, Ihnen das Gleiche mitzuteilen.«

Telios sah ihn an, sah die Verehrung in den Augen seines Ersten Offiziers leuchten, und dachte, gleichzeitig berührt und befremdet: *Nach allem, was passiert ist; nach allem, was du von mir weißt, bin ich immer noch dein persönlicher Held? Warum?*

Er bemerkte, dass der Rest der Brückenbesatzung ihnen zugehört hatte und insgeheim auf eine Antwort wartete.

»Leutnant Veldris«, sagte er. »Verbinden Sie mich mit der Armada!«

»Verbindung hergestellt, Admiral!«

Er zögerte einen Moment. Er war nie gut in diesen Dingen gewesen.

»Admiral Telios an Flotte. Wir haben eine harte Zeit hinter uns, und noch ist der Kampf nicht vorbei. Wir stehen einem Feind gegenüber, der uns nicht einfach nur besiegen will; er will uns vernichten und alles, wofür der Orden eintritt.

Was immer die Zukunft für die Friedenswächter bringen mag: Heute haben wir die Chance, diesen Konflikt ein für alle Mal zu beenden und den Hohen Völkern wieder Frieden zu bringen. Sorgen wir dafür, dass zukünftige Generationen auf diesen Tag zurückblicken und über uns sagen werden: Dies war ihr größter Triumph!«

Jubel, Beifall und Horngesang folgten von allen Seiten, auf allen Kanälen.

Er sagte ihnen nichts von seiner Vermutung, dass dies die letzten Tage des Ordens waren; dass ihnen das Volk von Kenlyn niemals für die Verbrechen vergeben würde, die sie in Syl Ra Vans Namen verübt hatten. Dass man sie – sie alle – Verräter nennen würde, Verbrecher und Mörder. Dass das Strahlende Zeitalter für alle Zeiten vergangen war, sein Licht für immer erloschen. Dass heute eine neue Ära geboren wurde, in der für die Friedenswächter kein Platz mehr sein würde.

Vielleicht wussten sie es längst; und wenn nicht, würde es ihnen wahrscheinlich das letzte Quäntchen Kampfeswillen rauben, das sie sich bis hierhin bewahrt hatten.

»Sie haben den Admiral gehört!« Quai-Lor ließ seinen Blick kreisen. »Zurück an Ihre –!«

Ein Alarm unterbrach ihn. Blaue Punkte tauchten aus dem Nichts auf der Navigationskarte auf, direkt hinter der Armada. Zehn, fünfzehn, zwanzig. Sie kamen näher.

»Telios an alle! Der Feind greift uns aus dem Westen an! Schilde hoch und Feuer eröffnen!«

Die ersten Schüsse gingen auf die *Dragulia* ein. Die Schlacht hatte begonnen.

»Die Falle ist zugeschnappt«, bemerkte Minister Weron mit hörbarer Genugtuung.

Liyen faltete die unruhigen Hände und beobachtete die Tischprojektion vor sich, die ihre Schiffe zeigte, wie sie aus verdeckten Kratern und Schluchten sprangen und den Weißmänteln in den Rücken fielen. Ein Großteil von Telios' Armada schwang herum und warf sich dem Feind entgegen; der andere Teil hielt unbeirrt auf den Rest der Schattenflotte zu, der aus der anderen Richtung auf sie zustürmte und dadurch den Gegner in die Zange nahm. Von einem Moment auf den nächsten brachen die strichgeraden Formationen auf, Kult- und Friedenswächterschiffe hüllten sich in ihre Kraftfelder, Energiegewitter wurden über der Wüste entfesselt. Trotz der taktischen Projektionen war es schwer, den Überblick zu behalten: Es war als verfolge man einen wilden Schwarm violetter Insekten. Der Anblick war faszinierend und erschreckend zugleich.

Liyen griff nach ihrem Glas, nahm einen Schluck Wasser und beobachtete die Gesichter ihrer Minister links und rechts, die vom Licht des Miniatur-Schlachtfelds bemalt wurden. Weron und Ta-Gad folgten den Kämpfen mit nüchternen, fast analytischen Blicken. Sie stellte sich vor, wie die anderen Minister und Funktionäre, Sekretäre und Soldaten in den Gemächern, Hallen und Korridoren des Palastes dem Schlachtverlauf lauschten.

Sie hob den Blick: Galet saß am anderen Ende der Tafel; Liyen sah ihn durch die halbtransparente Projektion hindurchschimmern. Er schien es zu bemerken, Hoffnung leuchtete in seinen Augen, doch Liyen strafte ihn mit kühler Miene, und er neigte wieder das Haupt, gedemütigt und verletzt. Vorhin hatte er noch freudestrahlend seinen Aktenkoffer geöffnet und den Geisterkubus überreicht ...

»Das Schiff wird in weniger als zwei Stunden hier eintreffen«, sagte Galet begeistert. »Ihnen ist natürlich klar, was das bedeutet!«

Er wartete auf eine Antwort, aber das Entsetzen hatte Liyen die Sprache verschlagen. Sie betrachtete die Aufzeichnung in dem Kristall; das schwarze Ding, das die Körper der Ratten verschlang und dabei größer und größer wurde, bis ein schriller Ton es in sich zusammenschrumpfen ließ und zu Staub verwandelte. Die Aufzeichnung begann von neuem, drei oder viermal, und jedes Mal beschwor sie ein eisiges Kitzeln in Liyens Verstand hervor; eine Furcht, die jeden anderen Gedanken lähmte.

Rokor, dachte sie. *Die Plage Rokor. Der Weltenverschlinger. Rokor, der Vernichter.*

»Barmherzige Prophetin«, hörte sie Minister Ta-Gad murmeln.

Werons Flügelschlagen erlahmte, er sank auf die Tischplatte; die projizierten Vulkane verschluckten ihn fast.

Bilder tauchten vor Liyens Augen auf: *der Untergang der Zivilisation, das Ende aller Dinge; ganz Kenlyn ertrank in einer schwarzen Flut.*

»Nein!«, keuchte sie.

Galet schien sie nicht zu verstehen. »Gebieterin! Wir können diese Schlacht beenden, bevor sie überhaupt begonnen hat! Wir haben diesen Krieg bereits gewonnen!«

Sie starrte ihn an. »Bist du wahnsinnig?«

Ihr Adlatus runzelte die Stirn. »Gebieterin?«

Sie fuhr auf und schmiss den Kubus nach ihm. Er wich mit erschrockenem Blinzeln aus. »Hast du völlig den Verstand verloren, dieses *Ding* hierher zu bringen?«, rief sie.

Zwei ihrer Leibwächter traten vor, flankierten Galet mit aktiven Sonnenaugen.

Der Adlatus rührte sich keinen Millimeter. »Gebieterin, ich weiß, was Sie denken, aber –!«

Liyen ließ ihn mit einem Wink verstummen und wandte sich von ihm ab. »Minister Weron, ich will, dass das Schiff abgefangen und augenblicklich zurück nach Te'Ra geschickt wird!«

Der Yadi sah auf; er schien erst jetzt seinen eigenen Schrecken abgeschüttelt zu haben.

»Gebieterin!« Galet machte einen Schritt auf sie zu. Ein Schweißtropfen rollte seine Schläfe hinab. »Bitte, lassen Sie mich ausreden! Lesen Sie den Bericht! Alle Tests waren positiv! Diesmal haben wir es unter Kontrolle!«

»Gebieterin«, brachte Weron hervor, »vielleicht sollten wir Adlatus Rengar ausreden –«

»Ich denke nicht daran!« Sie funkelte den alten Yadi an. »Das ist kein Kriegsschiff oder irgendeine neue Kanone! Wir sprechen hier von einer Waffe, die ganze *Welten* vernichten kann!«

»Exakt«, sagte Minister Ta-Gad. Sie hörte seinen Schwanz aufgeregt über den Marmorboden wischen. »Adlatus Rengar hat Recht! Die Weißmäntel werden jede unserer Forderungen erfüllen, sobald wir ihnen demonstrieren –!«

»Nein«, stellte Liyen klar. »Wir werden diesen Krieg mit unseren eigenen Mitteln gewinnen oder untergehen! Ich werde nicht die Vernichtung von ganz Kenlyn dafür riskieren!« Sie sah sich ungläubig um. »Bin ich die Einzige hier, die sich an ihren Geschichtsunterricht erinnert? Der Kult hat schon einmal geglaubt, dieses Monster beherrschen zu können. Dieser Irrtum hat uns unsere Heimatwelt gekostet!«

»Gebieterin, ich gebe Ihnen mein Wort!« Galet hielt die Hände flehentlich zusammen. »Wir haben es unter Kontrolle! Wir können diesen Krieg beenden – jetzt und für alle Zeiten, ohne weiteres Blutvergießen! Ich dachte ...!«

»*Was?* Was dachtest du?«

Galet senkte den Blick. »Dass dies Ihr Wunsch wäre.«

Sie fixierte ihn mit scharfem Blick. *Was weißt du schon über meine Wünsche, du Schwachkopf? Hast du geglaubt, du schenkst mir dieses Ding wie einen Strauß Blumen, und ich falle dir dafür um den Hals?*

Fanatiker!, dachte Liyen, als sie von einem Untergebenen zum nächsten sah. *Jeder einzelne von ihnen!*

»Minister Weron«, sagte sie, ohne sich von Galet abzuwenden, der wiederum tapfer versuchte, ihrem Blick standzuhalten. »Ich habe Ihnen einen Befehl erteilt. Schicken Sie das Schiff zurück!«

Der Minister nickte und erhob sich wieder in die Luft. »Natürlich, Gebieterin. Ich werde persönlich dafür Sorge tragen!« Er warf einen letzten Blick auf den gedemütigten Galet, dann flatterte er davon.

Galet nahm Haltung an. »Was ich getan habe, geschah allein zum Wohl der Hohen Völker.« Auch wenn er versuchte, es zu verbergen, sah sie seine Lippen beben. »Und für Sie.«

»Du hättest dieses Ding vernichten müssen.«

»Ich –!«

»Du sprichst, wenn du gefragt wirst, Galet. Und bis dahin wirst du weitere Mutmaßungen über meine Wünsche unterlassen. *Hast du mich verstanden?*«

Er neigte das Haupt. »Ich habe verstanden, Gebieterin.«

Nein, das hatte er nicht. Jeder Blick, jede Geste von ihm verriet es. Er war wie ein Kind, das nicht wusste, wofür es bestraft wurde. Sie überlegte immer noch, wie sie seinen Fehltritt ahnden sollte. Doch im Augenblick gab es andere Dinge, die ihrer Aufmerksamkeit bedurften.

»... *unbekannte Projektilwaffe hat den Schild durchbrochen! Verlieren Energie!*«

»... *benötigen dringend Feuerschutz! Ich wiederhole –!*«

»... *Schild nur noch bei fünfundzwanzig Prozent!*«

»... *unter schwerem Beschuss!*«

Die Minister lauschten mit unverhohlener Freude, während die abgefangenen Nachrichten der Weißmäntel-Kapitäne das Kriegszimmer erfüllten.

In das Lederpolster ihres Stuhls zurückgelehnt, die Hände zu einem Giebel zusammengelegt, folgte Liyen der Spielzeugschlacht auf dem Tisch. Telios' Armada war es mittlerweile gelungen, sich aus der Zange zu befreien, doch sie hatten dafür einen hohen Preis gezahlt: Drei

Schiffe waren in dem Kreuzfeuer untergegangen. Trotzdem wehrten sie sich tapfer, wenn auch vergebens.

Ihr Herz schlug schneller und schneller: Der Kult würde diesen Krieg gewinnen!

Nein. So schwer es war, sie musste sich zurückhalten: Vorschneller Jubel konnte sie zu Entscheidungen hinreißen, die sie vielleicht später bedauern würde. Diesen Fehler würde sie nicht begehen.

Sie griff gerade nach ihrem Glas, als ein Schiff ihre Aufmerksamkeit erregte: Es war winzig und bedeutend schneller als die meisten anderen Maschinen. Wie eine wildgewordene Hornisse schwirrte es durch das Kampfgewirr und verteilte einen Schusshagel auf die langsameren Schiffe des Kults. Der Schutzschild und seine Geschwindigkeit verhinderten, dass Liyen Details ausmachen konnte. Ein schrecklicher Verdacht kam in ihr auf.

»Vergrößern!«, befahl sie dem Projektor und streckte den Finger nach dem Schiff aus. Wie von Zauberhand berührt, wuchs die Maschine um das Fünffache. Durch ihren violetten Mantel konnte man erkennen, dass ihre Hülle nicht aus weißem Stahl bestand, sondern weitgehend mit Holz verkleidet war. Liyen brauchte nicht die Namensplakette zu lesen, um zu wissen, um welches Schiff es sich handelte.

»Scheiße« murmelte sie, sehr zur Verwunderung ihrer Untergebenen.

Keru stürzte die *Korona* mit Gebrüll kopfüber in die Schlacht. Er ließ sie zwischen den anderen Schiffen hindurch rasen und blitzartige Salven auf ihre Gegner schmettern. Noch bevor sie begriffen, was sie getroffen hatte, war er bereits wieder außerhalb ihrer Reichweite.

Andars Leute hatten die Navigationskarte des Schiffs aktualisiert: Feindliche Drachenschiffe erschienen in Blau, befreundete in Weiß, doch Endriel hatte auch so keine

Schwierigkeiten, die Schiffe des Ordens von denen des Kults zu unterscheiden, denn unter ihren Kraftfeldern waren die Maschinen verräterisch dunkel.

Vor ihnen, hinter ihnen, über ihnen, unter ihnen, links und rechts – überall wurde gekämpft; ein Krieg zwischen maschinellen Monstern, von denen ein einzelnes mühelos eine ganze Stadt in Schutt und Asche legen konnte. Der Lärm von draußen, das ungeheure Wüten der Antriebe, das konstante Zischen von Sonnenaugen und das niederfrequente Brummen der Kraftfelder, war selbst durch ihren eigenen Schild noch ohrenbetäubend. In einem schrecklichen, unregelmäßigen Rhythmus krachten gezielte oder verirrte Schüsse gegen den Mantel der *Korona* und ließen das kleine Schiff erbeben.

»Feuer!«, donnerte Keru und ging auf Kollisionskurs mit einem Kultschiff, das wiederum mit zwei Ordensmaschinen im Clinch lag. Endriel gehorchte mehr aus Reflex als allem anderen. Sie drückte den Auslöser der Sonnenaugen und sah zu, wie zwei parallele Energielanzen von den Schubdüsen entfesselt wurden und auf den Schild des Kultschiffs prallten. Einer seiner Waffentürme schwang herum, nahm sie rotglühend ins Visier – Endriel musste einen Aufschrei unterdrücken. Erst im letzten Moment drückte Keru das Steuer zurück – die *Korona* fiel fünfzig Meter in die Tiefe und tauchte unter dem violett-schwarzen Koloss hinweg. Ein Schatten legte sich über die lila verfärbte Brücke der *Korona*, doch nur für einen Moment, dann raste das Schiff wieder ins Sonnenlicht. Keru riss das Steuer nach rechts; eine Strahlenwelle verfehlte sie nur um Haaresbreite – dann ließ er es in die andere Richtung rotieren, auf Kollisionskurs mit einem weiteren Schiff. Nur einen Sekundenbruchteil bevor sie gefeuert hätte, erkannte Endriel, dass es Weißmäntel waren.

»Schatten!«, rief Kai und hielt sich an der Navigationskarte fest. »Direkt hinter uns!«

Mehrere Donnerschläge trafen das Heck. Keru wirbelte augenblicklich das Steuerrad herum – Endriel wurde schlecht, als die Schlacht und die Schiffe, die Strahlen und die Explosionen vor ihren Augen vorbei wischten wie in einem Karussell. »Feuer!«, rief Keru abermals, doch sie war längst dabei und schoss auf das Schattenschiff, das bis eben noch ihre Verfolgung aufgenommen hatte. Nun hatten sie den Spieß umgedreht; das Feuer der *Korona* hämmerte auf den nur noch hauchdünnen Schild des Gegners – drei, vier, fünf, sechs Salven – und nur Sekunden später war das Schiff über ihn hinweg geschwirrt. Irgendwo hinter ihnen riss eine Explosion den Schlachtenlärm auseinander; eine grelle Sonne ging hinter der *Korona* auf, doch sie war schneller als die Druckwelle der zerstörten Maschine und hatte sich bereits in das nächste Gefecht geworfen.

Mehr als das Weltuntergangsszenario dort draußen entsetzte Endriel die Gelassenheit, mit der Keru das Schiff durch den brennenden Himmel zu steuern schien. Sie hatte Angst, ihn lange anzusehen, als könnte sie dadurch seine Kampftrance stören.

Weitere Treffer erschütterten die *Korona*; die Schildenergie war bereits um dreißig Prozent gefallen. Endriel hatte Mitleid mit ihrem Schiff: Es war nicht für den Krieg gebaut, es sollte nur Nachrichten von hier nach dort tragen. Darüber hinaus hatte sie keine Ahnung, ob die unfreiwilligen Geschenke der Piraten diese Dauerbelastung aushalten würden, oder ob sie irgendwann heißlaufen würden – und ihnen um die Ohren flogen.

»Backbord!«, rief Kai. Genau wie Endriel biss er die Zähne zusammen, als eine riesige Faust gegen die *Korona* schlug. Von irgendwoher hörte Endriel ein Kreischen – es war Nelen, die sich mit einem Satz in die Luft warf.

Keru riss das Schiff in die angegebene Richtung; Endriel feuerte, noch bevor er das Kommando gab.

Das Kultschiff hielt unbeirrt auf sie zu und spie ihnen einen Energiehagel entgegen. In schneller Abfolge krachten drei weitere Schläge auf das Kraftfeld des kleinen Drachenschiffs; weitere zehn Prozent seiner Schildenergie schmolzen dahin. Doch Keru hielt die *Korona* weiter auf ihrem Kurs; kaltblütig, ohne mit der Wimper zu zucken. Endriel konnte nicht hinsehen, stattdessen drückte sie den Auslöser so hart, dass sie einen Moment glaubte, er würde unter dem Druck zerbrechen – Treffer um Treffer ging auf das Kultschiff ein. Ihnen wurde eine kurze Pause gegönnt, als Keru die *Korona* nur einen Herzschlag vor der Kollision an den Schatten vorbei jagte; viel zu flink für die Schützen in den Waffentürmen. Dann ging es wieder los: Einschläge dröhnten auf der Rückseite des Schilds, als das Kultschiff die Verfolgung aufnahm. Es war irgendein Modell, das Endriel nicht kannte – ein Hybrid aus den Feuerdrachen des Ordens und den Stahlfalken, die sie damals über dem Nadelwald verfolgt hatten. Und es war schneller als die anderen Schiffe, vielleicht schneller als die *Korona*.

»Sie holen auf!«, rief Kai.

»Das merke ich selbst!«, brüllte Keru über die Donnerschläge hinweg, während er das Steuer von links nach rechts kreisen ließ. Zum ersten Mal hörte Endriel einen Anflug von Besorgnis in der Stimme des Skria.

Erneut fiel ein Schatten auf die *Korona*. Irgendetwas Großes sperrte für einen Moment die Sonne aus. Im nächsten Augenblick stürzte ein Weißmantelschiff aus dem Himmel. Es warf sich zwischen sie und ihren Verfolger und ließ die Attacken des letzteren von seinem Schild schlucken.

Endriel rang nach Luft. »Danke«, brachte sie hervor, ohne zu wissen, dass sie es laut aussprach.

Und die Schlacht ging weiter.

Endriel versuchte, irgendwo zwischen den Schwärmen violetter Raubvögel und rubinfarbenem Hagel die *Dragulia* auszumachen. Dann sah sie das Flaggschiff, knapp am Rande ihres Gesichtsfelds: das größte und gefährlichste Ungeheuer von allen am Himmel.

Sie erschrak. Fünf Schattenmaschinen umkreisten es wie Aasgeier. Ihre Sonnenaugen feuerten fast ständig, sodass es aussah, als hielten sie das Schiff mit rotglühenden Leinen gefangen. Sein Schild schien kaum dicker als ein Seidenkokon.

»Ich wiederhole: *Dragulia* an Flotte! Wir liegen unter schweren Beschuss und brauchen dringend Unterstützung!«

Es kam keine Antwort, außer dem konstanten Feuer der Kultschiffe. Die Waffentürme der *Dragulia* wehrten sich nach Leibeskräften. Doch der Gegner war schnell und stark, und das Silberne Geschwader, das Telios als Feuerschutz bestellt hatte, mittlerweile auf zwei Maschinen mit stark lädierten Schilden zusammengeschrumpft. Der Rest der Armada wurde vom Feind bedrängt oder durch Störsender taub und stumm gemacht. Sie waren auf sich allein gestellt.

»Den Notruf weitersenden!«, brüllte der Admiral über die Kakophonie der Schlacht hinweg. Leutnant Veldris' Lippen formten ein »Verstanden«, ohne dass er es hören konnte. »Energie von Waffentürmen zwei und drei abziehen und in den Schild umleiten!«

Die durchscheinende Energiehülle um die *Dragulia* gewann an Dichte.

»Schildenergie bei fünfzig Prozent!«, meldete Quai-Lor, nur wenig erleichtert.

Ein besonders schweres Beben warf ihn und Telios von den Beinen; der Admiral schlug mit dem Rücken gegen die Hauptkonsole. Quai-Lor sprang auf die Beine und half ihm auf, seine schwarzen Murmelaugen vor Schreck geweitet.

»Bericht!«, brüllte Telios.

»Ein feindliches Schiff wurde vernichtet!«, meldete Quai-Lor, nachdem er die Anzeigen befragt hatte.

Damit waren es immer noch vier. »Verstärkung?«

»Noch keine Meldung, Admiral!«, rief Veldris.

Telios rieb sich den schmerzenden Rücken.

»Alles in Ordnung, Admiral?«, fragte Quai-Lor.

Telios sah ihn an. Nein. Nichts war in Ordnung.

Er hatte den Kult unterschätzt: Zu viele ihrer Schiffe waren unbekannte Modelle, deren Kampftauglichkeit niemand ermessen konnte. Außerdem verfügten sie über exotische Waffen, von denen er nicht einmal gehört hatte: irgendwelche Projektile, die durch geschwächte Schilde drangen und Energie aus den Äthermotoren saugten.

Auf der Akademie hatte er die Kampftaktik des Kults im Zweiten Schattenkrieg studiert. Sie glich im Großen und Ganzen der Vorgehensweise des Ordens – immerhin waren viele ihrer Strategen früher selbst Friedenswächter gewesen.

Diese Generation von Schatten kämpfte anders: rücksichtslos, wild, brutal. Schiffe, die kurz vor dem Untergang standen, starteten mit überladenen Antrieben auf den nächstbesten Gegner und versuchten, ihn mit der resultierenden Explosion zu vernichten. Sie feuerten auf Überlebende, die sich mit Drachenfliegern, Fallschirmen und Landbarken vor dem Untergang ihrer Maschinen gerettet hatten. Die Schatten wollten nicht bloß gewinnen. Sie wollten jeden Friedenswächter auf diesem Planeten auslöschen. Um jeden Preis.

Fünfzehn Ordensschiffe waren inzwischen abgeschossen. Der Kult dagegen hatte bislang nur sechs oder sieben Maschinen eingebüßt.

»*Waffenturm 1 heißgelaufen!*«, kam eine Meldung aus dem Maschinenraum.

Telios schloss die Augen. Treffer schüttelten sein Schiff.

Er dachte an Endriel und die *Korona*. In den ersten Sekunden der Schlacht hatte er den Blickkontakt zu ihnen verloren.

»Schildenergie bei sechsundvierzig Prozent!«, rief Quai-Lor.

Telios betrachtete den Draxyll. Er hatte sich vorgenommen, Quai-Lor zum Kapitän zu befördern, wenn das alles hier vorbei war. Ihm ein eigenes Kommando zu geben. Nun war es fraglich, ob es soweit kommen würde, und tiefe Traurigkeit überkam ihn.

Aber zum Verzweifeln würde er genug Zeit haben, wenn er tot war. Bis dahin hatte er seine Pflicht zu erfüllen.

Immer mehr Ordensschiffe erloschen wie Kerzenflammen im Sturm. Jede vernichtete Maschine wurde von dem Applaus der alten Männer begleitet. Ein Viertel der Weißmantelflotte war bereits Geschichte.

»Wie ich sagte, meine Herren«, Liyen wandte sich ihren Ministern zu, »wir werden diesen Krieg auch so gewinnen.«

Ja, dachte sie. *Wir werden es schaffen.*

Alle Zweifel waren ausgelöscht: Nach mehr als tausend Jahren würde der Kult endlich sein Ziel erreichen: eine Welt ohne die Sha Yang und ihre Anhänger. Eine Welt, befreit vom Joch der Friedenswächter – eine neue, bessere Welt.

Sie wünschte sich, Yelos könnte hier sein, um es mitzuerleben. Sie wünschte sich, in der Zeit zurückgehen zu können, zu ihrem früheren Selbst, um sich selbst zu sagen: *Halt durch. All die Sorgen und Kämpfe sind nicht umsonst. Alles wird gut.*

Sie blickte zu Galet, der sich knapp verneigte. »Ich bitte um Vergebung, Gebieterin. Ich hätte nie daran zweifeln dürfen.«

Stimmt, das hättest du nicht, dachte sie. *Aber weißt du was? Ich verzeihe dir, Galet.*

Eine Stimme aus einem Kubus ließ sie und die anderen aufhorchen: »Gebieterin, ich bitte die Störung zu entschuldigen.«

»Was gibt es?«

»Die Luftüberwachung meldet: Siebzehn neue Schiffe nähern sich aus dem Osten! Sie haben die großen Vulkane soeben passiert und halten auf das Kampfgebiet zu!«

»Was soll das heißen: ›neue Schiffe‹? Gehören Sie zu uns oder dem Orden?«

»Soweit wir das erkennen können«, lautete die Antwort, »weder noch!«

Sie waren wehrlos: Der Feind hatte das Silberne Geschwader restlos vernichtet; seine rauchenden Überreste verteilten sich im rostigen Sand. Der Schild der *Dragulia* war auf neunundzwanzig Prozent Leistung gesunken und bot gerade so Schutz gegen die kalten Staubwinde des Niemandslands. Alle Energie aus den Waffentürmen war längst aufgebraucht und noch immer wurde das Flaggschiff von drei feindlichen Maschinen umschwirrt, die einen Treffer nach dem nächsten landeten, während die Verstärkung nach wie vor auf sich warten ließ.

Telios hörte Metall unter der Belastung kreischen.

»Admiral!«, rief Quai-Lor. »Sehen Sie!«

Eine weitere Flotte hatte das Kampfgebiet betreten: fünfzehn Maschinen oder mehr. Sie kamen aus Südosten, hinter der südlichen Flanke des Weltenbergs hervor. Die taktische Projektion versah jedes von ihnen mit einem leeren Kreis: *zivile Fluggeräte.*

Die Schiffe hielten direkt auf die *Dragulia* zu und gelangten bereits in Schussreichweite. Sie waren schnell, verflucht schnell.

Verstärkung?, fragte sich Telios. Er wünschte sich, die Schiffe mit bloßem Auge sehen zu können.

Nein, keine Verstärkung.

Zumindest nicht für die Schatten.

Die Fremden eröffneten das Feuer – in Windeseile durchschlugen sie die geschwächten Schilde der drei Kultschiffe und holten eines nach dem anderen vom Himmel; das Letzte wurde von einem langen, konzentrierten Strahl halbiert. Telios betrachtete mit offen stehendem Mund die gespaltenen Decks, das glühende Metall der Schnittkanten und winzige Figuren in schwarz, die zusammen mit dem Wrack in die Tiefe stürzten.

»Wir werden gerufen, Admiral!«

»Durchstellen!«

»*Weiße Krähe* an *Dragulia*.« Ein Gesicht materialisierte sich im Hauptkubus. Es gehörte einem jungen Menschen mit kohlrabenschwarzen Haaren, braunen Mandelaugen und einem siegessicheren Grinsen. »Tag auch, Admiral. Brauchen Sie zufällig Hilfe?«

Telios lächelte grimmig. Er hätte nie gedacht, sich einmal darüber zu freuen, diesen Mistkerl zu sehen. »Sie haben es erraten, Bürger Tanna!«

»Dann will ich hoffen, dass Ihr Amnestie-Angebot immer noch steht.«

»Ich halte mein Wort.«

»Gut für Sie. Was is' mit unser'n Leuten in Ihrer Obhut? Amalinn und die ander'n?«

»Sind alle wohlauf.«

»Freut mich, das zu hören.«

»Woher der plötzliche Sinneswandel?«

Tannas Projektion zuckte gespielt mit den Achseln. »Ach, es gab zuhause 'ne kleine Meuterei, nachdem unser letzter

Käpt'n von uns gegangen is'. Und da dachten sich einige von uns, wir könn' uns genauso gut nützlich machen.«

»Sehr vernünftig.«

»Genug geplaudert.« Tannas Ausdruck wurde ernster. »Sagen Sie uns einfach, was wir tun müssen.«

»Simpel: Jedes Schiff, das dunkler ist als grau, wird abgeschossen.«

Der Pirat fand sein Grinsen wieder. »Schätze, das können wir uns gerade so merken. Nur eine Frage noch – is' Endriel zufällig bei Ihnen?«

Sie hatten im Vorbeiflug zwei Schattenschiffe vom Himmel geholt, nachdem die Weißmäntel die entsprechende Vorarbeit geleistet hatten. Endriel hatte das Gefühl, ihr Schiff wäre ein Spielball für Riesen, der von allen Seiten geschlagen und getreten wurde. Nach wie vor hagelten Schüsse auf sie ein; die meisten davon unbeabsichtigt und möglicherweise noch nicht einmal vom Feind abgefeuert. Der Schild erschien nur noch als ein Hauch von Violett, der die Brückenkuppel umschloss. Sie mussten die Schlacht verlassen, dachte Endriel, irgendwohin fliehen, wo sie sich wieder erholen konnten. Andernfalls würden sie nicht mehr lange durchhalten.

»Wir kriegen Gesellschaft!«, rief Kai von seiner Stellung über der Navigationskarte. »Ein ganzer Haufen Schiffe aus Südost!«

»Kultisten?«, brummte Keru.

»Wird nicht angezeigt!«

Eine vertraute Stimme verdrängte für einen Moment ihre Sorgen:

»Telios an Flotte«, kam die Nachricht verrauscht und knisternd über den Kubus.

Er lebt!

»Wir haben neue Verbündete dazugewonnen. Die zivilen

Schiffe stehen auf unserer Seite, ich wiederhole: Die zivilen Schiffe stehen auf unserer Seite!«

Nelen starrte Endriel an. »Meinst du, das sind –?« Der Rest war über den Lärm dort draußen nicht zu verstehen.

»Keine Ahnung«, murmelte Endriel. »Aber ihr Timing ist –«

»Aufschlag!«, brüllte Keru und ließ das Steuer nach links rotieren.

Wieder erbebte die *Korona*, stärker als je zuvor. Eine Sirene kreischte auf und erschreckte Endriel halb zu Tode – sie hatte noch nie zuvor eine Sirene auf ihrem Schiff gehört!

Der violette Hauch war verflogen wie Nebel im Wind.

»Der Schild ist unten!«, grollte Keru.

Endriel spürte, wie die Angst sie in Eis verwandelte. Sie waren völlig wehrlos!

Ihr Atem raste – sie schrie, als Keru ihre Hand von der Waffenkonsole schlug. »Nimm die Finger weg!«

»Was hast du –?«

»Die Energie aus den Waffen umleiten in –«

Rot flammte auf; mit zusammengekniffenen Augen klammerte sich Endriel an die Waffenkonsole. Die Wucht des Einschlags zog ihr den Boden unter den Füßen weg; sie hörte Glas klirren, den gequälten Gesang von Xeahs Horn. Etwas schlug gegen Metall, ein Körper ging zu Boden.

Dann war es vorbei. Als Endriel sich traute, wieder hinzusehen, war die Brücke unbeschädigt, abgesehen von gesplitterten Scheiben hier und da. Keru kam neben ihr wieder auf die Beine, blinzelte. »Glatter Durchschuss«, murmelte er, als könnte er es nicht glauben, und rang nach Atem. Endriel nickte hastig, ebenfalls atemlos. Das Feuer musste die Holzwände der *Korona* durchschlagen haben, ohne den Antrieb oder andere wichtige Maschinen zu treffen.

Sie sah über die Schulter: Xeah hielt sich immer noch am Diwan fest. Auch Nelen schien es unbeschadet überstanden zu haben.

»Kai?«, keuchte Endriel.

Er antwortete nicht: Er lag neben der Konsole, den Rücken nach oben, ohne sich zu bewegen. Eine scharlachrote Pfütze breitete sich neben seinem Kopf aus.

Telios' Gesicht verblasste im Kubus.

Amalinn lebt, dachte Sefiron und atmete auf. *Genau wie Endriel.* Beides machte ihn sehr glücklich.

»Ich hab doch gesagt, er hält sein Wort.« Er wandte sich grinsend an Kobek und Goskin.

Letzterer zeigte keine Spur von Humor, stattdessen umwölkte sich seine hohe Stirn. »Ich hätte nie gedacht, dass ich mal einem Oberweißmantel den Arsch rette. Muss wirklich das Ende der Welt sein.«

Kobek, wortkarg wie immer, entblößte nur gelbe Zähne in seinem braunen Gesicht, die Hände weiterhin fest auf dem Steuer der *Krähe*.

»Ich weiß nich'«, Sefiron schob die Hand unter den Gips an seinem linken Arm und kratzte die Haut darunter; es war die reinste Wohltat, »den Retter in der Not zu spielen, macht mehr Spaß, als ich gedacht hab.«

»Gewöhn' dich nicht dran.« Goskin fuhr sich über sein pomadiges Resthaar. »Bete lieber, dass wir hier lebend wieder rauskommen.«

Sefiron nahm ihm seinen Pessimismus nicht übel: Nach Zailars Tod hatte Goskin alle Mühe gehabt, sich als neue Nummer Eins von Kronns Horde zu behaupten und die Hälfte seiner Leute davon abzuhalten, den ehemaligen Schützling des Käpt'ns zu lynchen. Immerhin hatte er Endriel und die anderen in ihr Lager geführt – sie hatten den Käpt'n und zwei Dutzend andere auf dem Gewissen.

Als sie dann kurz darauf die Schiffe am Weltenberg ausgemacht hatten, quasi in ihrer Nachbarschaft, war ein neuer Tumult ausgebrochen. Was sollten sie tun? Allein konnten sie gegen die Schattenflotte nichts ausrichten, also hatte Goskin vorgeschlagen, ruhig zu bleiben und abzuwarten. (Sefiron hatte sich während der ganzen Zeit in Goskins Privatgemächern versteckt gehalten, mit einer Leibwache vor der Tür, und den Sturm gespürt, der sich um ihn herum zusammenbraute.)

Nur wenige Stunden später war die nächste Nachricht von draußen eingetroffen: Telios hatte Syl Ra Van gestürzt und die restlichen Weißmäntel zum Gegenschlag gesammelt.

Das hatte das Pulverfass entzündet: Nong-Dula, das stinkende Kriechtier, das unverhohlen behauptete, Goskin steckte mit Zailars Mördern unter einer Decke, hatte gefordert, die Gunst der Stunde zu nutzen und den größten Raubzug aller Zeiten zu starten, während der Arm des Gesetzes anderswo beschäftigt war. Goskin hatte darauf bestanden, dass es klüger sei, das Lager abzuschotten: Sie sollten lieber darauf vorbereitet sein, dass früher oder später die Weißmäntel hier auftauchen würden, um sie auszuräuchern. Eine Meuterei war losgebrochen, ein Teil der Horde war auf Beutejagd, und der andere nun hier, in der Hoffnung, sich und ihre Familien vor einer Festnahme zu schützen, indem sie dem Admiral zur Seite standen.

Vielleicht wurde er ja auf seine alten Tage doch noch zum Spießer – zumindest musste Sefiron sich eingestehen, dass er die Aussicht auf Amnestie immer verlockender fand. Vielleicht war es wirklich an der Zeit, ein Leben als ehrbarer Bürger auszukosten. So für zwei, drei Jahre, bis es ihn wieder langweilte.

»He!« Kobek hob das Kinn. »Da kommt was!«

Tatsächlich: sechs Schiffe auf Abfangkurs. Schwarzer Stahl glänzte unter nicht mehr ganz taufrischen Kraftfeldern. Der Schild der *Krähe* war nahezu vollständig aufgeladen. Sefiron hatte fast Mitleid mit den Kerlen.

»Also gut«, sagte Goskin. »Dann wollen wir mal sehen, was diese Kultaffen drauf haben.« Er öffnete einen Kanal. »Käpt'n Goskin an alle: Wir greifen an. *Silbereule, Wolkenstürmer* und *Letzte Chance*: Ihr bleibt zurück und gebt Telios' Vogel Rückendeckung, bis sein Schild wieder halbwegs steht. Der Rest kommt mit uns – zeigen wir diesen Weißmänteln, wie man richtig kämpft!«

»Kai!« Endriel sprang vor, ging neben ihm auf die Knie. Seine Hand war kühl und ohne Kraft. »Nein«, schluchzte sie. »Nein!« *Nicht du! Tu mir das nicht an!*

»Schnell!« Xeahs Horn trompetete alarmiert. »Hilf mir, ihn in das Gästezimmer zu bringen!«

Endriel legte seinen schlaffen Arm um ihre Schulter; mehr Blut spritzte aus der Wunde an seiner Schläfe. »Bleib bei mir!«, flüsterte sie unter Tränen. »Kai! Bleib bei mir, hörst du?« Aber sie hörte nur den Wind, der durch die Löcher im Glas fauchte. »Kai, hörst du mich?«

Neue Schüsse wurden gegen die *Korona* geschmettert, doch Keru hatte den Schild soweit wieder hergestellt, dass dieser die Attacke schlucken konnte.

»Leg ihn auf den Diwan«, sagte Xeah, als sie das Gästezimmer erreichten. Endriel tat es, mit aller Behutsamkeit die sie aufbringen konnte, und sah mit stockendem Atem zu, wie Xeah das Medizinköfferchen öffnete, das sie aus dem Kloster mitgebracht hatte. »Halt die Wunde zu«, befahl sie. Endriel drückte die

Finger auf die Wunde. Sie spürte sein warmes Blut auf ihrer Haut, während Xeah Kais Lid mit einem grauen Finger hob und ihm mit einer kleinen Lampe ins Auge leuchtete.

»Ist er –?«

»Nein, er lebt. Aber –«

»*Endriel!*«, donnerte eine mächtige Stimme von der Brücke. »Herkommen! Sofort!«

Endriel hörte nicht hin, sie sah nur das Blut, das auf das weiße Laken auf dem Diwan sickerte.

»*Sofort!*«

»Geh«, sagte Xeah. »Ich kümmere mich um ihn.«

»*Wo bleibst du, verflucht?*«

»Danke«, sagte Endriel zu der alten Heilerin. Sie wischte sich die Augen trocken und lief durch den bebenden Korridor auf die offenstehende Brücke, zurück an die Waffenkonsole. Die Energieanzeige war fast um ein Drittel geschröpft.

»Reiß dich zusammen«, brummte Keru. Endriel nickte nur.

Ein Dutzend Energielanzen zischten von achtern an der Brücke vorbei. *Wump-wump-WUMP* – drei Schüsse prallten im Sekundentakt gegen den Schild.

Nelen fuhr zusammen. »Da ist ein Schiff, direkt hinter uns!«

»Nein, wirklich?«, knurrte Keru. Die *Korona* schwang herum wie ein Bumerang im Flug. »Feuern!«, brüllte er, aber Endriel tat es schon längst. Mit gefletschten Zähnen schleuderte sie den Schatten all ihren Hass entgegen.

Sie hatte keine Ahnung, woher die fremden Schiffe kamen und wer sie flog. Aber sie waren stark: Liyen sah zu, wie sie über ihre Streitkräfte herfielen wie ein Schwarm von Heuschrecken. Die Weißmäntel hatten ihren Teil getan, die Schiffe des Kults zu schwächen. Nun bereitete es den Neuankömmlingen keine nennenswerte Mühe, binnen Minuten mehr als eine Handvoll der schwarzen Maschinen vom Himmel zu holen, wobei sie gleichzeitig den Ordensschiffen genügend Deckung gaben, um ihre Schilde wieder zu regenerieren und sich anschließend erneut in die Schlacht zu werfen.

Seltsam, wie schnell das Blatt sich wenden konnte.

»*Dies ist ein Notruf –!*«

»*... benötigen sofortige Unterstützung!*«

»*... drei weitere Schiffe meines Geschwaders verloren!*«

»*... wiederhole: Dies ist ein Notruf!*«

Diesmal waren es die Hilferufe ihrer eigenen Kapitäne, die das Kriegszimmer erfüllten.

»Wie konnte das passieren?« Minister Ta-Gads karmesinrote Faust schlug auf den Tisch, durch eines der winzigen Geisterschiffe hindurch. »Wie konnten sie so weit vordringen?«

»Wer hätte sie aufhalten sollen?« Werons wutverzerrtes Gesicht hatte fast die Farbe des Draxylls ihm gegenüber angenommen. »Alle unsere Schiffe sind hier versammelt!«

Während die alten Männer fortfuhren, sich gegenseitig anzufahren, betrachtete Liyen die Schlachtenprojektion auf dem Tisch. Der Gegner war mittlerweile in der Überzahl. Ihre eigenen Leute wehrten sich verbissen, aber das Eingreifen der neuen Flotte hatte den Weißmänteln den entscheidenden Vorteil verschafft. Hatte Telios diesen Trumpf von Anfang an im Ärmel gehabt? Oder war er davon genauso überrascht wie sie selbst?

Von einem Moment auf den anderen war alles, wofür sie gekämpft hatte, in Gefahr.

»Gebieterin, bitte – hören Sie mich an!«

Sie sah mit unterdrückter Wut zu Galet am anderen Ende des Tischs. Sie wusste, was er sagen würde – und er sagte es:

»Wir können diese Schlacht immer noch gewinnen! Rufen Sie das Schiff zurück! Zeigen Sie dem Feind, über welche Mittel wir verfügen!«

Liyen hielt den Blick ihres Adlatus.

Und wenn er Recht hatte? Wenn das Monster wirklich unter ihrer Kontrolle stand? Sie hatte vor Beginn der Schlacht die Zeit gefunden, Yors Berichte und Aufnahmen zu sichten, mit einer Gänsehaut auf den Armen und Eis in ihrem Magen. Sie wusste alles, was er und seine Leute über Rokor herausgefunden hatten – über die Wachstumsphasen der Plage, bis hin zu dem nutzlosen Detail, dass ihr Name in irgendeiner Prä-Komdra-Sprache »Vergeltung« bedeutete.

Was, wenn es wirklich funktionierte? Die Weißmäntel würden sich durch einfache Aufnahmen nicht abschrecken lassen, das war ihr klar. Aber was, wenn sie ihnen den lebenden, echten Alptraum präsentierte? War das nicht ein kalkuliertes Risiko, hier draußen in der Einöde, wo es keine Siedlungen gab, über die Rokor herfallen konnte; keine Portale, durch die es sich ausbreiten konnte? Was, wenn sie den Krieg tatsächlich beenden konnte, sofort und auf der Stelle? Sie ließ Rokor frei, lange genug, um die Weißmäntel in Panik zu versetzen – und tötete es, bevor es Sporen bilden konnte.

Aber was, wenn das Ungeheuer nur bis zu einem gewissen Stadium dem Selbstmordsignal gehorchte?

Was, wenn sie den Dämon nicht mehr rechtzeitig wieder in seine Flasche bannen konnte?

Sie schloss die Augen und dachte an all die Städte, die sie bereist hatte; an ihre Eltern, an Dao und Elai und das Baby in ihren Armen; an Kai und Endriel und an das Ende der Welt, die Vernichtung von Kenlyn; an die schwarze Flut, die alles Leben von dem Planeten saugte, bis irgendwann nichts übrig blieb außer Staub.

Sie zitterte, während von allen Seiten weitere Kriegsmeldungen auf sie einstürmten:

»... *Antriebe getroffen!*«

»... *Schild ausgefallen!*«

»... *stürzen ab!*«

Weniger als die Hälfte ihrer Streitkräfte war noch in der Luft.

»Es liegt in Ihrer Hand, Gebieterin!«, sagte Galet und sein Blick fragte: *Siehst du denn nicht, wie sehr ich an dich glaube?*

Ihr Adlatus, ihre Minister, selbst die gesichtslosen Mitglieder ihrer Leibwache ringsum drängten sie stumm auf eine Antwort.

»Hauptmann.« Liyen wandte sich an den Leibwächter links hinter ihrem Stuhl. Er schnappte scheppernd in Habachtstellung. Sie spürte, wie jeder im Raum an ihren Lippen hing; sah, wie Galet es wieder wagte, neue Hoffnung zu schöpfen.

»Adlatus Rengar ist seines Amtes enthoben. Er ist hier nicht länger erwünscht.«

Galet starrte sie an, fassungslos, zerstört.

»Was?« Minister Ta-Gad blinzelte verwirrt.

»Gebieterin!« Minister Weron flatterte einen halben Meter auf sie zu. »Ich muss protestieren!«

»Zur Kenntnis genommen, Minister.«

»Nein!«, rief Galet aus, als zwei Leibwachen seine Arme packten. Er wehrte sich nicht. Er sah sie an, den Tränen nahe. »Gebieterin! Alles, was ich will, ist –!«

»Schaffen Sie ihn mir aus den Augen!«, befahl Liyen.

Galet ließ sich ohne weitere Proteste mitschleifen. Liyen war froh, als sich die Tür hinter ihm schloss.

Weron sah sie an. »Gebieterin, Sie begehen einen Fehler!«

»Ich habe Sie nicht um Ihre Meinung gebeten, Minister.«

Er kam näher geflattert. »Rengar hat Recht! Noch haben wir die Gelegenheit, das Schlimmste zu vermeiden!«

»Noch ist diese Schlacht nicht entschieden«, sagte Liyen. Sie sah zwei Weißmantelschiffe fallen. Und drei der ihren.

»Aber sie wird es bald sein, wenn wir nicht reagieren!«,

schnarrte Ta-Gad. Er drehte schon seit einiger Zeit den Ring an seinem rechten Zeigefinger. »Noch können wir –!«

Liyen fuhr so schnell auf, dass ihr Stuhl zurückfiel. Sie sah von einem Mann zum anderen und erschrak fast vor ihrer eigenen Lautstärke, als sie rief: »Sind Sie beide taub? Ich werde nicht unser aller Leben für einen schnellen Sieg aufs Spiel setzen!«

»Gebieterin, Sie scheinen den Ernst der Lage zu verkennen«, erwiderte Weron kühl.

»Stellen Sie meine Urteilskraft in Frage, Minister?«

Er hielt ihrem Blick stand, sein winziges Gesicht hart wie Stein. »Ihr Verhalten zwingt mich dazu!«

Sie funkelte ihn an und spürte, wie der Rest ihrer Leibwache sich versteifte. »Sie sollten sich jedes weitere Wort sehr genau überlegen, Minister, oder Sie können Galet Gesellschaft leisten!«

Er schwieg, obwohl ihm sichtlich mehr auf der Zunge lag. Liyen bekämpfte den Drang, nach ihm zu schlagen wie nach einem lästigen Insekt. Sie wandte sich ab, die Augen geschlossen. Ihre Hände wollten nicht aufhören, zu zittern.

»... *die Eskaron ist gefallen! Ich wiederhole –!*«

»... *Geschwader komplett aufgerieben!*«

»... *richten Sie der Gebieterin aus, dass wir unsere letzte Pflicht erfüllen werden!*«

»Das Schiff mit den Rokor-Samen befindet sich ganz in der Nähe«, hörte sie Werons Stimme hinter ihrem Rücken.

Liyen wirbelte herum. »*Was?*«

Er blieb ruhig in der Luft hängen, als er ihr mit nüchterner Stimme erklärte: »Ich habe seiner Kommandantin befohlen, in der Nähe der nördlichen Ausläufer des Berges zu landen und auf weitere Befehle zu warten. Es kann in weniger als einer halben Stunde hier sein!«

Neue Wut kochte in Liyen hoch. Sie hörte das Knautschen von ledernen Handschuhen, als einer ihrer Leibwächter den Griff um sein Sonnenauge verstärkte. »Sie haben *was?*« *Du verfluchte, kleine Missgeburt!*

Sie blickte zu Ta-Gad, aber das fette Reptil drehte nur weiter seinen Ring und ließ seinen Schwanz über den Marmor wischen. Hatte er davon gewusst? Hatte Weron ihn eingeweiht?

»Wollen Sie die Herrscherin sein, die den Kult zur endgültigen Auslöschung verdammt?«, fragte der alte Yadi.

»Kenlyn ist wichtiger als der Kult. Und Sie, Minister, sind nicht unersetzlich!«

Weron schwieg; er warf einen Blick zu Ta-Gad, der weiterhin an seinem Ring fummelte und kaum merklich nickte. Liyen sah, wie er auf den Ring drückte.

Die Tür flog auf: Zwanzig oder mehr Kultsoldaten in voller Rüstung füllten den Raum. Liyen glaubte, die Hitze ihrer Sonnenaugen bis hierher spüren zu können. Ihre Leibwache hatte längst eine Mauer aus Leibern vor ihr gebildet, während die Minister ihrerseits hinter den Reihen der Soldaten Schutz suchten. Beide Seiten legten die Waffen an.

»Es tut mir leid«, sagte Weron. »Aber wie es aussieht, haben wir uns in Ihnen getäuscht.«

Liyen wunderte sich über ihre eigene Ruhe. Sechs Leibwächter gegen achtzehn reguläre Soldaten; kein gutes Verhältnis. Sie betrachtete die schwarz verhüllten Krieger – ihre Krieger – welche die beiden Minister deckten. Sie mussten schon lange vorher im Korridor bereit gestanden und nur auf ein Signal gewartet haben. Wahrscheinlich hatten sie das ganze Gespräch per Kubus belauscht. Sie kämpfte gegen den Drang an, zu lachen.

»Liyen Tela.« Weron hüstelte in seine winzige Faust. »Sie stehen hiermit unter Arrest. Ergeben Sie sich, und Sie werden gut behandelt.«

Liyen lächelte trocken. »Darf man erfahren, wie lange Sie diesen Coup schon planen?«

»Seit Adlatus Rengars Rückkehr«, sagte Weron, während sich das Drama vor dem Fuß des Weltenbergs weiterhin auf dem Tisch abspielte. Noch immer fielen ihre Schiffe.

Liyen spürte ihren Puls in den Adern rasen. Sie musste mehr Zeit gewinnen: Ihre Leibgarde hatte längst ein Signal gesendet und nach Verstärkung gerufen. »Ich verstehe«, sagte sie.

»Wir bedauern, dass es so weit kommen musste«, sagte Weron. Aus irgendeinem Grunde glaubte sie ihm.

»Sie haben uns bislang weise geführt«, fügte Ta-Gad hinzu. Er hörte nicht auf, an seinem Ringsender herumzudrehen. »Dennoch können wir nicht einfach zusehen, wie Sie unseren Sieg gefährden.«

Liyen sah kurz zur Tür. Sie blieb geschlossen.

»Ich bedaure«, sagte Minister Weron. »Es wird keine Verstärkung kommen. Alle Kommunikationswege zu diesem Raum sind abgeschnitten.« Liyen starrte ihn an. »Wir geben Ihnen noch einmal die Chance, sich zu ergeben. Andernfalls zwingen Sie uns, Gewalt anzuwenden.«

»Gebieterin«, begann einer ihrer Leibwächter. Sie hielt ihn noch zurück.

»Dafür werden Sie hängen, das ist Ihnen doch klar?« Liyen war verblüfft, wie kühl ihre Stimme blieb. »Jeder einzelne von Ihnen wird hängen.« Ihr Blick ging von einem Soldaten zum anderen. Sie bildete sich ein, trotz ihrer heruntergeklappten Visiere die Nervosität zu spüren, die einige von ihnen erfüllte.

»Vielleicht«, sagte Weron. »Aber vorher werden wir unsere Pflicht erfüllen und die Welt ein für alle Mal von den Weißmänteln befreien!«

Und von uns gleich dazu. Liyen konnte ihr Lachen nicht länger zurückhalten; es war ein trockenes, bitteres Geräusch.

Die alten Männer, hinter den Reihen ihrer Beschützer,

sahen einander an. »Sie finden das amüsant?«, fragte Weron.

»Nein«, sagte Liyen. »Nicht besonders.« Sie ließ das Yadi-Sonnenauge aus ihrem Ärmel springen und schoss in die Reihen der Soldaten. Energiepfeile zuckten von einer Seite zur anderen. Die Luft flirrte vor Hitze; Schreie erfüllten das Kriegszimmer und das Scheppern von Rüstung gegen Stein. Liyen sah die erste Reihe ihrer Leibwächter fallen, entdeckte irgendwo in dem Gemenge Weron und Ta-Gad, die aus dem Raum geführt wurden.

»Zurück, Gebieterin!«, befahl einer ihrer Wächter unnötigerweise, dann durchbrach ein Schuss seinen Helm.

Liyen sah sich nicht um; sie lief auf die Wand hinter ihrem Stuhl zu und legte ihre Hand auf den schwarzen, kühlen Marmor. Die Geheimtür schwang auf; Liyen tauchte in den dämmrig beleuchteten Gang dahinter. Schüsse peitschten ihr nach; sie warf sich zu Boden und hörte, wie sich die meterdicke Tür mit einem mahlenden Geräusch hinter ihr wieder schloss.

Eine halbe Minute war sie nur damit beschäftigt, nach Atem zu ringen und zu verarbeiten, was geschehen war.

Sie lauschte. Stille. Das schmerzhafte Stakkato in ihrer Brust war das Einzige, das sie hörte. Für einen Moment hatte sie das Gefühl, aus einem Alptraum erwacht zu sein; aber der Alptraum war real, hielt immer noch an. Sie wusste, ihre Leibwache hatte keine Chance. Und die Verräter würden ihr folgen. Die Tür öffnete sich nur für sie, aber sie würden den Stein aufschneiden, und wenn es soweit war, durfte sie nicht mehr hier sein!

Sie rannte los, den zwielichtigen Gang hinab.

Es war nicht richtig. Es hätte *sie* treffen sollen, nicht ihn! Endriel fand die Vorstellung, vor Kai zu sterben, leichter zu ertragen, als von ihm allein gelassen zu werden; ein weiteres Mal und diesmal für immer. Warum hatte es nicht sie getroffen?

Xeah passt auf ihn auf, sagte sie sich. *Sie bringt ihn durch.* Und wenn nicht?

»... nicht gehört?«, brüllte Keru neben ihr. »Schieß, verflucht noch mal!«

Von einer Sekunde auf die andere war ihr Bewusstsein wieder auf der Brücke, in der Schlacht. Sie zwang sich, ihre Sorgen abzuschütteln, und drückte den Auslöser voll durch. Das Feuer der *Korona* schlug auf das Schattenschiff vor ihnen ein, aber nicht stark genug, um es zu vernichten.

»Hinter uns!«, meldete Nelen. Endriel spähte an der Steuerkonsole vorbei zur Navigationskarte und sah den winzigen Punkt, der ihnen nachsetzte.

Keru ließ die *Korona* mit kreischenden Antrieben nach Steuerbord ausbrechen. Ein Weißmantelschiff raste ihnen entgegen; sein Schild war gefallen, seine Hülle zeigte nackten, weißen Stahl, und schwarzer Rauch stieg von seinem Heck auf. Die Nase der Maschine zeigte nach unten, der Pilot schien jede Kontrolle verloren zu haben. Dann verschwand das Schiff – es war, als befreie sich eine kleine Sonne aus seinem Inneren und schleuderte Teile ihrer alten Hülle in alle Himmelsrichtungen.

Endriel spürte das Licht auf ihrer Netzhaut brennen. Sie riss ihr Gesicht zur Seite, die Hände auf die Ohren gedrückt, den Mund weit aufgerissen, als ein Knall den Himmel zum Beben brachte. Der Lärm draußen verstummte schlagartig, dafür schien das Brüllen rechts von ihr immer lauter zu werden: Keru hatte die Hand auf sein Auge gepresst und jaulte vor Schmerz, während qualmende Trümmer gegen die *Korona* schmetterten. Sie war außer Kontrolle geraten; die Druckwelle des zerstörten Weißmantelschiffs ließ sie schlingern und beben, warf sie zurück.

Ohne nachzudenken, drückte sich Endriel an Keru vorbei ans Steuerrad, trat auf das Schubpedal und ritt auf der Welle der Vernichtung. Dann legte sich der Sturm; sie hatten es überstanden.

»Nelen?«, rief Endriel. Sie hörte sich selbst wie durch einen Berg aus Watte.

Durch die Nachbilder auf ihrer Netzhaut sah sie ihre Freundin hinter der Konsole hervorflattern; blass, aber unversehrt. »Nichts passiert!«, schrie sie. Anscheinend hatte auch ihr Gehör gelitten.

»Keru?«

Er nahm die Hand von seinem Auge; es war feucht von Tränen und blinzelte in einem fort gegen das Licht; Endriel erschrak, als sie das Entsetzen sah, dass sich auf Kerus Gesicht abzeichnete.

»Ich bin blind!«, brüllte er.

Der letzte Leibwächter fiel nur Minuten später. Als die Minister Weron und Ta-Gad das Kriegszimmer wieder betraten, lagen tote Wesen in schwarzen Rüstungen auf dem Boden. Von ihren eigenen Leuten war nur noch eine Handvoll am Leben, zwei davon bemühten sich, die Wand aufzuschneiden, hinter der die Kaiserin verschwunden war. Die Belüftungsanlage des Raums kämpfte gegen den Rauch und den Gestank von verschmortem Fleisch an.

»Meine Damen und Herren«, sagte Weron förmlich, darum bemüht, keinen allzu genauen Blick auf die Leichen um ihn herum zu werfen, »Sie haben dem Kult einen unschätzbaren Dienst erwiesen. Man wird sich auf ewig an Ihre Namen erinnern!«

»Vergeuden wir keine weitere Zeit«, drängte Ta-Gad.

Weron nickte. Er hatte sein Leben lang dem Kult gedient; so wie seine Eltern und deren Eltern. Er glaubte an die Neue Ordnung mit jeder Faser seines Wesens – und er würde nicht zulassen, dass alles was sie erreicht hatten, von einem *Kind* zerstört wurde, das sich vor dem Schwarzen Mann fürchtete.

Also flatterte er vor den nächsten Kubus, gab sämtliche Frequenzen wieder frei und ließ sich mit dem Schiff verbinden, das vor den nördlichen Ausläufern des Berges wartete. »Es ist soweit«, sagte er. »Die Waffe wird eingesetzt!« Er warf einen Blick auf die Schlachtprojektion: Fast zwei Drittel der Flotte waren bereits vernichtet. Aber noch bestand Hoffnung. Es würde funktionieren. Sie würden es unter Kontrolle haben, so wie Rengar versprochen hatte.

Er sah zu Ta-Gad. Der Geheimdienstminister nickte. Sie beide wussten, dass es keinen anderen Weg gab.

Weron wandte sich an den nächsten Soldaten. »Holen Sie Adlatus Rengar zurück. Ich glaube, er wäre gerne Zeuge unseres Triumphes!«

Der Gang schien sich ins Unendliche zu dehnen; die Lichtkügelchen an seiner Decke glühten wie altersschwache Sterne. Es roch nach Moder und Stein. Liyen lief weiter. Sie wusste, was geschehen würde, und sie wusste, dass sie die Einzige war, die es aufhalten konnte.

Yelos hatte ihr diesen Fluchtweg gezeigt, nur einen Monat vor seinem Tod. »Für alle Fälle«, hatte er gesagt, und ihr war klar gewesen, dass er nie ernsthaft daran gedacht hatte, ihn jemals benutzen zu müssen.

Komisch, wie sehr wir beide uns geirrt haben. Die wahren Gläubigen, die sie um sich geschart hatten, loyal bis in den Tod, waren jetzt drauf und dran, die Welt zu vernichten, für deren Wohl sie geschworen hatten zu kämpfen. Blinde Fanatiker, für die nichts anderes zählte als der Sieg.

Der ewige Kreis, dachte sie. *Es gibt kein Entkommen. Das Rad dreht sich und dreht sich, und wir sind darin gefangen.*

Das gleiche Drama, wieder und wieder, bis in alle Ewigkeit. Nicht, weil das Schicksal oder das Universum es so

bestimmt hatte. Nicht, weil es ihnen in die Gene einge-
brannt war. Sondern weil die Aussicht auf schnelle und
einfache Lösungen sie blind machte. Sie zogen es vor, die
Vergangenheit zu ignorieren, weil *sie* niemals die Fehler
der Vorväter machen würden; weil *sie* es besser wussten
und die Dinge anders machen würden. Und dabei konnten sie nicht sehen, oder wollten nicht sehen, dass ihre
Vorgänger genauso gedacht hatten. So wie deren Vorgänger. Und deren Vorgänger. Unzählige Jahrtausende das
gleiche, ewige Muster von Zwietracht und Tod, weil die
Völker sich weigerten, für einen kurzen Moment inne-
zuhalten und *zuzuhören,* aus der Geschichte zu lernen.
Weil sie glaubten, dass die Regeln der anderen nicht für
sie galten.

So wie auch sie es insgeheim geglaubt hatte.

Nein. Es musste eine Möglichkeit geben, es zu beenden.
Sich aus dem Rad zu befreien. Weiser zu werden. Besser.

Sie erreichte eine weitere Tür aus Stein. Eine Berührung
von ihr, und die Barriere schob sich zischend zur Seite.

Lichtkugeln aktivierten sich in dem versteckten Hangar
dahinter; ihr Schein glänzte auf der makellos schwarzen
Hülle eines Schiffs der Sperling-Klasse. Es war winzig,
kaum größer als eine Landbarke, mit einer Flügelspann-
weite von kaum zehn Metern. Ein Spielzeug im Vergleich
zu den anderen Schiffen ihrer Flotte. Es hatte nicht einmal einen Namen.

Eine Rampe aus Holz führte sie zu der offenen Tür.
Liyen zwängte sich durch einen engen Gang, an dessen
Wänden ein Paar Drachenfliegerrucksäcke und Schutz-
helme hingen, bis zur »Brücke«, die nicht mehr war als
eine Glaskuppel über einem einzigen Pilotensitz und einer winzig erscheinenden Steuerkonsole. Sie ließ sich in
das weiche Leder fallen und war für eine Zeit allein damit
beschäftigt, gegen ein Schluchzen anzukämpfen. Es wäre

leicht gewesen, sich der Verzweiflung hinzugeben, aber das durfte sie nicht. Die Zeit drängte; jede Sekunde zählte.

Sie atmete tief durch, drehte den Schlüsselkristall und hörte, wie die Äthermotoren zum Leben erwachten. Sie aktivierte den faustgroßen Geisterkubus neben dem Steuerrad; die Hangartore öffneten sich auf ihren Befehl hin und blassrosa Licht stach ihr in die Augen.

Sie zündete die Antriebe.

Der Schild der *Korona* war mittlerweile wieder sichtbar verblasst; das Schiff erbebte alle paar Sekunden, während Xeah mit zittrigen Fingern die Wunde an Kais Schläfe abband und dabei die ganze Zeit den Trommelschlag in ihrer Brust spürte, schneller und schneller und immer schneller.

Er hatte das Bewusstsein noch nicht wiedererlangt – und sie wusste nicht, ob er es jemals tun würde. Er musste sich den Kopf an der Kante der Navigationskarte angeschlagen haben – das Blut war aus einer geplatzten Arterie gesprudelt. Das Abbinden hatte die Blutung zwar vorerst gestoppt, aber sie wusste nicht, ob seine Bewusstlosigkeit auf eine Gehirnerschütterung zurückzuführen war oder auf Schlimmeres, eine Schädelfraktur oder eine Hirnblutung. Noch lebte er, doch sie konnte nicht sagen, wie lange noch.

Wieder erzitterte das Schiff. Xeah ließ ihr Horn singen, um ihre Anspannung zu lösen. Es half nicht.

Ihre Finger sahen aus wie in rote Farbe getaucht. Sie schüttelte sie, um ihre Muskulatur zu lockern, und schnitt den letzten Faden durch. Es war nicht die erste Operation dieser Art, die sie vollzog, aber die Letzte war ... wie lange her? Sie wusste es nicht. Wie viele anderer ihrer Erinnerungen war sie irgendwo im Nebel verloren gegangen.

Noch ein Treffer. Und noch einer. Und noch einer. Lauter und lauter, mit jedem Mal. Sie hörte Keru auf der Brücke irgendetwas brüllen und einen Aufschrei von Endriel und zwang sich, nicht hinzuhören.

Xal-Nama, steh uns bei!

Und wieder hörte sie eine Stimme ganz tief in ihrem Inneren, die ihr sagte, dass es keinen Grund gab, Angst zu haben. Sie war eine Heilerin, dafür war sie hier: um zu heilen. Das war immer ihre Aufgabe gewesen. Ihren Freunden zu helfen, Leiden zu mindern. Und wenn sie sterben musste, dann war sie wenigstens nicht allein. Aber vorher würde sie alles in ihrer Macht Stehende tun, dass Kai die Augen wieder aufschlug.

Der geheime Hangar entließ den Sperling aus dem Südhang des Weltenberges, sechshundert Kilometer von der Schlacht entfernt – zu weit weg, um irgendjemanden per Kubus zu erreichen. Liyen fluchte, ließ die Antriebe auf Maximum feuern und riss das Sperlings-Drachenschiff nach Nordwesten, vorbei an dem nackten, roten Fels. Sie fühlte sich wie eine Mücke, die an einem schlafenden Riesen vorbei surrte.

Der Sperling war schnell, doch nicht schnell genug: Es würde über eine Stunde dauern, um das nächste Schiff zu erreichen. Und sie hatte keine Ahnung, wie lange Weron und die anderen brauchen würden, Rokor zu entfesseln; ob ihr Minuten blieben, um das Schlimmste zu verhindern, oder nur Sekunden. So oder so …

… die Zeit drängte: nur ein Drittel der Flotte existierte noch und wehrte sich verzweifelt gegen die Übermacht der Weißmäntel. Minister Weron hatte den überlebenden Mannschaften eine erneute Wendung der Schlacht versprochen. Trotzdem verging keine Sekunde, in der nicht ein weiterer Notruf durch das Kriegszimmer hallte.

Als Galet in den Raum zurückgekehrt war, hatte man

die letzten Leichen gerade entfernt. Er hatte den Soldaten nachgesehen, wie sie die toten Leibwächter der Kaiserin zur Tür hinaustrugen, und Kälte um sein Herz gespürt.

Sie hat uns verraten. Auch jetzt noch war er unfähig, es zu begreifen: Die Kaiserin hatte den Schattenkult verraten; sie wollte lieber seiner Vernichtung zusehen als all ihre Trümpfe auszuspielen. Warum? War sie geisteskrank? Hatte sie denn nicht begriffen, wie nahe sie ihrem Ziel waren?

Er hatte sie geliebt – mehr als jede andere Frau zuvor in seinem Leben; vielleicht mehr als seine Aufgabe. Doch die Gewissheit, dass er den Kult vor dem Untergang bewahrt hatte, war ein wirksamer Trost.

»Das Schiff ist angekommen, Minister«, meldete ein Hangaraufseher über Kubus; hinter ihm sah man den schwarzen Frachter, der auf dem Boden des Hangars aufsetzte. Das große Nexusportal, das ihn von den nördlichen Ausläufern des Berges hierher gebracht hatte, schloss sich wieder.

»Ausgezeichnet.« Weron saß auf der Rückenlehne des Stuhls, den bis eben noch die Kaiserin besetzt hatte, und bewegte aufgeregt die tätowierten Flügel; Galet musste an kunstvoll bemalte Fächer denken. »Sie wissen, was Sie zu tun haben!« Weron wandte sich dem Adlatus zu; seine grauen Augen waren großväterlich-freundlich. »Galet, mein Junge! Wir alle stehen tief in Ihrer Schuld.«

Galet neigte bescheiden das Haupt. »Ich habe nichts als meine Pflicht getan, Minister.«

In Wahrheit fühlte er eine Art Fieber in sich brennen. Noch war die Nachfolge der Kaiserin nicht geklärt; vielleicht würde die Wahl auf ihn fallen?

Aber das war jetzt nicht wichtig. Nur die Neue Ordnung zählte.

Zusammen mit den alten Männern beobachtete er über den Kubus, wie eine Kolonne Soldaten Kisten in den

Frachtraum des Schiffs schaffte. In ihnen befand sich Futter für die Bestie: Pflanzen und tote Tiere aus dem Garten der Kaiserin. Rokor würde Hunger haben.

»So fühlt es sich also an, Geschichte zu schreiben«, murmelte Minister Ta-Gad. Sein Horn sang ergriffen.

Ja, dachte Galet. *So fühlt es sich an.*

Nur Minuten später erhielten sie die Nachricht: Das Schiff war startbereit.

Nun hing alles von ihr ab – sie hasste das Gefühl, aber sie hatte keine Zeit, darüber nachzudenken: Sie konnte nur noch reagieren; versuchen, die *Korona* so weit wie möglich aus dem gegnerischen Feuer herauszuhalten, und irgendwie zu überleben. Das kleine Drachenschiff hielt sich tapfer, während es von einer Seite des Kampfgebiets zur anderen jagte.

Immer mehr blaue Punkte wurden von der Navigationskarte gelöscht; die Kultschiffe fielen wie die Fliegen. Aber noch sah Endriel keinen Grund zum Jubeln, denn es waren noch entschieden zu viele davon am Himmel, und sie wusste nicht, wie lange sie noch durchhalten konnte. Sie war eine gute Pilotin, das wusste sie, aber ihr fehlten Kerus Reflexe.

Der Skria stand neben ihr an der Waffenkonsole: sein Auge erholte sich allmählich wieder, trotzdem musste sie ihm immer noch sagen, wann er feuern sollte.

Sie unterstützten im Vorbeiflug ein klobiges Piratenschiff und tauchten unter einem Strahlenregen von Backbord hinweg. Endriel zog die *Korona* hoch, um dem fehlgeleiteten Feuer eines Weißmantelschiffs auszuweichen – sechshundert, siebenhundert Meter über dem roten Sand. Ein Schattenschiff erwartete sie, preschte ihnen entgegen: nur noch ein, zwei Sekunden, dann geriet es in Schussweite.

»Feuer!«, rief sie.

Sie hörte Keru den Auslöser drücken, doch die Sonnenaugen blieben kalt.

»Scheißescheißescheiße!«, zischte Endriel. »Die Waffenenergie ist alle!« Sie ließ die *Korona* kehrt machen und gab vollen Schub. Ein Schwarm roter Lanzen zersägte die Luft an Steuerbord, nur einen Meter von ihrer rechten Steuerdüse entfernt.

»Sie verfolgen uns!«, rief Nelen.

Endriel tat, was sie konnte, sie drückte das Steuer hoch und wieder runter, ließ die *Korona* hin- und herschlingern wie einen besoffenen Kormoran. Der Schweiß lief ihr in Strömen den ganzen Körper hinunter; sie versuchte, nicht daran zu denken, dass sie völlig wehrlos waren; versuchte, nicht an Kai zu denken; versuchte, nicht zu Nelen zu sehen, die auf der Navigationskarte hockte und wie Espenlaub zitterte; versuchte nur, das Schiff am Himmel zu halten, so lange sie konnte. »*Korona* an alle!«, rief sie in den Kubusaufzeichner. »Dies ist ein Notruf! Ich wiederhole –!«

Die Sirene plärrte im gleichen Moment los, als die drei Schüsse die *Korona* trafen. Endriels Herz gefror für einen Moment: Der Schild bot ihnen nun kaum mehr Schutz als eine Seifenblase – und sie wurden noch immer verfolgt!

Sie verlagerte ihr ganzes Gewicht auf das Schubpedal, riss das Schiff von links nach rechts und noch immer klebte das Kultschiff hinter ihnen und feuerte aus allen Rohren. Nur ein gezielter Treffer und sie waren tot, das wusste sie – genau wie Nelen, denn die Yadi sagte mit zerbrechlicher Stimme: »Ich liebe euch. Das wisst ihr doch? Das wisst ihr doch, oder?«

Endriel antwortete nicht; die Sirene sägte an ihren Nerven, während sie versuchte, so weit wie möglich vom Kampfgebiet wegzukommen. Das Letzte, was ihnen fehlte, war jetzt ins Kreuzfeuer zu geraten.

Ihr ganzer Körper war angespannt wie ein Draht. Jeden

Moment würde der finale Schuss fallen und sie würden von einem Feuerball zerfetzt werden. Jetzt. Jetzt. *Jetzt!*

»Wir haben sie abgehängt!«, jubelte Nelen.

Endriel wagte nicht, zu atmen.

»Halt, wartet! D-Da kommt was auf uns zugeflogen!«

»Was?«, rief Endriel über das Kreischen ihres Schiffs. »Wo?«

Nelen konnte nicht mehr antworten. Etwas schlug mit einem dumpfen *Klong* auf die *Korona*.

Endriel wartete darauf, atomisiert zu werden, doch es war kein Sonnenaugenschuss, der sie getroffen hatte.

»Was ist los?« Keru blinzelte angestrengt, als hoffte er, dadurch seine Sehkraft schneller wiederherstellen zu können. »Verflucht nochmal, redet mit mir!«

»Ich ...«, begann Endriel. Dann sah sie es: Schild- und Waffenenergie sanken restlos auf Null. Das Schiff verlor an Geschwindigkeit.

»Nein!«, schrie sie. »Neinneinein! Nicht schon wieder!« Sie trat gegen die Konsole.

»Redet endlich!«, brüllte Keru.

»Energiesaugerding!«, gab Endriel atemlos zurück. »Am Heck!«

Dreihundert Stundenkilometer ... zweihundertfünfzig ...

Kerus Auge weitete sich in Entsetzen. »Bring sie runter, bevor wir abstürzen!«

Endriel war schon dabei: Sie drückte das Steuer zurück und brachte die *Korona* weiter über den Rand des Kampfgebiets hinaus. »Verfolger?«, rief sie in Nelens Richtung.

»Keine, die ich sehen kann!«

Einhundert Stundenkilometer ... fünfzig ...

»Festhalten!«, rief Endriel und betete, dass Xeah und Kai sie hören konnten. Im nächsten Moment fegten die Landekufen der *Korona* über den Kamm einer roten Düne. Das Schiff erzitterte; Endriel krallte sich am Steuer fest, während Keru die Waffenkonsole umklammerte. Nelen hing in der Luft und schrie.

»... *ein Notruf!*« Die Stimme erfüllte verrauscht und zerhackt die Brücke der *Dragulia*, von der Statik in der staubigen Atmosphäre entstellt.

»Endriel!« Telios schreckte auf.

»*Wiederhole, dies ist –!*«

Die Übertragung brach ab. Der Admiral stürmte zur Navigationskarte und versuchte, Endriels Schiff in dem Durcheinander auszumachen. Aber der Punkt, der die *Korona* darstellte, war nirgends zu finden.

Telios schloss die Augen und kämpfte gegen die Leere an, die sein Herz zu verschlucken drohte.

Mit einem Keuchen schlug er die Augen auf; Schmerz kreischte zusammen mit einer Sirene irgendwo in seinem Schädel. Er sah roten Sand am Bullauge vorbeifliegen, während das Schiff um ihn herum bebte, als versuche die *Korona* mit aller Macht, ihre Passagiere abzuschütteln. Instinktiv streckte er die Arme aus, um sich an irgendetwas festzuhalten. Die Wände um ihn herum wackelten, weswegen er einen Moment brauchte, um zu erkennen, wo er war: das Gästezimmer. Unter ihm klebte Blut auf dem Diwan. Kai ächzte erschreckt, fühlte neuen Schmerz pulsieren, an seinem Kopf, an seiner Schläfe. Das Möbel unter ihm schien sich jeden Moment aus seiner Befestigung lösen zu wollen; er sah ein Medizinköfferchen von der Kommode fallen. Scheren, Phiolen und Skalpelle verteilten sich klirrend auf dem Boden. Irgendwo schlug etwas Schweres gegen Holz.

Kai drehte den Kopf zur anderen Seite.

»Xeah!«

Sie lag neben der Tür, die Augen weit aufgerissen; bunte Tablettenröhrchen und Phiolen rollten vor ihre Füße.

Dicke Adern waren an ihrem langen Hals hervorgetreten, ihre Augen sahen aus wie kreisrunde schwarze Löcher. Die rechte Hand auf ihr Herz gepresst, schien sie um jeden Atemzug kämpfen zu müssen. Ihre Finger und ihre Robe waren blutbesudelt. Und noch immer bebte und zitterte das Schiff.

Endlich erreichte sie die Schlacht. Schon von Weitem war klar, dass die Schiffe des Ordens und deren Verstärkung den Himmel beherrschten. Gemeinsam jagten sie die letzten Maschinen des Kults durch die Rauchsäulen, welche von den Wracks aufstiegen, die als stählerne Kadaver im Sand unter ihnen lagen.

Liyen erlaubte sich, aufzuatmen; sie hatte befürchtet, schwarze Schemen zu erblicken, die sich im Sand ausbreiteten und mit Fangarmen nach den Schiffen schlugen. Dennoch erschreckte sie der Anblick: Es war eine Sache, dem Schlachtenverlauf aus der Gottperspektive zu folgen – eine andere, Teil des Chaos zu werden. Trotz allem blieb ihr keine andere Wahl, als weiter darauf zuzusteuern. Sie hüllte den Sperling in ein Kraftfeld und sah im selben Moment ein grünes Lämpchen auf der Konsole blinken: Sie war in Sendereichweite.

Sie schaltete den Kubus an und sendete auf allen Frequenzen: »Liyen Tela an jeden, der mich empfängt: Der Kult ist im Besitz von Rokor! In diesem Moment ist ein Schiff auf dem Weg in die Schlacht, um die Waffe einzusetzen! Es muss um jeden Preis aufgehalten werden! Ich wiederhole –!« Sie brach ab und unterdrückte ein hilfloses Kichern, bevor es sich in Schluchzen verwandelte. Ihr wurde klar, dass der Orden keinen Grund hatte, ihr zu glauben – *sie selbst* würde sich nicht glauben. Und ihre Leute würden das Eintreffen der Geheimwaffe mit offenen Armen begrüßen!

Aber ihre Nachricht war nicht ungehört geblieben: Auf

der kreisrunden Navigationskarte neben dem Steuerrad sah sie zwei Punkte, die sich vom Gewirr der Schlacht abstießen und in ihre Richtung flogen. Sie konnte sie durch die staubige Atmosphäre sehen: zwei klobige Frachter, aufgemotzt zu Kriegsschiffen. Volle Schilde. *Piraten*, erkannte sie. Sie wusste nicht, wie Telios es geschafft hatte, diesen Abschaum zum Kämpfen zu überreden, aber es mussten Piraten sein, denn welche zivilen Schiffe waren sonst bis an die Zähne bewaffnet?

»Ich wiederhole: Der Kult wird Rokor im Kampf einsetzen! Wenn sie nicht gestoppt werden, ereilt Kenlyn das gleiche Schicksal wie den Saphirstern! Geben Sie die Nachricht an alle weiter!«

Ein aufgeregtes Piepsen warnte, dass man sie ins Visier genommen hatte. Das Blut wich ihr aus dem Gesicht; alles in ihr drängte darauf, die eigenen Waffen auszufahren, auch wenn sie kaum etwas ausrichten würden.

»Haben Sie nicht gehört? Wir werden alle vernichtet, wenn wir nichts unternehmen!«

Heißes Licht blendete sie; Liyen schloss die Augen und riss das Steuer zur Seite, nur einen Sekundenbruchteil zu spät.

Eine Düne stoppte die *Korona*. Endriel verlor den Halt und schlug mit dem Kopf gegen die Konsole – farbenfrohe Sterne explodierten in ihrem Schädel, sie hörte irgendwo Glas splittern und knirschen. Als sie unter Schmerzen wieder auf die Beine kam, war es merklich dunkler auf der Brücke geworden: Der Bug des Schiffs steckte in einem Sandberg. Endriel stöhnte, kämpfte um ihr Gleichgewicht; sie konnte fühlen, dass die Wunden unter ihrem Kopfverband wieder aufgerissen waren und den weißen Stoff durchtränkten. Irgendwo weit über sich hörte sie das Zischen und Dröhnen und Kreischen und Donnern der

Schlacht. Sand rieselte durch Splitter in der Brückenverglasung.

»Nelen?«, murmelte sie und versuchte, sich auf den Beinen zu halten.

Eine leichte Brise kam auf, als ihre Freundin zu ihr flatterte. Das Haar hing ihr wirr in die Stirn, und in ihren Augen stand noch immer der Schrecken, aber sie nickte. »Es geht mir gut!«, sagte sie.

»Keru!«

Der Skria erhob sich hinter Endriel, er schüttelte seine Mähne und sah sich blinzelnd um. »Ich gehe raus!«, erklärte er und wandte sich ab.

»Was?« Endriel hielt ihn zurück. »Warte! Dein Auge!«

»Ich sehe genug«, brummte er und riss sich von ihr los.

»Keru –!«

»Mit dem Ding an unserem Arsch kommen wir nicht weit!«, grollte er und riss die Brückentür auf. »Halte alles startbereit!« Sie hörte ihn die Wendeltreppe hinabpoltern und wusste, dass er Recht hatte. Sie waren ihren Feinden hier unten ausgeliefert, ohne Antrieb, ohne Waffen, ohne Schild. Der Kubus war tot, sie konnten niemanden zu Hilfe rufen. Aber das war ihr im Augenblick gleichgültig. Kai, Xeah – sie musste wissen, ob es ihnen gut ging!

Das Schiff kam mit einem Ruck zum Stehen und schleuderte Kai vom Diwan. Er fiel; Holzsplitter stachen ihm in die Handflächen, als er auf dem Boden aufkam. Er ignorierte das Dröhnen in seinem Schädel und rappelte sich unter Qualen auf, zu schnell: Bunte Flecken tanzten vor seinen Augen. Er versuchte, das Gleichgewicht zu halten. »Xeah!«

»... keine Luft«, krächzte sie. Er sah sein eigenes, erschrecktes Gesicht in ihren schwarzen Augen widerspiegeln. »Mein ... Herz!«

Sie war hilflos wie ein Kind, als er sie auf die Beine brachte; Kai ächzte vor Schmerz, Schwindel überkam ihn; er wusste nicht, wie lange seine eigenen Beine ihm noch gehorchen würden. »Hilfe!«, brüllte er. »Irgendwer! Ich brauche Hilfe!«

Was sie auch versuchte, die Piraten hielten den Sperling im Kreuzfeuer und ließen seine Schildenergie dahinschmelzen. Die ständigen Erschütterungen hatten den Kubus in Mitleidenschaft gezogen; der Sender des Artefakts war tot, sie bekam keine Verbindung zu irgendwem. Eine Sirene gellte auf und teilte ihr den bedenklichen Zustand des Kraftfelds mit. Liyen brachte das Ding zum Schweigen und gab mit der Linken ein paar Salven zurück, während ihre rechte Hand das Schiff weiter auf das Kampfgebiet zusteuerte. Ihre Verfolger blieben ihr dicht auf den Fersen; sie wusste, sie würde keine Minute mehr gegen sie durchhalten. Schweiß durchtränkte ihre Uniform.

Da sah sie die *Korona*: Sie fiel aus dem Himmel, vielleicht zehn Kilometer von ihr entfernt. Der Anblick lenkte sie ab, bis der nächste Aufschlag sie fast aus dem Pilotensitz schleuderte; die Sirene heulte wieder los, die Piraten jagten ihr unverändert nach. Liyen entschied, dass die richtige Zeit für eine Verzweiflungstat gekommen war. Sie betete, dass ihre Verfolger weit genug entfernt waren, um sich täuschen zu lassen, schnallte sich an, atmete ein letztes Mal tief durch – dann drückte sie einen Knopf auf der rechten Hälfte der Konsole und stoppte gleichzeitig mit der anderen Hand die Motoren. Der Sperling hielt sich noch eine Sekunde in der Luft ... dann fiel er.

»*Warnung! Warnung! Warnung!*«, drängte die Maschine in einem fort, während der Horizont kippte. Auf einmal gab es keinen Himmel mehr, sondern nur noch die Wüste, die ihr entgegen raste. Die Winde des Niemandslands versetzten das Schiff in Rotation, die Welt drehte und drehte und drehte sich vor ihr; die internen Felder waren aus, die Fliehkraft presste Liyen schmerzhaft gegen die Gurte und schnürte ihr halb die Luft ab. Sie spürte kalte Furcht und den Drang, sich zu übergeben; sie wusste nicht, ob der Trick funktioniert hatte, ob die Rauchwerfer ordnungsgemäß gezündet hatten, ob die beiden Schiffe glaubten, dass sie getroffen war und abstürzte. Sie wusste nur, dass der nächste Einschlag sie töten würde – oder sie sich selbst, wenn sie nur den Bruchteil einer Sekunde zu spät reagierte.

Die beiden Punkte auf der Navigationskarte folgten ihr weiterhin. Die Höhenanzeige fiel so schnell, dass sie die Ziffern kaum lesen konnte: *vierhundert Meter, dreihundert, zweihundert ...*

» Warnung! Warnung! Warnung!«

Einhundert ... neunzig ... achtzigsiebzigsechzigfünfzig –

Erst jetzt wandten sich ihre Verfolger desinteressiert ab und kehrten zurück in die Schlacht.

Liyen schnappte nach Luft und erweckte die Levitationsmaschinen wieder zum Leben. Der Sperling schnellte wieder in die Horizontale, keine zwei Meter über dem Sand. Sie packte das Steuer und feuerte die Schubdüsen durch. Staubfontänen säumten ihren Weg.

Endriel riss die Tür zum Gästezimmer auf und sofort warf ihr Herz einen Teil seiner Last ab: Kai lebte! Er stand mit dem Rücken zu ihr, sah sie über die Schulter an. Er trug einen Verband um den Kopf wie ein unmodisches Stirnband; der Stoff war an der Schläfe blutdurchtränkt. »Hilf mir!«, flehte er.

Dann sah sie Xeah, die von ihm gehalten wurde.

»Xeah! Was –?«

»Infarkt«, krächzte die Heilerin und hielt sich die Brust.

»Hilf mir, sie hinzulegen!«, sagte Kai, aber Xeah packte

seinen Arm und schüttelte den Kopf. »Nicht hinlegen ... Koffer ... purpurnes ... hhhhhh ... purpurnes Röhrchen, hellblauer Deckel ...«

Endriel jagte ihren Blick durch den Raum; sie fand das Medizinköfferchen auf dem Boden vor dem Bullauge. Sie ging in die Hocke und kramte in dem Wirrwarr aus Fläschchen, Besteck und Verbandsmaterial. »Das hier?«, fragte sie Xeah und hob ein Röhrchen mit den genannten Farben.

Xeah schaffte es, zu nicken.

Endriel sprang gerade wieder auf, da nahm sie eine Bewegung jenseits des Bullauges wahr: Nicht weit vom Schiff stieg Rauch hinter einem Felsen hervor und auf dem Kamm einer Düne sah sie winzige Gestalten durch den Sand waten, zehn oder ein Dutzend, alle in schwarz. Sie bewegten sich auf die *Korona* zu – und Keru war noch immer da draußen!

Ohne ein Wort warf Endriel Kai das Röhrchen zu; sie streckte die Hand nach dem Riegel des Bullauges aus und versuchte, das Ding aufzuziehen, vergeblich – es musste sich beim Absturz verklemmt haben.

»Was ist los?«, fragte Kai hinter ihr.

Sie antwortete ihm nicht, stattdessen machte sie eine Hockwende über den Diwan und rannte zur Tür. »Pass auf sie auf!«, befahl sie Kai.

»Wo willst du hin?«, rief er ihr nach.

Endriel antwortete ihm nicht.

Auf dem Korridor flatterte ihr Nelen entgegen, Tränen in den Augen, heillos verwirrt. »Was ist passiert? Was ist mit –?«

Endriel lief an ihr vorbei, die Wendeltreppe hinab. »Bleib im Schiff!«, befahl sie.

»Aber –!« Ihre Freundin machte Anstalten, ihr hinterher zu fliegen.

»*Bleib im Schiff!*«

Galet nahm erleichtert zur Kenntnis, dass keiner der Kombattanten das Frachtschiff zu beachten schien, als es aus einem der westlichen Hangars schoss. Erregung kitzelte seine Eingeweide; es war ein durch und durch angenehmes Gefühl. Er spähte kurz zu den alten Männern: Weron klopfte seine Fingerspitzen gegeneinander, und Ta-Gads schwarze Schlitzaugen verfolgten ohne zu blinzeln das einsame Schiff, das sich dem Kampfgebiet näherte.

Wie viel von diesem einen Schiff abhängt, dachte Galet. Fast tausend Jahre hatte der Kult auf diesen Moment gewartet. Er bewegte unruhig die Hände, die Haut zwischen den Fingern kribbelte. Er war unendlich dankbar, dass er diesen Moment erleben durfte.

Das Schiff hatte fünfzehn, zwanzig, fünfundzwanzig Kilometer zurückgelegt, als die Weißmäntel es bemerkten. Fünf Feuerdrachen lösten sich aus der Schlacht und gingen auf Abfangkurs.

Stille füllte das Kriegszimmer aus. Dann brach Minister Weron das Schweigen. »Das ist nahe genug«, sagte er per Kubus dem Kapitän des Frachters.

»Zu Befehl, Minister«, kam die Antwort der Frau. Der Kubus wurde leer.

Galet schluckte mit trockener Kehle, etwas brannte in seinen Augen. Die Weißmäntel kamen immer näher, aber sie waren zu langsam: Der Frachter sank zu Boden, seine Landekufen setzten auf dem Sand auf. Ein winziger Fleck löste sich von ihm und raste zurück zum Berg: die Landbarke, welche die Besatzung in Sicherheit brachte.

Und Minister Weron sprach die fünf Worte, die alles verändern würden: »Wecken Sie es auf, Kapitän.«

Galets Herz sprengte fast seine Brust. In fiebriger Erregung stellte er sich vor, wie von der Barke das Signal gesendet wurde; wie sich der Kristallzylinder öffnete und der schwarze Klumpen sich ausbreitete und wie ein Feuer alles Leben verschlang, das sie ihm dargebracht hatten.

Eine Zeitlang geschah nichts. Minister Ta-Gad hatte die Darstellung des Frachtschiffs vergrößert, aber das schwarze Gefährt stand unverändert da, die Flügel eingezogen, die Antriebe erloschen.

Galet wagte nicht zu atmen.

Es begann mit den Bullaugen: Die Gläser zersprangen gleichzeitig, auf jedem Deck, und Ströme von etwas, das aussah wie kochender Teer, ergossen sich in den Sand. Die Brückenkuppel wurde gesprengt; eine dunkle Flut schwappte daraus hervor. Schwarzes Gallert hüllte das Schiff ein und dehnte sich aus. Pulsierend, hungrig.

Unersättlich.

Ihm war immer noch so, als sähe er die Welt durch einen Seidenschleier; Anzeigen auf der Konsole, die Gesichter von Nelen und Endriel – all das erschien verschwommen, unwirklich. Aber er brauchte diese Details nicht, um sich im Schiff zurechtzufinden, und so hastete er die Wendeltreppe hinab ins Mitteldeck, ohne zu straucheln. Er wartete nicht ab, bis die Gangway ganz ausgefahren war, stattdessen riss er die Außentür auf und sprang nach draußen. Er landete auf allen Vieren; seine Pranken und die Knöchel versanken im Sand. Die Luft hier draußen war dünn und roch nach Stein und Rost. Sie schnitt ihm bei jedem Atemzug in die Lungen wie eisige Klingen.

Ein trostloses rotes Meer breitete sich vor ihm aus. Am Horizont erhob sich die rote Wand des Weltenbergs, angestrahlt von der Nachmittagssonne. Selbst hier unten war das Toben der Schlacht noch schmerzhaft laut und mischte sich mit dem Heulen des Windes. Dunkle und helle Flecken flogen herum und schossen kleinere, rote Flecke aufeinander. Er spürte die Erschütterungen im Boden, wann immer die Schiffe allzu tief über den Sand hinwegrasten. Aber er hatte keine Zeit, zu gaffen. Sie konnten jederzeit entdeckt werden; jede Sekunde konnten die Schatten, die sie abgeschossen hatten, auftauchen, um zu beenden, was sie begonnen hatten.

So schnell er konnte, watete Keru durch den knirschenden, kalten Sand zum Heck der *Korona*. Der vordere Teil des Schiffs lag halb in der Düne verbuddelt, als wollte es sich dort vor dem Kampf verstecken. Er hätte es ihm nicht verübeln können.

Die stufenförmig gebogenen Schubdüsen ragten vor ihm auf; beide Metallröhren waren groß genug, dass er in sie hätte hineinkriechen können. Ein leises Sirren ließ sein verbliebenes Ohr zucken; er kniff das Auge zusammen und konnte einen Fremdkörper zwischen den Düsen ausmachen, auf Höhe des Mitteldecks. Etwas, das aussah wie eine fette Zecke aus Stahl, hatte sich in die Holzverkleidung verbissen und saugte allen Äther aus der näheren Umgebung. Keru kletterte auf den Ansatz der rechten Düse, die aus dem Maschinenraum herausragte, spreizte die Beine und stemmte die Füße zwischen die Metallröhren, um genug Halt zu bekommen. Der Sauger hing direkt über ihm. Er konnte ihn fast erreichen – wenn er die Arme ausstreckte, konnten seine Krallen die Unterseite des Artefakts streifen.

Nein, konnten sie nicht.

Er zog den rechten Fuß an den linken, balancierte auf einer Düse, winkelte die Beine an, sprang; er schlug nach dem Ding, landete wieder auf den Füßen und kämpfte mit ausgestreckten Armen um sein Gleichgewicht. Zwecklos, die Zecke hatte sich zu tief ins Holz gebohrt. Er versuchte es wieder – ohne Erfolg.

Warum die Mühe?, dachte er, ohne es zu wollen. *Du glaubst doch nicht ernsthaft, dass auch nur einer von euch das hier übersteht?*

Da warnte ihn ein sechster Sinn: Er war nicht mehr allein. Im gleichen Moment hörte er Endriels Stimme über das Getöse am Himmel hinweg rufen: »Hinter dir!«

Er drehte sich um. Ein glühender Nagel traf ihn in die linke Schulter, schmolz Fell und brannte sich durch Fleisch, Fett und Muskeln bis auf den Knochen –

Nein! Endriel sah Keru rückwärts stürzen und brüllend im Sand landen. Er bewegte sich nicht!

Nein!

Ihre Schritte polterten über die Gangway; in der Deckung der *Korona* lief sie zu ihm, während sich von der anderen Seite die Schatten näherten. Sie ahnte, was sie wollten: das Schiff, nachdem ihre eigene Maschine abgestürzt war. Sie stapfte an der Backbord-Landekufe vorbei, wobei sie bei jedem Schritt gegen den Sand ankämpfte, der ihre Füße verschluckte. Es war schwer, zu atmen, und die Luft war kalt, schrecklich kalt. »Keru!«, rief sie.

Er rührte sich nicht.

Sie hatte gerade die Schubdüse erreicht, als Schüsse aufbrannten. Endriel warf sich kopfüber nach vorne; sie landete neben Keru, während rote Lanzen die Luft über ihr zum Flirren brachten. Erst jetzt sah sie die rauchende, schwarz verschmorte Wunde in seinem Fleisch.

»Bittebittebitte!«, flehte sie, streckte den Arm aus und legte die Hand auf Kerus pelzigen Hals – sie erschrak, als er das Auge öffnete und nach Luft schnappte. »Keru! Wir müssen hier weg!«, zischte sie, ohne den Kopf zu heben. Unter den Schubdüsen hindurch sah sie die Schatten: ihre Stiefel wirbelten Staub auf, Fokuskristalle glühten wie brennende Kohlen. Sie schwärmten aus; keine zwanzig Schritte mehr und sie würden hier sein. Alles in ihr schrie danach, zu fliehen, aber welchen Sinn machte das noch?

Es ist aus, erkannte Endriel. Selbst wenn sie es zurück

ins Schiff schafften, sie würden nicht starten können. Die Schatten waren in der Überzahl. Außerdem hatten sie offenbar Verstärkung angefordert: Hinter ihnen war ein Schiff im Anflug; das winzigste Drachenschiff, das Endriel je gesehen hatte. Es flog dicht über der Wüste hinweg, seine vier Düsen warfen Staubfontänen hinter sich auf wie trockene Gischt.

Keru schien die Lage ähnlich einzuschätzen. »Komm her«, sagte er merkwürdig sanft und legte den Arm um sie. Sie hielt sich an ihm fest, dachte an Kai, an Nelen, an Xeah und Andar. Tränen mischten sich mit Sand.

Sie trieben die verbliebenen Schattenschiffe zusammen wie eine Horde Wölfe die letzten Schafe auf der Weide.

Andar Telios wusste nicht, wie viele Kultsoldaten sich im Weltenberg verstecken mochten, aber sie würden auch sie ausfindig machen und ausräuchern, oder in ihrem Palast verhungern lassen.

Er hatte immer noch Schwierigkeiten, sich an den Gedanken zu gewöhnen, dass er überlebt hatte. Dass der Krieg sich dem Ende näherte. Und dass sie gewonnen hatten. Nun konnte der Wiederaufbau beginnen, vielleicht der schwerste Kampf von allen. Er hörte das Säuseln aus Quai-Lors Horn; ein erleichtertes Seufzen.

»Der Prophetin sei Dank«, sagte der junge Draxyll und schloss kurz die Augen.

Telios grinste trocken. »Sagen Sie Xal-Nama, ich stehe in ihrer Schuld.« Er sah seinen Ersten Offizier lächeln. *Endriel,* dachte Telios. *Vielleicht hat sie es ebenfalls geschafft. Ich muss sie finden. Ich* –

»Admiral, eine Nachricht für Sie!« Leutant Veris sah ihn an, eine Hand auf dem rechten Kopfhörer, die Augen misstrauisch verzogen. »Sie kommt aus dem Weltenberg!«

Quai-Lor blinzelte erfreut. »Die Kapitulationsbedingungen!«

»Wollen wir es hoffen«, murmelte Telios. »Durchstellen!«, befahl er und baute sich vor den Hauptkubus auf, die Arme auf dem Rücken verschränkt. »Hier spricht Admiral Andar Telios auf der *Dragulia*.«

»Ich grüße Sie, Admiral«, sagte eine Stimme, so trocken wie das Land dort draußen. Die Projektion eines alten Yadi erschien in dem Kristall, sein Gesicht eine Studie von Würde. Telios kannte den Mann nicht, aber die Rune, die auf seinem hohen Kragen glänzte, war unverkennbar. »Ich bin Kriegsminister Weron von den Roten Dornen. Ich bitte Sie, Ihr Augenmerk auf die Koordinaten zu richten, die mit dieser Übertragung gesendet werden.«

Zahlen erschienen am unteren Rand der Projektion. Telios gab dem Piloten stumm den Befehl, sie auszuwerten und Kurs in die angegebene Richtung zu setzen.

»Und was werden wir dort finden?«, fragte Telios.

Weron zeigte ein winziges Lächeln. »Der Anblick wird Ihnen sehr bekannt vorkommen. Oh, ich weiß, was Sie denken werden, aber ich versichere Ihnen, wir bluffen nicht. Die Waffe steht unter unserer absoluten Kontrolle.«

Telios runzelte die Stirn. »Was –?«

Der alte Yadi ließ ihn nicht ausreden. »Wir fordern die sofortige Kapitulation des Ordens der Friedenswächter. Dieser Krieg ist vorbei. Verlassen Sie Ihre Schiffe und ergeben Sie sich. Andernfalls sehen wir uns gezwungen, die Waffe in zivilen Gebieten einzusetzen.

Sie haben fünf Minuten, Telios. Weron, Ende.«

Telios wandte sich an Quai-Lor. Seinem Gesichtsausdruck nach hatte er ebenfalls nicht begriffen.

»Admiral!«

Er drehte sich um, alarmiert von der Panik in Leutnant Tsunas Stimme, und sah durch die Brückenkuppel nach draußen. Das Blut stockte Telios in den Adern.

Zuerst sah es aus, als wäre ein Schatten über die Dünen

zwischen der Kampfzone und dem Weltenberg gefallen. Dann sah er, dass der Schatten sich bewegte und sich im Niemandsland ausbreitete, wie Blut aus einer Wunde; ein See aus schwarzem Öl. Er wusste, was es war. Jeder auf der Brücke wusste, was es war – und eine alte, kindliche Furcht erfasste den Admiral.

Zwei Ordensschiffe – die *Hegalor* und die *Ban-Tara* – waren nur kurz vor ihnen hier gewesen; sie kreisten über dem schwarzen See. Und der See schnappte nach ihnen: Ein Dutzend Fangarme schossen aus ihm hervor und versuchten, nach den Fluggeräten zu greifen.

»Feuer!«, brüllte Telios.

Das Schiff kam nicht zur Verstärkung der Schatten; Endriel sah, wie es auf die Kultisten zuhielt und rotglühende Klingen spuckte. Wer dem Feuer entgangen war, wurde von der Maschine einfach niedergemäht. Eine Staubwolke wehte vor dem Schiff her, als es haarscharf vor der *Korona* zum Stehen kam. Seine Brückenkuppel schien aus schwarzem Glas gemacht zu sein; Endriel konnte nicht erkennen, wer oder was das Ding flog und weder sie noch Keru wagten es, sich zu bewegen. Sie kauerten weiterhin im Sand, den Atem angehalten, gegen den Staub anblinzelnd.

Einen viel zu langen Moment geschah nichts. Dann öffnete sich die Außentür.

Eine junge Frau in schwarzer Uniform stand dort, ihr kupfernes Haar zu einem strengen Zopf geflochten.

»Seid ihr verletzt?«, fragte Liyen, ihr Blick war gehetzt, ihre Stimme bebte.

Endriel war unfähig, etwas zu antworten. Sie konnte nur starren.

Keru besaß mehr Geistesgegenwart: Er sprang auf und hetzte auf allen Vieren auf das schwarze Schiff zu. Endriel sah Liyen zurückweichen, aber da hatte Keru schon ihren

Hals gepackt. »Du bist totes Fleisch!«, grollte der Skria.

»Das sind ... wir vielleicht bald ... alle«, brachte Liyen durch seinen Griff hervor. »Hört ... mir zu! Uns läuft die Zeit davon! Mit Sicherheit ... haben sie Rokor schon freigelassen!«

Endriel starrte sie an.

Die Strahlen hämmerten unaufhörlich in den schwarzen See, doch wo immer sie auftrafen, verhärteten sich Teile des Ungeheuers zu etwas, das aussah wie spiegelnder Obsidian. Es schluckte die Energie gleichgültig, während seine Fangarme weiterhin nach den Ordensschiffen schlugen.

»*Dragulia* an alle!«, rief Telios. »Wir brauchen Verstärkung!«

Die Waffentürme des Flaggschiffs feuerten aus allen Rohren; hier und da gelang es ihnen, Fetzen aus der dunklen Masse herauszuschlagen, die im nächsten Moment wieder wie Quecksilber zurückflossen und mit dem Rest verschmolzen.

Finger aus Eis kitzelten Telios' Gehirn, als er zusah, wie ein Tentakel den Rumpf der *Hegalor* packte und den dünnen Schild des Schiffs durchdrang. Er hörte die Schreie der Mannschaft über den Kubus; einer nach dem anderen verstummten sie, bis nur noch Stille kam. Und das Monster wuchs vor ihren Augen, gewann an Masse – ein amorpher Koloss aus schwarzem Schleim.

Er war unfähig zu denken; unfähig, etwas anderes zu empfinden als den Drang, zu fliehen, sich zu verstecken. Erst nach einer scheinbaren Ewigkeit war er wieder fähig, einen zusammenhängenden Gedanken zu formen: Der Kult verfügte über Rokor. Nach allem, was er wusste, konnten sie die Plage per Nexus in Teriam oder jeder anderen Stadt freilassen. Selbst wenn sie das Ungeheuer besiegten, konnten anderswo Tausende, wenn nicht Millionen sterben.

Er sah, wie ihre Waffen nichts ausrichteten; wie die schwarze Masse wuchs und wuchs.

»Telios an *Ban-Tara*: Wir ziehen uns zurück! Ich wiederhole: Wir ziehen uns zurück! Leutnant Veldris« – die junge Frau schien ihn kaum zu hören, jede Farbe war aus ihrem Gesicht gewichen – »verbinden Sie mich mit dem Kult!« Sie reagierte nicht. »*Das ist ein Befehl, Leutnant!*«

»Admiral«, begann Quai-Lor. Auf einmal klang er wie der junge, unsichere Ordensbruder, als den Telios ihn kennengelernt hatte.

Er sah den Draxyll scharf an. »Die Schatten haben gewonnen, Kommandant. Wir sind besiegt.«

Die Weißmantelschiffe ließen eines nach dem anderen ihre Schilde fallen; Sonnenaugen wurden ausgeschaltet und eingefahren. Die Armada zog sich zurück und gab den wenigen verbliebenen Schiffen des Kults den Weg zum Weltenberg frei.

Das dunkle Gesicht des Admirals materialisierte sich in dem Kristall. Kaum unterdrückte Wut funkelte in seinen Augen; alles in ihm schien dagegen zu rebellieren, den einen Satz über die Lippen zu bringen:

»Wir ergeben uns.«

Eine Welle des Jubels ging durch den Palast: Über Kubus hörte Galet Freudenrufe, Applaus und Horngesang. Er sah Erleichterung in Minister Werons Blick, als habe er bis zuletzt nicht daran glauben können. Auch wenn Ta-Gad versuchte, es vor ihnen zu verbergen, hörte Galet sein Schluchzen.

Er hatte selbst Schwierigkeiten, es zu glauben: Der Krieg war vorbei. Die Weißmäntel waren besiegt. Die Neue Ordnung brach an.

Er warf einen Blick auf die projizierte Abscheulichkeit auf dem Tisch, die sich wie ein Krebsgeschwür ausbreitete.

»Das genügt«, sagte er zu Weron. »Senden Sie das Signal.«

Der Minister nickte und berührte die Schaltfläche an der Tischkante, neben der er die ganze Zeit her geflattert war.

Sie hörten nichts, doch sie sahen das Monster in der Wüste zucken und zittern; der schwarze Schleimberg schien zu schrumpfen, seine Tentakel rollten sich zu Spiralen ein. Galet wartete darauf, dass das Ding sich verflüssigte und in Staub verwandelte.

Aber er wartete vergeblich.

»Senden Sie das Signal, Weron!« Sein Herz schien aus dünnem Glas gemacht; es drohte, bei jedem neuen Schlag zu zerbrechen. »*Worauf warten Sie?*«

»Ich sende es!«, gab der Minister zurück, während er seine winzigen Hände auf die Schaltfläche drückte.

Doch Rokor weigerte sich, zu sterben.

Sie hat Recht gehabt!, durchzuckte es Galet. An den aufgerissenen Augen von Weron und Ta-Gad erkannte er, dass sie das Gleiche dachten.

Ein Alarm ließ die drei Männer zusammenfahren. Eine neue Projektion erschien über dem Niemandsland: Sie zeigte einen Querschnitt des Weltenbergs und eine Darstellung des Palastes. »*Warnung*«, meldete die Stimme des Kriegszimmers. »*Außenmauer des Palastes wird angegriffen. Warnung —*«

»Was?« Galet fuhr auf. »Wo?«

Ein roter Kreis zeigte ihnen einen Teil des Fundaments des Bauwerks, tief unter der Oberfläche.

Mit einem Mal begriff Galet: Etwas, das hart genug war, um Sonnenaugeneinschüssen zu widerstehen, konnte sich auch ohne Mühe durch Fels bohren. Rokor war hungrig. Und es hatte irgendwie gefühlt, gewittert, wo sich in diesem kargen Land die meiste Nahrung versteckte.

Plötzlich heulten überall Sirenen.

Keru warf Liyen vor Endriels Füßen in den Sand. Sie ächzte und versuchte, sich aufzustemmen.

»Ihr versteht nicht!«, krächzte sie, bevor Endriel sie packte und auf die Beine zog. Sie hielt Liyen mit der Linken am Kragen fest und ballte die Rechte zur Faust. »Gib uns einen Grund, dir nicht den Hals umzudrehen!«

Es irritierte sie, dass Liyen keine Anstalten machte, sich zu wehren. »Ihr müsst Telios Bescheid geben! Auf mich wird er nicht hören, aber –!«

»Niemand wird auf dich hören!«, fauchte Endriel. Sie spürte, wie Keru hinter sie trat. »Deine Leute haben Miko umgebracht –!« Liyen klappte zusammen, als Endriel ihr die Faust in den Magen rammte. »Euer Scheißkrieg hat die halbe Welt in Schutt und Asche gelegt! Ich weiß nicht, welches Spiel du treibst –!«

Liyen hielt sich den Bauch. Mit schmerzverzerrtem Gesicht brachte sie hervor: »Endriel, bitte, du musst mir glauben! Welchen Grund hätte ich, jetzt bei euch aufzutauchen?« Staub legte sich auf die Spuren ihrer Tränen. »Es gab einen Putsch. Meine Leute haben mich entmachtet, sie ... sie haben es eben über den Kubus gesendet: Sie haben Rokor freigelassen, hier im Niemandsland, an der Westflanke des Berges! Das Ding muss aufgehalten werden, bevor es zu spät ist! Bitte! Ihr könnt mit mir machen, was ihr wollt – aber wenn wir noch länger warten, wird es zu groß werden und Sporen bilden und dann –!«

Endriel funkelte sie an; ihr Atem verging als bleiche Wolke in der kalten, dünnen Luft. Sie fror unter dem dünnen Hemd, aber in ihr brodelte der Zorn. Wieder hob sie die Faust. Liyen hielt ihrem Blick tapfer stand. »Bitte!«, flehte sie. »Ja, ich habe euch vorher belogen, aber diesmal sage ich die Wahrheit! Jede Sekunde zählt!«

Endriel spürte ihre Wut gegen ihren Willen verrauchen; Liyen sagte die Wahrheit, zumindest glaubte sie das – und das entsetzte sie.

Rokor. So dumm, so geisteskrank konnten sie nicht sein – oder? Sie erinnerte sich an die Aufzeichnung, die Yu Nans Eidolon ihr damals gezeigt hatte: das tiefschwarze Etwas, das den Saphirstern verschlungen hatte. Mit nervösen Blicken sah sie sich um, sah die Wüste, den Berg in der Ferne, die Schiffe am Himmel und erwartete halb, dass das Ungeheuer aus den Dünen um sie herum emporschießen würde.

»Wie kann man es stoppen?«, hörte sie Keru hinter sich.

Liyen schaffte es, sich wieder aufzurichten. Ihre Stimme hatte nichts von ihrer Dringlichkeit verloren; Endriel erkannte in ihren graublauen Augen den gleichen Schrecken, der auch sie erfüllte. »Es befindet sich noch im ersten Stadium seiner Entwicklung. Sonnenaugenfeuer nutzt nichts – aber eine ausreichend große Explosion kann es verletzen –!«

»Wie groß?«, fragte Keru. Endriel hörte, wie er versuchte, seiner eigenen Furcht Herr zu werden.

Liyen schüttelte den Kopf. »Ich-Ich weiß nicht genau. Groß. Wie in Xanata.«

Keru hob den Blick zu dem schwarzen Schiff. »Funktioniert das Ding noch?«

Liyen runzelte die Stirn. »W-Was?«

Keru stapfte einen Schritt näher. »Dein *Schiff*«, schnaubte er. »*Kann es fliegen?*«

»Ich ... j-ja, nur der Kubus hat was abgekriegt, er –!«

»Gut«, brummte Keru. Er wandte sich halb von ihr ab; dann wirbelte er herum und schmetterte Liyen einen Handkantenschlag gegen das Genick. Sie brach zusammen und fiel bewusstlos in den Sand.

»Keru«, sagte Endriel und wich einen Schritt zurück.

Er sah sie an, scheinbar eine Ewigkeit lang. Sein Auge leuchtete wie frisches Blut; da war etwas in seinem Blick, das ihr mehr Angst einjagte als die Plage Rokor oder der Krieg. »Danke«, sagte er. »Für alles.« Dann wandte er sich dem schwarzen Schiff zu.

Ein Stromschlag lief durch Endriels Körper, als sie begriff, was er vorhatte »Nein!«, schrie sie und rannte ihm nach. Sie streckte die Hand aus, um nach seinem Arm zu greifen, um ihn zurückzuhalten. Er war zu schnell für sie und zu stark. Etwas Hartes schlug ihr gegen den Hals; sie sah bunte Lichter, für einen Moment wurde alles ganz leicht und schwarz – als sie zur Besinnung kam, fand sie sich auf dem Boden wieder. Sie spuckte Sand.

»Nein!«, rief sie wieder, aber die Tür des winzigen Schiffes schloss sich gerade hinter Keru. Sie sah, wie er noch einen letzten Blick in ihre Richtung warf, dann war er verschwunden. »Keru!«, schrie sie. »Warte!«

Sie kämpfte sich auf die Beine und rannte ihm nach, während heiße Tränen über ihr Gesicht liefen. »Keru!«

Ein Stein im Sand brachte sie zu Fall; sie streckte die Hand nach dem Schiff aus, gerade als Keru die Antriebe zündete. Sie rief seinen Namen und ihre Stimme wurde vom Kreischen blauen Feuers verschluckt. Eine Staubwolke wurde aufgepeitscht und blendete sie – sie hob den Arm vor die Augen und blinzelte mit Lidern wie aus Sandpapier. Sie weinte, hustete und schrie.

»Keru!«

Doch das Schiff war bereits am Himmel und jagte in Richtung Weltenberg.

Endriel fiel auf die Knie, während sie dem winzigen Gefährt nachsah.

Die Korona! Sie musste das Schiff irgendwie in die Luft kriegen! Sie musste ihn aufhalten!

Von verzweifelter Energie erfüllt, sprang sie auf. Sie drehte sich zu ihrem Schiff – und sah Liyen, die keine drei Schritte von ihr entfernt wieder auf die Beine kam. Ein Yadi-Sonnenauge lag in ihrer Hand. Sein Kristall glühte tiefrot durch den Staub.

»Schalten Sie sofort alle Portale im Palast ab!«, kreischte Galet über die Sirenen hinweg in den nächsten Kubus. Kalter Schweiß badete ihn, seine Haut brannte wie in Fieber. Sobald Rokor das Fundament des Gebäudes durchstoßen hatte, würde es sich in Windeseile per Nexus ausbreiten können! »Haben Sie gehört? Schalten Sie sofort alle Portale –!«

Schreie wurden laut, scheinbar von überall her, und mit ihnen kam ein Lärm, als würde ein Sturm durch den Palast wüten. Die Überwachungskuben zeigten eine schwarze Flut, die sich scheinbar gleichzeitig überall ausbreitete: in den Hangars, den Gängen, den Quartieren, den Überresten des kaiserlichen Gartens. Überall sah Galet die Schemen von Körpern, die in ihr ertranken. Er hatte versucht, die Schiffe des Kults zu warnen; ihnen mitzuteilen, was sie tun mussten, um Rokor in diesem Stadium noch vernichten zu können. Doch die Signale der Kuben waren von einer unbekannten Störquelle verzerrt worden.

Ein Ächzen ertönte hinter Galet und etwas Hartes schlug auf den Tisch; er und Minister Weron drehten sich um und sahen Minister Ta-Gad, dessen Schädel durch die Projektionen der Vulkane zu erkennen war. Ein kleines Tablettendöschen fiel aus seinen schlaffen Händen.

Galet riss den Blick zur Tür, als ein Grollen durch den Korridor vor dem Kriegszimmer ging. Minister Weron flog neben ihm und herrschte die Soldaten an: »Verriegeln Sie die Tür! Sofort!«

Nur einer der Krieger gehorchte; seine Kameraden standen da wie schwarze Statuen.

Auch Galet war unfähig, sich zu bewegen; unfähig, von der Tür wegzusehen, während sich um sie herum fast alle

Kuben mit lebendiger Schwärze füllten. *So darf es nicht enden*, dachte er. Nicht nach all ihren Kämpfen. Nicht nach all den Opfern.

Der Lärm im Flur wurde lauter.

So darf es nicht enden ...

Galet befreite sich aus seiner Starre. Er riss dem nächstbesten Soldaten sein Sonnenauge aus den Händen. Er konnte nicht darauf vertrauen, dass die Cyanidkapsel ihn genauso schnell tötete wie den Draxyll. Weron drehte sich in Galets Richtung: Es war offensichtlich, dass er das Gleiche dachte. Er breitete die Arme aus, schloss die Augen und nickte.

Rotes Licht durchbohrte den Minister – und noch bevor sein winziger Körper zu Boden gesegelt war, brach ein schwarzer Tentakel durch die Stahltür. Weitere Tentakel sprossen aus ihr hervor und packten die Soldaten, bevor sie sich rühren konnten. Galet hörte die verblassenden Schreie; sah, wie die Wesen um ihn herum von der Masse absorbiert wurden. Er hielt sich den Fokuskristall unters Kinn – ein Tentakel griff nach ihm und schlang sich um seinen Körper, glühend wie brennende Schlacke und gleichzeitig kälter als Gletschereis, und Galet spürte, wie sein Fleisch mit dem Ding verschmolz, wie es sein Leben aus ihm heraustrank. Schwarzer Schleim strömte über sein Gesicht und verschluckte seinen Schrei.

Es war, als würde der Weltenberg zu faulen beginnen: Dunkle Flecken erschienen auf dem roten Gestein und breiteten sich aus – langsam, doch mit bloßem Auge erkennbar, selbst aus dieser Entfernung. Andar Telios versuchte sich vorzustellen, wie Rokor das Herz des Vulkans ausfüllte; wie es das Gestein sprengte und aus den Löchern sickerte wie schwarzer Eiter.

Der Drang zu fliehen war übermächtig; welche Macht im Universum konnte dieses Ding aufhalten?

Nur langsam begriff er, dass jemand mit ihm sprach.

»Admiral«, wiederholte Quai-Lor, halberstickt. »Wie lauten Ihre Befehle?«

Er brauchte all seine Kraft, um die Fesseln der Panik abzuschütteln. »Telios an alle! Wir greifen an!«

Die übrig gebliebenen Punkte auf der Navigationskarte reagierten auf seinen Ruf. Ein Großteil von ihnen, vielleicht dreißig Schiffe, wahrscheinlich weniger, kehrte zusammen mit der *Dragulia* um, zurück zum Weltenberg. Alle anderen suchten das Heil in der Flucht. Sein Instinkt drängte ihn, das Gleiche zu tun: zu fliehen, so lange er noch konnte. Neun Zehntel der Friedenswächter-Streitkräfte hatten im Strahlenden Zeitalter versucht, Rokor aufzuhalten. Ohne Erfolg. Was konnten sie unternehmen, das ihre Vorgänger nicht versucht hatten?

»Bringen Sie uns so nahe wie möglich an den Berg!«, befahl er Leutnant Tsuna. Die Sonnenaugen hatten aus der Nähe größere Wirkung – auch wenn sie bislang nichts anderes geschafft hatten, als das Monster zu kitzeln. »Wenn wir unsere Angriffe bündeln, haben wir vielleicht eine Chance!«

Er wünschte sich nur, selbst daran glauben zu können.

Sefiron sah die Flecken auf dem Weltenberg und versuchte angestrengt, nicht zu schreien. Er hörte die Stimme seines Vaters in seinem Ohr; wie er nach jeder Tracht Prügel gedroht hatte: *»Mach so weiter – und Rokor holt dich!«*

Selbst als Kind hatte er nie geglaubt, dass sich die Prophezeiungen des alten Dreckskerls eines Tages bewahrheiten würden.

»Telios an alle! Wir greifen an!«

Schwärme von Weißmantelmaschinen donnerten an der *Krähe* vorbei, zurück in die Schlacht. Sefiron wusste nicht, ob sie besonders mutig oder besonders hirntot waren. Die

Karte zeigte ihm eine Handvoll seiner eigenen Leute, die genau in die entgegengesetzte Richtung flogen – weg aus der Wüste, fort von dem Monster im Berg.

Goskin machte keine Anstalten, sie aufzuhalten; die Farbe war immer noch nicht in sein Gesicht zurückgekehrt. »Zurück!«, keifte er. »Volle Kraft zurück!«

Kobek tat wie ihm geheißen.

Sefirons ungegipste Hand packte Goskins Oberarm. »Was? Wir zieh'n einfach den Schwanz ein und türmen?«

Der Käpt'n schlug seine Hand weg. »Das hier ist eine Nummer zu groß für uns, Tanna!«

So sehr er es auch hasste, Sefiron war geneigt, ihm zuzustimmen. Das Monster dort draußen hatte bereits einen Planeten verschlungen, ohne dass die Weißmäntel und die Sha Yang dem auch nur einen Furz entgegensetzen konnten. Wenn das Ende von Kenlyn gekommen war, mochte es vielleicht das Beste sein, so weit wie möglich von hier weg zu sein, um wenigstens ein paar Tage oder Stunden länger am Leben zu bleiben.

Er dachte an Amalinn, die er nie wiedersehen würde. Genau wie Endriel.

Nelen flatterte ihnen entgegen, als sie zurück ins Schiff liefen. »Endriel!«, piepste sie. »Habt ihr's hingekriegt? Können wir wieder –?«

Sie brach mitten im Satz ab, als sie Liyen erblickte, die ihrer Freundin folgte. »Du!«, rief sie aus – und im nächsten Moment schoss sie mit wutverzerrtem Gesicht auf Liyen zu, die Hörner voran.

»Nelen!« Endriel hielt sie auf, indem sie sich vor Liyen stellte. »Wir brauchen sie noch!«

Nelen verstand die Welt nicht mehr. »Wofür?« Sie sah sich um. »Und wo ist Keru?«

Endriel verlor keine Zeit mit einer Antwort: Sie rannte die Wendeltreppe hoch, zur Brücke.

Liyens Mini-Sonnenauge hatte den Energiesauger vom Heck geschnitten, sodass der Herzkristall der *Korona* sich nun wieder mit Äther vollsaugte. Als sie das Steuer erreichte, verrieten ihr die Anzeigen, dass sie genug Energie zum Starten hatten. Sie umfasste das Steuerrad und gab vollen Schub – die *Korona* sprang aus der Düne, die Sandmassen fielen von der Brückenkuppel ab und ließen wieder Sonnenlicht durch.

»Endriel Naguun an alle!«, rief sie in den Kubus. »Bitte melden! Ich wiederhole: Endriel Naguun an alle! Hört mich jemand? Irgendwer?«

Niemand antwortete ihr. Auf der Navigationskarte sah sie die wenigen Punkte, die von der Armada übrig geblieben waren: Sie hielten auf den Berg zu, von der *Dragulia* angeführt. Alle übrigen Maschinen verstreuten sich in sämtliche Himmelsrichtungen – abgesehen von einem einzigen, winzigen Schiff, das den Weißmänteln zum Vulkan folgte.

»Keru!«, flehte sie. »Wenn du mich hören kannst, antworte – bitte!«

Die Karte zeigte nur ein Schiff an, das ihm folgte – aber sein Vorsprung zur *Korona* war zu groß, sie würde ihn nicht einholen können.

»*Keru, bitte!*« Endriels Stimme kam verrauscht aus dem Kubus. Sie weinte. »*Du musst das nicht tun! Wir finden eine andere Lösung! Bitte – wenn du mich hören kannst, komm zurück!*«

Ja, er konnte sie hören, aber selbst wenn er es gewollt hätte, er konnte ihr nicht antworten. Der Kubus war beschädigt, genau wie das rothaarige Affengesicht gesagt hatte.

»*Keru! Als dein Kapitän befehle ich dir, sofort umzudrehen, verdammt!*«

Sie liebt dich wirklich, dachte er. Warum, hatte er nie verstanden. Es tat ihm leid, dass er ihr so wehtun musste, und er wünschte sich, genug Zeit gehabt zu haben, ihr das zu sagen. Doch Zeit war das, was ihm am meisten fehlte.

»*Ker –!*«

Er riss den Kubus aus der Konsole und trieb das Schiff weiter an.

Er hatte seine Sehkraft beinahe vollständig wiedererlangt, allerdings hätte er den Weltenberg auch noch halb blind ebenso erkannt wie die Weißmantelschiffe, die vor den Hängen des Vulkans herumschwirrten. Sie feuerten unermüdlich auf die schwarzen Flecken im Fels, die vor Minuten noch sehr viel kleiner gewesen waren. Sogar die letzten verbliebenen Schiffe des Kults kämpften an ihrer Seite, während sich Rokors hundertfache Arme nach ihnen ausstreckten.

Wie seltsam, dass der Tod ihn lange genug am Leben gelassen hatte, damit er hier sterben konnte. Aber vielleicht war es richtig so. Vielleicht sollte er hier sein. Vielleicht brauchte es ein Monster, um ein anderes Monster zu erlegen.

»Weiterfeuern!«, brüllte Telios. Steinsplitter schlugen wie Kometen gegen den Schild, und Bündel schwarzer Würmer krochen aus den Hängen des Weltenbergs hervor, ölig glänzend im Sonnenlicht. Was von der Armada übrig geblieben war, schleuderte ihnen eine Breitseite nach der anderen entgegen. Doch alles, was sie damit erreichten, waren noch mehr Löcher im Stein, während das Ungeheuer im Berg das Feuer schluckte.

»Ständig weiterfeuern!«

Leutnant Tsuna ließ die *Dragulia* mit dröhnenden Antrieben am Berg vorbeijagen; Fangarme, so lang wie Straßen, schlugen nach dem Schiff und warfen ihre Schatten über die Brücke – Telios musste an eine fleischfressende Pflanze denken, die nach einer Fliege schnappte. Er sah, wie die Waffentürme unermüdlich Energie spuckten. Sie konnten ein Tentakel zersägen, bevor es sich verhärtet hatte. Die schwarze Masse fiel vor ihren Augen in die Tiefe und verdorrte noch im Flug. Aber es gab keinen Grund, aufzuatmen: Für jeden verlorenen Arm wuchsen dem Ding mindestens zwei neue.

Er sah Quai-Lors Gesicht aus dem Augenwinkel und erkannte die zunehmende Hoffnungslosigkeit in seinen Augen. Dieses Monster hatte eine ganze Welt vernichtet! Wie konnten sie gegen so etwas bestehen?

Die *Dragulia* flog weiterhin dicht am Hang vorbei, sie feuerte bugwärts und achtern gegen die schwarzen Auswüchse des Monsters und befreite mit einem gezielten Schuss einen Feuerdrachen aus Rokors Griff. Die Hände an die Konsole gekrallt, sah Telios zu, wie in der Ferne ein anderes Schiff von schwarzen Klingen durchbohrt wurde, die aus einem Tentakel gewachsen waren, während ein Drittes von Rokor fortgeschleudert wurde wie ein Spielball. Und noch immer zeigte das Monster keine Spur von Ermüdung. Im Gegenteil: Es trank das Leben aus den erbeuteten Schiffen und breitete sich weiter aus.

Wir können nicht gewinnen, dachte der Admiral.

Sie konnten das Unvermeidliche nur hinauszögern.

Wenn sie jetzt die Waffen streckten, würde Rokor sich unterirdisch ausbreiten, auf die nächste Siedlung zu. Wenn sie weiter kämpften und weiter fielen, gaben sie dem Ding nur noch mehr Nahrung. Irgendwann würde es Sporen bilden und seine winzigen Samen mit dem Wind verstreuen. Überall auf Kenlyn würden weitere Monster heranwachsen – und die Geschichte würde sich wiederholen. Nur gab es diesmal keinen Planeten, auf den sie flüchten konnten.

Plötzlich wurde es dunkel auf der Brücke: Aus einem höher gelegenen Abschnitt des Berges brach ein neues Dutzend Tentakel aus dem Fels und sperrte die Sonne aus.

»Volle Kraft zurück!«, befahl Telios.

Leutnant Tsuna ließ die Schubdüsen um hundertachtzig Grad herumwirbeln und gab vollen Schub. Die Tentakel wurden schnell kleiner, als sich das Schiff von ihnen entfernte. Die Waffentürme feuerten in einem fort, aber Rokors Arme folgten dem Schiff – ein Schlag erschütterte die *Dragulia* und stoppte sie mit einem Ruck. Telios verlor den Halt, er ging zu Boden und Quai-Lor mit ihm.

Der Admiral hörte die Antriebe kreischen, aber das Schiff bewegte sich kaum. Mit weit aufgerissenen Augen sah er, wie sich Streifen von Schwärze um den geschwächten Schild jenseits der Brücke legten, als male ein riesiger Pinsel schwarze Farbe über das Schiff. Jetzt begriff Telios: Das Monster hatte ihnen eine Falle gestellt. Es hatte sie zurückgetrieben und dann von allen Seiten neue Arme aus dem Fels schießen lassen. Es wusste genau, was es tat – und nun wurde es dunkler und dunkler um sie herum, während Rokors Tentakel sie einsponnen.

»Vollen Schub!«, brüllte Telios.

Es zeigte keine Wirkung; Sekunden später drangen nur noch Striche von Sonnenlicht zur Brücke hindurch. Telios kämpfte gegen seine Panik an, er meinte den irrsinnigen Druck zu spüren, den das Monster auf den Schild ausübte und damit die Energie aus den Generatoren presste – *fünfunddreißig Prozent, vierunddreißig, dreiunddreißig* – und er hörte Metall unter der Belastung stöhnen.

Dann war das letzte bisschen Sonne verschwunden. Hinter dem Schild gab es nichts als Schwärze – undurchdringlich, vollkommen.

»Admiral Telios an alle! Dies ist ein Notruf! Wir brauchen dringend Unterstützung!«

Keine Antwort.

»Leutnant Veldris!«

Aber die junge Menschenfrau antwortete nicht, wie paralysiert starrte sie auf die Finsternis.

Quai-Lor löste sich aus seiner eigenen Starre. Er schob Veldris zur Seite und überprüfte ihre Konsole.

»Die Signale dringen nicht mehr durch!«, rief er.

Telios wich zurück; bevor seine Beine nachgaben, stieß er mit dem Rücken an die Hauptkonsole.

Neunundzwanzig ... achtundzwanzig ...

Das Stöhnen der *Dragulia* wurde lauter. Ein Drache, der von Dunkelheit gefressen wurde.

Keine Möglichkeit, zu entkommen. Keine Chance auf Unterstützung. Da wusste Telios, dass es nur noch eine Sache gab, die sie tun konnten; aber es musste jetzt geschehen. Er sah von einem Mannschaftsmitglied zum nächsten. »Wir haben getan, was wir konnten. Aber es sieht aus, als wäre unsere Zeit gekommen. Unsere letzte Pflicht ist, uns mit angemessenem Donner zu verabschieden.«

Quai-Lor sah ihn an, als habe er den Verstand verloren. »Admiral?«

Telios zeigte ein wölfisches Lächeln und wandte sich an den nächsten Kubus: »Telios an Maschinenraum: Sorgen Sie für eine manuelle Überlastung der Antriebe! Vielleicht können wir dieses Ding wenigstens ein bisschen kratzen, wenn wir abtreten!«

Ein Alarm übertönte das letzte Wort: Der Schild war durchbrochen. Sie spürten eine erneute Erschütterung des Rumpfes. Mit einem Mal war die Brücke erfüllt von den körperlosen Schreien sterbender Lebewesen auf dem ganzen Schiff.

Leutnant Veldris kreischte auf. Quai-Lor schlug sie mit einem gezielten Schlag nieder und übernahm ihren Platz an der Kommunikationskonsole.

»Beeilen Sie sich!«, schrie Telios in den Kubus und ließ die Tür zur Brücke verriegeln.

»Und? Was ist das für ein Gefühl, *eure Majestät*?« Ein zorniges Funkeln lag in Nelens Stiefmütterchenaugen. Tränen kullerten über ihre Wangen. »Die ganze Welt geht deinetwegen unter – ich hoffe, wenigstens *du* freust dich darüber!«

Liyen wich ihrem Blick aus und drückte ihren Rücken gegen die Wand des obersten Korridors. Durch die Tür zur Brücke konnten sie hören, wie Endriel Keru beschwor, ihr zu antworten.

»Verdammt nochmal, *sag was*!«, befahl Nelen.

Liyen schluckte. »Nein«, flüsterte sie. »Nein, ich freue mich nicht darüber.«

Nelen flitzte auf sie zu, bis sie direkt vor ihrem Gesicht hing. Liyen sah, wie der kleine Körper der Yadi vor Zorn bebte. »Du hättest das alles verhindern können! Den Krieg, das Ding da draußen! Wenn du nicht gewesen wärst, wären Millionen noch am Leben! Miko wäre noch am Leben!«

Liyen antwortete ihr nicht. Sie hörte kaum, wie die Tür zum Gästezimmer aufgerissen wurde.

»Liyen.«

Kai stand vor ihr, er starrte sie an, verwirrt, erschrocken.

Ihre Knie wurden weich, ihre Unterlippe begann zu zittern.

Abgesehen von dem blutigen Verband um seinen Kopf sah er aus wie früher; wie an dem Abend, als er sie verlassen hatte. Er starrte sie an wie eine Erscheinung. Xeah stand neben ihm und blinzelte mit trüben Augen; ihr Arm lag auf Kais Schulter. Auch die alte Heilerin schien zu glauben, dass sie halluzinierte.

»Kai.«

Liyen machte einen vorsichtigen Schritt auf ihn zu. Er hielt ihren Blick noch für eine Sekunde. Dann wandte er sich abrupt von ihr ab, als habe sie nie etwas gesagt. »Was ist passiert, Nelen?«, fragte er. »Sind alle an Bord?«

Rokor hatte fast ein Viertel der ihm zugewandten Seite des Berges eingehüllt; Keru sah die schwarzen, pulsierenden Auswüchse auf dem Fels und Furcht kitzelte seinen Verstand.

»*Warnung! Kollisionsalarm! Neun Minuten bis zum Aufprall!*«, ermahnte ihn die Stimme des Schiffs.

Gut. Er drückte einen Knopf zu seiner Rechten: Steuer und Schubpedal erstarrten in ihrer gegenwärtigen Position und ließen den Sperling unbeirrt auf den größten der Rokor-Flecken zurasen. Keru schwang sich von der Pilotenliege und hastete durch den kurzen Gang hinter der Brücke, bis zum Maschinenraum, der kaum größer war als eine Besenkammer. Blaues Licht und ein musikalisches Sirren empfingen ihn; der Herzkristall drehte sich fröhlich in seiner Sphäre. Keru spreizte die Krallen und riss den Verschlag der Konsole unterhalb des Kristalls auf. Er blickte auf ein Gewirr aus Kabeln, Röhren und Aggregaten, das wie die Eingeweide eines mechanischen Tiers wirkte.

»*Acht Minuten bis zum Aufprall! Warnung!*«

Mit chirurgischer Präzision zog er alle Leitungen und Apparaturen heraus, die zur Feldeindämmung des Kristalls dienten. Das blaue Licht wurde stärker, es blendete sein Auge, bis es tränte. Sirenen sprangen an.

»*Warnung! Feldeindämmung beschädigt! Äthermotor wird überladen!*«

»Freut mich«, brummte Keru. Er ließ die Maschine weiterplärren und durchtrennte die letzten Kabel.

»*Versagen des Notfallfelds in sechs Minuten! Warnung!*«

Keru entblößte zufrieden die Zähne, freute sich über das

Timing und fühlte sich seltsam befreit. Selbst wenn er wollte, er würde es nicht mehr rechtzeitig aufhalten können. Nun blieb nur noch die Frage, womit er die letzten Augenblicke seines Lebens verbringen wollte.

Er dachte an Endriel und hoffte, dass sie clever genug war, ihn fürs Erste zu vergessen, und dass sie, während er die Vorarbeit leistete, den Weißmänteln Bescheid gab, was zu tun war. Vielleicht war das, was er hier tat, nicht umsonst. Vielleicht würden sie und die anderen überleben.

Mit gemächlichen Schritten kehrte er zurück zur Brücke. Durch die Glaskuppel sah er das Monster im Berg.

Alles in allem war es kein schlechtes Leben gewesen. Er hatte Freunde gehabt, die bereit gewesen waren, über seine zahlreichen Fehler hinwegzusehen – und vielleicht, dachte er, mit den Jahren, wäre es ihm selbst auch gelungen. Nein. Alles in allem kein schlechtes Leben.

»*Warnung! Aufprall in fünf Minuten! Warnung!*«

Wieder fiel ihm die alte Geschichte ein, dass eine Äther-Detonation angeblich im Stande war, selbst die Seele eines Lebewesens zu vernichten.

Nun, in wenigen Minuten würde er wissen, ob das stimmte.

Kurz darauf traf der Sperling auf Rokor. Die Fangarme des Monsters umschlangen das Schiff lautlos und verschlangen es wie eine Süßigkeit.

Das Stöhnen und Quietschen von gequältem Metall drang von allen Seiten an seine Ohren. Er hörte den Stahlkristall der Brückenkuppel bedenklich knacken, als die Schwärze ihren Würgegriff um das Schiff noch verstärkte.

»*Überlastung der Antriebe wird eingeleitet*«, kam die Meldung aus dem Maschinenraum. »*Auf Ihr Zeichen, Admiral!*«

Telios sah Quai-Lor neben sich stehen: Der Draxyll hatte

Haltung angenommen, sein Blick schien nach innen gerichtet. Er würde sterben, wie man es von einem Friedenswächter verlangte: in Erfüllung seiner Pflicht und mit Würde. Telios war stolz auf ihn, auf sie alle.

»Es war mir ein Vergnügen, an Ihrer Seite kämpfen zu dürfen«, sagte er.

»Das beruht auf Gegenseitigkeit, Admiral«, antwortete Quai-Lor tapfer.

Telios hob die Hand. »Auf mein Zeichen! Drei ...!«

Er fragte sich, ob er seine Eltern auf der anderen Seite wiedersehen würde, wenn es eine andere Seite gab; ob er Yanek dort treffen würde, Xaba Kwu-Dal und die Mitglieder seiner früheren Bande, aus seiner Zeit als Straßenkind. Die Chancen standen schlecht, aber die Vorstellung tröstete ihn.

»Zwei!«

Er warf einen letzten Blick auf die Brücke. Das Schiff war in den letzten Jahren sein Zuhause gewesen, aber zumindest ging es kämpfend unter. So wie er.

Lärm wurde auf dem Gang vor der Brücke laut. Etwas schlug gegen die Tür, die Wucht zerbeulte das Metall.

Telios holte tief Luft, um den letzten Befehl zu geben.

Doch dazu kam es nicht mehr.

Es war, als würden Eiszapfen in sein Gehirn schlagen: Zusammen mit dem letzten Erbeben seines Schiffs hörte er ein Kreischen, das sein Blut zu Eis gefrieren ließ und ihn zwang, die Hände an die Ohren zu legen. Die Augen fest geschlossen, bereitete er sich auf die endgültige Detonation vor. Er holte tief Luft für den letzten Befehl ...

Dann spürte er Licht durch seine Lider.

Aber es war nicht das sonnenheiße Glühen eines detonierenden Motors. Verwirrt öffnete Telios die Augen: Sonnenstrahlen drangen auf die Brücke durch. Die Finsternis um sie herum schien dahinzuschmelzen.

Und eine vertraute Stimme rauschte über den Kubus: »... an alle! Wir wissen, wie man es vernichten kann! Ein explodierender Antrieb kann das Vieh schwächen! Ich wiederhole –!«

»Endriel!«, rief Telios aus. Er sah sie im Kristall: ihr Gesicht ernst, die Augen rotgerändert. »Leutnant Tsuna, vollen Schub!«, befahl der Admiral atemlos. Er verstand nicht, was geschehen war; nur, was es bedeutete. »*Dragulia* an alle! Wir brauchen Hilfe!«

Sie sahen zu, wie der winzige Punkt von der Schwärze auf dem Berg verschluckt wurde, ohne dass sie etwas tun konnten.

Keru war umsonst gestorben. Nichts geschah.

»Vielleicht ist er vorher abgesprungen!«, sagte Nelen. »Bei all dem Staub da draußen haben wir es vielleicht nur nicht gesehen!«

Endriel antwortete ihr nicht. Sie sagte nichts von dem letzten Blick, den Keru ihr zugeworfen hatte, oder ihrem Gefühl, dass er sterben *wollte*; dass die Aussicht, sie zu retten, das Einzige gewesen war, das ihn noch am Leben gehalten hatte.

Ohne wirklich daran zu glauben, dass es etwas bewirken würde, sendete Endriel Liyens Informationen weiter über den Kubus. Sie wußte nicht, ob irgendwer sie empfing.

Er ist tot, dachte sie.

Da erfüllte ein Kreischen die Welt; ein Geräusch, das sie mehr spürten, als hörten: die Schreie eines verletzten Lebewesens. Rokors Tentakel fingen an, zu zucken, und zogen sich zurück – und Endriel erkannte die *Dragulia*, die eben noch von dem schwarzen Panzer des Monsters eingehüllt gewesen war und jetzt darum kämpfte, sich zu befreien. Vier Feuerdrachen standen ihr bei und schmetterten rubinrote Strahlen auf die ölige Schwärze, während ringsum weitere Schiffe Kerus Beispiel folgten. Die Mannschaft der *Korona* sah zu, wie sich Landbarken und Fallschirme von den Maschinen lösten, bevor diese scheinbar blind auf Rokor zurasten. Weitere Explosionen erschütterten den Weltenberg; Endriel und die anderen bedeckten die Augen vor dem schmerzhaften Licht der explodierenden Schiffe, während die Plage mit jeder neuen Detonation aufschrie.

»Alle Mann in die Barken!«, rief der Admiral in den Kubus. Schritte donnerten über den zerbeulten Korridor, Alarmsirenen heulten. »Dieses Schiff wird untergehen!«

Das Monster hatte von der *Dragulia* abgelassen; Tsuna hatte sie aus der Reichweite von Rokors Armen gebracht und dann einen neuen Kurs programmiert: Sobald der letzte Mann von Bord war, würde das Schiff auf das Herz des Weltenberges zuhalten und seine letzte Pflicht erfüllen.

»Worauf warten Sie, Kommandant?«, herrschte Telios seinen Ersten Offizier an, der immer noch an der Tür stand, während alle anderen die Brücke längst geräumt hatten.

»Auf Sie, Admiral!«, rief Quai-Lor. »Sie haben doch nicht etwa vor, hierzubleiben?«

Telios antworte nicht. Er sah durch die Brückenkuppel, wie die vollbesetzten Barken der *Dragulia* zu Boden gingen und sich so schnell sie konnten vom Berg entfernten. Das Kreischen der Plage in seinem Kopf ließ ihn schwindeln. Er legte die Hand auf die Hauptkonsole seines Schiffs und dachte daran, wie er es zum ersten Mal betreten hatte, wie es zu einer Heimat für ihn geworden war; ein Teil seines Lebens. »Danke«, flüsterte er – dann rannte er zu Quai-Lor.

Die letzte Barke wartete auf sie.

Epilog

»Im Leben wie im Tode: Eine Reise endet, und die nächste beginnt.«
– Die Heilige Prophetin Shiama Xal-Nama

Kalter Wind schüttelte die Zweige der drei jungen Kastanien. Sie standen biegsam und grün vor den laublosen älteren Bäumen; nur zwei der Kastanien waren über ein Grab gepflanzt worden. Die Bänder der Erinnerung flatterten in frischen Farben an ihren Ästen.

Endriel fröstelte. Der nahende Winter machte sich in dieser Hemisphäre allmählich bemerkbar. Sie hob den Blick zum östlichen Horizont, als könnte sie dort zwischen den Wolken im fahlen Blau das Himmelssanktum ausmachen.

Xeah hatte sich von ihrem Herzinfarkt noch immer nicht richtig erholt, und mit jedem Tag wurde es unwahrscheinlicher, dass sie es je tun würde. Endriel und die anderen hatten sie direkt nach dem Untergang Rokors ins Kloster geflogen. Xeah hatte ihre Freunde nicht verlassen wollen, und ihre Freunde hatten sie nicht gehen lassen wollen, aber das Sanktum besaß die medizinische Versorgung, die sie brauchte. »Dann bleiben wir eben bei dir!«, hatte Endriel gesagt.

Xeah hatte gelächelt. »Das würde mir gefallen. Aber vergiss nicht, du hast immer noch ein Geschäft zu führen.«

Sie hatte Recht: Die Kasse von *Korona-Transport* hatte sich wieder bis auf den letzten Shenn geleert. Alle Artefakte, die sie vom Saphirstern mitgenommen hatten und hätten verkaufen können, waren ihnen von den Piraten gestohlen worden.

(Zumindest ihre Steuerschulden waren getilgt: Die für sie zuständige Finanzbehörde war eines der ersten Gebäude, das während des Krieges von den zornigen Bürgern in Schutt und Asche gelegt worden war – zusammen mit allen Akten und Aufzeichnungen.)

Es ließ sich also nicht vermeiden, ihr Geld auf althergebrachte Art zu verdienen; die Werbetrommel zu rühren und ihre wenigen alte Geschäftskontakte wieder aufleben zu lassen.

Trotzdem hatte Endriel darauf bestanden, Xeah zusammen mit Kai und Nelen zu besuchen, jeden Tag seit zwei Monaten. Der Klostervorstand hatte das Sanktum genau zu diesem Zweck so nahe wie möglich an Olvan herangeflogen.

Endriel bemerkte erst, dass Kai hinter ihr stand, als er die Arme um ihre Hüfte schlang. »Ist dir nicht kalt?«, fragte er.

»Ich komme gleich ins Haus«, versprach sie.

»Bist du in Ordnung?«

Sie sah ihn an und lächelte. »Ja«, sagte sie. »Jetzt schon.« Sie küsste ihn auf die Wange. Eine Weile standen sie nur so da, Hand in Hand, und betrachteten die Bäume im Wind. Immer noch war der Gedanke schwer zu ertragen, dass bald ein neuer Baum wachsen würde.

Sie hatte die letzte Nacht kaum Schlaf gefunden. Kai hatte sie ungewollt geweckt, als er plötzlich hochgeschreckt war und die Decke von sich geworfen hatte. Sie hatte geglaubt, sein Herz pochen zu hören, während er sich umsah.

»Jemand ist im Haus!«, hatte er gesagt.

Die Schatten sind hier! Der Adrenalinschock hatte sie sofort wach gemacht. Liyens Handlanger waren gekommen, um sich an ihnen zu rächen. Oder die Leute der Kommission. Plünderer. Oder Piraten.

Sie hatten alles durchsucht, doch niemanden gefunden. Erst nach zwei Stunden hatten sie beide wieder einschlafen können.

Es war nicht das erste Mal, dass so etwas passierte: Auch

Endriel war in den letzten Nächten viel zu oft wach geworden, weil sie geglaubt hatte, das Zischen von Sonnenaugen zu hören, oder weil sie von Schatten geträumt hatte.

Würde es von jetzt an immer so sein? Wann würden sie die ständige Verfolgung und die Kämpfe hinter sich lassen und sich wieder an die Ruhe gewöhnen können? Wann würden sie lernen, wieder in die Normalität zurückkehren?

Vielleicht nie, denn so etwas wie Normalität gab es nicht mehr: Kenlyn veränderte sich. Nichts war mehr wie vorher. Miko war fort. Genau wie Keru.

Manchmal öffnete Endriel eine Tür und erwartete halb, dass er vor ihr stehen würde. Er war von Liyens Schiff abgesprungen und war acht Wochen lang durchs Niemandsland geirrt, auf dem Weg zu ihnen.

Nein. Andars Leute hatten die Wüste abgesucht, aber nichts gefunden außer Wracks, Leichen und ein paar Überlebenden. Keru war nicht darunter. Er würde nicht zurückkehren, das wusste sie.

»Das Mittagessen ist demnächst fertig«, sagte Kai.

Sie nickte. »Ich geb' den anderen Bescheid.«

Gemeinsam kehrten sie ins Haus zurück. Während Kai wieder in der Küche verschwand, durchquerte Endriel den Flur zur Vordertür.

Es hatte Tage gedauert, das Haus wieder auf Vordermann zu bringen und die Verwüstung, die die Kommission hinterlassen hatte, zu beseitigen. Es schien immer noch leer, trotz ihres Zuwachses vor kurzem.

Sie blieb einen Moment im Flur stehen.

Vor drei Wochen hatte sie hier gestanden, zusammen mit Sefiron, der wie ein böser Geist plötzlich an der Tür erschienen war, seinen linken Arm in Gips, bekritzelt mit Schweinereien.

»Sef.« Sie hatte die Arme verschränkt und sich gegen den Türrahmen gelehnt. »Was für eine unangenehme Überraschung.«

Er hatte gelächelt, als habe sie etwas sehr Schmeichelhaftes gesagt. »Ich hatt' eigentlich mit 'ner etwas überschwänglicheren Begrüßung gerechnet.«

»Rechnen war noch nie deine Stärke.«

»Du könntest dich ruhig ein bisschen dankbarer zeigen, Sternäuglein: Ohne mich und meine Leute wär' eure kleine Schlacht ziemlich schnell vorbei gewesen.«

Sie hatte nichts gesagt. Sie wusste, dass es stimmte. Und hasste es. Schließlich hatte sie gefragt: »Was willst du, Sef?«

Er hatte sich unter dem Gips gekratzt. »Beruhig dich. Ich wollt' mich nur verabschieden. Dein Kumpel Telios hat sein Wort gehalten. Meine Leute sind frei.«

»Obwohl ihr den Schwanz eingekniffen habt.«

»Japp. Amalinn und ich ham dran gedacht, uns für 'ne Weile abzuseilen. Ein paar von unser'n alten Kumpanen sind nich' besonders gut auf uns zu sprechen. Auf dich übrigens auch nich', aber ich glaub nich', dass sich einer von ihnen bis hierher traut.«

»Amalinn. Die kleine Blonde?«

»Genau die.«

»Weiß sie, dass du bereit warst, sie im Knast darauf warten zu lassen, dass Rokor über sie herfällt?«

»Nö. Und sie muss es auch nich' unbedingt erfahren.«

»Dann schlage ich dir folgenden Handel vor: Du zeigst deine Visage nie wieder in dieser Gegend – und ich halte dicht.«

Er hatte sich spöttisch verneigt. »Is' mir wie immer ein Vergnügen, mit dir Geschäfte zu machen, Rosenblüte.«

»Wer war an der Tür?«, hatte Kai gefragt, als sie kurz darauf in die Stube zurückgekehrt war.

»Niemand Wichtiges«, hatte sie geantwortet.

Und bisher hatte Sefiron sein Versprechen gehalten.

Die *Korona* stand in all ihrer neulackierten Pracht vor der Scheune; die frisch polierten Namensplaketten glänzten im Mittagssonnenlicht. Einzig die beiden Stellen am Bug, die heller waren, als das umgebende Holz, erinnerten an die Schlacht im Niemandsland. Endriel sah Schemen hinter dem Brückenglas. Die Gangway war ausgefahren. Sie schritt die Wendeltreppe hoch. Im Mitteldeck hielt sie inne.

Die Tür zu Kerus ehemaligem Quartier stand offen. Der Raum dahinter war leer.

Sie dachte daran, wie er ihr in der Lagerhalle unterhalb des Hangars der *Sternenreiter* den Schlüsselkristall der *Korona* gegeben hatte. »Es ist dein Schiff«, hatte er gesagt.

Nein. Sie war mindestens ebenso sein Schiff gewesen. Seltsam: Keru, Xeah und die *Korona* waren am selben Tag in ihr Leben getreten. Ohne ihn schien das Schiff nicht mehr dasselbe zu sein wie zuvor.

Sie hörte das Scheppern von Metall auf der Brücke.

»Scheiße!«, fluchte eine junge Skria-Stimme. Trotz des Kraftausdrucks klang sie sanft, fast menschlich.

Als Endriel vor die offene Tür trat, hatte sich schmutziges Putzwasser über die Dielen der Brücke ergossen. Rhan stand in der Pfütze, sichtbar wütend auf sich selbst. Nelen flatterte neben ihm und seufzte schwer. »Mann, du hast wirklich zwei linke Pranken ...«

»Ich mach das schon!«, schnaubte Rhan und versuchte, seinen Ärger zu unterdrücken.

»Na, worauf wartest du dann? Das Zeug wischt sich nicht von alleine weg!«

Rhan ließ den Wischmopp fallen und machte Anstalten, zur Tür hinauszulaufen. »Kapitän Naguun!«, sagte er fast erschreckt, als er Endriel sah.

Er war blutjung, seine Mähne war noch im Wachsen begriffen, sein Tigerfell wirkte schmutzig. Nelen hatte besonderen Spaß daran, den Schiffsjungen auf Probe in seine neue Arbeit einzuführen – sie freute sich darüber, nicht mehr die Jüngste an Bord zu sein. Und Rhan war so hitzköpfig, so ungeduldig, so versessen darauf, sich zu beweisen, dass er andauernd über die eigenen Füße stolperte. »Er passt zu uns«, hatte Kai gesagt. Es stimmte.

»Entschuldigung, Kapitän Naguun! Ich hole schnell was zum Aufwischen!«

»Lass dich nicht aufhalten, Rhan.« Sie trat zur Seite und er schob sich an ihr vorbei. »Rhan.«

Er drehte sich um. »Ja, Kapitän?«

Endriel deutete mit dem Daumen auf Nelen. »Lass dich von dem kleinen Biest nicht so rumkommandieren.«

»Nein, Kapitän! Bin sofort wieder da!«

Er polterte die Treppe hinunter.

Nelen flatterte zu ihrer Freundin. Sie grinste. »Darf ich ihn behalten?«

Endriel lächelte. »Ja. Aber nimm ihn nicht zu hart ran.«

Nelens Grinsen wurde breiter. »Ich versuch, mich zurückzuhalten. Ist das Essen bald fertig?«

»Demnächst.«

»Wird auch Zeit«, sagte Nelen erleichtert. »Rhan die ganze Zeit hin und her zu scheuchen macht hungrig. Ich hoffe nur, der Admiral lässt uns nicht zu lange warten.«

Endriel sah nach draußen, zu dem Weg durch die Grasmeere. »Das hoffe ich auch«, sagte sie.

»Man hat Kapitän Naguuns Wunsch entsprochen«, sagte Admiral Kaleen. »Der Direktor von Sar-Nemion wird Sie beide erwarten. Sie kriegt eine Stunde, um mit der Gefangenen zu sprechen.«

»Danke, Kaleen«, sagte Andar Telios. Er warf einen Blick

auf seine Taschenuhr: Ihm blieben noch gute drei Stunden bis zu seiner Verabredung mit Endriel.

Seine ehemalige Ausbilderin und er folgten einem Gang im zweiten Stockwerk des Hauptquartiers. Die meisten Räumlichkeiten des Gebäudes waren bereits renoviert worden, jedoch hatte man sich keine allzu große Mühe gemacht, die Insignien des Ordens wieder aufzuhängen. Jenseits der Mauern hielt der Wiederaufbau von Teriam – und der Welt – immer noch an.

»Apropos: Ich habe mich nie wirklich bei Ihnen bedankt, für alles, was Sie getan haben, oder?« Kaleen sah ihn an.

»Doch, das haben Sie«, sagte Telios.

Die alte Dame lächelte mit spitzen Eckzähnen. »Für einen Helden sind Sie erschreckend bescheiden.«

»Was daran liegen könnte, dass ich keiner bin.«

Ihre Kornblumenaugen musterten ihn. »Zumindest sehen Sie gut aus in Zivil.«

Er strich sich über die Hemdbrust. »Danke.« Er kam sich immer noch nackt vor, ohne die Uniform und das Sakedo an seinem Gürtel, und ohne sich dessen bewusst zu sein, hatte er weitgehend weiße Kleidung angezogen, bevor er sein Hotel in der Hyazinth-Straße verlassen hatte.

Eine Gruppe Kadetten kam ihnen entgegen. Sie salutierten vor Kaleen – und verneigten sich tief vor Telios. Kaleen blickte den jungen Friedenswächtern amüsiert nach.

»Viele der jungen Generation hat Ihr Rücktritt sehr enttäuscht«, sagte Kaleen. »Und viele der älteren ebenfalls. Man dachte, Sie würden bis zum Ende bei uns bleiben.«

»Ich bin mein halbes Leben lang Krieger gewesen, Kaleen. Es ist an der Zeit herauszufinden, ob ich auch etwas anderes sein kann.«

»Zum Beispiel?«

»Es gibt ein kleines Weingut in der Nähe von Olvan, das zum Verkauf steht. Ich habe während meiner Dienstzeit eine Menge Geld zusammengespart, ohne wirklich zu wissen, wofür. Ich habe mir das Exposé zusenden lassen. Es sieht ... vielversprechend aus.«

Der Gedanke schien sie zu erheitern. »Irgendwie habe ich Schwierigkeiten, Sie mir als Winzer vorzustellen.«

»Genau wie ich.«

Sie hatten die Treppe erreicht. Kaleen flog weiter neben ihm her. Telios freute sich, dass sie nach allem, was geschehen war, ihren spröden Humor wiedergewonnen hatte. Aber er kannte sie zu gut, um nicht die Wehmut herauszuhören, die sich dahinter versteckte.

»Zwei Monate also«, sagte Kaleen.

Telios nickte. »Zwei Monate.«

Man hatte Broschüren und Aushänge verteilt, die die Bürger auf die Wahlen in acht Wochen hinwiesen, bei denen die Herrschaft wieder in die Hände des Volkes gelegt werden sollte. Ihm war klar, dass die Leute vorsichtig an das Konzept der Demokratie herangeführt werden mussten: Die letzten Wahlen hatten vor dem Zweiten Schattenkrieg und Syl Ra Vans Machtübernahme stattgefunden. Und selbst damals war es nur um die Auswahl verschiedener Ordens-Administratoren gegangen, nicht um die Neuschaffung einer Regierung. Zum ersten Mal seit Jahrtausenden würden Militär und Verwaltung wieder getrennt werden – und der Orden der Friedenswächter einer neuen Volksarmee weichen.

»Sie wissen, dass es nicht wenige Leute gibt, die Sie gern zum Gouverneur ernennen würden?«, fragte Kaleen.

»Es ist mir zu Ohren gekommen, ja. Aber ich fürchte, sie müssen sich jemand anderen suchen. Jemanden mit mehr Erfahrung.« Telios sah sie mit vielsagendem Lächeln an.

»Ihr Geister!« Kaleen ließ ein trockenes, kurzes Lachen vernehmen. »Ich bin Kriegerin, Andar, keine Politikerin!«

»Dafür machen Sie Ihre Sache aber sehr gut«, sagte er.

Die Admiralin war zu einem der ersten Mitglieder der provisorischen Regierung ernannt worden. Als solches hatte sie sich mit den Anführern der Aufständischen zu Verhandlungen getroffen und dafür gesorgt, dass die letzten Kämpfe von Bürgern gegen den Orden in den äußeren Siedlungen auf friedlichem Weg endeten.

Sie hatten die Vorhalle des Hauptquartiers erreicht. Kaleen flatterte auf der Stelle und Telios blieb stehen.

»Ich wünsche Ihnen viel Glück, Andar«, sagte die alte Dame. »Leben Sie wohl.«

»Nein«, sagte er und sorgte für Stirnrunzeln. »Nicht ›Leben Sie wohl‹, Kaleen. ›Auf Wiedersehen‹.«

Kaleen von den Schwarzen Rosen lächelte gerührt. »Auf Wiedersehen, mein Freund.«

Er traf seinen ehemaligen Ersten Offizier wie verabredet vor Dock 73 am Ringhafen, wo die *Nerular* angedockt hatte; ein alter Feuerdrache, der den Krieg offenbar ohne größere Schäden überstanden hatte. Das Kreischen der Möwen war sogar lauter als das Hämmern und Sägen der Bauarbeiten ringsum. Hinter dem Dock erstreckte sich das Kleine Meer bis zum Horizont – ein Anblick, der Telios nach wie vor irritierte. Es würden noch Wochen, wenn nicht Monate vergehen, bis die Levitationsmaschinen Teriams repariert waren und sich die Stadt von Neuem in die Luft erheben konnte. Er wartete, bis Quai-Lor letzte Instruktionen an seinen eigenen Ersten Offizier weitergegeben hatte, dann machte er sich bemerkbar.

»Kapitän.«

Quai-Lor schnappte in Habachtstellung und salutierte. »Admiral!«

Telios lächelte. »Nein, nicht mehr. Meinen Glückwunsch zur Beförderung.« Es war über eine Woche her, dass sie sich das letzte Mal gesehen hatten. In der Zwischenzeit war viel geschehen.

»Danke, Admi – Bürger Telios. Wie ich gehört habe, waren Sie daran nicht ganz unbeteiligt.«

»Ein Wort, hier oder da.« Telios zuckte die Achseln. »Ihre Akte hat einen Großteil der Überzeugungsarbeit geleistet. Es tut mir nur leid, dass Sie den Posten nicht lange behalten können.«

Quai-Lor zeigte ein flüchtiges Lächeln. »Lieber zwei Monate lang Kapitän als niemals, schätze ich.«

»Hauptsache, Sie gehen mit Ihrem Schiff sorgsamer um als ich.« Telios betrachtete erst den Feuerdrachen, der vor ihnen aufragte, dann seinen ehemaligen Ersten Offizier. »Lässt es Ihr Terminplan zu, sich zum Essen einladen zu lassen, Kapitän?«

Der junge Draxyll war sichtlich erfreut. »Ich denke, das wird sich einrichten lassen, Bürger Telios!«

»Andar«, korrigierte Telios. Quai-Lor nickte, zum Zeichen, dass er verstanden hatte. Aber irgendetwas sagte Telios, dass es ihn große Überwindung kosten würde, die vertrauliche Anrede jemals einzusetzen.

Sie setzten sich auf der Dachterrasse der *Frischen Brise* zusammen, einem Gasthaus in Hafennähe, mit Aussicht auf den Platz der Sterne. Quai-Lor bestellte einen Gemüseauflauf, während Telios sich mit einer kleinen Schale Krabben begnügte; er musste Platz für das Mittagessen bei Endriel lassen.

Die Blicke der anderen Gäste ignorierend, sah er hinab auf den vielbevölkerten Platz unter ihnen.

Er war dort gewesen, vor sechs Tagen, als über die öffentlichen Kuben verlautet wurde, dass der Orden der Friedenswächter sich auflösen würde – um weitere Aufstände zu vermeiden und um Platz zu machen für die neue Regierung. Wie auch immer diese aussehen würde.

Telios erinnerte sich gut an die kollektive Erleichterung,

die er in der Menge gespürt hatte. Seine eigenen Gefühle waren zwiespältig gewesen. Sie waren es noch.

Er hatte sie gefühlt: die neue Ära, die anbrach. Vielleicht begann ein neues Strahlendes Zeitalter für sie alle. Oder eine dunkle Epoche, schlimmer als eine Herrschaft des Kults.

So oder so: Die Hohen Völker mussten ohne ihn auskommen.

Telios hatte Quai-Lor von dem Weingut bei Olvan erzählt; der frischgebackene Kapitän hatte ihn angesehen, als warte er auf die Pointe. Es schien ihn zu enttäuschen, dass sie ausblieb.

Telios fragte sich immer wieder, wie lange er als Zivilist bestehen würde; ob es außerhalb des Ordens noch einen Platz für ihn gab. Er verdrängte die Frage für den Moment und verschränkte die Hände.

»Und wie sehen Ihre Zukunftspläne aus, Kapitän?«

»Nun, ich verrichte meinen Dienst im Orden, so lange der Orden noch besteht. Danach werde ich mich für den Dienst in der neuen Armee melden.«

Telios spießte eine Krabbe auf und tunkte sie in die Knoblauchsauce. »Sie werden wahrscheinlich ganz von vorne anfangen müssen.«

»Ich weiß«, erwiderte Quai-Lor gut gelaunt und schnitt seinen Auflauf in kleine Stücke. »Aber das macht mir nichts aus. Ich habe geschworen, den Hohen Völkern zu dienen, gleichgültig mit welchem Dienstrang.«

Telios nickte und aß. Die provisorische Regierung hatte versprochen, für jeden Friedenswächter eine Anstellung in der Volksarmee zu finden, was zu Kritik aus einigen Kreisen geführt hatte: Man befürchtete, dass die neue Armee nur eine Kopie der alten werden würde. Telios wusste es besser; Kenlyn war dabei, sich grundlegend zu wandeln.

Am Abend der letzten Schlacht, bevor die Sonne über

dem Niemandsland untergegangen war, hatte die Plage Rokor ihr Ende gefunden: Das Monster hatte alles Leben aus dem Schattenpalast gesaugt und konnte nicht weiterwachsen – und das Bombardement der detonierenden Schiffe hatte es zu sehr geschwächt, zu viel von ihm auseinandergerissen, als dass es sich nach Nahrung außerhalb des Palastes hätte ausdehnen können. So hatte es begonnen, sich vor lauter Hunger selbst zu verzehren. Drei Tage später war nichts von ihm übriggeblieben als grauer Staub, der sich mit dem roten Sand mischte. Telios hatte Aufnahmen vom Weltenberg gesehen, zerlöchert wie ein Käse. Das Niemandsland war immer noch Sperrgebiet, was Scharen von Schatzsuchern nicht von dem Versuch abgehalten hatte, in den Ruinen des Schattenpalastes nach Artefakten zu suchen. Man hatte sie verhaftet und in Quarantäne gesteckt. Er fragte sich, ob ihnen klar war, wie knapp sie alle der Vernichtung entgangen waren.

»Man munkelt, dass sich die Überlebenden des Kults schon wieder neu organisieren.« Quai-Lor lächelte säuerlich.

»Sollen sie das tun«, sagte Telios gelassen. »Ich glaube nicht, dass sie viel Erfolg haben werden.« Die meisten Bürger hatten begriffen, dass der Kult sie als Kanonenfutter missbraucht hatte. Andererseits war nichts unberechenbarer als Zivilisten. Vielleicht würde es immer einen Schattenkult geben. Und einen Schattenkaiser. Vielleicht würde auch der Orden in der einen oder anderen Form überleben.

Eine lange Zeit plauderten sie noch über dieses und jenes: die nahende Hochzeit der Leutnants Tsuna und Veldris; andere Ordensbrüder, die den Krieg überlebt hatten – und über Varkonn Monaro, der zusammen mit anderen willigen Helfern Syl Ra Vans auf seinen Prozess wartete. Noch hatte man ihm die Schuld an der Katastrophe von Xanata nicht nachweisen können, aber Telios war sicher, dass dies nur noch eine Frage der Zeit war.

Dann kamen sie auf den bevorstehenden Neuaufstieg Teriams zu sprechen, und die Pläne der Regierung, die Reste des Jadeturms abzureißen und an seiner Stelle einen neuen Park zu errichten. Letzteres hielt Telios für eine ausnehmend gute Idee.

Irgendwann sah Quai-Lor auf seine Uhr. »Ich fürchte, die Pflicht ruft«, sagte er hörbar widerwillig.

»Natürlich.«

Sie erhoben sich zeitgleich von ihren Sitzkissen. Telios sah, wie Quai-Lor gegen den Impuls, zu salutieren, ankämpfte. »Es war schön, Sie wiederzusehen ... Andar.«

Siehst du, es ist doch gar nicht so schwer, dachte Telios. »Ganz meinerseits, Quai-Lor.«

Der Draxyll streckte Telios die Hand hin, aber der überraschte ihn mit einer Umarmung. Quai-Lor zögerte, dann erwiderte er die Geste.

Auf dem Weg zu einer Landbarke drängte sich Telios durch das Gewirr auf dem Nexus-Boulevard und durchquerte das Portal nach Olvan. Der Pilot war eine junge Frau mit Sommersprossen und blonden Haaren. Sie musterte ihn von Kopf bis Fuß, bis sie schließlich sagte: »Springen Sie rein. Wo soll's hingehen?«

»Zu den Grasmeeren«, sagte Telios und genoss den Fahrtwind in seinem Gesicht.

Er hätte nicht geglaubt, die *Dragulia* so sehr zu vermissen: das Gefühl von Bewegung und Freiheit, die vertrauten Korridore, das gleichmäßige Feuern der Antriebe, die das Erste waren, das er beim Aufstehen gehört hatte, und das Letzte, wenn er zu Bett gegangen war. Vielleicht war das Weingut eine dumme Idee; vielleicht reichten seine Ersparnisse auch für ein eigenes Schiff.

Vielleicht hatte Endriel noch einen Platz für ihn auf der *Korona*.

Die Zukunft war voller Möglichkeiten. In mehr als einer Hinsicht erschreckte ihn das.

»Ist etwas?«, fragte er die Pilotin, als diese sich wiederholt zu ihm umdrehte. Sie hatte sehr schöne Augen.

»Verzeihung«, sagte sie. »Aber kann's sein, dass ich Sie von irgendwoher kenne?«

»Schon möglich.« Er lächelte. »Ich bin viel herumgekommen.«

»Das Portal am Nordpol steht noch immer offen«, sagte Telios, während Endriel ihm den Teller mit Reis auffüllte. Sie saßen im warmen Esszimmer zusammen; draußen heulte der Wind ums Haus. »Die provisorische Regierung ist gerade dabei, eine Expedition nach Te'Ra auszurüsten. In einem Monat geht es los.«

Endriel zwinkerte ihm zu. »Ich hoffe, du hast ihnen gesagt, dass sie staubfestes Schuhwerk mitnehmen sollen.«

»Und ein paar Blumen gegen die Depressionen!«, fügte Nelen hinzu und knabberte an einem Spinnenbein.

Telios lächelte. »Ich werde sie dran erinnern.«

Endriel nahm amüsiert zur Kenntnis, wie Rhan ihnen mit großen Augen zuhörte: Sie hatten ihm von ihrer Reise zum Saphirstern erzählt, aber scheinbar konnte er es immer noch nicht glauben.

»Sie haben einen ganzen Planeten zu erforschen.« Telios nahm einen Schluck Wasser. »Ich bin gespannt, was sie dort finden.«

Endriel schichtete sich gefüllte Tomaten auf ihren Teller. »Du könntest mit ihnen fliegen, Andar.«

»Nein, danke. Ich kann mir Angenehmeres vorstellen, als auf dieser Grabwelt rumzubuddeln. Ich will erstmal meinen Frieden.«

Endriel sah ihn an und musste ein Lächeln unterdrücken. Es war auf anrührende Weise amüsant, wie er versuchte, ihnen allen – und sich selbst – etwas vorzumachen. Andar Telios hatte sein Leben dem Wohl der Hohen Völker gewidmet; sie wusste, dass er ihnen nicht einfach den Rücken zukehren konnte, gleichgültig, was er behauptete. Sein Leben als einfacher Bürger, dafür legte sie ihre Hand ins Feuer, würde nur ein kurzer Ausflug werden, bevor er zu seiner wahren Berufung zurückkehrte. Auf gewisse Weise war es traurig: Sie hätte es sich für ihn gewünscht, sesshaft zu werden und eine Familie zu gründen. In ihrer Nähe zu bleiben. Für immer.

Doch wenn die neue Welt etwas brauchte, dann waren es Wesen wie er.

Auch wenn er so verdammt gut aussah in Zivil.

»Übrigens habe ich mit Kaleen wegen des Besuchs in Sar-Nemion gesprochen.«

Endriel horchte auf. »Und?«

»Du kannst sie sehen. Für eine Stunde.«

Endriel sah zu Kai. Er schien immer noch nicht begeistert von ihrer Idee, aber er sagte nichts. »Gut«, sagte sie trocken. »Mehr brauche ich auch nicht. Was ist mit dir? Kommst du danach mit ins Sanktum?«

Telios nickte. »Ich würde mich freuen.«

Sie ließen den Abwasch stehen und begaben sich zur *Korona*. Endriel wandte sich an ihren neuen Schiffsjungen. »Pass auf das Haus auf, Rhan, ja?«

»Natürlich!«, sagte er gewohnt diensteifrig. »Wie auf meinen Augapfel, Kapitän!«

»Und lass keine Fremden rein!«, ermahnte ihn Nelen.

Rhan sah zu, wie das Schiff abhob und dabei neues Laub aufwirbelte. Er wäre gern mit ihnen geflogen; allein zu sein war immer noch eine schwere Prüfung. Aber die Reise des Kapitäns und der anderen war privat und er schließlich nur Schiffsjunge auf Probe. Daher würde er seine Arbeit machen, so gut er konnte – und besser! – und sich darüber freuen, dass sie ihm wenigstens das Haus anvertraut hatten. Er würde sie nicht enttäuschen; immerhin waren sie für ihn nun das, was einer Familie am nächsten kam.

Also schnappte er sich einen Besen und begann, den Weg zur Veranda frei zu fegen. Kaum eine Viertelstunde war seit dem Abflug der *Korona* vergangen, da bemerkte er den grimmigen Mann, der sich dem Zauntor näherte. Rhans Ohren zuckten argwöhnisch. Ein Kunde? Normalerweise kamen die selten nach hier draußen. »Kann ich Ihnen helfen?« fragte er und trat an den Zaun.

»Wer bist du?«, knurrte der Mann.

»Rhan. Der Schiffsjunge.« Irgendwas an dem Kerl alarmierte ihn. »Sie wollen zu Kapitän Naguun?«

»Ist sie hier?«

Rhan umklammerte den Besen wie eine Waffe, als er das Gesicht seines Gegenübers von Nahem sah. »Nein«, antwortete er und hoffte, dass man ihm seine Nervosität nicht anhörte. »Sie ist eben abgeflogen, tut mir leid.«

Der Fremde starrte ihn an. »*Wohin* abgeflogen?«

Sar-Nemion lag drei Flugstunden nordwestlich von Olvan. Das Gefängnis für politische Häftlinge ruhte auf einer stählernen Plattform, die sich zwanzig Meter über die Oberfläche des Nemion-Kratersees erhob; ein abstoßender Steinklotz, der nur per Drachenschiff erreichbar war. Schon von Weitem konnten sie die Luftabwehrgeschütze auf dem Dach erkennen, welche die *Korona* sofort ins Visier nahmen.

Telios aktivierte den Geisterkubus. »Andar Telios an Direktor Rulaska: Ich glaube, Sie erwarten uns bereits.«

Die Geschütze wurden wieder deaktiviert. Man gab ihnen die Anweisung, auf dem Dach zu landen.

Endriel drehte sich zu Kai. »Und du bist sicher, dass du nicht mitkommen willst?«

Sie spürte, wie er mit sich rang, dennoch sagte er: »Sehr sicher. Ich habe ihr nichts mehr zu sagen.«

Sie küsste ihn. »Wartet hier auf uns. Es wird nicht lange dauern.«

Eine Eskorte erwartete sie und führte Endriel und Telios vorbei an Instrumenten, die sie von Kopf bis Fuß durchleuchteten, bis sicher war, dass sie nichts Gefährlicheres als eine Gürtelschnalle bei sich trugen. »Tut mir leid, Admiral, aber so sind die Vorschriften«, sagte der Direktor. Telios hielt es nicht für nötig, ihn zu verbessern.

Wachen schritten ihnen voraus durch weißbeleuchtete Korridore, vorbei an Reihen von Kraftfeldzellen. Endriel bemerkte die hasserfüllten Blicke, die ihnen daraus zugeworfen wurden. Sowohl sie als auch Telios waren hier gut bekannt; Sar-Nemions Insassen bestanden zum größten Teil aus Kultisten – Mannschaftsmitgliedern der Schiffe, die die Entscheidungsschlacht überlebt hatten, Agenten, die in den Städten aufgegriffen worden waren, und Sympathisanten aus der Bevölkerung –, sowie gouverneurstreuen Weißmänteln, die sich mit Gewalt gegen die Auflösung ihres Ordens aufgelehnt hatten. Viele von ihnen schleuderten ihnen Flüche entgegen; Endriel war dankbar, dass die Felder ihre Stimmen verschluckten.

Eine Schwebeplattform flog sie in einen anderen Trakt. Er bestand nur aus einem einzigen Raum, in dem jeder Schritt ein Echo auslöste. In seiner Mitte brummte ein zylindrisches Kraftfeld.

Liyen sah von einem Buch auf, als sie eintraten. Sie erhob sich von ihrer Pritsche und lächelte.

»Endriel«, sagte sie. »Man hat mir Besuch angekündigt,

aber mit dir hatte ich nicht gerechnet. Admiral.« Sie nickte Telios zu.

»Bürgerin«, sagte er und verschränkte die Arme. Er hielt sich im Hintergrund, während Endriel so nahe ans Kraftfeld ging, wie es ihr erlaubt war. Energie kitzelte ihre Nasenspitze. »Keiner von uns beiden wird lange bleiben«, sagte sie.

»Schade.« Liyen klang enttäuscht. Sie klappte das Buch zusammen und legte es neben das Kopfkissen. Irgendein Wälzer von Rendro Barl. »Deins ist das erste willkommene Gesicht, das ich hier sehe. Alle anderen, mit denen ich hier zu tun habe, sind Inquisitoren und Advokaten.«

Endriel war sicher, dass ihre Gelassenheit nur vorgetäuscht sein konnte, und versuchte, ihre aufsteigende Wut zu unterdrücken. »Ich hätte sowieso keine Lust zum Plaudern gehabt. Ich wollte nur mit eigenen Augen sehen, dass sie dich gut unter Verschluss halten.«

»Sehr gut sogar.« Liyen zeigte ein flüchtiges Lächeln. »Man könnte fast meinen, ich sei gefährlich.« Sie wurde ernster. »Es ist nur schade, dass ich meinen Neffen nicht aufwachsen sehen kann.«

Endriel erwiderte nichts und wandte sich ab. Sie hatte Gewissheit, das reichte ihr.

»Endriel.«

Sie drehte sich wieder um; warum, wusste sie nicht.

Liyen sah sie eindringlich an. »Ich weiß, du wirst es mir nicht glauben – aber es tut mir leid, was geschehen ist.«

»Ich glaube dir, dass es dir leid tut, jetzt hier zu sein.«

»Nein. Ich habe Fehler gemacht, und ich muss dafür büßen. Aber was ich getan habe, habe ich für Kenlyn getan.«

»Tja, Kenlyn kommt sehr gut allein zurecht, wie du vielleicht gehört hast.«

»Ja, das habe ich.« Liyen entspannte sich. »Und ich

freue mich darüber. Im Grunde genommen geschieht nun das, was ich mir immer gewünscht habe: Die Welt ist von den Weißmänteln und Syl Ra Van befreit. Es war nicht alles umsonst. Außerdem habe ich nun endlich Zeit, nachzudenken. Ich habe Anfragen von sämtlichen Verlagen erhalten. Sie zahlen mir ein Vermögen für meine Memoiren.«

»Wird dir hier drinnen wenig nützen.«

»Ich kann es spenden.«

»Es wird ein bisschen mehr nötig sein, um dein Ansehen aufzupolieren.«

»Endriel, nichts ist mir gleichgültiger als mein Ansehen. Aber es gibt einen Menschen, an den sich die Welt erinnern soll.«

Endriel fragte nicht, welchen Menschen sie meinte. Es interessierte sie nicht.

»Aber wie geht es *dir*? Wie läuft das Geschäft?«

»Bestens, danke der Nachfrage.« Das war alles, was Endriel dazu sagen wollte. Aber es war keine Lüge. Nach dem Krieg gab es viel Arbeit für ihr kleines Unternehmen: Material für den Wiederaufbau musste verschifft werden; Leute waren auf dem Weg zurück in ihre Heimat oder zu ihren Familien, die sich während der Kämpfe in alle Himmelsrichtungen zerstreut hatten. Endriel freute sich nicht über den Anlass; aber sie war froh, helfen zu können – und dafür bezahlt zu werden.

»Und«, Liyen zögerte, »wie geht es Kai?« Auf einmal war ihre Stimme klein und verletzlich.

»Bestens«, sagte Endriel. »Er wartet auf dem Schiff. Ich schätze, es war ihm zu anstrengend, hier runterzukommen.« Sie wusste, dass sie grausam war. Aber sie wollte grausam sein. Sie wollte, dass Liyen in Tränen ausbrach; dass sie sich vor ihr wand und um Verzeihung flehte für alles, was sie ihnen angetan und ihnen genommen hatte.

Endriel überlegte für einen Moment, ob sie ihr sagen sollte, dass Kai wahrscheinlich Vater werden würde, auch wenn er es selbst noch nicht wusste. Ihre Periode war seit anderthalb Wochen überfällig, aber sie wollte nichts sagen, bevor sie nicht sicher war.

Vielleicht stand ihr das größte Abenteuer von allen bevor.

»Ich verstehe.« Liyens Lächeln war traurig. »Bitte grüß ihn von mir. Und die anderen.«

»Nein«, sagte Endriel und wandte sich ab. »Wir sind hier fertig«, erklärte sie Telios, der dem Gespräch die ganze Zeit mit verschränkten Armen zugehört hatte.

»Wir sehen uns bei Ihrem Prozess, Bürgerin«, sagte er zum Abschied und nickte ihr knapp zu.

Liyen sah ihren Besuchern nach, bis die Tür sich hinter ihnen mit einem Zischen schloss.

Sie lächelte bitter, als sie an ihre frühere Hoffnung dachte, Endriel als Freundin zurückzugewinnen. Nun hatte sie den Hass in ihren Augen brennen sehen. Sowohl Endriel als auch Kai waren auf ewig für sie verloren, und das schmerzte sie. Aber sie war erleichtert, dass es ihnen gut ging. Es war niemals ihr Krieg gewesen.

Ein menschlicher Wärter betrat die Zelle mit ihrem Essen auf einem Tablett, das er durch das semipermeable Kraftfeld schob. Liyen nahm es entgegen. »Danke«, sagte sie und setzte sich auf die Pritsche, das Tablett auf ihrem Schoß. »Ich habe eine Bitte, wenn es nicht zu viel verlangt ist.« Sie klopfte auf das Buch neben sich. »Ist es möglich, anderen Lesestoff zu bekommen? Irgendetwas Leichteres als Barl – ›Kasaru der Krieger‹ vielleicht? Alle sagen, es sei gut, aber ich hatte nie die Zeit, mir eine eigene Meinung zu bilden.«

Der Wärter nickte. »Natürlich«, sagte er. Und mit gesenkter Stimme fügte er hinzu: »Ich werde persönlich dafür sorgen, Gebieterin.«

Sie lächelte. »Danke.«

Sie erreichten das Sanktum pünktlich zwei Stunden vor Sonnenuntergang. Die Mönche begrüßten sie freundlich, als sie das Dock verließen; nach zwei Monaten kannte Endriel viele von ihnen schon mit Namen. Mittlerweile fanden sie und die anderen sich in den sonst so verwirrenden Hallen auch ohne Führung zurecht; sie hatten Xeah, wann immer es ihr möglich war, aufzustehen, auf Spaziergänge durch die schwebenden Gärten begleitet.

Es war wieder ruhig im Kloster geworden. Nach Ende des Krieges hatten Krankenhäuser am Boden es entlastet; das Wehklagen, das vorher seine Mauern erfüllt hatte, war einer gelassenen Stille gewichen, die dann und wann von weit entfernten Chorälen und Horngesang abgelöst wurde.

In der Galerie mit Himmelsblick, kurz vor Xeahs Krankenzimmer, begegneten sie Suran. Das Mitglied des Klostervorstands schien guter Laune zu sein.

»Xeah erwartet Sie schon ungeduldig«, schnurrte der alte Skria.

»Wie geht es ihr?«, fragte Endriel.

»Oh, ausnehmend gut.« Surans goldene Augen funkelten wissend. »Sie hat vor kurzem unerwarteten, aber höchst willkommenen Besuch erhalten.«

Mehr konnte – oder wollte – er ihnen nicht verraten. Er ließ sie allein.

Das Krankenzimmer war ein gemütlicher kleiner Raum mit einer Schlafmatte und zwei niedrigen Kommoden. Es roch nach Medizin und Weihrauch. Sitzkissen für die Besucher lagen bereit; das einzige Fenster gab Ausblick auf die Wolken, die vom Abschied der Sonne in brennende Korallen verwandelt wurden.

Die alte Heilerin lag winzig und grau in ihre Decke gehüllt. Ihr Blick hellte sich sofort auf, als sie Endriel, Kai, Nelen und Telios eintreten sah.

Ihr unerwarteter Besucher hatte bis eben neben der Schlafmatte gehockt und Xeahs Hand gehalten. Nun richtete er sich zu seiner vollen, beeindruckenden Größe auf und sah die Neuankömmlinge mit entblößten Reißzähnen an.

»Na endlich«, brummte er. »Ihr habt euch Zeit gelassen!«

Endriel hörte die anderen um sich herum die Luft anhalten; sie sah das weiße Fell mit den grauen Streifen, das vernarbte Gesicht, das blutrote Auge, und wusste, dass es nicht sein konnte, dass sie träumte, dass ihre Augen ihr einen bösen Streich spielten.

»Ihr solltet mal eure Gesichter sehen.« Xeahs Stimme klang schwach, aber belustigt. Ihr Besucher freute sich mit ihr.

»Aber –!«, begann Kai.

»Wie –?«, setzte Nelen an.

Endriel sagte nichts. Sie rannte auf Keru zu; sein Pelz kitzelte ihr Gesicht, als sie ihn umarmte. Sie sog seinen Raubtiergeruch ein und lachte, während ihr die Tränen kamen. Nein, kein Traum: Er war echt, er war hier!

»Sie sehen gut aus für einen Toten«, sagte Telios.

»Ich sehe *immer* gut aus«, brummte Keru und ließ sich von Nelen den Hals umarmen.

»Es gibt nicht viel zu erzählen«, begann der Skria kurz darauf, als ein Akolyth ihnen Gläser mit Weißem Tee brachte. Jeder hing an Kerus Lippen, als er ihnen berichtete, was geschehen war:

Nur Minuten bevor Liyens Sperling von Rokor verschluckt worden war, hatte er sich einen der Drachenrucksäcke geschnappt, die im Gang gehangen hatten, und war damit abgesprungen. Der Flieger hatte ihn weit genug vom Weltenberg fortgetragen, doch der Absturz war alles andere als sanft gewesen.

»Schädeltrauma«, brummte Keru. »Ein Lazarettschiff der Weißmäntel hat mich zusammen mit anderen Überlebenden eingesammelt und –«

»Sie haben uns gesagt, sie hätten keine Spur von dir gefunden!«, beschwerte sich Endriel.

»Hrrrhmm. Weißmäntel.« Keru schnaubte abwertend.

Man hatte ihn in ein Krankenhaus in Harassadan geflogen. Dort hatte er im Koma gelegen, obwohl ein Regenerator seinen Körper vollständig wiederhergestellt hatte. »Sie meinten, meine Seele hätte sich nicht entscheiden können, ob ich leben wollte oder nicht.« Kerus Tonfall machte klar, was er von dieser Theorie hielt. »Als ich wieder aufwachte, sagten sie mir, es wären sieben Wochen vergangen. Dass der Krieg vorbei sei und die Welt nicht untergegangen – als ob ich das nicht selbst gemerkt hätte!«

Telios nickte. »Sie haben mir und meiner Mannschaft das Leben gerettet, Keru.«

»Möglich. Aber verraten Sie's keinem, ja? Mein Ruf steht auf dem Spiel.« Keru sah Endriel an. »Jedenfalls haben sie mich heute morgen erst aus dem Krankenhaus entlassen – wenn nicht, wäre ich auch so gegangen. Ich *hasse* Ärzte!

Ich war zuerst beim Haus, aber ihr wart nicht da. Der neue Bengel hat mir gesagt, wo ihr hinwollt.«

Endriel wischte sich das Nass aus den Augen. »Ich dachte wirklich, du wolltest –!«

»Ja.« Er ließ seine Zähne blitzen. »Ich auch. Aber ich hab mich schon bei ganz anderen Dingen geirrt. Davon abgesehen kann ich dir das Schiff schließlich nicht alleine überlassen. Du machst es nur kaputt.«

Sie lachte, und wieder kamen ihr die Tränen.

Sie blieben im Kloster, bis die Sterne aufgingen und Xeah müde wurde. Der Abschied fiel Endriel so schwer wie jedes Mal zuvor.

»Wisst ihr denn nicht mehr, worum ich euch gebeten habe?«, fragte die alte Heilerin sanft und streichelte Endriels Wange. »Es hat genug Tränen gegeben. Trauert nicht um mich. Ich bin reicher als jedes andere Wesen auf dieser Welt: Ich habe euch als meine Freunde. Und ich habe keine Angst mehr; Angst ist Zeitverschwendung.«

Endriel küsste ihre Hand. »Wenn es eine andere Seite gibt ...«

»Werde ich auf euch warten«, sagte Xeah. Dann fielen ihre Lider zu. Endriel erschrak, bis sie sah, wie sich ihr Brustkorb unter der Decke langsam hob und wieder senkte.

»Besser, wir lassen sie jetzt allein«, sagte Kai leise.

»Also – was machen wir jetzt?«, fragte Nelen, als sie zurück in die Galerie traten.

»Hrrhmm«, brummte Keru. »Ihr könntet damit anfangen, mir zu erklären, wie ihr auf die Idee gekommen seid, einem wildfremden Bengel das Haus zu überlassen. Sagt nicht, ihr habt ihm auch noch mein Quartier gegeben!«

Telios lächelte. »Wie es aussieht, wird es allmählich wieder eng auf eurem Schiff.«

»Vielleicht bald noch enger«, murmelte Endriel und berührte ihren Bauch. Sie würde sich noch lange an das dumme Gesicht erinnern, das Kai zog, als ihm aufging, was sie meinte.

Am nächsten Morgen erreichte sie die Nachricht von Suran: Xeah war in der vergangenen Nacht entschlafen. Ein Mönch hatte sie im östlichen Steingarten gefunden, zwischen kristallenen Glockenspielen und Zierbäumen. Niemand wusste, wie sie dort hingekommen war, niemand hatte gesehen, wie sie ihr Zimmer verlassen hatte. Aber sie hatte dort auf einer Bank gelegen, vom Licht der aufgehenden Sonne gebadet, ein Lächeln auf ihrem Gesicht.

Ende des dritten Bandes

Das Zeitalter des Ælon ist vorbei. Doch einige der Wunder und Schrecken, die es hervorgebracht hat, existieren noch immer – versteckt in uralten Tempeln und versunkenen Palästen.

Die junge Archäologin Kriss erhält von der wohlhabenden Baronin Gellos den Auftrag, die sagenumwobene Insel Dalahan zu finden. Viele sind auf der Suche nach der Insel verschollen, so auch Kriss' Mutter, ebenfalls Archäologin. Begleitet von dem Straßenjungen Lian, macht sich Kriss auf die gefahrvolle Suche. Dabei ist ihr der abtrünnige General Ruhndor dicht auf den Fersen – und er wird vor nichts Halt machen, um die Insel zu finden.

Ein fantastisches Abenteuer, jetzt erhältlich auf Amazon.de!

»Super spannend und für jedes Alter geeignet, von zwölf bis hundertzwanzig. Schon nach den ersten Seiten waren meine Familie und ich süchtig!«
– Ursula Wolter (Timona, Der Lauf seines Lebens)

»Geheimnisvoll, fesselnd und vielschichtig erzählt Dane Rahlmeyer von einer ungewöhnlichen jungen Archäologin, die sich nicht nur einem rätselhaften Kapitel der Vergangenheit stellt, sondern auch ihrer eigenen Geschichte. Lesen!«
– Nikola Huppertz (Wie ein Splitter im Mosaik, Karla, Sengül und das Fenster zur Welt)

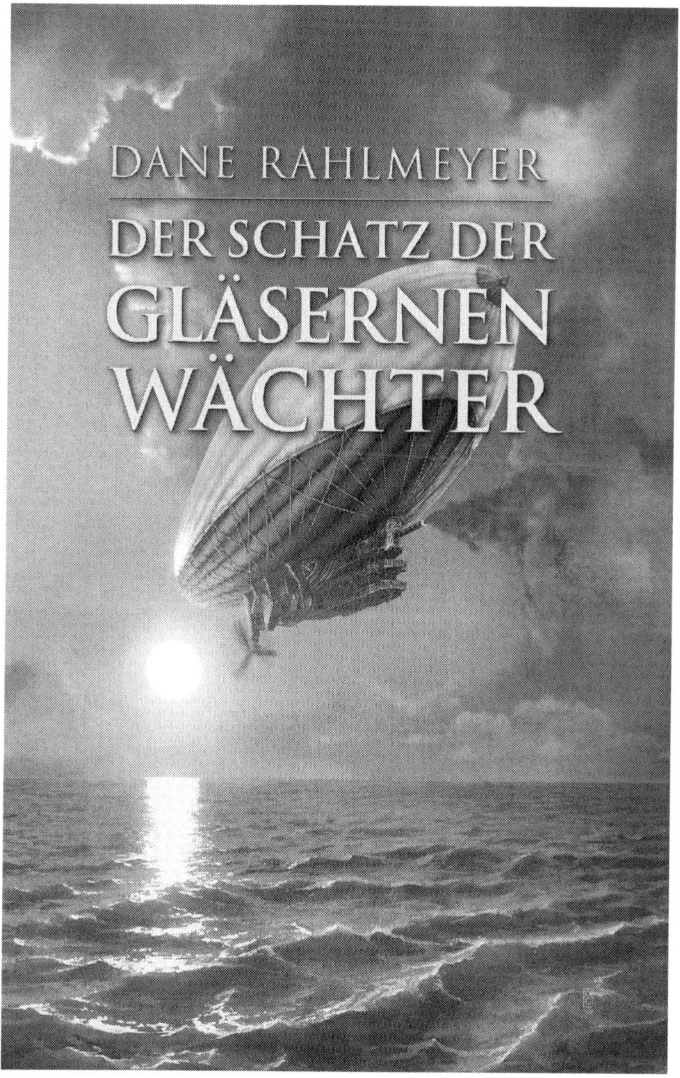
DANE RAHLMEYER
DER SCHATZ DER
GLÄSERNEN
WÄCHTER

Kailani – das Himmelsmeer. Eine Welt zwischen den Wolken, Heimat schwebender Koralleninseln und fliegender Fische. Einst, vor langer Zeit, wurden die Menschen Kailanis von den Sturmgöttern heimgesucht, schrecklichen Dämonen mit der Macht, ganze Inseln zu zerstören.

Man hielt sie für vernichtet. Doch nun kehrt der Letzte der Sturmgötter nach Kailani zurück.

Makani ist ein angehender Krieger seines Stammes. Am Tage seiner letzten Prüfung muss er hilflos zusehen, wie der Dämon, rasend vor Zorn, sein Volk und seine Heimat vernichtet. Makani schwört, den Sturmgott zu jagen und zu töten. Er ist nicht allein: Auch das Mädchen Alana, eine Fremde aus einem weit entfernten Teil des Himmelsmeeres, hat geschworen, den Dämon aufzuhalten – um jeden Preis.

Gemeinsam begeben sie sich auf die verzweifelte Suche nach einem Weg, dem Sturmgott Einhalt zu gebieten. Es wird eine Reise voller Gefahren durch die phantastischen Weiten Kailanis, während der sie einem uralten Geheimnis auf die Spur kommen.

Kailani - Krieger des Himmels. Jetzt als eBook auf Amazon.de!

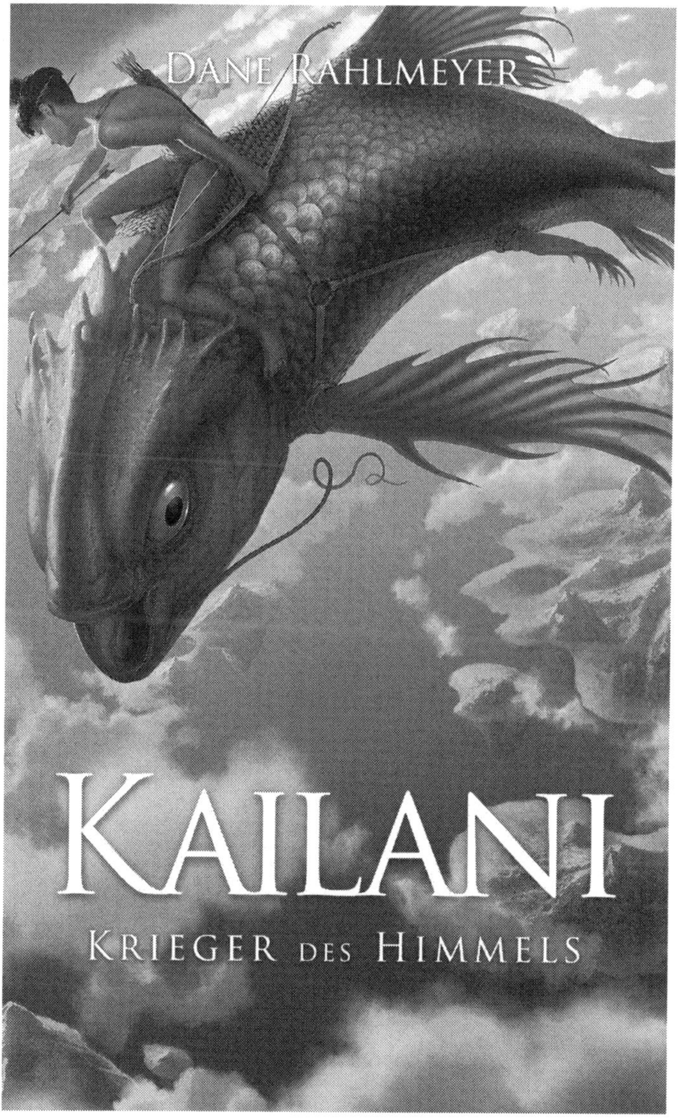
DANE RAHLMEYER
KAILANI
KRIEGER DES HIMMELS

Kai Hellmann ist Privatdetektiv der besonderen Art: Seine Auftraggeber sind Vampire, Feen, Kobolde, Geister und andere Vertreter der Nachtvölker – dabei wünscht sich Kai nichts sehnlicher, als endlich einen normalen Klienten. Doch Geld von Untoten ist besser als gar kein Geld, und das braucht er dringend.

Als die Vampirin Lucretia ihn beauftragt, den Mord an ihrem Mann aufzuklären, beginnt Kai sofort mit den Ermittlungen und gerät in einen Strudel aus Sex and Crime, Rassismus und großen, bösen Wölfen.

»»Der Mitternachtsdetektiv: Unter Wölfen‹ bereichert das Genre um einen interessanten Ermittler, den man gerne noch öfter bei spannenden Aufträgen begleiten würde.«
– Christian Loges, Watchman's Science-Fiction-Blog

Jetzt erhältlich auf Amazon.de!

DANE RAHLMEYER

DER
MITTERNACHTS
DETEKTIV

Unter
Wölfen

NOVELLE

Der Autor

1980 in Salzgitter geboren und in ländlicher Beschaulichkeit aufgewachsen, schreibt Dane Rahlmeyer seit seinem vierzehnten Lebensjahr. 2001 erhielt er von seiner Heimatstadt ein Stipendium für junge Künstler, was ihn ermutigte, seinen Traum wahr zu machen und freier Schriftsteller zu werden. Als solcher schreibt er Romane, Drehbücher, Hörspiele und dreht gelegentlich den einen oder anderen Kurzfilm. Mehr über seine Arbeiten gibt es auf www.dane-rahlmeyer.de.

Printed in Poland
by Amazon Fulfillment
Poland Sp. z o.o., Wrocław